WORKS
by
LU SHUYUAN

心中的旷野

鲁枢元 著

浙江文艺出版社
Zhejiang Literature & Art Publishing House

图书在版编目（CIP）数据

心中的旷野 / 鲁枢元著 . —杭州：浙江文艺出版社，
2024.6
ISBN 978-7-5339-7644-6

Ⅰ . I267.1

中国国家版本馆 CIP 数据核字第 20242T550E 号

策划统筹　曹元勇
责任编辑　胡远行
文字编辑　张嘉露
营销编辑　耿德加　胡凤凡
责任印制　吴春娟　睢静静
封面设计　胡斌工作室

心中的旷野
鲁枢元　著

出版发行　浙江文艺出版社
地　　址　杭州市环城北路 177 号
邮　　编　310003
电　　话　0571-85176953（总编办）
　　　　　0571-85152727（市场部）
印　　刷　上海盛通时代印刷有限公司
开　　本　700 毫米 ×1000 毫米　1/16
字　　数　460 千字
印　　张　34.5
插　　页　13
版　　次　2024 年 6 月第 1 版
印　　次　2024 年 6 月第 1 次印刷
书　　号　ISBN 978-7-5339-7644-6
定　　价　89.00 元（精装）

1990 年夏，在西北毛乌素大沙漠

1987 年 9 月中国作家代表团出访意大利。
左起：鲁枢元、杨佩瑾、魏巍、玛格达、沈蓴梅

2015 年夏，在新疆天山腹地

2017 年夏，在北疆阿勒泰地区布尔津
与维吾尔族、哈萨克族、柯尔克孜族、回族青年诗人、作家在一起

2018 年 5 月，在美国西部黑山地区尚在施工的印第安民族英雄"疯马"的巨型塑像前

2021 年夏，与张平、常如瑜、朱鹏杰、张昭希在宁夏贺兰山（陈学仕摄）

2023 年秋，与中国科学院《人与生物圈》杂志副主编陈向军在内蒙古大青山考察

总 序

胡大白*

上世纪 80 年代初，鲁枢元教授是我在郑州大学的同事，我的专业是现代文学，他的专业是文艺理论。在课堂教学上鲁枢元是一位深受学生爱戴的教师；在中国学术界，鲁枢元是一位颇具个人特色的学者。他出身寒门，没有骄人的学历，却一步一步攀登上中国学术领域的高地；他为人谦让、宽厚，治学道路上却不守成规、一意孤行；他自称文化保守主义者，始终坚守着自己脚下的土地，而他的一些研究成果却在不经意间辐射到西方。

鲁枢元治学的一个显著特色，是将传统的文艺学学科的边界拓展到心理学、语言学、生态学诸多领域。在新时期文学史中，他被视为文艺心理学学科重建的代表人物之一；他的《超越语言》一书同时受到文学界、语言学界的共同关注却又引发激烈争议。王蒙先生曾夸奖他的文学评论"别树一帜"。进入21 世纪以来，他专注于生态文化研究，坚持不懈地将"生态"这一原本属于自然科学的概念导入现代人的精神文化领域，把"人类精神"作为地球生物圈中一个异常活跃的变量引入生态学学科。他面对日益严峻的生态困境，认真汲

---

* 胡大白，黄河科技学院创建人、教授，中国当代教育名家，第八届世界大学女校长论坛"终身荣誉奖"获得者。

取东、西方先民积淀的生存智慧,试图让"低物质消费的高品位生活"成为新时代的期许。因此,他被誉为中国生态批评里程碑式的人物、中国生态文艺学及精神生态研究领域的奠基人。

这部文集共十二卷,收录了他从1977年开始撰写的约400万字的文章。其中,包含三个方面的内容:学科理论建设;作家作品评论;散文、随笔以及日记、书信等日常写作。这些体裁不同、跨越近半个世纪的文章,从一个侧面呈现出中国社会生活的变革、国民心态的起伏、文化艺术理论的创新及中西当代学术交流的轨迹,在一定程度上反映了时代的精神状况,或许还为当代文化心态史的研究提供某些参照。

2015年春天,鲁枢元于苏州大学退休后,在我的邀请下入驻黄河科技学院并创建生态文化研究中心。在我看来,鲁枢元是一位既能持守东方传统文化精神同时又拥有开放的世界眼光的学者,我相信他发自内心的学术探讨一定也是利国利民的,因此全力支持他做他自己愿意做的事,不设任何框框,不附加任何条件。事实证明,这样做的结果充分发挥了他治学的自由度与能动性,入驻黄河科技学院的这一时期,成为他学术生涯的又一高峰。与此同时,他出色的学术活动也为黄河科技学院的生态文化研究带来世界性的声誉。

鲁枢元是一位真诚的学者,在他的治学生涯中,他坚信性情先于知识,观念重于方法,创新的前提是精神自由。同时他还认为生态时代应该拥有与时代相应的"绿色话语形态",学术文章也应该蕴含情怀与诗意,应该透递出作者个体生命的呼吸与体温。钱谷融先生曾经赞誉鲁枢元的属文风格:既是思想深邃的学术著作,又是抒发性灵的优美散文。读者或许不难从这套作品集中获得阅读的愉悦。

鲁枢元曾对我说过,他希望他的文字比他的生命活得长久些。我相信凡是用个体生命书写下的文字,必将是生命在历史长河中的延续。适值他的十二卷作品集出版,作为他多年的老友,特向他表示衷心祝贺!

目 录

卷二 生命诗篇

卷三 同一星球

卷四　潮起潮落

卷五　达摩洞下

卷六　说鱼上树

新版序言

人们背离荒野已经太久,荒野正日益在人们的视野中消失。

不知从什么时候开始,人们把背弃荒野看作人类的使命,把走出荒野看作人类的进步,甚至,把从地球上彻底清除荒野看作人类社会的伟大胜利。人们在背离荒野的道路上越走越远,终于走到今天,走进了现代化大都市,走进全球电子化、市场化的无形网络,走进一个完全被钢铁、水泥、塑料、化纤、无线电磁讯号壅塞的生存空间。然而,在这样的生存空间里,人们却遇到始料不及的麻烦,不但基本的生存条件遭遇严重的破损和污染,甚至人类的本能与天性都已经背离自然,变得畸形、乖张起来。

如今人类驾驶的现代化重型战车不但没有止步,反而以更高的速度向着未知的前方迅猛冲刺。最近横空出世的电子技术 ChatGPT,仅在数日之内就展现出巨大功能,获得了巨大效益。以往我们形容社会发展之快常说"一天等于二十年",原以为不过是一句夸张的大话,如今俨然已成为真切的现实。

据说 ChatGPT 技术已经可以替代许多人类的功能,有可能成为地球上与人类并驾齐驱的"新主体",与人类平分天下。

我不知道这究竟是福还是祸。

那天傍晚，我在豫西庙底沟仰韶文化遗址徘徊许久。这是一块三面环水、一面临壑的台地，白云悠悠，阳光朗照，绿树成荫，芳草萋萋，清风徐来，鸟雀时鸣。我想，就是在这块曾经是荒野的土地上，我们的祖先仅仅靠几块打磨过的石头、一盆日夜不息的炭火，加上一些泥巴烧制的陶罐、树枝编成的筐篓，竟然生养蕃息持续上千年！

从这片荒野出发，人们走到了今天。

拥有摩天大楼、高速公路、无人机、宇宙飞船、核武器、生化武器、电子计算机、远程导弹、人工智能、转基因生物技术的现代人是否还能够稳妥持续一千年、五百年，已经成为一个迫在眉睫的问题。

如果按照"一天等于二十年"的发展速度换算，人类今后的五百年就等于往昔的十八万两千五百年。照这样的发展速度，人类社会真的能够持续发展五百年吗？

也许，由于相互之间逞强斗狠，在核大战中同归于尽；

也许，由于穷奢极欲的高消费将资源耗尽，终被打回原形；

也许，由于瘟疫的品级年年攀升，所有辉煌成就统统归零；

也许，人类努力创造出一个"类人主体"，让自己丧失做人的意义和价值；

也许，地球生态被彻底消费成为废品后，人类迁移到另一个星球，开始新一轮的破坏。

这应该不是杞人忧天、庸人自扰。进入新世纪后的这二十年，紧随着科技高速发展、财富日益增殖的是惨烈的战争，凶险的瘟疫，是大气升温、物种锐减的生态危机，是江河日下的道德沦丧，实在容不得地球人再自我陶醉、自我麻痹下去了。

轴心时代的精神还在历史的幽深处熠熠闪光。

东方哲人老子有言：天地所以能长且久者，以其不自生，故能长生。以其无私，故能成其私。他又说：祸莫大于不知足，咎莫大于欲得，故知足之足，常足矣。

"天地与我并生，万物与我为一"，地球是一个生命共同体，而人类只是其中的一员。被科技武装起来的现代人类如果无视万物的存在、只顾一己的私利而穷奢极欲、为所欲为、一意孤行，最后的结局注定只能"机关算尽太聪明，反误了卿卿性命"。

所谓"荒野"，其实就是地球上那个原生态的生物圈，是包括人类在内的自然万物的"根"。对待荒野的态度，就是对待天地自然的态度，也是对待人类自己本心与天性的态度。

老子早就感叹过荒野的恢宏伟大："荒兮，其未央哉！"并指出人类扎根、护根的重要："夫物芸芸，各归其根。归根曰静，静曰复命。复命曰常，知常曰明。不知常，妄作凶。"

现代人轰轰烈烈的"拔根"行动，注定要遭遇凶险。

古代中国无论民间或文苑的诗人都曾经表达过对荒野的亲情与敬畏："天苍苍，野茫茫，风吹草低见牛羊。""前不见古人，后不见来者，念天地悠悠，独怆然而涕下。"只是没有人把诗人们的"即景生情"当作天地间的重大议题。

被誉为大地哲学之父的利奥波德（Aldo Leopold）曾指出："荒野是人类从中锤炼出那种被称为文明成品的原材料"，"了解荒野的文化价值的能力，归结起来是一个理智上的谦卑问题。""只有那些懂得为什么人们未曾触动过的荒野赋予了人类事业以内涵和意义的人，才是真正的学者。""这个世界的启示在荒野。大概，这也是狼的嗥叫中隐藏的内涵，它已被群山所理解，却还极少为人类所领悟。"

被人们誉为"荒野哲学家"的罗尔斯顿（Holmes Rolston）也曾强调："荒野是一个活的博物馆，展示着我们的生命之根。"只有在荒野里才蕴藏着这个世界的希望，只有在荒野中才能保护我们的这个世界，只有在荒野中我们才能重新找回理智和信仰。

尽管先知先觉们一再敲起警钟，在我们生存的环境中，荒野仍在继续远离我们而去，甚至一去不再复返。如今，在我们的视野里已经再也找不到一块没有车辙的土地，一块没有电线的天空，甚至很难看到一处没有人工介入的树林。大气中弥漫着汽车释放的甲烷，海洋中沉积着工业排放的重金属甚至核废料，太空中穿行着密集的电磁讯号，就连神圣的喜马拉雅山上也开始被丢下成堆的垃圾……荒野，就这样在我们的现实生活中一点一点消失。

荒野遭逢的厄运，根本上还是肇始于人类本真之心的变质；就像现代都市里地面的硬化总是伴随着人们心肠的硬化一样；就像我们国土上大江小河的污染总是伴随着大、小官僚的腐败一样。说到底，荒野的悲剧也是人心的悲剧，人们终也走不出"天人感应"或曰"天人互动"的宿命，不同的只是不同时代的不同表现。

所谓保护自然，所谓善待荒原，也许还必须首先从矫正我们自己心灵的源头做出反省。

自然中的荒野在漫长的岁月流逝中已经印记在人类的心中，荒野就是人类太初洪荒的原始积淀、种族的集体潜意识。也是内心的一些情绪和意象，一些眷恋与回忆，一些岁月的散落碎片、一些故土的斑驳陈迹，一些过往的淡淡忧伤、丝丝苍凉。那就是我们心中的旷野。

于是，荒野也就成了一个隐喻，一种精神生态意义上的隐喻。

像那渐行渐远的大自然中的荒野一样，心中的旷野也是我们每个人生命的源头、心灵的故乡，是我们原始的体验、鸿蒙的感受、混沌的思绪、朦胧的憧憬。那又是一种无语的念想、执著的守望。那也该是我们每个人的精神栖息地。

每个人的内心深处都潜伏着一片心灵的旷野。如果你能够暂时躲开喧嚣的市声，排解掉日常的焦虑，以宁静、恬淡的心态回顾一下自己的生命、追忆一下自己的童年、重温一下早已飘逝的梦幻，你也许就会回到那片葳郁浩茫的旷野，那既是寻归荒野，也是心灵的返乡。拯救的希望或许在于：当人们开始感慨荒野的消失、追忆荒野的存在时，荒野便开始重归人的心灵，开始在人们的精神生活中复苏。

《寻归荒野》是生态文学批评家程虹教授在 2001 年出版的一本书,书中指出:"寻归"并不是一般意义上的走向自然,更不是回到原始自然的状态,而是去寻求自然创造化育的奥秘,让心灵归属于一种像群山、大地、荒漠那般沉静而拥有定力的状态,为这个浮躁不安的现代社会找回安身立命的定力。

挪威生命科学院女教授蒂格松(A. S. Thygeson)在最近出版的一本书中,也对荒野被人类侵蚀殆尽深表忧虑。这位女科学家是一位现实主义者,她认为"世界已经被人类不可逆转地改变了,我们必须共同找到前进的道路。"

逆转的确已经不再可能,而照直前进只能越陷越深。

唯一的出路是重建,重新构建人与自然的和谐、现代与传统的和谐。启蒙理性犯下的一个错误就是将以往的社会视为昏沉的黑夜,将现代社会视为光明的白天。庙底沟先民们过的日子在启蒙思想家们看来更是漆黑一团,更应该弃之不顾。

其实,有白天,有黑夜,才是地球这个天体正常的运行法则。像纽约、东京、上海这样人工制造的不夜城,显然是违背自然规律的。中国古代首席哲学家老子深知其中的道理,遂讲出"知其白,守其黑,为天下式"的至理名言。

人类社会的和谐发展,也应该遵循"知白守黑"的宇宙精神。

如果荒野属于暗夜,城市属于白天;远古属于暗夜,现代属于白天;心灵属于暗夜,科技属于白天;我们就没有理由排斥、舍弃其中的任何一方。

在未来人类生活中:荒野与城镇、牛车与汽车、人脑与电脑、佛祖与物理学、孢子卵子与电子量子、婴儿的咿呀学语与 ChatGPT 的油嘴滑舌都是可以共存的。

这样的话,地球人类或许才有可能持续活上五千年、五万年。

卷一　荒野启示

荒野的伦理

　　"万物之母"的死亡和"精神家园"的破碎,早在上个世纪就引起了许多文学艺术家的愤怒和忧虑。列夫·托尔斯泰在《复活》的一开头就指控城市扼杀了自然中的一切生机,连草都不能生长。将近一个世纪过去了,城市仍在飞速扩建,除了冰川和沙漠,地球上已经没有剩下多少原始的土地。在飞机上从 1 万米的高空往下看,一座座城市就像大地上生长的一片片灰白色的癣疥,在地球的绿色肌肤上蔓延;一条条公路、铁路就像捆扎在地球上的一道道绳索,把大地一块块切割。大地,以及"荒原",比艾略特时代承受着更多的苦难,而且艾略特时代更糟的是,如今已经没有几个人能够听到或愿意倾听大地、荒原上传来的"大自然"的哭泣。

　　地球上那宝镜一般美丽,梦幻一样神奇的湖泊在一个接一个地干涸了,梁山泊、圃田泽早已干掉了,罗布泊也已经在 1981 年干掉了,白洋淀、微山湖、博斯腾湖、玛纳斯湖都面临干涸的最后结局。① 随着湖水的消失而出现的是树林

---

① 据中新社南昌 2023 年 11 月 21 日电(记者　姜涛)报道:连日来,中国最大淡水湖鄱阳湖水位持续下降,跌破 10 米低枯水线,通江水体面积缩小至 718 平方公里,大面积裸露的湖床上长满绿草,宛如一片辽阔"草原"。(来源:中国新闻网)距离本文发表近三十年过去,"保护自然"的呼吁日益强烈,而实际的生态状况仍在一天天恶化,几乎无法遏止。问题的根源究竟在哪里,值得深思。

的干枯,鸟类的逃亡,草原大片大片地退化为沙漠。几年前我带两位研究生深入毛乌素大沙漠进行生态考察,亲眼看到沙漠吞食了一个一个村庄,曾经是绿树如云、绿草如茵、鸡鸣于埘、马嘶于厩的家园,现今只剩下半埋黄沙的断壁残垣,往昔田园生活的残骸。

凡是现代科技文明触碰过的地方,自然界的蓬勃生机都在迅速地消退。比如物种的锐减,其实就发生在我们身边。而我们却漠然无视。

山东与河南交界处,曾经是有过许多老虎的。《水浒传》里的武松打虎,那景阳冈就在阳谷县东边,离现在的中原油田不远。这桩关于老虎的公案已八九百年了,且不去计较。刘鹗的《老残游记》中有一则"桃花山月下遇虎",讲得绘声绘色,其实那桃花山所在的平阴县也就在泰安市西边不远的地方,《老残游记》的纪实性很强,刘鹗描写的这只雪天月夜的大虎,距今不过百把年。

1989年夏天,我应邀到延边大学讲学,朋友陪我到长白山天池,车过龙井、帽儿山、老爷岭至安图县招待所稍事休息,管理员老崔头与我闲聊,说他小时候在这楼后边的山坡下割草,忽然看见一个黄乎乎的东西在树林子里悠悠晃动,他当是谁家的牛犊溜出来吃草,定睛一看,却是只大虎,吓得他一头扎在草丛里。还好,大约是只吃饱的老虎,有惊无险。这不过是三四十年前的事。我顺着老崔头指的方向看去,那老虎出没的地方,现在是一条大马路,来往汽车如梭。

这使我想起那一年到焦作市出差,住在人民公园的一幢楼里,楼后是一条河谷。文化站一位朋友告诉我,1957年他被打成右派分子后就住这河边,那时还只有几间茅屋。一到夜间,河谷里就显得很不平静,总能听到豹子的吼鸣和豺狼的嚎叫。但狼和豹各自都小心翼翼地避免发生冲突,同在河谷,却分道扬镳,左边是"豹路",右边是"狼道",决不走错。如今,望着河上河下披红戴绿、欢声笑语的人群,那些狼虫虎豹都到哪里去了呢?人太强大了。尤其是掌握了现代科学技术的人,已经强大到所向无敌、随心所欲的地步。

由于人的强大，人类日益挤垮了其他生物群落，独霸了地球上的生存权。多年前我在郑州大学教书时住的宿舍，位居校内荒僻的一角，楼后是滨河的坟场，楼前是一片乔木灌木夹杂的树林，林子里半人深的野草，草丛中有紫晶晶的浆果和黄灿灿的小花。草丛中还有蛇、刺猬、土拨鼠，林子上头有喜鹊、乌鸦、斑鸠、啄木鸟，夜间还能听到猫头鹰尖刻的笑声。有一年初，不知哪里来的一只大黄狗竟在围墙下的窟窿里下了一窝狗崽，楼上的人都争先恐后地拿吃食给它，狗妈妈便时常带上那一窝毛绒球似的狗娃娃到楼上楼下串门，处处受到邻人们盛情款待。

眼下，这块地方已经建起一座又一座高楼，树木被砍伐了，草丛被铲平了，飞鸟和小动物全不见了，地面全被混凝土硬化过了。这是没有办法的，教育要发展，教育设施要跟上，不盖房子不修路怎么能行？然而，老虎没有了，豹子没有了，狼没有了，刺猬没有了，乌鸦没有了，蜻蜓没有了，树和草都没有了，当地球上其他生物全都消失之后，人作为整个生物链中的一环，还能够继续存在吗？我们的日益蓬勃发展着的教育怎么不向学生教授这一课呢？

我向来不怎么喜欢推究概念，惟独读生态学时对"生物量"这个概念一往情深。

"生物量"指单位面积里的生物数量。详细一点说，"生物量"又包含两个因素：一是单位体积中的物种数量；一是单位体积内生物的年生长量。所谓生物，当然包括植物、动物、微生物。

到了海南岛之后，我才对"生物量"这一学术概念有了生动的感性体验。

从海口往三亚取中路往南走，车过万泉河、五指山，放眼望去满目青翠葱茏，一片绿的世界，除了道路几乎看不到一点裸露的土地，全都披着厚厚的一层植被。高大的乔木下边是丛莽的灌木，灌木下边是茂密的野草，野草下边是苍翠的苔藓，从苔藓到林木空隙中又交织盘绕着纵横交错的藤萝，而鸟雀、走兽、昆虫又给这热带雨林平添了无限的生机。有关资料显示，海南岛的一级植被区的生物量大于 1 500 种/ha、450 T/ha。换一种通俗的说法吧，就是说在每 100 平方的庭院中,便生长着 15 种动植物,每年的纯生长量称一称该有 4 500 公斤。

目前,我在海甸的寓所虽已不再是自然生态的原貌,但依然有着相当可观的"生物量":楼前有数株高高的槟榔、棕榈,一丛丛的剑麻,一蓬蓬的凌霄、扶桑、三角梅、夹竹桃,路边夹道种植的不是内地常见的"松柏墙"和"冬青墙",而是一种类于茉莉花的"九里香"花墙,这里的花草比内地同类的花草往往要大出一倍、数倍。楼后是茂密的丛林野草,一片椰林,一片竹林,一片芭蕉林,林下许多叫不出名字的花草,在内地怕要卖几十块上百块一盆的。牵牛花的枝蔓爬过阳台上,尺把长的四脚蛇有时会探头探脑地伸向窗户里。

在海甸,人在大自然生机勃勃的怀抱里,吸一口气,胜过在内地城市里吸上十口气,人不容易疲倦;走上一天路,皮鞋竟一尘不染。一件白衬衣穿上一个礼拜,衣领仍然洁净。据统计,海南人的寿命位居全国前列,我想这与海南的"生物量"有关,与人在大自然生物链上的位置、比重相关。令人担心的是伴随着特区经济的开发,现代科技的威力已辐射到海南岛上来,随着城市的扩建,高速公路的兴建,旅游景点的开辟,一片片植被被剃成秃头,一座座山岭被砍露出骨骼;一块块土地被剖开胸腹,我仿佛看到大自然在痛苦地抽搐,难道这个绿色宝岛注定也要重蹈其他发达地区的老路吗?

从生态学的学术眼光看,应当是这样:微生物、植物、食草动物、食肉动物、人类,这是一个基底大、顶端小、十分稳实的金字塔。而在现代工业大城市,这个金字塔却倒立起来,人口异常密集,动物则只剩下苍蝇、老鼠和笼子里的鸟、玻璃缸里的鱼。钢筋砖石混凝土占去了城市中的大量绿地,名目繁多的化学产品杀尽了必不可少的生物。除了人,大都市中的生物量在许多场所中几乎降至最低点。

在一座豪华宾馆的房间里,我曾经感到过人类的孤单。房间华丽、气派、洁净,紫红的尼龙地毯、淡雅的塑料壁纸,合成纤维板的写字台,合金不锈钢窗,漂白的床单,毛巾浆洗得板板正正,卫生间的洁具一尘不染,口杯上、马桶上都套有"已消毒"的封套，这种极度的"清洁"使人觉得冷漠、疏离，它既不是大森林中的那种清新，也不是山溪泉水的那种洁净，这是一种类似于蒸馏水的洁净，一种人工制造出来的洁净，一种单调的、枯燥的、死寂的、毫无生气的洁净。很奇怪，在那一瞬间，我忽然怀恋起家乡古城 50 年代的大澡堂子：腾腾的水雾，赤裸的身体，汗的气息、肌肤的气息，用现代人的眼光看那也许太不洁净，但却不乏生命的活力。生命总是需要生命的濡染与浸润，人作为一个鲜活的生命体，总是需要与其他生命相亲近的，记得大约是作家张贤亮说过，在长期被隔绝的单身牢房里，他完全陷入孤寂之中，一只虱子在身上爬，也让他感到是一种难得的慰藉。

现代生活方式、现代科学技术正在愈来愈把人与他的生物环境隔离开来，人愈来愈被自己制造出来的无生命的东西所包围。在生物量接近于零的环境里，人将失去自己的自然属性，终有一天，人将变为非人。

许多有识之士都曾经指出，生命之网也是一种"混沌"，人的血肉之躯在它赖以生存的植物和动物王国里不管显得多么地鹤立鸡群，在生物学的意义上人与那些最低等的微生物仍然是一脉相袭的。然而，人不知从什么时候起变得如此凶残蛮横，为了他的奢侈的装饰，他杀掉大象，拔下象的牙齿；为了他的虚荣的包装，他杀掉雪豹，剥去豹皮；为了他饕餮的食欲，他采取切断鸡雏翅膀的手段给鸡催肥；为了饱食中增添些许乐趣而讲究吃活鱼、活虾、活蝎，让炸焦的鱼盛在碟子里的时候还摆动着尾巴，让敲开颅骨的猴子被调羹搅拌脑浆时还弹腾四肢。人们在生活中都知道反对"暴君"，但人类对自然界中人类之外的生命却采取"暴君式的统治"，是谁给了人类这独断专行的权力？

人是长期自然进化的结果，这个进化过程是由成千上万的生物编织的复杂的生命之网操纵的。人类是否能够从这个生命的壮丽队列中只选几个伙伴，在辉煌的自我孤立中生存下来，尚未得到证明。退一步说，人类即使不为别的生物着想，仅仅为了自己的生存，也该面对生态危机及早确立一种"生态伦理"的观念与法则。

在工业文明的利刃下受到伤害的,不啻是大地上的万物,还有我们头顶上的那方天空:"温室效应""臭氧空洞""酸雨黑雪""极端天气"。除了这些物理性的硬伤之外,还有一种精神上的失落:日月星辰、风云雷电,曾经是人类精神阅读的一本大书,一本用天文写就的天书,一部引发出伟大诗人屈原一连串的"天问"的、充满神秘与渴望的书,就是这样一部神奇的书在现代科技文明的辐射下也开始变得汗漫模糊起来。

比如月亮。

月亮的存在恐怕不仅在于给人照明,在中华民族的文化心理中,月亮,早已成为一种诗性的符号,一种审美的意象,一种心理原型。

"长留一片月,挂在东溪松",写的是野趣。

"明月出天山,苍茫云海间",写的是豪情。

"却下水精帘,玲珑望秋月",写的是幽思。

"海上生明月,天涯共此时",写的是情怀。

"云散月明谁点缀,天容海色本澄清",是苏东坡贬官海南时留下的佳句,道出了知识分子光明磊落的心境。

多么丰富、微妙、美好的月亮。

然而,当人们在耗费巨资、挖空心思修建和美化现代城市的时候,却总是忘掉了"月亮"这一重要的审美因素。身居都市的现代人与月亮已经久违了。

平顶山市,是中原新兴的一座煤城。因为煤多,电力也就富足。广场华灯闪耀,街衢光河璀璨,幢幢高楼也是明灯高照,午夜的城市竟也亮如白昼。煤炭的开采、电厂的兴建,给城市居民们带来如此大的福利。

一天夜晚,我和友人胡君漫步到一条僻远的小巷,无意间一抬头,才发现当空正悬着一轮圆月飘浮在夜空的云山云海间。

月亮! 我的这位平顶山市的朋友也仿佛一下子有了巨大的发现。看来,平顶山市的居民们在电灯的照射下早已经失去了月亮。有了电灯,月亮还有什么用呢？

那年的秋天，我到北京大学看望诗人谢冕，晚饭后谢老师与素琰夫人和我一道漫步燕园。适值中秋，皓月当空，未名湖畔、花神庙前，李大钊、蔡元培诸公的墓旁芳草萋萋，秀木森森。然而，处处电灯灼灼，月色则全然不见。气得诗人连连挥臂，恨不得一掌砍去一根电杆。

现代化的城市中不能没有电灯，但为了电灯便轻而易举弃了月亮，不能说不是一个很大的遗憾。正在兴建中的城市，能不能多少给人们留下一点月光、留下一份古老诗意、留下一些久远的梦幻呢？

还有星空。自古以来，无论人类栖居于原始的林莽还是憩息于宁静的田园，无论人们跋涉于漫漫征途还是驻守在边关，那灿烂的星光总能给困苦中的人们带来莫大慰藉，总是能够为善良荏弱的人们驱散心头的孤独。然而，这样的星空已在日益暗淡下去，高科技制造出的强大光源是罪魁祸首。据《科技日报》新近的报道，世界趋向城市化，城市趋向"不夜城"，功率强大的"高能汞灯"和"高压钠灯"加上空气污染的折射作用已吞噬掉太空深处传递来的星光，昔日人们凭肉眼便可看见成百上千颗闪烁的星星，如今一些大都市里只剩下几颗半明半暗的星星，天文学家的工作已难以顺利进行。

已经有人撰写文章，呼吁尽快控制城市的高能人造光源，还给人们清幽的月色和深邃的星空。遗憾的是就在同一天里我却看到另一张报纸上配有照片的新闻报道：法国巴黎蒙田大道上的克里斯汀迪奥精品店的楼顶新安装一盏"巨无霸"规格的大吊灯，这个吊灯由 70 000 个灯泡和 2 000 条电线组成，灯高22 米，设计师莉蒂雅及 10 名工作人员为此忙碌了近一年时间。一方面是来自生态保护者的焦急而微弱的呼唤，一方面是来自商家与工程设计者骄奢而强悍的破坏行径，如此下去，星空何以得救？满天钻石般的星空在不久的将来注定将变成一片污浊的昏暗了！

亘古以来自为自在的荒野被人类拖进了浩劫。毫无疑问，下一个蒙难的将是人类自己。获救的惟一途径也许只能是人类学会与荒野共处。一位当代生态伦理学家说:"只有当所有的人都把野生黑熊视为环境健康的标志和荒野的象征时,人类和黑熊才会有更多的生存希望。"只有当人类承认了以荒野为代表的大自然也具有其内在的完整性与价值尺度时,人类才有可能发现并守护住自己最根本的生存权益。

自高自大的现代人类啊,不能再漠视荒野的伦理。

1995 年 12 月于海口

相煎何太急

——作为文化命题的"生物多样性"

> 一个对人类前景更加现实的观点摆在了人类眼前：人口过多与环境恶化正在世界各地发生。它使得自然栖息地越来越小，生物多样性不断下降。现实世界是被市场经济和自然经济同时控制着的，人类正和剩余的生物作最后一次斗争。①

这是著名美国生物学家、"生物多样性之父"威尔逊（Edward O. Wilson）对于地球上物种锐减表达的深深忧虑，他把人类与其他物种之间的关系比喻为一场斗争。这或许就是人类社会"发展进步"带来的诸多负面效应的恶果之一，造成这一生存危机的不是别的物种，而是人类。

最初的世界并不这样，德国学者拉德卡（Joachim Radkau）在其关于世界环境史研究的著作中曾经说过：

---

① ［美］爱德华·威尔逊：《生命的未来》，上海人民出版社 2003 年版，第 71 页。

在人类古老的梦想中，天堂是一个欢乐的花园，这种梦想至今还隐藏在现代生物多样性的理想中。①

这里所说的"欢乐花园"，就是一个万物和谐相处、平衡发展的伊甸园。世界各国的文化典籍中不乏这样的记载，在遥远的时代人与其他物种原本是能够和谐相处的，共同生活在天空之下、大地之上的"欢乐花园"中。在关于远古时代的传说中，人与兽的关系比起后世要密切得多，中华民族受人膜拜的祖先，几乎全都是一副半人半兽的模样：盘古是"龙首蛇身"，女娲是"人面蛇身"，伏羲是"牛首人身"，皋陶是"人面鸟喙"，大禹的本相则是一头"熊"，炎帝是女娲氏之女与神龙交感所生，而炎帝生下的女儿则多半是鸟的化身，大的叫白鹊，小的叫精卫，也就是那个"衔木填海"的红爪子小鸟。舜帝时代的大法官皋陶，其业务助理是一只名叫"獬豸"的独角怪羊。尧帝时"击石为乐"，引来百兽齐舞；舜帝时"箫韶九成"，招致"凤凰来仪"。

道家前辈思想家列子在讲到人与其他物种的"关系史"时曾经指出：

> 禽兽之智有自然与人童(同)者，其齐欲摄生，亦不假智于人也。牝牡相偶，母子相亲；避平依险，违寒就温；居则有群，行则有列；少者居内，壮者居外；饮则相携，食则鸣群。
>
> 太古之时，(禽兽)则与人同处，与人并行。帝王之时，始惊骇散乱矣。逮于末世，隐伏逃窜，以避患害。
>
> 太古神圣之人，备知万物情态，悉解异类音声。会而聚之，训而受之，同于人民。故先会鬼神魑魅，次达八方人民，末聚禽兽虫蛾，言血气之类心智不殊远也。②

---

① ［德］约阿西姆·拉德卡：《自然与权力：世界环境史》，河北大学出版社 2004 年版，第 64 页。

② 《列子·黄帝第二》。

在列子看来，"禽兽虫蛾"在自然天性、生存方式、相处关系的方方面面与人类都有着相同、相通之处，人类与其他物种不但可以友好相处、共同成长，甚至还可以与其他物种进行"语言"层面上的交流，达成共识。人类与其他物种关系的破裂并一步步恶化，只是人类社会后继发展的结果。

两千四百年前列子的这些表述尽管充满"童话""寓言"色彩，但从其精神实质看，对于当前物种多样化研究却是一种启示。

在中国古人的宇宙图像中，"列星随旋，日月递炤，四时代御，阴阳大化，风雨博施。万物各得其和以生，各得其养以成。"①"天地与我并生，而万物与我为一"，人与天地万物原本就是一个有机统一的整体，人类与包括动物、植物、微生物在内的其他物种拥有共同的"母体"，来自同一个源头：

> 道生一，一生二，二生三，三生万物。万物负阴而抱阳，冲气以为和。人之所恶，唯孤、寡、不穀，而王公以为称。故物，或损之而益，或益之而损。人之所教，我亦教之："强梁者不得其死。"吾将以为教父。②

中国古代首席哲学家老子的这段话严肃地告诉人们：天地间的万物都有一个来源，是同一棵生命之树上结出的果实，所有物种相依相存同处于一个有机和谐的系统中。老子还告诫世人：人不能孤立于其他物种之外，称孤道寡不知相互养育，是那些手握强权、独裁专制的王公们的愚昧行径，"损"和"益"，"得"与"失"都是相对的，那些恃强凌弱、运用暴力手段残害同类及其他物种的人，迟早会断绝了自己的生路，以至死无葬身之地。

此后，中国哲学史上记述的"民胞物与"的名言，文学史上传颂的"梅妻鹤子"的佳话，也都体现了人类与其他物种亲密相处的生态精神。

---

① 《荀子·天论篇》。
② 老子：《道德经》，第四十二章。

近代中国杰出的启蒙思想家杜亚泉也曾着力向国人普及万物同类共生的生态理念：

> 人与人为同类共祖也，宜爱之亲之也。则人为脊椎动物之一类，而他之脊椎动物即吾类也；人又为动物中之一类，则动物皆吾同类也；人为生物中之一类，则凡生物皆吾同类也。①

遗憾的是，人类一意孤行。东方哲人老子在远古时代发出的警示，竟然在两千多年后的今天成为残酷的现实。美国当代学者凯勒特（Stephen R. Kellert）在其《生命的价值——生物多样性与人类社会》一书中惊呼：

> 世界观使我们与自然群落分隔开来，让我们在精神上远离了非人类生命，我们已经制造出一种极度的和危险的孤独。②

自人类进入工业社会以来，人类对地球上其他物种的无情摧残已经引发多米诺骨牌效应，使得人类之外的物种正在以接近自然灭绝率 1 000 倍的速度消失。美国环境科学家康芒纳（Barry Commoner）指出，人类的无限发展观为了一己的利益，无视自己与其他物种的复杂关系，把生命循环的生物圈变成了直线，这将导致生态系统的最后崩溃。人类对于其他物种的戕害必然伤及自身，人类当前的生存理念、生产体系都是自我毁灭性的，"当前人类文明的进程也是自杀性的"。③

美国当代社会学家哈珀（Charles Harper）教导现代人：

---

① 杜亚泉：《杜亚泉文存》，上海教育出版社 2003 年版，第 4 页。
② ［美］S. R. 凯勒特：《生命的价值——生物多样性与人类社会》，知识出版社 2001 年版，第 128 页。
③ ［美］巴里·康芒纳：《封闭的循环——自然、人和技术》，吉林人民出版社 1997 年版，第 237 页。

经过亿万年的进化过程所形成的生物多样性是不可替代的。生物多样性是集中于特定地区的百万年的进化的产物。因此,每个国家有理由像保护其民族历史、语言和文化那样保护生物多样性。①

问题仍然出于人们的错误观念,出于人类社会的文化导向,而错误观念的屡屡出现往往是因为人类的自命不凡、自高自大。生物学家托马斯(Lewis Thomas)对此大泼冷水,声言人类只是一个毛病很多的脆弱物种:

> 我们是地球上的后来者,是大小生物中最年轻的生物,用进化的时间度量,来到这儿不过才短短几个瞬间,是一个年轻的物种,是物种里的年轻人。我们只是尝试性地给安放在位,易犯错误,有个到处乱摸索的毛病,很有可能没等积存下多厚的一层放射性化石就整个儿灭绝了。②

"盖娅学说"的倡导者、生性豪爽的女学者马古利斯(Lynn Margulis)告诫人们:作为一个物种,我们还太年轻,太幼稚,不足以信赖。我们的强大只是一种错觉,"人类不是生命的中心,任何其他什么物种也不是。人类甚至并不靠近生命的中心。我们只是这个古老的巨大整体中的一个新近的迅速生长的部分",一个"厚颜、愚蠢的新来者"!③ 地球上的生命群体在25亿年中亲密合作、苦心经营得出的秘诀:"共生",才是颠扑不破的真理。

法国前教育部长阿莱格尔(Claude Allègre)认为:维护生物多样性是一个文化命题,一个教育问题:

> 生物种类的多样、多种、适应、进化、突变,这是一些平衡方程、质量方

---

① [美] 查尔斯·哈珀:《环境与社会——环境问题中的人文视野》,天津人民出版社1998年版,第108页。
② [美] 刘易斯·托马斯:《脆弱的物种》,湖南科学技术出版社2011年版,第26页。
③ [美] 林恩·马古利斯:《生物共生的行星》,上海科学技术出版社1999年版,第96页,第106页。

程或能量方程以外的概念。在这个意义上,生态学说有益地提醒人们注意不要无视自然主义文化。

可以预见,研究生物多样性以及考虑生物多样性的价值将会慢慢聚集于从幼儿园到大学甚至更高层次的教育中。还有什么教授科学的方法比把科学作为生命的朋友,而不是一种不可控制的破坏力更好呢?①

生态文化教育首先是伦理教育。被誉为"生态伦理学之父"的罗尔斯顿有一句名言:一切肉体都是青草,一切肉体都是风。② 成熟的现代人需要环境伦理,必须承认生物圈中的每一物类都有其内在价值。

伦理教育的前提是"敬畏生命",正如伟大的法国医生史怀泽(Albert Schweitzer)所揭示的:

> 由于敬畏生命的伦理学,我们与宇宙建立了一种精神关系。我们由此而体验到的内心生活,给予我们创造一种精神的、伦理的文化的意志和能力,这种文化将使我们以一种比过去更高的方式生存和活动于世。由于敬畏生命的伦理学,我们成了另一种人。③

这种敬畏之心乃是对于人类中心主义的自我约束。杰出的历史学家汤因比(Arnold Toynbee)在其《人类与大地母亲》一书中断言:人类的获救在于克服自我中心主义,"人类之爱应该扩展到生物圈中的一切成员,包括生命物和无生命物。"④

---

① [法]克洛德·阿莱格尔:《城市生态,乡村生态》,商务印书馆2003年版,第153页。
② [美]霍尔姆斯·罗尔斯顿:《哲学走向荒野》,吉林人民出版社2000年版,第212页。
③ [法]阿尔贝特·史怀泽:《敬畏生命》,上海社会科学院出版社1995年版,第8页。
④ [英]阿诺德·汤因比:《人类与大地母亲》,上海人民出版社2001年版,第528页。

美国当代作家阿克曼（Diane Ackerman）用诗一般的语言说："没有蝴蝶的世界是一个更为贫瘠的世界"，哪怕更卑微的生物，如"天花病毒"也应该受到尊重、得到保护。[①] 当然，这种尊重是尊重它在地球生物链中的天然地位，这种保护就是不扰乱它本来的生态序位。

美国生物学家凯勒特还关注到生物多样性的审美价值：

> 自然和生物多样性对人类还有着一种非常的美学影响。在生命本身的特征中几乎再没有什么可以在如此多种不同的情况下，稳定地激发出人们这样强烈的感情。峰峦起伏的轮廓、灿烂漫天的晚霞、一条鲸鱼沿海岸边疾掠而过让人感受到的那股生机……我们可以在那么广阔的范围中领会大自然带给我们的美，体会这种感受的复杂与力量。[②]

回顾本文开头"生物多样性之父"威尔逊提及的人与其他物种的"斗争"，审视新型冠状病毒当下在人类世界横行肆虐的大流行，一贯骄傲自大的人类已经节节败退、受到重创。人们由此应该体悟到在地球生物圈内，我们人类与其他物种"本是同根生，相煎何太急"了。早在 20 世纪，一般系统论的创始人贝塔朗菲（Ludwig Von Bertalanffy）就曾指出：生物学可能取代以往的物理学对现代人的世界观的形成做出根本性的贡献。摆脱二元对立的机械论的世界观，树立多元化的有机整体论世界观，也许才是当前人类走出生态困厄的唯一出路。

---

① 参见 Diane Ackerman, *The Rarest of the Rare*. New York：Random House，1995，p. 132.
② ［美］S. R. 凯勒特：《生命的价值——生物多样性与人类社会》，知识出版社 2001 年版，第 16 页。

梁鸯驯兽

梁鸯是《列子》一书中记载的一位古人,周宣王时代农林部里的一名差役,他的工作是驯养野生的牲畜。不只是野鸡、野鸭、野羊、野鹿,即便是狮虎、豺狼、鹰隼、雕鹗之类的凶禽猛兽,一旦放进梁鸯的饲养场,一个个都变得柔驯异常,异类杂居,互敬互让,雄飞雌从,子孙满堂,简直成了一个安乐祥和的"伊甸园"。

梁鸯的这手"绝活"引起了最高领导人的注意,宣王不耻下问,向梁鸯请教其中的奥妙何在,究竟使用了什么手段?梁鸯战战兢兢地回答,可能还有些结巴:我实在没有什么手段,如果不说几句吧,又怕大王您怪罪我隐瞒。我的办法只是诚心诚意地对待这些野兽,任其天性、顺其自然,既不特别讨好,又不故意冒犯,不搞恶性刺激,处处与之为善,"吾心无逆顺者也,则鸟兽之视吾犹其侪也"。说白了,梁鸯的做法竟是"深入群众以诚相待""与群众打成一片",野兽们自然也就拿他当作自己人看。狮虎们走动在他的园囿里也就不再思念高林旷泽,雕鹗们栖息在他的庭院中也就不再眷恋深山幽谷。梁鸯靠施"仁政"征服了野兽王国,不愧是驯兽的高手。

梁鸯的这种"无为而治"的驯兽法恐怕早已失传。

今人驯兽则完全是另一条路子。一目了然的，莫过于街头市井鸣锣聚众的"耍猴人"，一手握着皮鞭，一手攥着玉米面窝头，顺着我来，塞块窝头，逆着我时，抽一鞭子，即所谓"文治武功、恩威并施"。如此调教之下，倒也真的把一个调皮捣蛋的泼猴驯导得服服帖帖，翻跟头爬竹竿，穿戏装扮鬼脸，忙不迭地做下去。只是，耍猴人始终不敢撤去泼猴脖子上的那条铁索链。这与梁鸯的驯兽相比，完全是两条路子。其实，不止市井耍猴的流浪汉，中国与外国的马戏团里所谓"科学的"驯兽法，也不过是这一套，只不过皮鞭换成了电棍、玉米面窝头换成了巧克力夹心饼干，此外还可能多了一层理论术语诸如"条件反射""行为科学""巴甫洛夫""斯金纳"之类的包装。由此看来，"科学"完全可以和"强权"并行不悖，"福利"也可以与"奴役"联手行动。

帝国主义对殖民地人民采取过的"大棒加胡萝卜"的政策就是一个十分成功的经验。即使殖民地的人们又可以用这样的手段对付比他们更落后贫穷的野兽们。所以，每当我看到舞台灯光下那些大象、黑熊对着观众席打躬作揖时，心中总要泛起一阵酸楚。

梁鸯驯兽付出的是仁义与真诚，现代人驯兽付出的是暴力与奸诈。"今驯"与"古驯"已截然不同。

不过，"今驯"的政绩似乎并不牢靠，马戏团里不时有悲剧发生，不是烦躁的老虎咬断了驯虎女郎的脖颈，就是愤怒的大象撞断了马戏团长的肋骨。马戏团的后院，是一个弥漫着火药味的"集中营"。

"伊甸园"变成了"集中营"，也是地球上包括人类在内的生物界的悲哀。梁鸯已成了历史上掀过去的一页，那么，还有谁来拯救地球上的众多生灵呢？

史怀泽，赤道黑非洲丛林里的一位法国医生、一位神学家、诺贝尔奖获得者、生态伦理学的创始人、被爱因斯坦誉为"理想地集善和心灵美于一身的人"，似乎成了古代中国梁鸯的"接棒人"。史怀泽毕其一生都在为倡导一种"无界限的伦理学"而奔走不已，他希望把人与人之间的伦理道德也推广到人与动物之间。"己所不欲，勿施于兽"，爱护动物，这不仅是为了保护动物，同时也是为了纯洁净化人的心灵。就是这位史怀泽,1950年在京斯巴赫的一次讲演中就曾颇为感激地讲到《列子》一书中中国古代哲人对动物的明智态度,其中包括对动物独立生存意义与内在价值尺度的尊重。

西方现代的史怀泽与中国古代的梁鸯结成了"知音"。而他们共同弹奏的一首乐曲,便叫作"尊重生命"。当人类最后学会与其他生物友好共处、多元共生时,世界就会变得更美好一些。

1995 年 12 月

红柯的苍狼

在这个与自然越来越疏远的时代,红柯是一位与大自然有过亲密接触并深有体验的作家。在他的这部小说集里,旷野中的狼,是大自然的象征。

人类在改造自然的过程中,将狼改造成了狗。开始是猎狗、牧羊狗。如今遍地是哈巴狗、宠物狗。不料想,与此同时人也变成了权力与金钱驯养的宠物。

被文明驯化的小狼将自己的母亲置于死地。被文明装备起来的人类也已经将自然逼到死地。然而,受到重创的自然就像那只仅仅剩下一颗头颅的老狼,终究还会聚集自己的精气,还原成形,反扑过来。"它的脑袋是铁的,它的神气还聚在荒野上。"

时代仍然在唱什么"保护自然"的高调。凭什么保护自然?就凭人类那自以为高出自然一筹的文明吗?不正是这"文明"戕害了自然!

面对荒野、理解苍狼,是一个理智上的谦卑问题。唯一的拯救,或许只能是俯下身来、回归自然、融入自然,使自己成为自然人,成为自然中的一员。男人们受历史惯性的拖累已经变得无比疲软、委顿。希望可能在女人,因为女性天然地属于大地、属于生殖、繁衍。她们更容易接受野性的呼唤。一声狼嚎,便能够激发她们与自然的交欢。

享誉世界的生态批评理论家利奥波德在他的《沙乡年鉴》一书中写道："这个世界的启示在荒野。大概，这也是狼的嗥叫中隐藏的内涵，它已被群山所理解，却还极少为人类所领悟。"这话，正可以作为红柯这部小说集的注脚。

红柯的新著长篇小说《狼嗥》即将出版，我衷心祈盼他的《狼嗥》能够为当代人领悟。

"草丛里都是灰白的石头。这些石头都是驯服的，可它们的缝隙里长出的草令人难以捉摸。这些草就像女人，风暴骤至，它们就承受蹂躏；羊来吃它们，它们温顺美丽媚态顿生；碰到兀鹰和狼，它们就像血性汉子的怒发，直指云天，肃杀无比。"这是红柯小说中的语言。红柯小说的语言也像是戈壁上的石头、石缝里的青草，在蓝天下、星光里闪烁、蔓延。那是属于荒野的语言。

2016 年 7 月   紫荆山南

补记：

红柯（1962—2018），著名作家，出生于陕西省宝鸡市岐山县凤鸣镇，青年时代在新疆阿尔泰山区度过，出版有《西去的骑手》《金色的阿尔泰》《乌尔禾》《太阳深处的火焰》《跃马天山》《古尔图荒原》《敬畏苍天》等，深受读者爱戴，被誉为"马背上的作家""驰骋在丝绸古道上的骑手"。曾荣获冯牧文学奖、鲁迅文学奖、庄重文文学奖。《狼嗥》是他的一部中短篇小说集，出版前曾拿给我看过。不料两年后，2018 年 2 月 24 日上午，红柯因心脏病突发在西安家中去世，享年仅 56 岁。

红柯待人热情、诚恳、质朴。他去世前，我到西安来，他请我吃羊肉泡馍，洽谈甚欢。2017 年我到西北边陲布尔津，车过克拉玛依，还曾给红柯打电话："红柯，我看到你的乌尔禾了！"

来生做棵树

不止一次,与友人闲谈来生,

我总是声称下辈子决不为人,而要托生为树……

——曲令敏《消逝的田园》

曲令敏的这句话深深地感动了我,我知道,这是她的肺腑之言。也许,她上辈子本来就是一棵树,此世为人,只是一次误入歧途。因为,我还从来没有见过哪位作家能够像她这样与树有着如此通灵的、会心的交往。

在曲令敏的这本散文集《消逝的田园》中,写树的文字占去大量篇幅。那么多写树的文字纷至沓来,但你丝毫不觉得冗长重复。她的那些写树的文字就像她笔下的这些树的精灵一样,或疏影横斜,或绿云,或突兀峭拔,或婆娑扶疏,或暗香浮动,或低吟浅唱,总能给人以质朴而又亮丽、自然而又独特的感受。

西方哲人海德格尔曾经用他那睿智的目光观照过树,即他在《林中路》中遇到的那棵"开花的树"。在他看来,真正的树,就该"树就是树",就是立足在地、仰望天空的一种存在,一种生长、发芽、开花、结果的自然过程。若问"树为什么开花"？"那就因为它是树"。这答案几近于禅机。玄妙吗？并不。你只要看一看现在的工业社会中树早已不成其为树，树已经成了木材、木料、栋梁、模板、家具、纸浆、一次性消费的方便筷，你就会领悟到这位哲学家的苦衷。树的"原初本真"的含义已经引退，已被遮蔽，这不仅仅是树的悲剧，大自然的悲剧，也是人的生存的悲剧。

在曲令敏笔下，树依然是树，是那自然中的树，荒野中的树、田园中的树，是天地间一种生长着的、歌唱着的存在。"树，吮着大地，喷涌而起，直旋上蓝天，让云彩和鸟雀筑巢，把低柔或响亮的话语，空灵灵地诉入人的心田"，那是地下的精灵，又是天上的仙籁。在曲令敏的笔下，树是一种与人的生命、与女作家的生命浑融在一起的心灵存在，一种充盈着诗意的存在。人间由于有了树，有了"自然的树"，树旁、树下的人的生活界便因了这树而与自然界亲和起来。

那一树树的槐花、柳絮、榆荚、椿头就是灾荒年穷苦人的救命菩萨。

那祖宗坟前的松柏，是种族血亲生息绵延的历史见证。

那一地的树荫、斑驳的树影，是童年时代嬉戏玩耍的乐园。

那棵与小儿一起拍手的绿树，曾经和小儿一样发出畅心的欢笑。

那棵树散发着清香的麦黄杏，曾经是骡子大哥坎坷情爱生活的结晶。

正是有了树，才有了树间的明月、树下的小河、树干上的青霜白露、树梢头的清风白云、树前村头小路上的依依惜别……树就是清风、白云、明月、溪水，就是树下的小芹、兰荣妮、画儿、长栓、七奶奶、骡子大哥，树就是家乡故土、亲情、母爱、生命的栖息地，正是这些树枝、树根，把自然、生命、人编织在了一个庞大的生存"网络"之中，这是一个比由无线电脉冲制造的那个"网络"高贵百万倍又平实百万倍的生存之网，这个"网络"寄托了女作家的千般思念、万般柔情。

想起树，就想起我生命途中默默无言的朋友，和它一起听风、听鸟、一起送落日迎明月。进城二十年，北村的洋槐，东庄的杏林，西山的桃花，还有村中井口上那棵霜叶半凋的老柿树，依然历历在梦中。树，是无量天光洒落凡间的才华，是苍茫大地吐放尘世的灵气，是造物最温润的母爱。

来生如果真的能够做棵树，做棵这样的树，那真是幸福的、惬意的，令人羡慕的。

海德格尔把真正的生活在现世叫做"诗意地栖居"。从曲令敏的这本散文集中我领悟到，能够"诗意地栖居"的，惟有这田园里的树，和那树一样的人！

只是书的题目使我不能不悲哀地感到：田园已经逝去。

田园，是随着树的逝去而逝去的。

生态学界不断有噩耗传来，大片大片的森林被工业的剃刀从地球上割去，大片大片的土地变成了沙漠戈壁。原始森林砍去之后，被人们改种为"用材林"，而"用材林"的归宿则是"木材""木料"。"森"变成了"林"，"林"变成了"木"，这就是"树"们在今日社会中不可逆转的命运。如果最后一根"木"连它的"根须"也被拔去，那么就只剩下了一个"十"，那便是大自然留给人们的最后的一个警戒，一个象征着寂灭的"十字架"！

来生做棵树，必须保证有一个来生，那就是未来。人的未来和树的未来。不然的话，曲令敏即使来生做了一棵古朴的榆，傲岸的松，婀娜的柳，清俊的杨，由于没有了"未来"的保证，也只能被拿去做成纸浆，印做大众传媒的 XX 日报，或切削成一次性木筷，摆放在某快餐店的餐桌上，也许，她会被制作成华丽的板材，去装点某一位"成功人士"的别墅客厅。到那时，做了树的女儿家依然挣脱不了"万劫不复"的苦难历程。

还是海德格尔说的：哪里有危险，哪里就有得救的希望。真正的诗人，正是暗夜里划过的一点星火。曲令敏的这本《消逝的田园》的意义也正在这里,她是在田园消逝的时刻,以她那满怀深情的絮语,强烈地呼唤着田园的回归。

2000 年春,郑州绿云平湖苑

陌生的椰子树

初见海南岛的椰子树,我总觉得那不是树。树干光滑洁净如马路边上的水泥电杆,没有树枝,树干顶端便是一蓬树叶,况且那树叶也很难用"一片片"去形容,似乎应当用"匹",一匹树叶长二三米,宽约一米,没有"落叶飘飘""落木萧萧",偶有老叶落下,铿然有声,横陈在草地上,很像一条硕大无比的蜈蚣。树叶掩映下,是累累椰果,其状如人头。这哪里像是树!

在海南黎族人的传说中,椰果就是人头。古时候有一位深受民众热爱的黎族首领"骆王",被奸细诱杀后将人头挂在一根竹竿上。那竹竿一夜间便长高数丈,敌人便对着骆王的人头放箭,结果,竹竿变成了椰树干、羽箭变成了椰树的叶子,骆王头变成了椰果。骆王死后也不忘造福部族,椰汁可以解渴,椰肉可以充饥。这故事很神奇,然而对我则又很陌生,陌生中还又添进了几分恐惧,再捧起椰子、插上吸管去饮用时,就总觉得自己捧了一颗人头,椰子汁立时变了味道。

陌生的还不只是树,还有树下的人语:"努底罗阿陆囊?""艾豪革侬里哟路勒?""非底昂甘嗲!"翻译过来是:你是大陆人?海口机场在哪里?非常感谢!除了最后一句"非底昂甘嗲",其他的并不比西班牙语、土耳其语好懂。

陌生的还有吃食。比如"槟榔"。这玩意儿听来并不陌生,唱在歌里更美。早先一些的有《梅娘曲》:"坐在我们家的窗上,嚼着那红色的槟榔";现代流行的有《采槟榔》:"少年郎,寻槟榔,小妹妹提篮抬头望,青山高来绿水长"。海南盛产"槟榔",在三亚街头禁不住买了一枚,同时还奉送一树叶包着的白色粉浆,学着别人的样子吃进口中,略嚼几下,喉头便如吞了烧碱、生石灰一般呛起来,全吐出来之后,胸口还涌堵了几里路。看似熟悉的槟榔实则又是如此陌生。此外,还有其大如斗的"菠萝蜜"、群集在树上的"木瓜"、状如青梨的"番石榴"。不仅是这些,包括在北方司空见惯的蔬菜,到了这里也全都走了味:茄子带有冬瓜味,而冬瓜又带些黄瓜味。海口街上沿街高声叫卖的"北方馒头",吃在嘴里也变得甜甜的、黏黏的、酸酸的、腥腥的,像是用蒸笼蒸出的面包。

当然,对我来说,陌生的还不只这些,还有"熊谷组的商住楼""英格顿的夜总会""火山口的羊肉"……视野中的陌生感化作身体内的不适应,那滋味并不好受,五脏六腑似乎都调换了位置,大脑皮层似乎被揭去了熟悉而又亲切的一页。

尽管如此,我仍然珍惜自己蒙受的这一份"陌生"。

一位哲人说:"熟悉基于过错","病态中包含着适应"。我想这是有道理的。因为"熟悉"总是意味着对于过去的认可,"适应"总是表现为主体对于环境的认同,"熟悉"与"适应"即使不是精神意义上的固置,起码也意味着一种心理意义上的重复。"固置"将造成精神源泉的干涸,"重复"无疑是生命价值的分母,而"陌生"却有可能将人生引向一条新的路途。艺术更是如此,郑板桥画竹,所贵者"胸无成竹""胸无定竹",创新之路永远是一条陌生之路。

因而,我愿意不断地从"陌生"走向"陌生"。

1994 年秋,琼山

中国的北窗

——夏日大兴安岭散记

中国古代伟大的自然主义诗人陶渊明曾留下许多名言与逸事,其中广为人知的便有"北窗下卧":"五、六月中,北窗下卧,遇凉风暂至,自谓是羲皇上人。"这是陶渊明渐进晚年时写给他几个儿子的"家训":酷暑溽热的盛夏,躺在北窗下的竹榻之上,遇上凉风徐徐吹来,那真是一种最高的享受,简直就像回到羲皇时代!"羲皇"指古代传说中的"伏羲氏",与"神农氏""黄帝"共称"三皇",而"三皇之世"是包括孔子在内的历代儒家的理想时代。

陶渊明式的"北窗下卧",不需要呼呼飞转的电扇,不需要轰轰作鸣的空调,不消耗能源,不污染空气,就可以享受到盛夏时节的清新、清凉与清爽;同时还可以欣赏到窗外的"树木交阴"、林中的"时鸟变声",这是何等生活?这是一种自然、自在又自由的生活,一种充满诗情与画意的生活,一种"低物质损耗的高品位生活"。

盛夏来临之际,我应好友王笃坤之约,在北部中国的大兴安岭盘桓多日,一个突出感受,就是我感悟了陶渊明诗文中描述的"北窗下卧"。

大兴安岭,就是中国的北窗。

林中路

这是一条通向加格达奇近郊"樟子松母树林场"的一条路,一条林中路,一条久违的土路。

无论在北京、南京、广州、上海,要想找到这样一条土路都是很困难的,哪怕在公园里,道路也都被硬化,被铺上柏油,被浇上水泥。现代人出行甚至已经不再满足一般的公路、铁路,而是"高速"的公路与铁路。一次我乘汽车从海口回苏州,一日千里,已经没有了"在路上"的感觉,倒像是被放在"传送带"上。对于现代人来说,"走在乡间的小路上"已经成为一种可忆而不可及的奢望。

此刻,这条土路正向着高大的樟子松树林里蜿蜒延伸。樟子松灰蓝色的树影映射在黄褐色路面上,土路似乎穿上了"迷彩服"。走在这泥土、细沙浑成的土路上,"脚感"也立时变得柔顺、灵动起来。路面上有车辙,车辙里长出青草,草丛里有时会闪出一只蝴蝶,蹦出一只蚂蚱。路两侧的水沟被野草野花覆盖着,人走过会听到青蛙惊起跳水的声响。大树的下边,有时会看到一些散落的黄白色小小圆球,那是雨后新长出来的蘑菇。小路上空,湛蓝的天,银白的云,偶尔飞过的一只苍鹰,会使行人的心胸一下子变得悠远、旷放起来。与那些洋灰路、柏油路不同,这土路拥有太多的"生物量",这是一条有生命的路,一条与行人的血脉相融通的路,行人的生命也因为这条土路被延长、被拓展了。

林荫深处的土路一侧,一座标本馆陈列着林中多种多样的动植物标本。我在这里看到了我所钟爱的那种动物:猞猁。我曾在我的一本书中写道:"猞猁是山林中一种富有灵性的动物,它有着锐利的目光、敏捷的四肢,既善于觉察环境中细微的变化,又能够迅速地付诸行动。"最早关注地球环境与生态问题的国际民间组织罗马俱乐部便以猞猁作为象征。我在意大利罗马林琴科学院见到过那只被供奉起来的猞猁标本,体型不如加格达奇的这只壮实。

柏拉图的城

说实话,到了加格达奇,我才弄明白这座林业城市的地理位置在内蒙古、行政管理在黑龙江。"加格达奇"在鄂伦春族的语言里,就是"生长樟子松的地方"。它现在是大兴安岭地区首府,坐落在樟子松、落叶松的丛林中,背靠北山,面向甘水。城市不大,总人口十五六万,赶不上江浙地区一个乡镇。但这里天空明亮、水源洁净,马路上从不见堵车,农贸市场里的水果、菜蔬还沾带着大自然中的露珠与泥土。走出城市不远就是旷野,坐在自己家门口就可以呼吸到水面上、山林里随风吹来的"负离子"。我想到古希腊哲人柏拉图在其《理想国》里关于城市的设计,其中一个重要前提就是人口控制。他说理想的城邦是5万人,现在看来是少了些。但现代都市动辄数百万、上千万人,美梦将注定酿成噩梦。生态学中的阿里定律指出:动物种群有一个最适种群密度,种群过低或过密都可能对种群产生抑制性影响。比较心理学实验证明,饲养在笼子里的小白鼠增殖到一定极限时,白鼠们便开始情绪紊乱、暴躁不安、相互攻击,呈现出精神失常与行为失常。如今大都市里的人们为何变得如此冷漠、如此狂躁,特别容易发怒,或许就是因为违背了"阿里定律"。这些年来,内地的城市一直在无度地追求集中化、规模化,一座几百万人口的城市,仍然不停地向四边拓展,向地下和空中扩张。在我们家,躺在床上就可以看到:一座200米的摩天大厦建立起来,又一座300米的摩天大厦即将完工,接下去还有两座500米的在筹建……城市在高速发展,居民的生活质量却在急剧恶化。柏拉图的出发点是"生活舒适",我们的出发点则是"发展速度",症结或许正在这里。

加格达奇地处北国边陲，夏日短暂，冬天漫长，不知这里的人们如何打发他们的业余时间。朋友并不急于回答，而是带我参观了小城的木刻展览、书法展览、摄影展览，精湛的艺术水准出人意料，据说还曾获得过省内外许多大奖。此外，冬泳、刺绣、女子管乐队也都赫赫有名。这些活动全都是业余的、自娱性的，只是为了满足自己的审美情趣，提升自己的精神追求。前几年，北京、上海学术界争执不下的"日常生活审美化"，从康德一直争到费瑟斯通，而在这座小城里则是不证自明的。城市文化建设应当更人性化，一个城市的文化生活并不一定全都要走产业化道路。

漂移的拓跋氏

在山西大同的云冈石窟，我被告知这些佛教艺术巅峰杰作创作于北魏时代；在河南洛阳龙门石窟，我被告知那美奂美伦的"古阳洞""宾阳洞"原本出自北魏匠人之手；我还被告知，河南巩县石窟寺世界闻名的浮雕"帝后礼佛图"也同样是北魏时代的杰作。在加格达奇西北方向40多公里的地方，朋友带我去看一个天然山洞：嘎仙洞，说这里就是北魏王朝最早的源头，鲜卑族拓跋氏部落最初的发祥地。

洞在半山坡上，为茂密的林木遮掩，不到近处很难发现。洞口不是很大，走进洞里恍如钻进一个巨大的"壶"中，那幽微的光线、氤氲的空气，让人觉得走进一个久远的梦境。当内地的风流才子司马相如与风流才女卓文君吟诗弹琴互诉衷肠时，在这山洞里，拓跋氏部落的子民们还披着兽皮，围着篝火，陶罐里炖着狍子、鳇鱼，过着原始生活。然而，随着时光的流逝，鲜卑族的拓跋氏就是从这里出发，沿着山坡下的嘎仙河漂移而出，走出丛林，走出大山，一步步走进呼和浩特，走进山西大同，走进中原洛阳，开创了长达180年的北魏王朝，创造出如此灿烂的文化。

走向发达强盛的拓跋氏并没有忘本。大约公元五世纪中叶，也就是东晋诗人陶渊明辞世不久，已经做了皇帝的拓跋焘特派大员携各色供品来到洞里祭祀先人。至今洞内还留下一方刻石："王业之兴，起自皇祖。绵绵瓜瓞，时惟多祜"。如今，这嘎仙洞里生长出的"瓜秧子"漂移了半个中国后，已经又蔓延回加格达奇，开花，结果。

在返回加格达奇的途中，阿里林业局的同志请吃饭。蒙古包里，手抓羊肉、干烧狍子肉，酸黄瓜、油豆角。酒酣之际，主人首先展喉放歌，歌声洪亮、豪放、悠长。我太太是大学的声乐教授，此时却完全失去"对抗"能力。她听出东道主唱的歌声中有山林、草原气象，隐约还有"牛哞"与"马鸣"的韵味，这是一种回归天地的歌唱，敢情他们就是拓跋氏的后裔。说来也怪，歌声竟引来滚滚乌云，接着便是霹雳雷电、豪雨扑窗。蒙古包内的光线暗淡下来，恍若坐回嘎仙洞内。

对面就是俄罗斯

从加格达奇到漠河有数百公里的路程，我们是乘坐小型飞机过去的。这有一个好处，从飞机上往下望，就像一只鸟儿那样俯瞰整个大兴安岭，望不尽的丘陵沟壑，望不尽的浩瀚林海，时值盛夏的大兴安岭，就像一块巨大的翡翠碧玉，一幅葱茏蓊郁的锦绣长卷。

下了飞机，人们径向北方奔去。北极镇的草地上散布着许多由不同名家书写的不同字体的"北"字：王羲之的，颜真卿的，苏东坡的，黄庭坚的，米芾的，唐寅的……一个个寻觅过去，方才发觉已经中了这里的行为艺术家们的"找北"的谋略。

"北极村"，是位于中国版图上"鸡冠"尖尖上的一个小村庄，晚饭就在江畔一家船上餐馆。脚下是滔滔江水，隔着波光粼粼的江面望去，对面就是俄罗斯。比起这边，那边显得人烟稀少，林木却更加茂密。一盘清蒸江鲤端上来，店家说如今在江里捕鱼越来越难了，黑龙江是条界河，鱼都躲到俄罗斯那边了。我忽然想起那年在海参崴，那里的朋友也曾说起，由于中国改革开放后经济迅速发展，中国这边的森林砍伐过度，只剩下了"柴禾林"，中国的东北虎也纷纷携儿带女跑到林深草密的俄罗斯一边。这着实有些让人尴尬。改革开放后的中国，人们的生活水准普遍提高，十几亿人口，人人都想过更富裕的日子，便不得不与原野上的林木、江河中的鱼虾、山林中的鸟兽争抢"生态位"，到头来严重地破坏了自己的生存环境。为了百年大计、千年大计，我们这个人口超级大国需要比其他国家的民众拥有更高的生态觉悟、更多的生存智慧。遗憾的是至今我们做的还远远不够。

入夜多时了，北极村上空依然明朗，"神州北极"的碑刻在彩灯照射下显得玲珑剔透。我突然想起，这"北极"其实不过是以我们自己的版图为尺度，换一个坐标，从地球的尺度看来，我们距离"北极"还很远。江的对面是俄罗斯西伯利亚广袤的荒原，荒原的北边还有浩瀚的北冰洋。如果再转换一个坐标呢，比如太阳系、银河系，我们还要到哪里"找北"呢？

黄金沟与蓝莓镇

从漠河乘汽车南下，公路大型指示牌上不时提醒人们："高纬高寒地区常年岛状冻土地段"，这让我们意识到即使盛夏，我们此时脚下两米的地方仍是冰冻状态。

第一站，金沟，又叫胭脂沟。据说慈禧太后的胭脂钱是由这里开采的黄金支付的。"黄金""胭脂"，两个汉语词汇叠压在一起闪现出奢华色彩。这是一条宽阔平坦的河谷，1877 年一位鄂伦春牧人在这里挖坑葬马，一撅头下去竟挖出几块黄金。此后，俄国人、日本人以及内地的冒险家纷纷赶来盗采，万古洪荒的河床一时成为繁华的闹市，成为争夺财富的凶险之地。后来，黄金沟被清廷接管，年贡黄金 10 万两。如今虽早已停止开采，河谷里仍然残留一垄垄、一堆堆的矿渣，连野草也不肯生长。河谷里的"原居住民"，那些棕熊、马鹿、黄鼬、紫貂、林鸮、花尾榛鸡更是全都不见踪影。自然生态的恢复还需一个漫长的过程。

出了黄金沟沿快速公路往东南驶去，一路上河流纵横、冈峦起伏、草木葱茏，路边不时会看到停放的摩托车，却并不见人。朋友说车主都在草甸深处，是采摘野蓝莓的个体户。

蓝莓（Blueberry），以前的大兴安岭人称之为"都柿"，原本是漫山遍野的一种野果。现代科学发现其中富含花青素、有机锗、有机硒、熊果苷等特殊营养成分，被联合国粮农组织命名为五大健康水果之一，身价随之大增，被封为"黄金果"。高利润引发采集狂，不择手段的野蛮采摘（比如使用一种叫做"铁撮子"器械的采割），已经给野生蓝莓造成致命伤害。

我反感将"蓝莓"叫做"黄金果"，把这山野间的蓝精灵与黄金扯在一起。黄金作为一种贵金属与货币成为搭档是必然的，黄金产业的开发历来与贪婪、血腥联系在一起，甚至"抢劫金店"也已经成为当下刑事犯罪的热门。而蓝莓作为一种拥有生命的草木，本是大地对人类的恩惠，象征着人与自然的和谐。如果非要把蓝莓作为一种"产业"加以开发，那么也应该尝试一条"天人合一"的正道。

在阿木尔林业局，我有幸看到这一迹象。

阿木尔林业局所在的劲涛镇已经改叫"蓝莓镇"，连镇上的建筑也都被涂上漂亮的蓝莓颜色。在投产不久的"北极冰蓝莓酒庄"，我们似乎看到"生态时代"的曙光。在这座温馨典雅的建筑里，丛林里的蓝色精灵变身为清冽甘甜的世上美酒，这里的美酒也会像江西柴桑镇那样，孕育出一代诗人吗？真是凑巧，在阿木尔我们还真的就结识这样一位"奇人"，他在政法系统任职，干的类似苏东坡当年做"通判"的差事。他年龄不大却博览群书，精通音律，抚得琴，写得字，五古七言倚马可待。道别时，我也不惮谫陋，吟诗一首："青松在东园，白云宿檐端。举世少复真，清节映西关。"不过，这诗并不是我创作的，而是拼对的陶渊明先生的诗句，要不然我会将"西关"改为"北关"、北部边关了。

家园贴近桃花源

在大兴安岭林区，"家园"的完整叫法是"韩家园子林业局"，简称"韩家园"。但这里的职工喜欢直呼为"家园"，那是他们自己的家园。这里地貌平缓，呼玛河、嘎根河、倭勒根河在这里交汇成网；樟子松、落叶松、白桦树连理成林。镇子不大，井然有序地划分为产业区、生活区、游览区、行政区。职工宿舍貌不惊人，却宽敞舒适。小饭馆绝非高档，饭菜却新鲜爽口。街头广场并不铺张，一派歌舞升平气象。镇东的鹿苑，马鹿、驼鹿、梅花鹿自由自在地散放林间，既是产业，又供游览。到了夜晚，一间不大的卡拉 ok 厅，温馨的灯光里照旧飘出《北国之春》《月亮代表我的心》……对于舒适的日常生活而言，这里是"应有的尽有"；相对于奢靡的现代大都市，这里则是"不应有的全都没有"：没有过剩的垃圾，没有堵塞的道路，没有拥挤的人群，没有致癌的 PM2.5，没有雾霾，没有强索人命的"非典""禽流感"。在这里，难得的还有人际关系的融洽。在号称自由平等的大学校园，"官本位"已经成为铁打钢铸的江山。在韩家园林业局，或许与野外作业、集体行动相关，这里的上下级关系并不如内地森严。我看到"首长"的孩子与"司机"的孩子亲如兄弟姊妹般地交往，我很感动。这对孩子们的心理健康也是大有益处的，这样的环境里容易培育出诚挚与善良，而不至于滋生出衙内、魔女那样的劣货。

韩家园的人们很热爱自己的家园，他们的目标是将家园建成"美丽家园""和谐家园"。比起"富可敌国"的华西村，这里远不够富足，但这里的人们并不缺少幸福感。比起华西村装在玻璃罩子里用一吨黄金打造的那只牛，我更钟情家园林子里啃吃着青草的梅花鹿。在我看来,大兴安岭的韩家园虽然清贫,距离中华民族世代向往的桃花源或许还要更近一些。

桃花源并不总是在"世外",还存在于我们的心中。

位卑未敢忘忧国

王笃坤,祖籍山东,爷爷那一代落户大兴安岭。他是林业局一名资深"小干部",在韩家园子林业局负责工会工作,在开展帮扶、维权、丰富职工文化生活等方面做得有声有色,领导对他的评价是"很有影响力"。笃坤的太太在加格达奇供销社上班,正在紧张地筹备一年一度的国际蓝莓节,女儿还在读大学,读的是艺术专业,笃坤对他的这个三口之家非常满意。

从学生时代起,笃坤就喜欢文学,与同学一道组织过诗社,还在当地的报刊上发表过诗歌。也许是太多的诗歌熏陶,笃坤身上比一般的工农干部多了些书卷气,甚至还多了些浪漫气质。有时他会对我说,很想在林子深处盖上一座小木屋,过陶渊明那种开荒南亩、守拙归田、采菊东篱、荷锄月下的生活。当然,现在还不行。

由于旨趣相投,十五年里我们之间书信来往不断,这次是初次见面。

作为大兴安岭的一名老林工,现在日夜困扰着王笃坤的是这样一个问题:在八九十年代经济大开发中,林业做出巨大贡献,过量的砍伐加上"5·6"特大火灾,大兴安岭的森林已被大大损伤了元气。2000 年,国家"天然林资源保护工程"正式启动,林区经济开始转型,林区内木材采伐量逐年调减,近年来已减至 70 万立方米。在笃坤看来,这个数字的确不大,即使全部取消,也不会对国民经济造成多大影响。但只要口子一开,由于各种难以规避的陋习与漏洞,实际上被砍掉的决不会仅仅 70 万。笃坤一直坚持认为,整个大兴安岭应由国家立法设置为"自然保护地",严加保护,限制利用。保护好中国北部这片大森林,等于养护好中华民族健全的肺,其生态价值要比几十万立方的木材金贵多了!至于 70 万立方木材的亏欠,一方面大兴安岭自己努力发展林下经济,以采集、种植、养殖、旅游等有限制的资源利用生产活动加以弥补;另一方面,政府应当为大兴安岭的生态贡献付款买单,这叫做"生态公平交易"。

"位卑未敢忘忧国",我被笃坤执著的忧患意识深深感动。

不久前的一个风雨之夕,笃坤从千里之外的北国打来电话,听口气他似乎"喝高"了,几十分钟的长途电话变成了"车轱辘话":70 万立方能不能不要砍了啊?我人微言轻,老鲁哥能不能从生态学上呼吁一下!

（《中国绿色时报》2013 年 7 月 22 日、29 日）

山水之为蒙

人类在走出山林并渐渐远离山林之后，便开始了对山林的思念。思念而又无处可归，那思念便化为梦幻。

山水画，是关于人类家园的原始梦幻。

正如走得愈远愈是思念家乡一样，人类社会愈是向前发展，人类愈是眷恋自己的原始家园。魏晋之前，人们对于山水似乎并无特殊的兴趣，到了盛唐，李思训、王维们便由衷地追慕那原始的梦幻。宋代是李成、夏珪、范宽、马远；元代以来，山水名家峰出，"四家""六家""九友""十哲""南宗""北宗"遂蔚然成风。

也许并非巧合，而是人类全息精神运作暗中规约，《易经》中"蒙"卦的卦象为"䷃"，艮上坎下，为山水之形。山水之为"蒙"，于自然则"混沌细组"，于人事则"柔韧默养"。山水画即"山川林木"在画家胸臆中蒙养孕育的结晶。石涛曰："写画道，须知有蒙养。蒙者因太古无法，养者因太朴不散。不散所养者，无法而蒙也。"思其蒙而审其养，自然法则与生命法则同构。自然法则与生命法则相碰撞、相渗融，便诞生了诗与艺术。大道之行、元气运化，是天地的灵魂，是人类的灵魂，也是山水画的灵魂。最高意义上的山水画，其实是植根于人对自然的"神秘参与"之中的。

人与自然久违了。

现代人的聪明才智颠扑了自然原始的细组混沌,现代人营造的奢侈的物欲文明淤塞了人类本真的颖悟灵性。生活在钢筋水泥管道电缆构架中的人们,与自然日益失去血脉的关联。人们或许意识到了生命之泉的枯竭,"回归自然"的口号在摩天大楼间回响,"旅游"使芸芸众生趋之若鹜。然而,旅游很快变成了"旅游业",深山古树、清涧云岫、悬崖飞瀑很快被围上一道道栅杆,再设立一座售票处,便成了"景点"。生命的元气再次被阻滞,通往原始家园的路径再次被隔断。

尚存的一线通道是心路历程,是诗人艺术家在精神层面上对自然的认同。其中包括山水画。读李云亭先生的山水画,我不禁想到了这些。

云亭先生自幼与美术结缘,辛勤耕耘于砚田丹青间。他曾尝试过油画、版画,又曾刻意于花卉鸟虫,最终却在山水画中找到自己的归宿。用他自己的话说:山水才更契合我的天性。从此,他便时时徜徉于嵩岳、太行、匡庐、峨眉道上,时时流连于山光水色、白云翠嶂之间。我想,云亭尽管艰苦,然而又是幸运的,他的艺术生涯终于与生命深处那一潜在的冲动、那一遥远的梦幻沟通了。禅宗有言:"明心见性,见性成佛",或许云亭已经见到那本来清净的心性,能否成佛,我说不出,但我知道那一定是艺术的真谛,那也一定是生命的活水,云亭的画作、云亭的人生将因此萌生一片不凋谢的新绿。

当然,从"发蒙"到"开悟"总是有一个过程。按达摩祖师的说法,或者"理入",或者"行入",或借经典教谕而鞭辟入里,或舍去一切文字义理而直彻心源。画道的修炼也不比修仙来得容易。这些,在云亭先生的创作生涯中也可以寻到佐证。

云亭早期的画更多地师从先人的成法,精于构架布置,用力具象实写,画面斑斓而平稳安然;他后期的画则更多地出自己之胸臆,笔墨恣情纵横,画面浑然空灵,单纯之中充盈着生气的流动。如若说他前期的作品多了些散文化的叙述,后期的追求则更倾心于意境的呈现,焕发出诗意的葱茏。我想,白石、海粟、宾虹、大千诸大师之所以能够通灵通圣,概经由此门径中过也。

云亭曾得到海粟大师亲自点拨,创作由此大进。由固置而入流变,由条理而入细组,由实写而入化境,由工致而入天真。云亭的山水画已经取得相当的造诣而为世人所推重,这部画册的出版无疑在他的创作历程中竖起一座丰碑,这是应当向他祝贺的。

只是,山径弯弯,云路迢迢,画道幽幽,艺海冥冥,云亭的求索从某种意义上说也许不过仅仅是开始。我想,在山水画的创作领域,他会以自己的信守与毅力,不断地在"山重水复"中超越自己,从而走向山水的更幽深处,走向精神的更高远处。

1993 年 9 月 8 日

阿勒泰的"大"自然

"大自然",已经成了人们时常挂在口头的一个常用词。但人们常说的"自然",并不都能够称得上"自然",更别说"大自然"了。

中国古代有人做了官、发了财,世俗生活过腻了,又想到回归自然,便在城市中选一块地、围一圈墙,堆石为山、植树成林,再引来一泓溪水,临水造些亭台楼阁,似乎就已经"自然"了。在苏州被誉为世界物质遗产的"园林",就是这样的"自然",其实不过是类乎"盆景"的"人造自然"。

如今,在北京、上海、郑州、武汉这样的大都市,要想看到不掺杂任何人工的纯自然,即使开车郊行百里,视野里仍然是绕不开的楼层、电线杆。于是,泰山、黄山、庐山、武当山、峨眉山变成了人们亲近自然的首选。千百年的登临,已经使这些名山大川遍布人类的足迹、浸透人类的精神,成为"人化的自然"。为了满足现代社会繁荣的旅游产业的需求,栈道、缆车、停车场、游乐场抢占了大片原本属于自然的空间。每逢节假日,在密集的游客人流前,自然的空间已经变得十分狭窄。

今年初秋,我有幸来到新疆维吾尔自治区西北地区的阿勒泰,才真正体会到什么叫"自然",什么叫"大自然"。阿勒泰的"自然"才是真正的"大"

自然。我的地理知识残缺不齐,以往读古诗"明月出天山,苍茫云海间","雪暗天山道,冰塞交河源","心在天山,身老沧洲",想着天山就已经是中国北疆的尽头了,这次亲临北疆,方才确切知道天山之北还有这座浩瀚的阿尔泰山。

阿勒泰地区位于阿尔泰山南麓,东部与蒙古国接壤,西部、北部与哈萨克斯坦、俄罗斯交界,处于欧亚大陆腹地。在这里,阿尔泰山由西逶迤而下,乌伦古湖以东丘陵渐降为平原,地势大起大落,落差几达4 000余米。地貌千变万化,高山、森林、河流、草原、沙漠、湿地散布其间。阿勒泰地区的面积为11.8万平方公里,人口仅有64万。我粗略算了一下,其面积是我位处中原的故乡开封地区的19倍,而人口仅为其1/7。阿勒泰地区的人口密度约为每平方公里5人,不足香港、深圳的千分之一。"人迹罕至",以往多半用来形容蛮荒僻远的词汇,在"人类足迹"已经成为现代"噩梦"的当今社会,该是一个令人羡慕的境况了。

在这里,我看到了声名远播的额尔齐斯河,这是中国唯一流入北冰洋的河流,它源出北疆富蕴县阿尔泰山的西南坡,汇入克兰河、布尔津河、哈巴河、别列则克河等支流后,自东南向西北流进哈萨克斯坦,再向北经俄罗斯注入北冰洋。额尔齐斯河河谷宽广,水势浩荡,水质清冽,两岸森林茂密,其间孕育了白杨、胡杨、青杨、黑杨、灰杨多个杨树种系,素有"杨树基因库"美称。在额尔齐斯河畔,我看到了见过的最大的白桦林、最大的白桦树,那斑斓如银的树干、摇曳披拂的枝叶恍如天神。

在阿勒泰,我看到了如梦如幻的喀纳斯湖。上次进疆,我曾到过天山腹地的天池,饱尝了大自然的奇妙。而喀纳斯,则是比天池还要宏阔深沉的湖泊,湖面海拔1 374米,湖水最深处近190米;湖畔丛林环侍、雪峰倒映、白云缭绕、芳草如茵,并不逊于我曾经到过的以"天堂圣景"著称的瑞士金色山口。湖中传说有巨型"水怪",能将湖边饮水的牛羊拖入水中,科考队曾经采用声呐进行过考察,发现深水中有长达7米的动物,或许是大型食肉鱼类哲罗鲑,俗称大红鱼。即使不是水怪,在内陆淡水湖中生存着两丈多长的大鱼,也够神奇了。在湖上,我曾问过驾船的艄公,他亲眼看到过的捕捞上的大红鱼有多大? 他说大约3米长。想一想,那也够壮观了。喀纳斯景区的原负责人康剑先生告诉我,这喀纳斯湖本是若干万年前由于大地震造成阿尔泰山山体崩裂、滑坡形成的"堰塞湖",是大自然的大动作、大手笔,是大自然保留下的瑰宝。遥想当年,如果按照现代人的理念处置这些自然现象,如此美妙的自然景观也就不会有了。侥幸的是,大自然创造喀纳斯湖时,人类还不曾存在。

在阿勒泰,我还看到了仙境般的高山草甸。车在幽静的峡谷间转了个弯,一座大山便迎立眼前。这山不是黄山的奇峰,也不类华山的悬崖,而是一座巍峨而又平缓、崔巍而又浑厚的山峦,它体量巨大,横亘在蓝天白云间。山上有稀疏的林木,更生长着繁密葱茂的牧草,这就是北疆特有的高原草甸。草甸在天光云影中变幻着色彩,橄榄绿、柠檬黄、罗兰紫、象牙灰、孔雀蓝,如同一张悬挂在天幕间的巨大的、有机的、充满活力的新疆地毯。"地毯"上那活动的白色的、棕色的、黑色的斑斑点点,是自由放牧的羊群和牛马。我们伫立在山脚下,久久凝视着这高山草甸:静谧、浩瀚、壮阔、优美,真正体验到这才是"大"自然! 圣洁神奇的"大自然"!

在这样的大自然面前,我有些自惭形秽。

那是在布尔津的禾木,这是一个哈萨克族、图瓦族聚居的村落,斑斓的白桦林中散布着一座座古旧的小木屋,乡间土路上摇摇摆摆地过来几只晚归的牛,却被我们这些不速游客挡住了去路。我分明看到那领头的老牛翻起白眼瞪着我们,"哞"的一声喝令我们让路。那眼神里充满愤懑与不屑,这里是它们的领地,是它们生长繁衍的地方,不该受到他人的搅扰!

人类对万物的侵害已经太多、太久,与万物结下的"夙怨"也已经太多、太久。如今摆在现代人类面前的一个急切的问题,便是人类如何与自然万物和解,如何在自己优良的传统与深刻的反思之间创立一种新的生态文化,于是,我想到康剑先生的布尔津金山书院。

康剑先生①原本是喀纳斯湖自然保护区的主要负责人,他却自称是自然和山水的臣民,是一个"守林人""护林人",多年来守护着这片美丽神奇的山野。他说,喀纳斯是他的天职和性命所在,他熟悉她的每条河流、每座山峦,能听懂她的窃窃私语,能与她共同呼吸吐纳,在喀纳斯他能够享受到与天地神灵在潜移默化间的心灵感应。退休后,他在布尔津的额尔齐斯河畔,在一座废旧体育馆的基础上建起这座文化书院。书院外边的树林间正在展出当地摄影家们竞赛的作品,拍摄的全是阿勒泰地区真实而又奇幻的民俗与自然。室内,四壁皆书的大厅里,新疆作家协会正在举办作家研习班,来自哈萨克、维吾尔、柯尔克孜以及伊斯兰的多民族的作家、诗人、评论家相聚一堂,研讨文学艺术创作与天地自然的关系。书院外的额尔齐斯河泛起银色波浪日夜不息地流淌,书院内的文化血脉也在人们的心头默默传导。康剑先生离开他守护半生的那片山野后,开始守护人们精神领域的这片丛林。在国外生态批评界,有一种较为激烈的意见,认为人类文化总是与生态养护相抵牾的,人文与自然似乎成了一对"天敌"。这难免有失偏颇。康剑先生或许要创建一种新的文化,一种生态文化,一种与大自然相协调的人类文化,这座金山书院就是他的一次尝试。

早先,我曾经出版过一本随笔集《心中的旷野》,那也就是"心中的大自然",希望人心回归人的天性,希望自然重新成为人的归宿。那时,我还没有到过新疆的阿勒泰,没有亲身体验过真正的"大自然"。这次与阿勒泰山川大地的亲近,使我的身心终于找到了最终的依托。

感恩阿勒泰的"大自然"!

(《中国绿色时报》2017 年 12 月 12 日)

---

① 康剑,1964 年 5 月生于江苏睢宁县,6 岁随父母移居新疆布尔津县。作家,摄影家,金山书院山长。长期行走在喀纳斯湖周边的深山老林,对这方山水有着深厚的眷恋,自命喀纳斯的老护林员,2023 年 5 月在书院后边的额尔齐斯河投水而逝。有遗作《禾木纪事》《喀纳斯湖——一位山野守望者的自然笔记》存世。

阿凡达·荒野·山水诗

在为王惠的这部题为《荒野哲学与山水诗》的书稿作序之际,恰恰刚刚看过电影《阿凡达》。这部好莱坞大片的拍摄与王惠这部书稿的撰写本是各不相干的事,然而,走出影院后我却感到,似乎有一条强劲的纽带将王惠的书与詹姆斯·卡梅隆的这部电影链接起来,绵密的信息从中涌动不已。这条纽带是什么?那就是对于现代文明的反思意识与生态批评精神。

在卡梅隆的电影与王惠的论著中,都有"荒野",原生态的荒原旷野;都有"山水",大地上的山林与流水。电影中的那座悬浮在空中的哈利路亚神山甚至取材于中国湖南张家界的一座山峰——顺便说一下,湖南也是王惠的故乡。卡梅隆的电影与王惠的书稿中也都不乏诗意与哲理,正如一些网友在博文中写下的:《阿凡达》是一篇追忆人类童年的神话,是一曲人与自然的悲歌,也是一种海德格尔式的回归哲学。而这些也正是王惠在她的这部论著中努力揭示的主题。

王惠立论的学术根基是美国当代生态批评学者利奥波德的"大地伦理学"与罗尔斯顿的"荒野哲学",她在"导论"中对"大地""荒野"做出如此定位:"了解荒野的文化价值的能力,归结起来,是一个理智上的谦卑问题。……

只有那些懂得为什么人们未曾触动过的荒野赋予了人类事业以内涵和意义的人，才是真正的学者。""只有当人们在一个土壤、水、植物和动物都同为一员的共同体中，承担起一个公民角色的时候，保护主义才会成为可能；在这个共同体中，每个成员都相互依赖，每个成员都有资格占据阳光下的一个位置。""荒野是一个活的博物馆，展示着我们生命的根。"只有在荒野里才蕴藏着这个世界的希望，只有在荒野中才能保护我们这个世界，只有在荒野中我们才能重新找回理智和信仰，"这个世界的启示在荒野。大概，这也是狼的嗥叫中隐藏的内涵，它已被群山所理解，却还极少为人类所领悟。""当人们从由过度工业化的罪行和追求奢华的可怕的冷漠所造成的愚蠢的恶果中猛醒的时候"，人们才有可能"在终日不息的山间风暴里洗清了自己的罪孽，荡涤着由恶魔编织的欲网"。"人们需要做的，是对包含自身在内的大自然表示接纳，是融入自然并进行彻底的精神洗礼。而能帮助人们实现这一目的的最佳场所就是没有游乐园，没有推土机，没有柏油路，远离人类文明喧嚣的荒野。"这些言说似乎也都可以成为电影《阿凡达》的注脚。在影院里，随着剧情的发展，我竟不由自主地想起金圣叹评论《水浒》时的一句名言："无恶不归朝廷，无美不归绿林"，只要略加修改，"无恶不归人类文明，无美不归山野丛林"，就可以看作卡梅隆在《阿凡达》中的立场与态度。

当然，王惠的这部20万字的纸本作品，绝不会产生电影《阿凡达》那样风靡全国乃至全球的轰动效应；可以预测的反倒是它只能静静地呆在书店、图书馆的某个冷清的角落，等候偶尔光顾的知音。即使这样，它也仍然拥有其独自的意义。在这本书中，作者以跨学科的学术视野、中西文化比较的方法，在熟悉大量文献资料的基础上，将荒野哲学的范畴与理论导入中国山水诗研究，从而在中国传统的自然精神、天人关系与现代生态运动之间开辟一条艰难的通道，为世界生态运动提供一份中国的乃至东方式的经验。一如王惠在书中表白的：荒野是自然的全权代表，以荒山野水为意境的中国古代山水诗表达的是人类不断向着自然回归的精神属性，中国古代山水诗和西方当代荒野哲学虽然在时间上是错位的，但在逻辑上却是一致的，在二者之间营建一种对接关系不但是可能的也是必要的。她期待着，在荒野哲学和山水诗的交接之处，在山水之间，在荒野之上，能够最终找到人类精神的栖息地，找到人类家园的永恒所在。反之，如果人们在当今西方式的工业化、现代化道路上一意孤行、持续发展下去，电影《阿凡达》中惨烈的结局，将是地球人类的真实命运。

至于对这部书的具体评价，国内诸多学者在博士论文评审时已做出仔细的鉴定，毋庸我来赘述。最后我倒是想就作者其人说上几句。

大约 15 年前，我由中原大地来到海南岛不久就认识了王惠，那时她在一家颇有影响的女性刊物做编辑，约我为刊物写点东西。按照通常的说法，我其实是她的作者。这之前，她曾在一所大学教书。后来编辑不做了，到重点中学当了语文教师。再后来，海南大学申报到文艺学硕士学位点后，她便当即决定报考我的研究生，同时还有另一位年轻的诗人。诗人没有考中，她被顺利录取，而我却调到了江南的苏州。2005 年，她在完成硕士研究生的学业后，又到苏州大学攻读文艺学博士学位，于是名副其实地成了我的学生。说是学生，更像是我的学术助手，在编纂《自然与人文——生态批评学术资源库》一书及编辑《精神生态通讯》的日常工作中，她做了大量繁重的工作。正由于工作做得多，受到的批评也比别的学生多，即俗话说的"鞭打快骡"。她任劳却不甚任怨，师生之间不免磕磕碰碰，想起来很有些对她不起。王惠本科就读于华中理工大学，攻读硕士学位期间在张志扬、曹锡仁、耿占春、孙绍先等名师门下熏染陶冶，她天性聪颖、博闻强记，且具备较高的写作能力，在求学期间已经发表、出版过多种著述，应该说是一个难得的读书治学的"种子"。但这个"种子"却不怎么会经营自己的人生，按照世俗的眼光有些事倍功半，与她同时起步的人，若是具备她这样的学养与才情，也许早已谋得高位，而她差不多还在十年前的"职位"上盘桓。攻读博士学位毕业后，张志扬先生曾特意致信与我，劝我将她留校工作。志扬先生的用意尚不单是为了王惠的就业，而是为了我的生态批评研究多一位得力帮手,但我知道苏州大学文学院有着不留本校毕业生的严格规定,就压根没有提起。如今,经过一番动荡,她终于在云南安顿下来,我衷心祝愿她在云之南的这块神奇土地上,能够尽情绽放出自己蓄积已久的学术芬芳。

2009 年冬,苏州大学文学院

陕北纪行

铜川大嫂

夜深,过铜川峡。风沙大作,投宿"五一饭店"。

二楼服务员乃一大嫂,年约四十开外,俏眼弯弯,谐趣善谑。问她黄帝陵距此多远? 她说:60里。问:黄陵有一古柏,七人难以合抱,果真? 她故作嗔词:"七人都抱不住,你们三人去干吗?"

夜深已无淋浴,大嫂提热水两桶,说"男人家,端两盆往身上一泼,不就淋浴了吗?"说毕又笑。待到发现住室内彩电失灵,忙向其声明,以免事后纠纷。大嫂则大笑曰:"没事,只要不给我抱走就行。"几句玩笑开过,行路人一身疲惫消去,就像大老爷儿们回到自己家中,自在舒坦。

在大城市里也曾住过一些"星级"宾馆,大门前、电梯口皆有妙龄美女向你微笑。客来,则笑容自粉面红唇间浮起,客去则及时收敛,从不肯浪费一点。若仔细盘算,这笑容对小姐们来说是一种职业和职责,对老板来说则是一笔特殊的资产,经设计、装饰、摆陈,早已打入宾馆的成本核算中。每一笑靥折合人民币若干。"以钱买笑",颇有些苍凉之感。

但转念又想,内地某些招待所里把客人当犯人,也让人发怵。许多年前我下到某市给函授生上辅导课,那招待所房间电灯的开关就设在门外边,"服务员"可以随时开灯,查看你有无不轨行为。这时,连自己也觉得自己已经成了"嫌疑犯"。那么,这"拿钱买笑"也该算是一种进步:一分价钱一分货,老幼无欺,官民一律,金钱面前人人平等。

然而,铜川大嫂的笑又有所不同。

当年出访意大利时,住罗马的"皇宫"饭店,曾见一高大魁梧的中年餐厅侍者,跑堂时两手握拳,舞步婆娑,做辕马驾车状,且口中"咴咴"有声,自得其乐。当时很受他这种敬业、乐业精神的感染。同行的一老革命作家不以为然,说"他是一个资本主义制度下的被剥削者,内心肯定是痛苦的"。因无法印证,只好作罢。这次于"五一饭店"中遇铜川大嫂,我又想起了职业与审美的关系。我相信,我们的这位"无产阶级大嫂"的笑,该是出于对事业的热爱、对同类的亲近,是出于个性,发自内心的。

铜川大嫂的笑,其实更接近艺术,更接近诗。

黄陵冰棍

我那年到黄帝陵去,黄帝尊为中华始祖,其陵也不过如此:一座矮矮的大殿,一丘隆起的坟头,一架色彩浓艳的牌坊,显得空间逼仄,远不如唐陵、宋陵、明陵的气派,与慈禧的东陵相比,也要寒碜得多。看来后世人只知巴结身边在位的上司,马屁拍不到老祖宗黄帝这里。

黄陵山下有轩辕街,窄如天梯,长如甬道,路面皆以巨型青石铺嵌,扶摇直上,苍郁古朴。"我以我血荐轩辕",是鲁迅先生青年时代的宏愿。"轩辕"本为黄帝的名号,后来也成了中华民族的代称。只是,这实实在在的"轩辕街"古则古矣，未免显得过于陈旧、破败了些。

正值上山下山走得大汗淋漓，于街上一老翁处买得"冰棍"三根，竹枝做柄，色泽白中泛青，入口坚硬如石，凉气沁人，微透甜意，使人联想起儿时隆冬屋檐下的"冰锥儿"。这样的"冰棍"久违了。

随着社会文明程度的提高，人们"吃冰"的花样越来越多：刨冰、炒冰、炸冰、奶油膨胀雪糕、水果蜂蜜雪糕、巧克力蛋卷冰激凌、四季花色冰激凌，全都软乎乎、油腻腻、粘唧唧，失去了冰的晶莹、冰的坚硬、冰的孤独、冰的质朴、冰的冷峻、冰的高洁。人们分明是在吃花里胡哨，哪里是在吃冰！

在日趋繁华骄奢的都市生活中，总还应该保留些初始质朴的东西。

"黄陵冰棍"，倒还对得起祖宗。

"头发维新"与"厕所革命"

中国人好脸面。某人成了大人物，大家便说他"有头有脸"。与头脸密切相关的，莫过于"发"。现代的男人女人很舍得往头发上花钱，大大小小的发廊便应运而生。

沿途的县城名称不一，最走俏的生意皆是：时装、餐馆、发廊、眼镜店。至于后边这两行，全与"头脸"相关。

眼镜店里很少卖出近视镜、老花镜，成交的多是"迈克镜""太阳镜""蛤蟆镜"，都是用来装潢脸面的。

发廊、发屋、发厅、发馆、发店，已成了90年代中国县城中的一种文化景观。店堂虽然不大，却一律装修得五颜六色、富丽豪华。店名争芳斗艳。民族风格的，如"嫦娥""月仙""红梅""贵妃"；国际口味的，有"玛丽""珍妮""美尔丝""蒙泰莎"。还有家发廊挂牌"梦唤"，若非"梦幻"之误，该是说梦话、发呓怔了。至于发型，县城亦不让都市："波浪烫""阶梯烫""板儿烫""珍珠烫";"三角头""螺丝头""拉丝头"五花八门。曾几何时,乡下人的"头脸"也已经"旧貌换了新颜"。

然而,县城里的厕所,完全是另一种景象。就在一家装修时尚的发廊旁边,一间厕所粪便四溢,臭气熏天,垃圾成堆,蛆虫爬到门外。两相映照,别如天渊。"顾头不顾腚"的成语,在这里可是现了眼的。试想,一位发型翘然、发露芳菲的小姐或太太蹲踞在这样的厕所之内,说是"方便"其实又是多么地不方便。

平心而论,厕所的功用远远大于发廊。但是,没有人舍得往厕所里花钱。原因也很简单,发廊是个体经营,厕所是全民的"大锅饭"。要纠正这种上下失调,也还有一个体制问题。

除此之外,也还有风气、时尚、观念、习惯。

但愿"厕所革命"也能随着"头发维新"走进县城。

榆林卖炭翁

街上停放着毛驴拉边套的板车十多辆,满载煤炭。

榆林的炭很奇特,大如磐石,每块重达百斤,漆黑发亮,赫然横陈,很是壮观。车主皆是农民,五十多岁,满脸风霜烟火色,两鬓苍苍十指黑。见我手提公文包走来,便以为是哪家单位采购,忙躬身搭话。

交谈中方知,此炭产于榆林城东大山中,煤质极好,只是煤层极薄,只有三五尺厚,且被挤压在上下的岩石间。国营大矿不屑开采,当地农民便揭去十余丈厚的石头,挖出煤炭,再运到城里卖钱。

市场物价如何?

一张舞票,20块钱,一车炭;

一碟海味,40块钱,两车炭;

一条香烟,80块钱,四车炭;

一瓶进口香水，200块钱，就要买去这十位壮汉再加十头毛驴辛辛苦苦从山里挖出又长途贩运到榆林城里的这十车炭！（这些定价都还是二十年前的。）

我不知道商品交换中的人情和良心可在哪里？

如若进一步追寻，十车炭在地质变化中的生成，又要耗费多少时日，又要耗费多少原始的森林资源？

这已不啻人情，还有天理！

李闯王与太阳能

李自成的行宫，倒更像一座庙。据说是自成当了皇帝后，地方官员向他表忠心，给他修建的，他自己并没有下达过建盖行宫的指示，甚至也没有回到这里住过。"行宫"已改做县城的博物馆。一块巨石，内嵌十数条尺许长的游鱼——鱼的化石，给我留下了深深的记忆。诗人艾青说：你是沉默的，连叹息也没有，鳞和鳍都完整，却不能动弹。曾经南征北战、曾经生龙活虎的李自成，在历史的地层中，如今也成了这样一条鱼化石。

行宫下是一条古色古香的小街，一普通院落门前静静地挂了一块牌子：能源开发站，兼营太阳能淋浴。先是好奇，后是身上已脏得发痒，遂进入院中，希望见识并体验一番太阳能的开发利用。

淋浴室只一间房，两位"米脂婆姨"守在门外。今天恰巧轮到男人们洗澡。室内吊了几只塑料喷头，由管子连接着房顶的太阳能热水器，人就站在屋内水泥地面上冲洗。方便，卫生，随意。水温适中，供应充沛。所用毛巾、肥皂、拖鞋则是"米脂婆姨"从前来洗澡的熟人那里凑齐的。

旅途上万没想到，"李闯王"与"太阳能"联系在了一起。像这样投资小、效益高，既利于人们身心健康，又利于环境生态保护的事业，我们为什么不多多开办一些呢？

毛乌素大沙漠

进入沙漠后已经走得精疲力竭,但也不过刚刚跨入毛乌素大沙漠的边缘。

天气特别晴朗,阳光洁净而暴烈,蓝天、白云、黄沙,像一幅刚刚揭晓的水粉画,美丽得让人忧伤。

没有路,我们沿着长城往西走。"秦时明月汉时关",这里可能就是那个时候的长城。其实早已没了城,甚至也没有墙,只是在漠漠黄沙中残留一线硬实的夯土,间或逶迤现出一段参差的残垣。散落的烽火台虽然也已经被风沙剥蚀殆尽,仍傲然支撑着它往昔的雄威,孤独地追忆着远逝的荣光。

只有鲸鱼背似的沙丘,在一望无际的沙海中起伏连绵。

几株巨大而又低矮的胡杨枯死了,犹如一声深深的叹息。树旁是一片村庄的废墟,断壁残垣。遗弃的碾盘、石磨,被黄沙渐渐埋没的鸡舍、羊圈。这里也曾有过炊烟袅袅、人欢马叫,这里也曾有过花前月下、低吟浅酌。如今只剩下一片梦魇般的荒凉和落寞。

沙漠在驱赶着人类。

前边仍然是一望无际的沙漠。

糟糕的是我们的水已经喝完,干粮也已经吃光,脚下的黄沙变得越来越松陷、滞重。

黄昏之前,在一座沙岗后边终于传来几声狗叫。村里一共三户人家,村人放牧尚未归来。叩开柴门,一位枯瘦的老大娘和她七岁的孙子在家。屋子里一盘宽大的土炕,一座泥垒的锅灶,空落落的,收拾得很整洁。

我们师徒三人先是把灶上剩下的小米汤统统喝下去。老大娘忙着为我们烧火做饭,小米捞干饭,烧山药蛋,盐渍萝卜干,每人吃了三大碗。

小孙子看见我们像见了怪物,跑到院子里和家畜们疯玩起来。先是把一群鸡撵上了树，又和两只黑羊羔顶架，接着又骑在大黄狗身上兜圈子，吓得拴在树上的那头毛驴又跳又叫。这孩子见了人很怯生，与动物玩得却很开心，好像他就是这个动物世界中的一员。

饭后，老大娘又为我们烧了一锅开水，灌满了我们所有的水壶。

告辞时，我们递上六块钱的饭资，一张五块的，一张一块的。而老大娘却认为"太重了"，过路人吃一顿饭怎么能收钱？"你们走远道的，出门在外不容易，身上不能不多带钱。"

老大娘家里很贫穷，想到的却是别人。

城里的一些人已经很富裕了，却还在盘算着如何从别人身上刮钱。

菩萨保佑！让沙漠中这位好心的老大娘赶快富裕起来。

然而，富裕起来的老大娘，还会有这样的好心肠吗？

西北风与东南风

都市文化人到了边陲山野，总是想领略一下当地的乡土风情，搜求些土产特产。

我们出于这种心态，也一路搜求过来，然而很有些失望。

米脂，古称"银州"。流金河过其境，土肥水美，米粥如脂。如今的县名，是和先前的小米联系在一起的，曹靖华从延安捎给鲁迅的小米，大约就是这里产的。然而，在米脂县转悠了半天，饭铺不下二十家，却没有一家卖小米粥。有粥，却是大米稀饭，当代米脂人的口味先是东南化了。

在延安，想买一些民间剪纸，逛了几家商店，只有印在名片上的。

在绥德，希望能购得一对小巧玲珑的石狮子，除了"千狮桥"上的那些狮子，市场上绝不见踪迹。

在佳县，很想听上一场秦腔，也落了空。

在榆林,要买点榆林特产的"沙棘饮料",叩问了不下 20 家糖果食品店,均说"没有"。饮料不少,铁筒的有"健力宝""百事达""雪柠""雪碧";纸盒的有"荔枝""菠萝""香蕉"。终于在一家小店的货架上寻到几听塑料简装的"沙棘",包装粗劣,灰尘遍布。开听品尝,酸甜微麻,甘美清冽,绝妙无比。我们赞不绝口,营业员却看傻了眼。"榆林沙棘"已打入国际市场,在它的产地榆林,却如此受人冷落。

开始,当我们乘车由西安赴铜川时,在长途汽车上曾听到一组"西北狂歌",地道的黄土地风味,遂记下盒带的标志,决计要买一盘带回郑州。不料,从铜川到黄陵,到富县,到延安,到绥德,到米脂,到榆林,到佳县,一路上问了无数的音像商店,竟没有找到一盘"西北狂歌"。有的只是谭咏麟、潘美辰、李玲玉、童安格。

黄土地上竟然采不到西北风!

发式新颖、唇膏眼影一丝不苟的柜台小姐说:我们这里的人喜欢东南风。

真是茅塞顿开。我们怎么竟然没有想到,而今喜欢粗犷村野西北风味的,恰恰正是那些牛奶面包吃得发撑的都市人;而西北贫困地区的人们都正在眼巴巴地渴望着东南风。

这种文化的落差,也是历史的落差;这种价值的倾斜,也是人心的流向。我们不知道它接下来将流向何方?

清凉山,文化山

延安,是一座古城,在中国现代历史上却具有独特的意义,其名字的响亮,不亚于上海、北京。

这次到延安来,却发现延安正在与内地的许多城市看齐,趋向一致。一样的大马路,一样的大商店,一样的商业广告,一样的宾馆饭店。"白羊肚手巾红腰带"已经绝迹。山上的宝塔依在,但在一幢幢现代化高层建筑的映衬下,让人顿生"楼高塔小"之感。

延安的生产力大大向前发展了,人民的生活水平大幅度提高了。但是,延安还是当年前那座"高标逸韵"的延安吗?

昔日的延安,并不只是南泥湾大生产。

延安还有一座清凉山,与宝塔山、凤凰山隔水相望。清凉山上有万佛寺、范公祠、月儿井,还有《解放日报》社的遗址。据有人统计,当时的陕甘宁边区曾拥有上百种的报刊。如:《文艺突击》《大众文艺》《文艺战线》《新中华报》《中国文化》《中国青年》《中国妇女》《延安世界语者》《鲁迅研究》,以及《团结》《解放》《诗刊》《草叶》《雷雨》等,其中很多就是在这里的山洞里编辑出版的。

清凉山,又是一座文化山。

像周扬、范文澜、艾思奇、周立波、陈荒煤、吴伯箫、何其芳、贺敬之、冼星海、郑律成、艾青、丁玲、萧三、萧军、崔嵬、陈强这些文化人都曾经在清凉山头留下他们岁月的光辉。

在当时的中国,延安的精神生活尚且如此旺盛。

1937年陕甘宁边区文化协会成立,当时的报道中写道:"许多地方正在封闭书店,查禁书报,严控言论,迫害青年学生,边区文化协会却在自由的延安诞生了。这里看到的,是一切出版物和出版事业蓬蓬勃勃的建立发展和成长。"

清凉山麓的万佛洞曾经是印刷厂的装订车间。佛龛中的文殊、普贤依然在冥思苦想,石壁上的众佛浮雕密密麻麻如印刷活字,抗战时期的精神食粮从这里源源不断地流向五湖四海,去滋润久旱的心灵,去普度苦海中的芸芸众生。就在这里,爱国者的正义之举与佛法的说教,在不经意间走到了一起。

不过半个世纪过去,这一切都已经恍如隔世。

1990年秋,郑州大学

行走川陕晋

今年暑假期间,我们用半个月的时间行走在四川、陕西、山西之间,围绕着生态文化研究,与学术界同行深入交流,并对沿途的历史遗址、民间文化进行了实地勘察。

第一站,四川成都。我们受到四川师范大学文学院的盛情接待,虽然临近放假,文学院的生态文学研究学术带头人胡志红教授仍然组织了部分研究生、本科生来听我的《自在的自然美》的学术讲座。川师文学院资深教授唐代兴先生、张叉教授、四川大学侯洪教授、四川省社会科学院文学所所长艾莲教授、四川省社会科学院文学所孔许友博士、西华大学外国语学院副教授向兰女士也参与了这次讲学活动,事后就生态美学中的疑难问题进行了交谈。著名学者、四川大学比较文学学术带头人、英国伦敦大学东方学院终身教授赵毅衡先生偕夫人陆正兰教授来宾馆看望并亲切会谈。

第二站,四川宜宾李庄。这是我们倾慕已久的文化圣地。李庄古镇位于四川省宜宾市东郊长江南岸,素有"万里长江第一古镇"之称。李庄距今已有1460年建镇史,这是一个文化和历史遗迹沉淀的古镇,这是一个诉说着抗战风云与时代沧桑的古镇,这是一个能折射中国传统文化、涵养着中华民族精神的古镇。这里历史悠久、人文荟萃、民风质朴。1939年，抗日战争最艰苦的时期，同济大学、金陵大学及国民政府中央研究院、中央博物院、中国营造学社等十多家高等学府、研究机构迁驻李庄，全国知名专家、学者如李济、傅斯年、陶孟和、董作宾、吴定良、梁思成、林徽因、童第周、李约瑟、梁思永、王世襄等云集李庄达六年之久，梁思成的《中国建筑史》这部扛鼎之作就诞生在李庄。李庄被人们誉为"民族精神的涵养地，传统文化的折射点"。在这里我们流连忘返，连续数日探寻这里的文化故地，以及当地的知情人，补修了一堂文化史课程。

第三站，湖北省宜昌市葛洲坝长江水利枢纽三峡大坝。三峡大坝，一直是在我心中塞堵的一块"石头"。这项耗资巨大的工程，一方面被称作"世界上综合效益最大的水利枢纽，发挥着巨大的防洪效益和航运效益"；一方面又始终面临着来自各方面的严峻批评，尤其是生态学界严肃的指责：长江生态环境遭到整体性的破坏，库区江水污染加重，珍稀、濒危物种面临灭绝；坝下冲刷急剧增加，对坝下河岸安全构成威胁，塌岸现象明显增加；江口泥沙、水量、优质水体变少，水污染物、盐碱化、海水倒灌已经对上海产生极大的副作用；三峡库区水土流失严重，对河岸的稳定性造成威胁；随着三峡水位的提升，诸多巴楚文化的遗址被淹没树下，而峡区山峰的相对高度缩小，三峡雄伟奇特的美感亦被减半；库区水位的增高已经带来种种地质灾害，近年来发生滑坡变形200余起，塌岸百余处，不稳定库岸30公里，地质灾害隐患点新增3 812处；库区大量蓄水造成长江"江湖水系"的生态失衡，江西境内的鄱阳湖水位严重下降、湖底长满大片青草，不能不说与大坝截流造成的长江流域水资源分配失衡有关。由宜宾乘船到葛洲坝，可以明显看出江水流速迟缓、江面垃圾成片，人们的忧虑绝不是空穴来风！

第四站，陕西延安。三十年前我曾经带两位研究生来过这里，这次又重访清凉山、杨家岭、枣园。环顾整个延安市，真切地发现那个"花篮花儿香""小米加步枪""周总理纺线线"的时代早已经过去。宝塔山被霓虹灯装饰得十分华丽，但却不再能够吸引世界的目光。延河水失去往昔的波澜，露出干涸的河床。宽广的马路、快速的车流、繁华的商厦、光鲜的人群，昭示着"红色传统"正在演变为"金色现代"，保持初心谈何容易。自然生态、社会生态以及人的精神生态是相互关联的，至今还缺少深入的研究。

第五站，陕北榆林。榆林市位于中国陕西省的最北部，黄土高原和毛乌素沙地交界处，是黄土高原与内蒙古高原的过渡区。地貌分为风沙草滩区、黄土丘陵沟壑区、梁状低山丘陵区三大类。当年我和两位研究生曾经淌水涉过榆溪河深入毛乌素大沙漠，这次旧地重游，惊喜地发现榆林地区植树造林成绩显著，水土流失得到初步控制，榆溪河的水流还算充足，两岸的植被比较茂盛，生态环境有了较大改善。也有专家指出，中国北部地区植被状况的改观，与近年来雨线的南移有关。大气升温、地球变暖，整体上是生态失衡，但对于个别地区来说则可能会占到意外的便宜。

三十年前，号称"北瞰河套，南蔽三秦，锁长城要津，控关陇门户"的"镇北台"还是一片荒凉，以摩崖石刻著称于世的"红石峡"也还人迹罕至，如今都已经开发成游人如织的景点。"文化搭台，经济唱戏"的口号道出经济主义的蛮横，其实很有些粗鄙，却被地方奉为律令，结果经济不一定搞上去，而文化已经被折腾得遍体鳞伤！旅游产业与环境保护是一对纠缠不清的"生死冤家"，如何妥善处理，也还等待专家们秉公持论、深入探讨。

"榆林小曲"是一种介于曲艺和民歌之间的传统艺术形式，又名榆林清唱曲，据说是清代康熙年间由随军屯扎塞上的江南艺人传到榆林，到现在已有三百多年的历史。它具有明显的江南吴歌风味，又吸收了陕北当地的民歌曲调，形成了南北文化相互交融的新艺术品种，深受当地群众的欢迎。"陕北秧歌"以人数众多、气势宏大、节奏明快、红火热闹而闻名遐迩。陕北人民性格淳朴、豪放，扭秧歌时全部身心尽情投入，如今"榆林小曲""陕北秧歌"属于国务院批准的第一批国家级非物质文化遗产，至今仍然是榆林民众自发聚会的娱乐活动。我们有幸加入到民众的活动中，与他们同欢乐。

第六站，陕北佳县。佳县位于陕西省东北部黄河中游西岸，榆林市东南部,毛乌素沙地的东南缘。东与山西临县隔黄河相望,西同米脂县接壤,南同吴堡县山水相连,北同神木县相毗邻。由于自然条件的限制,佳县的社会发展相对比较缓慢,农业生产仍在国民经济中占据重要位置,主要是绿豆与红枣的对外输出。由于城乡发展的不平衡,农民的经济收入常常遭遇意外的风险。从当地农民口中了解到,2015年红枣大丰收,佳县红枣产量达3亿多公斤,而红枣的收购价却从去年的每公斤3.2元跌至1.2元左右,稍微次一些的0.6元一公斤也卖不出去,这让不少枣农几乎破产,枣农宁可让红枣留在地里,也不愿采摘。不少农民甚至把枣树砍伐掉,改种其他作物。问题可能出现在产品单一,粗放管理,农民们缺少自主性,生产、加工、销售渠道不畅等多个环节。城市人只知道红枣好吃,一斤红枣要卖到十几块钱,却不知道枣农如此艰苦,如此憋屈。

在佳县城东著名景点香炉寺,恰恰赶上一场雷阵雨,寺里的一位年近70的老人我们让进他住的房间,给我们烧水喝。攀谈间得知,这位老人的生活极其简单,每天两顿面条,甚至连青菜也没有。每个月两千块的工资,他说足够了,怎么也花不掉。他的工作并不轻松:看门、卖票兼环卫工、修理工、保安,必要时还兼讲解员。问他整个景点就他一个人吗?他笑笑说,他只是个"临时工",这里还有6位领导干部,不过都很少过来。这里是"清水衙门",捞不到钱,干部们都去忙别的事去了,这一排办公室常年都归他一人享用了!

第七站,山西灵石县、平遥县。山西地上古建筑的遗存在国内占有绝对的优势,当年梁思成、林徽因夫妇就是在山西五台县发现了唐代的土木建筑佛光寺,成为一时佳话。来平遥古城与灵石县的王家大院也主要是观看这里的民间古建筑。

王家大院是由静升镇王氏家族经明清两朝、历三百余年修建而成,包括五巷六堡一条街,总面积达25万平方米,简直就是一座具有传统文化特色的建筑艺术博物馆。王家大院的建筑格局,继承了中国西周时形成的前堂后寝的庭院风格,既提供了对外交往的足够空间,又满足了内在私密氛围的要求,做到了尊卑贵贱有等，上下长幼有序，内外男女有别，起居功能一应俱全，且凝结着质朴、清新、典雅、简洁的乡土气息，高度体现了人与自然的和谐相处。王家大院的砖雕、木雕、石雕题材丰富，将花鸟鱼虫、山石水舟、典故传说、戏曲人物或雕于砖、或刻于石、或镂于木，将儒、道、佛思想与传统民俗文化凝为一体。

山西平遥古城是中国古代城市在明清时期的杰出范例，被称为"保存最为完好的四大古城"之一，也是中国仅有的以整座古城申报世界文化遗产获得成功的两座古城之一，为人们展示了一幅非同寻常的文化、社会、经济及宗教发展的完整画卷。

在平遥，我们下榻的"杜家客栈"是由四位表兄弟姊妹合力创办的，四位年轻人的创业精神让人甚为感动。他们并没有名牌大学的文凭，却都在进修管理学、艺术学、心理学的课程，因此把客栈打理得井井有条、个性鲜明。这说明终生学习比一纸学历更重要，学到实在的知识与技能才是真本事，这也是我们大学教育的短板，不知何时才能得以矫正。

美国著名生态批评家斯洛维克（Scott Slovic）曾经写过一本书：《走出去思考》，倡导研究生态的学者一定要放下身段走向基层、走向民众，走到大自然中。通过这一路走来，我们深深体会到学问是不能关在房间里做的，尤其是生态文化，必须花费一定时间走进社会底层、走进大自然深处，才会获得第一手的资料，才能获得切身的真实感受，这是做好学问的基础。

（苏州大学张平教授为本文做出贡献）

琼野纪事

甸木·故居·祖宗

这是一个只有三户人家的小村庄,隐藏在茂密、葱茏的林莽深处,村名叫"下水林",三户人家全都姓林,陪我们一起来乡下的林老师的老家,就是这三户人家中的一户。

林老师的家:带阁楼的大门,三开间的厅堂,前院后院,另有一排厢房是客房、柴房、卫生间、厨房。林老师一家都住在城里,如此完好的一处宅院却空无一人。尽管无人居住,林老师却依然花费了几十万元将其修缮一新,他说这是"祖居",是自己家族一脉的"根基"。

林老师说他修缮老屋时,尽量保持老屋的旧貌,包括门楼里儿时乘凉的透风阁,一如旧颜。他指着屋梁、门框、窗格使用的一种暗褐色木料告诉我们:"dian 木"。我们问哪个"dian",他说,这里的人们都叫它"dian 木",至于哪个"dian"字,说不准,可能是缅甸的甸,据说这种木头是从缅甸运来的,很结实耐用,两百年不会走形,更不会虫蛀,只是价钱不菲,一立方要 6 000 多块钱!

林老师的话顿时让人陷入沉思。一位收入并不丰厚的教师，花上几十万元修缮一座并不使用的故居，他的子女们都在城里工作，决不会再回到这座深隐林莽中的院落，然而他在用工用料上仍心存百年大计，以现代人的看法，这岂不过于荒唐！林老师却坚定不移地说：这是我们的"祖基"，"根基"，人不能忘祖，不能断根。这时我们才又想起在头苑镇阿萍家，也曾看到同样的情景，阿萍家较林老师家富足，仅神龛用的"甸木"，连带雕工就花了一万多元。

美柳村的邢福回老人家，是一个庞大的家族（后面我们还要讲到它），拥有数十间房屋，正准备翻修其中的一部分，许多"甸木"的板材堆放在院子的长廊里，福回老人说这是一棵大树开出的材料，当然，也是百年不朽的。

由甸木而故居，而祖宗，这是基于一种信念；有了不朽的甸木，才可能有安稳的故居，才能够延续祖宗的香火。用现代学者的术语，就有了生命的历史，有了种族的记忆，有了生存的根基。

对于大都市里的现代人来说，海南乡土上的这种执拗的信念可能遭到嘲笑，认为是农业时代滞后的习俗。然而，乐于用壁纸、涂料、贴膜装潢自己居室的都市人可曾想过，随着这些物什的速朽，自己的历史也就灰飞烟灭，数典忘祖的现代人，乐于"一次性消费"，用完就忘、就扔，最终忘掉、抛弃掉的则是自己，尤其是作为某种精神绵延长河中的自己。

家园·果园

海南盛产水果，而且是大陆人罕见的热带水果。小时候，能吃上香蕉已属十二分的稀罕，至于榴莲、菠萝、芒果、荔枝，只是从画报上看到过。

在海口，可以吃到许多新鲜、异样的热带水果，但那些水果是从怎样的树上结出的，却浑然不知。

后来到了头苑镇的阿萍家，美柳村的福回先生家，旧州镇凤鸾村的东慧家，尤其是深入到大林莽中的下水林村，我们着实地阅历了一番热带水果的展示。

除了美柳村，其他多是些三五户、八九户人家的小村，而这些小村的房前屋后，却长满了各种各色的果树：龙眼和荔枝，果实不大，却可以长成绿云叆叇、古木参天的大树；菠萝蜜，大如冬瓜，却奇怪地长在树干的半腰、树杈的枝干上，很像陕北老汉斜挎的一个腰鼓；柚子是那样硕果累累挂在枝头，杨桃一串串从树枝上垂下，由于主人家来不及采摘，有的已经黄灿灿地熟透在树上，成为虫子蚂蚁的美食；木瓜，原来就长在向日葵模样的小树上，细细嫩嫩的树干上嘟嘟噜噜结满了木瓜，几乎看不见一点枝叶了；近年来由台湾引进的"莲雾"颇受市场的青睐，其实在海南的庄户人家门前也可以找到这种树，只不过名字没有如此娇艳，当地人叫它"棕布"。至于椰子，就不用多说了，旧时农村贫穷，拥有椰子树的多少，就成了一户农家财产多少的标志。如今，女孩子举起长长的镰头竹竿摘椰子的场面，倒成了农家乐的一道风景。

在海南乡村，似乎无果不成家，家园同时也是果园。这种情景，我们在苏州太湖边上的三山镇、三山岛也曾见过，不同的是苏州乡下的农家果园多是单一色的橘子、青梅，而海南这里却是物种繁复、异彩纷呈。

这种热带果园的风光无疑是让人艳羡不已的。在中原郑州，应朋友邀请，我们曾到一家名为"四季同达"的食府就餐，食府老板财力雄厚，硬是把一个占地十余亩的餐馆建成了一个"大暖房"，种了各种各色的热带植物，包括桔子、椰子、木瓜、龙眼，这些果木倒是艰难地成活下来了，偶尔还可以看到几粒可怜巴巴的果实，我不知在北方维护这样一个"四季同达"的果园，需要耗费多少电能、水源以及人力、资金。

回头再说海南乡下的这些农家果园，我们有必要补充三点：一是那土地土薄沙多，似乎并不肥沃，更没有人工的施肥，看来这些果木的生长凭靠的多是充足的雨水和光灿的日照；也许还有各个物种相互之间的感染与激励；二是一些果树上生了虫子，个别树上的树叶已经被虫子吃光，农民们并不特意使用农药。福回老汉反而解释说，树木自己有抵抗力，抗得过就活得更好，抗不过死了也是命该如此。说得好，这才就是自然！三是果树下有成群放养的鸡，白天在林间树下啄食虫子，晚间就栖息在树杈上；几株高大的龙眼和荔枝树上，还架有几只木箱，村民说，那是养的蜜蜂。虫子吃果子，鸡子吃虫子，蜜蜂采花粉酿蜜，也为果树完成了有性的繁殖，乡民们也许没有意识到，这其实就是生态循环的典型范例。

仁者寿

自古以来，海南岛多长寿者，苏东坡贬谪海南，就曾注意到"年百余岁者，往往而是，八九十者不论也"。在文昌，清代皇帝敕建的"百岁坊"就有三座。高寿的极限曾达130岁，该是世界记录了。据最近的统计，海南岛共有百岁老人691位，80岁以上的老人12.6万，占全省人口的1.51%，已成为名副其实的"长寿岛"。敏感的投资者也从"长寿岛"看出了商机，在岛的南端一个叫"南山"的地方，以"寿比南山"作广告语，大兴土木，楼馆林立，已经赚得钵满盆溢。

然而，海南的长寿者绝大部分并不住在繁华的都市，而是生活在农村的乡野和丛林中。至于长寿的原因，医学界已经归纳出许多确凿无疑的事实，比如：

海南岛是亚热带海洋性气候，冬天无严冬，夏天并不酷热，适宜老人摄养；

海南岛阳光充足、空气清新，是天然的氧吧，使人充满活力；

海南农村现代化进程迟缓，农田很少使用化肥、农药。海南人日常食用的米、豆、薯以及水果、蔬菜污染少，有害物质少，而营养丰富；

海南岛遍布的绿色植物，具有天然的杀除有害病菌的作用；

海南岛的水质由于一万年前的那次火山爆发而溶解进大量于人体有益的

矿物质、稀有元素。

以上这些长寿的原因显然都是有科学依据的。

然而，在我们接触过家族中的几位长寿老人后，我们发现，海南人的长寿印证了中国古代先贤们遗留下的一句古训，那就是："仁者寿"。海南人长寿更有着精神上、心灵上、情感上、伦理道德上的种种原因。

首先是家族中对老人的尊奉。前文我们已经提到，海南人有着悠久的慎终追远、敬祖尊老的传统，老人的地位是受到绝对保护与尊重的。那天我们在头苑镇的华家村，正碰上在外地做邮政局长的儿子驱车一百多公里给家中的老母亲提前送来中秋月饼，幸福的笑容洋溢在老人布满皱褶的脸上。外来的客人也总是照例要首先拜见一下家中的老人，而老人们对这种礼仪也总是由衷地感到荣幸与满足，老一辈的尊长者，对于晚辈也总是有一种发自心灵深处的亲近与仁爱。就在我们向坐在龙眼树下乘凉的华老爷子问安时，老人家竟高兴得泪花盈盈。华家的老阿婆看到客人来了，赶紧把从她家树上摘的果子给我们，还要我们一定要吃她家的饭，我们虽听不懂她的话语，但老人家脸上绽开的笑容和她那双紧紧握住的手，足以让人难忘。在下水林村我们在林家阿婆那里同样遇到那种感人的情景。这是一种人际关系的和谐，这种和谐与纯净的水源，富氧的空气，营养的食物，该是同等重要的。

其次，是海南老人吃苦耐劳、善良淳朴的自立精神给我们留下了深刻的印象。像那位华家阿婆已经80多岁了，花白的头发，黝黑的面庞，一身洗得完全退了色的短衣裤裹着她枯瘦的身躯。老人打着一双赤脚，小腿上满是蚊虫叮咬的斑斑点点。我们看到她时，她正扛着一把锄头在红薯地里干活。就是这样一位身居僻壤的年迈老妇，谁能想到她的两个儿子一位是海南省邮政局的局长，一位是临高县邮政局的局长。决不是儿子不孝将老母亲撇在乡下，而是老母亲过惯了乡野中自由自在的生活，丢不下门前的溪水、屋后的果树，场里的鸡鸭，还有她侍弄的那块红薯地！正是这样健全的心态，才养护了老人如此健康的体魄！

另一位是美柳村高寿95岁的邢阿婆。邢氏家族是书香门第，从清末到民国再到中华人民共和国，邢家先后出过6位校长，一些民国时期的著名将领，如郑介民、郑庭笈都曾求学于邢氏门下。已经退休的宝芳小学校长邢福回先生是阿婆的长子，阿婆共生了七个儿子，改革开放后有四个儿子在海外经商，发财后十分注重修建自己的"祖基"。他家正屋厅堂的墙上悬挂着一尺见方的黑白照片，有的是炭笔画像，是邢校长的父亲、祖父、祖母、大伯、婶婶……正中的神龛里，敬奉的则是天地神灵。（这种陈设，即使在一些贫穷的农家，依然可以看到）现在的邢家是占地十余亩的一座大宅，三进院，一排十多间的厢房，另有餐厅、会客厅、莲花池、果树林、后花园。若不是年节，并不经常住人，但每套房子的布置都十分富丽堂皇，也不出租；最大的实用是一年一度的春节大聚会。后院有一间窄窄的小屋，阳光充足而洁净、俭朴，竹木桌椅，棉被麻帐，那就是邢婆婆的住室。她95岁了，日常起居依然坚持自理。秋阳下，老人安坐在竹椅上，显得是那样的怡然自足。富不骄，贫不馁，"知足常乐"，这种良好的精神生态，无疑是老人健康长寿的内在原因。

临别时，福回先生带我们参观了他们这个家族获得的各种荣誉，其中有一张"健康生态、和谐家庭"的奖状，是国家环保局与中国妇联共同颁发的。出了院子的大门，福回先生又指着大门两侧镌刻在青石上的一副对联："发展本能，改造环境"，那是与鲁迅同时代的他的祖父的遗训。我想，先人遗训至今仍然在给予我们深刻的启示。

罗非鱼与生态平等

在宝芳水库，我们吃到一顿"野生"的罗非鱼。说"野生"并不恰当，应当叫"野养"，因为它不是养在人工营造的池塘里，而是养在波光浩渺的山间水库里。说是"野"，实际上都是有"家"的，它的家是美国一家专门饲养罗非鱼的公司在海南开设的分公司。在饭桌上，刘经理与技术员小韦向我们介绍了罗非鱼的生产状况。

罗非鱼，生物学上为鲈形目丽鱼科罗非鱼属，原生存地为非洲，野生的罗非鱼有600多种，被人工养殖的仅15种，20世纪40年代被引进我国台湾，20世纪50年代由越南被引进我国内地。由于它形状似鲫鱼，又被叫做"非洲鲫鱼"。罗非鱼食性杂、耐低氧、抗污染、成长快、繁殖能力强，近年来已成为我国渔业养殖的重要鱼种，在出口的鱼类中占有相当比重，且养殖量在逐年提升。

一听说晚餐吃罗非鱼，我实在倒胃口。以往也曾从菜市场里买过这种价格低廉的鱼，味道平淡，肉质糠松。后来，当我亲眼看到我们学校旁边两口罗非鱼塘的养殖情景后，就再也不吃罗非鱼了。那鱼塘是附近的农民经营的，每天晚间都要将从市内各饭馆收集来的成桶的剩饭剩菜，呼呼啦啦倒进鱼塘，水面上经常漂浮着油花、蛋壳、肥肉块子。后来，鱼塘一边施工盖大楼，鱼塘主人干脆把一座简易厕所架在鱼塘上，经常可以看到，成群结队的罗非鱼迅速游来抢食民工拉下的大便。隔几个月，鱼塘的水被水泵抽干，一筐筐的罗非鱼便被装在三轮摩托运送到菜市场里，因为价格低廉，所以销路很好。

我想，进入市场的罗非鱼莫非都是这个样子。

然而，在宝芳水库的餐桌上我们吃到的罗非鱼，外表色泽清亮，腹内莹白洁净，肉质细嫩且富有弹性，食之鲜美香醇，众人皆赞不绝口。

技术员小韦大致介绍了"野养"罗非鱼的情况，首先，要有大面积养殖水面，最好是天然水面，而且周围的空气、植被、土质、水源都要符合高规格的生态指标，这是"野生"的先决条件，而海南是能够满足这一条件的最优选择。其次，投放的饲料有严格要求，不能有任何有害的添加剂。再次，要注意到物种的多样性互补，在放养罗非鱼的水域，要放养一定数量的鲶鱼、鳗鱼、鲢鱼等，形成合理的生物链。这样才能使人工饲养的罗非鱼最大程度地接近"野生"罗非鱼。经理指着餐桌上的罗非鱼说，我们吃到的就是这样"野养"的。说是野养，实际上是在高度现代管理机制下养殖的，经理自豪地说，他们的生产流程、饲料配制、技术管理都是在外国专家直接指导下进行的，他们的产品已经在美国 FDA 注册，并通过 HACCP 认证。挑选后的罗非鱼一律要经过去皮、修边、切片、去刺，一斤鱼才能切出三两半肉，然后经过真空、冷冻包装，全部销往美国市场。

谈论了半天，赞美了一场，结局竟然是：如此鲜美的罗非鱼，只能是美国人餐桌上的佳肴。

问：这样的罗非鱼要卖多少钱一斤。

答：出口批发价是 2.8 美元一磅。

粗算下来，如果在国内菜场上市要卖到 30 元人民币一斤，一般的中国人是吃不起了。一般的中国人要吃罗非鱼，只有吃那些"家养"的价格仅为 2—3 元一斤的粗劣、污浊的东西。

污染，是现代社会进步的必然衍生物，即使凭借某种力量在某种程度上治理了某些污染（如生产"野养"的罗非鱼），那么能够享受这种清洁与清醇的仍然是富人社会和富人阶层。科学技术发达了，现代社会进步了，生态上的公平与正义反而进一步拉大距离。

就在我们凭借记忆撰写这篇文章的时候，我们从互联网上看到美国食品与药物管理局（简称 FDA）刚刚发出的公告：全面禁止进口中国水产养殖产品。其原因，据说是在罗非鱼等水产品中发现了违禁的药物和饲料添加剂。美国人这样做当然有他们自己的理由：为了维护其国民的生态安全而高筑生态保护的壁垒。然而这样做的后果，只能是重创甚至毁坏中国的水产品养殖业，给中国发展中的经济造成重大损失，却不能让所有中国人一下子都吃上生态洁净的水产。

而在五十年前，任何一个中国人在吃鱼的时候，是从来不必考虑污染的，尤其是海南岛，那时的海南人每天食用的都是真正的海"鲜"。

（张平教授对此文写作有所贡献）

（原载《走进大林莽》，上海文艺出版社 2008 年版）

沿黄风物志

——为《人与生物圈》杂志"黄河专辑"配置的图片说明

函谷关

鲁迅先生有一篇小说《出关》，描写的就是老子在函谷关撰写《道德经》的故事。《道德经》集中体现了中华民族的智慧，尤其是反映了黄河中下游的民族构设的宇宙图像。如今，《道德经》已经成为世界人民共有的文化遗产，函谷关也成了中华古文化的一座声名远播的地标。

虞坂古盐道

这是位于黄河南岸一级台地上的一条天然交通要道，它连接了关中、河洛、晋南三大平原，维系了西安、洛阳两座京都。从新石器时代中期开始，它已经存在了五千多年，是中国历代政治、经济、军事、文化发展沿革的见证者。这条古道紧傍黄河古渡边，从西周到民国，运盐的牛车、马帮始终络绎不绝。路面上至今还可以看到牲口踏出的凹陷，路侧的岩壁上仍残留着盐垛擦划的印痕，似乎在诉说着岁月的辛劳与悲欢。

双槐树遗址

《诗经》首篇："关关雎鸠，在河之洲"，说明我们的先民最初就是在滨河的台地上繁衍生长的。距今 5 300 年、被称为"河洛古国"的双槐树遗址，就位于伊洛汇流入黄河的南岸台地上。初步考古发掘已经显示出中华文明是如何在黄河岸边生根、发芽、开花、结果的。

印　花

人类的历史，不仅是政治的、经济的，更是文化的。不只是物质文化的，还是精神文化的。在这些剪纸、印花、拓片、泥塑中凝聚的是质朴的民风、草根的审美、先民的智慧，为现代人提供珍贵精神的滋养。

地坑院

享有国际声望的环境保护主义者利奥波德曾创立了一门新的伦理学——大地伦理学，认为人与土地、水源、植物、动物都是整合在大地之中的，应当共同维护大地的伦理。人类不应该是大地的征服者，而应当尊重大地、感恩大地。如果利奥波德在世，他肯定会对陕州的地坑院赞羡不已。

穿山灶

"穿山灶"是黄河流域的农民在农业时代勤俭持家的象征,一座长灶,多个炉口,可以同时烧煮,为当代社会"低碳减排"的绿色生活方式提供了观念与思路。生态时代要善于从前现代社会"草民"的日常生活中汲取环保智慧。

虢国阳燧

补充一点:在这一西周虢国墓葬群里,还发现一件类似铜镜、直径约 7.5 公分、表面光洁而微凹、背面铸有猛虎、虺龙和鸳鸟图案的青铜器,原来是虢国贵族用来取火的"阳燧"。三千年前,生活在黄河之滨的先民就已经掌握了"取火于日,取水于月"的技术。我们的科考队员纷纷解囊在博物馆的小卖部买了"阳燧"的复制品,收藏了美好的记忆。

观星台

明代学者顾炎武说过,三代以上,人人皆知天文:"七月流火",农夫之辞也;"三星在天",妇人之语也;"月离于毕",戍卒之作也;"龙尾伏辰",儿童之谣也……这就是说天文知识原本是古代农业社会的生活常识,老幼妇孺皆耳熟能详。这座观星台为政府首席天文学家郭守敬的研究机构,显示了千年前中国天文学的世界水准。

东坝头

这里是黄河由东向北"摆尾"的地段,是黄河上的"险工",位于兰考县城正北 25 里。早年兰考地区的沙荒盐碱、贫瘠困苦原本与抗日战争中的国土沦陷、黄河决口有关,多半属于"人祸"。焦裕禄精神并非"向自然开战",而是带领干部群众种草种树、治沙治碱、艰难地恢复大地良好生态,重建人与自然、人与人之间的和谐关系。发扬焦裕禄精神,切不可忘记其中的生态养护的内涵。

开封城摞城

这一层层淤积的黄土,就是一部活色鲜香的历史画卷,既是中华民族的灾难史,也是中华民族生生不息、顽强向上的奋斗史,也是世界文明史上的一个奇迹。

也正因为黄河的泥沙这床厚厚的"大被",东京城才得以较为完整地保存给今人一份丰厚的文化遗产。每念及此,不少专家学者常常感叹:毁也黄河,功也黄河。

2020 年 9 月,紫荆山南

生态道德的深情呼唤

——兼谈刘先平的大自然文学书写

　　1995 年 11 月，海峡两岸"人与大自然——环境文学研讨会"在山东威海召开。这是一次关于"大自然文学"的盛会，大陆方面由王蒙先生带队，台湾方面由齐邦媛先生带队，时任国家环保局局长的曲格平先生到会致辞。研讨会聚集了两岸当时最活跃的作家。遗憾的是，除了当时已经写出了《小木屋》的黄宗英，大陆作家的发言水平普遍很差，来自宁夏的一位著名作家竟在会上喊出"欢迎到我们那里污染"的口号！他的理由是有污染才会有经济的发展，那其实也是当时我们国家占据主流的思维方式。

　　我查了一下，在这前后，刘先平先生已经完成了他对呼伦贝尔大草原、黑龙江东北虎、鄱阳湖候鸟越冬湿地的大自然生态考察。他关于大自然的文学书写是超前的。四十多年来，刘先平先生筚路蓝缕、摩顶放踵，三次穿越戈壁沙漠，四次深入怒江大峡谷，六次攀登青藏雪域高原，在大自然中的探险与考察，使他清楚地看到生态道德的缺失造成了严重的环境危机；四十多年的大自然文学书写，也是他努力宣扬生态道德、呼唤生态伦理的过程。

　　刘先平先生从他的旷野考察与大自然文学创作的实践中得出一个结论：

"生态道德的缺失,是造成生态环境危机的肇因之一","如果不能在全社会牢固地树立生态道德的观念,就无法建设生态文明及人与自然的和谐社会。"

我很赞同他的这一判断,这与我多年来的研究领域很接近。就是在那次海峡两岸研讨会上,我强调的便是:人类自身已经成为环境恶化的污染源,随着集成电路、激光电缆、生物工程等高科技的泛滥,个人生存面临的是"深度的丧失""意义的丧失""道德感的丧失""历史感的丧失""爱的能力的丧失""审美创造能力的丧失"。这就正如伟大的生态践行者史怀泽所说的:我们的灾难在于"它的物质发展过分地超过了它的精神发展,它们之间的平衡被破坏了","在不可缺少强有力的精神文化的地方,我们则荒废了它"。

如果我们把当代人的伦理道德问题放在时代精神领域考察,我们将会发现,刘先平先生得出的结论与史怀泽这位"圣人"的见解也是一致的。

下边我想接过刘先平先生的这一判断,谈谈自己的一点看法。

人类的道德体系是时代的产物,因而也总是会受到时代的局限。

在我们中国,"五四"运动的一个重要方面是批判旧道德、树立新道德。"五四"运动的旗手陈独秀、胡适、李大钊、傅斯年,都是奋战在道德领域的斗士。他们极力反对的旧道德,当时被称作"封建道德",现在看来也就是"农业时代"的道德;他们全力赞扬的新道德,现在看来不过是欧洲启蒙理性开创的"现代社会",也就是"工业时代"的道德观念。

一百年过去了,如今已经清楚地看到,工业社会中关于人是万物之灵、人类福祉至高无上的道德观念,利用科学技术对大自然的无度开发,以及由此引发的科学主义、实用主义、消费主义、享乐主义、极端个人主义的泛滥,已经严重地损伤了大自然的生态平衡,这个自然而然地运转了亿万年的地球,如今却被人类糟蹋得千疮百孔、发烧发昏、污秽不堪!一百年来的高速发展,同时也给人类自己带来莫大的伤害,看似繁荣昌盛的时代,人们生命最基本的需求——呼吸、饮水、吃饭、生殖都成了问题。

更严重而又尚未引起人们普遍关注的,是现代人内在的精神病变,其中就包括现代社会人的道德观念的沉沦。马克思早就尖锐地指出："在我们这个时代，每一种事物好象都包含有自己的反面。我们看到……技术的胜利，似乎是以道德的败坏为代价换来的。随着人类愈益控制自然，个人却似乎愈益成为别人的奴隶或自身卑劣行为的奴隶。"[①]

另一位德国思想家舍勒（Max Scheler）指出，这个全力征服自然的功利型现代社会，也培养造就了现代人"善于经济""精于算计"的人格：他们是实干的，又是冒险的；是富于进取的，又是勇于掠夺的；他们怀着强烈的盈利的欲望，又具备精密的计算心计，同时还拥有支配他人与自然的顽强意志。正是这样一批人，成了一个时代"经济生活的带头人"。这种人也就是北京大学钱理群教授命名的、当前我们的大学教育正在努力培养的"精致的利己主义者"！

我要补充一句：这样的人也必然是地球生态系统最后的葬送者！

说到这里，我们大约都可以理解刘先平先生呼吁"生态道德"的重大意义了！

在西方，一些生态伦理学的先知先觉关于生态道德曾经发布许多珍贵的见解。生态伦理学之父、国际环境伦理学会创始人罗尔斯顿，其《哲学走向荒野》《环境伦理学》被翻译成多种文字，影响广泛。他就曾经指出：环境伦理学不是伦理学的边缘学科，而是伦理学的前沿学科。那些对关心动物、植物、生态系统和地表景观的行为嗤之以鼻的人，其实是很可怜的；他们很难超越其尘俗事务而看得更远。那些趋于成熟的道德代理人，既需要发展出一种文化伦理，也需要发展出一种环境伦理。[②] 他进一步指出：荒野乃是人类经验最重要的"源"；只有"看护好地球，人性才会得以完美"。

享誉世界的环境保护主义者、大地伦理学创始人利奥波德指出："这个世界的启示在荒野。大概，这也是狼的嗥叫中隐藏的内涵，它已被群山所理解，

---

① 《马克思恩格斯选集》（第二卷），人民出版社 1976 年版，第 78—79 页。
② 参见［美］霍尔姆斯·罗尔斯顿：《哲学走向荒野》，吉林人民出版社 2000 年版，第 455 页。

却还极少为人类所领悟。"①他还说："能有机会看到大雁要比看电视更为重要，能有机会看到一朵白头翁花就如同自由地谈话一样，是一种不可剥夺的权利。"②

很庆幸，在中国、在安徽也出现了这么一位痴情守望着大自然的文学家刘先平，他热爱大地，热爱旷野，热爱大雁，热爱黑颈鹤，热爱藏羚羊、高原狼、梅花鹿、短尾猴，热爱红柳、胡杨、杜鹃花、芨芨草……并把这一切上升到"生态道德"的高度。他的作品已经在海内外产生了积极的影响。翟泰丰先生最近在《光明日报》发表文章指出："刘先平关于'生态道德'的呼唤，揭示了人为自私之利而违背自然规律、破坏生态平衡，最后遭受大自然惩罚的苦果。刘先平建立'生态道德'的迫切愿望，发自热爱大自然的深情呐喊。"③

刘先平先生一身兼具旅行家、探险家、新闻记者、科普作家等身份，他的特长是在旷野中行走，在旷野中观察，在旷野中思考，甚至在旷野中写作。他坐实了美国当代著名生态批评家斯洛维克的一句名言，也是他的一部书的名字——《走出去思考》，看来，"走出去思考"应该是一位生态文化学者的基本功！

我自己在这方面远远比不上刘先平，也比不上斯洛维克。但在我渐近暮年时，还是鼓起劲儿走了一些地方。

生态道德不能停留在口头上、书面上，那是要认真践行的。具体到每一个体生命，那就是一个"做人"的问题。日前，美国中美后现代研究院的副院长、旅美学者王治河教授来我们学校讲学，他讲的题目是《生态文明呼唤一种高生商的生态人》，在"智商""情商"之外提出"生商"即"生态人格指标"的概念，也是在倡导做一个拥有生态情怀、生态德行的人。他指出：工业时代在造就了极大物质繁荣的同时也生产了大批畸形人，诸如"单面人""空心人""玩偶

① ［美］奥尔多·利奥波德：《沙乡年鉴》，吉林人民出版社 1997 年版，第 124 页。
② 同上书，第 5 页。
③ 翟泰丰：《对"生态道德"的深情呼唤》，《光明日报》2019 年 1 月 30 日。

人""低头族""啃老族",甚至有的人已经沦为"社会垃圾"。王教授倡导的生态人又称有机人,他生机旺盛、意志强韧,精神饱满,他的生命最贴近大地。他对他人有感觉,对自然有感觉,对一个时代的忧郁有感觉,对美有感觉。他拥有"生命共同体意识",乐于与他人、与地球相互依存,休戚与共。生态人是天然的艺术家。他的心能与朝阳的光芒一同放射,能与海波的曲线一同跳舞,拥有"物我一体",天人合一的境界。

正如生命伦理学创始人、诺贝尔奖获得者、被爱因斯坦称赞为我们这个时代的"圣人"的史怀泽所说:"有道德的人不打碎阳光下的冰晶,不摘树上的绿叶、不折断花枝,走路时小心谨慎以免踩死昆虫。"那是一种"精神的礼节"和"宇宙的风度"。如果我们不能以同情的、友爱的、审美的目光守护一块绿地、一泓溪水、一片蓝天,我们也就不能守护心中那片圣洁的真诚、那片葱茏的诗意。心中的"善良与真诚"与大自然中的"清新与生机"是一致的。

"生态人"是超越以往各个时代的"新新人类",他同时拥有农业时代的朴素情怀、工业时代的理性精神,同时又具备生态时代有机整合、平衡协调能力的人。而这些,也正是生态道德的核心价值。

显然,生态道德的培养要比生态法律的制定更为艰巨。

(原载何向阳主编《呼唤生态道德》,人民文学出版社 2020 年版)

与大地共生的艺术家

——关于王刚"新疆大地艺术系列"的随想

　　北疆布尔津的禾木,是一个哈萨克族、图瓦族聚居的村落,斑斓的白桦林里散落着一座座古旧的小木屋,乡间土路上摇摇摆摆过来几只晚归的牛,却被我们这些不速之客挡住了去路。我分明看到那领头的老牛翻起白眼瞪了我一眼。那眼神让我至今难忘,充满不满与不屑,似乎是对人类,尤其是对这些大都市里来的游客的鄙夷。

　　人类对大地万物的伤害已经太久,与大地万物结下的"夙怨"也已经太多。如今摆在现代人类面前的一个急切的问题,是如何与自然万物和解,如何与大地共生共处。

　　在布尔津金山书院的聚会上,我听说有人正在刘亮程木垒县老家的荒山坡上"推"出一张张"人脸",比几个足球场都大,还说模样有点像刘亮程。我马上就想到是王刚到木垒了,恰巧刘亮程也赶到布尔津来,我的猜测便得到证实。至于说人脸模样,亮程一口否认像自己,说那是胡咧咧。

　　我上一次见王刚还是十年前,那时他的大地艺术"老万系列"完成不久,那一张张社会底层"草根"的面孔,既涌现着岁月的沧桑,又透递出土地的肌理,强烈地感动了我,从那时我对这个书生模样的艺术家留下了深刻印象。

大地艺术(Earth Art)作为一种现代艺术思潮出现于上世纪的欧美,通常的说法是艺术家以大自然作为媒介,将艺术与大自然有机结合创造出一种富有艺术整体情景的视觉特效,又称作地景艺术。当年,年轻的美国艺术家史密森(Robert Smithson),曾在美国西部的犹他州大盐湖上用砂石筑起了一只庞大的"海螺",沉浸在湖水里的身子正往岸上爬去。半个世纪过后,待到我去大盐湖时,这件大地艺术的开山之作已经泯然不见,艺术家也英年早逝,世界现代艺术史却为他留下浓重的一笔。

史载这位史密森也是一位生态保护主义者,出于对现代工业社会的厌恶,对商业文明的抵制,跑到湖边以艺术的方式亲近旷野、亲近大地,一吐胸中块垒。艺术与学术或许也有"地缘性",几位世界级的当代生态文化界杰出人士,都生活在美国西部。如因抒写大盐湖享誉文坛的女作家威廉斯(Terry T. Williams),生态批评家、爱达荷大学教授斯洛维克,生态哲学家、美国人文与科学院院士柯布(John Cobb, Jr),建设性后现代思想家格里芬(David Kay Griffin),生态伦理学之父、科罗拉多州立大学教授罗尔斯顿。就说这位罗尔斯顿吧,前年我见到这位年过八旬的老人时,他说我不是生态伦理学之父,我是"祖父"!"祖父",他应该当之无愧,他曾经指责西方哲学的鼻祖苏格拉底过于将自己的命运与雅典城邦联结在一起,以至于忽略了田野大地,忽略了其他众多生命形态。他说:"我要跟苏格拉底争论,因为我认为森林和自然景观能教给我们很多城市哲学家所不能教的东西","简单点说,我是一个走向荒野的哲学家"。①

王刚则是一位走向荒野的艺术家。

王刚在回顾自己的创作生涯时说:从儿时起神奇的大地让我着迷,对大地的眷恋与敬畏一直伴随我成长。青年时代倾心于古代雕塑和彩陶汉罐,努

---

① [美]霍尔姆斯·罗尔斯顿:《哲学走向荒野》,吉林人民出版社2000年版,第2—3页。

力探索一种源自泥土的绘画语言。从艺四十多年,冥冥之中似有灵魂召唤,让我脚下的路越走越远,远到几千公里外的新疆大漠;越走越低,低到泥土里和大地田野相连;越做心越软,如水一样,顺势而为。经过大半生的苦苦寻觅,在苍天与大地之间,我得遇了答案,如同最虔诚的学生,我把答案写进了旷野、写进了大自然、写进了大地艺术。

过了耳顺之年的王刚从中原腹地来到天山脚下。在我看来他是真正走进了"大"自然。比起木垒、沙湾县那苍茫、浩瀚、雄浑、壮阔的山川,泰山、庐山、武当山总觉得像是盆景。在"大自然"的怀抱里,王刚以更大的胸怀、更大的手笔、创作出更恢宏的艺术作品。

他在新疆创作的《大地生长》《大地凝视》艺术系列,不但得到业界人士的高度评价,同时也收获了一般民众的欣赏与赞叹,这已经很不容易。

在我看来,王刚在新疆创作的大地艺术系列,横空出世在中国西部的大漠高天间,已经超越了西方原初大地艺术的经典,也超越了当下大地艺术的水平线,为大地艺术在新世纪树下一块丰碑。我是美术界的圈外人,只能从生态美学方面随意谈谈自己的感受。

最初的大地艺术作品,艺术家或者在峡谷间扯上巨大的布幔,或者在海边的山崖上涂上大面积的色彩,视觉效果虽然显突、奇绝,总觉得山川大地与艺术家之间存有不小的隔阂,自然与技艺之间存在分割,天然与介质之间存在差异,审美效应往往被局限于艺术家的先入之见,说是大地艺术,总觉得有些外在于自然,甚至强加于自然。当下的某些大地艺术,比如日渐成为热点的以环境美化、乡村重建为目的一些作品,把艺术当作对大地、对环境的一种梳妆打扮,艺术成了大地之上的附加物,创作成了一种时尚,不管一些大媒体如何煽惑舆情,总显得有些肤浅。

大地艺术首要一点,是摆正艺术家与大地的关系。

从事大地艺术创作的艺术家万万不可小觑了大自然。亿万年里从洪荒走来的土地与旷野,其潜藏的创造美的能力要远远大于、高于人间的艺术家。所谓"艺术高于生活",只能视为有限范围内的一个说法。怀俄明州拔地而起的"魔鬼峰"、黄石公园近乎魔幻的牵牛花池、宜兴城南光怪陆离的"善卷洞"、太行山壁立千仞的大峡谷,都是人类难以攀附的大自然杰作。法国印象派诗人瓦莱里(Paul Valery)说过:大自然可以随意造出一树繁花、一块宝石、一只美奂美轮的虎斑贝、鹦鹉螺,你能够吗?[①]

被尊为美国先知、荒野哲学创始人的利奥波德说:"总而言之,了解荒野的文化价值的能力,归结起来,是一个理智上的谦卑问题。"人类不可自尊自大,当然也不要妄自菲薄。人类中的一些人,著名的或无名的一些人,运用自己的聪明才智、自己的学识人品、自己的精神心灵体会自然、感悟人生,从而在自然与大地上留下了印痕,我想这便是大地艺术。大件的有埃及的金字塔、柬埔寨的吴哥窟、中国的万里长城;小件的有西班牙阿尔塔米拉洞窟里涂画的野牛、中国贺兰山岩壁上雕刻的马鹿与人头。利奥波德还说:"这个世界的启示在荒野。大概,这也是狼的嗥叫中隐藏的内涵,它已被群山所理解,却还极少为人类所领悟。"[②]

王刚这次"开悟"是在新疆,他在天山脚下受荒野启示,领悟了狼的嗥叫,领悟了群山的呼唤。从他的新疆大地艺术系列《大地生长》《大地凝视》中可以看到他对大地、对荒野心存敬畏、胸怀友善,师法自然、融入自然,与自然相依共生,与自然协同创造。他所创造的那些横亘在木垒、沙湾野山上的人类的面孔,已经"活"过了多年。日出月落、朝云暮雨,栖居在大地上的那些面孔也在变化着自己的"目光""脸色""表情""神采";春夏秋冬、寒来暑往,扎根于山野之中的这些人类的影像也在变幻着自己的身姿与容颜。鸟雀、牛羊在"人"的身边吟唱、游走;草木、昆虫在"人"的机体中欢快地生长。艺术从大自然中获得了生机,大自然通过艺术再度闪现出灵光,大自然与艺术家的创作融

---

① 参见 M. 李普曼编:《当代美学》,光明日报出版社 1986 年版,第 348—349 页。

② [美] 奥尔多·利奥波德:《沙乡年鉴》,吉林人民出版社 1997 年版,第 190 页,第 124 页。

为一体,既是艺术,又是自然,艺术与自然一起在时间的流动中相依前行。这也正因应了中国古代自然主义伟大诗人陶渊明的诗句:"万化相寻绎,顺流追时迁","游魂在何方,复得返自然",是艺术家的"游魂"附体于大地山川为山川赋予了灵性,是大自然为艺术充盈了生机与活力,让艺术走进无限!

与以往中西方许多大地艺术作品不同,王刚的新疆系列大地艺术不是固定的装置与机巧的架构,它是扎根于大地之上的,是鲜活的、有机的、生长着的,在宇宙洪荒、天风地气、云蒸霞蔚中生长,在雨雪雷电、晨钟暮鼓的吞吐、回荡中演化。

在我看来,王刚用他的大地艺术创作实践还回答了一个艺术美学中的难题,即艺术与自然的关系。

长期以来黑格尔美学宣扬的一种理论是:自然本身是无所谓美或不美的,只有人将自身的某些理念与情感投注到自然物上,美才会呈现,即"美是理念的感性显现",作为感性的自然万物只不过是艺术家用来表达自己的理念的媒介,人们欣赏艺术,归根结底欣赏的还是自己移植到自然万物中的情感!这显然是一种顽固的"人类中心主义"的立场、"二元对立"的世界观。生态哲学、生态伦理学、生态文艺学就是要矫正这一长期通行无阻的偏见,显现人与自然和谐共生的本源与真实状态。

美国当代著名生态主义诗人斯奈德(Gary Snyder)宣称:诗人要成为荒野自然的代言人,而不是黑格尔主张的仅仅让自然去做艺术的代言人。在他的心目中,自然才是他的上帝、他的神!他说他要做自然与荒野的"忠实选民",为山川河流、动物植物仗义执言。他还用其诗人的语言呼吁:必须把荒野里那些蠕动的、爬行的、奔驰的、飞翔的、在水中游动的众生都作为地球上的"选民",纳入政府和议院中。①

20世纪初美国自然保护运动的先驱缪尔(John Muir),也和黑格尔唱起反

---

① 参见高歌、王诺:《生态诗人加里·斯奈德研究》,学林出版社2011年版,第224页。

调：实际发生着的并不总是人们将自己的思想感情投射到大自然之中，"大自然的祥和将注入你的身心，就像阳光注入林木一样。微风将给予你它们的清新，狂飚将给予你它们的力量，而物欲与焦虑则像秋叶一样飘零而去。"他还说：人们苦心为自己经营的世间的快乐会"一个接着一个地枯竭，只有大自然这个源泉永不枯竭"。①

关于审美活动中荒野、大自然与人类的关系，罗尔斯顿还说过一些这样的话：荒野不只具备对于人类来说的"工具价值"，它还拥有自己的"内在价值"，"荒野乃是人类经验最重要的'源'"，"有意识地欣赏荒野价值的能力是一种高级的价值，而我们的欣赏活动所捕捉到并表达出来的价值是在人类出现之前就在荒野中流动了，我们现在只是继承了这种价值。"②

王刚并没有标榜自己是生态艺术家或环保艺术家，开始我甚至还担心王刚在旷野里的大规模开挖会给大地生物圈带来损伤，待到他的"艺术作品"中又铺上阳光与星光，又滋润了霜雪与雨露，又生长出青草与绿树、又响起昆虫的低吟与鸟儿的鸣唱、又现出牛羊的身影，我放心了。往深处想，对照上述杰出的人文生态思想家们的言论，大地艺术在王刚这里比起以往更加吻合生态学的观念与法则。应该说，王刚也是一位生态美学家，一位用他的创作实绩为自然代言的生态艺术家。

我比王刚要年长一些，他的美术创作活动与我对生态文化研究的关注差不多在同一个时间段上，他用他的艺术实践开创的一些成果与我在理论探讨中得出的一些判断，往往会有些"不谋而合"，我们的心是相通的。

其一，十多年前中国美学界曾经展开一场不大不小的关于"审美日常生活化"的论战，我属于这场论战的"反方"，并打出"日常生活审美化"的旗帜。在我看来，二者虽然有联系，但在审美指向、价值取向上则又有所不同。"审美日

---

① ［美］约翰·缪尔：《我们的国家公园》，吉林人民出版社 1999 年版，第 40 页。
② ［美］霍尔姆斯·罗尔斯顿：《哲学走向荒野》，吉林人民出版社 2000 年版，第 213 页。

常生活化",是技术对审美的操纵,功利对情感的利用,是感官享乐对精神愉悦的替补。而"日常生活审美化",则是技术层面向审美层面的过渡,是精心操作向自由王国的迈进,是功利实用的劳作向本真澄明的生存之境的提升。[①] 将这一判断移植到大地艺术创作中来,则可以概括为:是将大地艺术化,还是让艺术大地化?如果说热闹的"大地艺术节"上精心布置的那些景片、陈设、装置属于将大地艺术化了(实则是"大地搭台,艺术家唱戏");那么王刚在新疆荒野间塑造的那些凝视着、生长着、幻化着、演替着的"人的图像",则是被大地同化、与大地共生了的艺术!

其二,在愈演愈烈的生态灾难面前(尤其是面对这场史无前例、席卷全球的大瘟疫),人与自然的问题越来越显示是一个人类必须直面的"元问题"。我欣慰地看到,在世界知识界,一些明眼人开始对人类以往的行迹认真梳理,开始将人类的历史与自然的历史做有机整体性的表述,开始将人类的历史置于宇宙、地球的演化史中加以研究。早些时候有汤因比(Arnold Joseph Toynbee)的《人类与大地母亲》,贝特森(Gregory Bateson)的《心灵与自然》,近期有克里斯蒂安(David Christian)的《起源:万物大历史》,他们的努力无外乎是破除人类中心的陋习,视人类与自然为一个共同生命体。我说过我这三十年来的生态文化研究,始终致力去做的就是这一件事:把"生态"这一原本属于自然科学的概念导入现代人的精神文化领域;把人类的"精神"作为地球生物圈中一个异常活跃的变量融入生态学中,从而让人类与自然万物和谐共生,共同走进一个祥和、健康、美好的新时代,即生态时代。如果把"艺术"视为人类精神,把"大地"视为生态系统,那么王刚三十年来历经坎坷、愈行愈远的"大地艺术",也正是在努力弥合着人类精神与大地自然之间由来已久的裂隙,使其成为一个互依共生的有机整体,让艺术走出人类社会的牢笼,走向恢宏、磅礴的天地境界。

---

① 参见鲁枢元:《评所谓"新的美学原则"的崛起》,《文艺争鸣》2004 年第 3 期。

也许我和王刚的憧憬都不过是远在天边的乌托邦。我始终坚持，在艺术领域，在审美的领域，乌托邦即使是一条永远达不到的地平线、一个永远实现不了的白日梦，也还是值得追求。先师陶渊明心中与笔下的桃花源不就是一个千古不衰的范例吗？

（《文艺争鸣》2020 年第 8 期）

大地之眼

我很欣赏王刚,尤其是他的大地艺术、他对土地与旷野的钟情。我曾经写过一篇文章,赞美他是一位与大地共生的艺术家。这次,他的创作基地由新疆转移到黑龙江,在鹤岗的露天煤矿创作他的新作:大地之眼。也是因缘际会,早年我曾在飞往北疆的高空拍摄过一张露天煤矿的照片,后来还拿它做了我的《生态时代的文化反思》一书的封面。

今天,就时代与生态文化的关系,谈谈我对王刚正在筹划的《大地之眼》的看法。

露天煤矿是工业时代的象征,这个时代的核心价值观是人类中心,人类与自然的对立,人类对自然的一味掠取。结果,众所周知,酿成了几乎难以修复的生态灾难。如今遗留在大地上的这些"黑洞",变成了大地母亲肌体上惨痛的创伤,成了一个狂热时代的创伤记忆。其实还不止这些,在工业时代地球上许多山脉被"开肠破肚"、许多江河被"腰斩肢解"。有人反用杜甫的诗句,戏言"国在山河破",伴随着国民经济的高速发展,大自然付出了惨重代价。

王刚的"大地之眼",将大地上的"疮痍"化作大地母亲的"美瞳",抚慰了自然在工业时代遭受的创伤,这不仅是艺术的美化,也体现为时代的转换,体现为自然自身的价值得到承认,体现为人类与自然的和解,象征着生态时代的到来。这也是艺术、艺术家参与地球生态养护实践的一个创举。我的书与王刚的作品其实都是在对工业时代人类的行为进行反视、反思。人类与其他生物不同之处,就在于人类这个物种有反视、反思的能力。地球生态系统的平衡与稳定,正有赖于人们不断对自己的观念与行为进行反省。《大地之眼》恰恰象征了人类的"反视"与"反思"。

王刚强调他的"大地之眼"与"宇宙之眼"的遥相对视,比如,与"南环星云"的对视,这一对视传递着宇宙间永恒的和谐。这就使得王刚的艺术观念摆脱了日常思维的狭隘空间,上升到宇宙精神的高度。"宇宙精神"最初是由法国地址考古学家、杰出思想家德日进(Pierre Teilhard de Chardin)提出来的。他认为宇宙、生命、人类是一个有机整体,一个生生不息的流动过程。"宇宙精神"同时也是审美的前提:宇宙精神在人类发觉自己面对着森林、大海、星辰的同一刻产生。自此以后,宇宙精神就出现在我们体验到的宏伟和无限的任何地方:在艺术里,在诗歌里,在宗教里。我们通过它对世界整体做出反应,就如同我们在光线底下透过眼睛对万物做出反应一样。我们的身体、心灵同这颗行星上的生命网络息息相关,这些全都在同一条生命的连环内。

日前,我陪同美国耶鲁大学教授、德日进研究会会长格瑞姆(John Grim)教授夫妇到河南大学讲学,我们一致认为德日进的这些观点与中国古代庄子所说的"天地与我并生,而万物与我为一"是完全一致的,中西先哲的思想都为生态时代的文明建设奠定了根基。

王刚的"大地之眼"是一项生态时代,或曰后工业时代的大型艺术创作实践活动,也是一项汇聚了艺术创造、土地开发、地表改造、商业运营的综合大工程。因此,我不得不提醒王刚与施工方务必注意生态保护。在实施操作的过程中一定要慎之又慎地保护当地生态环境。既然少不了商业运营,那就一定要对功利之心加以适当的约束。我对"文化搭台、经济唱戏"的口号一贯反感至极。按道理说是应该"经济搭台、文化唱戏"的，既然做不到，那就要尽量抑制资本的贪欲，培育生态养护的善念，为大地、为苍生多做一点好事。如果这项以大地生态精神为鹄的艺术工程最终破坏了当地的生态，那将是不可饶恕的。

2023 年 9 月 18 日

（《大河美术报》视频采访，曾在"大地之眼宇宙生态艺术落成仪式"上播出）

卷二　生命诗篇

生命诗篇

　　一个人花费一生的时间用来观察、研究"虫子"，已经算得上奇迹；一个人一生为"虫子"写出十卷大部头的书，更不能不说是奇迹；而这些写"虫子"的书竟然一版再版、先后被翻译成五十多种文字、直到百年之后还会在读书界一次又一次引起轰动，更是奇迹中的奇迹。

　　这些奇迹的创造者就是法布尔（Jean – Henri Casimir Fabre）和他的《昆虫记》。

　　"昆虫"，听起来是一个颇为学问化的名词，并非人们日常口头用语。其实，人类与"昆虫"的关系真是太密切了，我们几乎时时、处处都会和形形色色的昆虫不期而遇：树上的知了、花间的蜜蜂、地上的蚂蚁、水面的蜻蜓、柜橱下的蟑螂、茅缸上的苍蝇、宠物身上的跳蚤、青菜叶上的蚜虫和米袋子里的象鼻虫，还有扑灯的粉蛾、蛀书的蠹鱼、结网的蜘蛛、吸血的斑蚊……昆虫的数量比地球上的人口不知要多上多少倍，然而，人们对此却熟视无睹，甚至从不愿意认真地想一想它们也是生命。我们大家有谁会知道：蝎子如何谈情说爱，象鼻虫如何生儿育女，蜘蛛与螳螂的厮杀施何绝技，黑蚜虫与红蚜虫的集体逃亡有何结局。法布尔毕其一生所做的，正是我们大家全都忽略的。仅仅凭着法布尔打开的这一广阔的未知领域，《昆虫记》就足以成为一部引人入胜的书。

昆虫研究作为一门学问，比如"昆虫学"，在大学讲坛、国家科学院历来有着一套严格的研究方法，研究的成果往往是一串串枯燥的数字、表格、坐标，一串串艰涩的术语、法则、概念。法布尔的研究方法与此截然不同，他是靠了自己和自己的孩子，在野外环境中，对自然生存状态下的昆虫们进行细心反复的观察、比较、想象、思考，从而写出了一篇篇细致鲜活、生动感人的考察报告。法布尔的《昆虫记》中研究的是"生命的活态""生命的过程""生命与环境之间的有机联系""生命与生命之间的密切交往"，书中洋溢着作者对生命的尊重与热爱，书中的言语又始终灌注着作者本人生命的汁液与心灵的气脉，《昆虫记》因此成了一部人世间独一无二的书。

在中国，二十世纪二三十年代就曾经出版过多种法布尔《昆虫记》的节译本，引发了那时广大读者的热烈兴趣。鲁迅曾把法布尔的《昆虫记》奉为"讲昆虫故事""讲昆虫生活"的楷模，希望"科学家肯放低手眼，再看看文艺书"。周作人对《昆虫记》还要更推崇一些，他说，读这本讲昆虫生活的书，"比看那些无聊的小说戏剧更有趣味，更有意义"，他还引用戏剧家罗斯丹的话赞扬法布尔拥有"哲学家一般的思，美术家一般的看，文学家一般的感受与抒写"。

时间过去半个多世纪，到了九十年代末，中国读书界再度掀起"法布尔热"，书市上几种《昆虫记》的摘译本、缩编本都很受欢迎。

法布尔在他的学术生涯中，始终与两个方面的强大势力作战，一是传统中蒙昧的俗见与陋闻，二是所谓"科学"的坚硬与专制。

关于前者，鲁迅曾在《春末闲谈》一文举出中国自古流传的一个谬误："螟蛉有子，果蠃负之"。鲁迅说，"自从法国的昆虫学大家发勃耳（Fabre）仔细观察之后"，人们才弄清楚，细腰蜂"果蠃"不但不是小青虫"螟蛉"的亲爱的干妈，反而是杀害"螟蛉"的残忍的真凶。对于俗见陋闻来说，法布尔的"独到观察"与"系统研究"无疑是烛幽洞微的一片光明。达尔文赞誉他为"罕见的观察家"，他是当之无愧的。

至于后者，法布尔生前时时受到"学院派科学权威"们的斥责，他的这些著述被认为缺乏"科学"的严谨与庄重。对此，法布尔曾站在"虫子们"的立场和"普通人"的立场上毫不妥协地反击，并激昂慷慨地阐明自己的治学宗旨："你们是剖开虫子们的肚子，我却是活着研究它们；你们把虫子当作令人恐惧或令人怜悯的东西，而我却让人们能够爱它；你们是在一种扭拽切剁的车间里操作，我则是在蓝天之下，听着蝉鸣音乐从事观察；你们是强行将细胞和原生质置于化学反应剂之中，我是在各种本能表现最突出的时候探究本能；你们倾心灌注的是死亡，我悉心观察的是生命。"法布尔强烈呼吁：教育，要尊重人的首创精神；科学，要放下架子学会亲近人。这充分体现了他的"民间立场"与"人文情怀"。《昆虫记》不仅是一部研究昆虫的科学巨著，同时也是一部讴歌生命的宏伟诗篇，法布尔也由此获得了"科学诗人""昆虫荷马""昆虫世界的维吉尔"的桂冠。

　　就中国而言，本世纪内两次出现的"法布尔热"又有些什么不同呢？

　　首先，时代舞台的幕布发生了色彩变化。

　　第一次"法布尔热"的背景是"五四"运动，主流思潮是"启蒙"，是对科学，尤其是自然科学的崇尚，法布尔的《昆虫记》主要是作为一种优秀的"科普读物"向人们推广的，人们更看重书中介绍的关于昆虫的知识。

　　到了本世纪末，"生态危机"险象环生，人类的生存环境遭到大规模破坏，已严重危及人类社会的发展与人类自身的健康，于是，生态环境的保育便成了全世界人们日益高涨的呼声。在惨重的教训面前人们开始领悟到，人类并不是一个孤立的存在，地球上的所有生命，包括"蜘蛛""蜜蜂""蝎子""象鼻虫"在内，都在同一个紧密联系的系统之中，昆虫也是地球生物链上不可缺少的一环，昆虫的生命也应当得到尊重。对照当下蓬勃开展的生态运动，法布尔称得上是一位"先知"。在这样的情势下，《昆虫记》的生态学意义自然就更加显突出来。

　　其次，读者的成分也发生了很大的变化。

　　三十年代读《昆虫记》的只是那时所谓的"智识阶层"，学者、大学生。如今《昆虫记》的读者已扩展到广大民众，尤其是青少年读者。阅读的动机也更加丰富多样。有人为了满足好奇心,从中窥测昆虫世界的奥秘;有人流连书中曲折的故事、优美的文笔,从中获得审美的愉悦;有人叹服书中明晰的哲理、诚挚的道义,从中感悟天地造化的启迪;有人则景仰作者的人生、崇拜作者的人格,希望从中汲取精神的力量。

我本人原来是从事文艺心理学研究的,后来跨一步进入到生态学领域中来,我读《昆虫记》时曾突发奇想,突然觉得法布尔自己就像一只"虫子",他的"生态模式"应当属于"昆虫式"的。这本是艺术创造过程中主体与客体之间相互融渗的一种化境,法布尔却实现在了他的学术研究中。

昆虫的生存环境大多是贫瘠的、恶劣的,如荒草中的蜘蛛,砂石中的蚂蚁,在极度困窘的环境里,这些生灵反而锤炼出顽强的生命力。法布尔也是这样,他一生清贫,穷到有时连一本书也买不起,他没有一个像样的实验室,所谓的实验场地只是一个布满野草乱石的荒园,他给它起了一个好听的名字叫"荒石园",他的写字台"比一块手帕"大不了多少,他用的墨水是一毛钱一瓶买的,风刀霜剑般的流言蜚语更是经常不断地向他袭来。然而,就是在这样的环境中,他却创下了如此辉煌的精神文化业绩!

昆虫的另一个特点是拥有旺盛的生命力和生殖力,法布尔也是这样。他活了92岁,娶过两任妻子,在75岁之前生下不止10个子女。当然,他拥有的主要是那种文化的、精神的生殖力,十卷大书,为千百种昆虫树碑立传,从少壮时代到耄耋之年,始终笔耕不辍,我不知还有哪一个研究昆虫的学者能够与其比并。

《昆虫记》的确是一个奇迹,是由人类的这位杰出的代表法布尔与自然界众多的平凡子民——昆虫,共同谱写的一部生命的乐章,一部永远解读不尽的书。这样一个奇迹,在人类即将迈进新世纪大门、地球即将迎来生态学时代的紧要关头,也许会为我们提供更珍贵的启示。

(《法布尔观察手记》(共 6 卷)序言,海南人民出版社 1999 年版)

为野草说情

进入 20 世纪以来，人类变得特别聪明能干起来，尤其是城市人，于是人类也就沾染上更多自高自大、自作聪明的毛病。比如，现代人一切都推崇人造的，从人造棉、人造革、人造木板，到人工造雨、人造卫星；现在，连人们自己身体的部件也人工制造起来，从人造双眼皮、人造高鼻梁、人造乳房、人造处女膜，直到人造心脏，也许有一天我们都会用上人造大脑，脖儿梗上长出一个数字化的"电脑"来。到了那时，是福是祸还真说不清！

我这里要说的是"草"，城市里的草。

三十年前，我上中学时，城市里原是长着不少草的，校长说长草不卫生，滋生蚊虫，传染疾病，天天带领我们开展锄草运动，那草并不好对付，"野火烧不尽，春风吹又生"，于是我们年年有草可除。随着城市的高速发展，那草虽然对付得了野火与中学生的铲子，却招架不住推土机与水泥混凝土的地面，天生的野草在城市里渐渐败下阵来，剩余的一些"残兵败将"也只有躲在城市的旮旮旯旯儿里苟延残喘。

当城市人某一天突然感到满目灰黄全是钢筋水泥时，便又怀念起那活着的绿色，怀念起草来。

于是，人又发挥起他们的聪明才智来：人造草坪。大如海口滨海大道一侧的"万绿园"，小到学校、机关院内门前屋后的零星空地，全都整齐化一地铺种上人工营造起来的草坪，到了这时，城市里残留的那点"野草"，就要被斩尽杀绝了。

我很为"野草"鸣不平。

城市里为何不能保留一些原生态的草地？原生态的野草会显得高低不一、品种错杂、色彩斑驳、形态各异。然而，换一个审美的视野，换一种欣赏的趣味，这野生态的草地，难道不更加优美动人吗？

我想来想去，"人工草坪"的最大优点只不过是"整齐化一"：高低一致、品种一律、形态雷同、色彩平板，少见多怪的人会啧啧称赞：像地毯，像绒毡。

有着独立生命的草木，为什么非要像地毯，像绒毡？城市里都铺上地毯、绒毡，像五星级宾馆的大堂，那又有什么好？我怀疑，这也是一种西方人的审美习惯，在中国的园林艺术中，讲究的是"参差错落、和而不同"，"杂树生花"，"乱草迷萤"也是一种审美的高境界，原先南京的莫愁园、苏州的拙政园里也都没有这种绿色的活地毯。除了踢足球，依我看这种"人工草坪"绝非城市中草类生物存在的唯一形态。况且，在我们的国土上，要保养好这些"活地毯""活绒毡"并非易事，那必须"浇水""施肥""灭虫""修剪"，甚至还要包括进去"除草"（除去一切非人工种下的其他草类）！为此，经济本不甚宽裕的市政部门，还要付出一笔巨大的开支。

有时我会忽然觉得，那野生的草地犹如一位土生土长、泼辣皮实的山野村姑，那人工草坪就像一位精雕细琢、养尊处优的都市女郎。在现代人的生活中，最低限度地说，她们应该各领风骚，而不应独树一帜。

近来，城市人已经厌烦了人工催肥的鸡腿，人工催熟的茄子，人工培植的香菇，人工喂养的团鱼，开始重视吃野菇、野菜、野鸡、野鱼，包括其他方面的这种种野趣，这很可能是另一种方式的奢靡。现代城市人如果真的愿意改弦易辙执意"下野"，我倒想劝大家最好先从喜欢"野草"开始。

比如，海口那闻名于世的"万绿园"数百亩人工草坪中，可否开辟一块"野生"的草地，让它仍然保留荒原自然态的参差、披拂、斑驳、迷乱，同时也保留它那野生精灵的柔韧、丰盈、生动、俏丽？

　　我看，不妨试一试，那也无须更多破费。

　　　　　　　　　　　　　　　　（《森林与人类》杂志 2000 年第 5 期）

阿城与羊

初冬时节,杭州西湖之滨的将军楼。

湖畔的竹林依然苍翠欲滴,楼内的一群文化人都在听小说家阿城讲故事。

阿城很会讲故事。早年落魄南疆时,凭讲故事就能混饱肚子。这次他讲的却是一个真实的故事,关于羊的故事。

阿城说,北京人爱吃羊肉,每至秋后,便从张家口外购进大批的羊,从塞北一个县城一个县城地赶将过来,于是每逢这个季节,他家屋旁的胡同里就有成群的羊经过。他喜欢晚饭后抱了孩子立在门前,看羊。

他说,这些远道而来的生灵,在夕阳余晖下,一个个瞪着和善柔顺的大眼睛、风尘仆仆、挨挨挤挤、慌慌忙忙地向前跑着,茫茫然跑向自己生命的尽头,自己却一点也不知道。真是可怜。

由于同情羊,便迁怒于北京人。北京人真不仗义,好吃羊肉且不说,还让人家羊自己把自己的肉背来给他们吃!

为什么临死前也不让人家坐一次火车?说是"跑腾跑腾,肉才香"。

北京人真他妈的可恶!

阿城的故事刚刚开头,这番悲愤、激昂、充满了"羊道主义精神"的谈话就一下子感染了在座的许多人。上海的周介人、湖南的韩少功、浙江的李庆西、福建的南帆，一个个面露哀矜之色，心中在为不幸的羊们暗暗伤悼。

北京的陈建功、郑万隆、季红真、黄子平他们也让阿城骂傻了眼。唯有李陀耐不住了，站起大声喝道："甭听阿城胡说八道，这小子吃起羊肉是不要命的，北京的羊肉馆子都知道，吃羊肉还要自己另带佐料的满北京就只有两个人，一个是唱京剧的马连良马老板，再一个就是钟阿城。"

哄堂大笑。

阿城也笑起来。

我相信，李陀的"揭发"多半是真实的。但我也相信，阿城对于塞北那些羊们悲剧性格的同情，也是真诚的。

"吃羊肉"和"同情羊"，对于人类来说，恐怕是属于两个不同领域里的事，一个发生在物理的或物质的空间，一个发生在心理的或精神的、情感的空间。两个空间不是一个空间，其中存在着差异和矛盾。

佛教徒讲究慈悲为怀，吃素食、不杀生，自然是高尚的。然而不杀生并不易做到，因为即使他不吃羊肉只吃青草，青草何尝不也是一条鲜活的生命呢？也许有那么一天，人终于可以从空气和石头中变出馒头和香肠来，但目前还不行。

人活着，就不能不从自然界的生物圈中利己地摄取着；作为人，则人类又不能不从更高意义上与自然、与其他生命存在，主动地求取认同。

物质与精神、肉与灵，在这里又成了人生的一大纠葛。

阿城要活着，就不能不吃羊肉或别的什么的肉；阿城作为一个文学家活着，则又不能没有对于羊们、牛们、树们、草们的同情。

精神注定要在物质中苦苦挣扎。

文学常常告诉人们，这就是人面临的处境。

1988 年 7 月

补记：

前些年我到北疆阿勒泰参加笔会，或许由于我最年长，每次开饭时都请我代表大家面对首先上来的一只羊头说几句话。开始说我们肚子饿了不得不吃你啊，谢谢你啊尊贵的羊。后来没有恭维的词汇了，我只好说："下辈子我们这些诗人、作家都托生成羊，让你来吃我们！"竟然迎来一片掌声。还有，作家红柯告诉我，吃手抓羊肉一定要把肉啃光、啃净，一丝肉都不剩下，这才是对羊的尊重！

蛇与农夫

南人善美食，视蛇为佳肴。罗君闻我到海南来，特邀至家中进餐，且再三叮嘱有蛇肉招待。此蛇颇大，几近于蟒，粗如茶盅，黑质金花。杀蛇已费了很大功夫：先将蛇置一布袋中，袋口扎牢，于庭院中反复猛摔，至蛇奄奄一息，然后取出，系住蛇头挂于门框上，再以利刃开膛破肚、放血取胆。一大盆热气腾腾的红烧蛇肉端上餐桌，我心中只想着大闹金山寺那美丽善良的白蛇、青蛇，已经没有了半点食欲。

除了中国的《白蛇传》，蛇在人类中的名声很坏，究其原因，大约和克雷洛夫撰作的那则《农夫与蛇》的寓言很有些关系。农夫在雪地里救了一条被冻僵的毒蛇，把它放在自己的胸口上，用自己的体温去温暖它，蛇苏醒后却一口咬在农夫的胸口上，把农夫咬死了。这个故事的本义是教导人们千万不可同情"蛇一般的恶人"。这寓言的寓意很明白，矛头所指是"人"，是"蛇一般的恶人"，然而人们长期以来却由此迁怒于"蛇"，对蛇增加了百倍仇恨。

报载，不久前浙江义乌市赤岸乡一老汉以 200 元钱购得一条蝮蛇，回到家中用两斤白酒浸泡在一只大瓶中。半年后老汉启开瓶盖取酒饮用，不料此蛇竟一蹿而出,给老汉以致命的一击。本想延年益寿的老汉,反倒提前办起了丧事。蛇的罪过是否因此又追加一等呢?

如若站在"蛇人平等"的立场上判断此案,又将如何了结呢?

试想此蛇生于深山,不招人,不惹事,昼伏夜出,自食其力,甚至夫唱妇随,儿孙绕膝,在大自然中尽一份生态平衡的义务,享一份自由存活的权利。忽然一日遭人擒拿,夹于铁钳,囚于木笼,徙于他乡,售于市集,其命运已够悲惨。继而又被此老汉买去,密闭于瓶瓮之中,浸泡于烈酒之内,更甚于坐水牢,旷日持久达200多个日日夜夜,对于一个生灵,这苦痛何等惨烈,在这则《蛇与农夫》的真实故事中,这位老汉又该受何指责、得何警诫呢?

事到如今,人类与蛇的公案可以扯平了吧。不过,目前的法律或者人情并不这样。蛇伤害了人,蛇就罪该万死,十恶不赦;而人若折磨了蛇,杀死了蛇,人却坦然自若,问心无愧。因为,司法的律令、道德的原则都是人类确立下来的而不是由蛇类制定的。

据说欧洲一些国家已有了"虐待动物罪",法律保护的对象中不知包不包括蛇,不管怎么说,立法已开始站在人类之上的一个更高境界,站在了一个比人道主义要更高一些的视野之上。

人类毕竟是自然界生物链中的一环,忘乎所以地狂妄自大,那只不过是人类现代社会文化的误导,不是人的本性。人在本性上也许可以与其他生灵相处得更好,儿童与小动物之间就更容易产生情感的交流。作家韩少功在一篇散文中讲,小时候由于父亲杀了他心爱的一只黄色母鸡,竟哭得天昏地暗,并且从此失去了对于大人们的信任。

现代人面临的生态危机,迫使我们制定出"野生动物保护法",稀珍的大熊猫、金丝猴首先得到严格的保护,不太稀有的娃娃鱼、穿山甲也得到一定的保护,野生的蟒蛇也已经列入保护的名单之中。但我以为"保护"种种,不要仅仅出于某种功利性的实用,其中还应当有一些伦理、一些感情、一些精神。佛教讲慈悲为怀、讲广结善缘、讲普度众生,这是一种精神、一种信仰。

佛力无边、法轮常转,人与蛇的宿怨可以消解了。让我们站在生态伦理学或精神生态学的祭坛前,为古往今来曾蒙受伤害的农夫们、蛇们超度亡灵、祈祷新生。

1994 年,海南琼山

野鸡与垃圾

——关于生命的故事

　　三亚记者站的别墅式办公楼就坐落在"大东海"的海湾里。这里是酒店区,几家豪华的星级大酒店"金陵度假村""海景明珠"都分布在这里。记者站已经是在酒店区的边缘,靠近东山脚下,显得多少有些冷清、偏僻,却又多了几分幽静。别墅办公楼的阳台朝着大海,走上阳台,整个海湾包括近处的沙滩、远处的青山,辽阔的海面和海面上的蓝天,尽收眼底。作家张承志由日本回来后曾在这里住过,他多少有点夸张地说"整个日本没有这么好的海湾"。

　　太阳已经落下山去,天空依然明亮,大海的颜色却变得深沉起来。海风从海面上吹来,吹去了白日的暑气,吹进了人的肺腑,人的心胸也变得像海天一样沉静澄澈。

　　晚饭后,与刚认识的几位由北京过来的记者在阳台上闲聊。记者站的主人是一位约四十岁的精壮汉子,好客而且健谈。他曾在西北地区的军队里工作多年,转业地方后当过文化干部,几年来经济特区的记者生涯又大大地丰富了他的阅历,使他拥有了丰富的谈资。

　　不知怎么就谈到了"打野鸡"上。

他说他喜欢打猎，在西北军区的时候，他们的营地就在祁连山下，不过，要猎到漂亮的野鸡，还必须深入到山林的腹地。

　　祁连山的秋季是美丽的，山岗上的树木，青黛间夹杂着一丛丛的红褐，色彩斑斓，将远处的雪山映衬得更加神秘圣洁。疏勒河的水本是雪山上融化的冰雪，清纯而又冷冽，河边芳草如茵，好似随意铺下的地毯，柔软而富有弹性。翻过一道长满雪松的山岗，走进谷地中的那片白桦林，便是野鸡时常出没的地方了。这里的野鸡学名叫"中华锦雉"，体形硕大，凤头、绣眼、猩红的面颊，翅羽的颜色翠绿中闪着漆光，尾羽长达三尺开外，赤铜色中点染着黑白相间的花纹，看上去很像京剧舞台上威风凛凛的战将。

　　枪，是双管的大口径猎枪；枪法，连队考核第一。目标已被发现，很快与"缺口"，"准星"连成一线，扣动扳机，和平静谧的白桦林中响起一声震耳欲聋的巨响。野鸡中弹了。

　　你猜中弹的野鸡是怎样一种情景呢？精壮的别墅主人开始卖起关子来。

　　猝然受到枪击的野鸡似乎意识到了生命即将结束，它不像受到宰割的家鸡那样带着浑身血迹、翻着无望的白眼在地面上扑腾，它又不像挨了打的走狗那样夹着尾巴盲目地奔走逃窜，濒死的野鸡憋足了浑身的气力，爆发出全部潜能，挺身敛翅将自己像箭一样笔直地射往蓝天，野鸡决心在死亡之际完成自己生命的最后一个造型。

　　听着这位猎手的转述，我仿佛看到在那片银色的白桦林上空，在那巍巍雪山、幽幽青冥的背景上，一只"中华锦雉"傲然飞升，像一簇春光里的鲜花，像一团节日里的焰火。

　　这野鸡，不愧为生态群落中的英雄，一位失败了的悲剧英雄。

　　先前读晋人张华的《博物志》，其中曾有关于"野雉"的记载，谓其"雨雪，惜其尾，栖高树杪，不敢下食，往往饿死"。又曰："山鸡有美毛，自爱其色，终日映水，目眩则溺死。"中华锦雉有洁癖，珍惜自己的羽毛，善栖高枝而不肯俯就，且有自恋倾向，像古希腊神话中的那位美少年那喀索斯，殊不知它还如此刚烈。也许，这刚烈孤傲正出于生命本身的自尊与自爱。"英雄主义"，莫非也是生命界的一种本能吗？

夜色渐渐浓重起来，大海和天空成了混沌一片，楼后的"鹿回头"山已完全消隐在夜色中，但凭着感觉仍能意识到它那浑重的存在。

涨潮了，别墅楼房下的那片荒地外边就是一堆堆巨大的礁石，礁石上传来海浪的拍击声。

话题又转到楼下围墙外边那片荒地上。荒地上长满了半人深的野草，是海南岛常见的那种黄茅，由于是秋天，全都抽出了白苍苍的花穗，像一地卷动的鹅毛。黄茅间也夹杂有长着针刺的仙人掌，给误入荒地的行人多添几分威胁。然而，荒秽中也盛开着几丛三角梅，那嫣红的花瓣在皤白的茅草中娇若红唇。

荒地中间有一座木板搭成的窝棚，那还是修建这座别墅时建筑工人们留下的一处遗迹。主人说，前年春天的时候，一位由内地过海而来的老汉就寄居在这个窝棚里。老汉有六十开外的年纪，个子不高，身材敦敦实实，头发虽然已经花白，看上去身材依然康健，只是腿脚有毛病，走起路来腰肢一拧一拧的，是个跛子。

跛足老汉以捡垃圾、拾废品为营生。于是窝棚门前的荒地上就开始堆起易拉罐、啤酒瓶、碎铜烂铁、破纸箱。这窝棚由于与几家豪华酒店为邻，垃圾的来源很是充足，垃圾的品位比内地要高出许多，易拉罐上印的全是外国字母。垃圾的内容当然也十分丰富，除了女人一次性消费的内裤和男人们用过的避孕套，有时可以捡到港币和美元。跛足老汉很勤快，言谈诙谐有趣，不久便与饭店里的领班们混得很熟，被允许到饭店院子里协助清理垃圾，享有优先捡拾废品的特权。别墅主人说，他也曾一次送过他三十只啤酒瓶，连同装瓶子的纸箱。

这窝棚由于在墙外荒凉的野地里，显得很幽静，像一片世外桃源。每逢傍晚，夕阳西下，当海面上的鸥鸟飞向山崖上的窝巢之后，夕云便把这荒甸上的茅草、仙人掌染成一片金黄，跛足老汉便一人坐在窝棚门口，喝上一杯烧酒，吼上两声野戏，其陶然自乐，不次于饭店客房里那些腰缠万贯的大亨。

不久，情况稍稍有了些变化，每逢周末的晚上，跛足老汉的窝棚前便会多出一位衣着时髦的妙龄女郎，天黑之后并不见出来，窝棚里便暗淡了灯光。四脚蛇爬上三角梅的顶梢，猫头鹰在远处冷冷地啼叫，星光下的窝棚里莫非在重演着聊斋中鬼狐的故事？

每次莅临窝棚的"神女"高低胖瘦都不一样，人们终于明白了"神女"们的真实身份。"饱后思淫"也是人性中常见的弱点，"眠花宿柳"本是古代文人骚客们干掉下来的活儿，况且岛上的"神女"供过于求，跛足老汉以他捡垃圾所得的收入偶度春宵，也还消费得起。岛上人开通，对此并不大惊小怪。

> 海风你轻轻地吹
>
> 海浪你轻轻地摇
>
> 一盏渔火温暖着双眼
>
> 一段真情停泊在枫桥边
>
> 一张旧船票能否登上你的客船
>
> 涛声依旧……
>
> 让我们……好好睡觉

星级豪华酒店里悠扬的卡拉 OK，随着阵阵夜风飘进荒甸上这座板棚的缝隙，伴之而来的还有那昼夜不息的沉沉涛声。

"垃圾""废品""醇酒""女人"在跛足老汉的荒甸窝棚中竟如此和谐地统一起来，莫非这老汉真是一位隐居闹市的高人？先前，我曾赞美过一位叫"王荣贵伯伯"的市井凡人，他逮鸟、捕鱼全为兴之所至，贫穷而自得其乐。他的生存宗旨是"人生在世，难活 36 500 天，愿意干什么就多干几次，自己别和自己过不去"。当然，那年头的王荣贵伯伯并不嫖妓，只是一位市井闲人。我在写那篇文章时曾经认为,生命的最大幸福在悠然自得的生存境界里。跛足老汉也许就是一位新时期的"王荣贵"?

精壮而又健谈的别墅主人呷了一口啤酒,神秘地扫视一下侧耳恭听的众人,稍稍停顿后又接说下文:三个月前,就是前边那所大酒店里,一下子失窃了十八台刚由日本进口的影碟机,价值近 20 万元。案子很快被破获,罪犯是三个盲流。审讯过程中他们供出,主谋竟是窝棚中那个捡垃圾的跛足老汉。

跛足老汉于是锒铛入狱,他大约原本就有高血压症,一审下来脑溢血发作,被人发觉时已死去多时,脸色乌青,嘴歪眼斜,屎尿失禁,蜷缩在狱房一隅,死相很难看。

一条生命就这样完结了。

跛足老汉在生命结束前也完成了他的最后一次造型,一条健旺的生命在亚热带特有的灿烂阳光下,轰然一声破碎成一团四下飞溅的垃圾。

在这个金潮滚滚的商品化时代里,做英雄不容易,做隐士也不容易。或许,这仅仅是个人的悲剧,还不能说是生命的悲剧。然而,我还是担心,担心在人类的生态环境中,五彩缤纷的"野鸡"渐渐衍变成五彩缤纷的"垃圾"。

夜深了,别墅的阳台上已有些寒意。楼下围墙外的那座木板窝棚已经空空荡荡,在星光下落寞地伏卧在荒草中。海面上黑沉沉的,只有远处大酒店的霓虹灯在海水上铺下一道瑟瑟颤抖着的褐红,像海水里滋生出的污物。

1996 年 11 月于海南三亚湾

优雅的灰色

　　如果用画家的眼光来看男人和女人,男人和女人之间可以呈现出种种不同的色彩关系。比如:年轻的恋人之间的关系大约是玫瑰红与葱心绿;成年的丈夫与妻子的关系是朱红与翠绿;情人的关系是宝石蓝与琥珀橙;同胞兄妹之间的关系是赭石与茶褐;父女之间的关系是象牙黑与柠檬黄;男同志与女同志之间的关系是群青与钛白;男同事与女同事之间的关系是天蓝与湖蓝;男经理与女秘书的关系是金黄与银红;嫖客与妓女的关系是炉渣紫与鸡屎黄……男女之间的这些关系,相应来说都是比较确定的,或者说,比较容易区划的。

　　男女之间有另外一种关系,我想来想去、说不清它该是什么颜色,那就是"男朋友"与"女朋友",异性朋友。

　　异性朋友不同于异性的同事或同志,而是在异性之间又增添了一种亲密的感情,一种友爱的关系;虽说亲密友爱,却又与兄妹、姐弟不同。如若是忘年之交,则又与父女、母子不同,这里面没有血统和亲缘关系,不受"家族图腾"的禁忌;虽说没有血缘或家族关系,但在异性朋友之间的坦诚和挚爱有时又过于家庭之中的亲情,与父母不谈,与丈夫、与妻子不讲的心底隐秘,在一位异性挚友面前往往会倾心吐诉。异性朋友之间的友爱是如此诚挚,但它又不像恋人和情人那样,刻骨铭心,要死要活。较之"同志"或"同事",朋友之间又多了许多志向和职业之外的温暖、依恋、关心、体贴,何况又是在异性之间。

作为朋友之间的男女关系,有着更广阔的活动空间,因而也有着更大的自由度,它不像夫妻那样,把两个人共同拘执在一个叫做"家庭"的古老而又严实的盒子里;它也不像恋人或情人那样把相互彼此约禁在一个封闭的窝巢中。作为朋友关系中的个体,各自都有一个独立的领域,都还会有自己亲近的另一个群体。朋友和朋友之间没有太多的嫉妒,甚至也没有过于沉重的"责任"和"义务",没有合同和契约,朋友之间更多的是友情和道义。由于没有更多的外部压力和内心的负荷,朋友之间,来是一片温馨,去是一挥潇洒,来去都是一股春风。

作为朋友之间的男女关系,可能有着更为丰富的内涵。夫妇之间不得不分心于日常家务的繁忙,情人之间往往失陷于彼此情感的纠缠,同事间往往梗阻于晋升、提拔的种种实惠,父女母子之间总也少不了"代沟"的隔膜。而朋友之间共同拥有的,是一块琐事、功利之外的空间,是一块平等、宽松的空间。朋友与朋友哪怕是相差二三十岁,也都是站在同一地平线上的一代人。真正的好朋友之间几乎可以做到无话不谈、真正的异性朋友之间,可能会具有兄妹之间的信任,夫妇之间的支撑,情人之间的温馨,同志或同事之间的志向、志趣。

最棘手的是,异性朋友之间是否存在着性的吸引?如果认定性的关系是人与人之间最根本、最自然的关系,那么在异性朋友之间存在着性的光彩和魅力又有什么不可理解呢?异性朋友之间是否会发生某种程度上的性的交流?性与爱、与婚姻有着相对的独立意义,性除了作为爱的天使,除了作为传宗接代的渠道,性也可用来表达朋友之间的慰藉与亲昵。西方人正常礼节中的男女朋友之间的拥抱亲吻,说明西方文明对此从来都是认可的,"交谊舞"源于西方,即使最规矩的交谊舞中也还是有着性能量的释放。

传统的中国人更拘谨、压抑一些,男女授受不亲阻滞了男女之间的正常交往,男女之间对于友情的追求,往往不得不通过畸型的方式表现出来。柳永是一个典型。他才富五斗,不去做官,把女朋友看得比生命都宝贵,"忍把浮名,换了浅斟低唱",成了脂粉队里的白衣卿士,最后穷困潦倒,是几位女人安葬了他。几位女人当然是妓女。但在那个时代,假若不是妓女,柳永又能找到谁人呢?柳永结交的妓女,更多的是歌妓,是艺妓,是文化品位较高、行为规范又相应开放的女人。柳永为她们写作歌词;她们为柳永的诗词演唱。他们之间的友谊是建立在诗和艺术基础上的,与现代社会中的娼妓只知卖色、卖肉不同,那是男人与女人在一个畸型社会中以畸型的方式表现出来的真诚友谊。

几乎没有一个杰出的人物没有异性朋友。爱因斯坦有,托尔斯泰也有;贝多芬有,乔治·桑也有;不拘小节的荣格有,行为规范的弗洛伊德也有;拿破仑有,列宁也有;存在主义的大师萨特不但有实践,还有理论;马尔克斯说:一旦生活在女人中间,我就充满了创作的灵感和力量。换成市井阡陌引车卖浆者的话:男女搭配,干活不累!为什么会这样呢?也许,男女之间与天地之间、与阴阳之间一样隐藏着许多尚未揭示的奥秘。也许,恰恰正是因为男女异性,才在朋友之间又生发出许多恍恍惚惚、朦朦胧胧、意味醇美、内蕴深厚的东西来。

异性朋友之间在容纳化解了男女关系中这么多色彩之后,它自身将呈现出何种色彩呢?我想,只能是"灰色"了。这"灰色"有些"不明不白"。但大自然中许多"不明不白"要比"大明大白"更美好,如清晨的薄雾,黄昏的暮霭,月光下的凤尾竹,云岫里的松林。

即使在绘画中,"灰色"也注定是一种少不了的颜色。灰色是宁静的,不像大红大紫那般热火朝天,那般炫目耀眼;灰色是单整的,它是对立统一的,永远统一在一个和谐圆满的氛围中;灰色是丰富的,它的群类虽然叫做灰色,却又总是体现出各自不同的倾向与意味,或蓝灰,或青灰,或紫灰,或褐灰。你永远找不到两种完全相同的灰色,因而看上去铁板一块的灰色,实际上又永远保持着相互各异的个性。灰色是随和的、平凡的，它乐意也能够与任何别的色彩友好相处，相安无事，永远只做乐曲的和弦，而不去争抢所谓的"主旋律"；灰色又是优雅的、高贵的，它凌空蹈虚、悠然自得，协调着斑驳陆离的色彩家族，弥漫在画面的每一个角落，它是实在中的一个虚幻，又是幻梦中的一个真实。

异性朋友之间的关系，就是人生图画中的这样一种灰色。传统的家庭中，夫妇间对于对方结交异性朋友，历来是防范的，拒斥的。然而，传统的夫妇关系在庆祝抗拒"入侵者"胜利的同时，自身也就会因为封闭而枯萎下来。在家庭之外引进"情人"，在目前来说仍然是不能接受的，那么，异性朋友走进家庭，也许是给家庭灌注进生气、充实进活力的可行办法。

交朋友不容易，交异性朋友由于有更多敏感的因素存在，就更不容易。这也许有赖于人类家庭文化的进一步更新，有待于一代新人的突破与创造。在米兰，我曾结识一对意大利的新婚夫妇，正在蜜月旅行，交谈中他们一致认为，友谊甚至比婚姻更重要，夫妻之间也必须是朋友关系，真正的朋友不一定是夫妻，但和谐美满的夫妻必须应当是朋友。退一步说，即使有那么一天婚约解除了，夫妻不成，友谊长存，这才是他们所追求、所向往的。那时，往昔的夫妇关系可能会因离异蒙上一层灰色，但也不必为此伤心，这灰色也许会给善良的男女之间，蒙上一层前所未有的优雅与美丽。

灰色是很容易发生偏色现象的。异性朋友之间，也很难保证有绝对"纯净"的关系。有的更多地倾向于同事或同志，有的更多地倾向于兄妹或姐弟，有的倾向于父女或母子，有的也许竟至于倾向于情人或恋人。倾向尽管倾向，但大体界限总还是应当有的，眼下还需要孔夫子的"正名"原理：是什么就是什么。一旦突破了界限，异性朋友成了恋人或夫妻，关系的性质发生蜕变，优雅洒脱的灰色便不再存在。但即使在大红大绿之中、是否还应当保留一些中间过渡色？保留一些朦胧？这应当是一个不成问题的问题。

在新中国成立后的一个不短的时期内，人们很忌讳谈"男女关系"。似乎革命队伍中只有同志关系而没有男女关系,甚至"男女关系"成了"革命关系"的对立面,成了犯罪的边缘。日常生活中一旦某人有了"男女关系",这个人就成了一个有污点的人,就会被清除到革命队伍之外! 岂不知男女关系中还有这么多的微妙与繁杂,几乎没有一个人能够超然于这复杂微妙的男女关系之外。

灰色,并不总是暗淡颓丧的。学习过美术的人都知道,灰色,也常常是坚固的、响亮的,重新认识灰色,然后在你的人生画卷上寻到你所需要的灰色。

1991.9,郑州大学小树林

在艺术与人的地层中

据说,地球上出现生命,在茫茫的宇宙间只是一桩小小的偶然事件。那么,个体的生命的出现,该是偶然的偶然。至于某个人在他那仅有的一次生命历程中将从事何种工作,经历哪些世事,那就更是偶然而又偶然了。

我不抱怨偶然。人,如果都听命于生物遗传学家对于自己基因的选择与组合,都遵循于行为主义心理学家对于自己生活方式的设计与操作,尽管那可能会使人人"健壮""美满",但我总担心,那时,人们在获得他需求的一切时,将失掉他自己。因而我不抱怨偶然。正是由于偶然,人生才有忧患,才有悲壮,才有追求,才有欢乐,世界才显得如此生龙活虎。人们常说的"命运",我想,也就是一种哲学意义上的偶然。我承认这种偶然性的存在,我希望能够从世界的复杂多变中寻求到自己的个性;从精神的朦胧模糊中寻求到相应的清晰;从几乎无法选择的艺术现象中寻求到一种自由的选择;从人生的永不可能实现的追求中,寻求一种自我统一的实现。

在那场狂热的政治运动中,我 20 岁,曾经当过"无所畏惧"的红卫兵;40岁后,我却常常在复杂得近乎玄奥的宇宙、人生、艺术面前产生一种深重的敬畏感。

抗日战争胜利不到半年，我出生于古城开封东北隅一个贫穷、寒微的市民家庭里。虽然，对于文学、艺术，对于大学、学者也有过少年人的热烈的向往，但自己也并不以为真的会实现。寒假、暑假，我丢下书包依然去拉板车，挣上十块八块以贴补家用。但对于那些我热烈憧憬着的、常在迷茫中的目标，我没有放弃我的追求。我走过许多弯路，有时甚至误入断裂的峡谷。在做了许多空幻的梦之后，童年和少年时代的文学梦似乎在趋于实现。近来，常常有一些不相识的朋友来信问：你是如何走上文艺心理学研究道路的？你是如何从事文艺心理学研究的？

面对这样一些问题，我心里登时会虚成一片空白。我觉得，在严格的意义上，我还很难说是一个文艺心理学研究者，我大约还仍然不过是文艺学领域一个兴致勃勃的爱好者。我实在没有什么成套的或者像点样子的经验介绍。如果说，我在新时期中国文艺心理学的建设中做了一点什么的话，那也只是因为在我的身上，有几股偶然性的东西，交织成一种整合的力。就是这种力，整合出我自己的心理态势和话语方式，整合出我曾经写下的那些东西。下边，我将要谈到的几点，可能只对我自己有效。

禀　赋

现在已经有人在研究心理学家的心理。首先提出的一个问题是：什么样的心理因素促使一个人去研究人的心理？由于有形形色色各不相同的心理学家，由于每个心理学家的心理又是复杂多方面的，所以，这个问题并不易求得一个统一的解。

我没有受过正规的心理学的教育和训练。我迈进心理学领域是不自觉的，几乎全凭自己的兴趣，或者说是竟自凭着自己内心的某种需求。现在反省起来，潜在地引导我靠近心理学的，倒应该说是我那生来与俱的自卑感。

母亲在生我之前，还生过一个男孩和一个女孩，因为家境艰难，都夭折了。后来，家境稍有好转，又生下了我。家里人便把所有的爱倾注到我身上，父母亲怕我长不成人，为了使我有所恃怙，便将龙亭午朝门外的石狮子给我认作"干娘"；老祖母怕我长不成人，为了蒙蔽阎罗天子的视线，还常常把我扮作小丫头模样。娇生惯养的孩子，或者顽劣泼皮，或者荏弱柔顺。我属于后者。1951年，我刚满5岁上了小学，班里许多年纪大的学生，有的已经结婚生了孩子，有的也已经知道私下授受谈情说爱；有的年龄虽然和我一样小，则是自幼濡染书香，聪颖过人。我在同学面前显得十分单薄渺小。大约从那时，我的自卑心理就已经完全构建起来了。由于自卑，就特别渴望得到别人的关注、理解和承认；由于自卑，对于外界传递来的情感方面的信息就特别敏感。大约就是在开封的眼光庙街小学上三年级的时候，一次跑步出操，我绊着一块砖头摔得满脸是泥，后面一位年长的女同学轻轻将我抱起，用她自己的手绢拂去了我脸上的灰土，我真是由衷感激。那温情，至今也还能忆起。

具有自卑心理的孩子，个性倾于内向。生活对于他，常常是一种沉重的压抑。面对强悍的外界，他耽于构筑内心的优势，不着边际的联想和不切实际的幻想，比正常的孩子还要多。由于自卑，心理上的自我反省意识就更浓重一些。事到临头，他不敢寻咎于人，总习惯地反责诸己。"荒兮其未央哉。众人熙熙，如享太牢，如登春台，我独泊兮其未兆。"这样的人，自然当不上政治家，当不上军事家，当不上企业家，当不上律师、法官。如果连文学家、艺术家或经验派的心理学家也当不上，这种人就只有当开封土话所说的"窝囊废"。

自卑感，不仅仅是一种心理活动的内容，而且也是一种心理结构的框架。对我来说，它几乎已经成了一种心理定势。在写作和讲课时，有时我也显得气壮如牛，一般人甚至不相信我有自卑感。也可能，对我来说，一部分自卑感已化作图谋奋进的心理动力。但人们不知道，直到现在，我在夜间，还常常做着一些焦灼的、无奈的、沮丧的梦。自卑是我个性上的一个弱点，但它也给我带来某些个性上的好处。我的自卑感使我较容易地体验到别人的苦乐，使我有时还能够感应到别人心灵深处的律动。我想，大约就是这种潜意识中的自卑感，以及因自卑而带来的心理内向特性、自我反省模式，以及对人的同情心、对情感的体验能力，在冥冥之中牵引我走进了文艺心理学的研究领域。

时　代

新时期里，我的一些文章的重心在于强调艺术创造的主体性与复杂性、强调文学研究的主体性与复杂性。为了证明我的立论，我对文学艺术的创作过程作了一些力所能及的审视，写下了《创作心理研究》这本集子。

我的一些同事说：没有什么新的东西。

我于是反躬自责，似乎感到的确也真的没有什么新的东西。什么"文艺心理学"，还不就是说"文章心里出"，这是连不会写文章的老妈子也知道的。

我于是又翻洋人的书、查古人的书，竟发现弗洛伊德关于性欲与文学的关系的理论，我国宋代的苏洵就谈到过："好色而不至于淫……故诗之教，不使人之情至于不胜也。"我于是怀疑，关于人的理论，从来就有没有什么"绝对新的理论"。

文艺理论无疑在发展着。而人类关于文学艺术的各种观念的因子，大约全都早已在人类的社会生活、思维模式、创造过程中隐含着。某一时期某种理论会显得注目些、突出些，不仅和这一理论自身发展的程度有关，而且与这一理论所依存的时代的整体的背景有关。所谓新的理论，其实就是辉映着新的历史时期曙光的理论。

近年来，国内文艺心理学研究的兴起，我总觉得与中国当代文学的"向内转"有关。

在 19 世纪与 20 世纪之交,西方文学曾经完成了这样一个向内转的过程。这种带有世界性的文学态势,也曾影响到中国。但在中国,这种"向内转"是直到近年来才全面展开的。这表现在"三无小说""朦胧诗"的风行,表现在"伤痕意识""反思意识""寻根意识"在文学创作主题方面的嬗递。这种文学艺术上的"向内转"又和新时期人们的"社会行为的前摄因素""欣赏趣味的逆反心理""文化积淀的重新筛选""自我意识的历史复归"直接联系着。

"向内转"的文学呼唤着心理学。犹如一块红色幕布上的一个橙色的斑点,当幕布的整体颜色转换为蔚蓝时,原有的那个文艺心理学的"斑点",即使不再增添新的颜色,也还是会变得如此显眼。

我碰巧在已经不太天真,然而并不衰老的年岁,赶上了文艺的整体背景的转换,于是我这点可怜的文艺心理学知识竟也凸现出来。托时代的福,我还得谢一谢这种隐含着历史必然的偶然。

贮 学

古人治学,讲究玄览博习日积月累。所谓"游文章之林府""诵先人之清芬","万卷山积,一篇吟成"者是也。今日从事学科研究的人当然仍不能不重视读书。

今人读书,似亦有两种类型。一是钻透了一两本书,挖一口深井,然后取井水以普施万物,这是一种正宗的读书法,现在仍有它的生命力。一是广为开凿,积点滴涓细以成清潭,然后自然溢漫以成河溪,这曾被正统的经学家讥为"海派""野狐禅"。"文革"爆发,我的大学尚未读完;即使大学读书的几年,老先生慑于近年政治运动的淫威也早已不敢再以严格的教程训练我们,我们根本没有"经学"或"朴学"的功底和素养。加之我所关注的对象也着实太宽泛,从庄子的《逍遥游》到奥维德的《变形记》；从黑格尔的"生气灌注"到弗洛伊德的"精神分析"；从海森堡的"测不准原理"到扎德的"模糊数学"；从文学研究的科学方法到中医学的辨证论治；从作曲家的发痴发呆到美术家的发癫发狂；从黑猩猩的学人说话到白老鼠挤在一起打架……我都有兴趣。而且我希望用这些各处捡来的丝丝缕缕的线头编一张具有自己结构特色的知识的网。因而，我只能选取后一种读书的方法。

讲读书学习，我很难称得上是一个深思精研的好学生。我读书，多是凭我的兴趣，我的感觉。如果一本书能引起我的兴趣，那么我读起来的效率是很高的，我会像钓鱼行家那样把我所需要的东西从字里行间一条条"钓"出来；如果不来兴趣，不来情绪，即使是一本的确好的书，我也仍然不肯读它。我的读书生涯很长时间停留在一种即兴的、感受的低水平上。后来，我才意识到有必要将它提高到一种历史的、思辨的水平上，一种哲理的水平上。但我又害怕蹈入经院式的烦琐分析的、逻辑推演的模式中，我又是如此地眷恋我的即兴的、感受的有机天性。我希望，在我踏入历史的、思辨的、哲理的层次之中时，又能不失那直觉的、现象的、感性的、情绪的意趣。这该是一种读书治学的佳境，一种对于自我统一的永不能实现的合理追求。但我将不懈地追求。

交 往

现代社会的一个特点，就是非常注意人际关系的交往。如果不是那种庸俗的"关系学"，那么，这倒是社会和世界日趋一体化的表证。

自从春秋以来，悠久瑰丽的中原文化已渐渐南移。后经永嘉之难、安史之乱、靖康之耻，中原文化则由极盛渐入式微，到了元人南侵、满人入关。连年的战事使得中原地带一蹶不振，曾经哺育了中华民族，甚至哺育了东南亚民族的中原黄土地区的汉文化，自己则成了一位年迈的、乳房干瘪的母亲。文化的沉沦,带来了愚昧,愚昧则助长了极左政治的肆虐。这是中原人切肤体验过的不幸。至今,仍然留驻在这块土地上的中原学人,在日趋现代的社会生活中,一方面仍做着往昔盛大气象的文化梦,一方面又深深地感受着令人窒息的闭塞和苦闷。

我很庆幸自己刚刚步入文坛,便通过周介人先生与《上海文学》建立了密切的联系。自1981年以来,我每年都为《上海文学》写一篇万字左右的文章。由于《上海文学》的关系,我得以结识上海的三代文艺理论与文艺评论工作者。后来,我又与北京的一些中青年评论家结下了友谊,又从远在福建的文艺论坛找到了知己。有的是曾经谋面,有的则是以文会友,在天津、在武汉、在西安、在太原、在石家庄、在辽宁、在山东、在吉林,以至在甘肃、新疆等地,我都发现了我的同道者。这里面,有我素所敬仰的学者、专家、诗人、作家,也有青年学生和普通的文学爱好者,这种交往,除了给我树立了做人和治学的楷模,给我输送了新的信息外,在心理上也是一种巨大的鼓舞与鞭策。当我有时为了生活中某些烦心的事所骚扰时,我也曾失望过,也曾产生过独向一隅、离群索居的念头,但我发现,我做不到。我还是要说:人群啊,我爱你。我不知道这是人性的软弱,还是人性的善良。

道不同,不足以与谋,文场历来都是"党同伐异"的战场。这大约是小农经济培植下的封建文化的一个特点。现时代的人,应当有另一种心胸。即使像海明威那样的汉子,仅为了文学见解不同,便跳起双脚将伍尔芙臭骂一通,也未免显得有点小家子气。我很钦佩并且羡慕爱因斯坦与玻尔之间那种旗帜鲜明、坚守原则而又落落大度、相互尊重的学者风尚。在学术上,在文艺见解上,"道"可以不同,但作为人,仍然可以成为朋友,甚至成为亲密的朋友。对立的并不总是敌视的,有时也可以是互补的。老子曰:"有无相生,难易相成,长短相形,高下相倾,音声相和,前后相随,恒也。"在文艺学领域,一种新鲜的见解,几乎总是需要一种相左的意见与之并协互补。我以为,不懂得这一点,就很难懂得文艺的奥妙。

创　造

　　创造，其实具有双重的含义。一是心理的，一是物理的。物理意义上，只有发明，制作出世上前所未有的成果，才叫创造，如瓦特发明蒸汽机，爱迪生发明电灯。在心理意义上，一个孩子第一次学会踏在凳子上偷吃桌子上的葡萄，也要算是创造的。因为这个孩子从个人的意愿出发，已经对"凳子""桌子""葡萄"之间的"内在结构关系"有了充分的理解，并且知道如何将它们综合成一个统一的动态的整体，从而实现自己的行为。创造，不仅是一种纯智力的操作或纯逻辑的思辨，创造也涉及主体的态度、情感、心境和动机，它既是对于客观事物间关系的把握，也是主观心灵中潜能的发挥。

　　写作中，我很珍视我的直觉和心境，包括自己的那股渴望写作的欲望和冲动。在什么时候写一篇什么样的文章，对于我来说常带有很大程度上的随机性与即兴色彩。甚至临时换上的一支橘红色的、八个棱的、套着金属环的蘸水笔，也会使我的写作变得像一条欢畅流淌着的小河。那时，我是可以从写作中体验到一种儿童时代盛夏日午嬉戏于柳荫浅溪中的美的享受，我自信我的文章中有我自己的生命的律动。心灵在创造中体验到生命的意义，体验到生命的极大欢乐。从"私心"讲，我愿意使我所从事的文艺研究，成为这样的一种创造，如果同时我还能够对别人有所感染，有所启悟、有所砥砺，进而对新时期文艺事业的发展起一点推波助澜的作用，那就是意外的收获了。

　　文艺学、心理学绵延发展了数千年，至今仍然都是一些正在形成之中的学科，而且学科的成熟之日还遥遥无期。历程为何如此漫长？这只能说：人的地层与艺术的地层太深厚了，而且其深厚还在与日俱增着。我从不敢奢望自己能够对这一艺术与人的地层做出系统的阐释。我没有那样的能力，我也怀疑有谁能完成这项工程。物理学界的牛顿已不再是"绝对的权威"，在艺术与心理的领域,我怀疑是否需要这么个对一切都能做出统一裁决的牛顿。心理学家罗伊斯认为:就其本性而言、心理学是一个多维、多理论、多学科的领域,没有哪一种理论或范式能包容人类行为的广阔范围和全部复杂性。

前景看来似乎暗淡,但我不悲观,我不必像阿 Q 临终前那样,战战兢兢地竭力画好那个严丝合缝的圆,我只希望我能求得一个带有自己情绪和意愿、带有自己个性与人格的解,我只希望在宇宙、人生、艺术、时代的四维坐标点上,留下自己的一条不甚规则的曲线。

(原载《隐匿的城堡》,珠海出版社 1995 年版)

生命的落差

我有一种古怪的癖好,对于个体生命相互之间时间和空间上的落差,总是表现出莫名其妙的好奇。我也曾这样琢磨过我和王蒙。

1946 年 5 月

王蒙不到 12 岁,因学习成绩优秀,前一年便跳级考入北京平民中学。这年春天在校刊发表了散文《春天的信》。近于宿命的是,在这篇少年时代的习作中,已经初露"心灵写实主义"的端倪,三十多年后竟成了理论家们研究"东方意识流"的一件宝贝。

那一年的春天,我则刚刚诞生。

1948 年夏季

那是全国解放的前夕,王蒙 14 岁,作为一名赤诚而敏捷的地下工作者加入了中国共产党。他曾在一间早已弃置不用的锅炉房地下室里,在闪烁着微弱光焰的蜡烛照明之下召集秘密会议,他曾带领高中学生佩戴袖标走上街头开展护校活动,俨然一位能征善战的少年英雄。

这一年，解放开封的战斗正在激烈进行，国民党的飞机往城外扔炸弹，炸弹却大都落进城里头，不但炸死了许多自己的国军弟兄，还炸苦了城里的老百姓。记得热天，父亲用板车拉着母亲和母亲怀抱中的我，往城外逃命。

1953 年—1956 年

刚刚步入 20 岁的王蒙，便开始在国内一些重要报刊上发表长篇小说《青春万岁》，短篇小说《春节》《冬雨》《组织部新来的年轻人》等，王蒙的这些处女作，一开始便以他深刻犀利的思想、飙发凌厉的勇气、清新明丽的文笔震动了文坛，甚至引起了中南海里最高领袖的注意。这时的王蒙不但在文学创作事业上意气风发，而且爱情生活也正呈现出满天灿烂的彩霞。"青春，万岁！"从他火热的胸膛中迸发出的呼喊，在万里晴空轰鸣。

那时候，河南大学的大学生们天不明就起来跑步，长长的队列，整齐的步伐，就从我家窗前跑过。我还只是蜷伏在被窝里，懵懵懂懂地倾听着人家青春的脚步声。

1957 年夏季

这是一个奇热的夏季，一个令人头晕、头疼、嘴唇干裂、食欲减退、舌苔变黄、颜面青白、嘴唇褐紫的大热天，王蒙的心却掉进了冰窟里。天昏昏、地惶惶，少年布尔什维克一下子变成了"分子"。一颗忠于党、忠于革命、忠于共产主义事业的红心，正被一只无形的外科手术刀血淋淋地从他的胸中剜去。精神上的折磨，使他整夜失眠，体重由 57 公斤降到 40 公斤。他的获罪，是因为文学，具体说，是因为《组织部新来的年轻人》这部小说。

这一年的下半年，我升入初中。入学的头一课便是"批斗右派"。一位白净脸、带黑边眼镜的外语教师被拉到劳动现场批斗，有人往他雪白的衬衫上甩一团烂泥巴。我被告知一定要仇恨他，便挥着拳头喊"坚决打倒"的口号。

1963 年秋

王蒙很有些特殊,他的生命力特别旺盛。从 1957 年到 1962 年,整整五年之久的"在劳动中改造",他挑大粪、深翻地、割麦子、打荆条、喂牲口、扶犁、赶车、耘草样样精通,样样干得红火、漂亮。他身体并不强壮,况且还背负着沉重的十字架。人们只见到过滴着鲜血拧着眉头的十字架上的基督,有谁见过胸口上滴着鲜血、嘴角上仍含着微笑的基督吗?

"一封朝奏九重天,夕贬潮州路八千",王蒙被发落到大西北的伊犁,当年林则徐失败后要去的地方。王蒙因文学而罹难,却并不因此生悔,"春光唱彻方无憾",即使在荆棘路上,他仍然苦恋着文学。我怀疑,文学,作为诗意的创造,这是一种血液中的生命原生质,是一种超越了具体人生遭际与社会政治事件的神秘而又神圣的力量,一种自己也看不太清楚却又始终支配着自己行为的力量。

这一年,我被大学中文系录取,成为数代人里的第一个大学生。父亲满脸的不高兴:看看咱们街道上管制的那些右派,哪一个不是大学毕业?读了大学再当右派,干活也干不动了!

三十年后,王蒙告诉我说:读书写字也可以成为一种生存方式。

1979 年—1989 年

这段时间,是王蒙复活的盛大节日。1979 年的王蒙,已不同于 1949 年的王蒙,"故国八千里,风云三十年",八千里路的坎坷跋涉,三十年的拼搏挣扎,铸就了一个丰盈充实、博大宏阔、深远睿智的心灵,创作像开了闸的江河水,一泻千里。在这一年的时间里,他一口气发表了 14 部中短篇小说和近 20 篇评论文章,在刚刚复苏的中国文坛上制造了一场八点零级地震。《海的梦》《夜的眼》《春之声》《布礼》《蝴蝶》……在读书界和批评界烧起一片火海。固有文学王国中的一些城堡被摇撼而坍塌,艺术创造新天地中的山峦在涌动而起。

现代中国的一场真正的文学变革开始了。更为悲壮的是,这场变革的风潮,不是得之于普鲁斯特、詹姆斯、托多洛夫或者弗莱、拉康、德里达,而是来自一颗苦难心灵的强烈的辐射,它就显得更为真实。"小说作法"是次要的,重要的是"心灵结构",是"内心活动",是个体的"精神世界"。作为小说家的王蒙,同时在急迫地呼唤着心理学。

这时候,我已经来到大学任教,鬼使神差地响应起王蒙的呼唤,搞起什么"文艺心理学"研究来。又兴致勃勃地提出了"文学艺术的向内转"。"向内转"似乎并没有怎么玩得转,反倒引来持续多年不间断的讨论和批判。

听说陆文夫先生也发表了不同意见:作者向内转,读者向后转。

1987 年 9 月

在意大利的米兰。

我和作家魏巍、杨佩瑾由意大利历史学家、东方哲学研究者奥尼尔先生陪同,应邀到《人与书》主编家中做客。客厅豪华阔绰,女主人热情洋溢,各色记者到了一群。寒暄之中才发现搞错了,他们准备款待的原来不是我们,而是王蒙一行。那时,王蒙、冯至、周涛、舒婷他们也正在意大利,王蒙刚刚荣获"蒙代罗国际文学奖"。主人们也只好随机应变,临时涂改了赠书上的题签,我们也只好故作从容地咀嚼起女主人精心烤制的一桌甜点心。心里却总有些不快,这些意大利佬是否也太势利了,眼中只有当了大官的文化部王部长。

事实未必是这样。一位斜倚在办公桌边的意大利官员告诉我们,意大利并没有文化部,也没有文化部长,文化是民众自己的事,文化应自由发展,意大利人逛逛马路,喝喝咖啡,说说笑笑便创造了文化艺术。这官员说起话来有些漫不经心,却又实实在在地让人感到,他是为他们这个国家富有文化而没有文化部长而自豪。倒也是,有文化部长的国家,并不一定都那么富有文化。

1992 年 6 月 6 日

吃过晚饭,王蒙披上军大衣,与文友二三漫步泰山天街。宇宙辽阔,气象万端,扪夜色,揽星月,不禁仰天长啸,引吭高歌,歌声磅礴,声震泰岳。自己觉得这"天街夜吼"十分痛快。可笑的是,仅仅几个月前,只为了"一碗稀粥",又差一点把写作的饭碗砸掉,差一点将"五七年"的悲剧重现一遍。若不是邓小平同志南方谈话来得及时,这王蒙先生恐怕不但不能引吭天街,说不定又要发配天山了。

6 月 6 日我在干什么呢?翻一下日记,那天夜里正在撰写一篇题为《江河纵横》的散文,开头的几句话是:"人生几何,也许并不仅仅靠时间计算,应当还有空间。念天地之悠悠,独怆然而涕下,便是一种沉郁宏阔的生命空间感。"看来,一个人的生命中,不应当没有"天街""长安街",也不必害怕再有人搞什么"天山""狼牙山"。

1992 年 9 月 15 日 7 日下午 2 时 20 分—4 时 10 分

我和《河南画报》社摄影记者杨峰,还有一位正在中国音乐学院进修的年轻朋友,走进朝阳门内这座青砖灰瓦的四合院。院子里明亮而静谧。阳光照射在一丛石榴树和一棵枣树上,累累硕果在蓝天的映衬下闪现出宝石般的光泽。王蒙很得意他的这两棵树。说他的石榴圆又大,说他的红枣脆又甜,我们接过品尝一番,的确货真价实。

也许是因为书籍堆得太满,书房显得很逼窄。其中有一架书,全是他自己不同版本的著作,小说、散文、诗歌、评论,中文、英文、日文、意大利文,大小不同的开本,色彩各异的封面,如一片盛开鲜花的丛林,散射出生命的气息。四十年前,当他还是一个 20 来岁的文学青年时,就认定作家是世上最幸福的人,因为他同时可以与一千个、一万个、十万个朋友谈心。他希望在新华书店的门市部里,有一本他自己的书。现在,王蒙已经有了满满一架子自己的书,这一架子书的读者有多少,恐怕已经难以数计了。

王蒙是一位全方位齐头并进的高产作家。即使在他担任中华人民共和国文化部部长的日子里,也没有怠懈手中的笔。近两三年来,他究竟又完成了几本书?《红楼启示录》《我又梦见了你》《风格散记》《王蒙代表作》《王蒙自选集》,刚刚发表的长篇小说《恋爱季节》和即将发表的《漫长的夏天》,还有不久即将由漓江出版社出版的与《脂批〈红楼梦〉》较劲儿的《王批〈红楼梦〉》……以前,人们老说中国的现代作家没有后劲儿,但王蒙的后劲儿正足。也许因为王蒙是天才,也许是因为时代为天才的发展终于留下了一条生路。

王蒙一向把文学创作看作人类精神活动的象征。1987年他曾在《人民日报》上讲过:"文艺的发展将会对提高我们的精神素质发生巨大的影响","文艺上的百花齐放、百家争鸣、民主和谐、蓬勃兴旺,实在是一个民族精神蒸蒸日上的征兆"。这次见面,他又向我们再三强调:"人们将依据我们一个时期的文艺成果来评估或者部分地评估我们的文化乃至我们的国家民族,评估我们的国人的心灵、脾性、智慧、道德、情操、意志和匠心","毕竟是文艺而不是别的,更能够反映人们的创造力与想象力,能够成为一个时期一个民族的精神丰碑"。

关于当代中国文学创作的精神动态,王蒙认为大体有这样三种不同的走向:一是"闲适",以汪曾祺为代表;一是"调侃",以王朔为代表;一是"焦渴",以张承志为代表。人的精神不会那么单纯,文学的所谓"主旋律",往往会成为个别人用于钳制文学事业发展的借口。在人类的精神世界,在人类的文学创作领域,还是多一点色彩好。

随着改革开放的迅速展开,王蒙较之前两年忙乎多了。于是我们匆匆道别。王蒙送我们到门口,又折回身去掬来一捧亮晶晶的大红枣,就是他院子里的那棵枣树上结的。

附注：

手头资料有限,记忆只重情绪,行文中常会把王蒙与他作品中的某些人物搞混,如若有人治中国当代文学史,切不可以这里写下的文字作为凭证。

算计人生

人的平均寿命已超过 70 岁。70 年,大约也就是 25 000 天。活一天少一天,活不够的节约下来的交给上帝或佛祖。

生命,果然是这样计算的吗?

早先时候的人,只是看到日落日出、月圆月缺才意会到时间的存在。农业社会,时间的节奏是以季节算的,很慢,人生的 70 年就显得很长。"年过半百不称意,明日看云还杖藜",李白和杜甫还不到 60 岁,似乎全都活得衰老不堪,活得很有些自暴自弃了。

现在活到 60 岁的人,才刚刚活出点滋味,随着电子石英表的普及,听着那滴滴答答跑马般的声响,心里就不由得发慌,瞻望一下 70 岁之后的大限,更是生发出一种时不我待的焦灼感。

怎么办?"养生"和"保健"便成了现代人生活中的两大专修课,其主要科目一是练功,二是进补。

练功,则"鹤翔桩""大雁功""五禽戏""八段锦""太极拳""武当剑"以及"香功""健美操"。晨起环视四野,处处可见练功之人,或蹲或坐、或仰或俯,神情专注、旁无他顾。这时的生命似乎全在练功者的鼻头或指尖上。进补,则

"洋参丸""蜂王浆""鹿茸酒""灵芝露""太太口服液"，补来补去，省吃节用余下来的钱，全都"补充"进时新商人的腰包里。

如此保健、养生能将生命拖延几何？也许能多活上三年五年。不过，有人计算过，如若从 50 岁上开始持续不断地练功和进补，每天花去的时间累积到 70 岁，也已经赔上四五年。一加一减，所得无几。看来，要把生命之线延伸少许，很难。

生命的存在，恐怕不能只以时间计算，还应当有空间。一个曾经走南闯北、漂洋过海的人，比一个终生驻守故乡一方土的人要活得更多一些。

生命的存在，也不能只从时空的形式与数量上看，还应该计算进它的内涵，这内涵就是生命主体对于生活丰富而新鲜的体验。对于有些人来说，每天早晨的那轮太阳都焕发出异样的光辉；对另外一些人来说，他们的今天和昨天，昨天和前天并没有什么不同。活一百天，仍然等于活一天。生命的优质内涵，应当是不断开拓、不断更新。

即使单从生命的"长度"这一向量着眼吧，在"出生"与"死亡"这两个不以个人意志为转移的固定点之间，"曲线"的距离显然要长于"直线"。遗憾的是，世人在生活中总是贪走捷径，总在祈祷着顺畅通达、康泰平安，总在躲避生活中的曲折坎坷，舍弃掉那较长一些的生命线。

如果把这些全都想通了，想透了，倒真不在乎费劲巴力地多活那个三年五年。古人云："朝闻道，夕死可矣。"这是生存的大智慧、高境界。我等肉体凡胎，很难做到这种人生的极致，但活着也还总是要有个更高的目标。

人生几何，劝君更睿智地算计着点。

（《人生与伴侣》1993 年第 3 期）

十年一觉铁道梦

从 1972 年到 1981 年,我在郑州铁路局工作了十年。在这之前,铁路局对我只能是一种奢望,在这之后又成了一片云烟。实际上,它确是我生命中一段真真切切的青春少壮时光。如今回想起来,倒又像是早春时节的一场大梦,十年一觉铁道梦,已成为沉淀在记忆中的一笔宝藏。

路　徽

铁路,对于那个时代的人们是高贵而又神秘的。

1963 年,我刚刚考进大学,一位沈丘县农村的同班同学入校后第二天一大早就急急忙忙往火车站跑。干什么?看火车。因为来时夜间乘车,稀里糊涂没有看到火车是啥模样!

我倒是从儿童时代就知道铁路的,因为大姑父就在铁路局工作。每到暑假,姑父便带了两位美丽的表姐从郑州回开封探亲,姑父那一身深蓝色铁道制服、缀着晶莹路徽的大檐帽,显得威武庄严。表姐讲,那路徽上隐约呈现的铁轨与火车头的形状,实际上是"工人"两个字,我虽然看不明白,心中却充满了对于铁路的憧憬与向往。

没想到,大学毕业、军营锻炼、下乡插队之后,到了1972年大学生分配工作,我竟然到了铁路上。这是一件十分偶然的事,但也许冥冥中早已注定。本来我是被留在长葛县文化馆的,日后如果干得好,当个副馆长也不是没有可能。但我母亲希望我回郑州,老人家情急中别出心裁,想到在大学时我和支左的野战军一军装甲处处长杜明台关系友善,如今"老杜"正在郑州铁路局军管会主事,老妈逼着我去"找门路"。恰巧铁路局正要调入一批大学生,老杜说,你来吧。于是我便顺利地成了一名铁路员工。那枚最初颁发给我的路徽,至今还被我珍藏着。

鸡窝揽蛋

一批全国各地的大学生一下子涌进郑州铁路局,住房便成了问题。那时我的大女儿珊珊刚一岁,只好把乡下的大姨请来照料。大姨不识字,对郑州、对铁路一片陌生。有人问她住在什么地方,她吞吞吐吐地说是一个叫"鸡窝揽蛋"的大院里,从此留下一个笑话。这"鸡窝揽蛋",其实是"机务南段",大门开在一马路南头西侧。我家分到的是一间库房的一半,从地面到屋顶少说也有6米高,窗子不大,距离地面很高;但临近地面的部位又开设许多"气窗"。房间倒是敞亮,一到冬天,上下孔洞全都雪花飘飘。没有厨房,做饭就用油毛毡在门外墙角搭个棚子,烧的是煤球炉子。卫生间更谈不上,解手要到马路对面的公厕。

与现在大学毕业生期待的生活待遇相比,这"鸡窝揽蛋"简直"鸡窝不如"。但那时我们一点也没有感到艰苦,新的生活刚刚启动,时时会有幸福的暖意涌上心头。院子里住的许多是名牌大学的高才生,北大、清华、复旦、中山不稀罕,都被分到铁路中学当教师。没有电视,没有电脑,没有手机,甚至也没有个人的休闲时间,邻居们和谐相处,一心一意全都扑在"革命工作"上。

师范班

我在郑州铁路局工作过的这个单位,最初叫铁路教师进修学校,但也招收师范生。说是学校,连个固定校址也没有,最初借用司机学校的校址,一度还被安插在铁路五小的校园里。大家习惯的叫法是"师范班"。

这名分难定的"师范班",对我来说却具有人生里程碑的意义。因为我四十多年的教书生涯就是从这里起步的。那时还在"文革"中,校园早已被红卫兵砸了个稀巴烂,连些囫囵的桌椅板凳也凑不齐。学生多是"文革"前的老三届,上过山,下过乡,年纪也并不比我小多少。记得上第一堂课,讲毛主席诗词,"人生易老天难老,岁岁重阳"。墙上挂了块小黑板,下边是黑压压一片男生、女生,有的坐在砖头上,有的干脆蹲在地上。我很紧张,不知所云;学生们却意气风发、情绪高涨,兴奋得像过节一样,教室里激荡着如火如荼的氛围,我渐渐被融化进去。下课后,学生们围上来说:老师讲得好!

从此,我在师范班的讲台上一呆就是十年。在这里,我还编写了一部《文学概论》教材,被铅印装订成册,算是"出版"了自己的第一本书!那本是一个文化惨遭破坏、精神极度贫乏的时代,但师范班的教师们一个个本本分分、尽职尽责;学生们起明贪黑,勤学苦练。不少学生后来都成了郑州铁路局管辖的中小学教学骨干,其中担任校长的也不在少数。

以后的岁月里,我教过的学生已记不清有多少。但整体上最亲近的还是郑州铁路"师范班"这拨弟子!

坐车与跑车

如今坐火车,与三十年前相比,简直有了天渊之别。不但豪华舒适,速度更是加快许多。车厢里的景象也已经与当年大不相同。一是广告取代了毛主席语录,厢壁上、靠背上、茶几衬垫上、卧铺床单上满是广告话语。二是手机替换了书本,车厢里几乎是人手一机,随着五花八门的"彩铃"声,数不清的拇指在频频扣动。世道真是变了,人们的行为方式、生活情调全都发生了巨大变化!

我仍然怀念那个过往时代的火车。

20世纪70年代末,我在郑州,父母在开封,时常乘车往返于两个城市之间,杏花营、韩庄镇、螺蛳湖、中牟县、邵岗集、圃田泽……其间有六七个站点,70公里路程要跑上近2个小时,遇上晚点,时间还要长些。经常坐的是那种被叫做"绿钢皮"的客车,车厢里是木条硬座,车窗可以上下搬动,封闭也不好,冬天下雪的时候雪花就会飞进窗子里。平时乘客不多,同车的多是两地求学的男女学生,夜色中上了火车,随即打开一本自带的什么书,便在昏黄的灯光下潜心阅读起来,车厢似乎成了阅览室,凄清而静谧,回忆起来真如梦幻一般。

除了坐车,至今让我引以为荣的是,我还曾当过列车员,跑过车,知道如何区别"班组"与"车底"是哪个局的。那是春运期间带领学生到客运段帮忙,用现在的话说是做"志愿者"。利用跑车之便,我平生第一次到了上海。记得我跑的那趟列车是凌晨4点多钟到达上海的,距返程还有四个小时。利用这个时间我急忙往南京东路跑去,一溜烟跑到外滩,看一眼高耸的海关大楼与迷蒙的黄浦江面就又掉头往回跑来。回来给家人说:我到大上海了!

跑车使我深受教育的是行车细则与老列车员的责任心。比如,火车到站后,列车员如何开车门、拿抹布、擦扶手、清理踏板上的冰雪、照护老弱残幼,都有一整套操作程序。认真做好每一个细节,无论是跑车,还是教书,还是从事科研写论文,那道理都是相通的。

投稿与稿费

我给报刊投稿、发表文章,也是从我在铁路局工作时开始的。那已经是1976年之后,"文革"结束,新时期已经拉开序幕。最初由于写报道认识了《郑州铁路报》的编辑任丹老师,他是河南大学毕业的著名校友,会说相声、会演戏,做人为文堪称一流。任丹老师让我给报纸写点东西,我开始写些短评、随笔之类的小文章。报纸容量有限,我的文章多半五六百字,更少时则二三百字。文章尽管短小,却得到任老师的一再好评。他说,小文章不一定好写,小文章更不一定不好看。在任老师的鼓励下,我写了许多这样的小文章,在方寸之地磨炼写作手艺。从那时到如今,我已经写了40年,写了十多本书、数百万字,根基却是在给《郑州铁路报》投稿奠定的。

况且不久便恢复了稿酬制度。《郑州铁路报》是行业内部小报,稿费自然不高;而我写的又属"报屁股"文章,稿费就更少。那时报社是通过铁路内部邮递将稿费送到学校来的,一只宽不足3寸、高不过4寸的牛皮纸信封,现金连着稿费清单就装在里边。有时一块钱,有时两块五,很少有超过三块的。少得可怜是吧?那是以现在的收入衡量。当时,我们夫妇两人同在学校上班,每月工资加在一起也就八十多块钱。两块钱,就等于我们月工资的四十分之一,折合现在的工资算一算,比现在的稿酬标准高多了!那时的一块钱,可以买20个大馒头,足斤足两、没有转基因的大馒头,一家人几天的伙食就有了着落。

所以,无论是从锤炼写作还是从补给生活的意义上,我都怀念那段投稿的日子,怀念任丹老师的提携与栽培。令人惋惜的是,任丹老师天不假年,已经去世许多年。祝他在天堂永远安乐!

红灯·绿灯

跨入 20 世纪 80 年代,我开始在河南文坛"崭露头角",一度被"借调"到铁路局宣传部文教科帮忙。科长冯国梧是省文联委员,很有文采,对我特别器重,布置给我的任务是编辑内部刊物《郑铁文艺》。对于这项工作,我兴致盎然,全力以赴,不但四下组稿,而且亲自深入第一线采访、撰写报告文学。为此,我结交了京广、陇海线上不少业余作者。从春天忙到夏天,一期刊物的文章编辑齐备,只等着上级领导审核、签发了。

两个月后的一天上午,铁路局宣传部的科长将我们召去传达部长指示。这期稿子中诗歌部分被删去了十之七八,作为头条的一篇短篇小说被"判处死刑",一篇重头散文被"留中待判",连任丹老师的文章也被勒令再度修改,我撰写的那篇 1 200 字的"编后记"更是不入部长的法眼。总之,凡是稍有点意思的文章都被拿下了。

那时,风起云涌的思想解放运动正席卷全国,铁路系统的步调似乎慢了不止半拍,上层一些干部仍然没有从长期以来"极左"的政治束缚中解脱出来,这本不足奇怪。豪情满怀编出的一期《郑铁文艺》遭遇"红灯",年轻气盛的我却咽不下这口气,不顾冯国梧科长的再三挽留,决然拂袖而去。

未过多久,部长离任,《郑铁文艺》改名《绿灯》,一路顺风顺水。那时我已经调离郑州铁路局,到郑州大学开始了新的教书生涯。

2005 年春,姑苏

边关别情

在中国古代优秀的文学遗产中,有许多关于送别的诗:"海内存知己,天涯若比邻",是志士仁人踌躇满志的壮别;"劝君更尽一杯酒,西出阳关无故人",是知己好友推心置腹的暗别;"碧云天,黄花地,西风紧,北雁南飞,晓来谁染霜林醉,总是离人泪",是情侣恋人肝肠欲断的凄别;"孤帆远影碧空尽,惟见长江天际流",则是情满江水、意塞碧空的阔别。这些诗句至今读来仍馨香盈口,给人以生命的体贴、友谊的慰藉、人间的温暖。我想,这"别情"也该是一种价值,一种足以丰富人性和人生的价值,一种属于情感和精神方面的价值。

"多情自古伤离别",这仍然是古人的诗句。不意间我突然发现,离别之情在日趋现代化的社会里却变得日渐淡薄了。这甚至也怪不得离别的人们。交通工具日益发达,地球上的距离变得越来越短,比如由郑州上一趟京城,换上明代赴京赶考的举子,骑一匹毛驴,背一袋干粮,"鸡声茅店月,人迹板桥霜",怕要跋涉上三四十天才能望得见帝都。而今如果是坐火车,睡上一个夜晚就到了,如果是乘飞机,那么一顿饭的工夫也就走完了全部路程,"别时容易见时难"成了无稽之谈,所谓"依依别情"也就烟消云散。

前年，我随中国作家代表团赴意大利访问，妻子送我上机场。"波音747"到罗马虽然也只有十四个钟头，但毕竟是异国之行，妻子倒也有些"霜林醉"的意思；而送我们上机场的是学校的一位司机师傅，停下车来便打一个很不客气的招呼："有话快说，我还要赶回去接孩子。"迟接了孩子，托儿所的阿姨自然要不高兴的，于是，这次夫妻间的万里之别，也就匆匆了之，丝毫也没有了"北雁南飞"的诗意。坐在宽敞舒适、倏忽千里的"波音747"上，我仍然有些失落，一种对于人情冷漠的惋惜。大家何必生活得如此匆忙，匆忙得不留下一点诗意。

　　现代人不但很少再有"离别之情"，甚至"离别意识"也已经越来越稀薄了。去年我到北京来，先是看望一位教授，教授夫妇一直送我下楼，送到马路边看着电车过来，临别又紧紧握手；后来我会见教授以前教过的一位学生，教授的学生送我送到电梯口，临别道一声"拜"，便转身离去。或许，这就是"别情"的陵替？如果单从某种效益来讲，"时间就是金钱"，大家都在赶时间，或许是一种社会的进步？失乎？得乎？如何才能讲得清楚？

　　夏天的时候，我讲学来到中国东北边城延吉，在图们江畔、长白山头盘桓了数日。临别之际，阴云密布，雨丝如织，延边大学中文系、延边师专中文科的七八位领导和师友撑着雨伞，披着雨衣，送到车站，送上站台，送进火车，直送到火车隆隆开动，举手劳劳，互道珍重，妻子早已热泪盈眶。天池碧波深千尺，不及友人送我情，我终于又在这边关古城寻到了古来离别的诗情画意。

　　现代大都市里久违的"别情"何以只留驻边陲呢？或许，这里毕竟地远天偏，说是再见，实则不易；或许，这里的人口尚不如内地城市那般拥挤，人和人之间不像大城市那么相互不耐烦，彼此间还存在一种相互亲近的意愿；或许，是朝鲜族人民热情好客的品德在这里得到广泛普及；或许，竟或是文人们传统的情趣在维系着那古老的风习？无论怎么说，在延边，我再次深深地感受到，"别情"也是一片温情，一道祝福，一缕思念，一串记忆，一种心与心的沟通，心与心的慰藉。

现代化交通工具的发达就一定要迫使人交出这些吗？看来，很可能是这样。但我仍不甘心，觉得不应该这样。我想，人，总不该将自己的心灵输给那些人们自己造出来的机器吧。

1990 年·秋日

女性是自然

女性是什么？女性就是自然。

女性是自然，先前已经有过许多隐喻与描述：

"玉精神，兰气息"。那"玉"，其实就是深山里的石头，是质地晶莹温润的石头，石头的精华。"兰"原本不过是野草，幽谷溪涧边的草，柔韧芬芳的草。温润的石头和芳馨的花香便是女人的肌体。

"女人是水做的"，女人的属性是水。水，可以滋润万物，洗涤万物，又是生命赖以新陈代谢的介质。"杨花水性"，如果剔除掉男人们涂抹的成见，那真是一个优美的比喻！

"巫山一段云"，女人就是云，云是升腾变幻着的水，待到升高 3 000 米，涌动的云又化作淋漓的雨。云雨，不过是水在地球生态系统中的一种循环方式。

女性又是繁衍并养护了生灵万物的大地。在古代的希腊，她是盖娅；在早先的中国，她是女娲。女性和大地一样，她承受重负、接纳播种、孕育生命、奉献果实。

女性的又一个化身便是美和艺术，美和艺术是自然的精灵。雅典的阿芙罗狄蒂、罗马的维纳斯、巴比伦的米莉塔，既是美神、文艺女神，又掌管着田园的丰收,草木的繁茂。

由此看来,女人原本就是水,是云,是石头、草木,是大地、田园,是自然。

女人是自然。自然又是什么呢?

自然就是"自其所然",水就是水,云就是云,石头就是石头,草木就是草木。自然就是"自己是自己"。

当"水"变作"水利资源"、"石头"被冶炼成金属铸造成"金钱"、草木被化作纸浆生产成纸张时,自然就不再成其为自然。

当水被污染、云被污染、雨水被污染、大地被污染、田园被污染的时候,当自然被现代的工业社会、商业社会严重污染的时候,女人的自然天性也可能被污染,被金钱污染,被权力污染,被过于强烈的功名心污染,被男人强加的意志污染,被形形色色的化妆品、整容术、名牌时装、影视明星所污染。

回归自然——不但生态学在喊,文艺学在喊,哲学、美学在喊,甚至社会学也在呼喊。呼声是如此高涨,而进程则是如此艰难。

也许,这所有向着自然的回归,不如一个"回归",那就是女性向着自己本性的回归,女性的回归自然。

也许,拯救自然、保护生态的希望,最终还必须寄托在女人们的身上。

因为,女人就是自然。

蜻蜓的翅膀

读了萌娘的文章,我便猜想贺平是一只蜻蜓,一只柳林蓼洼里的蜻蜓,一只溪畔花径里的蜻蜓,一只波光闪烁、荷风摇曳中的蜻蜓,一只庭院深深、丁香浓浓中的蜻蜓。

没有哪一个人,不曾在童年时代迷恋过蜻蜓。蜻蜓,留给人的回忆是诗一般的境界,它善良温润,晶莹洁净,柔弱清纯,轻盈超脱。蜻蜓是绿波中的岁月,是蓝天里的精灵,是童年时代的梦幻。

贺平在她的文章中不止一次写到蜻蜓,我怀疑这是一种原始意象的无意之中的流露,也许在亿万年以前,贺平就是一只蜻蜓。"起舞弄清影",诗篇加上舞蹈,就是贺平生命赖以存在的根。

据说,演员有"本色演员"与"技巧演员"之分,前者以自己的有机天性为依托,演什么是什么;后者以自己娴熟的技艺为资本,演什么像什么。作家,大体也该有这样的区分。专家们看重的是后一种,就我自己的好恶来说,我更钟爱的是本色演员,虽然戏路可能狭窄些,但那毕竟是演员自己生命与人格的本色,是真境界、高品位。

萌娘的作品,是贺平天生丽质的自然呈现。作家,或许真是"天生"的,他

（她）的有机天性是既定的，是在人类进化的链条上早已经造就的，是在这个人的遗传基因中早已经建构了的。贺平的文学天性，是她中学时代一位班主任老师的偶然发现。若干年后，贺平竟然果真写出了诗歌，写出了散文，写出了小说，混沌中的可能性变成了现实性。贺平是幸运的。

萌娘在她的散文中时时慨叹个体生命的短浅，她再三吟咏：生命只是一个"瞬间"。我忽然觉得，这种感受也是属于"蜻蜓"的。人们能够看得到蜻蜓生命的短暂，而上帝看到了人类生命的短暂，在造物眼中，一个人也不过就是一只蜻蜓，"洞中方三日，世间已百年"，一百年也不过是个"瞬间"。诗人在她的洞穴中揣度着人生，真切地感受着这一瞬间。

因此，贺平喜欢写回忆。回忆是对已逝时光的回味流连，人们试图在回忆中延宕生命的脚步，试图在回忆中拓展岁月的画面，试图在回忆中酿造历史的甘醇，试图在回忆中点燃信念的灯火。回忆不单单是回首往事，回忆也是对前程的憧憬。

我尤其喜爱萌娘的《西院四季》，这是从岁月的纵深处、隐秘处流淌出来的诗篇。蜻蜓是属于季节的，可惜它只拥有夏天，而诗人却拥有四季，尽管那四个季节加在一起也很短暂，也只不过是一个瞬间。

> 夏天：蝈蝈青枝绿叶地唱着夏天
>
> 六岁的小女孩已经知道"郎就是女婿"
>
> 秋天：老铁匠泪水长流："难过也得过啊！"
>
> 我相信时间，时间能使我们洒下的每一颗眼泪都变成光洁的珍珠
>
> 冬天：外祖父不吱声，半晌，他才说他想死
>
> 他的心灵透明得接近了阳光，
>
> 而他的身体越来越亲近泥土。
>
> 这是人类的最大苦痛
>
> 春天：我打开小荷包，就看见了那只银顶针

我的眼睛湿了,我只要好好做一回我自己

童年时代的"四季"是贺平日后人生的初稿,后来的一切便全都浓缩在这里了,便全都命定在这里了。

作家在回忆中把时光在几何层面上推演,生命在诗的境界中被延缓下来,生命在文学言语中被积聚起来,瞬间有可能因此成为永恒。

萌娘的文章中时常写到亲情,她可能感觉到由于血脉的蔓延,生命的个体存在才不至于太孤单,生命的存在空间才因此得以拓宽。

两年前,我读过她的《有方桌的房间》后,就再也忘不了那位孤独的老人,那是她的外祖父。那张方桌,就是一去不复返的岁月,就是已成为历史陈迹的传统和习惯。方桌被撤去了,老人的生命就被"悬置"起来。老人死了以后,外祖父的灵魂变成了一尾小青鱼,游进了方桌,游进了方桌那古老的木质波纹里,最终又游进萌娘的文章里,获得了再生。

在《秋天的钟》里,贺平写到了另一位老人,那是她的曾祖父。病危的曾祖父"像一段冬日的山谷",死去的曾祖父,留下的只是几块洁白的骨灰,一根空落落的手杖。唯有房间里的那座"老钟"依旧,依然在迈着艰难的步履,依然在发出银子般的叹息,温习着那些斑斓有声的往来,凝视着日暮黄昏的夕阳。这"老钟"不就是曾祖父生命的绵延么。

死亡,是萌娘写作的一个重要命题,死亡总是植入回忆的,面对死亡才更能显示出生命的张力。一般说来,她笔下的死亡并不阴森可怖。死,是游进木纹中的小鱼,是融进阳光里的身躯和面容。死,犹如黑夜是白天的继续一样,是灵魂在一个不可知的世界里的延续。生死,不过是原上草的回黄转绿,而在人生的屏幕上,青草、黄草都有着它自己的美丽。

我曾经细审过伦勃朗油画的真迹,在那大块的阴影里,恰恰透露出更多丰富微妙的精神内涵,而光亮处恰恰由于这阴影的存在,显得更为凝重辉煌。萌娘笔下的死亡就是伦勃朗画布上的阴影,生与死的交响回应谱写出优美的生命乐章。

萌娘的文章中也写友谊,那友谊多半在哥特式建筑风格的小楼里,在丁香花盛开的庭院里。那是一种淡雅、清纯、文静、精致的友谊,那友谊也全都融入年代久远的回忆中,化作对友谊的郁郁的憧憬。"有的人追求了一生,却从不知道开锁的快乐;又有多少可以打开你心灵的人却和你擦肩而过。"对于友谊的憧憬在现实中一再破灭,破碎的友谊在冗长的日子里散落成无端的惆怅。"旧发带上穿了许多旧钥匙",而锁却不知去向,钥匙便常与孤独作伴;一串旧钥匙便是一串过往的岁月,晃动的旧钥匙发出枯叶败枝的叮咚声响,能有几片枯叶值得保存下来呢?

"捡尽寒枝不肯栖,寂寞沙洲冷。"柔弱的蜻蜓只有躲进"家庭"的小巢,在夏日的黄昏,在沉沉的暮霭中,吟唱着爱的歌。蜻蜓的歌吟是单薄柔弱了些,然而,蜻蜓就是蜻蜓。没有山鹰的峭壁是死寂的、痴呆的,没有蜻蜓的夏天呢?没有蜻蜓的夏天将是干枯的、僵滞的。

贺平很会唱歌,她唱歌唱得很专注、很投入,她能够把自己唱进歌里面,而且一进去就不肯出来。萌娘的诗歌、散文、小说就是贺平由衷唱出的歌,一支歌连着另一支歌,那就是她走过的路。"歌的形状,就是我生命的形状,"她说,"幸亏有那么些歌,否则我就丢失在我的路上了。"出于她个体生命的需要,贺平歌唱清晨的朝霞,歌唱初春的新葩,歌唱明天的太阳。

贺平在歌声中唱出自己的梦境。梦在天光云影的清塘中,梦在青翠翘楚的荷尖上。贺平在歌声中梦着自己的落寞离索,梦着自己的流水年华,梦着自己的希冀和憧憬。贺平的歌是她自己的,而且是唱给自己的。正因为如此,贺平或者萌娘才是众多红蜻蜓、蓝蜻蜓、绿蜻蜓、黄蜻蜓、黑蜻蜓中一只独特的蜻蜓。

我认识贺平,是在1989年的冬天,在北京的鲁迅文学院,那是一个寒冷的冬天,校园里、马路上都积着冰雪。那时贺平正在酝酿她的一篇关于"西绪弗斯神话"的论文,我们曾就西绪弗斯和他的石头共同切磋过。后来,贺平到中国作协的《环球企业家》杂志当了记者、编辑,天南海北地跑起来。

多年后在海南岛,我又见到贺平,她与她的上司也是我的老朋友的冯立三先生一起,似乎在为了刊物与什么公司的大款谈"生意",谈得很艰难,显得心灰意懒。也许真如贺平的那位中学班主任老师说过的,贺平的文学天资甚高。但是,都市里高楼大厦、华灯珠箔并不是适宜蜻蜓们栖息的地方,蜻蜓还将飞往哪里呢?

在《梦园》一文的结尾,萌娘写道:

> 我看到一只蜻蜓立在那块乌黑的墓志铭上,
> 它的翅膀在阳光下闪闪烁烁。

那乌黑的墓志铭是幽冥中的历史,是地狱里的路标。给这黑色的幽冥带来阳光的,是蜻蜓的翅膀。那是天使的翅膀。那便是文学里的诗意。

(原载《隐匿的城堡》,珠海出版社 1995 年版)

叶弥和她的流浪狗

叶弥,原名周洁,1964 年 6 月生于苏州,中国作家协会第九届全国委员会委员,江苏省作家协会理事,苏州市作家协会副主席,江苏省作家协会首届非驻会签约专业作家。累计发表作品 200 余万字,出版有中短篇小说集《成长如蜕》《钱币的正反面》《天鹅绒》等,部分作品译至英、美、法、日、俄、德、韩等国。屡获国家级和省级文学奖,其中《香炉山》2014 年 8 月获第六届鲁迅文学奖短篇小说奖。我就是在这一年认识了叶弥。

作家叶弥以小说创作享誉文坛,其作品深谙人性之幽微,或细善,或隐恶,无不明察秋毫。我与叶弥交往,时有惴惴,唯恐心中藏私为其所现。古语云:人至察则无徒。叶弥惯常特立独行,并不计较有徒或是无徒。而其作品则因其烛幽洞微、更因其在探究人性善恶时一路走来的审美发现,便拥有了千百万读者。短篇小说《天鹅绒》被姜文慧眼看中改编成电影《太阳照常升起》,另一个短篇《香炉山》荣获鲁迅文学奖。

叶弥说过:对生命应该一视同仁。在和植物、动物接触的过程中,努力了解自然,听懂自然的语言。事实表明,这样对自己的身心有益,也提高了对世界的整体认识水平。人与人的精神和谐,与美好的自然分不开。自然界中自有神祇促使人与人亲近。置身自然，人也会变得单纯、美好。这也是"天人合一"。

多年来她曾援助并收留过一批又一批的流浪狗、流浪猫。因此，她不但深谙人性，同时也深谙兽性，起码是狗性与猫性。

去年我到她位于太湖之滨的庭院看她，院子里的石榴过了采摘的季节仍挂在树上，已经开裂，露出殷红的石榴籽。枕头般大的南瓜拖着瓜秧静卧在篱笆墙下。叶弥指着一只凑到我们跟前的矮脚黄狗说：牠是我那年夏天在一个暴风雨夜晚收留的，那时牠已经身怀六甲，自己怯生生地遛进院子里来的。牠对现在的生活十分珍惜，为了不给主人添更多麻烦，竟克制住自己的生物性本能，多次拒绝了来访的英俊的男狗狗。

今年我又来看她，院子里的柑橘经了霜，还仍然挂在树上，颜色更加艳丽。屋檐下阳光和煦的笋筐里，卧着一只灰白色的小"柴狗"，右前腿受了伤，还没有完全痊愈。叶弥说，马路上捡回来的，被车子压断了腿，为牠疗伤已经花了六七千块。牠很知道感恩，每次吃饭时都要先过来亲亲我。

说话时，两只小狗和一只猫咪又凑过来，似乎想知道我们在说些什么。叶弥是一位深受读者喜爱的好作家，每年的稿费和奖金不菲，或许都花在这些猫、狗身上了。精神的繁密玄幻的创造，换来与世间万物微妙的温存与慰藉，这恐怕也是滔滔红尘中难以理解的价值换算。

能与万物亲近并沟通的作家，也已经进驻天地境界，已经超越出人道主义的范畴。这也是叶弥之所以成为叶弥。

（《生态文化研究通讯》2017 年第 1 期）

绿化心灵从萌芽开始

——与祝禧谈生态文学教育

鲁枢元：最近我看到我们报纸上公开的几个数字，让我感到更加悲哀和焦虑：一是世界各国环境质量"排行榜"，中国排在第105名，那已经远在不及格的水平线下；二是世界自然基金会发布的年度"生态足迹"报告，中国当前的生态赤字已超标两倍，即"中国国民的物质需求已超过中国国土生态系统可持续供应能力的两倍"，实际上我们已经在寅吃卯粮，在无情地啃食我们的后代子孙。令人无奈的是，眼下仍看不出这种景象有丝毫收敛的迹象。尽管房价居高不下，尽管油价急剧飙升，就在我居住的周边，原先肥沃的耕地上一幢幢钢筋水泥大楼仍在疯长，苍翠的草地被一簇簇的汽车碾成了烂泥浆。对于迫在眉睫的生态危机，人们竟如此漠然麻木。

作为一个教师，尤其是一个文学教师，对此总感到无能为力。八年前，我曾在报上呼吁，我们的文学家不要再无视地球的生态状况，似乎不见什么效应。就在汶川大地震发生的前一个月，我又曾在报刊倡议，我们的文学艺术要积极发挥"生态警示作用"。不料灾难竟到来得如此之快！灾难来临，国人受到强烈震动，表现出万众一心、同仇敌忾的气氛，这固然难得。然而，人们似乎一下子又回到当年"战天斗地""人定胜天"的思维模式中，在对待自然、对待生态的观念上似乎没有太多的长进。

这是为什么呢？归根结底还是那种工业时代的思想观念以及有这种观念规约的价值取向、生存模式在支配着我们的行为。这使我越来越坚信，要从根本上解决地球人类面临的生态危机，必须首先改变我们的生存观念。这也是近年来我竭力推进的生态批评的主旨。我想，这也应当成为我们国家教育事业不可或缺的组成部分。

现实中生态教育的实施举步维艰。一是现行的教育观念与规则在许多方面其实是与生态精神相悖的，甚至是反生态的，以己之昏昏，何以使人昭昭？二是对于许多成年人来说，观念早已定型，木已成舟，很难改变。尤其是市场机制的鼓励，已经富有的还想更多地拥有；尚且贫困的更是拼命也要尽快富裕起来，这或许就是"发展中"国民的一种持续发展的心态。要变，实在太难。

希望在我们的后代身上，在当下的孩子们的身上，他们才是我们国土上未来的生态景观！以生态观念教育我们的孩子从文学艺术的渠道给小学生乃至幼儿园的孩子输送生态精神的营养，或许是我们最终走出梦魇般生态困境的唯一选择。这才是我们的百年大计、千年大计！绿化人们的心灵、绿化社会的心态、绿化我们的文学教育，从萌芽开始，从我们的小学教育、幼儿教育开始，实在是当务之急。

您是从教二十余年的优秀语文教师、特级教师，又长期担任实验小学的校长，在选修我的生态批评课程的同时又在实施着生态教育的改革，您才是生态教育运动中重任在肩的先知先觉，我很想听到您的见解。

祝　禧（海门市东洲小学校长、全国科研型教师）：谢谢鲁老师给我这样的机会，来谈谈我在小学工作的实践与反思。我热爱我的工作，与其他行业的工作不同，面对"幼稚的孩童"，我们的工作要求我们永远怀有"赤子情怀"，永远与"童年"相伴。我始终认为，一个能一辈子和"童年"相约、相伴的小学教师，是幸福与富有的。

我们海门市东洲小学建于 1992 年，是一所以"让学生享受教育生活的幸福和完满"为办学目标的"新生活学校"，在十几年的办学时间里，以显著的办学业绩，成为江苏省实验小学，江苏省文明学校。我长期生活在小学校园里，亲眼看到学校的发展变化，感悟着生态问题在人们童年时代的种种表现。

十多年前，学校马路对面就能看到油菜花，闻到花香。如今，随着城市规模的不断扩大，一幢幢大楼拔地而起，一个个新村安家落户，那耀眼的金灿灿的花儿离孩子们越来越远。当学校因为扩招而想增加运动场面积时，却苦于四周都被不断立起的高楼包围而无处发展。童年是纯洁坦率的。孩子们渴望亲近蓝天白云，田野小河，渴望走进蓝天下的课堂，却因为交通安全等许多现代文明带来的现实问题而让我们小心翼翼地亦步亦趋，甚至望而却步。我常想，童年，应该是每个人的一生中最自然、最纯真的时光。童年的伟大即在于：那是一个天真烂漫、怎么做梦怎么遐想都不过分的时段，那是一个相信梦想可以成真的年代……一个人的一生中，所能给自己留下的最珍贵的礼物、最难忘的纪念，就是他那渐渐远去却又永远常青的童年了。然而，当下我们的儿童在充斥着声光电的现代社会里，面对计算机、电子游戏机、电视录像的诱惑，已经改换了一种生活方式，他们已经无法想象在田野里的童年生活将是怎样的惬意与快乐。当童年和自然切断了联系时，这样的童年还是完整的童年吗？

鲁枢元：孟子曰："大人者，不失其赤子之心者也。"永远葆有童心的人，才是真正的人，才是大写的人。我曾经说过，天真的孩子、襁褓中的婴儿由于没有受过"庄严思想"的熏陶，更多地葆有"神圣的灵性"，因此要比成年人、尊长者更容易领悟宇宙间"不朽的信息"，更接近自然中"真实的生命"。所谓"神圣的性灵"，就是那种"赤子之心"。在科学技术高度发展的现代社会里，在强大的理性主义和技术主义的统治下，现代都市生活过早地消解了种族的"童年"和个人的"童年"，这不能不是现代人的悲哀。更让人担忧的是，正处于童年时代的我们的孩子们，却过早地成人化了，理智化了，世俗化了。这从那些泛滥的电视节目中很容易看到。说实话，每当我看到那些虚夸的商业广告利用天真的孩子说出那些装腔作势的话语，我总是很难压抑自己的愤怒！

祝　禧：我以为，现代社会的工具理性，蕴藏着马尔库塞所说的把人变成"单向度"的人的危险。我们的教育理念往往是"配合"这一理念的，因而往往遏制了儿童自然天性的发展。也许儿童在上学读书前，就已经开始了与成人文化的冲突。对于这样一个严重的问题，我们的文学教育担当着相当大的责任。1997年，挪威音乐学教授让-罗尔·布约克沃尔德出版了一本令中国读者耳目一新、深受震动的书：《本能的缪斯——激活潜在的艺术灵性》，这本书得出这样一个结论："本能的缪斯"是儿童与生俱来的一种以韵律、节奏和运动为表征的生存性力量和创造性力量。当生命的力量遇到学校教育的理性时，连续性就被打断了。对此，中国海洋大学朱自强教授指出："孩子们对缪斯充满了渴望，这种渴望在他们来到这个世界之前就被深深地培植在他们生命的胚芽里，又在与父母、兄弟姐妹们的相处中，在与其他小朋友的游戏中得到加强；但是现在，这种渴望突然与强大的约束力量相遇，而且这种力量似乎处处与它作对。许多孩子在他们童年的早期像小鸟一样可以快乐地在空中自由地飞来飞去，他们把自己想象成许多不同的角色，从满脸污垢的小捣蛋鬼，到展翅高飞的雄鹰。可是，几年学校生活之后，他们大多数再也不能像鹰一样自由飞翔了，他们已变成了缪斯天性意义上的残废人。"

儿童是未来社会的创造者，人类将向什么方向发展，根本取决于儿童的心灵和品性。儿童的发展问题也就成了关系未来社会和谐发展的一个根本性问题。德国教育家福禄贝尔认为：人自出生起，其内部就存在着既完美又善良的东西，尽管尚处于萌芽状态，但毕竟存在，因此，人的发展就是这种内在的完美和善良的东西的萌发，人的教育就是助长这种萌发，而不是剔除人性中那最初的萌芽。

鲁枢元：儿童就如同一颗颗隐藏无限潜能的种子，在这萌芽期，我们该给他们什么，才能让他们终身受益、健康成长呢？一颗粗糙、干涩的心灵，一颗为技术、为物欲、为工具理性所控制的心灵，能生发出美好的人生图景吗？我们怎样让儿童永远葆有"神圣的灵性"而不被污染,让一个成人永葆"赤子之心"呢?这恐怕仍然是一个关于"精神生态"的问题。

从生态学的角度看,人不仅仅是自然性的存在,不仅仅是社会性的存在,人同时还是精神性的存在。因而在自然生态与社会生态之外,还应当有精神生态的存在。如果说,自然生态体现为人与物之间的关系,社会生态体现为人与人之间的关系,那么精神生态则体现为人与其自身的关系。直到如今人们可能还没有意识到,越来越严重的污染是发生在人类自身内部的精神污染。这种污染不是靠什么技术手段和管理科学就能够轻易解决的,而是要靠人文精神的教育,靠文学艺术教育,对于儿童来说尤为重要。

祝　禧:这种"精神生态的存在"在小学校园里尤其重要。小学校园应是充满诗情画意的学园,是儿童生命蓬勃生长的乐园,是老师和儿童健康生活的家园,是创造奇迹的精神殿堂。我经常反思,我们的校园是否已被"精神污染"?怎样维护校园的纯净、本真与澄明?儿童的成长需要怎样的精神营养?我们应该选择怎样的教育方式?

鲁枢元:我解释一下,我们这里所说的"精神污染",与当年政治意义上批判的"精神污染"不是一码事。我们说的是物欲主义对精神的污染,是功利主义对人的自然天性的污染。

祝　禧:如何清除小学教育中的精神污染,如何培养孩子们的健全的精神生态,挪威音乐学教授布约克沃尔德提出的"教的生态学"很能给我们以启发。他说:"作为儿童的学生,他们的学习具有生态性质,因此教也必须是生态性的。将学校变为儿童文化的复制品是不可能的,也不需要;但必须采取某种措施来保持从学前儿童文化到学校文化转换的连续性。这样一种新的思维方式以承认学生是具有缪斯天性的人,是儿童文化的成员为前提。只有通过这种方式,学习过程中的压抑才能够被减少或被消除,这对有关各方——儿童、学校及全社会都是有利的。""教师们在自己的生活中,必须将儿童的最基本特征尽可能地转化为一种充满活力的现实。"

这种"教的生态学"告诫我们，教师个体生命存在的内在需求和价值追求是和儿童一样的"缪斯心性"。这种"缪斯心性"就是一种在中国古代哲人那里所谓的"宇宙间一种形而上的真实存在，一种流动着、绵延着、富有活力的生命基质，又是人性中至尊弥贵的构成因素。"从生命哲学的要义看，就是把自身的精神生活看成一个有机的、流动的、个别存在的、绵延创造着的整体过程，用这样的本真性灵对待儿童与儿童教育，应该是小学老师生命个体的内在需求。

卢梭提倡自然人的教育，他指出，正确的教育应该使人的各种自然感性得到最充分的发展，或者说是使人贴近他的自然感性状态："自然所希望的，是要儿童变为成人以前，先成为儿童。"卢梭看到了完善儿童的自然感性在人的整个成长中具有举足轻重的地位，而"任何对自然感性的压抑和破坏都会使人失去存在的完整性"。

文学是以语言表现世界的艺术。文学教育就是滋养儿童自然天性萌发的甘冽醇美的清泉，我们希望通过真正具有艺术魅力的文学作品，浸润、滋养和美化儿童自然勃勃的生命力，使儿童感受到真正美的事物，体会生活中的感动、悲伤、欢乐和痛苦，自主地领悟生活的意义与价值。

鲁枢元：看一看我们当下的文学课堂，似乎距离那位挪威音乐学教授布约克沃尔德提出"教的生态学"过于遥远。我们是否太过于注重字词的考订、章句的拆解、知识的传授、思想的灌输，一篇文章只能分作几个额定的段落；一首诗歌只能有一个确切的主题；一个词语只能有一种正确的解释，等等。这样的教育其实是深深打上了工具理性的烙印。字词考订、章句拆解、知识传授、思想灌输固然是必要的，但绝不是文学教育的全部，甚至也不是文学教育的最终目的，或者，那只不过是实现文学教育最终目的的基础。多年来，强调基础教育自有它的合理之处，但对于文学教育来说，若是仅仅停留在基础上，只是在基础上就地盘桓，甚至忘记了基础之上还有蓝天白云，还有清风朗月，还有河汉星野，还有太虚无极，那么，我们的文学教育就是不合格的。我曾经说过，文学教育应主要是一种性灵教育。

祝　禧：您的这种对学生心灵成长的关怀与期待，多么像诗人们潜心吟唱的那种"回归"，回归到教育本该有的精神与信念上去！这种"回归"恰是一种美好的憧憬，一种如海德格尔所言的"诗意的栖居"。正如您在书中写到的：在真正欢乐而健朗的人类作品成长的地方，人一定能够从故乡大地的深处伸展到天穹。天穹在这里意味着：高空的自由空气，精神的敞开领域。我认为，这种文学的性灵教育，便是更高意义上的生态的和谐，一种审美的和谐，较之概念的和谐，逻辑的和谐，那是一种更理想化的和谐，更人性化的和谐。文学教育的途径和方式很多，文学表达的主题也丰富多彩。在儿童的文学教育乐章中，"关注生态""亲近自然""倡导回归"的话题应该是让他们终身受益的主旋律。

鲁枢元：我自己除了"亲自"受过 6 年的小学教育，对于小学教育再也没有什么实践经验。而您除了和我一样上过小学，您还从事小学语文教育二十多年，现在又负责一所学校的领导工作，我很希望听听您的具体的文学教学实践。

祝　禧：我曾经执教过不少文学教学课例，从课上课下的效果看，应当说是成功的，《牧童短笛》就是其中一个。我用《牧童短笛》这一主题把古诗《村晚》和其他牧童诗，以及苇岸的《现代的城市孩子》组合在一起，自编重组教学内容。之所以这样做，正是力图通过文学阅读把"牧童"的文学意象和现代孩子的生活联系起来，引领儿童步入乡村田园静谧悠远的意境和悠然自得的生活之中，引发儿童乃至我们的老师对现代生活的反思。

教学中，我引用了诗人苇岸写的这首《现代的城市孩子》，诗中开头几句是这样的：

　　现代的孩子天天听机械的声音，听人类放声叫卖的声音；听不到鸟儿的啼叫，林子的籁响。

　　现代的孩子可以在商店买到各种糖果，但无处可以摘下悬挂在树上的果实。

现代的孩子可以得到各种电动玩具，但无处可以捉到一只星斑天牛或金龟子。

现代的孩子按图示会精巧地垒起积木，再也不会造出一把木枪或苇笛。

……

每每读这首诗，我总会有一种淡淡的哀伤与忧愁，一种无奈与遗憾。现代的城市孩子对麦当劳、肯德基一点也不陌生，对手机、电脑也是了如指掌，对奔驰、宝马更是喜爱有加。他们过着舒适、便当、安逸、甜蜜的生活。但是，一种听不到鸟儿啼叫，无处可以摘下悬挂在树上的果实，再也不会手工造出一把木枪或苇笛的童年是幸福的童年吗？

苇岸是这个时代少有的有理想、有信仰、有操守，将自然、生活和艺术创作融为一体的作家。我以为，这样的作家才拥有"扎根于神圣大自然中的文学艺术家的淳朴天性，深潜于历史积淀之中、融渗于天地万物之中的文学艺术家的隐秘心灵。"只有凭着这样的天性和心灵，优秀的诗人、作家才能成为一个时代、一个社会最灵敏的神经，使他们能在不甚自觉的情况下探测出时代潮流之下暗藏的危机、百年风云过后将要萌发的时代病症。苇岸的这首诗给我们展示了一个缺失的童年，揭示了一个时代的儿童的病症，一个远离自然、远离本真生活的一代儿童的时代病症。我们应当通过文学的教育，把一个完整的、真正的童年交付给我们的孩子。

鲁枢元：正因为这样，苇岸虽然写诗不多，虽然英年早逝，但他却比其他诗人更长久地活在我们心中。类似苇岸的诗人，目前还有于坚、雷平阳……

祝　禧：可以说，这些诗人都是"自然之子"，儿童也是自然之子，孩子们都是诗意地栖居在大自然中的精灵，他们的天性和灵性充满了生命的活力。对此，我在我的教学生涯中深有感受，当我和小学生们一起吟诵"草满池塘水满陂，山衔落日浸寒漪"，感受静谧田园蕴含的盎然生机；一起吟诵牧童"横牛背、信口吹"时感受到的怡然自得、安然自乐的无限情趣，我自己一下子便进入心旷神怡的境地，那也是我最快乐的时刻。

李庆明先生在他的《哲学回归田园：一个现象学的透视》一文中曾深刻地指出：在中国文化里，庄子早就对技术文明抱持了批评立场。陶渊明、谢灵运等所谓山水田园诗人也都对都市保持了一种必要的警觉。他们并不迷恋市井的繁华，相反，却对"日落""荒林""哀禽""幽谷""飞泉"等表达了心驰神往的情愫。所谓"孤烟村际起，归雁天边去"，"山上层层桃李花，云间烟火是人家"，如此等等。中国古代田园文化所表达的气象萧疏、烟林清旷、渔樵隐逸和峰峦浑厚的意境荡涤着那些久居灯红酒绿的都市生活的文人的灵魂，使他们有可能忘却都市的奢华与烦恼，在城市之侧寻找一个精神的栖居之地。这对今人仍然是一种启示。

我们已经不可能回到牧童时代，聆听村晚牧歌。但牧童带给我们的一种向往，一种回忆，一种安然自乐的心境，一种田园的情怀将永远留在我们的心灵深处。虽然我们的儿童从一出生就在接受现代文明的濡化，但他们可以通过文学阅读，感受牧歌的清越、归雁的嘹唳、田园的闲适以及落日的苍茫、山泉的深幽。

还有其他的一些课例。如《孔子游春》，通过孔子和弟子们在春天的泗水河畔赏春、论水、谈志的故事，告诉孩子们"自然是人类的母亲，也是人类的导师，它能给人无限的遐想与启迪"，感悟"仁者乐山、智者乐水"的审美情趣，体会"暮春者，春服既成，冠者五六人，童子六七人，浴乎沂，风乎舞雩，咏而归"的自然性情的流露。在另一些课例，如《推开窗儿》中，通过小诗的填空创作："我不知道____从哪儿来，当我打开小窗，____扑了个满怀"来感悟阳光、春风、花香、鸟鸣的美好。明代小诗"一琴几上闲，数竹窗外碧，帘户寂无人，春风自吹入"的审美趣味，让那流动于窗间的节奏和旋律回荡在儿童心间，让儿童多了一双发现自然美的眼睛，多了一颗人与自然和谐相处的审美心灵；《望月》，让儿童沉浸在清幽旷远的氛围中，体会月亮女神的圣洁、柔美与祥和以及"自然赋予人的诗性与浪漫的情怀";在《开天辟地》一课的教学中,用古老的"口耳相传讲故事"的方式,追问"我们是从哪里来的？宇宙是从哪里来的",体会"人生天地间"的意蕴,在"天苍苍,野茫茫,风吹草低见牛羊"的美妙吟诵中,感悟天地之伟大,自然之神圣。

鲁枢元：您的这些教学实践真是让我大开眼界。近年来我一直担忧的一个问题是,在飞速发展的现代生活中,个人生活中的技术含量越来越多,而人的天生的对于自然的感觉、感悟能力却在急剧减退。已经有人通过调查得出结论,现在孩子们天然的听觉、视觉,尤其是"夜视觉"能力都在迅速退化。我担心,以后成长起来的人们可能再也听不到"润物细无声"的春雨,"无边落木萧萧下"的秋风,再也看不到"沧海月明"中珍珠的闪闪泪光、"蓝田日暖"里美玉的氤氲如烟的辉光了,那岂不是我们民族文化传统、文学传统的最大悲哀吗？

祝　禧：是的,我希望通过这样的文学课堂,能稍稍对抗现代社会给人的心灵世界带来的这一偏颇,让儿童的心智继续开出最绚丽的花儿。在文学课堂上,我主张创设广阔的,富于美感、智慧和亲和力的体验,以及能够陶冶性情的文化情境,通过文本与艺术的内在联系,精心地将文本内容和音乐、美术、图像进行综合融通,在充满美感的教学情境中探寻、体验和理解蕴涵在教材中的真、善、美、圣、爱等方面的丰富意义,达到《文心雕龙》中说的"诗人感物,联类不穷"的境界,神与物游,因情成体,把不同感觉表象连接起来,构成各式各样的通感意象,将文化精神、人文内涵融渗于教学对象之中。

同时,我还注意充分挖掘多元文化,特别是对中国文化重自然、重亲情、重生活、重人文、重经验等特点的开发、转换和创造。为此,我们编制了如"唱响童年的歌谣""月亮,我的故乡""蝴蝶翩翩"等同主题文化阅读文本;通过经典阅读,通过接触充满人文情致与底层流韵的民歌、对联、成语、农谚、童谣,让学生走进迷人的童话、寓言、歌谣、诗文里,走进绮丽奇妙的文学意境之中。长此以往,文学艺术也许会对矫正现代社会的某些偏执,对于救治现代人的种种精神病症发挥潜移默化的作用。

正如鲁老师您最近在一篇文章中所说的,"文学艺术的社会制衡作用较之政治的、经济的、法律的、军事的制衡要'柔弱'得多,它更多的是一种精神和意向上、情感和想象上的制衡。"儿童需要接受这种柔弱的但却极具渗透力的优秀文学作品,这或许是儿童归乡的最好"归途"。阅读优秀的文学作品,其背后是价值的提升,这种价值也正在于培养儿童的自然质朴、纯真敏锐的心性,以防止在今后日常生活中被僵硬的理念、过度的大话、滥施的机巧所污染、窒息。

我一直认为,母语课程的改革在某种意义上不过是向母语文化传统的回归。但总的说来,我们目前的语文教学(文学教育占绝大部分)还是过于理性化和工具化。对此,我们恐怕还要作更多更艰苦的努力。文化启迪中教师的角色是导师不是技师。在这里,语文老师本身一定要做个有"性灵"的人,诚恳、率真、感觉敏锐、志向高洁、内心丰富、特立独行、葆有自然天性、不失赤子之心,能够把自己的人格、心志自然地融会到自己的语文教育中去,在不经意间影响学生。您曾经说过,"我们需要一种无法计算、难以考量、看不见也摸不着的东西,就是对文化的热爱,发自内心的热爱,这需要对于美的敏锐感受,对于善的由衷同情,对于他人的理解和尊重,对于自然万物的敬畏与崇拜,对于自己的精神与性灵的涵泳与守护。"我希望自己永远怀着这种古典情结,葆有"赤子之心",坚守文学精神,把文学教育坚持不懈地推行下去!

面对文学教育艰难而又美好的憧憬,我坚信:诗意将化入我们的生命,艺术将真正地融进我们的生活,人类的个体将得到全面的发展,人与自然的对立将得到缓解,人将变得更丰富、更优秀、更美好,地球上的生态景观将变得更健全、更清新、更加朝气蓬勃。

鲁枢元:我相信这是您的肺腑之言。一年来总是您听我讲课,今天听了您讲课,您其实比我讲的要好,非常感谢您。

(《文学教育》2009 年第 1 期)

卷三　同一星球

海那边的玛格达

在奇尼文化基金会的客厅里，玛格达一出现，就笑个不停。在后来的参观访问中，我们的行列里便一直贯穿着她的笑声。

玛格达小姐，或者说玛格达教授，是威尼斯大学中文系副主任，穿一件绿色的连衣裙，像一棵清新的水仙花。她的中国话吐字很清晰，只是语调还是有点洋味儿，词汇不是很丰富，但她的笑声和表情已经做了最好的补充。

她先给我们讲了早些年在北京语言学院做学生时一个"买电铃"的故事。刚入学时，她们宿舍门前安有一个电铃，响起来刺耳欲聋，几个姑娘便想用棉花和布把它包起来，电铃却摔到地上变成了哑铃。闯了祸的女学生们吓坏了，便一起乘公共汽车到王府井去买电铃。上车后一路上查看着地图，看看到了平安里便匆匆上了车。从地图上看平安里到王府井已经很近，走起来却花了一个小时。大家直埋怨："北京太大了，北京的地图太小了。"更糟糕的是，她们竟忘记了回去的路径，又还都没有学会说中国话，一时急得发懵。正在这时，过来一位会说法语而又殷勤热情的"黑小子"，她们真像遇见救星一般。这位黑人青年连连说他也是回学校的，要陪她们一起走。糊里糊涂进了学校大门，转了一圈仍找不到自己的教室。上课铃声响起来，只好鼓起勇气再去打听，才知道错了。这里不是"北京语言学院",而是"北京外国语学院"。后来,"外国语学院"通知"语言学院"前来招领丢失的女学生。她说,回校后挨了很厉害的一顿"熊"。

晚间,玛格达到中国作家代表团下榻的"玛巴帕"宾馆闲聊,大家谈到刚刚走过的几座城市罗马、佛罗伦萨、米兰,也谈到中国的南京、苏州、上海,谈到中国大学里的政治思想工作,也谈到意大利青年生活中的宗教、神父、社会心理病、精神分析医生。当然,也谈到意大利语言和汉语言。玛格达是专攻汉语语法的,她说她正在结合自己学习汉语的体会编一部意汉语言对照分析的书。

夜已经很晚了,她的家住在远处的一个小岛上。大家担心她坐不上船,她却一本正经地开起玩笑:"不要紧的,我游回去。"

第二天黄昏,玛格达又来了,并且还带来一位意大利文学教授希尔费娜女士。于是话题又向着文学和文学理论延伸。大家谈到当代世界文学批评中众多的流派,谈到生活意识与现象学的结合,谈到精神分析与结构主义的融汇,谈到人类学向语言学的渗透,谈到神话学与符号学的联姻。大家既谈到西方的荣格、朗格、拉康、德里达,又谈到中国的老子、庄子、刘勰、严羽;谈到西方现代物理学,又谈到东方古老的神秘主义;由"神韵说"扯到"格式塔",由佩切伊(Aurelio Peccei)的罗马俱乐部说到董仲舒的天人合一。大家只恨相见太晚,几万里的物理空间在心灵的世界里已经失去距离,玛格达兴奋地拍起手来:"中国如果能够把西方最现代的东西与东方古老的东西结合起来,就一定能够创造出时代的奇迹!"

玛格达,谢谢你! 谢谢你那西方对于东方的尊重和信赖。

中国的古书上屡屡把"日月合璧、五星(金、术、水、火、土)连珠"看作是宇宙精华的会聚,看作天象和人世间的奇迹。在人类的心灵世界里,在人类的内宇宙中,这种"合璧""连珠",不也是一种美妙的奇迹吗?

回国一年之后,突然有一天我收到了玛格达的来信,她说,她从沈萼梅那里读到了我发表在报刊上的意大利访问记,读到写到她的那些片段,她说她真是高兴。后来,她又写信给我说,希望我们"不作为中国人,也不作为欧洲人"而是"作为人"能有更多的接触和了解,在信中能有更多的"随便闲谈"。她曾谈到我寄给她的我们大家在威尼斯海边的一张合影:"那是一件非常受我欢迎的纪念物,谢谢你!可坦率地说,那一群,沈苈梅和杨佩瑾不错,我们两个相反,都一样不好,你在《创作心理研究》一书中的头像我最喜欢。"再后来,她在写给我的一封回信中说:"要知道一个西方人和一个东方人在心灵的层次上沟通有多难,我们试一试发现出来吧!"然而这种尝试并未持续很久,时间与空间的距离自然而然地将通信中断了,从最后一封信算起,至今已有五年多了。但我时而还会想到,在天的那边、云的那边、山的那边、海的那边,有一位研究中国汉语言的意大利女教授玛格达。

我后来在北京见到沈苈梅,曾听她说起,玛格达一直是独身,曾经有过一位很要好的情人,但不知什么缘故他把自己关在汽车里死去了,烧的是煤气,死得无声无息。她现在一个人住在一幢相当豪华的房子里,窗子外边就是海。

玛格达可能是孤独的,记得玛格达曾给我说过,她的妈妈住在米兰,哥哥和嫂嫂也住在米兰,姐姐和姐夫则住在荷兰,只有她一个人住在威尼斯,只有在复活节时,亲人们才能团聚几天。记得玛格达在奇尼基金会院子里的钟楼上曾指给我说,她的家就在海那边、城市西北的一座"小岛"上。当时她说的是汉语,我没有听清楚,以为她住在一座"教堂"里,惹得玛格达一阵大笑,笑得前仰后合,她说:"我可不愿住在教堂里!"看来,玛格达尚且无意天堂,仍在留恋着红尘。

现代人的一生,大约要认识许多人,许多人都不过是"匆匆地合匆匆地分",你不可能与结识到的每一个人都"千里共婵娟",尽管也许有着"但愿人长久"的主观愿望。然而,人与人之间的那些哪怕是瞬间短暂的接触,都可能相互渗入一股甘美的心泉,这对于干涸的人生之旅,无疑是一种润泽,我们的生命正是由于这些润泽而丰富起来、葱茏起来的。

在意大利的罗马,当我即将辞行时,曾遵照好客的主人的指教,背过身去往特莱威喷泉里丢过硬币,据说那样就能够故地重游。尽管如此,威尼斯差不多注定将成为过眼烟云。但我还将记住在海那边的小岛上有一位熟悉而又陌生的朋友玛格达。

1991 年秋,郑州大学金水河畔

相遇在佛罗伦萨

佛罗伦萨这家豪华的宾馆,格局与国内住过的宾馆不同,卧室很小,卫生间却很大。这对于风尘仆仆的旅客来说,倒是相宜的。

为了弥补卧室的狭窄,一边的墙壁上全都镶上了镜面。房间的体积立时便扩大一倍。意大利自古出产能工巧匠,弄这种小巧,自不在话下。

面对另一半房间里映出的那个"我",真格的"形影相吊",无端给人平添上几分独在异国的感觉。

猩红色的电话发出蜂鸣。

中国话,一位女士的声音。

下到客厅,一位身材颀长、略显瘦弱的女郎翩然迎上前来。

她说她叫杨丽,北京体育学院的教师,到意大利已经半年,一个人在比萨一个学校教授中国武术。

小姐原来是一位"武林高手"。

比萨很少有中国人来。她说,她很想家。打听到中国作家代表团已经到了佛罗伦萨,便找了过来。

她听出了我普通话中的开封口音。她说:"你是开封人?"

"开封人。"

"我也是在开封长大的,在开封上了八年学。"

"哪个学校毕业?"

"小学是车棚板街,中学是双龙巷,八中。"

"真巧,我也是东棚板街,双龙巷,八中。"

"咱们是同学。"

我想,我上八中时,她可能还在托儿所。

她说比萨离这里很近,只有几十公里,开车不到一小时,下午可以乘她的车看看比萨斜塔。

我说不行。下午代表团还有活动,参观杜奥莫大教堂。

她说,是她的几个学生或者说弟子开车送她来的,如果我不和她回比萨,他们就要在这里请她吃"中国饭"。

要见一见吗?她喊了一声,客厅的一个角落里便忽拉拉站起四五条汉子。

大弟子:里伽拉多,金发碧眼、虎背熊腰,首先冲我们抱了抱拳,又腼腆地一笑。杨教练说,他的"太极拳""八卦掌"已经得心应手、运用自如,国内比赛拿过名次的。

二弟子:德米凯,相貌甚奇特,五短身材,豹眼鹰鼻,脑壳剃得精光,身着一件玄色印花大褂,眉宇间透出一股杀气。杨教练说,他专擅"少林棍",十二分地崇尚少林武功,才打扮成这个怪模样。

其余的几位,杨教练说她自己也不太认识,是学生们又收的学生,徒孙辈儿的。

杨小姐说,她还是在开封上学时学的武术,初中没读完便被选拔到北京体育学院。

开封是武术之乡。《水浒传》里写的林冲便在皇城禁军任职,八十万禁军的枪棒教头;另一条好汉鲁智深在大相国寺开馆授徒,"倒拔垂杨柳",也是开封的故事。我还在双龙巷八中上学时读的《水浒传》,三十年了,每逢路过"演武厅",还会自然地想起那位被逼上梁山的林教头;每逢来到相国寺,总要猜度那棵被鲁智深拔去的垂杨柳究竟栽在什么地方。没有料到,我们这位开封八中的女同学,倒跑到意大利当起了"洋教头",不,是当上了洋人的教头。

在开封我们家的老宅中,也曾收藏过一条红缨枪,那是我叔叔曾经用过的,他小时候跟着一位叫马金钰的拳师练过武,扎过沙袋站过桩的,后来终没有练出来,改学开汽车了。我小时候也曾用那根长枪练过武,没有人传授,只是凭着小人书《赵子龙长坂坡救阿斗》里的一招一式,一个人在月下偷偷地苦练,当然更无望练成功。

有一次,相国寺里举行武术比赛,比赛就在大雄宝殿里进行。那时的相国寺还没有整修,殿外的石雕栏杆歪歪斜斜,殿内的方砖地面坑坑洼洼。赛场上已经聚集了各路英雄豪杰,只见一位汉子舞动双刀在地下翻滚,地下一团银光游来游去,竟看不见一些人影。

一位长者注目良久,拈须颔首曰:"不下二十年的功夫。"后来我又看过许多武术表演,包括电影上做过特技处理的武打场面,都没有那次的记忆深刻。

虎背熊腰的大弟子里伽拉多把老师拉在一边,腼腆地笑着,像在请示着什么。杨教练走过来告诉我,她说她的学生们很想陪中国客人们一道去逛杜奥莫教堂,不知是否可以。我们的团长当即表示欢迎。

里伽拉多主动当了导游,殷勤而且细心。

车子行驶在梅迪奇王宫附近的街巷中,两厢全是古色古香的店铺。

"佛罗伦萨真是个古老优美的城市。"我说。

"开封也很美。"里伽拉多说。

原来,里伽拉多曾四次去中国,两次访游开封。此外,他还到过印度、菲律宾、缅甸,在那些国度里遍访名师、切磋武艺,练过瑜伽,习过泰拳。

"开封很美?"在我的记忆里,总是一个太过陈旧的开封。

"开封很古老,保留了许多古代的东西。"里伽拉多的赞美的确是真诚的,我在罗马时就已经领略过,意大利人有些嗜古成癖,为了保存一座三百年以上的建筑，不惜让公路绕弯子。在罗马城，由于古老的建筑太多了，汽车便不得不左旋右转、斗折蛇行。但他们乐意。

我们的建设则是"大破大立""破字当头"。本来完好的明代城墙，已经拆得不成样子，历史上赫赫有名的"宋门""曹门"以及城市中间的"鼓楼"，也都在"轰隆"一声的爆破中烟消云散，永远地化为乌有。赶上"开放搞活"，古董又成了摇钱树，于是又大兴土木修盖起"包公祠""樊楼""宋城一条街"。尽管内行专家们连连摇头说：破的都是真古迹，立的全是假古董，但平心而论，这些拔地而起的新古董毕竟还是承袭了这座历史名城的风貌，是不幸中的万幸。

到杜奥莫大教堂，已是夕阳西下时分，余晖悠悠中的这座哥特式的教堂已经有六百多年的历史，它经历了几代人一百多年的努力才基本落成。它那巨大的圆形拱顶出自著名建筑师鲁内莱斯基之手，教堂对面的廊厦里有他的大理石塑像，手里拿着图纸、测量器具，一副沉思的模样。我们的喻皓曾经在开封为宋王朝设计修造了"开宝寺塔"，而寺内并没有为喻皓造像，这不能不有些遗憾。

教堂拱顶上有一硕大铜球，曾因雷击而坠地，未伤人，仅在广场上砸出一坑。里伽拉多率领我们一路搜索过去，终于找到了那个"坑"，坑上已覆盖一块制作精良的大理石，上面镌刻着这次事故的记述。灾难性的事故居然又凑成了这个名胜区中的一景，意大利人真的很有情趣。

开封的铁塔（即"开宝寺塔"）的顶端也有这么一个硕大的铜球，叫作"塔刹"，传说原来是金的，后来让"南蛮子"或"日本鬼子"盗去，换作铜的了。这自然是无稽之谈。

关于这个"塔刹"的一个真实的故事，是父亲告诉我的。

父亲还很年轻的时候，一天清早，整个开封城轰动起来：铁塔的"塔刹"上被人插了一杆旗！这塔原是只有从里边才能进去的，要上到塔顶去，必须在五十多米的高空、在光滑的铁色琉璃砖上徒手攀援。那顶端的塔檐伸出去一米多，这插旗子的人必须悬空完成"鹞子翻身""珍珠倒卷帘"等一系列高难动作。那须有过人的胆量和超绝的武功,然而,他竟然上去了。

然而,第二天,那旗便又被一个不服气的人上去拔了下来。

父亲告诉我这个故事的用意是:天外还有天。

开封之外也还有一个叫佛罗伦萨的地方,或者,佛罗伦萨之外也还有一个叫做开封的城市。

杜奥莫大教堂的那座钟楼,据说是世界上最漂亮的钟楼之一,最初是由意大利杰出的艺术家乔托于1334年设计并开始建造的,比教堂还要华丽。

矗然屹立的钟楼高达八十多米,上部和下部的风格显然地不统一。里伽拉多指给我说:乔托将钟楼建造了一半,便去世了,后来的建筑师虽然不及乔托的名气大,但并不为乔托的名气所威慑,不情愿"继往开来",却执意要在这件庞大的艺术品上驰骋自己的才华,于是便抛开乔托,一意孤行起来,终于将一座钟楼弄成了这种"两段"模样。放荡个性、标新立异,在意大利是一种相当古老的性格。

开封也有一座庞大的、"两段式"的高层建筑繁(读作pó)塔,两段的风格也是迥然相异的。不过,据说那是封建帝王为了维护自己的"王气",故意削减了这塔上半部的规模。那只是为了显摆专制皇帝的威风,与艺术创造、与艺术家的创作个性并无丝毫的干连。

教堂广场上的一角,围起了栅栏,搭起了帆布篷。下边正在施工,原来就在广场地面以下丈余深的地层中又发现了古代的街道和建筑。佛罗伦萨城下可能还有一个城,佛罗伦萨人高兴得手舞足蹈。

这不稀罕。开封城下边就有一个城。不,有三五个城,宋代的,元代的,明代的,清代的,民国时代的,名之曰"城摞城"。

前几年龙亭公园在东湖修假山时,就从湖底的淤泥下挖出了一所设计严整的院落;"文革"时挖地道,便又从双龙巷下边挖出一条街巷,全是磨盘铺的路面。那么多磨盘,那么多磨坊,那么多吃馒头的人,往昔东京的繁华由这磨盘路面上亦可见出一斑。

太阳渐渐收了它那通黄的光线了,我们一行人仍在兴致勃勃、专心致志地看教堂、看钟楼、看地下遗址、看"天堂之门"。不料,街上的人也在聚精会神地看我们。

我们自己看看我们这一行列,也不禁哑然失笑:有意大利的武林高手,有中国的作家诗人,有穿西装的炎黄子孙,有穿"功夫服"的西洋人。无论是内容还是外观,都有些"不伦不类"。

其实,宇宙万物之间的"伦"或"类"并没有一个绝对清晰明白的边缘。现代社会生物学已经列出许多事实,说明人的行为与动物的行为之间原来有那么多的联系。至于像"黄种人""白种人""东洋人""西洋人""男人""女人""文人""武人"之间的"伦"或者"类",会有人们想象的那么严整吗?怕也未必。

异乡遇故知,可能是偶然的。而佛罗伦萨与开封在文化上的融浑交流也是偶然的吗?也许,早在一千年前,佛罗伦萨人和开封人就在做着相同或相似的梦。

1987 年岁尾,开封十二祖庙街故居

罗马的歌声

欧洲一位有教养的国王曾说："我对上帝说西班牙语，对男士说法语，对女人说意大利语，对我的马说德语。"看来，在西方，西班牙语的庄重、法语的文雅、德语的生硬、意大利语的优美抒情，也是早已公认的。

听着意大利人那富有音乐性的言谈，我突然领悟了：意大利为什么会成为世界乐坛上"美声唱法"的故乡，为什么会成为西方人奉为音乐圣母的歌剧的故乡。来到意大利，不听上一两场歌剧，那真是太遗憾了。

细心的东道主已经摸透了外国客人的心情，活动日程表的第二天晚上便安排了歌剧。那天下午，我们参加安娜太太家的文学沙龙，吃了热情的女主人亲手制作的美味小点心，接着又去会见魔幻主义小说家尼耶伏，一边倾听作家那富有魔幻色彩的谈话，一边喝着作家夫人一杯接一杯端上来的放了冰块的新鲜草莓汁，离去时已经夜间 9 点多。歌剧怕已快散场。大家只好相互埋怨着，懊悔了两天。

到了米兰，为了弥补罗马的损失，我们便直奔市中心的斯卡拉大剧院。真巧，当晚就有音乐会，但是已经搞不到当天的入场券。

斯卡拉剧院是当今世界上四大著名剧院之一，文艺复兴时期原是以一位大公的爱妻的名字命名的教堂。那时的米兰人便常常聚在这里唱歌跳舞。斯卡拉,曾给一代代欢乐的意大利人带来多少幸福的时光!第二次世界大战中,米兰成了意大利北部的主要战场,城市在战火中破坏得很厉害,剧院的房顶也被炸塌,只剩下断壁残垣。战后恢复时期,劫后余生、流落街头的米兰市民们,提出了"先修剧院,后修民宅"的口号。意大利人对于音乐的厚爱举世罕见。

一位好心的音乐师陪同我们参观了剧院。演出大厅的装饰以曙红色的金丝绒和乳白色的大理石为主要材料,地板是清一色的橡木,木材的纹理仍然散发出森林的幽香。剧院陈列厅内,展示着历代意大利的和欧洲的著名作曲家、指挥家、演奏家、歌唱家在这里活动的情景,有他们的照片、画像、面模、手模,以及演出用的服饰、乐器、道具。在大厅迎面的墙壁上,悬挂着威尔第的大幅油画像,画像下陈列着他谱写《茶花女》时用过的谱纸和蘸水笔,还陈放着他使用过的一架钢琴。那是一架破旧、低矮的钢琴,与现代音乐厅中那些构造复杂、质料贵重、工艺精美的钢琴相比,它就像一辆"奔驰"轿车旁的乡下牛车。真叫人难以置信,那么美妙的小夜曲或咏叹调就是从这架钢琴中流泻出来的。

晚间,回到下榻的宾馆,却赶上一场意想不到的音乐会,不过,那是在房间内20英寸的彩色电视屏幕上。

一位身穿工作装、头发乱如蓬草的中年男子正在独唱。沙哑的嗓音,吃力地吼出一阵阵令人毛骨悚然的呻吟,那声音充满了哀凄和伤痛,伴随着喊叫和叹息,愈发使人感到恐惧。似乎有一个人连肉体带心灵都被塞进一盘转动的石磨里,而那声音就是从那磨盘下渗出的。

接着,是一位独眼的男人上场。一只眼睛用黑色的眼罩严严地蒙着,说不出是真的瞎了,还是有意化装而成。他一边扭动着腰肢和脖颈,一边歌唱。他唱的什么,我自然听不懂。不过,他的音质真好,纯净、激越、高昂。只是唱到每一段的末尾,突然变换成一种尖而细的假声,仄仄地从嗓子眼里逼出,那声音震颤着、扭摆着、回环着、跌宕着,拖得悠长悠长,像一只失落在迷谷里的羔羊,对着嶙峋荒凉的岩壁在哀号、在冲撞,显得那样地孤苦无援,那样地焦虑不安,那样地痛苦绝望。

最后,舞台正中的一个转盘上,背靠背直挺挺地站立着三个人,一个穿T恤衫、留着唇髭的汉子,一个光脑袋穿大袍的青年,还有一个是穿比基尼泳装的女郎。木呆呆的脸上全无表情。三个人咿咿呀呀地唱着,时而独唱,时而合唱,时而轮唱,突然,从舞台上空降下一根粗粗的绳索,将三个人一圈一圈地捆绑起来,轮盘还在转动,三个人仍旧是那副麻木不仁的模样。幕落了,室内暗下来。脑海中还漂浮着那些歌声的碎片。噩梦般的音乐会。难道这就是意大利音乐的现状?

第二天,温燕青到宾馆来,她是我们随团翻译沈萼梅老师的朋友。温燕青出生于上海一个音乐世家,在中央音乐学院学习期间师从喻宜萱和郭淑珍教授,当学生时就曾在匈牙利布达佩斯举行的国际比赛中获奖,眼下正在米兰斯卡拉歌剧院青年艺术家中心进修,导师是蜚声国际乐坛的女中音歌剧艺术家西米奥纳多。看上去她很年轻,穿一身黄灿灿的连衣裙,笑吟吟地,像阳光下的一朵葵花。我讲到昨晚电视上的音乐会,问是不是意大利的歌唱艺术有了新的发展。她笑了,说那只是社会上的流行唱法,正宗美声唱法并不这样。她说在她进修的学府里,仍然是唱鲁道夫的咏叹调——冰凉的小手,托斯卡的咏叹调——为艺术、为爱情,乔治·阿芒的咏叹调——是谁使你忘却了家乡。她又说,标准的美声唱法,即使在意大利,要听的人如今也不是很多了。

从米兰到海上城市威尼斯,又从威尼斯回到罗马,第二天就要启程归国。这是夏末一个星月交辉的夜晚,街上的行人已经开始稀少,我漫步来到大街尽头的"独立广场"。

广场的一角灯光明亮,悠扬的管弦乐透过昏黄的夜色一阵阵飘过来,一座临时拼搭起来的露天小舞台上,一支由五六个人组成的小乐队正在为乘凉的罗马人演出。其中有一位是女郎,不算特别漂亮,但风度翩翩。乐队的演奏家同时也是歌唱家,他们唱的多属于民歌,那歌声轻松、诙谐、饱满、欢畅,好像是大地上的草木在感谢天空的太阳,又像是暮年的夫妇在回忆早年的爱情生活,回忆着田园里的白云和清风,回忆着故土的金色池塘。舞台下边摆放着上百张简便的桌椅,供应着咖啡、果汁、啤酒。坐下来边喝饮料、边听歌唱自然是要收费的。座位已经没有了空缺。

夜深了。我徜徉在独立广场。广场被四座高大的古典式建筑围成一个盆地,建筑上方白色的大理石雕塑的神祇圣徒们,默默无言地俯视着广场上灰蒙蒙的人影。长廊下的路灯是一些黑人小商贩摆的地摊,兜售些手工制造的牛皮腰带、蛇皮手套、鱼皮提包。另一个角落里一个吉普赛汉子在表演抓火、吞火的把戏。偶尔有开得飞快的小轿车驶过,车灯亮如流星,倏地又消失在灯光如河的繁华大街上。

露天小舞台上依然管弦悠扬,这是不同于"学院派美声音乐"与"电视机流行音乐"的另一种音乐。意大利,你这个古老的音乐之邦! 你的现代音乐生活又是多么地让一个外乡人迷惘。

记得美国社会学学者米尔斯(Charles Wright Mills)曾提出一种"意识三类型"的理论主张。他说在美国,存在着三种不同类型的意识形态。意识Ⅰ,是那些恪守传统、安于现状的农民和市民的世界观;意识Ⅱ,是官方社会组织立法和控制的世界观;意识Ⅲ,是不安于现状的当代青年的世界观,反主流社会的思想趋向。中国古代音乐典籍《乐记》中讲,"凡音之起,由人心生也","声音之道,与政通矣"。莫非罗马的歌声中已经传递出这些不同的文化意识信息? 那么,"学院派的歌声""电视机的歌声""广场上的歌声",谁又是意识Ⅰ,谁又是意识Ⅱ,谁又是意识Ⅲ呢? 在这块文化积淀如此深厚的国土上,多种文化意识的并存,又将会导致怎样的文化前景呢?

罗马城璨若星河,独立广场上的歌声仍余韵袅袅。

1986 年深秋,郑州幸福路

文化符号的感悟

威尼斯的水巷,圣马可广场,酒神巴克斯(Bacchus),土耳其战刀,镂花的意大利长剑……在意大利的旅行中,我时时想起诗人华兹华斯的一段话:"对每一种自然形态,岩石、果实或花朵,甚至大道上的零乱石头,我都给予有道德的生命:我想象它们能感觉,或把它们与某种感情相连。它们整个地嵌入一个活跃的灵魂中,而一切我所看到的都吐发出内在的意义。"何况,在意大利的国土上,我看到的不只是"零乱的石头"——然而,即使是"零乱的石头"吧,我又怎么能够向您诉说出那"石头"吐发出的"内在意义"呢?

水 巷

从里多岛坐船,漂过海去,就到了圣马可广场。穿过广场钟楼的拱门,便是里亚托的马尔扎雷商业街,在文艺复兴前后的三百多年中,这里曾经是整个欧洲的商业贸易中心,莎士比亚的《威尼斯商人》剧中就时常提到这个地方。

商业街,是一片蛛网般纵横交织的小巷。每条小巷宽不过一丈,两侧全是各式各样的商店,门面不大,货架、橱窗却争奇斗艳、缤纷琳琅,恍如钻进一口奇特的珠宝箱里,眼花缭乱。口袋里只有几十块钱,不得不谨慎镇静地接受着老板或老板娘亲切热情的笑脸。同时,心里遂在默默记挂着归去的路线。

天色陡然变黑了,逼仄的街巷上空传来几声沉沉的闷雷。银币大的雨点便噼里啪啦摔落在满街行人的身上。人们慌乱地奔跑起来。我却一下子迷失了方向,跟着人群向前跑去。

跑着跑着,人越来越少。商店也不见了,只剩下一条灰蒙蒙的雨巷。

灰色的路面,灰色的墙壁,路旁是泛着涟漪的河水,河水上摇曳着绿幽幽的光。巷口一座苍老的布满皱纹的大理石桥。桥,湿淋淋的;楼,湿漉漉的,楼壁上拖下的藤蔓水溢溢的。站在桥上望去,左边是一条水巷,右边是一条水巷,前边不远处又是一座迷蒙的石桥。雨还在下着,上下都是水的声音、水的波光。

威尼斯城仿佛一下子沉进海底。我感到恐惧,又感到神秘,我觉得自己仿若回到很早很早以前的一个梦境里,我就是一条大鱼或者一匹海豹,千百万年前就栖居在这海底幽冥的黑森林中……

又穿过几条漫长的、水汽氤氲的小巷,突然,眼前一片豁亮,我竟然又奇迹般地出现在圣马可广场。

坐上渡轮,雨已住了。乌云散去又露出蓝天,回眸望去,融融落日中,那映照着金色光辉的圣马可教堂和圣玛利亚教堂,那高耸的奇尼基金会的钟楼,那总督府庄严的宫墙,那广场圆柱上的青铜飞狮塑像,全都像是刚从海水中冉冉升起,一切都显得那么清新明亮。

威尼斯的水啊,你真是如此的妙幻!我不知道意大利人的祖先们为什么非在水上建造起这座城市?

据说,在人的生命深处,可能怀有一种关于"水"的神秘的意象。生命最初就是在水中诞生的,胎儿在母腹中整天浸泡在水里,各个民族的生息繁衍总是濒临着江河湖海,人的肌体中百分之八九十的成分都是水。在生物进化40亿年、人类进化400万年的历史积淀中,水作为一种心理意义上的原始意象,可能已经刻在人的遗传基因里。

瑞士心理学家荣格对水有一种神秘的感悟,他一生的住处都要选择在池塘、湖泊、河流、瀑布的近旁。他说,山川水泽是人的自然栖息地,在与自然的亲近中,人才有可能获得源源不断的生命力和创造力。

我相信这话。我很小的时候,大约出生后八九个月的时候吧,就常常在老祖母的怀抱里挣扎着要到家门口西边的河里去,不知道这是不是在闹着要返回自己生命的原始栖息地。大人们都不理解,反倒很担心地说:这孩子怕长不成人。

酒　神

威尼斯有200多座宫殿、十几座教堂。在这些风格不一的建筑里保存了无以数计的绘画和雕塑,最令人心旷神怡的还是那些大理石的人体塑像。那细腻的石料上恍惚流动着一层薄薄的光晕,发散出人的肌肤的芬芳;那塑像上起伏宛转、似有若无的波纹,使人感觉到肌肉的温暖和弹性。一些神话中的女性神祇,如夏娃、朱诺、宁芙、丽达、海伦、缪斯、维纳斯等,固然仪态万方;而那些传说中的男性神祇们,如"火神""战神""河神""海神""大力神""太阳神",其魁梧的体魄、矫健的肌肉、坚定的四肢、英俊的面庞,简直就是力的化身。作为艺术品,它们都是那么完美,就是两腿之间男性特有的那个器官,也被雕塑得一丝不苟、栩栩如生,显得充盈饱满而又自然放松,就像树杈间一枚成熟的果实。不过,有一位却是例外的。在一座宫殿的天花板上我觑见一位展翅飞翔的"酒神",俯视着抱着酒坛子的迈那德狂女们,将他的那个物件悄然举起,但给人的感觉也还不是淫滥,是几分村憨。

传说中的酒神巴克斯是天神宙斯的弃儿，他由山林仙女们收养，并在自然之神教育下成人，后来还学会一手种植葡萄和酿制美酒的手艺，如果划起成分来，他还是一位自食其力的劳动人民。只是他后来常常发疯，于是便不由自主地说一些疯话，做一些傻事，和一些疯女人唱歌跳舞、开怀畅饮，弄得地下的凡人们也羡慕不已，每年都要打着祭祀他的旗号狂欢上一阵或几阵子。不料，就在这"酒神节"疯疯癫癫的蹦跳喊叫中，却孕育出古代希腊最初的戏剧艺术。直到两千多年后，一个叫尼采的德国人，仍然崇尚这种放荡不羁的酒神精神，他自己也很来劲儿，身体力行地扮演了一生的酒神。

　　听说，酒神巴克斯曾经浪迹希腊、罗马、地中海，往东还到过埃及、叙利亚、巴基斯坦、印度，差一步未能走进中国来。而他最引为知己的，还是亚平宁半岛上的意大利人。

　　长年居住在意大利，曾经写过许多关于意大利的书的法国大文豪司汤达，就曾经这样描述过意大利："这是一个能把爱情、肉欲、真诚结合起来的民族"，"一个人在这里可以做一个自然质朴的人，这在巴黎是万难办到的"。一个在意大利曾疯魔一时的本国记者对他的乡亲们也曾作出如下精彩描写：他们仍保存着那些自然情趣，粗制葡萄酒、土产奶酪、带着阳光温暖的新摘水果、滴着盐水的海胆，散发出健康汗香、热情粗壮的农村姑娘，他们的质朴直率令那些理智而冷漠的北欧人目瞪口呆。

　　所谓"酒神"，到底也不过是一个神话传说，一个文化学中的符号。不是神创造了人，而是人创造了神。酒神也还是地中海沿岸人民的创造，模特儿便是那创造了酒神的人。

　　在佛罗伦萨的乌菲兹博物馆，有一幅拉斐尔画的油画《酒神》，那位快活的巴克斯，头上戴着野花编织的桂冠，脸上带着顽皮的神色，正在和几位年轻的农人扯淡。美术史上说，这位画里面的酒神，实际上是画家临时从郊外山坡上拉来的一个放羊娃。漂亮的导游小姐仔细地指给我们说："看，他的指甲都没有来得及剪，指甲缝里满是黑灰。"

凶　器

坐落在圣马可广场东侧的威尼斯大公的王宫里,有一座展厅,陈列着许多古代的兵器,据说全都是当年在战场上经受过烽火硝烟的实物。

中国古代将"兵器"又称作"凶器"。然而,看古代意大利人用来杀人的这些武器,并不见其多么凶猛、凶恶、凶狠,反倒更像是精工制作的艺术品。

那长剑,剑格上雕镂着精细的花纹,镶嵌着红、蓝宝石,银丝盘纽的护手,像一个玲珑的花篮;那盾牌,有方、有圆、有革制的、有铜制的,造型都很美观。匠人都是艺术家,少不了在上面逞才使气,画了许多鲜丽的图案,其中一块盾牌上甚至还画着一对青年男女接吻的场面,看上去楚楚动人!

一口长柄大刀精雕细刻,镶金裹银,颇类中国京剧舞台上关云长的青龙偃月刀。几只古老的手枪,枪柄是象牙的,象牙上面又刻画了许多连理枝或棕榈叶的花边。

一门威武的铜炮,浑重的炮筒上也镂刻着三方连续、四方连续的图案。

至于那些质料和款式各不相同的盔甲,其工艺水平就更令人叹为观止,给人的感觉是,那些制造盔甲的古代工匠们不是在为你死我活的战争提供相互厮杀的装备,倒像是赶着参观巴黎的国际服装设计展览。

"凶器"也变得如此华美,意大利真不愧是一个艺术的国度。

在一个墙角里的展柜中,还陈列着几把土耳其的短刀,据说是意大利军队缴获的战利品。

这短刀二尺多长,流线型刀身、锋利的刀尖,除了刀柄上绞缠的根皮条,并无更多的装饰,握在手里会觉得沉稳、紧实。那冷冷的锋刃似乎在渴望着脖颈上的血管,那铮铮的刀尖似乎在凝注着胸膛里的心脏,只消举刀一挥,便是飞溅的热血和滚动的人头。而且它不像那些长矛、长剑和重达几十公斤的盔甲,它很短,很轻便,它的设计者心目中的战斗便是"肉搏"。看着这把土耳其短刀,让人心里发寒,这才真是"凶"的兵器。

战场上,"美的兵器"显然斗不过"凶的兵器"。

我似乎明白了,在意大利民族漫长的战争史上,为什么记载了那么多的败绩。在铁与火决定一个国家命运的历史阶段中,一个太过于文化、太过于艺术、太过于优雅的民族,总是显得可怜无能、荏弱可欺。威尼斯大公的镂花长剑抵不过土耳其苏丹的短刀,宋徽宗的"祥云白鹤"也抵不住金兀术的"连环铁马"。

人类历史的车轮,以前大约就是这么从钢铁的撞击和血火的交织中转动过来的。后来,钢铁锈蚀了,血迹淡漠了,文化和艺术反倒还是留存下来,历史灾难深重的意大利,在现代世界上仍然被推崇为文化和艺术的圣地。

柔弱无能的"美器"终于还是胜过了强暴有力的"凶器"。

以前的时代,艺术风格差别后边常常是政治观念的歧异,而军事上的暴力行动则又成为解决政治纠纷的继续。这在那一段的历史河流上是合乎逻辑的。

以后永远将是这样吗?有没有可能,让暴力的手段付诸政治协商,让政治的协商掺进审美的情趣?当"凶器"登峰造极进入了原子时代,足以将它的仇敌和它的持有者一起毁灭的时候,人类也可能会明智地永远丢掉这些"凶器"。

这不是答案,只是提出一个问题。

1987 年冬,开封十二祖庙街

阿诺河畔的乡思

　　来到佛罗伦萨，已是周末，当地的市民们都开着车子到山坳、海滨乘凉去了，把偌大一个城市留给了外地的游客。不同肤色的异乡人，东张西望、摇摇晃晃地四下游逛，俨然成了这座城市的主人。

　　这座城市中间有一条河，叫阿诺河，河的两岸秀木成林、绿草如茵，河边有人踏进水里垂钓，河水里映印出皮蒂宫宏伟的建筑群落和西尼约里亚广场上米开朗琪罗的大卫塑像的倒影，自然还有蓝天和白云，像一幅早期印象派的绘画。人走在滨河的公路上，手拍着光洁的栏杆，沐浴着迎面吹来的清风，随意观赏着河面上摇曳不定的笔触和色彩，实在惬意。

　　城市里的河流是美的；有河流的城市是美的。

　　我的故乡也曾经有条河，开封城内的那条惠济河，环绕城内流过的河。

　　惠济河虽然没有阿诺河宽阔，在我早年的记忆里，却也是一条很美的河。两岸是一丝丝的柽柳，暧暧如云，堤岸上的青草一直蔓延到水中，岸边的水草中有青蛙鸣叫，河面上有悠然自得的鸭和鹅。偶尔，还会有驾着鱼鹰的小船飘过。从我家门前的那段河岸上往北走去，便是苍劲的城墙、挺秀的古塔和海市蜃楼般的河南大学的校舍。

阿诺河上有许多桥,最有名气的一座桥叫"老桥",已经有一千多年的历史。当年意大利的桂冠诗人但丁与他的恋人贝亚特丽齐初次邂逅便是在这座桥上。由于阿诺河很宽,于是老桥便很长。桥的两侧满是商店,经营的多是金银首饰、真假古董、时装和化妆品,店面珠光宝气、光怪陆离,富贵则富贵矣,然不免透出几分浮华与世俗。

惠济河上也有许多桥,怕不下几十座吧。最有名气的,我想该是我家门口的那座"石桥",这块地方就叫做"石桥口"。惠济河很窄,而石桥却很宽,从南到北总有 100 米,以至于外地人走在上边只道是一条街,觉察不出那是一座桥。这石桥的两侧也开满了店铺:有蒸馍铺、面条铺、烧饼铺、酱菜铺、猪肉铺;有中药店、缝纫店、杂货店;有油坊、擀毡坊、菜摊、水果摊,虽然简陋、寒碜,却也亲切实惠。

我从青年时代离开故乡,算来已二十年了。我说的惠济河,多半还是童年记忆中的那条河。

后来,惠济河两岸的工厂多了,化工厂、造纸厂、糖果厂、染织厂、制革厂……河水却一天天变浑、变脏,终于变臭了。"文革"中河边打派仗,惠济河一度还成了血污的河。

去年我回开封,惠济河已经被全部填平了,推土机、压路机正在上边紧张地工作。有人告诉我,在原来的河面上将修起一条现代化的马路,马路两旁将矗立起高楼大厦,马路当中将奔驰着往来如梭的"三菱""蓝鸟""皇冠"。我不得不佩服这项工程设计者的雄心和气魄,但是,我更加怀念我那条梦中长流的童年时代的河。

手拍栏杆,这里是意大利佛罗伦萨风光绮丽的阿诺河——我有点嫉恨了,因为,我的故乡,中国的开封,失去了一条河,一条曾经是那么美丽的河。

1987 年冬,郑州大学小树林

电脑与女郎

在欧洲,参观访问一家很大的报社。

主人友好地向我们展示了他们的报纸从编排到印刷的全过程。全部电子自动化操作。印出的报纸文字规整、图片清晰,而且发行也十分迅速,果然是世界一流水平。

在国内也曾到过一些报刊的编辑室,室内同事四五人,案上稿件一大堆,手头朱笔一管,手边香茗一杯,每遇奇文异义,顿时谈笑风生,那情景自在而从容、亲热而有趣。

这里的编辑室却是另一番景象:一间大屋子,空空洞洞,一尘不染,洁净得让人发怵,两排条桌上两队整整齐齐的"终端机",屏幕荧光闪闪,数据哗哗流出,身穿白大褂的编辑沉静而紧张地走动着,神经已经被高速运转的电脑绷得紧紧的。我看到了,信息社会中高自动化的操作的确改变了人们的劳动情景,包括编辑们的劳动。

这样的编辑室是精确的、高效率的。

与条桌上灰不溜秋的电脑相对照,室内的墙壁上却贴了一幅精美的大幅彩色照片:海滨浴场,一位秀发披拂的女郎,裸体,手拿着本子和钢笔作现场采访状。奇特的是,女郎写作的"案子",却是一位男士坚实有力的臀部。同伴有人小声开玩笑说:这洋小姐写出来的一定是臭文章。

这幅照片,已经有点"黄色"意味儿了。然而,堂堂大报社的编辑,该不会与街头的"阿猫""阿狗"们的欣赏趣味一样吧。

这是什么缘故呢?

记得日本一家贸易代表团曾来华介绍过,有一种"电脑病",电子计算机信息处理技术常常使它的操作者陷于枯燥、孤立、紧张的劳动中,因此让人的感觉变得单调而困乏、使人的情绪变得委顿而冷漠,在日本从事这类工作的人员中,不少人患了性功能障碍的病症。

如此,便不难解释这家报纸编辑们的行径了,他们原来是拿这位光膀子的女郎与那灰不溜秋的电脑相对抗。这体现了拴在电脑上的人们对于感性的东西、对于属于自然的人性的东西的渴望。

科学的发展、智能的提高、知识的增长、技术的进步,仍然给人的生活空间中留下了缺憾,留下了新的不平衡。

看来,科学和理智发展的同时,还需要发展一种属于艺术和感性的力量。在自动化、电子化、高效率、高速度的年代里,人们还特别需要丰富自己的感觉和知觉,丰富自己的感情和体验,丰富自己的憧憬和想象。凭一张坦露肌肤的女郎的照片来解救心灵的危机毕竟差强人意,我们需要有更加美好、更加纯真、更加高妙的文学艺术作品。这些作品,是人类心灵的自由创造,又是人类精神的生养栖息之地。这样的文学艺术作品并不服务于科学或者经济,而是与科学、经济对立互补,直接服务于人。

1988 年初春,郑大校园

意大利书廊琐记

我想过，这一生可能要与书结下不解之缘了。我曾多次宣传过我的"三书主义"：能写书时则写书，写不出书来就老老实实教书，教不成书了那么就安安稳稳地读书。后来，经朋友提醒，又加上一"书"：待到年老眼花读不进书时，就摆摊"卖书"。大约正是因为有了这"四书"的心理预结构，所以在走了一趟意大利之后，脑海里便留下了许多与书有关的印象，权记于斯，以贻同好。

印　书

在意大利，我们中国作家代表团一行四人参观了这样一家"印书馆"，叫蒙达多里出版社。它规模很大，自己拥有两座造纸厂，在国内外开设有六家印刷公司，出版的书籍占意大利出版总额的 20%。不久前，戈尔巴乔夫的《新思维》一书就是在这家出版社出版的。这家世界闻名的出版社位于米兰市的郊外，确切点说，这是一座新兴的出版城。建筑设计充满了现代意识：主体建筑为一巨大的长方体框架,四层高的楼房就悬吊在这个框架上。楼里面的房间和过道全都是用书架、文件柜隔成的,没有通常意义上的墙壁,也没有通常意义上的门。主体建筑的北边,是一桃形的半地下建筑,大约是职工的寓所和仓库;南边是一苹果形的半地下建筑,有商场、饭堂、酒吧、舞厅、邮局、银行。整个"出版城"中,建筑面积约占三分之一,绿化面积约占三分之一,还有三分之一是人工湖,湖面上有一雕塑,看上去像是帆船,主人说是书。

负责接待我们的是出版社的外事主任和一位编辑室主任,他们还特意请了一位名叫古基的诗人作陪。作家和出版商的关系看上去很融洽。

谈到文学,二位出版商并不坚持那种明显的商业观念。我们代表团的团长魏巍十分关心这样一个问题:现实主义的作品与先锋派的作品,哪个印行得多? 编辑室主任并没有简单地回答这个问题,而是详加解释说:印得多,或者说读者很多,并不能证实这部书的水平高,因为读者的水平也是有很大差异的。有的书虽然读者不多,但读者的质量很高,是"精华读者"。

在国内出书,作者、出版社、印刷厂常为"征订数字"而苦恼,为等一个数字要白白拖上三五个月,到手的数字又常常使人哭笑不得。我们提出了这个问题。身材高大的编辑室主任朗声说:我们不搞征订,一本书的印行数字由编辑室主任、发行部门负责人和与该书内容相关的专家三人核定。他说,也有"砸锅"的时候,一本书滞销,三巨头之间相互推诿责任。但此种情况毕竟不多,不然,饭碗早被敲掉了。

出版社为了尽量把读者网罗到自己的势力范围内,便成立了一个"读书俱乐部",只要付很少一点款项,就可以获得成员的资格,享受如下待遇:每三个月寄书目一份;畅销书优先照顾购买;书价打折扣;先寄书后收款,十分讲究信用。目前这个俱乐部已有一百万会员,在会员内的售书量为七百多万册。

宾主双方谈得很投机,参观时间已大大超过,出版社专门派来接送我们的司机仍耐心地守候在车旁。司机见我们面带歉意,倒先不安起来,连忙寻找别的话题以宽我们的心。言谈之间我们知道,他已经在这家出版社服务 36 年了,对此,他非常引以为荣。这使我暗暗惊奇这家出版社强大的"内聚力",这也是它的事业蒸蒸日上的活力。不然,一座筹建于 1907 年的小印刷厂,怎么能够在 80 年内发展成一个跨国的出版大企业呢?

读　书

在意大利的书店、图书馆浏览时,我曾遇到过各色各样的读书的人,但给我留下最深印象的一位读者,却是在去米兰的火车上邂逅的一位老太太。

老太太是和她的丈夫一起到南方旅游的,夫妇俩都已近古稀之年。出发时,由老头子开着车拉着老太太,一路玩过去。回程时天气太热,就把汽车交火车托运了,自己也坐上了火车。

开始,他们把我们当成了日本人,神色冷峻而矜持,后来听说我们是"秦那"(中国人),气氛顿时活跃起来。后来,又听说我们是作家,老太太更来了精神,她把随身带着的手提包打开,一下子从里面取出几份证件:一份是"但丁学会会员证",一份是"蒙达多里读书俱乐部会员证",一份是某街区的"文学评论小组成员证"……老妇人脸色微微有些发红,不知是羞涩,还是激动。

一位快要 70 岁的老太太,旅游途中还时时携带着这些标志着自己是"读书爱好者""文学爱好者"的证件,这出自怎样的一种心情呢?对于这位老妇人,我自己心中已经泛起一种由衷的崇敬之情。

后来到了威尼斯,在"甘必耶罗"文学奖秘书处,我们再次了解到意大利群众读书的盛况。

意大利有着名目繁多的文学奖,奥拉维亚曾给我们开玩笑说,文学奖比作家还多。这一方面固然是鼓励作家写作的积极性,另一方面恐怕也是为了广泛推动人们读书的热潮。"甘必耶罗"文学奖只是众多文学奖的一种。

"甘必耶罗",在意大利文字中含有"小广场"的意思。意大利的各个城市、乡镇都有着许多教堂,而教堂旁边必定有一块或大或小的广场,这广场便自然而然地成了民众自由聚会的地方。这个文学奖名为"小广场",望文思义,也该明白它是一种具有大众参与性的读书活动了。

秘书处的负责人讲,这个奖每年评一次。先由专家组成的委员会从上一年全国出版的文学作品中择优选出五部来,然后把这五部书交给一个由300位民众组成的读者代表团。这个代表团的成员既有工人、职员、教师、学生,也有家庭主妇、离休老人,是由全国各地推选出来的。每年6月初,专家们先将初选的五部书推出,9月中,300名读者代表汇集威尼斯展开辩论,从中选出一部来。与此同时,候选的作家纷纷登台讲演、答辩,电台、电视台、报纸密切配合,成为金秋盛事。初选及最后选中的作品大多会因此成为当年的畅销书。作家因此而名声大振,出版社当然也因此盘活了自己的生意。

评奖基金的来源,由一些热爱文学的工厂主、企业家资助。

奖金的数目,初次应选的五部作品,每人500万里拉(约4 000美元),终评夺魁者奖金高出一倍,1 000万里拉。每隔二十年,从20部历年夺魁的作品中选出一部最好的,授予金奖。

读者代表有什么优待吗?比如,300名由全国各地赶来的读者代表,他(她)们的食宿、差旅费用由谁提供呢?

答:全部自费。

问:没有一点好处吗?

答:五部应选的作品是由出版社免费赠送的。啊,还有一张请帖。

问:那么,花自己许多钱来为别人尽评奖的义务,愿意干吗?

答:积极踊跃得很。人们认为这是一种资格,一种信任,一种显示自己文学造诣、阅读能力、鉴赏水平的标志,是一件很荣幸的事。

藏　书

在佛罗伦萨阿诺河畔的意大利国家中心图书馆，中国作家代表团受到了正、副馆长的热情接待。馆长是位太太，约有五十多岁，体态丰满，身着玫瑰色长裙，乐观爽朗，谈吐间略带炫耀之色。我想，她是在为她主管的这座图书馆的丰富的藏书而自豪。

书库是一座五层楼的宫殿式的建筑，上上下下全是书。仅楼下大厅陈列着的卡片柜，我数了数，约有 300 多屉。不过，中国书很少，不满一屉，书的种类也很杂，如《红色中国内幕》《苏州》《智取威虎山》等。而旁边一个贴着"木乃伊"的条目，整整占有三屉卡片。这足以让任何一个中国人扫兴得很。

书库里珍藏的"善本"书倒也实在令人肃然起敬，论年代不算古老，但质量很高。其中有文艺复兴初期印刷的《植物学》《动物史》《古堡集》《步兵操典》等，开本很大，插图工细，印刷精美，封面多为羊皮装帧，有的上边还镶嵌着象牙、宝石、珍珠，一本书就是一件独特的工艺品，算得上超级豪华版了。二位馆长历数家珍，得意之情溢于言表。还有一本 17 世纪印制的古罗马诗人维吉尔的诗集，编排十分别致。版本大小相当于现在的八开，每页的中间是维吉尔的诗，四周整整齐齐地排印着关于这首诗的评论文章，诗作与评论珠联璧合，当时的出版家也真别出心裁，印刷术本起源于中国，近代以后却一直让西洋人跑在前边，想起来也还是有些惭愧。

起初，热情的主人搞错了，以为我们是中国图书管理方面的代表团，一定要带我们去参观"图书采编""图书咨询""电脑检索程序""报纸录像摄制"等技术性很强的部门，后经我们的翻译再三解释，才得以蠲免。

休息室里很有些闷热。女馆长向客人们要不要喝一些什么？我随口答"矿泉水"，引起周围意大利人一阵善意的哄笑。他们的意思，是应该要点"白兰地""威士忌""开胃酒"或者"橘子汁""杨梅汁"才对,"矿泉水"就是我们这里的"凉开水",上不得台面。但我仍然觉得,最解渴的还应当是"凉开水"。中国人的欲望是弱了些。这好吗？这不好吗？

分别时,我和小说家杨佩瑾分别把自己的著作赠送该馆,女馆长接受赠书时郑重其事地说：意大利国家中心图书馆将把这些书陈列起来,从此以后将积极致力于搜求中国出版的图书,并将聘请汉学家做馆里的顾问。模样长得很有些像"知识老人"的副馆长补充说,意大利人学习汉语的兴趣正越来越浓,图书馆内每周开设一次汉语讲座,听的人很多。

于是,我又想起大厅里那小半屉关于中国的卡片。我想,随着中国对外开放政策的落实,随着中国图书出版发行事业的发展,这图书馆的"中国卡片"也会渐渐多起来的。

1998 年春,郑州大学小树林

初识安妮

 20 世纪 50 年代以来,法国人在文学理论研究方面,可谓"世界领先"。结构主义、符号学、深层结构主义乃至解构主义,够得上大师级的,有巴尔特、福柯、拉康、德里达。1987 年我在意大利,与威尼斯大学中文系的文学教授们谈起文学理论,他们曾谦恭地表示:要谈文学理论,还是到法国,我们的文学理论也都是由法国"引进"的。

 安妮·居里安(Annie Curien),法兰西国家科研中心、社会科学高等学院当代中国研究中心研究员,中国当代文学批评家,日前来到海南岛,韩少功对我说你是搞文学批评的,与安妮聊一聊吧,她能够说中文。

 与安妮交谈,开始我就有些发怵,生怕她跟我谈"结构""符号""能指""所指""叙述理论""主体自限"。不料,安妮上来便谈了对结构主义文学批评的不满,认为它虽然解决了文学上的一些问题,但绝不是它自己认为的文学的全部问题。在安妮看来,一部文学作品毕竟是某一位作家自己写出来的,说"语言在言说",有些可笑。拉康被推崇得厉害,但拉康并不热心文学艺术,结构主义无视"文学审美的味道",这不能不是文学批评的一大遗憾。安妮还说,在法国大学的课堂上,结构主义文学批评不鼓励学生多看作品,认为只要理论就行了，她担心这会造成理论与文学实际的隔膜。

在安妮女士自己的文学批评实践中，尤其是在她论及沈从文、汪曾祺、韩少功的一些批评文章中，总是对作品的"情调""意绪""味道""境界"给予更多的关注。她相信，东西方之间在文学阅读中存在着差异，西方重分析而东方重品味，西方重视距离的保持和对于意义的审视，东方则看重身心投入和对于情景的感悟。安妮作为一位法国人，并不乏对于中国文学传统的理解与欣赏。她特别强调：作为一个西方人，她喜欢那些"中国味"浓厚的中国当代小说。

对照安妮的谈话，我想起几年前国内曾风行一时的"拉康热"，记得当时一所大学请我审阅四位文艺学硕士生的论文，四篇文章的选题全是"拉康"。那时拉康刚刚传到中国，我自己为了弄懂拉康，找来一切能找到的关于拉康的资料，读到最后朦胧感到拉康蓄意要把人类心灵中最最深潜隐秘的东西也化作"结构"，究其底里，仍是云来雾去。以己昏昏，使人昭昭，那种尴尬至今仍留在心中。不久前遇到从海外归来专攻分析哲学的徐友渔先生，闲谈中说道：国内真正懂拉康的，恐怕一个没有，包括他自己。又曾遇某君由拉康处来，曾面聆大师教诲，反倒竟至怀疑起拉康本人对于拉康的理论是否透彻地明白。如此，拉康在国人之心目中，不就成了皇帝喜爱的那件"新衣"了吗？

比较一下也是很有趣的，某些中国文学批评家比法国的安妮更倾心于"结构"，而法国的安妮比某些中国学者更热衷于"品味"。也许，这就是"交流"，就是国际间的沟通与交流。

交流中，可以有"求异"，也可以有"趋同"。我觉得我在和安妮交流时，总是有更趋向于一致的看法。比如，当安妮谈到"文学艺术是人类精神的捍卫者，是人类生存的最后一块领地"时，我自然就想到我正在研究的课题"艺术与精神生态"；当我向安妮介绍我的《超越语言》一书中的"裸语言"时，安妮一下子就说出了"布勒东"的"自动写作"，说出了"福楼拜"的"现在时态写作"。

安妮目前正在从事的工作，是把她首先看好的一批中国当代小说家如沈从文、汪曾祺、韩少功、张承志、张炜、史铁生介绍给法国；同时也将把法国当代文坛上一批"新秀"介绍给中国。她说,翻译一位作家的作品,就等于深入一个人的心灵世界,这工作很累人,但也很有意思。不过,歧义、误解、变形也会时有发生,也许这是翻译者的民族文化心理内涵在翻译作品过程中不可避免的流露,也许是不同民族的语言之间固有的差异和断裂,对于文学作品的翻译来说,这几乎是不可避免的,同时也是耐人寻味的。

她还说,她听过中国社科院外文所的叶廷芳先生谈卡夫卡,她很喜欢,留下了极深刻的印象。

初识安妮,是在海口市的华侨大厦。安妮这次到中国来是在北京大学做访问学者,为期一年,同来的还有她的丈夫皮埃尔·居里安,一位颇有造诣的数学家,还有他们的女儿朱丽,儿子黑米。1994年元旦时,我们两家人又在海口市的中心公园里聚会一次。就在我们交谈的同时,小黑米不时趴在地上,用手指在沙土上"卖弄"他的中文水平,小家伙已经能够运用汉字清楚地写下:"我叫黑米,是法国人。"而我的小女儿毛毛,已经在用英语与她的皮埃尔叔叔热烈地谈论着故乡开封的名胜古迹。

安妮回到北京后,曾寄给我一些她们的评论文章。从她的文章以及她写给我的信中,我再次突出地感觉到安妮在文学批评中看重的是两个方面:一、作家个人对于世界和人生的看法;二、作家如何处理和塑造自己的文学语言。对于中国文学,安妮特别关注中国的文化精神、哲学精神是如何灌注渗透在文学作品中来的,中国的汉文字、汉语言在多大程度上影响并支配着中国作家的审美观照与写作。

安妮曾突发奇想地问我:中国人不擅写长篇小说,自古以来文学的长篇巨著就不如西方多,近现代作家中,也罕有能与巴尔扎克、托尔斯泰相匹敌的长篇小说家,这是为什么呢? 安妮认定,这很可能和汉语言文字的特性有关。汉语擅长的是抒情、是表现,汉文学中以诗歌、散文居多、居上;汉语的再现、陈述功能逊于西方语言,故而长篇小说创作属弱项。安妮说,在法国,没有"中篇小说"的概念,像韩少功的《女女女》,在法国是可以划入"长篇"之列的。中国当代文坛上"中篇小说"创作的兴旺,也许正是迈向真正意义的长篇小说创作的一个台阶,长篇小说的成熟必将促进现代汉语的进一步发展。安妮提出的这个问题,涉及语言与思维、与意识、与感觉的关系,应当说是值得中国文学界、语言界去做更深一步探究的。

关于评论与创作的关系,安妮在 2 月 4 日写给我的信中说了这样的一段话:

> 观察文坛,我认为经常,也可以特别是在中国,看到这种现象:评论家在想用新的或最新的概念时,容易让人感觉到文学评论和文学创作总应该出新的东西。那么,按这种逻辑,好像重要的是文学都在走进步的路。这样看小说,人们就会容易感到失望。原因是写作与最新概念的运用并不是一回事,文学创作是一个人的审美态度、艺术超越。

关于文学的"进步性",据我所知,国内学术界已经有人写过一些文章,在文学的坐标上,很难说苏轼比李白进步或弥尔顿比莎士比亚先进。而中国当代文坛上浪潮迭起,时论层出,理论家赶时髦,小说家也紧跟着花样翻新,这对于创作是很不利的。安妮的这段话,也许恰恰说明了"旁观者清"。

最后,不知怎么谈到了登山。安妮说,中国人登山,往往是因为那山上有一座庙、一块奇石、一株古树,那才是登山的目的。法国人不是这样,登山就是登山,就是登山的过程。我想,文学研究也应该这样,目的就是研究本身。尤其对于研究者本人来说,发自本心的对于文学研究的兴趣比什么都重要。

为什么要登山?因为山就在那里!

与安妮·居里安只是初识,但却留下了很好的印象。"文学"是一个世界性的话题,人心都是相通的。

1995 年秋,海甸荷花池

初读黎紫书

　　我刚到吉隆坡，马来西亚的文坛前辈姚拓先生便对我说：有一位黎紫书，1971 年出生的人，最近已经很了不得，她的短篇小说《蛆魇》与《推开阁楼之窗》连连在"联合报文学奖"与"花踪文学奖"夺魁，已震动星岛文坛。

　　于是，我便托姚公找来这两篇获首奖的短篇小说，接着，我又读了黎紫书两篇题为《灾场》与《天国之门》的小说。我对马华文学了解不多，然而读了之后，我真切感到仅仅由于黎紫书的出现，便再也不能漠视马华文坛。

　　《蛆魇》，写一位投湖自杀的少女的幽灵，放心不下对故家的牵挂，在一个风寒霜冷的夜晚，返回老屋时看到的种种情景：劳苦而愈加粗鄙的母亲，衰朽而依然淫邪的阿爷，弱智而异常善良的小弟，在这百年老屋的昏暗中像白蚁和蛆虫一样苟活。蚁蛆蛀蚀的是这百年老屋的梁柱，而家人咬噬着的则是各人自身的生命。一个现代社会中的传统家庭已经衰败，更为可悲的还不止是那朽蚀的木屋里衰残的肉体，而是那日益霉烂的灵魂。一线生机也许只在这位时时自谴自责的少女那里，然而，少女已经沉入水色如墨的湖底。

　　《推开阁楼之窗》写的是往昔的一篇爱情故事：五月花旅馆老板张五月早年曾从外乡带回一位年轻貌美的风尘女子和她的一个同样美丽的"野女儿"。

风尘女子因恋上一个入侵的日本士兵而自缢殉情,"野女儿"长大成人后又因与一个外乡的说书人偷情怀了身孕。丑陋而又善良的张五月为了拯救美的流失一次次进行了坚定而又强横的干预,一次次的流血与死亡,都未能取得成效,反而推出了两代人一幕接一幕的爱情悲剧。小说的结尾,女作家似乎想要告诉人们,当蓬勃的欲望骚动在岁月的流逝中静寂之后,当爱情的腥风血雨在遗忘的河川中淡化之后,生命复归于平静,或平庸,那是宿命另一种方式的终结。

我始终认为,文学的书写是需要天赋的。在黎紫书的小说中,令我惊异的是她的感觉能力与表现能力。她的感觉能力有点像是她的小说中的那个不著形迹的少女幽灵,总是能够从虚无处伸出一只无形的手,去触碰存在的细枝末节,那是精神的触角,是一种精神的感觉能力。正因为如此,黎紫书的笔下多主观镜头,擅长于写瞬间幻境,写百年老梦,写内心的独白与情绪的记忆。她注目的多是生活中正在溃退消逝的东西,然而,她又是有所坚守的,正如她在小说中说过的,"每个人都在内心深处养了一只飞不起来的鸟儿",那是在生活中永不能达成的愿望。因此,黎紫书的文字又有着足够的力度,让生命在否定中肯定自己,使生活在面对溃败时透递出生机。

从黎紫书的这四篇小说看,她已经初步具备了自己的文学风格:阴冷、凄艳,有些波德莱尔式的晦涩、有些西班牙画家达利式的"玄幻妖惑",单看她的文字,很有些现代派文学的光彩,细品文字的内涵,我觉得她又在苦苦地守护着人性中某些古老纯朴的原则,这使得她的文字精致而沉重、苍劲而清新。看上去这似乎有些矛盾,然而,文字的张力往往就是在两极间的对峙中生发出来的。马来西亚的黎紫书是一位用汉语言文字写作的外国女作家,她的小说在某些句式上虽然不免粘带着海外华人群落的话语格调,但是,她的书写从整体上看又能深得汉语言的妙趣与神韵,这多少又不能不使我感到惊异。比如,一句"那少女,铅华未洗,眼中火光炯炯",便使我一下子想到《左传》《史记》《世说》《聊斋》,联想到鲁迅与戴望舒。我曾对姚拓先生说,读黎紫书的小说,我欣慰地看到,古老的汉语言在南洋更年轻一代华裔中已找到它的传人。

离开吉隆坡前,在一次聚会上我见到了黎紫书,她看上去也只是二十几岁的样子,一身素朴的牛仔装,头发是乌黑的,和广州街头人流中的女孩子没有什么不同,只是眼神中时而掠过一丝"吊诡"的光——这是她在小说中喜欢使用的一个词语。我弄不清这样的一个女孩子怎么能够写出那样的作品。或许,只是因为文学写作,才使一个人,一个女孩子,如此丰蕴、精彩起来。

1998 年暮春,海甸邦墩里

伯尔尼的礼拜天

在瑞士首都伯尔尼,正赶上礼拜天。首都的商业中心大街——据说相当于我们的王府井,却冷冷清清。一路长廊下的商家橱窗,倒是灯火辉煌,摆放的货品璀璨琳琅,但一律"锁将军"把门,无人营业。店主与店员也都各自度周日假,自找地方逍遥去了,外来的游客若想购物,只有等到礼拜一他们上班后再来光顾。这让中国的游客很是郁闷,很不理解:周六、周日,正是绝好的商机,无论北京还是上海,所有商家都在利用这个时间段争夺顾客,不惜使出打折销售、有奖销售、送礼销售的种种绝招,把个周六、周日假期搞得比平日还要喧闹十倍!

难道瑞士人真傻,不晓得赚钱的门道?恐怕并非如此,能够将一块腕表的方寸之地做到精工极致的瑞士人,不至于笨到不会数钱。

问题在于在他们的观念中还有比钱更有价值的东西,那就是安安稳稳、从从容容过日子,过好自己的小日子。节假日宁可不挣钱,也要带上自己的老婆孩子到湖边看风景、到山脚晒太阳、到林子里听鸟叫,那才是一种享受!

据说这种观念最早起源于他们的宗教信仰,上帝造人劳作了六天后,第七天就不再干活,也要放松休息。后来又成为一种商业伦理,再后来甚至被商业法规固定下来,说不上班,大家全都不上班,管他什么游客不游客。

在意大利的罗马、佛罗伦萨,我是30年后重游。同行的旅伴多次问我,三十年间的变化如何?说老实话,从市容上我没有看到多大的变化,不但万神殿、特雷维喷泉、西班牙广场、君士坦丁凯旋门、圣母百花大教堂这些古迹没有什么变化,市内的道路也还是石块铺就的老样子,窄窄的马路上跑着的仍旧是有轨电车,市政厅仍旧缩在五百年前的老房子里,不仅三十年,三百年似乎也没有太大的变化!仔细查看,也就是古罗马斗兽场前多了一道简易的栏杆,记得三十年前我在这里拍照时是没有的。

最大的变化,应该说是我们中国人带来的:各个景点黑压压全都挤满了我们中国的同胞。三十年前,我随中国作家代表团在罗马、佛罗伦萨、米兰、威尼斯盘桓十多天,几乎看不到中国人。中国人在这里还是稀罕物,总是受到人们的待见。街上一位新加坡的男士热情上来打招呼,原来是把我们错当做他们国家的公民,问清是中国人,男士就更多了一份同族同宗的自豪。火车上同座的一对到南方旅游归来的意大利老夫妇,对我们冷眼相看,一旦知道我们是"Chinese",马上笑脸相迎,并且道歉说开始把我们当成"日本人"了!如今,中国人在欧洲、在美洲,甚至在非洲到处汹涌澎湃,成了那些风光绮丽的旅游景点上的一道负面景观,比当年的日本人还要不受欢迎。说来也是,如果你的家里偶尔来一位远方客人,自然会像孔夫子说的"不亦说乎";如果你家里整天川流不息地来客人,一来一群,而且在你家里颐指气使、吃喝拉撒,你会不烦吗!

出国旅游,显然是近三十年中国的一大变化,连带也改变了世界。

在中国,大作家周立波先生曾经出版过一部小说,叫《山乡巨变》。岂止"山乡",这么多年来,中国的大、中、小城市都在发生着"巨变"。大跃进、大炼钢铁、公社化、祖国山河一片红、城市化、大拆大建、农民上楼,"立下愚公移山志,敢叫日月换新天""一万年太久,只争朝夕""人有多大胆,地有多大产""苦干加巧干,大干促大变""乘卫星、坐火箭,一天等于二十年","日新月异"成了上下一致追求的目标。

西方发达国家的工业化、城市化确实值得羡慕，但那是在数百年的历史长河中渐渐形成的；而我们却往往是凭靠行政的力量、运用"搞运动"的方式强力推进，变化迅猛，后患也严重，不但损伤了环境的自然生态，同时也焦虑了人的精神生态。

我生活的古城苏州，曾经被13世纪意大利的旅行家马可·波罗誉为"东方威尼斯"，直到民国初年，水城苏州还仍然保留着当年的风貌。如今，苏州市内的河流已经被填塞多半，"威尼斯"是做不成了；城东的万顷湿地也已经被开发成"工业园区"，鱼米之乡成了房地产商你争我抢的战场，数十米、上百米、200米、300米的摩天大楼真的就像"雨后春笋"，一眨眼间便一幢幢拔地而起。与此同时，水源开始变得污浊，雾霾开始遮蔽蓝天，交通开始堵塞，贫富差距扩大，房价的涨落、股市的起伏、理财基金的变幻无时无刻不在纠结着市民的心绪，往日舒缓、清净、悠闲的苏州渐行渐远。

20世纪以来，世界上发展变化最快、最大的国家，非中国莫属。其中固然有成就，但也不乏隐忧。诸如环境迅速恶化、资源急剧流失、经济文化失衡、价值观念沉降、国民道德下滑，这些负面的东西正在抵消高速发展带来的"红利"。无论是人类社会还是自然界，变化总是必有的，也是必需的。但变化有常，是有规律、有定则的。日月运行、昼夜轮替、潮汐涨落、草木盛衰、人生否泰、社会沿革都处于变化之中，也都处于一定的节律、轨道的变化之中，这叫"常规"。老子曰："知常曰明"，"不知常，妄作凶。"违背自然规律、违背社会规律，我们摊上的"凶险"的事情还少吗，还不该总结教训吗？

这里我想建议出国旅游的同胞，不仅是看看西洋的风景，也不要一味抢购外国的奢侈品，也还要掂量一下发达国家社会发展的过程、国民的价值理念以及异国日常生活的风格。

瑞士和意大利，都不算是现代工业国家的翘楚，但也少了许多现代工业化带来的弊端,甚至还保留了不少传统社会的生活习惯。我从中能够体味到的一点:日子还是要从从容容地过。从从容容的生活,就是自自然然的生活,是与自然相协调的生活,那也是更合乎人性的生活。

(《解放日报》2016 年 12 月 14 日)

相聚在常青树下

——美国克莱蒙第 12 届"生态文明国际论坛"散记

    人间四月天,我们来到美国南加利福尼亚州克莱蒙大学城,参加第 12 届"生态文明国际论坛"。大学城已有百余年历史,是洛杉矶沙地上的一块绿洲,绿树荫映下有全美顶尖的 7 所大学坐落在这里,营造出"大树多""博士多"的美好声誉。20 世纪 30 年代,京剧艺术表演大师梅兰芳就是在这里的波莫纳大学被授予博士学位的,世人乐道的"梅博士",盖源出于此。中国现代学术大师胡适也曾 4 次驾临大学城,被克莱蒙研究生大学授予名誉博士学位。克莱蒙博士多,也有中国人的一份贡献!

    这届论坛,以"生态文明与共生性发展"为主题,呼吁人与自然和谐共生的发展理念。来自中国、美国、英国、日本、韩国、越南、新加坡、缅甸等地 160 余位学者围绕这一主题展开研讨,气氛友好而热烈。

    论坛上,我不忘十年前的"初心",坚持在这样一个隆重的国际论坛上宣扬中国古代伟大诗人陶渊明。在我看来,面对地球人类苦苦追求的"共同福祉",陶渊明的"田园时光"、西方学者主张的"有机农业生态愿景"与中国政府倡导的"新农村建设"已具备了共同语境。

柯布：生态运动的常青树

　　克莱蒙历届国际论坛的灵魂人物小约翰·柯布先生，就是享誉世界的"有机农业时代的先驱"。柯布先生是美国国家人文与科学院院士，美国中美后现代发展研究院创始院长，生态经济学家，绿色 GDP 学说的创始人之一，推动工业文明向生态文明过渡的重要思想家。柯布先生的妈妈与中华人民共和国名誉主席宋庆龄有同窗之谊，他热爱中国，多次来中国访问，亲临田间地头考察，坚信生态文明的希望在中国，建议中国跨越西方工业文明的误区，直接进入生态文明。如今已经 93 岁的柯布老人依然思维敏锐、身体康健，被誉为生态文明运动中的常青树。

　　今天是论坛开幕的隆重日子，柯老又穿上他最喜爱的那件枣红缎子、福寿团纹的"唐装"、"老北京布鞋"。虽然已经在会上累了大半天，仍旧精神旺盛、神采奕奕。

　　当天下午，我们黄河科技学院一行五人在中美后现代发展研究院常务副院长王治河博士陪同下，应邀到柯布老人家中做客。老人为了资助生态文明运动，早已将祖产豪宅卖掉，如今住在老年社区一座狭窄的房间里。小小的客厅仅可容膝，卧室里是张不足一米宽的小床。老人热爱东方文化，书架上除了英文书还有中文书，墙壁上悬挂着夫人在世时手绘的"中国山水画"，床头上方是中国生态运动的力行者梁晓仪女士题赠的"藏头诗"："柯山夕阳无限好，布道九旬人未老"。另有一幅装裱精致的《老子青牛出关图》。

　　话题自然由怀特海的有机过程哲学谈起。怀特海的哲学是柯布一系列生态思想的肥沃土壤，他的生态经济学理念、绿色 GDP 创意、有机农业畅想全都是在这块土壤中生根发芽、茁壮成长的。而这些生态观念的建树，已经对当今社会的许多领域产生良好影响。会上我遇到一位须发尽白的老建筑师，仍然像小学生一样尊崇柯布老人,他说他的建筑学理念得益于柯布老师的哲学思想:建筑体也是一个生命体,建筑群就如同一个血脉相连的族群,看似无机,实是有机的。

我对柯老说,二十年前我就迷上怀特海,我早期的《生态文艺学》中就写有怀特海的专节,我现在的研究室里悬挂有怀特海的肖像,他的《科学与现代世界》是我从事生态批评研究的"圣经",是我指导的历届研究生的必读书。但是,除了这部书,怀特海的其他著作对我来说太艰深了,我很难读懂。怀特海同时又是数学家,而我的数学很糟糕,读中学时还有两门不及格!柯老听了哈哈大笑,说:换了我那就干脆放弃了!

据长年工作在柯老身边的王治河博士说,柯老很赏识我写的那本关于中国伟大诗人陶渊明的书。我这次在论坛上的主题发言,也正是讲"陶渊明的田园时光""柯布先生的生态愿景""中国当下的新农村建设"。柯老本来是在主席台就座的,待到我发言时,老人特地从台上走下听众席,仔细观看我展示的英文 PPT。讲演中引述了许多柯老的观点,我问柯老,我的那些阐释不知是否合乎您的原意?柯老笑着并不作确定的回答,他说:一切理论都是可以商榷的,商榷才有互动,互动才是有机哲学的应有之义。

最近,空前隆重的中国生态环境保护大会在北京召开,从新华社发布的消息可以看出,柯布先生又在及时地频频发声,力挺中国的生态环境政策,受到中国顶层领导与基层民众的一致好评。

柯藤: 全球化的狙击手

柯藤先生年逾八旬,敦敦实实的中等身材,一部浓浓的花白胡子守护着他那张刚毅沉着的面孔。我面对柯藤突发奇想:一辆冲锋陷阵的战车!

柯藤(David Korten),曾任哈佛大学商学院教授和哈佛国家发展研究院成员,据新华社通讯报道,这是一位代表"穷人"抵制"全球化"的斗士与思想领袖。他认为全球化过程中跨国公司为了追求一己利润牺牲各个国家和人民的利益,严重地加剧了社会矛盾、加速了地球生态恶化。他于 1995 年出版的《当大公司统治世界》一书,在西方引发"反全球化"浪潮,成为许多国家群众游行示威抗议世贸组织、国际货币基金组织的思想武器,尽管他本人只是静静地待在书斋里。

柯藤先生又是罗马俱乐部的资深成员。这里需要解释一下,现在的年轻人可别把这个"俱乐部"当作唱歌跳舞的娱乐场所,这是一个由世界顶尖学者跨国组成的民间学术机构,一个面对全球问题向各国政府提供建议的智囊组织,成立于 1968 年 4 月,总部设在意大利罗马,曾对全球的生态运动产生过深远的影响。其出版的《增长的极限》一书被翻译为 34 种文字、总印数达 600 多万册。1983 年此书被翻译到中国,回想起来,我就是因为读了这本书,才开始关注生态问题的。

会议间隙,我会见了这位反对"全球化"的思想家,我自己是认同他关于"全球化"的思考的,并坚持用生态型的"人类纪"取代经济型的"全球化"。我还向这位资深罗马俱乐部成员"套近乎":三十年前我曾造访过位于意大利罗马城林琴科学院的俱乐部总部。那时我随中国作家代表团访问意大利,由于我的坚持特地安排了这一项目。创始人佩切伊已经去世,继任者亚历山大·金(Alexander King)也不在总部,科学院的院长加布里埃利(Francesco Gabrieli)与二位社会学教授接待了我们。临别时我还向院长赠送了我刚刚再版的《创作心理研究》一书,或许这本书仍旧静静地躺在学院图书馆的书架上呢!

柯藤先生去年曾在中国人民大学讲学。在这次论坛上他再次指出:人类历史已经到了决定性时刻,除非我们能够找到一条全人类共生、共享的生态文明之路,否则我们就有可能成为首个故意自我灭绝的地球物种。同时他也深切地表达了对于当代中国的关注与期待:如果中国选择通过文化和制度上的深刻变革来领导全世界走向生态文明,那将是整个世界的福音。

罗尔斯顿： 走进荒野的哲学家

论坛部分学者在美国过程研究中心中国部主任樊美筠教授率领下,飞行两个多小时来到科罗拉多州的首府丹佛市,就是为了听罗尔斯顿的一场讲座。他是科罗拉多州立大学名教授,国际环境伦理协会的创会主席。不怕说句犯忌讳的话,来美国之前,我还以为这位"老牌"生态运动的旗手已经"作古"了呢!这是因为老先生在我的心目中已经存在了太久。我刚刚从事生态批评,就读他的《哲学走向荒野》,我在 2007 年出版的《心中的旷野》一书,多半是受了他的启发,在该书的题记中我就虔诚地向他表示过敬意,并颇费周折地刊出他的一张照片。

这次在科罗拉多大学见到罗尔斯顿,从他自己调侃的话语中,也可以看出他的"古老":"人们都称我是生态伦理学之父,那是不对的。我是生态伦理学的祖父,在座的你们才是之父!"当然,这位祖父之上也还有父辈,那就是出生在 1887 年、被尊为"大地伦理学之父"的利奥波德。

借这次丹佛见面,我告诉罗尔斯顿先生,在我主编的《自然与人文——生态批评学术资源库》一书中,收录了他 22 条语录,比柏拉图的多,也比康德、黑格尔的多,他开心地大笑起来。

罗尔斯顿也曾多次到中国来,与中国生态美学界的人士多有接触,他的《哲学走向荒野》为他在中国带来盛誉。在我看来罗尔斯顿该属于"深绿"生态学者,他强调荒野是一切生命的伟大源泉,人类并不是地球的主人;人类只有看护好地球,人生才得以美好,人性才得以圆满。这与我接待过的美国环境美学家伯林特教授、芬兰环境美学家瑟帕玛教授多少有些不同,他们二位都有"人本"倾向;而不曾谋面的罗尔斯顿更容易让我引为同道。

然而从他这次演讲中,我却发现他对中国生态文化可能存在着某些误解。

比如,他批评中国文化中缺少对于"自发的原生自然"即荒野的审美,而偏爱"人性化的艺术自然",诸如园林,这恐怕是以偏概全。《诗经》中的"鹤鸣于九皋,声闻于野。鱼潜在渊,或在于渚",《楚辞》中"风飒飒兮木萧萧""石磊磊兮葛蔓蔓""雷填填兮雨冥冥""猨啾啾兮狖夜鸣",写的全都是荒野中的一派生机;唐诗"大漠孤烟直,长河落日圆"写尽荒漠的雄浑之美;元代诗人马致远的"枯藤老树昏鸦,古道西风瘦马"写出荒野凄清之极致。中国传统美学历来推重自然美,近代以来对于人造自然美的青睐,或许是"舶来品",是接受了西方工业时代美学观的影响,比如铲除野草、种植草坪。

由于时间仓促,我这些想法只对罗尔斯顿说出了一半。看来,东西方之间关于生态文化、生态文明的对话,也还有待于进一步展开。

克莱顿: 月光下的柚子树

离开克莱蒙的前一天晚上,中美后现代发展研究院现任院长克莱顿先生(Philip Clayton)作为东道主,邀请黄河科技学院参会代表一行到他家中做客。看得出这是一个温馨幸福的家庭,优雅的女主人,一对可爱的双胞胎兄弟,一只相貌平平却善解人意的小黄狗。皓月当空,庭院里两棵柚子树结满了累累硕果。克莱顿说,尊敬的中国客人,请每人摘下一只柚子,作为迎接你们的礼节! 年轻人迫不及待地剥开柚子,那甘美的汁液象征着连接世界人心的生态观念已经沁入肺腑!

克莱顿教授是生态哲学家,同时又是一位循循善诱的生态教育家。他的学术思想也曾影响到中国政府的政策制定,环境保护部部长陈吉宁在全国人大常委会上做报告时曾经提到: 有一位学者是做过程哲学的,叫菲利普·克莱顿,他认为中国领导人正致力于推进中国成为后现代或是生态文明国家。

前年夏天,克莱顿院长曾偕他的团队过访我们黄河科技学院,并亲自参加我校"建设性后现代与生态文化研究中心"的挂牌仪式,时间虽短,气氛热烈。

今晚,是对地球生态的共同关注、对绿色生活的共同向往,让我们跨越太平洋走到一起来了。草坪上的餐桌已经摆上比萨和苹果馅饼,还有各种红、白葡萄酒。柚子树下众人"举杯邀明月",共同祝愿大地常绿、月长圆、友情长久!

最后,不能不说说王治河、樊美筠这对博士伉俪。

两位都是北京大学哲学系的高才生,并先后获得哲学博士学位,出国前已经是活跃在中国学术界颇有建树的青年才俊。治河担任副主编的《国外社会科学》杂志是我常年订阅的刊物,他主编的《后现代主义辞典》是我案头必备的工具书。美筠供职的北京师范大学、中华美学学会,有我许多年长、年轻的朋友。他们夫妇共同撰著的《第二次启蒙》汇集了中西生态智慧,为即将来临的生态文明和后现代转折提供了坚实的理论基础。当下,他们夫妇都是克莱蒙中美后现代发展研究院的中坚力量,他们横跨中美的特殊身份,使他们成为沟通东西方生态文明的桥梁。

这次赴美参会,我才真切看到他们的工作是何等的繁重、何等的艰难。研究院是非营利单位,生态项目筹款不易,我亲耳听到柯布老人当众对美筠的痛惜与夸赞:"她一块钱掰作两半花,一个人当作几个人用,明看做不到的事,美筠竟也做成了!"

当论坛圆满结束,各国来的代表欢天喜地离去时,我看到美筠病了……

返国已经多日,总会忆起论坛开幕那天各国学者围在柯布老人身边摄影留念的情境:脚下是芳草如茵的绿地,背后是终年常青的松柏,头上是湛蓝的青天,大家能够相聚在这片青翠的天地中,是一份缘分,也是一份职责,是对于地球与时代的一份职责。

《中国艺术报》编者按:

近日,第12届"生态文明国际论坛"于美国加州克莱蒙大学城隆重举行第 11 届"柯布共同福祉奖"颁奖典礼,获此殊荣的中国著名生态批评家、黄河科技学院生态文化研究中心主任鲁枢元教授在获奖感言中呼吁"为了地球上人类与万物的共同福祉,中西方学者应携起手来,共同奋斗"。"柯布共同福祉奖"是世界范围生态哲学和生态文明领域的最高奖项,以世界著名后现代哲学家、生态经济学家,有西方绿色 GDP 之父之称的美国人文与科学院院士小约翰·柯布(John B. Cobb, Jr)博士命名的奖项,旨在奖励世界范围内为推动生态文明和增进人类与自然共同福祉做出杰出贡献的生态环保人士。近三十年来,鲁枢元坚持把人类的精神活动作为一个活跃的变量纳入地球生态系统,把生态作为一个重要的审美范畴、诗学范畴引进文化艺术领域。他希望通过改变人的内在尺度,即调整现代人的价值观念、生存模式、行为准则,改善人与自然的关系,改善人与人之间的关系,从而跨进生态型的新时代。

(《中国艺术报》2018 年 6 月 4 日)

穿绿衫的小乐队

——克莱蒙"采摘者"乐队一瞥

克莱蒙很小,那是相对于洛杉矶、西雅图而言,它只不过是一个不足 10 万人的小城镇;克莱蒙很大,因为它又是一座拥有七所名牌高校的大学城。克莱蒙的优美、优雅都是有口皆碑的,它是美国西部戈壁滩上的一块绿洲,即使那些球状、棒状、板状、浑身长刺的沙漠植物,在这里也长得玲珑剔透、青葱盎然!校园里且不说一群群的靓男俏女,即使那些白发苍苍的爷爷、奶奶级的教授学者也依然神清气爽、风度翩翩。

春天的时候,我们来到克莱蒙参加第 12 届国际生态论坛,开幕式当天晚间,"柯布共同福祉奖"的颁奖晚会上请来一支当地的小乐队。乐队是业余的,由大学城退休的老教师组成,看上去最年轻的也已经六十岁开外。男女成员八人,乐器也不复杂,吉他、口琴、大提琴、非洲鼓。队员们上场,令全场观众眼前一亮:他们的装束既不是交响乐队的黑白肃穆,也不是甲壳虫的光怪离奇,而是一水荷叶绿的衬衫,恍若玉树临风。这时我突然明白乐队的名字为何叫"采摘者",做果园里的农工是这些老人们的心愿,那该是对于工业化之前的农牧时代的向往与回归。这显然是一支以绿色环保为理念、以绿色生存为理想的生态小乐队。队员们站定,队长同时又是词、曲作家的詹姆斯·曼雷老爷子致开场白。他特别强调:我们可不是什么歌星,我们是艺术家、艺术家!

演奏开始了,鼓声震荡,琴声幽咽,几件简单不过的乐器却传递出和谐的音响,交织成一片音乐的磁场。八位"艺术家"边奏乐,边歌唱:齐唱、合唱、轮唱、男女声混唱,八个人竟能唱出四个声部来,时而如泣如诉,时而壮怀激烈,听众们全都沉浸在这音乐的境界中。

音乐本不需要语言来说明,况且我英文不好,听不出他们歌唱的词句。但从舞台配置的字幕上证实,我听懂了他们的音乐,那是对当下地球遭遇的严重生态灾难的忧虑,对生态灾难下苦难民众的哀怜,对工业时代主流社会的霸道与冷漠的抗争,对美好生态社会的向往。其中一首歌曲的名字为《图瓦卢》:

> 蓝色圣湖、多彩的珊瑚砂
> 彰显您曼妙的身姿
> 奈何冰川消融
> 海水猛涨漫上岸
>
> 呼呼旋风为你悲恸
> 纤纤珊瑚枯死在暗礁中
> 海水日益变暖
> 昔日鱼群云集,如今渺无踪影
>
> 图瓦卢、图瓦卢
> 蓝色海洋里的小岛
> 图瓦卢、图瓦卢

你的生死存亡要由我们决定！

　　歌曲中的"图瓦卢"是南太平洋的一个小小的岛国,平均海拔4.5米,由于地势极低,持续上升的气温和海平面使国土时刻有沉入海底的危险。图瓦卢资源匮乏,土地贫瘠,当地居民生活贫困,吃一顿米饭都是奢侈,急剧恶化的地球生态灾难却早早地袭击到这个贫弱的国家,使其百姓的生活雪上加霜,面临灭顶之灾。图瓦卢领导人曾考虑举国搬迁到其他国家,但遭到发达国家的纷纷拒绝。当西方记者来岛上采访时,一位当地居民愤怒地说:"我觉得,地球上60亿人都应该向我们说抱歉。"记者和翻译一时无语,反应过来后几乎同时向她说"sorry"。可不正是包括美国在内的工业大国贪婪无度的高消费污染了地球、污染了大气,方酿成了地球升温、海平面增高的生态灾难吗？而这灾难却首先转嫁到无辜的、贫弱的国家和民族身上！①

　　"采摘者乐队"年长的队员们用他们的歌声表达的就是这种哀伤、愤懑、反思、自省,这是多么感人的绿色情怀！

　　在接下来的一首歌中,这些业余艺术家们又唱道:

　　　　倾听冰川的破裂

　　　　感受气温的上升

　　　　地球在哭泣

　　　　已经没有时间妥协

　　　　迫不及待

　　　　时不我待

---

① 令人欣慰的是,据悉尼法新社2023年11月10日电,澳大利亚与南太平洋岛国图瓦卢签订历史性气候庇护条约,今后每年允许一定数量的图瓦卢公民移居澳洲,并在澳洲获得生活和工作的"特别权利","实现有尊严的人员流动"。还将为图瓦卢提供援助,用以应对重大自然灾害、流行病和安全威胁。这种国与国之间面对生态危机之间的团结友爱,才是真正的全球化——"人类纪"的宗旨。

快快改变

还不算太晚！

　　这歌声无疑是在呼吁人们不要再等待,不要再观望,快快投入到拯救地球同时也是拯救自我的实践行动中来!

　　压大轴的一支歌曲,是由这支穿绿衫的"白人"乐队唱出的非洲黑人踏上新大陆后的民歌,歌声中充满对未来的祈望:"我心有微光,我要让它闪亮。照亮全世界,照耀我每天,这是爱的光芒,是创世的新光……"生态无国界,物种与物种之间也没有截然的界限,新时代应该是生态和谐的世纪,创建新世纪靠的是我们每一个人内心发出的光芒,那是爱之光,是对地球、对万物,对所有生灵的友爱之光。

　　晚会的主持方特意邀请我为大家献唱,指名要唱《茉莉花》。这是一支历史悠久、在国外享有特高知名度的中国民歌,被誉为音乐型的中国名片。乾隆年间来华英国人希特纳曾记录下这首《茉莉花》,后来被杰出的意大利作曲家普契尼搬用到他的歌剧《图兰朵》里。为我伴奏的是一位年事已高的夫人,一位克莱蒙大学教授:"好一朵美丽的茉莉花,芬芳美丽满枝桠"。通常,这首歌曲被诠释为少女对自己青春爱情的咏叹,谢幕之后我在想:在人类进入生态时代之际,我们还需要将人类之爱进一步展开,扩展到对于整个自然万物之爱。因此,我们的作曲家、歌唱家还需要放开眼界,敞开我们的绿色情怀,用我们内心的微光照亮这个被重重污染的世界。

（《中国艺术报》2018 年 12 月 24 日）

（本文作者为苏州大学音乐学院张平教授,鲁枢元对此文写作有贡献）

全球化的色彩

　　"全球化"以及中国面对"全球化"的社会转型——已经成了我们美学界、文艺学界当下无可回避的话语背景。

　　"全球化"是大势所趋,是人间正道,是历史必然,似乎已成定论。我们的美学、文艺学当然不能无视这一严峻的现实;但在如此严峻的现实面前,我们更不应当放弃多方面的思索与寻觅。

　　全球化究竟是怎么一回事? 是不是就是全球齐一化,"环球同此凉热"? 如果真有那么一天,地球的南极、北极与赤道都是一样的平均温度,那么地球生态系统反倒一天也难以运转了。

　　另外,"全球化"究竟凭靠什么来"化"整个地球,又要把我们的这个地球"化"成什么样子,"化"到何种地步? 对于一个中国学者,尤其是美学、文艺学的学者来说,全球化来得似乎有些过于仓促,对于这些根本性的问题还来不及细想、深思。

　　一种较为乐观的答卷是:飞速发展的高科技是"全球化"的动力,全球统一的市场则是"全球化"的主要表现形式。包括文学艺术在内的人类文化"如果不与高新技术与经济的革命性突破相结合,就会被飞速发展的现实世界淘汰出局"。因此,日常生活的审美化以及审美活动日常生活化必定是在市场全球化的条件下实现的,文学艺术的技术化、产业化、市场化也就成了文学艺术发展的唯一出路。

这种说法倒是顺应了国际社会关于"全球化"的主流思潮,拥有强势的理论后盾与足够多的现实依据。

尽管如此,关于"全球化",我们仍然可以做出多种揣测,可以探究一下是否还有别种选择,别种出路。其实,作为人们的一种善良的愿望,"全球化"不但由来已久,而且立意众多,从来也没有"全部划一"过。

在我看来,"全球化"并非一个清一色的话题,借助直观的说法,它是可以区分为不同颜色的。

早年由马克思倡导的"全世界无产者联合起来""让红旗插遍五洲四海"的共产主义学说,无疑也应当是一种"全球化"的理论。那是一种突出无产阶级政治的全球化理论,我们不妨称作"红色的全球化理论"。

现在的以科技、资本、市场为推动力的全球化,其实早从哥伦布发现新大陆、麦哲伦环球之行,从白种人到美洲、非洲屠戮黑种人、红种人,从英美殖民者凭借着坚船利炮向中国兜售鸦片以攫取白银,从日本人积极筹备"大东亚共荣圈"时就已经开始启动了。与"红色"的革命全球化相应,我们可以称其为"白色的全球化理论"。目前所向披靡、风行于世的,正是这种以商业贸易为目标的全球化理论。那位美国籍的日本裔学者福山(Francis Fukuyama)更是认为,除了垄断的资本与自由的市场,人类社会再也无路可走,这就是"历史的终结"。

活跃于当代欧洲社会的英国政治经济学家吉登斯(Anthony Giddens)则远没有福山那么乐观,他既看到了西方现代资本主义社会体制的"高效益",同时也看到了它岌岌可危的"高风险"。为了规避这些潜伏着的风险,吉登斯聪明地希望把社会主义运动的某些经验教训整合到资本的运营机制中来,希望以活化传统、反思现代、关注生态、尊重个性来润滑技术与资本对人的控制与操纵。因此,有人把吉登斯的理论称作"粉红色的全球化理论"。

按照詹姆逊(Fredric Jameson)的说法,"全球化"也就是"后现代",那么,拉兹洛(Ervin Laszlo)的"生态后现代理论"与格里芬(David Ray Griffin)的"建设性后现代理论"则是一种与上述理论都不相同的"全球化理论"。他们主张在现代社会之后建立一个明智的、灵活的、既利于地球生态系统的养护,又利于人类社会全面发展的世界新秩序,"后现代是一个生态学时代"。在这个新的时代里,人们对财富的凶猛角逐将受到遏止,人们将"把对人的福祉的特别关注与生态的考虑融为一体","不再让人类从属于机器,不再让社会的、道德的、审美的、生态的考虑从属于经济利益"。于是,有人又把这种理论称作"绿色的全球化理论"。

除了上述红色、白色、粉红色、绿色的全球化理论外,甚至有人戏称还存在一种"黑色的全球化理论",那就是正在向着全球迅速蔓延的"恐怖主义",后者一旦得逞,将是全体地球人类(包括恐怖分子在内)的深重灾难。

看来,全球化的道路并非一条。"天若有情天已老,人间正道唯市场",难免有武断之嫌。包括文学艺术在内的人类的审美活动是否注定要全盘听命于资本与市场的摆布、调遣,也应还有商讨与选择的空间。

据英国《观察家报》最近披露,美国国防部负责国家安全的官员在一份秘密报告中警告:由于生态的破坏、水源与能源供应的不足,气候的灾难性变异,在不久的将来"将导致世界性的混乱","这种对全球稳定的迫在眉睫的威胁将使恐怖主义的威胁黯然失色。"看来,全球生态系统的健全与稳定,比起市场的扩张、商品的营销来,拥有更为重要的地位和意义。对于全体人类的和平幸福也担当着更为重大的责任。

鉴于此,我们不能忘记:有一种"全球化",是"绿色"的。

失去"绿色"的地球,意味着地球失去了生机。

如果在这之前,地球上的男女老少还没有做好全体迁移到其他星球上的准备,那么人类将陷入万劫不复的苦难之中。

遗憾的是,已经引起美国五角大楼瞩目的课题,至今也还没有引起我们的美学家、文艺学家的应有的关注。

2004 年冬至,苏州新加花园

曼纽什在"玩艺术"?

联邦德国的曼纽什(Herbert Mainusch)教授从临潼秦始皇陵兵马俑的方阵中走出来,我留他在我们大学里讲一讲他的怀疑论美学。

曼纽什讲得很出色。讲到兴头上竟把座下的藤椅拉出,当众翻了个四脚朝天,然后无比得意地说:"Oh, this is my works of art!"

你问他这"works of art"(艺术作品)有什么意义?他便瞪大那双又天真善良、又狡黠尖刻的蓝眼睛,吃惊地反问你:"艺术非要有什么意义吗?"

接着他又讲起故事来:一位太太在观看了《生日聚会》一剧的演出后,写信给剧作家品特:作家先生,你能回答我三个问题吗?一,那两个男人是谁?二,那个"斯坦莱"来自何方?三,他们肯定都是正常人吗?你如果回答不了我的问题,我就无法理解您的剧本的意义。品特回信说:亲爱的夫人,也请您解释一下您的来信:一,您是谁?二,您来自何方?三,您能肯定是正常人吗?如果这些问题得不到回答,我就无法理解您来信的意义。

曼纽什对艺术的意义深表怀疑。他说,大脑干涸的艺术理论家总以为一件艺术作品如果没有一种明确的意义就一定是因为它具有多种意义,这纯粹是他们在科技世界中练就的剃刀般锐利的逻辑。把意义看作"可解性"与"功能性",认为只有可以被确定、被分析、被归类、被利用的东西才是有意义的,这是工业社会、技术社会、消费社会的一种根深蒂固的弊病。在这样的社会中,艺术也成了百货大楼里的一个货柜,与"食品""服装""电器""化妆品"一样成了可以被消费的商品。凡是缺少功能、不能实用的就是没有价值、没有意义的,就应该被社会抛弃。结果,首先被抛掉的就是人的情感、幻想、个性。现代生活变得越来越舒适安逸,现代人却变得越来越乏味枯燥,人们拥有了最先进的通讯和交通工具,却失去了心灵交往的能力。曼纽什诚恳地告诫人们说:艺术家应当从明确的世界中退出来,世界中最美妙的事物恰恰是不具备确切的意义和实际的功能的。

"桑塔纳"正在通往开封的公路上急驰,我想起曼纽什的理论,于是向他建议:我们还是走下这"功能性"的汽车吧,步行,或者骑上一头小毛驴,在这春光烂漫的田野上款款而行,那一定会充满美妙的诗意。——只是,后天你就到不了北京了。

曼纽什说那可不行。他说他并不一概反对"功能性"的存在,他反对的只是"功能性"作为一种社会统治力量的存在。科学技术本来可能并不是坏东西,但是在当代社会中,它已经成了传说中那个巫师的弟子用魔法招来的收拾不住的妖精!一个泛滥着"功能性"的世界,气势汹汹地以宗教的名义、以科学的名义、以政治的名义、以经济的名义挤兑着、压抑着、扼制着、诱逼着人类自由的文学艺术创造活动。现代社会中为一些人津津乐道的"日常生活审美化",骨子里仍是服务于倾销商品这一经济功能的。审美的商业化,只能带来审美体验的日益平庸。在这样的社会里,艺术为了固守自己所属的领域,就不得不宣告拒绝服务于一切功能性的活动。艺术只有从既定目的中解放出来,艺术才能获得无与伦比的生命力,才能获得真正美的属性。

我说我知道了你把藤椅倒扣在地上,是出于你的生命的自由活动,是出于你对一个确定无疑的社会的抗争,"四蹄朝天的藤椅"于是也就成了肯尼迪艺术中心的一件"雕塑"作品。

曼纽什笑了。他说，我还可以"钉钉子"。他挥舞着拳头，在一块看不见的木板上钉起来，累得"吭吭哧哧"。"成了！我高兴地在一块厚厚的橡木板上横七竖八地钉了这么多银光闪闪的、长短不齐的钉子，这就是我的艺术，绝妙的艺术！"曼纽什兴奋得像一个天真的"老顽童"，仿佛他真的已经进入一个天马行空、无遮无碍的自由世界。

这个"老顽童"使我想起中国古代那位颇有些"放荡不羁"的哲学家庄周。庄周大约也算得上一位"怀疑主义"美学家，那个希望运用概念和逻辑手段弄清世间万物含义的惠施就总是受到他的嘲弄和奚落。他给后代留下的那道"蝴蝶梦"的难题，没有最后的解，那只是一个扑朔迷离、灵光流幻的意境，谜一般的梦而又具有诗一般的美。在庄周看来一切实在的、确定的、功用的事物，小至"尘埃""鹦雀"，大至"鲲""鹏"，都不免"有所待"而受执于外物。只有在精神的太空中，在心灵的天地里，在艺术的幻境中，主体生命才可能是自由的，才能够"吸风饮露""霓衣云马""大浸而不溺""大旱而不热"，才可能是"无待"而"逍遥"的。庄周赞美主体生命在精神世界中超时空、超言语的自由活动，把它看作美的最高境界，它的存在就是它的意义，不需要再凭借外物对它的价值和意义做出印证和说明。

曼纽什断然宣称意义和功能的维护者几乎总是给自由的人性带来无穷的灾难，艺术只有拒绝服务于一切功能，才能获得自由的生命。这种时新的海外奇谈，其实也是庄子弹过的老调。庄子曾以"马"为例，旁敲侧击地指控过"功能"以及执掌功能的"圣人"对人性的戕害。他说，马的自然天性就是马的真性，不幸的是马遇见了伯乐，伯乐为马确立了某些"功能"，马的灾难便由是接踵而来，烙火印、剪马鬃、削蹄甲、上笼头、带嚼子、披羁索、囚之以厩圈、挞之以鞭策，马为此损耗了大半生命。

曼纽什继续讲他的理论：艺术绝不是天才人物独霸的特别事业，艺术就是自由的生命力的表现，艺术就是人的天性。与其把艺术看作理想和情感的载体,不如说艺术就是人类驰骋自由想象、宣泄内心情感的过程。而且感性的艺术也并不是理性目标的低级阶段,它本身就是一种无限的境界,就是一个永远高悬着的憧憬。他批评确定论的、理性主义的黑格尔学说,现代社会中形形色色的"艺术消亡论",都是他留下的谬种。

我说我已经领会你的意思,让我来补充一个你们欧洲人的例子:

古希腊时雅典的执政官梭伦,也是一位哲学家、诗人,他的儿子死了,他因此伤心地哭泣。他哭得如此悲伤,一个过路的人说:哭有什么用呢?能把儿子哭活过来吗?他回答不出来。因为,从功能的意义上讲,哭泣是不能把儿子哭活的,而且无论如何悲痛地哭泣,对于死者并无实际的意义。那么对于哭泣的唯一可以成立的解释只能是他的哭泣是为了他自己,为了他自己的感情和心灵。在地球上所有的生命体中,只有人才会哭泣,或者说只有人才哭得最好。哭泣,也是人性的证明,人类不能没有哭泣。也许,哭泣就是你说的最高的艺术吧!

我很为自己的补充感到得意。

曼纽什却把话岔开了,他说还有"笑"。也只有人才会笑,笑也是人性的证明,笑比哭还重要,笑是更高的艺术,尤其是嘲笑。他说喜剧是文学艺术的完美实现,文学批评就是嘲笑,是从万物中唤起笑声,在笑声中达成对于事物确定性、合理性的怀疑和动摇。他说,生活是严肃的也是沉重的,而艺术应当是真诚的轻松的,他宁可用喜剧的眼光看人生。

曼纽什友善地建议我也学着用喜剧的眼光看世界,看社会,看人生。

我明确而又坚定地告诉他我学不了。

我发觉我和曼纽什的分歧也许在于各自头脑中历史文化的积淀不同。我为什么一下子就想到"哭泣"这个例子呢?也许,在我的心理积淀中潴留更多的是那种"天将降大任于斯人"的苦难意识,是那种事事忧患、时时忧患的悲剧情结。也许,在一个中国人血管中就流淌着一种"哭的文化";也许一个从事文学艺术的中国人就更是如此。《老残游记》的开篇自叙中就写着这么一段淋漓滂沱的"哭泣文字"：婴儿哭泣着坠地，老人在哭声中辞世，人品高下、人性优劣皆以哭泣之多寡为衡。哭泣即人的灵性，有一分灵性即有一分哭泣，灵性生感情，感情生哭泣。祀妇哭坍长城，湘妃泪染斑竹，屈原哭成《离骚》，司马迁哭成《史记》。杜工部以诗哭，李后主以词哭，王实甫以剧本哭，八大山人以丹青哭，曹雪芹以小说哭，"千芳一哭，万艳同悲"，"满纸荒唐言，一把辛酸泪"。人生中、艺术中最美妙的东西几乎都是哭出来的。出了一个李白，曾经笑傲过圣人和帝王，"我本楚狂人，凤歌笑孔丘"，但那也只是在酒醉佯狂时才笑两声的。正常的中国人或中国人在正常的时候是不大能够笑的。

有些例外的，也许还是那位庄周。南宋哲学家黄震在论及庄周时说："庄子以不羁之才，肆跌宕之说，创为不必有之人，设为不必有之物，造为天下所必无之事，用以眇末宇宙，戏薄圣贤，走弄百出，茫无定踪，固千万世诙谐小说之祖也。"庄子的风格大约可以和曼纽什平分去一半秋色的。

令人惶惑的是，这位当代欧洲一流大学中冠冕堂皇的洋教授与那位古代中国"穷闾厄巷"中卖草鞋为生的穷文人的思路为何如此相似？曼纽什似乎没有读过庄子的书，但这两位怀疑主义美学家的心灵无疑是贯通着的。在两千多年的时差中，人类社会是进步了，但人自身的问题仍然远远没有解决。庄子那疲惫的游魂在曼纽什学说中生龙活虎地显现，也许就是一个证明。庄子的"玩世"出于对世道人心的愤慨；曼纽什的"玩艺术"出于对压抑人性的科技世界的偏执的抗争，目的还是一个：捍卫人的自然的天性。其实，他们"玩"得也并不轻松。庄子的"人生游戏"后面不正是人生的苦难吗？曼纽什的"人间喜剧"后面不正是人间的悲剧吗？

也许，并不是这样。而是我自己又犯了"忧国伤时""救世救民"之类的中国文人病。

饯别的宴会上，曼纽什依然谈笑风生。看到他相当老练地操持着手中的筷子稳稳夹起一块肥美的鳜鱼，我心中终于也涌动起一股笑意，可能，一丝略带嘲讽的笑意已经挂在了脸上：瞧！一位坚决否定功能性的西洋美学家正在高效地发挥着中国竹筷的功能！

于是，我也坦然地拿起面前的刀叉。

（《文艺研究》1989 年第 1 期）

稿纸上的劳生伯

——拟后现代视觉艺术

美国画家劳生伯(Robert Rauschenberg)的绘画在 20 世纪 80 年代曾经很"生猛"地新鲜一阵,在北京也曾办过他的作品展,那全然不是传统意义上的绘画,而是一些形状各异、质料不一、色彩迷离的杂物,在一块被框定的空间里的随意拼接。其中有破布片、烂绳头、螺丝帽、碎玻璃、包装纸、招贴画、旧皮鞋、塑料袋,鸡毛蒜皮鱼骨头、碎铜烂铁易拉罐,全都是从现代都市垃圾箱中捡来的物件。然而,这些东西一旦被画家组装在一幅画面中,或犬牙交错,相反相成;或珠联璧合,相得益彰;或争奇斗艳,相克相生;或藕断丝连、相映成趣,遂构建起一个怪异而又新奇的艺术心理场。毕加索看了恐怕也要瞠目结舌。

从现代垃圾中讨生意的艺术家还有德国摄影界的安堤·克·汉森女士,一段风雨剥蚀的缆绳,一把白色塑料的餐叉,一个装药水的小瓶,一个撕破的胶卷纸盒,几点揉碎的夹馅饼干,都可以在她的镜头中构成一片风光,只是她的作品比起劳生伯来多了些唯美主义的气息,不能像劳生伯那般撒野撒出一股豪放来。

劳生伯的特点,一是取材的便易;二是结构的随意;三是迫使观众介入作品的再创造。艺术的效果并不全在画面上,还在观赏者的感受里,即心灵与作品邂逅的瞬间撞击生发出的情绪和意趣。这里边有一些弗洛伊德的潜意识学说，有一点庞德的意象拼接手法，有一点"格式塔"的心理学整合原理。

今年春天的一个假日，我在郑州金水河畔长长的柳荫小巷中逛旧书摊，见一废品站的老人正在整理收购来的旧报纸。周报、日报、晨报、晚报，时报、邮报、导报、译报……字体或大或小，纸张或灰或白，参差零乱，堆积如山，这些刚刚成了旧闻的"NEWSPAPER"，俨然成了都市中的另一种垃圾，随意翻捡，辄有文字突出地跳入眼中；意象明灭，闪闪跳跃。我忽然想起了劳生伯，何不来一篇报纸文字的即兴拼贴？当下，我便在废品站一侧的茶摊上坐定，从各色报纸中挖下这几十则突入视野的文字。我向废品站的老人支付了两块钱，老人连说不值，不值，眼神中又流露出许多的疑惑不解。回家后泡上一杯酽茶，熬了大半个夜晚，剪刀加糨糊，便在稿纸上拼贴出这四幅"劳生伯"来。

作品： R—001 号

当代日本人的脸变窄变小了，原因是食物的变化。旧时日本人多吃野菜、鱼干、核桃，每餐需咀嚼 51 分钟，3 990 次；现在的日本人多吃面包、土豆条、汉堡包，每餐只需 11 分钟，咀嚼 660 次。日本人身材矮，脸变窄小后反而好看了。

脑袋瓜的大小和老年痴呆症关系密切。美国西雅图病理学家葛瑞佛丝的研究结果证实：头围在 53 厘米以下的人患痴呆症的比例是头围 58 厘米以上的人的 18 倍。

记者驱车驶上福州鼓山公路，借助汽车灯光，看到迎面下山的车大多挂的是"闽O""闽K"（省直机关公车）的牌照。新年钟声刚过，官员们已烧完头炷香打道回府。

雄壮的《东方红》乐曲中传来一个令人吃惊的声音："亲爱的顾客同志们，看，伟大领袖毛主席来到我们中间！"话音未落，只见一位身穿灰色中山装的

"毛泽东"在保卫人员的簇拥下缓步走近顾客,一边频频挥手,一边用浓重的湖南话说:"同志们,你们好!祝贺上海仟村百货商场顺利开张!"说着又和柜台边的顾客握手。商场促销打出了"领袖牌"。

亚洲第一女巨人姚德芳,23岁,身高2.30米,脚长43厘米,体重160公斤,大手掌托一侏儒姑娘在北京石景山游乐园,袖珍姑娘在巨人姑娘手中演唱《世上只有妈妈好》。对前来要求采访、拍照的,女巨人为自己开的价码是50—100元。

朱锦富兴致勃勃向刘晓庆介绍了饮尿这一古老而神秘的健身疗法,当场豪饮"回龙汤",接着又表演牙齿快速开啤酒,15秒钟咬开12瓶啤酒瓶盖,比刘晓庆递瓶子的速度还快。

为保"尿质"良好,睡觉前和起床后各饮400毫升温开水。盛尿的器具以新竹筒为好,其次是纸杯、玻璃杯、磁杯。

学生"大便3分钟","小便30秒",校工持表计时,违者受罚。日本某中学规定手纸的使用量每次不得超过30平方厘米。某女子中学的校规明文规定:"手上不慎沾上尿液时,不可擦在裤子上。"

一女明星刚刚发现,自己花6 000元买回的健美食品"保力胺-S酵素",原来竟是包装精美的猪饲料!她说:"我觉得自己笨得像一头猪!"

燕窝饮品厂厂长拿六七个玻璃瓶给我们看,内装有用阿拉伯黄芪胶、炸猪皮、银耳、鲨鱼胶等假冒的燕窝,令人真假难辨。

一位叫佐勒·杜法特的男人,他的肝、肾、胰、小肠、大肠、胃、心脏全都不是自己的,或者是人工制造的,或者是换取他人的。

作品: D—002 号

家庭所用电器设备及电源线造成的低频磁场可能致癌,增加淋巴瘤、白血病的发病率,电子烟雾正在威胁人类健康,电磁场成了一位无形无色的"杀手"。

新华社北京 9 月 27 日电:我国无线寻呼用户已发展到 1 500 个城市, 2 400 万个用户,居世界第二位。

新华社东京 6 月 4 日电:日本开始重视"光害",大量人造光对野生生物的生态构成威胁:大雁不再居留栖息,赤海龟不再登陆产卵,梧桐树受路灯照的一侧树叶不再落下。

一项把泰山变成"不夜山"的工程正在紧张实施,盘山道上每隔 50 米将竖起一盏路灯,工程投资近百万元。

我国轿车千人保有率低于世界上最穷的国家埃塞俄比亚,全世界倒数第一。一道道紧箍咒,使轿车这个现代工业的天之骄子在我国成了光着腔的孩子。

美国拥有 1.76 亿辆小轿车,在过去的五年里,美国有 23.5 万人在交通事故中丧生,苏联在同一时期的伤亡总数为 153 万人。估计到 2000 年,南韩平均每户将有一人因交通事故伤亡。

德国汉堡研究人员首次用数据证明:全球升温的灾难 95% 是人为造成的,石油、天然气、煤炭、木材燃烧时释放的二氧化碳,是造成"温室效应"的主要原因。

拥有"春兰"空调机,你就拥有一个凉爽的春天!

"氧巴"成了继舞厅热、迪厅热、卡拉 OK 热之后的又一种崭新的社会时尚!氧巴,全新环保娱乐!氧巴,有益于姑娘皮肤的美容保健!氧巴,有利于城市精神文明的建设!

"氧巴,每小时最低消费 100 元!"

桑塔露琪亚愤怒到了极点,她盯着古昂哥奥斯基嘴唇上那撇蛮横的黑胡子绝望地喊道:"你这个趁火打劫的坏蛋!"

一个人生气十分钟耗费的能量相当于参加一次 3 000 米的赛跑。愤怒的人会呼出有毒气体,这种气体在水中有紫色沉淀,可以毒死一只小白鼠。生气的母亲给婴儿喂奶时会使婴儿中毒,动物在被屠宰时总是很生气,吃肉多的人便会在体内"积毒过深",少荤多素应是人类饮食的基本原则。

环境的污染达到无法容忍的程度,地球将受到"宇宙震动"的惩罚,国际科学家团体对此前景深感不安。

炸掉月亮,把月球的碎块填补到太平洋里。一些著名的天文学家、数学家、航天学家、射电物理学家、原子能物理学家和农业学家经过论证、计算、模拟试验,认为这一方案切实可行。

成千上万的姑娘们穿上泳衣到沙滩上"晒月光"。17岁的女高中生辛迪说:"月光使我肌肤的古铜色加深,而无须担心紫外线的危害。"相信到8月,会有一半以上的美国青年爱上"月光浴"。

作品:L—003号

1995年我国离婚对数已达105.5万对,比上年的97.1万对增加了8.4万对,离婚人数和全国总人口的比率为1.75‰,比去年上升了0.1个千分点,继续保持了十几年来不断增长的趋势。

心理医生提醒工作忙碌的夫妇:忙,别忘了做爱。长时间的紧张工作,使血液中的荷尔蒙降低,对性欲和做爱能力将产生明显影响。既要事业成功,又要华丽别墅,又要名贵汽车,又要男女间的笃情厚爱……两只手要接住从空中抛下的种种珍宝,掉在地上的将不会是别的,准是"情爱"。

大脑的一部分细胞在受到爱的滋润时会产生一种类似吗啡的天然麻醉剂,这种"爱情吗啡"能够使人减轻痛苦,祛除疾病,振奋精神,促进健康,使人的机体各系统功能处于最佳状态。

"乐其宝"磁性健胸减腹器能使分娩后的女士腹部和阴道的肌肉恢复产前的弹性。此产品已获中国专利,大批出口欧美。

25 岁的斯芬劳妮一年内向顾客供应了 10 个卵子,她说:"这件事做起来很简单,而收入却高得多。"

先有男性还是先有女性?科学家找到明确答案:胚胎未分化时的原始性别都是女性,只是由于 H—Y 抗原体的介入,原始性腺才能发育成男性。女性先于男性而存在,男人本来就是女人。

一位名叫杜克的白人青年坚持一天三餐吃墨鱼,一个月后皮肤变黑,成了一个"黑人"。一位叫尤里·凯尔涅塞的矿工,在一个磁铁矿里工作 39 年,身体带上强磁场,1.5 米的距离内可把铁锅、铲子,甚至菜刀吸飞到身上,成了一个"磁人"。

首次发现"个性基因 D4DR",被定位于第 11 染色体,因其形式不同,造成人的个性不同,如有人追求新奇,有人感情冲动,有人容易兴奋,有人性情急躁,有人耽于思虑,有人严肃忠诚,有人性情温和,有人淡泊俭朴。

随着分子生物学的兴起和发展,遗传基因学家发现一个人的"赚钱才能"与先天遗传相关,有一部分人细胞内 X 染色体的一端含有特殊的"金钱基因",这一发现在投资者与金融财政界引起剧烈震动。

在下个世纪运用"基因武器"杀人时就具有极为可靠的选择性和准确性。比如说,你可以只杀红褐头发的人,或秃头顶的人,或蓝色眼睛的人,黄色皮肤的人。"基因武器"是一种致敌于种族灭绝的武器。

作品: M—004 号

大约 12% 的人在弥留之际的"临终幻境"中闪现的都是对于自己一生的回忆,所有的好事和坏事,更多的是对自己过去所做的错事、坏事的悔恨。

大病初愈、死而复生的人会变得更有人性一些,多了些闲适人生的心境,功利心淡薄了,对爱和友谊的体味更加细腻。一些人不惜花上一笔钱去调查所或侦探社,要求调查一下自己,弄清自己究竟是个什么样的人,以便于"自我确认"。

马赫塔卜·莫里德普尔老太太今年 142 岁的高龄,她说她的长寿之道是:心地善良,早睡早起,饮食清淡以及住在山区呼吸新鲜空气。

番薯,又称红薯、白薯、红苕、地瓜,含大量维生素、纤维素、雌激素、多糖蛋白质和去氢雄酮,可以防治便秘、动脉硬化、延缓衰老、抑制结肠癌、乳腺癌,效用高于人参。

美国人爱上铁匠活,经手工锻造的铁器比从装配线上下来的千篇一律的产品多了许多生气和灵气,多了许多人的感情和情绪。许多女学生也开始对"打铁"产生兴趣。

美国费城的心理学家最近公布了一项科研成果:"汉字可以治病",引起了医学界、心理学界、语言学界、信息科学界的广泛注意。欧美人使用的拼音文字只能发挥大脑左半球的功能,使右脑偏废;中国人、日本人使用的汉字,靠大脑左半球识记字音,靠大脑右半球识记字形,左右大脑协调一致才能掌握字义,汉字有利于大脑的生理平衡、协调一致,有利于人类精神的良性进化。

澳大利亚的公园里每天早晨有许多人拥抱大树。拥抱大树可以解除烦恼、排遣压抑,拥抱大树可释放体内的快乐激素,减轻心理压力,使你神清气爽,拥抱大树就是拥抱自然,拥抱大树就是天人合一。让我们紧紧地与大树拥抱在一起。

森林公园演出贝多芬的乐曲《欢乐颂》:"欢乐女神,圣洁美丽。灿烂光芒照大地!"

(《天涯》杂志 1997 年第 1 期)

卷四 潮起潮落

潮起潮落

　　风从南方来，却把一批北方的艺术家裹挟到这滨海的都市，正在崛起的中国最大的经济特区。艺术家来到商海，潮起潮落、浪淘风簸，几经周折倒也在都市生活中造出一种景观，一种精神生态的景观。

　　仙风道骨的世南君，著名的中年国画艺术家，举止潇洒，谈吐儒雅。他的老师，也是我所崇敬的画圣，号称"中国凡·高"的石鲁先生。世南君的画从精神上得了石鲁的真传，画面上无论山水、人物皆吞吐明灭着一股淋漓酣畅的浑朴元气，较之先师，却在笔墨上又多了几分现代生活的流动感。数年前世南君的作品就已经在国内画苑享有颇高声誉；在海外，尤其在东南亚已成为被人争相收藏的珍品。若论经济收入，一画值千金，用不着再远下南海淘金。然而道风仙骨的世南君却毅然飘然地来了这座特区城市，购置了房产，安下家来。

　　在一个阳光灿烂、热风浩荡的午后，我来到莲花村的公寓楼，叩开了画家的屋门。

　　室内阴凉如秋，画家身着一袭深蓝色粗布大褂，系之以布带，我想这大概就是古人所穿的"直裰"。苏辙在《答孔平仲惠蕉布二绝》中称："更得双蕉缝直裰，都人浑作道人看。"这"直裰"原先可能是出家人的袍子，后来也成了文人喜爱的便服。

室内古色古香，宾主"席地"而坐，地下不是毛毯，不是瓷砖，而是一领竹席。上得茶来，宜兴泥壶里倾出的是碧螺春。竹木书架、草垫草帘、麻帐纱橱、陶枕布衾，就连窗上的玻璃也又糊上一层薄如蝉翼的绵纸，电灯也被隐藏在落地的木制灯箱中，所有家具陈设皆用天然质料，力避现代工业文明，一派汉唐遗风。画室的环境与画面的意境、画家的心境是统一的，却与画家南下特区的举动形成较大反差。特区的特点在于高科技、高物质、高速度，画家追求的是原始、质朴、淡泊、恬静。莫非世南君的南下反倒是要以自己的精神主体与特区的物欲文明来一番抗争，或者是要考验一下商业大潮中精神主体所具有的坚定性。出污泥而不染，方是高士怀抱。我突然想起"小隐隐于泽，大隐隐于市"的古话。世南君试图在浊世中辟一净室，在欲流中筑一心斋，大隐也。

甘少诚，1979 年"星星画展"中开风气之先的前卫艺术家，风格与世南截然不同。少诚健壮地像头牛，粗犷彪悍，不像是画家，甚至也不像人们心目中"文化人"，倒是像某个建筑工地上走出来的农民工，然而确实是一位艺术家，一位先锋派的雕塑家。我见到他时，他已经放弃了在北京的铁饭碗，揣了 30 块钱来到深圳闯天下。

少诚在深圳漂泊了一年多，一位珍惜艺术、看重人才的刊物主编资助他一笔钱，他用这笔钱买了一大堆原木，在一个风光绮丽的山坡上，顶着烈日暴雨，整日挥斧不已，开始了他的创作生涯。粗大的圆木被剖开、被砍削、被凿穿，显出一块块球面、一条条曲线、一孔孔洞眼，或如少女酥胸，或如壮妇丰臀，或如海狗吠天，或如巨鲸登山。

少诚似乎不是一个用大脑思考的人，他用他血脉偾张的整个身体思维，真实、朴拙、决绝而任性。

我见到少诚时，只见他身着蓝牛仔裤、红 T 恤衫，一双旅游鞋已分辨不清颜色，红 T 恤衫褪尽了颜色，还满是汗渍。他热情地拐着我的脖子叫"大哥"，热腾腾的汗气、酒气扑面而来。他说他端过盘子刷过碗、拉过板车搬过砖，没有钱的时候,三五块钱的活也干;碰巧走了运,万儿八千也挣过。

他租的一间车棚屋已经到期,再不交钱就要被勒令卷铺盖,面临露宿街头的危险。然而少诚仍然乐观。他说这样的日子充满挑战,很真实,很实在,并竭力撺掇我赶快扔了教授的头衔,以"打工"为起点去开拓新的生活。他捏了捏我的胳膊,说筋骨还行,就像一位牛经纪捏一头驴的肩胛一样。我很感动。

我知道,在法国、在荷兰,在现代都市的底层,甚至在那荒山野岭中,就曾经产生了凡·高、高更这样的现代艺术大师。

世南君的隐逸与少诚君的沉潜都使我由衷地敬佩。

别后,世南曾有信来,说在新的居住地将开始新的上下求索,上求精神之超越,下探生命之氤氲,从结构、图式、方法、技巧到质料、笔墨、色彩都将有巨大的改变。少诚的消息也时而传来,说他仍然在为艺术受苦,为生计奔忙,身体仍然健壮。

又过了许多时日,深圳来人讲,世南不幸中风,一度失语,艺术探索的翅膀将被疾病拖向泥涂。我非常忧虑,祈望他早日康复,以他的丹青妙手让大道之行继续驰骋于素绢雪纸之上。

来人还说,少诚新近居然发了财,已今非昔比,只是他费尽心力雕刻下的那些奇幻美妙、荒诞怪异的木头仍然被丢弃在山坡上,栉风沐雨,无人问津。

渴望精神的升腾,身体却被缠绕在病榻上;渴望艺术的超越,杰作却在人间蒙受落寞。

无奈。不如随风而去,"潮起又潮落,潮起又潮落;春去春会来,花谢花会再开,让梦划向你的心海"。

1994 年夏,海南大学荷花池

附记:

世南病后,我曾去信问候。后来听说他已经病愈,而且奇迹般地完好如初。于生死病痛中,他进一步悟得了生命的真义,同时也将自己的绘画艺术推向更高境界。用他自己的话说,这场大病反倒从精神上拯救了他,使他免于沉沦到平庸与浮华的都市泥沼。接着,我便收到他寄来的新著与画册。画册是《中国历代书法家像赞》,新著是他为恩师撰写的评传《狂歌当哭——记石鲁》,都是他大病初愈后的力作。又过了许多年,我由海南回郑州办事,突然接到一位朋友的电话,世南就在郑州。于是,我在郑州南郊小李庄的一幢公寓里再度见到了阔别数年的李世南。画斋题名"钵庐",书橱上、画案上、茶几上、集珍架上果然陈列了许多形貌不一的钵、盂、盆、罐,从仰韶的红陶、齐家的黑陶,到汉代的黄釉、宋朝的白瓷、明代的青花一应俱有。他精神看上去很健旺,拿出刚刚画好的一些高僧造像给我看。画幅宽不盈尺,每位高僧不过三寸上下,尽管着墨不多,却仍旧显得元气氤氲、笔墨酣畅,深得老子"大象无形"的玄理。这时我才知道,这些年来,世南君已经深入中原腹地,遍访名山古刹,将自己的生命、绘画与天地、神圣融合在一起,开始了他艺术创造的又一境界。这时,我多少明白,这"钵斋"里游荡的,不就是一位托钵远行的朝圣者吗?

此后,世南便又在我的视野里消失了,就如同一只翱翔于天际的黄鹤。

再次与世南相会,是在大别山深处的黄柏山法眼寺一侧的李贽书院,具体说是在世南的作品里看见他。

我曾经的一位学生在法眼寺出家,成了耀解法师,邀我到寺里住几天,一墙之隔就是李贽晚年避祸著述的地方,如今已经建成一座山水风光与人生哲理相辉映的景点。在厅堂之间的曲廊墙壁上,一排青石雕刻的"中国历代书法家像赞"便出自李世南的手笔,这也正是他赠送我的那件书画作品,如今已经勒石永存,成为不朽,幸甚、幸甚!

少诚不久回到北京,说是安定下来之后再做一番大事业,要用生铁铸就三千个古代士兵的首级,陈于荒野,让苍天一览,让世人长思。

大约是在 1996 年年初，从深圳那边传来噩耗：少诚回到北京后不幸出了车祸，抢救无效竟然辞世而去。奇怪的是，就在他出事的那天清早，有人发现少诚存放在那里的一具红色木雕人体突然倒了，倒在一辆汽车轮子旁边。

在北京，少诚因车祸去世后，作家史铁生还为他写了悼念文章。文章中说：

> 他回来了，居然也攒了一点钱，在城郊租了两间房并一个小小的院子。他温好了酒，煮好了肉，和好了泥，炉火也就要烧旺了，铁水也就要注进他的特别、特别美的愿望里去了，突然，他走了，把一切都带走了。

史铁生把甘少诚视为凡·高一类的艺术家，与时代大潮逆流而行，而释迦牟尼之能够成为佛祖也是独执偏见、一意孤行的，少诚是真正的悟道者。

2023 年 12 月 3 日，中州紫荆山南

潮流与石头

在商品经济大潮的冲击下,红火了十年的新时期文学一下子陷入了困惑与彷徨,这只能说明我们的文学精神还不成熟。

远的不说,即使从"威尼斯商人"的时代算起,商品经济成为大潮向着人类社会冲击,也已经冲击了四五百年。在这四五百年里,恰恰是受到严重冲击的西方社会,创造了一个又一个文学奇迹:从莎士比亚、弥尔顿、歌德、巴尔扎克,到司汤达、易卜生、雨果、托尔斯泰、普鲁斯特、乔伊斯……如山洪暴发,冲刷去那个时代的只是腐土、沙砾、荒秽,反倒使那些坚硬挺拔的岩石更加裸露出雄健的英姿。

在中国,在蒲松龄、曹雪芹那个时代。商品经济虽然并不发达,身边的诱惑恐怕也不是没有。比如说,东邻张三家的当铺发了一笔横财,西邻李四家的钱庄一本万利,前街王五家的小子花钱补了道台等等。蒲、曹诸公大约并不因此被刺激得抓耳搔腮,不会因此放下手中的笔也去开一个当铺或者钱庄。为什么?也许只是因为"人各有志,不能勉强"。

我的政治经济学知识甚差,不足以阐明"商品"一词的深刻内涵,按照老百姓的理解:商品,就是可以拿来买卖的东西,所谓商品经济,就是买来卖去。

这大约不会错到哪里。如果这样的界定可以成立，那么，我们就必须承认，世上还有不能够拿来做买卖的东西，还有用金钱买不到的东西。

比如，天安门广场上的那对汉白玉华表不能卖，因为那是一个民族精神文化的象征；伊斯兰圣地麦加"克尔白"大殿里的那块黑色石头也不能卖，因为那是一种宗教信仰的化身；"有钱能使鬼推磨"，金钱能买到一个少女的初夜权，却买不到少女真正的爱情；金钱能雇用"哭丧妇"成把成把的眼泪和鼻涕，却雇不到一丝半点真正的同情心。花上 8 000 万美元，你可以买到凡·高最好的真迹，但是再花上 8 000 万美元，你也买不来凡·高创作这幅作品时的心境。看来，商品经济威力再大，也有着它不能经营的领域。恰恰是商人们不能经营的这些领域，正留待文人们来"经营"，这就是山洪暴发、江河四溢中的那些岩石。这里既不必困惑，也无须选择，这其实是一种天职。

我不通经商之道，但也多少看出商人们的一些秘诀。比如，商人们往往在产品的"速朽"中谋取利润。照相机、电视机、电冰箱几乎年年都在更新换代；儿童食品、妇女时装几乎是日新月异。三年前的皮鞋、五年前的洗衣机，差不多已经注定要成为垃圾。如果一件物什存留三五十年、三五百年甚至三五千年仍然具有意义，它已经超越了商品的价值而接近文化和艺术的价值。秦始皇墓坑中的兵马俑，原先的造价至多不过十两银子一个，而现在外国有人肯出几十万美金，我们尚且不肯卖去，理由是它已成了"无价"之宝。当然，外国佬即使买了过去也绝不是留做自己死后的殉葬物，而是要把它收藏在博物馆内奉为"艺术"。

同一件物什，作为商品它凭借的是"流通"，作为艺术它仗恃的是"永恒"。商品经济是潮流，文学艺术是石头。

在地球上，最能代表永恒的，也就是石头。石头的历史肯定比人类长久，然而，只有人类出现后，石头才被赋予意义。被人的精神浸润过的石头，是灵幻的石头。在河南洛阳的南郊，就有着这么一堆灵幻的石头——龙门石窟。一千多年来，龙门山下也曾停驻过帝王嫔妃的香车宝辇，也曾铺满了善男信女的供果香火,也曾奔流过巨商大贾的车水马龙,也曾安扎过兵匪盗寇的行辕营寨,但这一切随着时间的流逝都消失了,留下的只是这些石头,以及石头上蕴含的人文精神。

文学,也许应当追求这样的不朽:在人类生命赖以立足的基石上,镌刻下人类精神的潮汐涨落、风云流变。

1993 年初冬,深圳莲花山

月照石头河

正月十五的月亮很好,洒下一地清辉。来到这个偏远的山城小县,我不能不想起他。

他是学艺术的,专业是唱歌,大学毕业后却被分配到这个县的公安局,当一名刑警。

"文革"中武斗最厉害的时候,我被围困在城市东郊的一座化工厂里,年迈的爹娘整夜把耳朵贴在窗棂上,听远处隐约传来的枪声,有时是机枪扫射,间或还有几声沉闷的巨响,是迫击炮。就在那个漆黑的中秋之夜,他裹着一件破旧的军大衣,怀里揣着二斤月饼,在蒙蒙细雨中潜行到我家。从那以后,我就把他当作我的亲兄弟,他也总是喊我"大哥"。每年,我总要到这个偏僻的山城看他,住上几天。

我最后一次到山城来,是1976年的秋天,那时我早已被分配到省城工作,在一所师范学校教书。分别的时候,他送我到县城北关外的桥头上。桥下是山区常见的那种河流,河岸陡峭,上下落差很大。正是汛期,山里下来的洪水把河槽涨得满满的,湛蓝的河水打着漩涡向着下游荡去。车开远了,他还在山风中频频向我招手,头发像茅草似的飘拂着,显得有点苍老。风里雨里折腾了十几年,我们都已经不算年轻。

我所乘坐的汽车经过一路颠簸,接近省城时,天已黑下来。从山上远看夜色中的省城,是一簇璀璨的灯火,像一只巨大的、闪闪发光的珠宝箱。我看着自己驶进"珠宝箱"里面,而我的患难兄弟的身影似乎还在暮色苍茫的山脚下晃动,我有些心酸。刚刚分手,就又格外地思念起他。

他从小失去父亲,母亲虽然十分溺爱他,却又非常专横固执,这就使他生来柔顺的禀性显得有些荏弱。按着母亲的意愿,他结了婚,后来还生了一个儿子。每次见到我,谈起家庭时他都一声接一声地叹气,我知道他过得很不如意。不久就传出来,他和本单位的一位年轻姑娘过于亲近,已引起舆论的不安。后来,他在给我的信中总是谈他的苦闷,并且渐渐透露出想要离婚、想要调动一下工作的念头。

我最后一次见到他,已经是冬天临近春节的时候。他来了,还带了一位姑娘。我明白,那姑娘就是她。她很年轻,算不上特别漂亮,却长得端庄大方,言谈不卑不亢、眉宇间透出一股英气,一口地道的东北普通话,淳厚的女中音。

他说,他刚刚参与追捕一名驾车逃跑的杀人犯。凶犯驾驶的是一辆崭新的日本五十铃,逃跑过程中又撞死撞伤多人,其中一个还是孩子,脑浆流了一地,真惨。他说他们公安局的设备太差,一辆旧吉普,还是八年前拼装的,老是熄火。武器也太旧,他拿的是一支"士八音",只有五发子弹,还退不下壳。通讯联络更谈不上,靠的是公社里的手摇电话机。尽管这样,由于全体干警发扬了"一不怕苦,二不怕死"的精神,经过四天四夜的角逐,终于把罪犯堵截在一条山沟里,那罪犯也已经精疲力竭、衣服破碎、两脚血污、像一条奄奄一息的野狼。追捕中他左臂负了伤,不重,是被山坡上滚下来的石头砸伤的,为此他立了三等功。

他又说,她怀孕了。

事情是这样,三个月前他已和家里的媳妇说妥了离婚,好说好散,抚养费的钱也已经凑齐。待到办手续时,媳妇又听了邻人们的劝告:不能便宜他,拖住不给他离。搞得他很被动,现在已是骑虎难下。他说,她准备回东北老家过年,她的家在靠近苏联边境的虎河镇,很远很远,他准备送她。

临行前几天,那女孩子由我妻子陪同,托熟人私下做了流产。当她从三轮车上被搀扶下来时,本来就白皙的面孔在零乱的黑发中显得更加苍白,大冬天额头上汗淋淋的。她的嘴角仍挂着微笑,冲着我说:大哥,我不怪他,你也别怪他。

我对他说,过年后就赶快返回单位,别把关系搞得太僵,我已在这里一家棉纺织厂的保卫科为他联系好了工作。他惨然一笑,一边擦拭一把锋利的军用匕首,一边说:也许这一去就不回来了,我们俩要在长白山的老林子里当野人了!

分别时他留下一包照片,有他自己穿着白色警服的半身照,有他和儿子在一起拍皮球的照片,孩子虎头虎脑很可爱。还有一张是他和她偷偷拍的合影,像那个年代的结婚照一样。我送他们到火车站,火车启动时我看他眼里含着泪花,手也有点哆嗦。她倒是很镇静,甚至有点兴奋,说过了年就回来了,再见吧,大嫂、大哥。

春节过后一个多月,山城公安局的人突然找上门来,我才知道他们俩一走就再没有回来。公安同志态度严肃地说:他们潜逃了,从虎河镇偷越了国境,已通令全国缉拿。

我感到愕然。怎么也没有想到性情温驯的他竟会做出这样石破天惊的事情来,更没有想到几个月前还在追捕逃犯的英雄如今自己成了被通缉的逃犯。在最初的震惊过后,作为他的朋友、大哥,我先是从心里原谅了他。我想,在一切"叛逃"行为中,为了爱情应该是最可宽恕的,况且他们俩人的出逃也许谈不上"叛卖",中国已经人多为患,出走一个两个减轻些国土负担,说不定还是好事(当时尚且不知道有"劳务输出"之说)。我当时担心的反倒是他们走不出去,或许已经迷失在深山密林中,冻死、饿死或被野兽撕吃了去。后来我还多次梦见过他。梦见他站在北关外桥头上送我的情景,一头乱发、一脸苦涩。

时光一晃就是十年。我突然收到一封辗转寄来的信件,信封下边的落址是俄文。我不认俄语,凭直觉一下子感到,是他的信!果然是他的来信。信中说他们那次出走算得上九死一生。他们其实不知哪里是国境线,只是朝着荒无人烟的东北方向走去,头上是星光闪烁的夜空。面前是一望无际的冰阪雪原。在雪地里他们俩艰难地走着,像云端两只离群迷路的黑雁。第二天黄昏时分,刮起了白毛子风,风雪弥漫,他俩不敢停下脚步,怕冻死在荒野里。走累了,抱着头哭一场,仍相互搀扶着一步步向前挪去,终于撞上了苏联边防军的哨所,被隔离收容审查,半个月后被作为难民安置到符拉迪沃斯托克市郊区一个小镇上。从那以后,他给一家木器厂当油漆工,她在一家托儿所做替补保育员,小心谨慎地过着辛劳而又贫寒的日子,并生下了一双儿女。儿女都在上小学,中国话听得懂,已不会说。他们信中讲,日子还能过下去,让我们放心。

人世间的事情,实在估不透,说不清楚在冥冥中使着暗劲的是上帝还是真主,是佛陀还是神仙,是历史唯物主义的必然规律还是诺查丹玛斯的险恶的预言,反正,一个庞大的社会主义联盟共和国就这样轰然解体了。

紧接着,一个热火朝天的边贸市场在罕为人知的绥芬河畔兴隆起来,他和她不失时机地被裹挟进商品经济的大潮,凭着精通汉语而又谙熟俄语的优势,竟倒腾起生意来。几桩买卖做下来很是得手,他频频打电话来,说很想见一见。

我也很想见他。我凑巧有一次到东北讲学的机会,在珲春一家新建的大宾馆里,生离死别的朋友见了面。他扑倒在地号啕大哭,我也悲从中来泪流不止。哭过之后,他才想起让秘书看座、上茶。

秘书是一位俄国年轻人,高大英俊,前苏军装甲兵团少校,毕恭毕敬地垂手恭立一边。不时有电话打来,话筒里传出的中国话称他为"乌经理""乌里扬先生"。他有些不好意思地向我解释,他已经加入了俄国国籍,起了个俄罗斯名字叫"瓦西里·乌里扬诺夫斯基",我听了觉得很有些十月革命的味道。

我问起她,他说,她如今发福了,很有经商头脑,也在忙生意,几个月还见不上一回。他脸上洋溢着幸福的光彩,适才的悲伤气氛一扫而空。说话间又进来三位客人,全是中国内地来的商人,"乌经理""乌里扬先生"地叫着,谦卑得像电影里的汉奸。

我看他实在忙,便要告辞。他说一定要我到"那边"玩一玩,生活已今非昔比,最近全家搬进新买的别墅,并从日本买进两部高级轿车,说我去到之后可以住最豪华的宾馆、吃最丰盛的宴会,可以拨一辆车专门用来游览,如果喜欢跳舞,还可以找到最漂亮的舞伴,当然是年轻的俄罗斯女孩。他还说来之前曾给我买了一件狐皮大衣,银狐的,只是事情太多、太匆忙,忘记带了。

他再三叮咛:你可一定要来。他果不食言。我回到家中不久就收到他从俄罗斯寄来的邀请出访的文件。我却没有了一定要去的兴致,他过好了,我也就放心了。

这一年刚刚过完春节,我陪几位考古界的朋友进山,中途夜宿在这个山城小县,我才又想起他来。

县委招待所位居闹市。比起十多年前,县城现代化多了,马路两边高楼林立,霓虹灯五光十色,花里胡哨的广告不亚于省城。虽然夜已深了,歌舞厅里依然在"卡拉OK",歌声阵阵,舞影幢幢。大街上到处是爆竹的碎屑,像是财神向人间洒下的一层喜庆的"红粉",依然一派过年的气氛。电视里正播放《我爱我家》的电视剧,透过住宅楼明亮的窗口,家家同时迸发出一股股热腾腾的欢笑。

我独自一人出了县城往北走,只见楼房越来越稀少,马路显得越来越空旷,灯光渐渐疏落,月色却显得更加清朗皎洁。北关外,原先的那座破桥已拆去重建,而河流几乎还是原来的模样,陡峭的河岸由西往东蜿蜒而去,像一条游龙。大约是冬季,河里没有水,只有一河大小不一的鹅卵石,密密麻麻、挨挨挤挤铺满了整个河床。石头映着月光,发出青幽幽的光,闪烁明灭,就像河水泛起的一层涟漪。

然而,那是石头。那不是水。流水易逝,而石头却亘古长存。

我独自一人立在桥头，望着天上的明月、河里的石头，又想起他来。

故事的结局是中国戏曲常见的"大团圆"。他历经艰辛曲折，终于获得了幸福美满，为自己的人生道路画下一个人人羡慕的圆。然而，他们最后得到的不正是千千万万人们拥挤在一条道上争先恐后、你抢我夺力图攫取或已经取得的吗？他和她铤而走险、舍生忘死、含辛茹苦、十年生聚。最后就是为了这些别墅、轿车、华衣、盛宴？

望着月色下石头河泛起的青幽的微波，我又想起他和她背井离乡、相互偎依着、搀扶着跋涉在茫茫雪原上的情景。那一刻仿佛世界上的一切事情都消失了，就只剩下铺天盖地的冰雪和感天动地的情爱；在那银白的混沌中，一切都隐退了，就只剩下两个艰难蠕动着的弱小的身躯，两颗熠熠燃烧的心。

也许，那一时刻才是他们生命和爱情历程中最为辉煌的时刻。

但是，你难道能够让他们在那苍茫凛冽的大风雪中一直走下去吗？你忍心让他们那样走下去吗？他们自己能够活着继续那样走下去吗？

生命中最动人的时刻，恐怕只能像一颗划过夜空的流星，继续下去就难免不落入平庸。我又想起繁华街头的那一地"红粉"、明亮窗口里传出的热腾腾的笑声。

哪里有什么永恒？有的或许只是这一河月色、一河石头。

如果还有，那就是生命中燃烧着、消逝着的流星。那是一种精神意义上的由瞬息幻化成的永恒。

1994 年秋，海南大学荷花池

江河纵横

　　人生几何，也许并不仅仅靠时间计算，应当还有空间。"念天地之悠悠，独怆然而涕下"，其实便是一种沉郁宏阔的生命空间感。郑和七下西洋，诸葛亮六出祁山，这"西洋"和"祁山"都成了他们生命存在的一部分。假如从麦哲伦或者哥伦布的生命中删除掉环球旅行与新大陆，他们的生命无疑将失去许多光彩。

　　每个人不但有着自己生存的时限，同时也都有自己生存的空间。我虽然曾经飞掠长白山麓和帕米尔高原，虽然曾经驻足毛乌素沙漠和马六甲海峡，然而我长期辗转盘桓的领地却是在黄河与长江之间。

　　对于黄河最初的记忆，是60年代初三年大旱的经济困难时期。那时，我还是一个15岁的少年，正值"长身体"的年龄。"低标准，瓜菜代"，学校的操场里也深翻三尺种上了南瓜、白菜，然而仍然吃不饱肚子。据说黄河滩上有一种叫做"水红花"的野草，它的茎秆中含有淀粉。于是，在一个秋风萧瑟的日子，我们在老师的率领下，浩浩荡荡地开到黄河岸边。天寒水旱，滔滔黄河只剩下涓涓一线细流。一望无际的，全是龟裂的黄泥板。我们要寻找的水红花，如晚霞一般，飘落在黄河滩上较低洼的地方，一簇簇，一片片。

傍晚时分，夕阳沉落在黄河古道的天尽头，暮霭笼罩了漫漫河滩，一片迷茫。"大漠孤烟直，长河落日圆。"虽然天上寒风袭袭，腹中饥肠辘辘，这雄浑的诗句仍充实了一颗少年的心。

大学毕业后，我走出河南省的第一站，便是长江重镇武汉，距今也已经25年了。在汉阳的龟山上，我第一次见到了长江，我惊奇地看到，那是和黄河完全不同的气象："日出江花红胜火，春来江水绿如蓝"，江水比起河水，不但清澈，而且丰沛。蓝天白云下，一江碧涛澎湃东去，两岸秀色绚丽如织。"晴川历历汉阳树，芳草萋萋鹦鹉洲"，长江是绮丽的、纤浓的，又是磅礴的、豪放的，不像黄河的疏野与荒凉。

在武汉的江岸兵站停留两天，随后便溯汉水而上，来到汉川、天门、沔阳三县交界的一个偏僻贫困的地方，住在一个傍着汉水名叫"李花"的小村庄里。汉水是长江的支流，两岸是古书上所说的"云梦古泽"，至今仍是星罗棋布的湖沼。作为在军队管制下接受"再教育"的大学生，我们的任务是围湖垦殖。劳动强度很大，每天在泥水中挖河筑堤，拉犁拉耙，一冬一春下来，在这沉睡万年的荒湖造田6 000余亩，全部种上了稻子。

稻花飘香季节，汉水上丛林如黛、白帆似鸥，水面上时而飘过悠扬的潜江民歌。尽管劳动异常艰苦，尽管生活中有许多不能令人满意的事情，但汉水上的绿树白帆仍然给困厄中的年轻生命带来无限的生机和希望。

正当稻子抽穗的时候，接连几天瓢泼大雨，云梦古泽一片白浪滔天。新筑的堤坝不结实，日夜的抗洪抢险未能战胜汹涌而来的大水，堤坝终于被冲毁，6 000亩稻田复归于湖底，一年的劳作付之东流。我们在军垦农场的"再教育"也随之宣告结束。

从汉水乘铁壳驳船，夜半时分驶入长江，船就泊在汉水与长江交汇的宽阔的水面上。夜色正浓，江上特别宁静，只有几颗寒星在寥廓江天间闪烁。"鱼龙寂寞秋江冷"，那时，波澜壮阔的"文革"经过几番大折腾，也已经濒临尾声。我们这些当年曾经叱咤风云的老红卫兵，经过严厉的"再教育"，大多失去了当年的风华意气。我站在夜露浓重的甲板上，凝望着暗夜中涌动的长江，又想起三年前黄河岸边的那场血战。"文攻武卫"的旗帜在硝烟中挥舞，满脸污血的战友仍在高喊着"誓死保卫"的口号。当我们搀扶着伤残的战友从黄土岗峦上撤下来时，河面上那轮硕大的血红的太阳正在沉落。

"寒树依微远天外，夕阳明灭乱流中"，这是唐代诗人韦应物当年乘舟自洛水入黄河时看到的邙山落日的情景。我永远忘不了那轮浊流中明灭不定的残阳。人类历史上曾不止一次地遭逢浩劫，或生灵涂炭，或血流漂杵，然而，凶顽与残暴最终还是被正义与良知击败，历史的潮流终不能逆转，中华民族在历经十年浩劫之后，终于迎来明媚的春天。

如若把历史比作江河流水，个人在历史的洪流中总显得如此渺小。

那一年，在黄河的三门峡，我清楚地看到了"流水无情"的一面：大坝上弃置着一片发电机涡轮上的"叶片"，说是"叶片"，实乃一庞大的钢块，其状若宣化大斧，重达四吨。这叶片之所以报废，是因为中间有了一道明显的裂缝，那是被坝上的水流冲断的。流水竟至有如此的威力吗？来到大坝的"泄洪口"，我相信了。只见黄水奔突咆哮冲出大坝，又崩至半空，如炸弹爆裂，地动山摇，烟雾腾腾。

河水竟如此凶猛！我从心里佩服那"中流砥柱"的坚毅与傲岸。

"砥柱"是三门峡中流的一块巨石，地质学上称作青灰冻石，比花岗岩还要坚硬，百万年来，无论河水怎样冲击，它始终岿然不动。又一次到三门峡来，适逢枯水季节，水被蓄在库中，大坝外只是一片黄沙漫漫。我与友人二三，信步登上"砥柱"，迎风远眺，意气洋洋，且摄影留念，俨然以"中流砥柱"自居。然而，环视四周，则沙洲平平，坦若操场。友人告诉我，若河中有水时，任何人也难以靠近"砥柱"。我不禁怅然若失，心中好不惭愧：有"中流"时，我不能登"砥柱"，而登上"砥柱"时，却又全没了"中流"。逢场作戏是轻巧容易的，而要做"真英雄"却困难得多。

"九曲黄河万里沙，浪淘风簸自天涯。"人生旅途大约也如黄河九曲十八弯。"山不转水转","十年河东,十年河西",这些关于江河的民谚有时也适用于世事。

二十年前,在汉水之滨围湖垦殖的时候,我们这些北方大学生当时的最高愿望便是逃离这水中的劳作。打不惯赤脚,新开垦的水田里一个菱角四个刺,一脚踩下去扎两个洞,抬出水面,脚掌上还汩汩冒着血丝;有时不小心被泥中的蚌壳划破脚掌,便是一道血口。何况还有时时袭来的蚂蟥、水蛇。

实在没有想到,二十年后我却被人当作"学者""教授"踏入文学艺术界。记得头一次在上海住进大宾馆,身子陷进松软的"席梦思"里,无论如何也睡不着,最后还是把褥子挪到了地板上,如同作家高晓声笔下的庄稼汉陈奂生。入夜,黄浦江畔大厦林立、华灯初上,我的思绪却又飞回二十年前的汉水之滨,回想起汉川县苦风凄雨中的那片灯火,那是抗洪前线民工们的帐篷。劳累一天的民工们就睡在潮湿的泥地上,那也是一种生活,一种更真实的生活。

"逝者如斯夫。"生活在流变,人心似乎并不该一味地随波逐流。也许,生活中更深的意蕴是在逆境中拼搏。居安思危,溯流而上,在大风浪中时刻保持着生命的张力,"自信人生二百年,会当水击三千里",是生存的大境界。

正因为如此,我不愿意忘去我的平民出身;不愿意忘去我少年时代拉着板车跋涉过的黄土高坡;不愿意忘去干旱的黄河滩上那落霞般殷红的野草,不愿意忘去云梦古泽那风雨飘摇中的茅棚与田舍;甚至不愿意忘去那个狂热年代的热血和泪水……所谓"教授",所谓"声誉",可能只是一袭空壳,不该成为一条生命的最终归宿。

那年夏天,当我随着"专家休假团"游览了万木葱茏的匡庐山、碧波荡漾的鄱阳湖、十里金粉的秦淮河这些江南胜地之后,我又深深地怀念起我的"北方的河"。于是,我偕同我的两位年轻的研究生,打起背包深入到黄河流域的腹地,从函谷关到风陵渡,到山陕峡谷。在太行和吕梁的万仞峭壁下,扑身浪涛滚滚的黄河。万古洪荒的大河,河水却是暖融融的。一只苍鹰在云端翱翔,巍峨的山崖似乎也在随着河水缓缓飘浮。生命的时间已经凝固下来,身体已溶进山岩和流水,化入蓝天和白云。

这时,我深深体会到,生命也是空间的。

我庆幸我的生命曾纵横在大河上下和大江南北。潇湘佳丽的清纯娟秀,秦晋汉子的苍朴浑重都曾滋补了我,我的生命终归也是长江和黄河赋予的,这就是一种得天独厚。

生命毕竟又是属于时间的。比起万古长流的江河,个体的生命不过弹指一挥间。从时间计算,我的生命之旅已走过了一半;从空间上看,我仍然没有走出我魂牵梦绕的长江与黄河。

也许,我这一生永远也走不出去了。我将注定老死在江河之间,那我也并不后悔。"死去何足道,托体同山河",恕我改动一下陶渊明的诗句。对我来说,现在也许还不到书写遗嘱的时候,但我仍然想交代一下,一旦我走完这人生的途路,我真想把自己的魂魄一半分给长江,一半留给黄河。

1992 年 6 月 6 日,郑州大学小树林

生意的歧义

　　中国汉语的歧义性常常会弄得学习汉语的外国人莫名其妙,比如这里写下的"生意"一词,便可成为一例。

　　"生意",一是指"生机""生气""生命的活力""生命的意趣"。如雪中红梅、雨后春笋、鹰击长空、鱼翔浅底、初生牛犊、二八少女,都是生意盎然的象征。

　　"生意"的另一解则是"做买卖",即"商业经营",或摆摊设点,或沿街叫卖,或经营公司,或长途贩运,或挟包公关,或炒股放债,也都叫作"生意"。稍加考究便不难辨出,前者的"生意",指的是有机体内部一种鲜活的、自由的、蓬勃向上的生长意志;后一种"生意",则是指社会成员之间进行物质交易的手段和措施。两种"生意","能指"相同,"能指"下方蕴含的"所指"迥相差异。

　　文人们历来看重的显然是前一种"生意",明代学者张岱曾说:弹琴拨阮、蹴鞠吹箫、唱曲演戏、描画写字、作文作诗,凡诸百项,皆借此一口"生鲜之气",得此生意者,自致清虚,失此生意者,终成渣秽。王夫之在《姜斋诗话》中也曾强调过生意对于写作的重要:含情能达、会景生心、体物得神,有了生意,自有灵通之句。生意就是充盈涌动于诗人艺术家内在的精神与性情,一旦性情衰竭,则生意遂索然无存。生活之树之所以长青,生命之藤之所以常绿,全凭这股勃然于体之内、飘然于形之上的生意。

商人看准的则是后一种"生意"。司马迁在《史记》中把经商活动称作"货殖",望文生义。即"以物生物""以钱生钱""以少物生出多物""以小钱生出大钱"。做生意就像饲养母鸡一样,抛出的是麸糠,获致的是鸡蛋甚至金蛋。或殚精竭虑,或精打细算,或囤积居奇,或投机取巧,或买空卖空,生意的好坏,全以赚钱的多少为尺度。

文人的"生意"与商人们的"生意"不能说没有一点联系:只不过,文学艺术中的生意生出的是精神与情感,商业贸易中的生意生出的是物质和金钱,对于人类现实存在着的社会生活而言,两种"生意"都是不可缺少的。从当下的行情看,后一种"生意"正在酿为热门、聚成大潮。所谓"文人下海"竟也成了一种时髦,"文学艺术商品化"的呼声愈来愈高,两种生意有可能只剩下一种生意。

从字源学考证,"意"者,"心音"也。"意"在哪里?"意"是心灵之上、言语之下的一块充盈的虚无。是胸襟中的一团混沌氤氲,是灵府里的一片波光云影。这是人类独有的精神现象。"生意"生到最后,如果只是生下硬邦邦的金币,"生意"还成其为生"意"吗?

鲁迅早年说过:"生命总是沿着精神的三角形的斜面向上走。"文学艺术创作是精神的舞蹈,是情感的升华,文学艺术应该为人类的精神生态鼓荡起更为饱满丰沛的生意。我担心,文学艺术一旦成了一种"生意"、一种买卖、一种商品,便会失去固有意义上的"生意"。

作为商业经营的生意当然应当发展,然而我也总在期望,人类的商业活动也能够灌注进人类精神和情感的生机、生气、意趣、意绪甚至诗意。那时,经商也有可能成为一种艺术、一种美的创造。这也许是一个理想,就现实的人类社会而言,起码仍然应该存在两种不同的"生意",存在关于"生意"一词的歧义。

1993 年初冬,深圳莲花山

两种野蛮

　　如果要选一种现象,最能够代表一个社会的野蛮、残酷,那么,"人殉"可能会被大多数人选中。当年,郭沫若先生就是仅仅根据"人殉"这一铁证,便将中国的殷商、两周时期统统敲定为"奴隶社会",而且容不得别人半点争辩。

　　的确,以往读中国古代史常常让我心头震惊、寝食不安的,便是"人殉"和"人牲"。一个人死了,同时还要把他的亲人随之活埋在幽暗阴冷的墓道里,其中不少是女人和儿童,那情景该是多么地凄惨!每逢庆典,总要选几个活人,而且多半是青壮年男人,像杀猪宰羊一般地砍头、开膛,那又是多么血腥的场面!据历史记载,这类事,在中国新石器社会的晚期,尤其是商代的中晚期,即商王盘庚将他的国都迁移到河南省安阳地区之后最为盛行。从考古人员挖开的古墓中看,最多时,一个死者要有几十人、数百人为之殉葬。《墨子·节葬篇》中也曾留下了"天子杀殉,众者数百,寡者数十"的记录。就是那位被后来人称颂位圣母娘娘的巾帼英雄"妇好",也用了十六个人为她陪葬。考古学者拍下的墓室的照片,一具具森森白骨,或蹲或跪,或躺或卧,令人触目惊心!设身处地想一想,如果死的是自己,让自己的太太、女儿和自己一道进火葬场的焚尸炉;或者死的是自己的父亲,自己必须与他一起躺进墓道里,不都是些极为可怜、可悲的事吗？"惴惴其慄，彼苍者天！"——《诗经》中的《秦风·黄鸟》就生动地表达了当时的人们对于人殉这种残忍行径的悲愤心情。因此，我不能不赞同一些历史学家的判断：那是一个野蛮的时代，一群野蛮的人！

后来，到了汉朝、唐朝、宋朝，终于不再拿活人殉葬、献牲了，普遍实行的办法是以泥巴捏制的陶俑应付一下死去的先人或神灵，历史学家又说：社会进步了。再后来，进入现代社会，科学证实人死神灭，神灵不再受宠，现世活着的个人生命价值被提升到至高无上的地位。祖宗也不再那么受尊崇，以活人殉死人的事再也不会发生。看看我们周围的高楼大厦、马路汽车、手机电脑，科学技术正在造就一个富丽堂皇的文明世界。这时，历史学家又说：社会已经彻底摆脱了野蛮、愚昧和落后，人类文明已经达到前所未有的高级阶段。

果真如此吗？

不久前，新华社的一则短短的电讯，似乎一下子就打破了历史学家制造的乐观主义的氛围，那就是：全世界一年中交通事故死亡人数达到50万，其中，中国交通事故死亡人数为10.4万人，印度、美国、俄国分别为8.6万人、4万人、2.6万人。况且，这样的数字已经持续攀升了多年，粗略算一下，在跨入新世纪的短短四年多里，中国人惨死于交通事故的该不下40万人。这就是说，在现下这个科技发达、文明理智的社会里，每天都有近300人莫名其妙地死在路上，死在人们自己精心制造的五花八门的交通工具上。与古时的殉葬相比，这可以叫做"殉车"了，或"殉路"了。

去年春上，我乘汽车由苏州去济南，天大雾，800公里的高速公路上，我目睹了三起车祸。其中一起，一辆卡车的头部挤进前边一辆更大的运送轿车的卡车的尾部，车头碎了，司机被削去半张脸、挤断一只胳膊，身子又被紧紧卡在变形的车头里，不能动弹。由于严重塞车，急救的车辆过不来，人们只好看着一股股鲜血从这个汉子的伤口中汩汩流出，流过车厢的底板，一直流到车下的柏油路面上。我没有见过古代杀祭人牲的场面，车祸之惨烈，庶几类之？车到济南，又听某大学的朋友讲，他们学校保卫处的一辆车子就在我们到来之前，在去徐州的路上出了车祸,撞烂油箱引起大火,车内四位年富力强的公干人员无一生还。

这样的事情每天都发生着,每天死300人,每年死10万人。然而,似乎并没有看到人们对此表示更多的惊骇和疑虑,更没有人对"始作俑者"的汽车表示应有的愤慨,似乎这样的死亡是合乎道理、合乎规律的,是科学发展过程中的必然,甚至是社会繁荣昌盛的某种象征。

于是我又想起了远古时代的"人殉"。

根据考古学家的发掘和考证,中国人殉与人牲的最兴盛时期是在新石器晚期以及商代。安阳侯家庄殷王陵殉人最多的达300余口。史学家估计,有商一代人殉的总数高达6万人。这个数字是惊人的。但如果考虑到商代持续时间是三百年,那么每年死于"人殉"的也不过200人,每天平均不到一人,即使考虑到人口基数的差异,比起当前死于车祸的人数,真是小巫见大巫了!

还有一个事实,我们不能不注意到,古时的"人殉"并非全部属于被动的虐杀,其中有的也许并非出于他人的强迫,而是纯属自己的意愿。这部分人大多是死者的亲人、近人,或是忠实的信徒,或为挚爱的亲朋,他们不求同日生,但求同穴死,把以身相殉看作自己义不容辞的职责,而社会上也赋予这类死亡以极高的荣誉和丰厚的酬报。虽为殉葬,死者反倒觉得"死得其所","重于泰山"了。这样的"义举",史书中有不少记载。

《史记·田儋列传》中记载,田横死后,他的两个朋友在其墓旁挖了两个坑,然后也自刎而死,更惨的是他部下的500名壮士,闻讯田横死去,也纷纷拔剑自戕,无一苟活。这样的殉葬,是"殉人",也是"殉道",继之后世仍绵绵不绝。文天祥的舍生取义,谓之"死节";陆秀夫身背幼小的末代皇帝蹈海而亡,即是"殉帝";明朝末年的崇祯皇帝吊死煤山,虽说是咎由自取,但也含有"殉其江山"的意味。甚至王国维先生的沉湖自尽,也曾有"殉清"或"殉学术"的揣测。看来,古时的这类"殉死",颇有些为了某些比生命更为重要的事情而英勇献身的意味。后来,我们常说的"下定决心,不怕牺牲,排除万难,去争取胜利",其实也含有"以身殉革命事业"的意思。恐怖分子的"肉弹,人体炸弹"也应该算是某种宗教祭坛上的牺牲。就字源学推断,其中的"牺牲"二字,也是来自古时的"人殉"或"人祭"的。

这样以身殉节的人虽不是多数,但毕竟"殉"得尚有道理、道义。如今的"车殉"或"路殉"已经完全失去了这些精神的光环,因为没有一个死于交通事故的人是心甘情愿"为车捐躯"的。

还有,据详细的统计结果显示,在中国,死于车祸的百分之八十并不是驾车的人,而是被车撞死的路人。那么,这些不幸的人死得更加冤枉,无疑成了现代社会车祭、路祭中被动的"牺牲"!

如果说古代的人殉是野蛮的,那么,现代的"车殉""路殉"又是什么呢?难道反而成了一种"文明"?你可以说那是"意外的事故",而不是故意杀人。但是,每天死300人,每年死10万人,年年如此,死人的事明明是在"意中",又怎么能坚持说那是"意外"呢!

历史上的人殉、人牲的风气在商、周之后,渐渐被批判、被制止,或以泥捏、木雕、草扎、纸糊的假人代替了活人。即使专制、残暴如秦始皇者,在他的坟墓里大量殉葬的,也都是这类"仿制的人",这或许可以看作野蛮向文明的进步。

但在现代社会中,我们尚且看不到进步曙光。我们至今没有看到有人对于汽车杀人提出严肃的指责和认真的思考,更没有看到真正有效的改进。我们当下能够看到的是,道路越来越挤,汽车越来越多,车速越来越快,尽管死伤已经如此惨重,汽车生产仍然受到从上到下狂热的鼓励,人们齐声欢呼"汽车时代"的到来。报纸上曾经登过一个口号"坐在汽车里,奔向现代化",号召中国要户均一车,这显然是为汽车制造商做的不负责任的广告。近年,在中国,每月汽车的销售量在30万辆左右,以每天1万辆的速度增加。无须太高的智商就可以预见,在今后相当长的一个时期里,"殉车""殉路"的人,将有增无减。

打一个比方。假如，像南京或者西安这样的城市里突然冒出一匹大灰狼，每天要吃掉一个人，那么，必然会引起这些城市的莫大恐慌，那灰狼必在扑杀之列。现在吃人的是汽车，即使每天吃上十个八个，那汽车依然不失为这些城市居民的心仪之物。

当然，社会的发展是需要付出代价的；个人的舒适、方便，也是要付出代价的。但对于每天都要付出300条人命的代价，却熟视无睹、视同当然，这态度也就有些迟钝和麻木了。在理智清明的当代人看来，一天杀一人的古代人殉制度，是万恶不赦的；而一天杀百人、数百人的现代"汽车文明"却成了社会进步的象征！

法国思想家莫兰（Edgar Morin）指出：

> 人类社会实际上存在着两种野蛮，一是原始的、愚昧的、明显残暴的，"表现为谋杀、酷刑以及个人和集体的疯狂"；另一种则是"匿名的残酷"，来自"技术官僚制度造成的野蛮"。
>
> 第二种野蛮的特点在于它把技术化、专业化、碎片化、官僚化、匿名化、抽象化、商品化统统结合在一起，不仅葬送了整体和本质，而且消除了责任心、具体性和人情味。

如果说远古的人殉属前一种野蛮，那么，当代的"车祸"该属后一种野蛮。如果说前一种野蛮，尚可引起人们的惊诧、疑惑、愤懑、指责，成为激起社会责任心、同情心的原由，那么后一种野蛮却在光怪陆离的外表下逃避开人们的视线，它让死去的人死得不明不白、平淡无味，让活着的人活得没心没肺、得过且过——只要那"野蛮"不降临到自己头上，就始终自得其乐。

2003年冬，金鸡湖畔

喇叭与世界

闲来翻杂书,看到希特勒在 1938 年的《德国广播手册》中曾经讲到:"如果没有扩音器,我们是不能征服德国的!"

扩音器,即人们所说的"扩音喇叭",简称喇叭。喇叭竟然真的具备征服一个国家乃至征服整个世界的威力吗?

我想,凡是亲身经历过"文化大革命"的人,对希特勒的这一判断多半是会表示认同的。那时,发动并领导这场"革命"的最高指示、最新指示都是从这些"喇叭"中传递过来的。大街小巷里跑的有宣传车,车上安装的是脸盆口一般大的"大喇叭";居民家中,差不多都安装着有线广播,墙上挂着碗口大小的扩音器,即"小喇叭"。最新指示不过夜,喇叭一响,红色电波传喜讯,亿万人心就随着这些大大小小喇叭中传递出来的声音上下跳动。红卫兵、造反派们闻之则欢欣鼓舞、斗志昂扬;走资派、反动学术权威闻之则心惊肉跳、如丧考妣。喇叭里的声音响彻云霄,革命的形势地动山摇。套用一下希特勒的那句话,便可以断定:如果没有扩音喇叭,就不会有中国的无产阶级"文化大革命",起码不会有如此规模如此样式的"文革"。关于这一点,"文革"中的红卫兵们是坚信不疑的。"文革"中相互对立的两派群众组织,在相互显示实力、角逐胜负时的一个争斗焦点，便是"广播大战"，或曰"喇叭"大战。喇叭成了革命派的法宝。

"文革"中，在我们的那个城市经常看到这样的情景：一派人占据的大楼上架起了一溜8个高功率的大喇叭，对面另一派组织占领的大楼上改日便架上一排12只高音大喇叭；当对方的喇叭增加到16只时，这一方便将12只一排的喇叭扩充到两排！雄壮的进行曲、激昂的革命口号、义正词严的"声明""警告"，声色俱厉的"勒令""通牒"，轮番展开听觉轰炸，拼命抢夺舆论阵地。结果，往往在那"声响肉搏"白热化时，一方袭击了另一方的广播站，抢走或砸烂了对方的"大喇叭"，甚至一并虏去了对方的"喇叭花"（女播音员）。"文革"中由文斗走向武斗、武斗逐步升级，直到在一些地方两派之间杀得人头落地、血流漂杵，最初往往都是由"喇叭大战"引发的。

我最初见到的喇叭，是电影上看到的"五四运动"时北京大学的学生们在天安门广场演讲时手里拿的那个铁皮焊接的筒状物，被称作"扩话筒"。如果从声学原理上考证一下，这种"喇叭"不过是人的"嘴巴"的延长，是"口腔共鸣"的扩容，强化了人们说话的物理效应。电的发明和应用使这种效应增大了千倍万倍，并且清除了时间、空间的障碍。

能够言说的嘴巴是厉害的，古代中国那些能言善辩的读书人往往被怀揣阴谋的政治家视为宠儿。至于万众一声的言说就更其厉害，"众口可以铄金"，在中国，是春秋战国时就已经流传下的一条古训，较之德国的希特勒要早得多了！而"喇叭"，作为被机械化、电气化了的"众口"，威力更大，不要说"铄金"，就是金刚石、花岗岩它也能把它烧成一堆灰烬！秦始皇如果拥有这么多的"电喇叭"，那么他兼并起六国来一定会容易得多，说不定一千年前全球早已经"全秦化"了，用不着美帝国主义张牙舞爪费大劲。

如今，不管是城市或是农村，无论是机关或是学校，那些盆口大小、深灰色的或军绿色的型制宏大的电喇叭早已销声匿迹，只是在我的记忆中，它们偶尔还会在过往的岁月之河中浮现出来，像猛兽的一张张鼓得溜圆的巨大的嘴巴，发出震耳欲聋的声响。

喇叭,真的已经从我们的生活中消失了吗?似乎已经消失了,似乎又无处不在。我隐约觉得,那猛兽嘴巴似的大喇叭不见了,喇叭的精灵却充斥我们日常生活的各个空间。稍加搜索,仅只在自家的房间里就已发现,不但电视机中有"喇叭"、音响设备中有"喇叭",CD机、电话机、手机、电脑、"随身听"里都有"喇叭",我的房间里这些隐秘的喇叭数目并不比"文革"中一派群众组织架在楼顶上的喇叭少。据说,中国人拥有的移动电话已达到了3亿只。火车上、闹市里、校园中、商场内随处可见男男女女将手机捂在脸的一侧听得眉开眼笑、心安理得,其乐无穷!照此比例粗略估计一下,十多亿中国人目前拥有的喇叭该不下30亿只!而且,与以往不同的是,这些喇叭虽然隐秘,与人们的关系却更密切了,被人们亲密地、珍爱地挂在腰间、胸前、脖子里、屁股上。喇叭与喇叭结成了一张庞大的话语传递之网,人人都成了这张网中的鱼虾。只不过撒网的人已经变了,不再是黑色的纳粹党魁,也不再是红色的伟大统帅,而转换成摩托罗拉、西门子、爱立信或比尔·盖茨一类的角色。

传统意义上的喇叭,在尖端的微电子技术的支撑下,在高效的商业营销网络的操纵下,成功地进入了它的"后现代"阶段。

这些隐形的后现代喇叭与以往喇叭不同的是,它们已经全方位、全天时地融入人们的日常生活之中,甚至已经渗透到每个人的思维活动方式里,成为"长在"大脑或心灵中的一个"电子附件",喇叭与喇叭之间已经构成一个笼罩整个地球的网——用一句当年一位中国独裁者说过的话,那叫做:"天下英雄尽入吾彀中矣!"

结构主义语言学有一句名言:世界其实就是话语的。世界的统治权其实就是统治世界的话语权。这些隐了形的、贴了身的"喇叭",正在征服地球上各个现存的国家与民族。

这么多的扩音器,这么多的喇叭,或曰这么多的"众声喧哗",其实并不是中国人的脾性,中国人对于言说向来是节俭的、敬畏的。老子,那么大的哲学家,毕生留下的也不过5 000字;孔子,所谓万世师表,形成文字的话语,在数量上也赶不上当代的一位三流作家,这叫作"大音希声"。

历来不为物役,不为形拘的中国人,竟也为喇叭所诱惑、所煽动,突然众声喧哗起来,而且,对于这些"后现代喇叭",竟是如此虔诚地绝对臣服!想一想开头引出的希特勒的那句话,不能不让人担心。

中国古人中早就有与"喇叭"之类的东西唱反调的。元代有一位叫王磐的诗人,曾写过一首"喇叭歌",说的虽然是另一种作为乐器的喇叭,其用语精辟,值得我们引为警戒:

> 喇叭。唢呐。
> 曲儿小腔儿大。
> 官船来往乱如麻。
> 全仗你抬声价。
> 军听了军愁,
> 民听了民怕。
> 那里去辨什么真共假?
> 眼见的吹翻了这家,
> 吹伤了那家,
> 只吹的水净鹅飞罢!

现在,那么多的喇叭充斥在我们身边,我们也不要过于乐观,万不可完全放弃了自己的大脑和心灵,放弃了自己的思维和判断。我们不妨静下心来,辨一辨真伪、吉凶,小心被那些"后现代喇叭"后面身份不明的东西吹得晕晕乎乎、吹得伤筋动骨,乃至完全吹没了自己。

1998 年夏,海甸邦墩里

电话物语

关于电话的故事,时时闪现在我的记忆中的有两则。

一是"五四"时期,深居故宫之中的宣统皇帝溥仪给反封建的斗士胡适打电话,皇帝大约是出于闲极无聊,出于对电话机这个刚刚出现的洋玩意儿的好奇,斗士接了电话却仍然不免诚惶诚恐。这个电话,打得颇有些荒诞,后来还被鲁迅拿去做了嘲讽胡适博士的笑话。

另一则,是我的朋友张一弓在他的成名作《犯人李铜钟的故事》中描述的一个细节:河南某地发生了大饥荒,饿死了许多人,群众呼告无门,党中央毛主席却得不到音讯。为什么?小说里写是因为"大风吹断了电话线",由此产生的严重后果是,人民的英雄成了国家的罪人。这一细节描写,类乎黑色幽默,当时就引起了评论界的激烈争论。

两则故事都涉及国家政权的最高领导人,都在历史上或现实中,或文学艺术的典型情景里留下了难以磨灭的印痕,而"电话",在这两则故事中都扮演了重要的角色。

我看到电话,已记不得是什么时候了,也许大约是在 50 年代。那时节,在我们那座古城中,私人拥有的电话不会比眼下私人拥有的轿车更多。"楼上楼下,电灯电话"还属于遥远的幸福梦想。那肯定也是我少年时代的幸福梦想,因为我清楚地记得,小学五年级时,我曾经手工制作过一台"电话机"。我的"电话机"很简陋:把妈妈用过的一只纸质粉盒的底和盖分开,正中间各钻一个小孔,然后分别固定在一根长长的细线的两端,我拿了粉盒的盖儿捂在耳朵上躲进房间内,让妹妹牵了粉盒底儿站在院子里,将那细线尽量绷直,然后就"喂、喂、喂"地通起话来。这手工造的电话机尽管简陋,还真与平时讲话的味道不一般,震得耳朵眼里痒痒的,乐得人心里发颤。

我自己使用真正的电话,是在 1964 年。那时我刚进大学不久,被派往杜甫的故乡巩县参加农村的"小四清运动",在公社办公室往县委宣传部打电话。那是一部手摇电话机,抓紧摇柄"咯咯吱吱"摇了半天,窘得我满脸通红,终于没有打通——直到现在我也闹不清那摇柄电话究竟应该怎样使用。

1986 年在郑州大学,我当了教授之后,学校给我家装了一部电话,而且那时我的住房也已经搬到了三层楼上,没想到这么快就实现了"楼上楼下,电灯电话"的幸福梦想!此后,我们家庭里面的"电话事业"就日新月异、飞速发展起来:开始只是"分机",接着有了"外线",后来又开通了"长途"。现在是案头、床头都安置了电话,床头的电话还是袖珍型的,可以塞在枕头下面。此外,为了节省一点电话费,还准备了专打"长途"的 300 卡。

我对现代科技历来充满戒心,以为它们虽然给人带来许多的舒适方便,同时也搞乱了地球上的生态平衡,搞乱了人们内心的质朴和宁静。但是,正如海德格尔所说的:退回原点已经绝无可能,今后我们的责任是寻求这样一种生活,"在技术世界之内而又不受它损害地存在着"。

并不是所有的科技产品都能够符合海德格尔的价值尺度的,比如,原子弹。

这或许是一个极端。除了原子弹,我又细细审视了我房间里面的"科技产品",算来算去,还只有"电话"最让我留恋。那台 29 英寸的 JVC 电视机,总是专制地向我倾泻它那精心制作的商业广告、时事新闻,却从来没有想过让我与它对话交流，也听一听我的意见！这台名叫"联想"的品牌电脑，它的固执己见，它的自作聪明，仅仅因为我的一个小小过错就让我推倒重来的冷酷无情，常常激起我的无比愤怒。还有那台"微波炉"，总也烧制不出我们开封老家的那种风味饭菜，不像在电话里，我可以在天涯海角倾听到古城的乡音乡韵，我已经将它"流放"给琼山的朋友了。

我想来想去，如果在我的房间里只允许留下一件家用电器，我决定留下电话（电灯也很必要，但比较容易由油灯、蜡烛代替）。

当然，电话也给我留下了某些遗憾，那就是随着电话事业的日益繁盛，我收到的信件却日益寥落，而我又是如此珍视那纸封上粘贴着花花绿绿的邮票的信件，珍视那信纸上墨色琳琅、风格缤纷的笔迹！我不知道，现代的"声、光、电"技术有无更好的办法弥补上电话的这一缺憾。

如果真的可以这样，现代科技在服务于人类时能够更多地照料到人们的感情需要、精神需要，那么我们就可望超出海德格尔的期待：在技术世界之内而又优美地存在着了。

1997 年秋日, 海甸坂墩里

传媒与生态

20 世纪 70 年代末，我教书的城市与父母所在的城市相隔 60 多公里，周末的时候常常乘火车往返于两个城市之间。那时的火车还没有"提速"的说法，60 公里的路程要跑上近 2 个小时，遇上晚点，时间还要长些。车厢里多是木条硬座，封闭也不好，冬天下雪的时候雪花就会飞到窗子里边。好在那时的火车上人也不多，同车的多是两地求学的男女大学生，夜色中上了火车，便随即打开一本自带的什么书，在昏黄的灯光下潜心阅读起来，车厢似乎成了一间阅览室，凄清而静谧，那情景如今回忆起来，真如梦幻一般。三十年后再乘火车，景象已迥然不同。与三十年前相比，车厢里豪华了许多，也舒适了许多，速度更是加快了许多；同时也拥挤了许多、喧闹了许多。比如，车厢已经成了广告世界，不但墙壁上有固定的广告招贴，座椅的靠背上、茶几的衬垫上、卧铺的床单上也都印满了广告话语。车厢里的播音员在报站名时还要顺便为这个城镇加播许多广告性的介绍，车厢似乎已经变成闹市。有一天我突然发现，车厢里再也见不到捧着书本的人。倒几乎是人手一机，随着音色、声调各不相同的铃声，是数不清的拇指在频频扣动。世道真是变了，大变了。仅从传播媒介的角度看，电子技术产品取代了千百年来的纸本印刷，那无疑是一个巨大的变化。

变化的显然不仅仅是传播媒介,同时还有我们的生活节奏、生活氛围、生活情调、生活理想,变化的还有我们的知觉方式、行为方式、交往方式、记忆方式,以及我们的价值观念和生存的意义。说到底,是我们置身其中的时代和社会发生了重大的变革。这一切变化当然不能全部归之于传媒,但却全都与传媒有关。正如阿什德(D. L. Altheide)指出的:"在我们的时代,身份、个人经历、信誉以及诺言都被信息技术和传播范式所触及。信息技术已经影响到了下面所列的事项,并且经常改变它们之间原有的特性和联系:工作、吃、睡、爱、记忆、游戏、战斗、学习、研究,当然还有写作。"这也正如麦克卢汉(Marshall McLuhan)高度概括的:"电子媒介构成了文化、价值和态度的全局的、几乎是刹那间发生的转换。"

在现代科学技术的装备下,传媒已经取得了前所未有的、近乎神奇的力量,这种力量已经切实地改变了人类社会的前进方向、人类自身的生存状况乃至地球生态系统的运转。但是,正如我国哲学家金岳霖先生说过的:仅仅靠力量,人类并不能够解放自己,甚至人类取得的力量有多大,人类就有可能在多大的程度上成为那种力量的奴隶。他的意思是说,随着力量的不断积累,往往会产生不断膨胀的追求力量的欲望,甚至超过生存需要的界限,结果这种力量反倒会成为奴役人类自身的力量。人类其实是不能独断专行、为所欲为的,人类社会也不会遵照人类的一厢情愿总是突飞猛进。人类应当学会在自然、社会、技术和人类心灵之间寻求平衡、和谐、健康的发展,那么,这就需要一种大智慧,一种生态智慧。对待现代传播媒介拥有并开始释放的巨大力量也应如此,传媒界不仅应当拥有自己的"高、精、尖"的工程技术人士,更应当拥有自己的"人文知识分子",拥有自己的"思想家""教育家"。在我看来,徐国源先生与青年学者谷鹏的这部《当代传媒生态学》,就是在这种意义上诞生的。

生态学原本属于生物科学中的一个小小分支,自 20 世纪中期以来,随着地球生态危机的日益加剧,随着启蒙理性的偏执日益彰显,随着人们对于现代社会反思的深入开展,生态学整体的、有机系统的哲学内涵渐渐显示出它的活力与优势,生态学的理念与原则渐渐延伸到社会生活、人类文化的各个方面。半个多世纪来,生态学已经确凿地展现出由自然科学向社会科学乃至其他人文学科渗透扩展的轨迹,生态学者的目光也渐渐由自然生态扩展到人类的文化生态、社会生态、精神生态层面上来。所谓"生态学",已经不再仅仅是一门专业化的学问,它已经衍化为一种观点,一种统摄了自然与社会、生命与环境、物质与文化的观点,一种新型的世界观。以生态学的尺度审视传统学科、以生态学的观念重构新的学科,已成为当前世界文化或曰后现代文化建设中的一种激动人心的景观。徐国源、谷鹏的《当代传媒生态学》一书的问世,无疑为这一景观增添了一笔浓重、绚丽的色彩。

"传媒"与"生态",原本就拥有天然的联系。因为,如果说传媒的核心是"信息"的话,而"信息"则与"物质"和"能量"一样,同为任何一个生态系统中不可或缺的要素之一。如果在以往的社会中,人们更为看重的是物质和能量,如粮食、钢铁、煤炭;那么在今后的社会中,信息对于维护人类社会的和谐进步、地球生态的稳定安全将越来越发挥更大的作用。那么,"传媒生态学"作为一门学科不但是必要的,还将注定拥有广阔的发展空间。

传媒生态学的研究与学科建设虽然已经成为时代的迫切需求,但无论是西方还是中国,目前对于传媒生态学的研究都还刚刚起步不久,都还处于开拓、探索的阶段。因此,这部专著的出版,将会引起学术界的高度关注。在我看来,这部书起码拥有这样两个显著的特点:其一,它系统地收集、整理了国内外关于传媒生态的最新讯息及相关资料,对该学科的基本概念、主要范畴进行了细致周到的界定与阐释,对该学科的研究方法、应用价值进行了深入务实的探讨。这些,都是构建一门学科时的基础工作,它将会为准备进入这一研究领域的读者提供必要的知识与一条相应便捷的途径;其二,本书在吸收西方的研究成果时却时时立足于中国民族文化的深厚土壤中,努力促使西方文化与中国文化、现代文化与传统文化、以及精英文化与民间文化(即所谓"草根文化")的交流融会。这应当是徐国源先生多年来的一贯主张,他在他的《草根传播与乡村记忆》一书中就曾强烈地表白过"传播学研究应当中国化、本土化"的立场，他本人早年从事民俗与民间文艺调查研究的实践，也为此积累了丰富的经验。他的这一学术优势，在本书中已经得到了充分的体现。在我看来，一个中国学者能够自觉地朝着这个方向去做是尤其可贵的。这不仅涉及一个学者的民族感情与民族自信心，同时，这更符合传媒生态学学科建设的实际。因为，中国的传统哲学或曰传统文化思想，其核心就是一种自然哲学、生态精神。因此，当自然问题日渐成为全人类关注的最大课题，当生态知识日渐成为当代社会的基础知识体系，当生态观念日渐成为当代人们整体性的哲学观念时，中国与西方之间的学术交流实际上已经在暗暗发生某些结构性的转变。在这一转变中，中国的传统文化遗产，包括中国民间的传统文化思想蕴涵，完全有可能为包括"传媒生态学"建设在内的世界生态文化运动做出更多的贡献。

最后，我不能不向人们交代的是，我自己对于本书中论述的传播学领域的问题来说基本上是一个门外汉，至于生态学，也只是近年来略有涉猎，为此书撰写序言我绝非合适的人选。感谢作者给了我这样一个优先研读并发表意见的机会，不当之处还要请相关专家及广大读者批评指教。

（徐国源等著，《当代传媒生态学》序言，上海三联书店 2006 年版）

眼睛的简约

近来，一个新词渐渐有了流行的趋势。也许不应叫做新词，只是一个旧词被赋予了新的用法，于是便成了一个新鲜出炉的词汇，那就是"眼球"。

"眼球"，不但中央电视台的节目主持人在讲，一些庄重的报刊也在使用，比如："吸引了许多人的目光"，不再说"目光"，而是说"吸引了众多的眼球"；"展开了争夺观众的大战"，不再说"观众"，而一定要说成"争夺眼球的大战"。新鲜固然新鲜，但在我辈看来，总觉得一下子变了滋味。

查一查现代汉语词典中"眼球"一词的含义："眼睛的主要部分，呈球形，外部由角膜、巩膜、脉络膜、视网膜等薄膜构成，内部有水状液体、晶状体、玻璃体，中央有一圆形的孔，即瞳孔。"当下传媒界乐于使用的"眼球"，难道就是这么一个"物件"吗？

"眼球"显然与"眼睛"不同，它只是眼睛的一个组成部分。我们通常说的"眼睛"，除了眼球之外，还有眼眶、眼睑，或曰眼窝、眼帘，还有眼角、眼梢、眼睫毛，甚至眉毛也经常被划到眼睛的范围之内，叫做眉眼、眉目。以"眼球"取代"眼睛"，显然是以"部分"取代了"整体"，把眼球从一个有机整体中剥离出来了。"回眸一笑百媚生"，也应是"眼睛"是整体行动，光靠"眼球"是不行的。

在中国的语言文化中,眼睛一贯被看作心灵的窗口,"眉目可以明心,眉目可以传情"。中国人关于眼睛有许多优雅美妙的说法,如:"顾盼流转朗如流星","清澈明丽爽若秋波"。《世说新语》中形容俊杰之士的风姿,往往是写他们的眼睛:"眉如紫石棱,目若岩下电","棱棱露其爽","黯黯明黑"。《红楼梦》中写林黛玉动人的容貌:"两弯似蹙非蹙笼烟眉,一双似喜非喜含情目;态生两靥之愁,娇袭一身之病,泪光点点,娇喘微微",把眼睛、眉毛、眼泪、呼吸都揉捏到一块写了,给人以迷梦氤氲的无限美感,这就是"眼睛"的审美效应。

至于"眼球",令我想到的,差不多总是一位做眼科大夫的朋友曾经向我提起过的临床经验:眼球其实是很硬的,摘下来拿在手里真是一个有弹性的球!当下媒体津津乐道的"眼球",多半不是讲的这种眼球,实际上讲的还是"眼睛""目光""观众",只不过是眼睛、目光、观众的一种简约的用法而已。

如今,已经有不少的词汇,在追求其确定性的同时,也就被不知不觉地"简约化"了。比如,"地球"取代了"大地","月球"置换了"月亮"。当你说到月球时,你小时候深深迷恋过的嫦娥、玉兔、广寒宫都还会存在吗?从人们的日常经验看来,尤其是从人们日常生活中多少带有一点审美色彩的经验看来,"简约"的指认与"混沌"的称谓却是大不相同的。民歌中经常有赞美心上人的唱词:"你的眼睛像月亮",是不好唱做"你的眼球像月球"的;还有一首民歌,唱的是一位小伙追求一个年轻貌美的姑娘:"姑娘你好像一枝花,为了你的眼睛到你家",如果非要唱成"为了你的眼球到你家",恐怕就要产生"倒卖身体器官"的误解了!简约化精简掉的,往往是那些模糊的、虚幻的、情绪的、想象的同时也是朦胧的、微妙的、浪漫的、温馨的东西,留下的是确切的、实在的、理性的、可以统计、便于运算的东西。

想到这里,我多少明白了一些,"眼睛"率先在传媒界那里变成了"眼球",显然与电信时代的"收视率""发行量"有关,比起"眼神"与"目光"来,"眼球"当然数起来要方便得多。统计和运算的直接目的,大约终归还是要指向"票房价值"之类。进一步解释,还可以用上西美尔(Georg Simmel)的货币哲学:"货币经济迫使我们在日常事务处理中必须不断地进行数学计算。许多人的生活充斥着这种对质的价值进行评估、盘算、算计,并把他们简化成量的价值的行为。"货币估算的闯入,教导人们对每一种价值锱铢必较,从而迫使一种更高的精确性和界限的明确性进入生活内容。照此看来,在现代社会里,简约了的不仅是地球、月球、眼球,简约化伴随着技术的进步已经成为一种时代潮流。

潮流不可阻挡。

我担心的只是,"眼睛变眼球"之类的简约化,似乎也是一种"语言的粗鄙化",而一个时代的语言一旦变得粗鄙起来,会不会影响到一个时代的生活风格呢?

2005 年夏,姑苏金鸡湖畔

真古董·假古董

  大约是因为受了些孔夫子"信而好古"的熏陶,我在自己的书房里也喜欢摆放几件古色古香的东西,比如,一尊战国时代的女乐陶俑,一座西汉年间的长信宫灯,一只辽代墓葬中出土的青绿琉璃釉的瓷鸡,还有一件,据说是沙捞越热带丛林原始部落中的木雕男巫,面目很有些狰狞可怕。

  当然,全都是仿制的,即俗之所谓"假古董"。

  我从不敢以假冒真,有朋友来访,仔细端详着这些"古董"发出由衷赞叹时,我总是忙着上前坦白交代:"假的。"接下去,唯恐别人不信,还要进一步报上价钱、介绍产地:这只"辽鸡"购自密县打虎亭汉墓前的地摊,人民币15元;那座长信宫灯是在洛阳王城公园古玩一条街上淘来的,破费8元;那位"沙捞越男巫"倒真是我亲自从南洋背回来的,不过不是丛林中的原始部落,而是吉隆坡的工艺品商店,花了36个"马元"。"真古董",我当然买不起,在开封市的博物馆里,主人指着一只明黄色的细瓷小碗告诉我:康熙宫中御用珍品,有人出价30万。我一个穷教书匠,一辈子下来也挣不下这只小碗儿。

  可话又说回来,这只小碗儿若是放在地摊上,5块钱我也不会要。既然是玩假的，我注重的只是好看，看上去古朴、厚重、沧桑、斑驳，给人一种文化的氛围、历史的蕴藉、审美的意趣。所有这些，我觉得大体只与其构制形貌相关，只要模仿得不差，就可以起到一定的效果，不一定非是真品不可。

我自己也曾动手"造假"：从路边捡回一块颜色青苍的火山石，将一张浸湿的汉代画像石的拓片贴在石块上，然后用一块旧毛巾蘸了稀释后的墨水在上面反复捶拍，直到拓片的宣纸与火山石的质地、肌理、色泽完全渗融在一起，那"火山石"也就变成了"画像石"。海南岛属火山多发地区，这样的石头随处可见，拓片是一幅《胡人骑射图》，是我早些年从陕北米脂县真武庙里一位道士手中花 5 块钱买来的，倒是确有秦汉雄风，因为好看，我曾复印了多份。"画像石"做好后，我把它丢在客厅的一个角落里，显出毫不经意的样子，而来访的客人瞥见之后无不露出艳羡的神色，其中一位经我"敲诈"后，竟愿以上千元的高价求我忍痛割爱。最后，我照例摊出底细，连制作方法一并公开，甚至还要白送上一张拓片。

当然，我也不是没有经手过"真古董"，早些年，开封市清挖龙亭东湖的时候，曾从湖底五尺淤泥之下挖出一处明代周王府的遗址，我从丢弃的湖泥中拣出半截砖头，那肯定是明代周王府的遗物，算得上"真古董"。虽然货真价实，但我却没法把它供在书房里，因为它与开封其他民宅拆下的旧砖几乎没有什么不同。扔了吧，又觉得好不容易寻来一件"真古董"，有些可惜，于是就用报纸包了放在阳台，南迁琼地时忘了把它带上，也许早被后来的房客扔到了垃圾堆里。

真古董，假古董，对不同人来说，似乎有着不同的价值显现；不同的人对于真古董、假古董也有着不同的价值尺度。

比如，地层中某一个层面发现些灰烬与散碎的骨头渣子，对我们这些业余"好古"的人来说，尽管它年代久远，尽管它千真万确，也不会有太大的兴趣，不会撮了些灰烬和碎骨置于案头当作"清供"。而对于一位考古学家来说，由此也许会发现人类活动史的一个断面，"仰韶"或"龙山"，"齐家"或"良渚"，这些"灰烬"和"骨渣"就是一些珍贵的学术资源。

古董商对这些"灰烬""骨渣"也不会有什么热情,拿他们的行话说,古固古矣,真亦真矣,只是"卖相"不好,仍然换不成钱。古董商看中的是质地贵重、品貌美观,最好是"孤本""绝版",这样就可以卖大价钱。一只康熙皇帝用过的小瓷碗,并不具备太多的考古价值,但因为它玲珑剔透、窑艺精湛,更因为康熙皇帝只有一个,他用过的碗传世的不会太多,因此就可以卖上几十万。当然,"古董学"亦非"考古学"。

去年我出访马来西亚,主人特意陪我逛了一趟马六甲的古董一条街,街道不宽但很长,两旁鳞次栉比的全是古董店,店堂大都很气派,其规模要在北京的琉璃厂之上。我浏览了一家印度人开的店,从雕花的桌椅、箱笼、棺材,到贴金的佛像、香炉、神龛;到髹漆的食盒、奁匣、马桶,琳琅满目;大到丈余高的花梨木大门,小到鼻烟壶、金银币、发卡、戒指、耳环,光怪陆离。我想,任何一位考古学家到了这家"古董店"也会目迷五色看傻了眼。这样的"古董店"倒是符合了汉语中"古董"一词的原义:"古董"者,"骨董"也,"杂碎是也"。据记载,宋代的东京已有不少生意兴隆的"古董店",或曰"杂碎店";而美食家苏东坡则把他喜欢喝的一种"杂碎汤"叫作"骨董汤"。骨董汤里大约是弄不出考古学的。

玩古董,大约都是些有一点文化,有一点闲暇,有一点多余钱财的人的雅趣,甚或是一种附庸风雅。尚在贫困线上挣扎的农民不会有这种雅致,"古董"在他们眼里可能是另一番价值。

70年代初,我插队在新郑以南、许昌以北的长葛县南席公社,地下文物的蕴藏特别丰富,刚犁过耙过的田地,如果凑巧被一场大雨冲洗过,太阳出来,农家的孩子便可以从地里拣到"铜钱""铜镜""铜矢""铜带钩",拿到收破烂的板车上换个三毛五毛回来。社员们深翻土地时,也常常会挖出秦时的瓦瓮和汉代的陶罐,这些东西收破烂的也不要,社员们便拿回家中盛粮食,存米面。有一段时间,我曾经被抽到县文化馆帮助征集文物,那工作并不难做,只是把道理讲清，农民们就很快地交出来了这些坛坛罐罐、破铜烂铁。那可都是"真古董"。也可以说当时的农民觉悟高；也可以说他们少了些文化不识货，若是放到今天，这种无偿的征集工作怕就很难进行下去了。即使放到当年，拣到这些东西的如果不是农民，而是一个有文化的人，比如大学教授，让他顺顺当当交出来，怕也不容易。因为我自己至今都在遗憾，当年我怎么没有能挖出一只瓦瓮来，以致如今弄来的全是假古董。

假的就是假的，把"假古董"当作假古董摆弄，也并不错。

《庄子》中记载这样一个故事：一位客人偕两个小妾住旅店，客人很敬重那位容貌丑的，对那位漂亮的却很鄙视。别人很是奇怪，他解释说："美者自美，吾不知其美也；恶者自恶，吾不知其恶也。"

假者自假，又有什么可谴责、可鄙夷的呢？假古董既没有了考古学家看中的历史文物价值，也没有了古董商追求的商品市场价值，剩下的只是审美的形式和意味。既非认知，又超功利，这不正是康德美学对于艺术品涵义的框定吗？"假古董"，是"古董"又非"古董"，它只是我喜欢的一种艺术品，一种艺术呈现的方式。

相反，某些"真古董"以其"真""古"，被那些食利之徒据为奇货，标上天价，束之高阁，远离凡尘，其真又与我辈何所相干？

何况，自古以来，古董行往往就是造假的作坊，一些不法奸商或移花接木、李代桃僵，或雪里埋人、瞒天过海，乃至毁了真文物、造出假古董。我的一位朋友，也是教书匠，比我似乎还要迂一些，用家传的一柄蓝田玉刀，到古董行换了一块"水胆玛瑙"，喜滋滋地拿来炫耀。我当即指给他看，玛瑙是真的，水胆是假的，水是从一侧打了洞之后注入的，洞则是用505万能胶合了玛瑙石粉糊起来的，好端端的一块天然玛瑙被奸商弄残了。

鲁迅大概也说过"自称盗贼者无须防"的话，自谓假古董者，仍然不失其真性情，就像真正的文学作品一样，内容虽是虚构的，作家的态度确是真诚的。曹雪芹写《红楼梦》，处处想把真的隐去，让人以为他写的全是虚幻的玩意儿，却仍掩不住书卷中的字字血、声声泪,"贾宝玉"仍是一块"真宝玉","假语村言"最终成了"千古绝唱"。

世上事,真真假假,假假真真,本来就难以说清。有时看似说清了,换一个背景,换一个角度,换一种标尺,换一种目光,就又说不清了。

所谓"真古董""假古董",也大抵如此。

2005 年冬,苏州新加花园

东郭先生卖狼肉

据闻"东郭狼肉餐厅"挂牌营业,令人哑然失笑。两千多年来一直被当作"敌我不清""是非不明""迂腐糊涂""软弱无能"典型的东郭先生,自己觉悟起来,要摘掉这顶"好人主义"的帽子,大出一口窝囊气了。"卤煮狼心""油炸狼腿""葱爆狼肚""白水狼头肉",饮食文化加食疗秘方,这东郭先生一旦念起生意经来还真是一肚子精明。世风推移,人心大变,先秦时代的一则寓言也要改写了。

寓言中的那只狼,倒的确有些可恶,失势时一副嘴脸,得势时又千副嘴脸,前恭后倨、忘恩负义,自私自利、实用主义。但是人类虽然制造出这则寓言,人类自己却并没有以"狼"为鉴,从中吸收,多少教训,反倒在奚落了东郭先生之后,时常效仿起"中山狼"的故事。远的不说,单只看时下"奸商宰客"就可略知一二。人性中已浸入不少狼性。如今可好,连东郭先生也发生了异化,以毒攻毒地倒腾起狼肉生意,一则"人与狼"的故事,就要变成一则"狼与狼"的故事了。

我总觉得,先前的东郭先生虽然窝囊,但毕竟拥有更多的人性方面的东西,他的缺点也是人的缺点,比如他那窝囊的"温情主义""和平主义""好人主义"。佛教中宣扬的"以身饲虎"，那是佛祖独创的光荣业绩，一般人只有一条命，不便随意拿上去效仿。其实东郭先生也不好做，日常生活中免不了时常受些中山狼们的气。如果在"中山狼"与"东郭先生"二者之间只有一条路可走，那么，你是做"东郭先生"还是当"中山狼"呢？这是一场道德与利害之间的选择，一场善与恶之间的选择，以前，我总是告诫自己：宁做东郭不做狼。如今可好，连东郭先生自己已经学会剥狼皮、卖狼肉、发狼财了。舆论成了一面倒，选择的可能性似乎已不存在。当然，东郭先生很容易为自己找到开释的理由：十亿人民九亿商么，"卖狼肉"也是一种"社会性强迫"，身不由己。

在强大的"社会性强迫"面前，人，还有可能坚持自己的某些原则吗？

比佛教还要古老的印度教中有这样一个故事：一位婆罗门坐在恒河岸边修身养性，看到一只蝎子落入水中在拼命挣扎，他便伸手把它捞了上来，蝎子却毫不承情地蜇了他的手，并再度落入水中。这位婆罗门忍着剧痛再次把蝎子救起，蝎子又一次猛蜇了他，直到第三次他最后救出这只蝎子。河边的人都看不下去了，气愤地训斥他为什么一再救起这个以怨报德的坏东西？婆罗门却回答说："蝎子要蜇人，是蝎子的天性；而对于其他生物的同情怜悯，是我的天性。我们都是出自自己的天性，又有何怨哉！"

对照起来看，卖狼肉的东郭先生已经更改了自己的天性。这里似乎已经引发了一连串的问题：人在遇到不利情况时是否就应当放弃自己的天性？人如果为了获取更大利益时，人性是否就应当让位于狼性或其他兽性？而狼的天性作为"天性"如果无法改变时，那么这"天性"是否也应当受到尊重？

"三十年河西，三十年河东"，大体不差，只是有时候循环的周期可能会长一些。

60 年前，在美国的西部牧场曾发起一场大规模的打狼运动，大灰狼们在现代武器编织的火力网下尸横遍野，很快销声匿迹。不料想，没有了狼反倒破坏了大草原上的生态平衡，引发了牧场的生态危机。于是乎在今年的 10 月 14 日，美国人又恭恭敬敬地把 12 只有雌有雄的大灰狼分别接送到爱达荷、蒙大拿的丛林里。当大灰狼们乘坐的马车从路上经过时，人群中响起了热烈欢迎的掌声。数月后，蒙大拿的一位木匠把其中的一头公狼误当野狗开枪击毙，结果，这位生不逢时的"赵简子"被扭送到法庭上判了两年徒刑还要罚款10万美金，直罚得他倾家荡产。

中国的卖狼肉的东郭先生对此有何感想呢？窝囊了两千多年后改弦更张卖狼肉，也许是又走错了一步棋。

1995年12月，海甸荷花池畔

冗余信息·艺术垃圾·垃圾人

垃圾,已经成了地球上严重的生态灾难。人类社会制造的垃圾越来越多并且越来越难以处理。据早一些时候的统计,人类每年生产的垃圾已达 100 亿吨之多,新加坡每人每天产出垃圾 0.87 公斤,汉堡 0.85 公斤,罗马 0.69 公斤,纽约 2 公斤,北京大约 1 公斤。

垃圾的数量在增加,内涵也在变化。在我童年的时候,我们那个城市的垃圾中除了炉渣、煤灰就是菜叶、菜根,偶尔夹杂一点陶瓷和玻璃的碎片,那时垃圾的颜色是灰色的,就像那时的照片是黑白的一样,单纯而又朴实。现在的垃圾真是丰富多彩、绚丽多姿:除了原先的那些成分外,又添加了塑料袋、尼龙草、易拉罐、包装盒、废电器、烂沙发、建筑废料、工业废料,并且人们还已经成功地将垃圾抛撒到南极洲、北冰洋、珠穆朗玛峰和太空里去。地球生态系统内其实已经又多了一道"圈",那就是"垃圾圈"。

然而,人们现在关注的只是那些物质性的有形垃圾,还没有人统计现代社会制造了多少"文化垃圾""思想垃圾""精神垃圾",其中也包括"艺术垃圾"。

其实,就在大城市的垃圾堆中,我们已经随处可以看到艺术如何成了垃圾:那彩绘生动的包装盒、包装袋,那造型华贵的葡萄酒瓶、咖啡罐,那印刷精美的报刊图册、日历月历、节庆贺卡，那设计精巧的圆珠笔、打火机、剃须刨甚至照相机在"一次性"的方便消费后便全成了垃圾，投放进这些物件中的艺术想象、艺术构思、艺术技巧也全成了垃圾。

以上这些，还只是一些有形的"艺术垃圾"，一些已经被当作垃圾的"垃圾"。其实在我们的生活中还存在着更多的"艺术品"，并没有被当作垃圾，实际上已经成为垃圾。

一本小说引人入胜，一只唱碟动人心弦，马上就会有千百种盗版上市，畅销变成滞销，精品成为废品，艺术变成垃圾；武侠小说火爆、清宫影视热门，仿作仿制的东西一拥而上，大量伪劣产品成为艺术垃圾；更不要说出版商、制片人为了赶时尚、抢行市设计操作出来的那些"新潮文学""模式电影""肥皂电视剧"，通过现代化的传播工具，几乎占满了所有的影视频道，拼命向你的房间里倾泻、向你的头脑中钻挤，一不留神，你就会被塞进一脑袋的文学垃圾、歌舞垃圾、电视剧垃圾！

还有被称作现代最高艺术形式的广告，在疯狂的商业竞争下，其规模与其效益早已不成比例。就在我居住的这座城市的一些主要街道上，横挂在马路上的"广告旗"密如渔网，遮天蔽日。我几乎有些同情那些急于赚钱的厂家，有谁会多看一眼这些广告，又有谁会看清这些广告！投入这么多的钱，买下的是一片花花绿绿的垃圾！

还有为了促销产品而接二连三推出的所谓"更新换代"，大多不过是借助外型设计、产品包装、广告宣传玩弄的障眼法，商业利用了艺术，艺术成了商业制造出的垃圾。

还有那些没完没了"大型文艺晚会"，一台接一台的"宏伟"演出，满眼光怪陆离、满台堆金砌银、动辄演员上百上千、花钱往往百万千万，国民靠血汗积累下的资金，三两个小时便统统化为云烟。我还总想着，那些堆积如山的服装道具可往那里存放，是否也将成为艺术垃圾？

以前，我们所处的境遇可能是信息匮乏，现在，随着信息成为产业、成为商品,随着信息奔上"高速公路",随着信息网络在全世界的普及,我们面对的将更多的是信息的冗余。

信息的匮乏可能会造成心灵的幽闭、内向,但同时也可能会保持心灵的清新、敏感;信息的富足可能会带来心灵的敞开、扩张,但过多的冗余信息也会使心灵变得壅塞、迟钝。大观园里的林黛玉偶尔在"梨香院的墙角上"听了小戏子们排练时唱的几句《牡丹亭》,便不由得"心动神摇""如醉如痴","一蹲身坐在一块山子石上",仔细忖度后泪落如雨。而如今的一位女学生周末泡在"通宵电影院"里,一连看上四部香港、台湾、大陆、巴黎的言情片,又将如何呢?恐怕并不一定有林黛玉如此深沉细腻的感受。这是一种"信息冗余"下的心灵匮乏,现代社会为了填补这种匮乏便制造更多的信息,更多的信息冗余造成更严重的心灵匮乏,这就是现代人的心灵悲剧。

詹姆逊曾经剖析过诗歌和小说在工业社会中陷入的危机,并解释过那些"语言垃圾"是如何形成的:

> 在一个不断大众化的社会,有了报纸,语言也不断标准化,便出现了工业化城市中日常语言的贬值,农民曾经有过很丰富的语言,传统的贵族语言也是很丰富的,而进入了工业化城市之后,语言不再是有机的、活跃而富有生命的,语言也可以成批地生产,就像机器一样,出现了工业化语言。

詹姆逊说,福楼拜已经发现,在他那个时代语言就已经"被污染"了,人们的头脑中塞满了五花八门的程式化的语言,你根本无法找到一个恰当的表达方法,当你自以为在独特地表达自己的个性和情感时,你使用的不过是些陈词滥调!

> 我们不可能用语言来表达任何属于我们自己的感情,我们只不过被一堆语言垃圾所充斥。我们自以为在思维,在表达,其实只不过是模仿那

些早已被我们接受了的思想和语言。

现代高科技的传播机器源源不断地传递给我们的"冗余信息"首先毁掉的,可能就是文学赖以支撑的"话语"或者"言语",这恐怕也是文坛上流行"失语症"的病因之一。

不屈不挠的诗人、小说家由此舍弃了文学所长,向音乐、绘画中搜寻自我拯救的武器,马拉美、艾略特,还有庞德、里尔克都曾经为此进行实验。用詹姆逊的说法,普鲁斯特的《追忆流水年华》演奏的是室内音乐,乔伊斯的《尤利西斯》则是男中音的独唱。然而,当色彩和绘画、音乐和歌唱也全都被现代工业社会的信息处理及传播技术"成批复制"之后,诗人、小说家、画家、音乐家恐怕就再也无有立锥之地了。

艺术活动中的冗余信息就像日常饮食中过度高营养的食物一样,已经在人们的血脉中形成了稠密的高血糖和高血脂,它带来的病症是要命的脑血栓和心肌梗死。

令人担忧的还不止是这些"艺术垃圾""精神垃圾"。今后,会不会在人类社会中造出更多的"人的垃圾"即"垃圾一样的人"?

据说,在日本已经出现了这样一代青年,他们追逐新时尚,依赖高科技,无休无止地追求新刺激,开名牌汽车,穿名牌服饰,翻阅印刷精美的风雅杂志,品尝最新花色的冰激凌,玩最新推出的电子游戏机,周末打高尔夫球,假期出国旅游,但自己却并不能挣来足够的钱,而是靠"剥削"老爸老妈辛苦攒下的积蓄,他们无力参与社会的竞争,又缺少一个成熟的自我,他们对自然的感觉在退化,他们中的男性趋向女性化,女性趋向玩偶化。一位日本学者将他们命名为"单身寄生者",或许这就是与新近降临的"信息社会"相匹配的"新新人类"?

(《作品》杂志 2002 年第 6 期)

一脉清流

——读何向阳近作

　　诗,总是源于爱,哪怕写出来的是恨。

　　中国诗歌中有一股清流,那就是爱的绵延。这一脉清流,流淌在天地间,流淌在人心里,既被人性、万物浇灌,也滋润了人性的饱满与天地万物的葱茏。

　　两千年前,由无名氏写下的《古诗十九首》,秉承《诗经》"关关雎鸠,在河之洲"的余绪,就已经书写下这样的情爱之歌:"迢迢牵牛星,皎皎河汉女。""河汉清且浅,相去复几许!盈盈一水间,脉脉不得语。""涉江采芙蓉,兰泽多芳草。采之欲遗谁,所思在远道。"这些汉诗,曾被诗评家誉为"文温以丽,意悲而远","人代冥灭,而清音独远"。

　　晚唐大诗人李商隐,更是一位写情爱的高手:"沧海月明珠有泪,蓝田日暖玉生烟。此情可待成追忆,只是当时已惘然。""萼绿华来无定所,杜兰香去未移时。玉郎会此通仙籍,忆向天阶问紫芝。"朦胧中密密的情愫,枉费了一代又一代文人骚客的阐释。

　　苏轼对他心爱的女人一往情深,虽阴阳相隔,仍念兹在兹、生死苦恋:"料得年年肠断处，明月夜，短松冈。""高情已逐晓云空，不与梨花同梦。"做这样的男人的女人，值了！

南宋的李清照，以女性的灵性写爱情诗，将爱情诗的品味推上悠远深邃处："云中谁寄锦书来，雁字回时，月满西楼。""花自飘零水自流，一种相思，两处闲愁。""莫道不销魂，帘卷西风，人比黄花瘦。""梧桐更兼细雨，到黄昏、点点滴滴。这次第，怎一个愁字了得！"

那位出身于叶赫那拉氏的满族青年纳兰性德，乘着漠北大草原的风霜入主中原，仍能以自然之眼观物，以自然之舌言情，遂成为大中华诗国的情种："一往情深深几许，深山夕照深秋雨。""回廊一寸相思地，落月成孤倚。背灯和月就花阴，已是十年踪迹十年心。"

即使在喜马拉雅山的边陲雪域，那位身居高位的藏族喇嘛，受汉文化圈的熏陶，为独自身世、境遇的逼迫，竟也写下诸多刻骨铭心的情爱诗歌："你见，或者不见我，我就在那里，不悲不喜。你念，或者不念我，情就在那里，不来不去。""不舍不弃，来我的怀里，或者，让我住进你的心里。""那一夜，听一宿梵唱，不为参悟，只为寻找你的一丝气息。""美人不是母胎生，应是桃花树长成……世间安得双全法，不负如来不负卿。"

现代诗人戴望舒的《雨巷》，可谓一个时代爱情诗的翘楚。爱，像细雨一般迷茫，像小巷一样悠长，满怀愁绪的诗人在雨巷中邂逅一位柔弱、姣好、洁净的姑娘，就像"梦中飘过的一枝丁香"。被压抑的欲望幻化为惆怅的爱怜，诗的雨巷也就成为一条精神升华的渠道。

中华文学史中千百年来流淌下来的这些诗句，说来不过风花雪月、卿卿我我，柔弱似水、轻盈如烟，如今读来仍能教人回肠荡气、感慨唏嘘！这是文学中的一道清流，诗歌中的清流，也是人类世代赓续的血脉！

昨天在开封祥符区朱仙镇绿杨垂柳的阡陌上、荇藻纵横的池沼边，与几位乡间野老谈起镇上的那座"老郎庙"，又称"明王宫"，谈起梨园行供奉的唐明皇李隆基，那也是一位诗文戏曲的爱好者，一位帝王中少有的情种。由此，又说起民国年间一位河南豫剧坤角名伶,十七岁上遭遇爱情的创伤,此后竟终身不嫁,除了唱戏,不再多看其他异性一眼,连夜晚睡觉也总是栖身于两层罗帐之后,一层白色,一层黑色。身后留下的一曲"秦雪梅吊孝":"你可见那春日柳梢燕飞过,你可见那冬阳檐下舞双鹊,你可见那绿水池边鸳鸯卧,你可见那青山崖前白鹭落,是飞鸟它还知不离伴伙,商郎啊,你怎忍心把妹妹一旦舍割!"这是中原民间草根阶层的咏叹调,无疑也是一首感天地、泣鬼神的爱情哀歌!

在现代社会高速发展的今天,天际线已被层层摩天大楼遮挡,大地已被钢筋混凝土焊接,森林变成胶合的板材,江河被大坝节节斩断,星星月亮也已经被人造的光源吞噬,雨雪中溶解进二氧化碳,春风里吹来的是汽车排放的二氧化硫,玫瑰花里散发着氨基甲酸酯农药的气息。自然界的风花雪月全都已经变质,人类精神领域的爱情之花失去生长的土壤,男女之间本来属于最自然的情爱关系,已经变得日益浑浊、凝滞起来。

一位大脑不是很健全、因此便也融不进现代社会的乡村女诗人,凭一句"穿过大半个中国、穿过枪林弹雨去睡你!"向这个失爱的时代发出愤怒的吼声,犹如当年手托炸药包的董存瑞,不惜以自己的血肉之躯去轰炸种种时代症结筑起的堡垒。这是诗与爱的同归于尽,固然壮烈,也惨不忍睹。诗歌在狙击一个时代的恶俗、腐败、僵化时,也让自己变得粗粝、狞厉。

五千年的中华诗情难道就此了断?

最近读到何向阳的一组新诗,一组写在当下的新诗,让我顿时感到深涧幽谷里毕竟还有一股清泉流淌,在雾霾笼罩、物欲四溢的都市里毕竟还有人守望着那片精神的蓝天。

> 杏花开了又落了,香气里藏有我的灵魂,
> 没有你的十年,血仍然奔流在褐色的树干!

暮春，一阵风吹过枝头，

最小一朵花的最轻微的颤抖。

屏住呼吸，

把花香交还给花，

把我交还给你。

灰暗是欢乐的背影，

一朵花不会挣扎地开放，

麦苗返青，

只是自性的一种证明。

遍野罂粟，

不过是人性本来的面目。

午后湖上的波光，

你树荫下的侧影，

翅膀上的风。

不像我对你的爱，

始终深藏，

虽然它的讯息，

也会偶尔闪现于万物之中。

　　以上诗行已经不是向阳诗里的原貌，而是经过我的感受、我的选摘。在这些诗句中，向阳虽然操持的是现代汉语的语汇，我们仍然不难从中看出古诗十九首的"温丽"、李商隐的含蓄、苏轼的执着、李清照的幽婉、纳兰性德的自然天成、仓央嘉措的脆弱与柔韧。

谁用古老的血液

彻夜打铁，

怎样的话语，

如一枚闪亮的铆钉，

驻扎进这夜的寂静。

寥寥数语，看似白话，却拼接出如此强劲的张力场。这种超越语言、营造诗歌意境的手段，原本是古代诗人们的不二法门。

在男人中我是女人，

在女人中，

我是诗人；

或者倒过来：

在男人中我是诗人，

在诗人中，

我是女人。

向阳在这里纠结的，似乎是她的"女性"诗人的身份。由于男尊女卑的社会体制，中国传统的爱情诗多半出自男性诗人之手，然而男诗人写情诗无论如何也离不开女人。与社会显示不同，爱情诗中男人、女人尽管确浑然难分，占据主导地位的，我总觉得还是女人。在爱情诗中，女人是神；从生态学的意义上讲，女性总是与自然、大地、生命、万物贴得更近。女人的爱，更纯粹、更洁净、更执着、更柔韧。《红楼梦》的作者曹雪芹（他爷爷曹寅是纳兰性德的同窗好友，论辈分该是纳兰的侄孙）有一句名言：女儿是水做的，男人是泥做的，也是如此崇尚女人。结了婚的女人沾染上男人变成浑水；而男人这把泥土往往因为受到水的滋润才变得更有人情、更有灵性。女人天生是更适合于诗歌的,你看,中国自"五四"以来,由于女人取得了与男人相对平等的社会地位,"女诗人"遂在诗界占据了半边天,半边清格凌凌、烟波浩渺的水天。

何向阳便是这半边水天里的一脉清泉,她最近写下的这组诗歌,多少可以作为凭证。

2018 年 8 月 16 日·紫荆山南

现代都市让我们失去了什么

——关于现代都市生态批评的研讨

鲁枢元：人类生活的重心正在急剧地移向城市,现代都市的数量和规模成为各个国家实力竞争的象征,一个国家的"城市化率"成了衡量这个国家现代化程度的标尺。据统计,我国 1949 年的城市化率为 10.6%,到了 1999 年也还只有 30.9%,50 年增加 20 个百分点。而目前却已迅速上升到 40%,短短的 5 年里增加了 10 个百分点,其增长速度是以往的 50 倍。尽管如此,较之西方发达国家 89.3%(英国)、78.3%(日本)、76.3%(美国)的城市化率,我们仍居中下等水平。因此,在今后一段时期,我们的国家还将大力推动城市化。

"城市化"的进程不但成了衡量一个国家现代化的尺度,成了全球经济一体化的显著标志,而且在人们的心目中,现代都市似乎也成了幸福生活的终极目的地。我们的毕业生,理想的选择几乎全都在城市,最好是大都市。这是因为我们觉得城市、现代都市可以给予我们许多我们想要得到的东西,比如体面的工作、丰厚的报酬、舒适的住宅、时尚的文化生活、便捷的交通工具等。人们习惯于盘算的,差不多总是希望"得到"些什么,现在我们不妨静下心来想一想,城市生活,尤其是现代大都市的生活,也可能让我们失去什么。

有人说,中国人往上推三代,百分之九十五都来自农村。在座诸位大多也是出生在农村或乡镇,或曾经在乡村生活过,现在又拥有一些都市生活的经验,我们不妨比较一下,相对于以往的生活,现代都市让我们失去了什么?

现代都市让我们失去了种族的童年和个人的童年

王　惠:"忽然,我的童年结束了。"这是作家孙甘露在他的《上海的时间玩偶》一书中写下的一句话,满怀伤感,而又意味深长。在对我们现代人的城市生活进行反思之时,这句话突兀地出现在我的面前,其意义越过了个体生命和个人体验的层面。我想这是因为,我们人类种群,其童年时代便是居住在乡野的。城市生活,结束了人类种群的童年时代,也结束了人类个体的童年经验。

乡野,是人类的童年生境。无疑,人类在童年时代是星星点点地散居在天空之下、大地之上、乡野之中的。

从茫茫的蛮荒之野走进城市,这是人类社会最伟大的进步之一。这当然已经是发生在远古时代的悠悠往事了。不过,和三百万年的人类史相比,和人类社会悠久而漫长的穴居、逐水草而居和分散居住时代相比,人类对自己6 000年前走进城市的这一步应该还是记忆犹新的。正如每一个成年的人类个体总是对自己的童年难以忘怀一样。更何况,从乡野走进城市,从天然的穹庐走进人造的居地,这一步的意义对人类而言是至关重要的。人类从此由蒙昧走进了文明,由童年走向了成年——城市,作为划时代的界标,揭开了人类文明史的序幕。

帕克、伯吉斯等学者在其所著《城市社会学》中引用了斯宾格勒对城市的论述:"人类所有的伟大文化都是由城市产生的。第二代优秀人类,是擅长建造城市的动物。这就是世界史的实际标准,这个标准不同于人类史的标准;世界史就是人类的城市时代史。国家、政府、政治、宗教等等,等等,无不是从人类生存的这一基本形式——城市——中发展起来并附着其上的。"显然,这并不是虚妄的言辞。城市的意义,几乎就是人类文明的意义。从这个层面上说,对城市生活的反思,几乎就是对于整个人类文明历程的反思。

城市作为乡村的对立物,其形成虽然已有数千年的历史,但长期以来发展进程缓慢,城市人口始终只占人类总人口的一小部分。变化发生在工业革命之后,伴随着现代化的步伐,城市在世界范围内得到快速发展,在最近一二百年中,越来越多的人离开乡村进入城市。因此,现代城市,同样也是现代性的产物。从这个层面上说,对现代城市生活的反思,就是对于现代性和人类理性的反思。

毫无疑问,人类在从童年走向成年的过程中,开启了文明的篇章,同时也在不断发育自己的理性。城市是文明的起步,现代城市是理性的产儿。然而,理性的城市在聚集了大量的物质财富和精神财富的同时,也给理性的人类带来了许多意想不到的灾难和厄运。之后,人们才恍然意识到:忽然,我们的童年结束了。城市让我们失去了美好的童年。城市何其无情,童年何其无辜,也正是在对童年的追思和怀想中,我们发现了文明的偏颇、理性的误区。

王　慧:我生在农村,也长在农村。童年的我能呼吸到新鲜的空气,看到肆意的杂草,看到牛虻和不断摇晃尾巴驱赶牛虻的老黄牛,和身边冒着热气的新鲜牛粪。记忆中,小时候的乡情依然浓得化不开,就像小胡同里那永久飘荡着的饭菜的香味。乡村,作为一个与城市相对的概念,一直是人们乡愁意识的情结之所。人们热烈地怀恋着故土,激情地歌咏着乡村,强烈地批判着城市。仿佛乡村就是人类现实生存的理想乌托邦。回忆中的乡村,经过时间的过滤,和成长历程中挫折苦难的渲染,俨然一个人间天堂。可是,当你的身体忍受着长时间的污浊而不能痛快地冲个热水澡时,那种失望乃至绝望也是可想而知的。

所以很多怀乡人重归故里后，全都又怀着近似绝望的失落，重新返回城市。就像鲁迅。因为现实的乡村不再是理想熏染过的存在。天空不再那么蓝，闰土也不是可爱的童年时的闰土。乡村变了，人也变了！现在的乡村，尤其是那些靠近城市的农村，即在现代都市辐射之下的"城乡结合带"，长期的封闭一旦遭遇现代城市文明的冲刷，其赤裸的暴富心态比城市还要让人难以接受。那种直白和急切，让人非常清楚地看到人性之恶的那扇敞开的大门。现实中的许多乡村，也已经支撑不起人类精神的天空。

王　惠：或许，在时间的维度中，在人类的历史中，童年是必然要被终结的。但童年的精神、童年的特质对于我们纠正偏颇、调整误区却是不无意义的。那么，我们童年是什么样的？它是如何被结束的？为什么它的结束令人伤感？谈论童年的消逝对于现代城市生活和现代人有何意义？一系列的问题于是凸显出来。

人类在荒野中是如何度过了自己的童年生活？作为已经步出童年时代的现代人，我们现在只能从远古神话加以追考了。鲁老师在《生态文艺学》中写道："远古神话是尚处于童贞的人类对世界作出的质朴而又虚幻的描绘，远古神话是人性与自然最初一次美妙无比的交媾，远古神话是孕育了宗教、艺术、哲学的伟大胚胎，远古神话是人类原始思维结出的第一批精神硕果，远古神话是现代人类文明的一个灿烂辉煌的起点。"立足于人与自然的关系，鲁老师揭示了原始思维表象的而非概念的，感性的而非抽象的，直觉的而非逻辑的，浑然的而非分析的特征。

如果说由人类的童年思维创造的神话世界还只能为极少数人提供意义，那么，我们每个人类个体，生命中都同样曾经拥有过一个依照本真性情生活的童年时代。那时，我们是天真烂漫，不肯拘束自己的；那时，我们的眼里是不曾放下任何世俗的利害和规矩的；那时，我们活着，整个儿就是享受生命。那依稀远去的童年，在我们的记忆中留下无数温暖的碎片。

童年，首先是洋溢着原始的生命力、充满着天然的快乐的。这是来自生命本源的赐予，自然对于造物的慷慨馈赠。孩子是一定要跑、要跳、要唱、要笑的。然而，随着年龄增长，染世渐深，俗虑和束缚愈来愈多，为了适应社会的需要，为了求得大人的欢心，他们要调整脚下的步履和脸上的表情，这种原生的力量被有逻辑、有次序的思考能力和有意识、有步骤的自我控制能力无可挽回地取代了。

童年，其次是充满了好奇心和想象力的。好奇因为未知，想象来自魅惑。未知世界的无穷秘密构成了敬畏和魅惑。孩子的气球脱离了手的掌控，冉冉升上了天空。孩子泪眼婆娑。如果你告诉他，气球到了一个瑰丽奇妙的天上世界，要把他的消息带给天上的众神，孩子一定就破涕为笑了。然而，科学思想的崛起给世界祛了魅，启蒙运动更是视想象为愚妄，未知世界的神秘面纱被无情地撩开，孩子知道天上没有仙女，奇迹是人创造的，于是，他长成了大人。

另外，童年还是天真无邪、纯洁坦率的。远离世尘的沾染，全无利害的算计。花一块钱给稚龄的孩子买一个纸糊的风车，他一定是紧紧地捏着它，在路上来回跑动，满头大汗地兀自快活；如果你在他的手里塞上一张十万元的支票，一定早都被他扔在了风里，除非他突发奇想地把它扎成飞机或者撕成旗帜。然而，渐渐地，金钱成为万物的法度，货币成为唯一的准则。为了适应这样的法度和准则，他学会了计算，培养了机心，他成为大人——尘世的俗物。

最后，童年是亲近自然，对万物表达着自发的理解和广泛的同情的。孩子看到妈妈在切菜，他会担心：菜会不会疼呢？孩子看到小鸟栖息在树上，他会呼唤：快来跟我玩呀！我常想：海德格尔所描摹的"天、地、神、人"四维结构中的"人"，其实只是孩子，成人早已凭着理性之力挣脱了这一结构，并以理性之眼俯视着"天""地""神"以及"人"中的孩子们。

以上就是人类个体的童年精神，它们和人类种群的童年特质之间应该是可以和合为一的，前者根植于"童年思维"，后者脱胎于"原始思维"。而这两种思维模式是一致的。如前所言，人类种群的童年是在乡野度过的，那么，我们从远古神话和人类个体的童年生活中所发现的童年特质显然和人类童年的乡野生涯息息相关。因此，我们就有理由说，童年的消逝最早源于人类向城市的迈步。事实上，也正是城市里钢铁、水泥和塑料的构造，以及"昼夜被电灯操纵、季节被空调机控制、山水正在进入画框和阳台盆景"的生活切断了童年与自然的亲密联系，束缚了童年的生命力量；城市提供的各种物质享乐和城市刺激的众多消费欲望让金钱成为价值的尺度，消解了童年的诗情，并实现了"世界的祛魅"。媒体生态学家尼尔·波兹曼说："18 世纪发展起来的工业化始终是童年的劲敌。"是的，工业化作为童年的劲敌，工业化所催生的现代城市生活则成为童年的坟场，童年就这样被结束了！

现代都市让我们失去了自然的根基和自然的庇护

韩玉洁：我经常做一个梦，一个关于城市的梦。我梦见自己孤独惶然地站在高楼的顶端，下面是模糊的即将飘散的支撑物，无边的恐惧袭上心头，我明白这高耸入云的无根的大楼即将坍塌，自己也将化为乌有，我撕心裂肺般绝望地呼喊。可我竟然是那样留恋那凌空高蹈的存在，是那样渴望拥有俯瞰众生的眩晕，以至于听不到自己的声音。这个梦是有原因的，它来自我童年时关于城市的判断并一直影响至今。我是农村生农村长的孩子，从小寄居在外婆家。外婆家是在豫东兰考县城西十里的一个小村庄里。村庄紧邻着陇海线上的一个小站，村民的高低起伏的小丘陵般的耕地被横穿而过的铁路分成两部分。村里村外长满了杏树、枣树、梨树、石榴树，其中以杏树最多。我喜欢赤脚踩在沙地里的炽热或冰凉；喜欢沿着弯弯的小河去寻找它的源头；喜欢那一望无垠的绿盈盈的生命；最令我怀念的还是在麦子将熟的季节，我沿着一垄垄的麦田细心地寻找杏树苗，每逢找到时，都会欣喜若狂地把它连同周围二寸见方的泥土一起挖走,种在外婆家对面的石榴树旁。那时候,外婆家是我的天堂。大约 7 岁时,父母带我到开封看爷爷。当时的开封城是什么样子我已经不记得了,只记得我在大人们说话的时候,偷偷地溜到了爷爷家四楼的阳台,我扶着和我差不多高的阳台墙怯怯地向外张望,顿时,伴随着一阵眩晕,我感到无数的楼房向我挤压过来,远处的喧闹顺着街道、小巷向我这里蔓延,继而从阳台涌上占据了我的身心。我觉得自己的心很涨很满,我感到悬在空中的阳台就是恐惧的源泉,我尖叫喊着跑进房间,哭着要回家。多少年来,许多或激动或温馨或凄然的场面都淡若烟云,只有这一幕,深深地刻在我的脑海里,历久弥新。

如今,因求学、工作的缘故我已在城市生活十多年。这由硬化的水泥路,鸽子笼般的住房,无休止的喧闹,日趋严重的污染,越来越多的莫名其妙的疾病和浮躁疲惫的为名利奔走的人群组成的结构已渐渐地成了我生命中的一部分。我亲眼看到一个个城市疯狂的滋长,车祸、废气、垃圾、罪犯、狂飙的房价、阴暗狭小的出租屋、就业的压力、职场的争斗、高昂的学费和医药费、严重的贫富分化,人的生命和古老的生态系统都在经历前所未有的挑战。几乎所有的人都在抱怨城市、诅咒城市,但是城市的人口有增无减,而自然便离我们越来越远。

张雅玲:十一长假去江西,在婺源,群山优美,烟岚缭绕,恍若仙境。车行在公路上,忽见一围墙上一行大大的标语:"要金山银山,更要绿水青山"。蓝地红漆的几个大字醒目地伫立在那里,仿佛一句掷地有声的宣言,沉默地打破了想象中的静寂。在这远离城市的所在,绿水青山仿佛在与遥远的金银澎湃的城市进行着一场无言的对话。

暑假里去粤北,到大山深处探访那里的瑶族人家,看到一户人家里苍老而操劳的老妈妈,她的两个儿子都去远方的城市里打工了,留下老人家和儿媳带着孩子们在家里耕种数目极为有限的土地。家里很简朴,我想拍几张照片,老人家说不要拍不好的地方,要把我们这好的地方拍了照片带出去。

我说什么是好的呢,她说你们城里那么多好东西我们这都没有,你就拍这大山吧,这大山是你们城里没有的,你拍了照片带回去给他们看看我们的大山有多好看。

在我们的城市里,已经再也寻不到这些原生态的山野。我不禁想,"金山银山"与"绿水青山"真的可以同时并存吗?我们在失去"绿水青山"的同时,还失去了什么呢?

张守海:城市生态系统作为人类自我驯化的生态系统,它的依赖性强、独立性弱,容易产生生态灾难,而且灾难将产生连锁效应,溢出城市本身,危及整个地球的命运和人类的生死存亡。挖空一座座山,污染一条条河;抽空地层里的油气,向大气中排放温室气体;一根根钢筋水泥桩楔入大地,一座座高楼大厦刺向苍天;摩天大楼与贫民窟遥相辉映,地产大亨与失地农民相伴而生,极端功利主义的恶性膨胀导致了城市问题的积重难返。这样的现代都市文明最终只会让我们失去了大地母亲,失去了肉体和灵魂的双重家园。

徐　燕:城市,在创造了人几乎可以翻天覆地的神话同时,却也破坏了自然对于人的庇护。穿梭车流、林立大厦、超级市场、高新技术,展示着城市的强大与优越;灯红酒绿、舒适便利、精致华贵、时尚风光,又炫耀着城市的魅力与诱惑。但是,普遍的疲软、忧郁、焦虑、苦闷、压抑、失眠乃至"过劳死"等亚健康状态,却暴露着城市的虚弱与困顿。

人暴露在没有庇护的空洞下,外表的强盛难掩精神的虚弱:那是游走于城市表层而融不进去的异域感,那是彷徨于荒野而无家可归的流浪感,那是僵持于戒备状态而掩饰自我的非真实感。早在20世纪初,美国人本主义心理学家马斯洛就提出了人都有"安全需要"与"归属和爱的需要",这是人期求庇护的基本需要。但是,当今城市在高速发展的同时却失落了对人的庇护。

首先是自然的庇护。人生天地间。"乾称父,坤称母;予兹藐焉,乃混然中处",这是人在宇宙中的位置。自然予人的,不仅仅是生存空间。皇天后土养育了人,江河雨露滋润了人,自然,是人不竭的生命源泉。钱谷融先生在追忆自己1939年蛰居柏溪的生活时写道:"我还记得那潺潺的溪水,那萧萧的修竹,确也曾给过我不少的喜悦。当杜鹃哀鸣得最凄厉的时候,满山满谷都盛开着绚丽的油菜花,艳阳下射,耀目如金。我仰卧在草地上,让花香编织着我的梦想,慢慢甜蜜的睡去。"那溪水叮咚、那竹声沙沙、那遍地金黄、那沁人的花香,还有身居其间的那份闲适,对于奔走于钢筋水泥、穿梭于车水马龙、行色匆匆的现代都市人来说,简直就是世外桃源的梦,遥不可及。

时光流转还不到70年,自然却日渐湮没!这古典宁谧的自然清景,对久居城市的人来说,早已久违。城市千篇一律的是挺拔的高楼,是烈日下白晃晃的马路,是五花八门的广告牌,是迎面喷来的汽油味……那无处不在的大气污染、噪声污染、水污染、光污染、电磁污染使得人越来越容易气愤,越来越容易疲惫,犹如笼中困兽,左冲右突,却回不到清冽、干净、质朴、清新的自然。

韩玉洁:当前城市失去了根,失去了自然的庇护,人们失去了精神家园。大多数有隐逸情结的人已无处可隐,古人的可进可退、从容、悠游、圆融的精神观离我们越来越远。当代人即使在批判着城市、怨恨着城市,却无法真正逃脱城市,"城市化"仍在迅猛地推进,我们都已经失去了自然的庇护,而且已经无处藏身。

现代都市加大了贫富悬殊,更多地失去了社会公平

张守海:从心里说,我是感谢城市的。我在农村长大,在城市里完成了从高中到研究生的学业、找到了工作、建立了家庭并结识了很多朋友。城市给了我很多,我发自内心地感谢它。

但是也毋庸讳言,当前中国多数城市的发展都陷入了困境!各种各样的

城市病成了社会发展中必须面对和解决的问题。特别是一些大城市所面临的各种问题——如住房、交通、教育等,越来越复杂,也越来越严重。普通人基本生活所必需的东西被极度轻视了。相反,在征服城市和占有财富的欲望支配下,各种各样的非理性行为披着科学规划和市场运作的合法外衣畅行无阻。交通拥挤、房价飞涨、生态恶化、治安混乱等社会弊病随着城市的扩展越来越严重。可以说,在某种意义上,今天的城市问题正是资本主义现代文明本身的缺陷最集中的暴露。城市生活状况像凸面镜一样把现代生活的各种污点非常夸张地暴露在上面。在急速发展的各个城市里,这些现代的病根已达到了极限。

在现代都市的诸多病症中,社会公平的丧失,贫富悬殊的加剧,将给未来的社会埋下严重的隐患。下面就让我们透过不断增加的楼房高度和不断暴涨的房屋价格这两方面,来考察一下当前都市文明的得失。

受住房私有化、外资流入和城市化的推动,中国正处于房地产建筑的热潮之中,在北京和上海这样的大城市,摩天大楼和豪华住宅比比皆是。在上海,摩天大楼的数量已经几乎是纽约的两倍。

但是高层楼房的建立,却往往导致住在附近的人家终日不见阳光。这样,日照权问题就成了大的社会问题。因为对住在城市里的人来说,没有阳光和清风的生活,无论在肉体上和精神上都是难以忍受的痛苦。建筑的高层化也许不可避免,但设计者也应充分考虑让所有居民享有良好的生存环境。目前的多数高层小区的设计不但遮光挡风,还让生活在巨大公寓群中的人们彼此只是物理意义上的邻居,这从社会角度看也是不好的。建筑的高大本身给母亲、孩子和老人也造成了不便。比如,作为母亲要从公寓最高层给孩子找游戏场所,孩子玩的时候还要守候在旁边,如果不和孩子在一起,就会担心发生意外。老人则由于行动不便,干脆整日呆在房间里。总之,建筑的高层化导致人与人、人与自然关系的疏远加剧,这种违反自然、违反人性的环境使人陷入不幸。

比起房地产价格的暴涨，楼层的升高反而已经不在话下。在北京、上海、深圳和中国其他大城市，包括我们苏州，房价成为最重要的话题。根据有关方面公布的数据，某些大城市的房地产价格在过去五年上涨了三倍。去年私人住房的价格上涨了15.4%，建筑企业主发了大财，而工薪阶层则要背负着巨额债务，耗上大半生的心血，只是为了能够在他工作生活的城市里拥有一处栖身之所。作为住房私有化的结果，数以千计的住房开发项目在沿海省市涌现。卫星城和豪华别墅纷纷露面，农民的耕地被大量侵占。为了重新分配土地和建立新兴都市，在过去十年里有数百万旧房屋和老式建筑被拆除，很多人被迫离开他们的居住区。另外，据估计今后五年内中国还将有7 500万农民进入城市，所以住房的需求量非常大。还有数千万中国人梦想着在城市中拥有自己的住房和汽车，过上所谓现代化的生活。所以政府如果不采取积极有效的措施来解决这一问题，房地产市场上农民失地进城、地产商征地圈钱、房屋价格居高不下的恶性循环将会成为影响社会稳定的不良因素。

正因为没有做到以人为本，所以虽然城市里人越聚越多，楼越盖越高，可人在楼前却越来越渺小，人在人前也越来越陌生。高楼大厦、华庭豪宅成了人压迫人的物质工具。人们普遍感觉活得很压抑、很郁闷，有一种无根的存在的焦虑感和荒诞感。诗意的栖居似乎成了一个遥不可及的梦。某些城市未来学家竟然提出由于人口增长，未来城市应向地下、海上、太空扩展，建设地下城市、海上城市、海底城市、沙漠城市、摩天城市、太空城市、外星城市、网络城市等等。我认为这样设想既不现实，更不人性。现实的目标还是科学有效地利用好有限的资源，建设花园城市、园林城市。我们要创造良好的人居环境，建设以人为本的城市，今后必须有相应的城市规划和土地规划，使城市与自然和谐共生，人与人和睦相处。

鲁枢元： 我们以上谈到的关于现代都市的这些见解，无论从文学艺术的视野还是从生态批评的视野看，似乎都是顺理成章的。但我注意到，在一些从事经济发展研究的人们看来，我们的这些谈论只不过是一厢情愿的书生之论，甚至不过是无补于事的妄言谵语，说好听一点，是"乌托邦话语"，刻薄一点则是"痴人说梦"。上海福卡经济预测研究所在最近出版的一本书中写道："真正的城市必是天堂和地狱的复合体，是功成名就者活动的舞台，也是身败名裂者自杀的坟场。随着市场经济的深化，城市越来越成为赚钱的闹市，一方面消费内容极大丰富，层出不穷的生理心理需求在城市总能得到充分满足，各种喧嚣、嘈杂、躁动在所难免，另一方面事业失败、生活失败层层叠叠。"应该说这段话中描绘的情状的确更符合现代都市日常生活的实际，而且书写者的修辞能力已经超过我们这些文学博士、硕士。但如果我们把其中一些精心修饰的词语略加置换，就只能得出这样的结论：城市的功能就是赚钱，城市是富人和成功者的天堂，是穷人和失败者的地狱，经济的深化意味着富人赚更多的钱，意味着富人越来越富，在城市里无论多么贪婪的欲望都能够充分满足；为了这些满足，不但喧嚣、嘈杂在所难免，大气污染、江河污染、贪污腐化、坑蒙拐骗也都是在所难免的。站在单纯的市场效益的立场上看，他们这一立论也许是合乎逻辑的，但站在社会公平、社会的综合发展、健康发展的立场上看，则是异常险恶的。

现代都市失去了亲情与同情心，失去了诗意和浪漫情调

徐　燕：中央电视台曾经播出过一则公益广告：一位老人为家人精心做下的一桌晚餐，却等不到儿子、媳妇、孙子来吃——他们都太忙，我们听到的只有老人的一声含泪的叹息。在现代都市，我们已经失去了亲和温婉的人情的庇护。有一种流行的说法：现代都市不相信眼泪。在现代都市，在一个以效益为最高指标、竞争为基本手段、自利为追逐目的的环境中，人与人之间的联络似乎越来越容易，而心灵的沟通却越来越困难；交往越来越频繁，情义越来

越淡漠。人那挺拔轩昂的自尊自信、那可资倚赖的真诚率直、那沉积在灵魂深处的爱的碧波,越来越稀薄了。

城市生活高收入、高消费、高地位、高科技、高效率、高密度等"高"态势刺激着人的欲望,也拷问着人的能力、压迫着人的自信。在理想与现实、欲望与能力的落差中,人不自觉地萎缩。越来越渺小的感觉使个体再也难以找回昂首挺胸的气势,只是畏葸地试探、卑微地生息。伴随竞争意识的强化、算计能力的膨胀,爱的能力日益单薄。世俗的功利取向、冷静的理智分析在不动声色中窒息了人们最自然的心灵活动,而做出选择时多方面的权衡与综合有如给手脚捆绑上一道道镣铐,那种发自本能、忘情行事的激情,那种敢于热烈地爱、热烈地痛的野性,那种不计得失,不留退路的决绝越来越远、越来越少了。人人渴望被爱,人人又缺少爱的能力,爱与被爱一次次落空。多少次,我甚至在梦中惊醒于形单影只、孤立无援的困苦。借助因特网,相识满天下,却不知道谁可以让自己在面前灿烂地笑、痛声地哭。城市生活多样的消遣选择、便利的技术服务,反倒使得人与人真诚的、深厚的交往显得不那么必要;而伴随竞争的日益激烈,人与人之间的利益冲突也日渐尖锐,人际间的关爱、同情以及坦诚无私的合作互助越来越无法生根开花。人人活在自己的苦心经营的城堡里,人际的疏离、人心的冷漠便成了现代都市肆意蔓延的流行病。

人都有敞开心扉、开诚布公的心理需要,那是卸下包袱、摘去面具的轻松畅快,那是回归自我、体验自我的真实亲切,那是坚实的安全感与温厚的归宿感。但是,在各种等级法规、合同条款的约束下,在名、利、权、势的诱惑下,在机灵油滑、见缝插针的气氛的挤压下,人们大都自觉或不自觉地给自己带上一套或多套人格面具。如此,人便趋向于在生活中成为演戏者,而不是如其本然的行动者。个体的趣味雅好、细微的情感震颤、朦胧的渴望冲动,或被忽视、或被压抑、或被剥夺;人与人之间的诚信危机,市场经济中时刻遭遇的种种陷阱,使得人一方面在戒备的紧张中极力排斥他者,另一方面在孤立的寂寞中又极度渴求交往。积压的心理需求于现实中找不到依托，便只有倾泻于虚拟的网络空间，倾心依赖于虚拟的空间，不能不使心灵变得更加虚无着落，这不能不说是生活在现代都市中的人们的一大悲哀。

缺失了信心、爱心、诚心的庇护，人赤裸裸暴露在压力、寂寞、空虚的面前。为了填补心灵的空洞，人放逐着自己沉浮于浪浪市声，奔忙于碌碌琐事，随从于庸庸俗流，在绷紧了的时间之弦上，得到虚假、暂时的充实。对于这种人，乔叟有一句非常精妙机敏的评论："我想，他是装出一副匆忙的样子。"这是一种逃避自我的非真实的存在。

美国当代著名精神分析学家梅（Rollo May）指出："今天活力往往意味着不行动的能力，创造性的悠闲的能力——对于大多数现代人，这可能比干点什么更困难。"那是"采菊东篱下，悠然见南山"，是"月色入户，欣然起行"，是驾小舟"独往湖心亭看雪"。应该说，这种优雅从容、游刃有余的自如，才是自主生活的应有之意，才是真正的惬意的生活。而这样的生活，对于失去了自然与人情庇护的城市人，已经愈行愈远。

王　惠：意大利未来主义画家波丘尼（Umberto Boccioni）的画作《城市在上升》，形象地呈现了人类理性的力量和追求。"城市在上升。人的造物在上升，再上升！高了还要再高，大了还要再大！""那用钢、水泥、玻璃等现代材料堆砌起来的城市，代表着现代人的骄傲，向上，向着上帝的居所上升。"是征服自然的理想。是创造时代的豪情。可是，城市日复一日地上升，人类精神却日甚一日地沉沦。这是成长必然的代价吗？城市的上升伴随着乡野的沉沦，童年的消逝伴随着自然的遗落，人类再也无法从童年启程，饱览丰盈的生命风景。你还记得鲁迅先生《社戏》中那被诗意化了的童年吗？澄清的河水、朦胧的月夜、朴实的木船、悠扬的笛声、可口的蚕豆、纯真的童心、友善的伙伴与和蔼的人们。

难道人类再也无法以自然为家，无法抵达那优游从容的生命之境了吗？

韩玉洁：我一直非常向往柳永的《望海潮》里描写北宋杭州的市井气象：

烟柳画桥,风帘翠幕,参差十万人家。云树绕堤沙。怒涛卷霜雪,天堑无涯。市列珠玑,户盈罗绮,竞豪奢。重湖叠巘清嘉,有三秋桂子,十里荷花。羌管弄晴,菱歌泛夜,嬉嬉钓叟莲娃。千骑拥高牙。乘醉听箫鼓,吟赏烟霞。那时的中国城市,有市井的富庶甚至豪华,同时也有自然的清丽与野趣,如此地富有意蕴和生机,是自然生态与精神生态的圆满契合。然而,在现代都市却再也找不到这种浓郁芬芳的诗意了。

鲁枢元:关于这个问题,我不知你们注意到没有,西美尔在其《大城市与精神生活》一文中曾有过精湛的论述。他指出:大城市的精神生活与小城市的不一样,小城市的精神生活是建立在"情感和直觉"的关系之上的,深深地扎根在个人或集体的无意识的土壤中;而大城市的精神生活是建立在理智与算计的关系上,这是大脑皮层较晚出现的功能,也是大脑最具有调节适应能力的层面,这个层面的活动与人的货币经济生活密切相关,也就是与大城市的生活密切相关。而在西美尔看来,货币原则是一种坚决的、不妥协的"纯粹理性",而"纯粹理性对一切特殊的个性都持无所谓的态度",于是,货币经济生活在排斥了人的个性的同时,淡化了以个性为基础的人的感情。所谓"大城市不相信眼泪",实际上是"货币不认同眼泪",商场就是战场,商场决不会因为你的多愁善感就为你广开财路。西美尔还说,也正因为大城市和大城市的货币经济蔑视人的个性和个人的感情,所以,像尼采这样的"诗人哲学家"便"对大城市怀着刻骨的仇恨",并且"由于憎恨大城市,所以也产生了对货币经济和生活的理性主义的憎恨。"诸位的发言说明,在如何面对现代都市的问题上,你们无一例外地都站在了尼采的立场上。不过,在尼采之后的这一百年里,为尼采所憎恶的大城市依然在蓬勃发展、大展宏图、越来越兴旺发达;而为尼采所推重的文学和诗歌却一再衰败枯萎。最近我看到一篇报道:《校园诗歌文化盛景不在》,大学校园里读诗、背诗、写诗的人已是寥若晨星,甚至连学校安排的诗词鉴赏选修课也很少有人问津。其实不要一味地埋怨学生,我常想,在现在我们的北京、上海的大学校园里,还会生长出来一个、半个徐志摩、戴望舒、朱自清、闻一多吗?

现代都市让人们增长了欲望却失去了幸福感乃至生存的意义

张雅玲：人们一想到"城市"两个字，大概总会跳出许多与之相关的链接词，比如繁华、富有、便利、摩登、文明，修剪整齐的树木和草坪，富丽堂皇的高楼大厦，梦幻般的霓虹灯，风一样流行的俏丽和时尚等等。城市里有这么多"好东西"，但似乎人们并未因为这么多好东西而体会到更多的幸福感。相反，城市里的人们为获得和占有这些"好东西"而付出了太多的焦虑和算计，并因而使人们失去了另外的许多，比如安详平和，温柔喜乐，纯真良善以及爱，得到的只是匆忙的脚步，连绵的恐惧，疲惫的身心。

韩玉洁：是什么使现代城市具有如此大的魅力呢？无数的人一方面厌恶它，一方面又离不开它，像我一样，不顾梦魇中的恐慌和绝望，穿上传说中邪恶的有自己生命和意志的红舞鞋不停地、不停地旋转、旋转……我想，也许只有两个字是可以解释的：欲望。

随着工业革命的兴起，商品生产和商业贸易飞速发展，现代城市应运而生。今天的城市不再是自然生长的城市，完全是商业导向和利益导向，建立在技术和科学应用上的商业规则渗透到城市的每一个角落。在城市中，我们的外界生存条件是如此最大限度地设法满足并窥探着人的欲望。我们生产出了电话、电视、电影、网络、汽车、立交桥、摩天大楼、地下铁路、超市商场；我们传递着各种各样的讯息：政府的报告、官员的升降、明星的绯闻、远处或身边的灾难、琐碎的家长里短。大多数人的利益和价值都化作可度量的单位，化作可交换的物品，化作可交流的谈资。城市催生的欲望在城市弥漫，不少人苦心孤诣追求的是"腰缠十万贯，骑鹤下扬州"的潇洒风流，喜好的是"朱门车马客，红烛歌舞楼"的风光快活。炫目的金钱，妖媚的美色，迷人的权位，舒适的享受，人们在城市的迷惑下追逐着一个又一个实现欲望的可能性，焦躁、盲目如困兽般疯狂顺着欲望的台阶向上爬。

根据生态学和格式塔心理学的观点，人是自然界生命循环系统中的一环，人的身体和精神也与自然万物一样，存在着调节生态平衡的动因。在这个由自然、社会、精神构成的地球生态系统中，任何一环出现了无限制的膨胀都会带来无穷的灾难。然而，可怕的是，已有三重膨胀出现在我们面前：自然界出现了人的膨胀；社会出现了城市的膨胀；精神出现了欲望的膨胀。这三重膨胀就是酿成人类社会当前困境的原因，尤其是"欲望的膨胀"。

再多的城市规划也不能规划人的内心。内心的欲望只有靠我们自己来控制。我虽对博大精深的佛学教义满怀艳羡和敬仰，但我并不认为"四大皆空"。我只是希望我们的欲望能克制和收敛一点，也许只有通过这种途径，我们才能在自然系统中恰当的定位自身，安顿好自己的精神生态，才不至于让地球上的生态灾难无限制地膨胀。

王　慧："城市是什么？"卡尔维诺在《看不见的城市》一书中说："城市是在欲望和恐惧中疯狂增长的梦。"

自从最早的那只猿祖想站起来用两只脚走路，人类就开启了欲望的闸门。就是这个欲望，促使并支撑人类走出森林，建设房屋将己身与自然隔开，以试图躲避大自然的威胁，与人作为世界上独一无二用两只脚走路的物种的孤独和恐惧。随着这独一无二的逐渐强大，人类走到了现代文明，昔日茅草屋变成高楼大厦，生存环境的外壳坚固得足以抵挡任何外界的自然侵袭。但是，外表的强大掩饰不了内心的脆弱，也许就是因为内心的脆弱才需要建立起表面的无比刚强。城市中人的不断聚积和扩张又增添了人们对于他人的恐惧和不安。为了躲避新的恐惧和不安，就又有了新的欲望，于是人类陷入这种不断躲避和不断重建的恐惧与欲望的漩涡之中，永无止境。"城市"就是这个疯狂增长的欲望和恐惧错综交织的梦境。然而，城市又什么都不是，"它只是所有记忆的集合——过去与将来，是欲望的膨胀，是反复重复的细节，是需要填补的空虚——用你的生命的每个瞬间，是虚幻与现实无法分开的存在，是你疯狂且遥远的想象。"城市现代化的梦魇阻隔了人与大自然的亲近和交流,人类在自我构筑的封闭空间失去的已经太多。

张雅玲:在城市里,人们占有的欲望越来越强烈,而存在的意义却越来越空洞。弗洛姆说,重占有还是重生存是人对生活的两种不同方式的体验。城市是富有的,在现代的城市里,城市里的个人也以追求到个人的占有为目标。人们在努力地去获得金钱、学历、职位、地位、权利、美色、青春、长寿、享乐等等,人们在努力地以更多的占有来证明自己。人们在衡量一个人的价值时也只看重占有,一个人的价值以他所占有的东西的价值多少来确定,如果他失去了他所占有的东西,那么他也就失去了他自己。因此,现代的消费可以用这样一个公式来表示:我所占有的和所消费的东西即是我的生存。

而一个人所占有和消费的东西,比如财产,比如青春,是很容易失去的,所以,他在占有和消费的同时便一直怀有深刻的恐惧,恐惧这一占有的丧失。当我们怀着深深的恐惧穿行在城市之中,我们心中充满了盘算和防备,这长久的负重使我们在终于达到自己的目标时也难有真正的喜悦,我们在片刻的喜悦之后陷入无限度的空虚和惆怅,我们发现我们的生命没有任何改变,我们的内心没有被快乐充满。因为在这个忙碌的城市里,总是有人看起来比你更成功,于是这一个成功迫使我们去寻求下一个成功。而所有的这些成功后的占有都难以使生命变得丰盈。物在那里,而我在这里。对物的追逐使人们忘记了对存在的本真意义的追问,精神在物的泥淖里深度沦陷。

然而即便人们占有了梦寐以求的占有,却依然难以获得如愿以偿的幸福感和满足感,人们不禁在隐约或明晰地问自己:这就是人的全部吗?在人的存在里面,除了欲望,还有没有其他更为高贵和明亮的东西?

鲁枢元:我在海口的时候,认识一位做生意同时又喜欢文学的老板,他说,等我挣够1 000万的时候,我就什么都不干了,只想找一块风景优美的地方,盖上几间草房,看看闲书,喝喝茶,写一点自己愿意写的文章,再有几个朋友聊聊天。我说,那根本用不了多少钱,你现在就可以这样做啊!其实,他向往的倒是一种很高的境界,就是当年孔夫子赞赏的"暮春浴乎沂,风乎舞雩,咏而归",是一种本乎人的自然性情的生存。可惜只是想象而已,总也摆不脱现实的羁绊。

张雅玲:重占有的城市使我们失去了本真意义上的生存。我们付出了那么多的努力和挣扎生活在这个城市里,但我们体会到的只是片面性的生存,这使我们在这个繁华的城市里困惑不已。在城市里,人的物质环境像秋天的收成一样丰富,而人的精神境遇却像秋天的枯叶一样无助。当生活在城市里的人们开始怀念乡村世界牧歌般的恬淡与自由时,依然生活在乡村里的人们尚在一心向往着城市里的热闹与繁华。

城市的乡村想象和乡村的城市想象,有一个交叉点,那就是对幸福的可能性的想象,对自身存在的超越性状态的想象。在那样的想象深处,我们责备了我们现有的生存。

因为"我们人生来就具有一种要求真正地生存的深刻愿望"。

而真正的生存除了生理的需要,安全的需要,还要有归属的需要,尊重的需要,爱的需要,自我实现的需要等等。可是我们不幸地发现,对丧失的恐惧和不安全感已使我们失去了爱的能力,因为比如由于在孩子面前我们没有恐惧,所以我们才能去爱,如果我们心里害怕的话,那我们就不会真的去爱。而爱的能力的丧失使我们难以获得真正意义上的生存,因为来自真正的生存的幸福感绝不是独占和掠取,恰恰是爱与分享,因为"在人成为思维的存在或意志的存在之前,就已是爱的存在"。山青水绿的大自然不是让人占有而是让人分享的,人在大自然中感到幸福并非因为他独自占有它,而是他感受到它的美和它对人类的无私的爱,并且他发现其他的人在大自然中也同样地感到幸福,在那样的时刻,爱在人与人、人与自然之间流动,这种分享的喜悦对人来说是一种认可并因而加添了人的幸福感。在大自然中,人抛却了身外的桎梏,真正地接近了自身。

重生存的生存方式是,如果说我存在,那我就是我,而不是我所占有的东西，我除了作为实体的存在与这个物质的世界交往，我还作为精神的存在与这个精神的世界交往，另外我还力求在宇宙中找到自己的位置，作为爱的存在与一种更高的无限的爱与存在相连。这就印证了舍勒所说的：人是超越的意向和姿态。

王　慧：舍勒还曾说：一切都是可赎的！人类应该"懊悔"！"懊悔"是人类良知的动荡，"是灵魂自我治愈的一种形式，甚至是重新恢复灵魂失去的力量的唯一途径。""懊悔不仅是一个个体灵魂之中的事件，而且也是一种社会历史的总体现象。""懊悔"就是反思，就是发自肝胆情肠的反思，它"曾几照亮被人类的傲慢掩盖的人类史的过去；曾几将先前日趋狭窄的未来扩展为一幅前景远大的充满可能性的蓝图——并且由此奠定了道德的总体存在的重生。"城市，也许就是人类这条沉郁而痛苦的懊悔反思之路上必经的驿站。

鲁枢元：社会学家滕尼斯（Ferdinand Tönnies）把人类社会的类型分为"自然意志占主导的礼俗社会"和"理性意志占主导的法理社会"，这是两种性质不同的社会。前者是传统社会，其典型代表是乡村；后者是现代社会，其典型代表是都市。以往，我们持一种"直线进步论"的观点，认为人类社会从荒野走进田野和农村，由乡村田园走进城市，由小城市走进大城市、现代都市，就是一种不可置疑的社会进步，是一条铁定的社会发展规律。现在看来，人们应当对于人类自己走过的历史进行深刻的反思。应当承认，人类有时也会犯下整体性的错误，比如：对于自然。仅从数千年的有文字记载的人类发展史来看，人类在某些方面做对了，有些方面则可能做错了，有些方面可能是因为无知或无奈没有做好，有些方面则可能是因为只顾一己的利益而铸成大错——最现实的例证就是眼下的生态灾难。在日益险恶的地球生态危机面前，如果我们继续盲目乐观、一意孤行，那应当就是一种犯罪了。

以上，我们大家试图对现代都市进行了一番生态学意义上的反思，包括了自然生态、社会生态、精神生态不同层面的反思，其实也是对人类历史进程的反思，对人类精神生活历程的反思。大家的这些反思多半还是停留在个人的、感性的层面上,好处是情同身受、有感而发;缺点是缺乏思考的深度和理论的周严,表达我们自己的态度已经绰绰有余,要想折服不同论见者的观点则远远不足。其实我们还应当看到,无论是在人类历史发展这一宏大议题上,还是在现代都市建设这一具体的现象上,人们始终都是处于两难处境之中的,现代都市与乡村田园的矛盾更是如此。比如,我们不能让上海这么一个现代大都市仅仅成为一个庞大的"钱包",我们也无法让它成为一个纯粹的诗人们优游闲适的"花园"。都市与田园、诗歌与金钱之间是否注定要做出决绝的选择,还是有可能存在一种和谐境界,我们将继续思考。

2005 年 4 月,苏州大学

金融危机时刻谈生态

从生态角度看金融危机

路　燕：鲁老师和刘老师亦师亦友，咱们今天的谈话就随意些，我们轻松一些。

鲁枢元：这段时间一直有些话想说，咱们就从金融危机谈起，谈谈金融危机与生态的关系，现在报纸铺天盖地都在讲"救市"，为什么不能做一个反向思维：金融危机反而是件好事。为什么呢？经济发展慢一点，人们的日子过得简朴一点，地球资源消耗少一点，金融危机逼着人们少消费一点，迫使人类减轻对地球生物圈的压力，这何尝不是一件好事？

刘士林：我和鲁老师的想法一样，金融危机从某种角度上讲的确是一件好事。金融危机，其实就是对地球的一个冷处理，地球太热了。

鲁枢元：最近我看了一篇文章，写得真好，作者是净心和尚，一个苦行僧，别人找他访谈，他就谈金融危机。他说，金融危机不是最可怕的，最可怕的是经济高速发展，人均一辆汽车。他说，如果一个人随地吐痰，别人都会瞧不起他,觉得这人没素质,但如果一个人开辆汽车,大家都会觉得他很气派,而事实上,汽车排放尾气的危害要比随地吐痰要大得多。

刘士林: 前些年上海开了个城市交通会,就是关于小排量汽车开不开放,当时我和一个城市专家作节目,他的意见是向日本学习,买了汽车不开,放在家里,周末开。可是我就说,中国的情况与日本不同,举个例子,假如上海人均一辆汽车,那么,整个上海将会是一个巨大的停车场。好像是给人自由了,人人平等了,结果却是一团糟。

鲁枢元: 最近还看了一篇很臭的文章,讲的也是金融危机,他说,虽然出现了金融危机,并不能证明以前的金融政策有问题,不要手软,不要停顿,继续前进。我觉得,此类市场运营方式是最烂的。这种方式就是鼓励人超前消费,有一个花两个,把后面的钱甚至把后辈的家底都花光。可怕的是这种美国式的运营方式却正向全世界推广。

刘士林: 这就叫做"美国梦"。

鲁枢元: "美国梦"正在成为世界梦、人类梦。人们都说经济发展有它自己的规律,既然是规律为什么就不能放任自然呢?就像在黄果树公园,这棵树倒了,不要管它;这个动物病了,也不要管它,该死的就死了,生命力强的、抵抗力强的,自然也就活过来了。所以,我觉得,金融也是这样,该颓败的就让它颓败。

刘士林: 金融危机其实是与城市化进程相关的。我的学生在讨论一个话题,就是粮食危机,恩格斯早就讲过的,农业是一个社会最根本的东西。在古代,农业占据决定性的地位。金融和银行是城市经济最重要的方式,其实它违背了一个规律,有两个方面远离了我们生活的基础,一是远离了农业,粮食危机,没了吃的,大家都在炒作。二是远离了工业,没有了实体,都在玩虚的,虚的一旦没有实体作为基础,都在玩概念游戏,数据游戏,结果那将是一场噩梦。所以我觉得金融危机是件好事,把投机商人的利润榨一榨,这对社会生态也绝对是件好事。

鲁枢元：不管是美国政府，还是中国政府，在金融危机面前都在尽力表现自身的强大，投入几百个上千个亿来救市，没有一个政府敢让金融危机持续下去、放任下去，让国民的工资和生活水平下降，如果那样这个政府也要危机了。政府为什么都在猛着救市，其实也有政府的利益在里面。生态环境变得好一点，这也是大众的利益，而且是大众更长远的利益。但有时候大众也是短视的。你给我增加工资就高兴，给我减少了工资就要骂人了。所以，这个问题也很复杂，不好解决。另外，刚才你说到没有实体，我认为最实的实体应该是农业，是传统农业，所以，后现代社会要向前现代社会借鉴学习一些东西，有什么理由认为农业社会就一定比工业社会更糟糕呢？

刘士林：真正理想的城市是不脱离农业的，农业与工业平衡发展。另外，人类历史上的每一次进步都伴随着大的灾难和苦难。人类文明也很奇怪，它一发展就出问题。经济发展了，发展到很热的程度，接下来，一场灾难来了。金融危机相比起大的战争灾难、瘟疫灾难其实是小多了。

鲁枢元：金融危机算什么呢？不过是大家的日子过得苦一点，我们以前又不是没过过苦日子。而且那时苦日子里的幸福和乐趣也并不一定比现在少呀。

刘士林：刚才我们讲美国超前消费，住花园洋房，金融危机以后，把花草全拔了，种上蔬菜，假期也不出去旅游了，在菜园里干活。其实这对人的身心都有非常大的好处。

路　燕：我们能源的三分之一都是旅游消耗掉的。

鲁枢元：现在，金融危机一来，英国人立马推出简朴菜谱，学习过素朴一点的日子。但是中国怎么就没有自己这方面的宣传报道呢？

刘士林：鲁老师说到简朴菜谱使我想到现在流行的肥胖症。

鲁枢元：还有"三高"人群的出现，光靠广告上的什么"脑白金""黄金搭档"能解决吗？我看，那全是虚的。

人类所犯的最大错误是没有处理好人与自然的关系

路　燕：上个月，我到广西壮族自治区的新安，因为今年冻灾的缘故，凡是树木生长茂盛的地方都遭到严重破坏，直到现在都没有恢复。但是我们又发现，原来被压迫的二层三层的植物，今年就长得特别茂盛。当时陪我去的是一位植物学家，他就说，冻灾当时看起来是一场大的灾难，但对于整个生物群落而言实际上是件好事。

刘士林：这是一个生态调整的过程。

路　燕：对，自然界有一个节律，有它自己调整的过程。

鲁枢元：事实上，凡事都是有进有退。现在我们总是讲发展，讲进步，却从来没有人讲退一步。关于生态问题，我还想说，人不能只关心自己，以人类为中心，如果能把关心的范围普及到万物，关注所有的生物，甚至非生物，也就是进入冯友兰讲的天地境界，人自己日常生活中的烦恼也就变少了。人的毛病就是只盯着自己，到最后自己的这一块也只剩下了金钱，甚至只剩下一串变幻莫测的数字，活着也就没有太多的意思。

刘士林：现在江南太湖的污染已经很严重了，我最近在云南仙湖看到了以前太湖的影子，水可以直接喝，清澈见底，不过现在那里旅游也是很热，我担心再过十年二十年，那里也会变成现在的太湖。

鲁枢元：我算了一个账，刚才我们讲的发展，西方是每年2%—5%的速度，中国是9%的速度，甚至更高。这样的发展速度想维持多少年？一百年？如果一百年都按这样的速度发展下去，那将不得了啊！人类存在的历史现在说是六百万年，后面还有多少年？据说人类作为一个物种自然消失，还有七千万年。现在，谁又会为这七千万年着想呢？不说七千万年，谁会为今后的一千年、一百年着想呢？

路　燕：现在有一句话,叫活在当下。

鲁枢元：现在是活在当下,只为我活着的这一百年着想,后面天塌地陷都不管了。现在的发展观可能也是建立在这种想法之上的。

刘士林：关于环保,原来有一个理念,为了子孙后代保护环境,现在不是这样了,我们这一代人能平安地过去,就不错了。

路　燕：中国的六七十年代,许多东西跟一千年前基本上没有什么变化,但是近二三十年,毁坏的东西太多了。

鲁枢元：海南岛生态破坏最厉害的也是最近这三十年里。这又涉及宣传的问题,所有的大报小报,关于改革开放这三十年,几乎全都在讲功绩,没有讲问题的。别的不讲,起码应该讲一讲生态问题,这三十年,我们的自然付出了多大的代价啊! 人再怎么厉害,总还是属于自然,总还是肉身的吧? 没有变成电脑和机器人,人是需要和自然接触的,尤其是需要与真正的自然、野性的自然接触,可是现在这样的自然没有了。

刘士林：也包括文学作品中那种很自然的审美情感。

鲁枢元：我给学生上生态批评课,讲到西方的荒野哲学,想着带学生体验一下荒野,可是从苏州往外走上二十多里,再也找不到丝毫真正的荒野了。

刘士林：长江三角洲这一带太繁华了。

路　燕：南京、苏州、上海、杭州、宁波整个都连成了一片了。

鲁枢元：人类有时过于自作聪明,而不顾及自然。我觉得,人类所犯的重大错误就在于没有处理好人与自然的关系,这是一个最根本的问题,这和你们这个刊物正好相符,所以,《人与自然》责任重大呀。

路　燕：虽然现在我们的声音很微弱,可是我们还是在拼着命地努力做呀。

鲁枢元：人类所面临的最大问题就在于没有处理好人与自然的关系,一旦人与自然的关系弄好了,许多的问题都可以顺利解决了。

这个世界不再令人着迷

鲁枢元：以前好像说人越穷道德意识就越淡薄，其实有一个度在里面，人都穷得没饭吃，社会当然容易出现问题，但是，也不是越富有人的道德观念就越高、社会治安就越好。学校的教育生态什么时候最好？现在都说是西南联大。西南联大那时候，战火连天，流离失所，但是那时教师和学生的精神生态反而最好。

刘士林：精神生态与物质基础并不总是成正比的。汤因比在研究文明的发生时就指出，艰苦的环境有利于人的精神的成长，比如中国周代文明的发生，还有希腊文明的发生。希腊文明的发生，有一句话说是什么呢？希腊与贫穷连生，希腊的资源不太丰富，他们想过富裕的日子也过不了。在吃饱穿暖的情况下就发展哲学、体育、艺术、宗教。

鲁枢元：古希腊是人吃的很简陋呀，大概也就是一些玉米面配点洋葱头。

刘士林：但是有两种说法，一是，古希腊的城市是人类城市的典范，超越了几千年所有城市的发展，二是，健康的灵魂与健康的肉体一样重要。现代文明不是这样，用一句话说，也就是"罗马化"，即最好的物质与最坏的灵魂同在。

鲁枢元：人的心灵中总需要有一些非常美好的东西，比如，我记得你曾经说，每天晚上睡觉前都要读几首古诗词，唐诗宋词，现在的孩子包括我们的大学生还有谁每天读一读古诗词啊？

路　燕：我们楼上一家刊物的主编，他放着复旦的副教授不做，却跑到我们那里做个杂志的主编，他说他提到一些外国名著、中学时代的普及性读物，学生们表现出一种很茫然的神情，课就不好教下去了。

鲁枢元：我们那时就觉得精神很贫乏了，现在的孩子精神更贫乏。

路　燕：关键是他们自己并不觉得贫乏。

鲁枢元：这更可怕了。

刘士林：我们跟鲁老师做学生那会，新的名著刚一出来，上午出来，下午可能就买不到了。书看懂看不懂不管，先买回来再说。

鲁枢元：那时候书很少，可是人都拼命读。现在书多了，却不读了。王元化在他书里面引了韦伯（Max Weber）的一句话说：世界不再令人着迷。换句话说，这个世界让人觉得没意思了，这个"没意思"表现在两个方面，一是自然方面，人出去，尤其是生活在大都市里的人，看不到蓝天，也呼吸不到新鲜的空气，看不到清清的溪水湖水，感受不到鸟语花香，这个是没意思了。另外一方面是心灵，人的心灵几乎被挣钱或做官完全占满了，个别人这样还好说，所有人都变成这样时，整个世界都没意思了。包括现在的小孩，挂在嘴边的一句话也是"没意思"。按说，他们应该比我们那时有意思多了，还说没意思。

刘士林：这让我想到一个概念，叫文化消费异化，现在的精神食粮好像是多了，但是这个精神食粮并不是作家按照天性创作出来的，而是被催化剂催生出来的，就相当于饲料鸡、垃圾猪肉。我们越看书越觉得不像书，越看电影越觉得不像电影，欣赏绘画，又觉得绘画不像绘画。

鲁枢元：还有电视剧。

刘士林：周作人就说呀，在北京住了二十多年，没有吃到过好的点心。口味地道的食品没有了，现在看一看，文学作品也是这个样子。

鲁枢元：究其原因，还是在于没有处理好人与自然的关系，研究陶渊明的人那么多，我发现陶渊明用两个字就可以概括了，就是"自然"。陶渊明凭着他这一百多篇诗文，一千多年来，始终被人们奉为"诗人中的诗人"，不管是李白、杜甫、白居易，还是苏东坡、黄庭坚、陆游、辛弃疾统统对他表示无限的敬意，为什么呢？就是因为自然，从内到外的自然。

刘士林：苏东坡说，陶渊明的诗可以治病，他说，哪天身体不好了，就读一读陶诗。还有一个和尚，生了病，就把陶渊明的诗撕下一页烧掉，把纸灰当药喝了。

鲁枢元：陶渊明自然到什么程度？一个是生死问题，秦始皇多大的人物啊，生死关过不了，不想死，花费了巨大人力财力求仙、炼丹，还是死了，而且死得很难看。陶渊明呢，估摸快死了，自己把自己的祭文写一写，挽歌写一写，写完了，也就死了，死了就是纵浪大化中，回到大自然，进入新的轮回。许多人的苦恼都是因为生死关没有过，不能坦然处之。

刘士林：这又让我觉出儒家的一个弱点——把功名观念看得太严重了。一旦功名富贵了，就更难撒手。

鲁枢元：儒、道要融合，我们做学问的人总是把某个人分成是儒还是道，陶渊明是儒是道，争得不可开交，我觉得，亦儒亦道，浑然一体，这样才好。刚才讲到陶渊明的生死问题，再一个是子女问题，有一篇文字是写他儿子的，老大比较懒，老二比较笨，老三呢，还不太识数，不识就不识吧，能好好过一辈子，也行了，这个问题他看得也很淡然。我们养了个笨儿子，还非得让他当状元，不行啊，当了也不愉快呀，顺其自然多好啊。

刘士林：苏轼也是这样的，也很旷达，他有几句诗写得好："人皆养子望聪明，我被聪明误一生。""人生识字忧患始，姓名粗记可以休。"

鲁枢元：做人还是自然、散淡些好，比如做官，我们也不是说官绝对不可以做，都不做，这个社会怎么办呢？陶渊明呢，做官也行，不做也行，做得不舒服了就不做。这都是精神生态呢。

刘士林：现在很多人精神生态不好，就是因为达不到这种境界，该走的时候他不走，该退的时候他不想退，还是拼命地想抓。

路　燕：有些为官人，只会为官，退下来之后，精神就完全垮了。

结　语

路　燕：我们谈了金融危机，又谈了生态危机，危机重重，曙光何在？

鲁枢元：我想要深度地对待两个问题，一个是理性主义的问题，不能走极端，一定要承认人的有机性，整体性，个人心灵内以及天地间的奥秘都不是理性可以彻底认识的，所以，还是要对自然抱一种敬畏之心。另外一个问题就是人类中心主义，一定要把人类关注的范围扩大到天地万物。刚才谈到的问题都出现在人与自然的关系上，但是解决的希望也同样在人与自然关系的协调，问题在哪里，希望也就在哪里。

　　刘士林：在这些问题上，人文知识分子的作用是很重要的，现在已经有许多人开始觉醒，比如国内的生态批评研究已初步打开局面，这股力量虽然还不占主角，但是也正在培育，正在成长。

（2008 年秋于苏州滚绣坊静思书轩；李红英录音并整理）

从田园诗到打工诗

——兼及现代化与农业文明评估

陶渊明作为"田园诗流派的创始人""田园诗派的象征",描绘田园风光,抒发乡土情感,是他对中国文学史做出的最大贡献。返乡与归田,自陶渊明始,也成为中国诗歌创作一脉清新、洁净的泉源。就此意义上,陶渊明的诗歌也应是中国文化精神中一笔宝贵的遗产。

这里,让我们重温一下陶渊明诗中的田园画卷。

首先是对原野自然风光的宏观礼赞:"山涤余霭,宇暧微霄。有风自南,翼彼新苗。"十六个字,空中地下,皇天后土,一览笔底,欣悦之情溢于言表,若无真体验,万难写出。再就是他对乡土与农耕生活的钟情与向往:"代耕本非望,所业在田桑","园田日梦想,安得久离析","商歌非吾事,依依在耦耕","长吟掩柴门,聊为陇亩民"。诗中更多是写他的田园劳作生涯:"贫居依稼穑,戮力东林隈。不言春作苦,常恐负所怀。"其中自有丰收年景的欢娱:"相见无杂言,但道桑麻长。桑麻日已长,我土日已广。""春秋多佳日,登高赋新诗。过门更相呼,有酒斟酌之。""日暮天无云,春风扇微和。佳人美清夜,达曙酣且歌。"也不乏坏年景的悲苦:"躬亲未曾替,寒馁常糟糠。岂期过满腹,但愿饱粳粮。""怨如亚九饭,当暑厌寒衣。岁月将欲暮,如何辛苦悲。"如果不怀有过多偏见的话,应当承认陶渊明这些田园诗中所描绘的情景,当属于中国传统农业社会正常时期(非大战乱、大灾难)的真实情况。

正如陶渊明诗文中指出的,农业时代的人们以务农为本:"哲人伊何?时维后稷。"以耕作自足:"赡之伊何,实曰播殖。""舜既躬耕,禹亦稼穑",远古时代的尧舜禹,也要以身作则土里刨食。延至后世帝王,每年春天都要在皇苑的土地上扶犁执鞭,谓之"亲耕籍田,以祈农事","劝农桑"为万民做表率。我们常说的"中华文明五千年",实际上就是"农业文明五千年",陶渊明田园诗中的情调,正体现了这一文明的精神风范。在农业时代,"农为天下之本,务莫大焉",读书做官与做不成官时退隐归田,都是社会认可并鼓励的生存方式。更因为生存方式较为贴近自然,即是在人与人之间(如乡曲邻里间)也保留了更多的天然的亲和关系,因而使得生活中的悲欢离合容易被诗意感染。田园诗因此又可以看做农业时代特有的生活情调,是农业文明精神的升华。正是因为如此,陶渊明的一声"归去来兮",便迎来中华诗国千百年来回肠荡气的共鸣。直到20世纪的中国,自然的本色虽然已大大消退,田园情结还仍然在鲁迅、萧红、沈从文、孙犁、汪曾祺、韩少功、张炜、史铁生、贾平凹、李佩甫、周同宾的乡土文学中一脉相袭、余韵缭绕。

田园诗从根本上发生异变与逆转,是在最近十多年。文学批评界曾有人把苇岸、海子的死看作一个田园抒情时代的逝去,在我看来一个更为醒目的标志倒是尚未引起文坛足够重视的"打工诗"的出现。"打工诗"作为一个概念,尚未能严格界定,一般说来指那些反映由农村、乡镇到城市务工者的生活及感受的诗歌,作者大多是出身于农村的男女青年。其创作指向与传统的田园诗看似截然相反:打工诗的基调不再是"归去来",而是"走出去";不是"返乡",而是"背乡";其中不再怀有对于乡土的期待,只有对乡土的绝望；不再作为田园颂歌，而成了田园悲歌、挽歌；不是回归自然，而是不得不背离自然。应当说，在中国现当代文学史中，这是一种复杂而爆裂的诗歌现象。

从陶渊明的诗中，我们可以感觉到诗人"归来"的欣喜，在"打工者"的诗中，我们几乎看不到"走出"的欢快，相反只能看到走进城市后的孤苦、郁闷、困惑乃至恐惧。打工诗人中的一位杰出代表是四川女孩郑小琼，在东莞，她有着近十年的打工阅历，她在一首题为《疼痛》的诗中写道：

> 我一直在想，到底是什么牵着我从千里之外来这里／是一些临近海洋的风，制衣厂一天十二小时的劳动／每月 25 日那几张薄薄的钞票，我想不出还有别的／能够让我扛着命运奔波在这个小小的村庄／它的繁华是别人的，它的工厂、街道、服装商铺是别人的／它的春天是别人的，只有消瘦的影子是自己的。／二年多了，我还没有找到在这里的理由。

还有一位叫唐以洪的打工诗人，写自己在"走出去"的打工路上无休无止的奔波，却始终迷惘于自己的苦苦追求：

> 下一站是广州，下一站是深圳
> 下一站是东莞，下一站是上海
> 下一站是北京，下一站是工地
> 下一站是流水线，下一站是青年
> 下一站是中年，下一站是温饱
> 下一站是小康，下一站是痛苦
> 下一站，还不是幸福，是明天，明天的明天
> 这十五年来，我一直奔波在站台上
> 张望着一个又一个的下一站

......

但无论怎样挥动手臂，和微笑

我都像一个与享福和未来，告别的人①

陶渊明在"归来"之后，曾享受到一种"久在樊笼里，复得返自然"的愉悦；而打工者们"走出"之后，反而陷落进更加苦痛的笼子里，蒙受到甚于樊笼与网罗的苦痛。她们或者不得不把自己拧紧在机器上、捆绑在车间流水线上，像那位来自传统农家的打工女郑小琼，2002 年进入一家五金工厂务工后，就连自己的姓名也失去了，人们只叫她"245"，那是她工卡上的编号。她那"被合同包养的生活"是：在一分钟内，从机台上取下一公斤多铁块，摆好后用超声波打孔，只有一个重复的动作，每天却要工作 12 个小时，打上 13 000 个孔！他们或者被"压缩"在城乡边缘连"鸽子笼"也不如的租赁屋里，十平方米，住上十户人家：

十平方，十户人家，二十几个人的呼吸/这狭窄的人生，狭窄的呼吸/我们把自己压缩，压缩在一个小小的火柴盒中倦曲着/我们把房租压缩/我们把自己的天空压缩/我们恨不得把自己压缩，压缩，再压缩/把自己折叠，折叠，再折叠②

在他们走进的城市中，城市仅只给了他们"工衣""工地""工号""加班的夜晚"，给了他们"颤动""皱纹"和"白发"，而"我想要的，你一样也没有给我；我给你的，你也一样没有还我"；③他们在这里失去了"自我"，同时也失去了"尊严"："山沟里平淡无奇的泉水，运入城市，取个好名字，便身价百

① 唐以洪：《下一站》，《中国打工文化报》第 8 期，2009 年 10 月，广州。
② 许强：《十平方米，十户人家》，《打工诗人报》第 22 期，2009 年 6 月，广州。
③ 唐以洪：《异乡，你给了我什么》，《中国打工文化报》第 8 期，2009 年 10 月，广州。

倍了"，而"我们不过是漫至城市的污水"，依然"低贱"。① 打工诗人们扳着指头算来算去，他们几乎失去了一切，头发正在由白变黑，剩下的只是喧哗与奔波。

还有更惨烈的，是工伤。那几乎不能算是意外偶发事件，因为据统计，在珠江三角洲打工者的人群中，每年都有超过 4 万例的断指事件。郑小琼的伙伴、同为打工诗人的张守刚一次就被机器轧掉 4 根手指，她自己也曾经轧掉半个大拇指甲盖儿！

写到这里，我们不能不提出这样一个问题：当年的陶渊明仅仅为了一根"腰带"，即不愿规规矩矩地扎上腰带拜见上司，就毅然弃官返乡，回农村种地去了；而如今我们的这些青年男女农民，为什么在被轧断 4 万根手指后，仍然"死不还家"呢？

我们不能指责这些从乡村走出来的年轻人好逸恶劳，因为在机器的飞速运转中，在厂规锁链般的绞轧中，工厂的劳累强度已经远远超过目前的农田作业；我们甚至不应该嘲笑他们进城淘金、发家致富的欲望，因为那也是受到这个时代汹涌澎湃的消费主义浪潮的裹挟，况且他们那些并不过分的欲求，也很难在打工生涯中得以实现。真正能够在城市中干出点名堂的打工者寥寥无几，成千上万的打工者，只能像"一棵进城的庄稼，在机器时代的锋芒里漠然倒下"；像"一只水土不服的小鸟"，被钢筋水泥的尖利枝条撞得遍体鳞伤。尽管如此，乡村里的青年男女仍然如潮水般涌往城市！这已经不能用个人的德性或志趣解释，更不能以陶渊明式的"清贫""散淡"为榜样，而应当看到深层的原因是社会与时代在整体结构上发生了根本的变化。

陶渊明时代，社会生活中只有农业文明一极，而如今不但多出了"工业文明"一极，这一极还正在以冷峻无情的强制手段拆毁固有的一极。当陶渊明在

---

① 黄谷：《农民工，漫入城市的污水》，《打工诗人》第 24 期，2009 年 9 月，广州。

外边受了委屈忍受不了时,还可以大呼一声"归去来兮,田园将芜胡不归!",而如今的年轻的打工者在外边受了千般磨难后,面临的处境却是"田园已无何处归?"。固有的乡土或者已被现代化的进程拆解得七零八落,或者正在被工业社会所同化,变成农副产品生产的流水线。昔日的田园风光再也难以寻回,背乡进城的打工者实际上已经成了"无家可归"者。

让我们还是看一看社会学家们脚踏实地的乡村调研吧。

江西省新余市雁塘村,总共 91 户农户,长年不在村里居住的有 29 户,其中有 13 户在县城购置了楼房。留下的基本都是四五十岁返乡的部分农民工、老人和未达到上小学年龄的孩子。村里有三分之一的民宅周围长满荒草,地势坍塌无人整修。村里用于农田灌溉的唯一的抽水机在 2004 年就老化了,至今已无人整修。村里集中榨油的房屋在 2003 年倒塌了,榨油机也卖掉了。堰塘小学是一所拥有 8 名教师、近 150 名学生、设置一至五年级的完整小学。2005 年以来由于生源不足,仅留下了一名老师负责一至三年级 9 名学生的教学工作。2008 年,雁塘小学已完全"消亡"。1992 年打工浪潮席卷雁塘村之前,村民都是一年 365 天生活在村里的。人们之间联系紧密,交往密切。作为一个单姓村,雁塘村的祠堂是由村民自发凑钱重建成的。那之前老祠堂破败不堪,却是村民们娱乐休闲和"参政议政"的集中地。现在去祠堂的人越来越少了,即使到了年底,外出打工者回来了,这些见过大都市各种现代化娱乐的打工者已不再对祠堂的传统活动感兴趣。返乡的青年农民工,一不会防虫治虫,二不会育秧插秧,三不会农田施肥,再也不能适应传统的农耕生活,在家里天天闲着没事就打牌,输了钱就恣事生非,甚至成为危害社会稳定的一大因素。[①]

这不过是华中科技大学的中国乡村治理研究中心主任贺雪峰覆盖华中六省区的乡土田野调查中的一个例子。从中我们可以看到传统的农民已经蜕

---

① 徐楠:《能不能给农民一个生命的意义系统》,《南方周末》2009 年 5 月 21 日。

化,传统的农村文化已经解体,传统的乡村田园风光已经消失。调研专家发现:农村已经难以给农民提供一个有效的生命意义系统。

农村中往昔的一切,不是在迅速失去,就是完全改变了模样。打工诗人用自己的切身感受对这一可悲的局面做出了生动感人的描绘:"樟树在昏睡""青山在颤抖""阳光积满灰尘""河流漂着油腻""风声中夹着铁片""树上的鸟儿一脸颓丧""连寂静也染上了疾病",青年人不得不告别祖祖辈辈蕃息养育了他们的土地,纷纷踏上漫漫打工路:

再见了,五谷,果树,溪流,槐树,榕树

再见了蝉鸣,青草,紫云香的童年

当最后一根稻子已经倒在推土机间

这个有着上千年的村落将消逝在那里

月光再也穿不过木头的门户,铁器与铝合金门①

工业化的挖掘机"伸出巨大的钢铁巨齿",无情地挖断了乡土上数千年的文明之根,"从大地深处挖断了祖先与我遥遥相望的脐带":

这是二十一世纪

这是灰蒙蒙的机器,被砍伐的荔枝林

它们倒下来,庭院化为瓦砾,大地的废墟

辽阔的大地被工业的火焰烧烤,垒积,啊

楼群,工厂,混凝土,从泥土到我

从机器的手臂到我的手臂,玉米叶,水稻苗

---

① 郑小琼:《郑小琼诗选》,花城出版社 2008 年版,第 145 页。

我的肌肉,骨骼,皮毛都成了机器的一部分①

对于这些走出乡土、进城打工的青年农民来说,农村已经失去价值与意义,即使在城市中,在他们参与建设开发的城市中,他们也很难找到自身的意义:

这些年,城市在辉煌着,
而我们正在老去,有过的
悲伤和喜悦,幸运与不幸
泪水与汗都让城市收藏砌进墙里
钉在制品间,或者埋在水泥道间
成为风景,温暖着别人的梦②

我们还不能不看到,在这些年轻的、敏感的打工诗人的早期记忆里,甚至在他们的父辈那里,乡土和田园已经远非那么美丽而悠闲,陶渊明更成了一个久远而模糊的梦幻,甚至已经成了一只“生了锈的铁皮鼓”,那些旷远散淡的田园诗在他们的心目中甚至已经成了一种难以置信的诳语:

它穿越我们眺望的峡谷
却不能抵达我们眺望的村庄
隐居的陶渊明如此说
他敲着铁皮鼓,唱着血液的歌谣

---

① 郑小琼:《郑小琼诗选》,花城出版社 2008 年版,第 137 页。
② 同上书,第 58 页。

九月的菊花开放,抵达撒谎者的巢穴

　　网罟的鱼奔跑到野兽中

　　落木的声音,陈腐的月光

　　幽暗的光不能照亮这个年代的麻木,绝望的人群①

　　与这群打工诗人的悲凄、绝望相对的,是当下洋溢在国内学界、舆论界的对于农业现代化的乐观情绪。国人寄希望的可能是西方发达国家的现代农业生产模式,岂不知这种凭借先进科学技术、工业管理手段最大限度增加农产品产量的农业模式,在西方发达国家已经受到了郑重的质疑。2009 年 6 月 4 日的《南方周末》转发《科学美国人》(*Scientific American*)一篇题为《粮食危机毁灭全球文明》的文章,作者莱斯特·R. 布朗说:他花了几年时间研究全球农业、人口、环境、经济趋势以及它们之间的相互影响,结果表明,由于可能发生的"粮食危机"不仅能导致单个政府倒台,而且还将毁坏掉全球文明。而酿下粮食危机的罪魁祸首,恰恰是现代工业社会发展形成的环境恶化。地下水位急速下降、土壤大规模流失、气温逐渐升高以及愈演愈烈的奢侈型消费,正在动摇世界的农业生产体系。直接涉及个人生命安危的粮食危机注定要引发社会动乱、政府失控,由此激发的恐怖主义盛行将最终导致现代文明在全球范围内的土崩瓦解。作者还伤心地指出:三十多年来,尽管环保人士记录到了环境恶化的各种趋势,却没有看到全世界为扭转哪怕一个趋势而付出过任何重大努力。为了挽救这一危机,作者提出了他的一揽子计划,其中包括减少工业废气的排放,禁止砍伐森林,大力植树防止土壤风蚀,多吃小麦少吃大米以节约用水,采取最低限度的耕作技术以维持农田的"地力",在计划生育的同时普及乡村的基础教育等等。布朗文章给我的感觉,似乎不是在现代化的道路上如何持续发展,而是如何安全地"后退"。

---

① 郑小琼:《郑小琼诗选》,花城出版社 2008 年版,第 117 页。

在我们文学评论界，也时常可以听到这样的责难："难道要倒退到陶渊明式的田园理想吗？""难道要退回小国寡民式的农耕社会吗？"在中国文学史的书写中，陶渊明的返乡归田也常常仅被认作"对丑恶社会现实的逃避"。此时人们已经忘记，人类毕竟还有着"性本爱丘山"的天性，田园风光作为人与自然和谐相处的案例毕竟还拥有永恒的魅力。问题的症结恐怕还在于启蒙主义思想家们编织的"社会进步论"上，一个被许多人轻易当作不证自明的法则是：在人类历史发展道路上，农业比工业落后，农民比工人保守，农村比城市愚昧。走工业化道路，走城市化道路，走市场化道路，将农民提升成工人，将农民改造成商人，才是社会发展与全球化的"必由之路"，才是历史的完美终结。所有这些，尽管目前是以"国策"与"民心"的名分出现的，但其合理性、可实施性以及最终的意义和价值仍然是有待于证明的。农业文明的出路、人类社会的去向，还是应当允许有不同的探讨与选择。

未来之中不能没有过去。工业文明不应一味傲视农业文明，现代化、城市化也不应摧毁田园传统。人类的历史，长期以来是建立在农业文明的根基之上的，农业文明的一大特性是人与自然尚且保留较密切的亲和关系。而现代社会执意要以农村的彻底牺牲换来城市的高速发展，这或许并非现代化的成功经验，而恰恰是现代化值得反思之处。其实，某些潜隐的惨痛，已经时时在农民工的"打工诗"中流露出来，那就是这些背离乡土、走进城市的青年男女们，无休无止、撕心裂肺的对于乡土、田园的怀恋，对于自己生命本源的眷顾，他们下意识地坚执，那里有着他们生命的根。

> 多年以后，我怀念乡村的卑微
> 在苏北丘陵，河流绕着村庄流淌
> 麻雀草垛，喜鹊白杨，楠木梁上燕语呢喃
> 村外的老槐树上，猫头鹰冷冰冰的目光
> 牛背上夕阳，夕阳下羊群，羊群里狗

狗黏着乌鸦,呱呱呱一声柳梢

柳梢声音稚嫩池塘里冒出黑黑眼睛①

    诗人回望的,恍若仍是一千六百年前陶渊明诗歌中的景象,仍是那份亲切柔顺的心情,仍是那份天然、真率的童趣。然而我们不能不看到,时代毕竟不同,在强大的工业化进程设置的一道道厚重的钢筋水泥的拦阻下,返乡的道路已经断绝,当下的返乡归田比起陶渊明时代已难过千倍。即使陶渊明活到今天,怕也已经无路可走。

    陶渊明或许真的已经成为"昨夜星辰"。

    唯一的可能,是新时代的灾难与困境将会再度把人们逼上回归之路,及所谓希望正在于绝望之中,那也将是死去的陶渊明的"魂兮归来"。一位名叫李春凤的农民工在诗中写道:

老木　回来啰

回来护你的儿女

回来穿衣吃饭

风吹雨打你怕呢

雷鸣电闪你怕呢

咯有回来啰

回来啰　回来啰

今天　你那干瘪枯萎的老娘

拿着你破旧的衣裳

点着三炷香　端着斋饭　站在村口

---

① 翰墨:《望乡》,《打工诗人》第 24 期,2009 年 9 月,广州。

用她那哭不出来的颤抖的声音在呼喊　给你叫魂

隔山叫你隔山应

隔河叫你绕桥来

老木　回来啰

回来护你的儿女　回来穿衣吃饭

风吹雨打你怕呢　雷鸣电闪你怕呢

咯有回来啰

回来啰　回来啰①

　　诗中"回来啰，回来啰，咯有回来啰"的呼唤，不能不让人想起陶渊明的"归去来兮"，只是欢畅已变成悲怆。诗中的"老木"是一位边远地区的农民，进城务工，从几十层楼高的脚手架上掉下来，摔死了。城市远非人们想象的天堂，年迈的母亲在呼唤儿子的幽魂返回家乡，无论如何，家乡还有他的儿女，有他穿衣吃饭的地方。

　　写到这里，我不难发现，在今天年轻打工者的诗篇中，依然游荡着陶渊明的幽灵；21世纪的"打工诗"中，依然寄托着陶渊明的"田园诗"中的念想；似乎已成为过去的农业文明在被现代工业社会掩埋进历史的深渊之后，反而会在死者的幽魂中熠熠生光！

　　由此我想到，"后现代"要想成为一个比"现代"好一些的时代，有必要从"前现代"汲取更多的生活情调与生存智慧，其中也包括陶渊明的田园诗。更何况不乏有人作出判断："后现代是生态学时代"，在西方的生态批评运动中，那个死去百年的康科德镇上的懒散人梭罗已经成为"后现代"的"圣人"，为什么不能期待我们的诗人陶渊明在时代的暗夜中再放光芒呢！现象学哲学的创始人之一施特劳斯（Leo Strauss）强调，现象学与前科学、前哲学、

────────────

① 李春风：《叫魂》，《打工诗人》第22期，2009年6月，广州。

前理论的文化背景有着密切联系，是对现代性思维走上极致之后的反拨。他的全部哲学思考的核心就是："当人类走到现代性的尽头，实际也就必然会回到'古代人'在一开始就面临的问题。"①我国作家孙犁晚年有诗，曰"梦中每迷还乡路，愈知晚途念桑梓"。诗人与哲人的思考总是如此接近，他们说的都是"迷途知返"。

（《文艺争鸣》2010 年第 11 期，李红英对此文写作有贡献）

---

① ［美］列奥·施特劳斯：《自然权利与历史》，生活·读书·新知三联书店 2003 年版，第 19 页。

一位底层女性的生活史

——中国当前社会生态考察札记

从苏州启程，一路南下，过长沙，经湘西黔阳古城，到广东韶关，寒流始终步步伴随。韶关这座粤北名城的气温竟然降至零度上下，寒风凌厉，冷雨淅沥，给我们的旅途带来诸多不便，于是不得不包租一辆的士。

司机师傅是一位女性，看上去已经不年轻，个子偏矮，相貌平平，依然壮实，这样的女性走在大街上不会有人多看一眼，真真是芸芸众生中的一员。由于与张平同为女性，一天下来竟成了无话不谈的朋友。

女司机名叫周留香，1972 年出生，属鼠，过了春节就 53 岁了。她家在湖南娄底农村，自谓上世纪 90 年代躲避计划生育，和丈夫一起逃到韶关。

留香师傅说，那时她的第二个女儿已经来到世上，违反了计划生育政策。乡下的计生人员可凶了，逼着她结扎、绝育，不然就罚款、拆房子。她和丈夫不甘心，还想生个儿子，于是就逃到举目无亲的韶关来了。她说，你们看过宋丹丹和黄宏演的小品《超生游击队》吗？那可不是瞎编的，我们一家就是那样东躲西藏、逃来逃去的！

后来生没生儿子呢？

她笑了，说第三个还是闺女。直到第四个才终于生出男孩。

按照现在的生育政策，你生了四个孩子，为国家做出大贡献，是应该奖励你才对啊！

哪敢承想奖励？那些年日子可难过了。开始的时候丈夫开"面的"，我跟着学。后来就开出租车，我和丈夫白天、黑夜两班倒，人歇车不停。正赶上改革开放好年头，城市大建设，市场繁荣，客流量大，拼命干活还能挣到钱。

要说辛苦，那是真辛苦。城里的房租贵，我们就在郊区村子里租房子，一个月才 200 块钱，房前屋后还能种点青菜，一家六口吃菜就不花钱了。但是我不想让我的孩子们再过这样的日子，你别看我穷，别看我文化水平低，我小学没有毕业，只上到五年级，但我下决心要让我的孩子全都上大学！

上了没有？

哈哈，二姑娘从小淘气，这家伙不喜欢念书，中学毕业再也不肯上学，嫁了人和丈夫在老家开了一间泡沫塑料工厂，这些年市场越来越不景气，订单越来越少，房租、工人的工资照开，已经欠下几十万元的债。

其他三个孩子全都大学毕业！

大女儿大学本科毕业后和女婿一起到深圳做生意去了，开始也赚了些钱。疫情三年，封城、清零，生意不好做，赚的钱又都赔进去了。好在女婿家里以前做家具生意做得大，家底厚实，日子还能过。

三女儿喜欢上学读书，也聪明，是个学霸。本科在重庆，是 985 大学。硕士研究生念的也是 985，在西安。这个姑娘有主见，她说一定要上 985，不然毕业后也难找工作。北京上海的 985 不好考，就考边远省份的。研究生好难考啊，姑娘考了三年，自己把自己关在屋子里，一个月都不出门，我好心痛哟！她爸爸不想让她继续考学，说不再供养她了。姑娘说，我不要你的钱，妈妈会供养我的！我支持她，第三年终于考上了。前不久我拉的一位乘客，说他的女儿在考研究生，两年都没有考上。我劝他说，不要泄气，第三年就会考上的！

三姑娘最初学的是市场营销专业,学得不错。有一天她指着曲江城区街头的一家超市说:妈妈,这家超市选址不对,肯定开不下去。果然,不到一年就倒闭了!但是,三姑娘还是不喜欢这个专业,现在已经转到教育学了,接着还要读博士,她的最终目的是要留在大学当教师。她说,我不想再像你和爸爸这样风里雨里打工,大学教师工作稳定,受人尊重,一年还有两个假期。

儿子读的是职业大专,汽车制造。毕业后工作不好找,好不容易找到的一个月也就是三五千块。年轻人心野,一横心到国外工作了,跟的是国内一家援外大公司,先是在叙利亚,现在是在伊拉克,干的是塔吊组装的活。他是有技术的,是技师,一个月能拿到两万多块钱。就是老危险,那些国家砍砍杀杀、炮火不断,我和他爸整天操他的心。我的儿子很老实,心地好,从不惹事,还没有谈对象。现在每个月给他读研的小姐姐汇一千块,支持他小姐姐念书。我对三姑娘说,弟弟在国外拿命挣钱,不容易,将来你当了大学教授,这个钱可是要还的呀。姑娘说,那是必须的,一定加倍回报弟弟!

中午时分,在狮子岩看过马坝人考古遗址,雨还在下个不停。我们邀请留香师傅一道用餐,私下里想着找一家好一点的饭店犒劳一下我们这位难得的考察对象。不料她无论如何不肯下车。她说自己一早就准备了茶饭,说着就拿出来给我们看:青菜豆腐盖浇大米饭,保温杯里是陈皮茶。她说她最爱吃青菜,顿顿少不了青菜,不喜欢吃大鱼大肉,已经习惯了。恭敬不如从命,我们也就不好再勉强她。

午饭后,细雨仍然下个不停,路旁青山云遮雾罩。雨中开车不敢快,时速约在40公里左右,便又开始闲聊:你们家夫妇两人开车,三个孩子都有了自己的工作,生活应该过得不错嘛。

不瞒您说,这么多年倒是也挣了钱,只是没有落下。在娄底老家造了一座房子,四层楼600平方,底层四个车库,花了180万,到头来还欠了几十万的债。

你们一家四口人，怎么用得着这么大的房子？

哈哈，你们不知道，房子根本就没有人住，是盖给别人看的！乡下人爱面子，重人情。总怕别人看不起。还有，老家的乡里乡亲婚丧嫁娶、老人过生、孩子升学都要送礼金，每次200元，这两年我已经送出去两万多块了！

我开出租已经20多年，如今生意越来越不好做。这么大一个韶关市，出租车总共还不到200辆。以往一辆车可以养活一家人，如今一辆车只能养活一个人。我们家现在有两辆车，我开的这辆是出租车公司的，要缴纳管理费。我男人开的是私家车，以往叫"黑车"，是不允许的。现在国家提倡"灵活就业"，就叫网约车了。两个人起早贪黑，一个月还挣不到一万块钱。

我这大半生都跑在路上了，现在身体已经不行了，颈椎、腰椎都有毛病。吃饭不定时，多半时间是自己烧了饭带在车上抽空吃，现在肠胃也出了毛病。不过，我很注意养生，刮痧、艾灸、拔火罐，按穴位，都是自己来。

你好聪明啊！

都是跟着网上老师学的，我上的网课一般来说不用花钱。老师教课可耐心了，讲的那是真好，学了还真管用。到医院？没时间，也看不起病啊，进门就让你这化验，那检查，不出医院大门，几百块没有了！老家一个大伯病了，怀疑自己得了癌症，我说不像，就是肠胃消化不好，拔拔火罐就会好的。他不听我说，到医院跑了四五趟，花了两千多块，结果出来就不是癌症嘛！

车过丹霞山。虽然天低云暗细雨蒙蒙，仍有一拨一拨的游客，听口音、看装扮，多半是东北乡亲，大老远跑过来就是为了看一眼扬名中外的"阳元石""阴元石"，也就是老子在他书中讲的"天地之根"和"众妙之门"。

听我们议论起老子、阴阳，留香师傅说：别看我文化程度低，我可喜欢读书了。我老公不读书，还总是嘲笑我。

您都读些什么书啊？

易经，我读易经，那可是科学啊！也是跟着网上老师学的。我最喜欢听的是"风水"课，比如盖房子如何选址，屋子里的东西如何陈设才对家人有利。老师还教我在自己房间里"摆设水局",就是用干净的盆子盛上洁净的清水,放在木头凳子上,一定是实木的,摆在房间的某个方位上,水生木、木生火、火生土、土生金,祝愿一下,有病治病,要福得福,灵得很。有几次我摆了水局后,第二天心情就特别好,生意就特别顺,真的。

老师还教我,我是属鼠的,老鼠,不能穿红色衣服,穿红的会引火烧身;要穿黄色、黑色的。儿子属龙,飞龙在天,不能穿格子衣服,格子是牢笼,穿了就被困住了。我儿子从不穿格子衣服,一下子就飞到了国外! 你们看我戴的耳环不好看是吧? 老师说了,我戴这样的耳环能发财。

看着留香师傅一副无比虔诚的模样,我们不能不相信她的话。只是,她的"易经"与我们读过的《易经》似乎不是一码事。

在南华寺前的广场,有几位貌似残疾人的乞讨者。常常有人斥责这些乞讨者是"假扮"的。我们想即使假扮吧,在如此寒冷的天气里也够不容易了。如果日子好过,谁肯放弃自尊在冷风苦雨中受这个罪! 我们还是给了他们一点钱。

留香师傅很感慨,说人还是要多做善事。她说她自己开车这些年就曾经遇到过不少好心人。

留下深刻印象的是一家三口台湾同胞,说话温和,对人彬彬有礼,小孩子也知道尊重别人。我随意说了一句:我女儿将来要是能考到台湾读博士,拜托你们照应些啊! 他们就当了真,当时就要我记下他们的电话号码,我很感动。

看来,留香师傅是把喜欢读书的三女儿视为自己的骄傲、自己家的荣光的,这显然是她与乘客交谈时一个必不可少的话题。

有没有遇到不顺心的事,遇到过麻烦的乘客呢?

有,有啊! 一个年轻女子搭我的车,非让我开进小区里送她到家门前。我看她人很年轻,也没有带什么东西,小区路很窄,塞满了车,就说请您下来走几步吧。她就很不高兴,骂骂咧咧说花钱雇我就应该照她说的办。我也火了,那一次差一点打起架来！

更窝心的是送一个顾客到番禺他的老家，一个中年汉子，包车，连过路费才要他300元。送到之后，他说身上带的钱不够，要到家里取钱。我看着他进了巷子，再等也不见人过来，就到巷子里找，连个人影也不见。我知道上当了，恨自己太大意，400多里地自己哭着把车开了回来。

我们这次包租留香师傅的车，一整天，她开的价格是500元，说450元也行。还说，因为夜班车司机是她丈夫，晚一点交车也是可以的。我们事先打听过，这个价格是合理的，留香师傅是诚实的，更因为她的车收拾得很洁净，一点异味都没有，我们愿意支付500元。

出租车成天在城市里跑，打交道最多的是交通警察，有什么故事吗？

大多数交警都很好，真的。许多旅游点的交通管制对我们出租车都很优惠，不收我们的门票。在市里开车有时违规了，比如乱停乱放，主动认个错，也都不会严格追究。前些年我开过"黑车"，就是私下载客，被罚过多次，罚得很重。没有办法啊，四个孩子难养活啊！按说自己做了违法的事，该罚。但每次都是警察穿便衣假装乘客，下车付款时就被他们逮个正着！对、对，就是你们说的"钓鱼执法"，这让我很不服气！现在好了，没有"黑车"这一说了！但是上路的车多了，竞争厉害，我们出租车挣钱可就更难了。

下午5点钟，我们的旅程便结束了。

留香师傅心情很好，她说儿子已经回国了，今天从伊拉克经迪拜转机到了重庆机场。在西安读研究生的三女儿也放假回家。后天，也就是腊月十六，她也要回家过年，与儿女们团聚了！

留香师傅还说，她马上就53岁了，再过两年她来到这个城市就满30年，除了开出租车这份工作，这个城市没有属于她的任何东西，一个月200元租金的房子也不属于她。她说，到时候她就"自我退休"，年轻时从农村出来，老了又回到农村去，回归娄底老家。

留香师傅，以及她的这辆出租车，都给我们留下美好的印象。

驾驶台前的营业执照上有留香的彩色照片,显然是她年轻时的照片,带刘海的发型,弯弯的、明媚的一双大眼睛。

是您的照片吗?真美,活像电影里的刘三姐!

留香师傅不好意思地笑了。

再看看如今的留香师傅,刘三姐已经变成刘三姐的外婆!

岁月弄人啊!

2024 年 1 月 30 日,旅次中

(本文与张平合作,文中周留香为化名)

想起了父老乡亲

我出生在城市,在大学教书,然而,我的"根"却是在农村。

我的爷爷生在农村,年轻时闯世界才进了城;我的外婆出生在农村,一辈子没有走出她的小村庄,年过古稀还在种菜养鸡。

新中国成立后,在我的记忆中,农村的生活仍然充满了贫困与艰辛。

生产队长赵富生家,当时算是村子里的"首富"了,我曾有机会看到他们家的"小金库"。那是一册小学课本,里面整整齐齐、熨熨帖帖地夹着一张张人民币:一毛、两毛、五毛,还有五分的,最高面值的一张,是"贰元",绿莹莹的,特别显眼。赵队长家的"钱夹子",就像收藏家的"集邮册"一样珍贵,他媳妇患眼疾,眼皮上经常贴着两片薄荷叶子,却从不舍得从那小学课本中抽出两张票子去买一点眼药。

那年春上,公社卫生院到村子里搞防疫,轮到张连贵家三岁的男孩打预防针,连贵接连跑了六家,竟然没有借到两毛五分钱,男子汉回到屋里蒙上被子哭了一场。

我的一位叔爷,是一位爱干净、讲体面的老人。在我读高中的时候,大约是 1960 年年底,觉得他已经许多天不到我们家来了。后来便有老家的人捎话说:他偷摘了生产队里的一只南瓜,煮煮吃了。队里准备召集大会批判他,他嫌丢人，想不开，晚间吊死在自己房后的枣树上。

我的外婆倒是长寿，差不多活到 90 岁。她是村里的五保户，处处受到集体的照顾，然而集体也很穷。我大学毕业的时候，外婆已经满头银发、牙齿脱落、行走离不开拐杖了，常年吃的仍是窝窝头、玉米面饼子，茅屋里的器具，除了泥巴烧的，就是柳条编的。我永远也忘不了年迈的外婆歙动着干瘪的嘴唇啃窝头的情景。

忘不了这些善良而又贫穷的父老乡亲。

"为人民谋幸福"无疑是中国共产党的一贯宗旨，是无产阶级革命领袖的诚挚心愿。然而，从 1957 年到 1978 年的 20 多年间，全国农民的人均年纯收入从 73 元增长到 133.6 元，年均增长不足 3 元。"反右派""反右倾""大跃进""大批判""语录牌""忠字台""斗私批修""文革"都未能使广大农民从根本上摆脱贫困的处境。"阶级斗争""群众运动"的"大笔"没有能够在"一穷二白"的田野上画出更美一些的图画。

十一届三中全会之后，"一个中心，两个基本点"成为新时期的基本路线。党的中心工作发生了历史性转移，不到十年的时间，农村起了天翻地覆的变化，家乡父老多年来第一次露出了舒心的笑颜。

赵富生家购置了拖拉机，农闲时搞运输承包，每月的收入相当可观。张连贵家卖粉丝发了财，已盖起一座瓷砖贴面的两层楼房；那位叔爷的孙子，高中毕业后在村子里办了一所"庄稼病诊所"，为乡亲们提供农业科技知识，深受村民的爱戴。外婆过早地去世了，没有等上改革开放后的好日子。村子外的岗地上，青草如茵，绿树如盖，那里埋葬着我那孤独无依、白发苍苍的外婆，埋葬着一个贫困艰辛的乡村旧梦。

我想起了我的父老乡亲。同时在想，"中心的历史性转移"为什么不能提早 20 年呢？也许这就是历史，历史不能不走过曲折的路。但是，我们在谱写今后的历史时，能否少走些弯路呢？这肯定也会是父老乡亲们的祈盼。

（《党的生活》1992 年第 7 期，卷首语）

赣鄱大地的生态蕴藏

——傅修延的《生态江西读本》

　　我曾经看到过一些生态文化、生态文明的读本,多是"高头讲章"之类,即使拿到课堂上由专业教师仔细批讲,学生们听起来仍然会感到吃力。傅修延教授的这本《生态江西读本》却一反常态,写得很别致。其中既有对江西生态概貌的整体描述,又有对大地、田园、人口、资源诸多生态要素的深入分析;既有对生态演替的历史性阐发,又有对生态困境的当代解读。而这一切,又全都融入作者自己饱满的生命体验与鲜活的情绪记忆,使得书中的文字充盈着生态的敏感与生命的脉动,而这一切竟是以区区七万字达成的,不愧是"大家写小书"的典范。

　　作为一个河南人,我与江西结缘甚晚。但是现在回想起来,我与江西的缘分竟然都是一些"绿色情缘"。早年读书,留下深刻印象的是江西人笔下的诗句:"采菊东篱下,悠然见南山","月上柳梢头,人约黄昏后",那无疑就是生态愿景的最高境界——"诗意地栖居在大地上"。具体结交到现实中的江西人,是 1987 年 9 月与时任江西省文联主席的杨佩瑾先生结伴出访意大利,其中一个得意之举便是我们一起造访世界生态运动策源地、位居林琴科学院内的"罗马俱乐部"。伟大的创始人佩切伊已经在3年前去世,我们和那里的三位人文学者就世界性的生态危机进行了亲切交流,我跨界关注到生态问题或许就是从那时开始。此后,我作为联合国教科文组织"人与生物圈"计划中国委员会的成员,有幸参与了江西井冈山申报"世界生物圈保护区"的调研工作,提议加重对井冈山的"绿色宣传"。2010年秋天,为了一项国家社科基金课题的研究,我来到伟大诗人陶渊明的故乡从事田野考察,受到九江县、星子县地方文化学者热情的接待,而始终陪同我的就是在国内学界享有盛誉的江西九江籍学者王先需先生。这项课题的最终成果以《陶渊明的幽灵》为书名出版并意外地获得"鲁迅文学奖",这位一生散淡、甘于清贫的江西古代诗人却让我傍着他"名利双收",实在是惭愧!近年来,因为这位古代自然主义诗人,我又得以与庐山脚下的千年古刹万杉寺结缘,深受能行大法师、能忍大法师的恩宠,在江西省原副省长、环境资源管理专家胡振鹏先生的支持下,有机会为万杉寺创建生态寺院奉献一份绵薄之力。也正是由于这份机缘,我能够两次在江西师范大学这座生态型高校做客,与诸位同仁交流生态文化研究领域的心得体会;又十分荣幸地得以在胡颖峰女士主编的优秀生态型期刊《鄱阳湖学刊》上发表文章。由此看来,我的生态文化研究受益于江西真是太多了!

"谁不说俺家乡好",赞美自己的家乡是人之常情。但傅修延教授的《生态江西读本》并不是一般意义上的赞美。如果单说"生态",江西或许不一定胜过海南、贵州;如果只讲"文化",江西恐怕比不上山东、陕西,但在自然生态与文化生态的平衡、和谐上,江西乃独树一帜,这在傅教授的书中有着精彩的点评:金、木、水、火、土这些中国式宇宙观中的天然元素,在江西可以同时幻化为社会的物质财富与精神宝藏。即使苦苦困扰现代人的"技术与生态""人口与环境"等老大疑难问题,早在明代江西人宋应星的《天工开物》中就曾得到恰切的阐发。依照我的理解,傅修延的《生态江西读本》的精到之处是紧紧扣住生态与文化的关系,展现出独特的江西生态状况。而在我看来,"生态文化",不但是解救生态危机的最终途径,也是一个至今仍然被当代人忽视、误解的关键问题。

俄国杰出思想家别尔嘉耶夫曾经指出：现代社会面临的危机,在其深层实则是文化危机、信仰危机、精神危机。[①] 而对今天的人们来说,最紧迫、最普遍的危机无疑是生态危机,那么,生态危机的深层也应当是文化的危机、信仰的危机、精神的危机。与他同时代的法国哲学家雅斯贝斯（Karl Jaspers）也曾指出："人之作为人的状况乃是一种精神状况",而现代人的精神生活已经解体,"历史形成的各种文明与文化开始和自己的根源相脱离",[②]精神的衰败与环境的破坏互为因果,这才是现代人遭遇生态危机的根本成因。

无论哪个民族,作为其精神原初内核存在的,一是诗歌,一是信仰,而这两者恰恰都突出地呈现在赣鄱大地的江湖山野间。陶渊明被称作"诗人中的诗人",东林寺被誉为净土祖庭,诗歌情怀、宗教智慧与生态养护的实践在傅修延教授的书中占据了大量篇幅,这是我看到的其他生态读本所不具备的。

当代人对于生态的养护、环境的改善,更多着力于技术的发展与管理的完善,这固然重要;但最终起作用的还应是生存理念的变革与健康生活方式的培养,而这是需要从时代精神状况的改良做起的。遗憾的是,这几乎成了当下生态环保运动中的一个盲点,因此傅教授书中关于生态文化的这些论述就显得格外珍贵。

当代的精神状况究竟如何？经常看到一些思想界前辈学者发出沉重的疑问,梁漱溟晚年出版的一本书的名字就叫《这个世界会好吗？》,许倬云晚年在医院里口述的一本著作的书名叫《这个世界病了吗？》,美国汉学家史华慈、中国思想家王元化在垂暮之年一致发出"这个世界不再让人着迷"的长叹。"人之将死其言也善",在这些历经世纪沧桑的老人们看来：自 19 世纪以来,人类社会的所谓进步实际上是与退步同时反向展开的,自然科学、工程技术、医疗

---

① 周来顺:《现代性危机及其精神救赎——别尔嘉耶夫历史哲学思想研究》,人民出版社 2016 年版,第 2 页。
② ［德］卡尔·雅斯贝斯:《时代的精神状况》,上海译文出版社 1997 年版,第 3 页,第 73 页。

医药等领域在飞速发展,而人文领域的伦理道德、精神情操却在急剧沉降。究其原因,史华慈认为问题出在"物质主义末世救赎论"的思想主导了世人的日常生活,无论是西方还是东方,无论是强国还是弱国,无论是富人还是穷人,都把人生的幸福寄托在物质的富有与消费的奢侈上。高尚的仰慕、精神的守望、节操的护持、真诚的拥戴、友善的坦露,在利益与金钱追求面前全可以弃之不顾。

在史华慈看来,物质主义、消费主义的泛滥是"普世性"的。中国当然也不例外,甚至后来居上。据贝恩咨询机构最近发布的"全球奢侈品市场年度报告"披露,2018年中国已经占据全球个人奢侈品消费市场的33%,远超欧洲与美国,更是日本的3倍,而且消费者迅速年轻化。更由于电子科技的普及,许多消费者同时又成为"电子微商销售者",全社会变成一个"大卖场"。表面看来,流动的只是手机荧屏上闪烁的数字,看不到的则是汹涌澎湃的物流,是巨量生产出来又消费掉的矿产、森林、食粮、牲畜、水源、大气,还有巨量的污水、废气、粪便、垃圾!

这种仅凭靠物质富有救赎末世的时代潮流,在伤及人们心灵世界的时候,已经首先伤及现代人置身其中的生态环境,当代哲人面对这种时代精神状况的沉沦表现出无限的忧虑与沮丧,感到一筹莫展。他们把唯一的希望寄托在各个民族历代累积下的"人文传统资源",比如哲学、诗歌、文学艺术、宗教信仰。而这些有可能对疯狂的物质主义、消费主义发挥制衡作用,从而对一个地区的生态养护产生积极效应的精神元素,也正是傅修延教授的《生态江西读本》所特别看重并详加陈述的。书中对江西诗人陶渊明"亦耕亦读"生存理念的阐发,对江西僧人怀海、仰山"农禅并重"生存方式的解说,都可以视为医疗当代物质主义、消费主义昏热病症的清凉之药,这也应当是我们生态教育中不可缺少的内容。

在文体风格上,我很欣赏《生态江西读本》的论证与叙述方式。傅修延教授是中国叙事学研究领域的大家,其中的奥妙不是我能够完全窥见的,我只是感觉他的叙述风格非常投合我的旨趣。傅教授在他的叙事学研究中曾表白他对西方"结构主义叙事学"的非议,对主体介入叙事过程的认同,进而希望将大地与人生引进叙事学视野,提出了"生态叙事"的构想。

以我的理解,所谓"中国叙事学"的核心就是"生态叙事"。这是因为"中国叙事学"注定是要建立在中国传统文化根基之上的,而中国传统社会五千年来长期处于农业时代,农业时代的文化注定与自然、生态有着更密切、更和谐的关系,中国学界不少人断定"中国传统文化就是生态文化"。这样的话,中国叙事学天然就具备了丰盈的生态意蕴。当然,如何将这种"前现代"的"中国生态型叙事"转化为"后现代"的思想理论与方法,还有大量的工作要做。

近年来,我也正在思考这方面的问题。我曾经呼应美国当代生态批评家斯洛维克关于"叙事学术"的倡导,提出了"绿色学术话语"的设想。文章发表后一无反响,这令我很是郁闷。但在傅修延教授这里,我寻到了知音。《生态江西读本》虽只薄薄的一册,却可以视为"生态叙事""叙事学术""绿色学术话语"的样本。书中深深打动我并给我诸多启示的是那篇长长的《后记》:"人生是一场生态修行"。傅教授小我 5 岁,我们是一代人,我们在青年时代的经历很接近,比如军垦农场再教育、围湖造田、洪水漫堤、抓鱼吃鱼。不同的是他在江西鄱阳湖浅滩里捕到的是巨大的甲鱼,我在湖北沉湖湿地里摸到的是粗大的黄鳝!他是江湖里驾船的能手,而我多半是在旷野里挖河挑泥。《后记》中讲到的都昌水域成群出没的白鳍豚,那是多么美妙的生态景象!仅仅半个世纪过去,如今已经再也寻找不到白鳍豚的身影。我所在的"人与生物圈"计划委员会的一位首长王丁先生,是研究白鳍豚的生物学专家,他发表文章指出,早在 2006 年,长江水域的白鳍豚就已经消失了,这距离傅修延年轻时看到过的景象才不到 40 年!自然界的生态破坏是如此迅猛,人们内心世界的精神生态的变化又如何呢,遗憾的是还没有人做出悉心的研究。

如今经常看到媒体上宣传，我们的生态治理取得了多么突出的成就，老实说我是不怎么相信的。除非你让我再次看到傅教授书中描绘的白鳍豚在鄱阳湖里成群出没！

下边，我想谈谈自己的一点疑问以求教于诸位。

傅教授的《生态江西读本》有这样一个判断："鄱阳湖之所以到现在还是'一潭清水'，是因为江西与发达省份相比属于小省、穷省，人口不算多，各方面发展都不够，所以环境没有遭到破坏。情况其实并非如此……"①书中接着讲述了历史上的情况，比较具体而且具有说服力。至于当代，虽然也讲了20世纪80年代的"山江湖工程"、新世纪的"鄱阳湖生态经济区"为江西省经济健康发展做出的贡献，但却不够具体。作为一个"外来人"，我只能凭自己点滴的感性经验做出判断。那就是十年前我乘我们家的那辆1.3升排气量的奇瑞从海口开回苏州路途上的感受：从广东省一进入江西，路边的景色立马变成蓝天白云、青山绿水、阡陌交错、清风拂面，让人顿时神清气爽！但同时也明显感到车轮下的路面已不如广东那边光洁平整，不少地方还打着颜色不一的补丁。当时我就认定：生态养护与经济发展几乎就是一对难以和解的矛盾。查一查2010年江西省的GDP排名，全国31个省市自治区江西排在第27位，仅在云南、贵州、甘肃、西藏之前。这不能不让我得出江西良好的生态环境是与其经济发展缓慢、人们的生活相对贫穷相关联的。

这里，我丝毫没有小看江西、责备江西的意思。从我的传统观念看，我对纸醉金迷的大都市从来都没有好印象，"君子固穷"，清贫历来都是中华民族的美德。从现代生态理念看，青山绿水算不算"财富"，其拥有的价值又该如何计算？一道GDP的算术题又怎能说清楚社会与人生的奥义！

美国世界观察家杜宁（Alan Durning）写过一本书：《多少算够》，曾论及消费社会与地球的未来。20世纪50年代，人们的最高理想是"楼上楼下电灯电

---

① 傅修延：《生态江西读本》，二十一世纪出版社集团2019年版，第12页。

话"，加上"土豆烧牛肉"；如今已经是轿车加别墅、蛋糕加海鲜了，人们仍然远不满足。从当下的趋势看，无论是人类个体还是社会整体，似乎全都倾向于"多少都不够""永远都不够"！"不断提高人们的消费能力"已经成为不同制度的国家一致推行的经济政策，现代人已经陷入"加紧工作、更多消费、更多地损害生态"的恶性循环中，这对于日渐濒危的地球来说不但是危险的，也是愚蠢的。

物质、技术和金钱固然是必须的，但正如德国现代批判资本主义的经典思想家西美尔断言的：那只是"通往最终价值的桥梁"，而人是无法栖居在桥上的。① 生活的真正目标还在"桥"的前边！

韦伯在审视西方资本主义社会时曾经指出：某些人"毕生工作的唯一目的，就是让自己钻进一个负载着大量金钱和财富的坟墓中去"。② 现在看，这用来形容当代中国的贪官们更为贴切。在更多时候，金钱与个人的幸福真的关系不大，更常见的反倒是随着财富的增长，人们的傲慢、骄横、贪婪、嗔怒也在成比例地增长。

韦伯还深刻地指出："把赚钱看作是人人都必须追求的自身目的，看作是一项职业，这种观念是与所有那些时代的伦理感情背道而驰的。"③韦伯所说的"所有那些时代的伦理感情"，即人类在与自然相处、与他人相处数千年积累下的传统美德，比如勤俭、朴素、怜悯、真诚、仁爱、友善等等。而这些渐渐为世人遗弃的"伦理感情"，仍集中地存在于《生态江西读本》中写到的诗人陶渊明、欧阳修、黄庭坚那里，存在于僧人慧能、怀海、虚云那里，也还存在于我所敬慕的万杉寺当代高僧能行、能忍大法师那里。这些已经不是"生态智慧"一词所能涵盖的，这是一种精神、是孕育所有生态智慧的生态精神！

---

① 转引自刘小枫编：《金钱·性别·现代生活风格》，学林出版社 2000 年版，第 8 页。
② ［德］马克斯·韦伯：《新教伦理与资本主义精神》，生活·读书·新知三联书店 1987 年版，第 52 页。
③ 同上书，第 53 页。

良好的生态与清纯的精神已经成为我们这个时代至为珍稀的资源,这些文化资源究其属性而言是外在于工程技术与市场经济的,然而正是它们才将最终影响到地球与人类社会的未来。而这些珍稀资源在江西赣鄱大地上还拥有丰厚的蕴藏,这是值得江西人自豪的。这也正是江西省与其他发达省份相比的"后发优势",潜在的"正能量"。

2019 年 6 月 29 日·江西　南昌

诗人与都市之战

罗门的怨毒

在我接触到的中国诗人中,并不乏对城市文明持对抗态度的人,而对城市怀如此怨毒之心的,皆莫过于罗门:

> 街道是急性肠炎
>
> 红灯是脑出血,胃出血
>
> 十字街口是剖去一半的心脏

"都市,你一身都是病","气喘""痉挛""颠狂""瘫痪"。"天空溺死在方形的市井里,山水枯死在方形的铝窗外",城市的一切都在枷锁般的方形中麻木、窒息、僵死。都市,"你是不生容貌的粗陋的肠胃",你是"吞食生命不露伤口的无面兽",你不但荼毒了人的生存的外部空间,更枯萎了人的内在的生命:

想奔,河流都在蓄水池里,
想飞,有翅的都在菜市场
……
床浓缩了你全部的空阔
餐具占据了你所有的动作
当排水沟与垃圾车在低处走
脑袋与广告气球在高处飘
你是被掀开的一张空白纸

　　都市人的大脑也已经变成一张空白纸。在都市里,即使是伟大诗人屈原的眼泪,也都变成了"牛排上的醋"或"鱼排上的柠檬汁",即使那轮千古传唱的壮丽落日,也只不过是一团不甜不咸的"糯米粽子"。

心中的太阳已经死去。
像太阳一样明亮的上帝也已经无能为力:
教堂的尖顶
吸进满天宁静的蓝
却注射不入你玫瑰色的血管

　　上帝是在人们纸醉金迷中死去的,而且,死得如此离奇古怪:

一扇屏风
遮住坟的阴影
一具雕花的棺
装满走动的死亡

我想，"屏"该是电视机的荧屏；"棺"是五星级的宾馆。

在所有都市诗人中，仅凭这发自肺腑的怨毒，罗门已经无愧于"独树一帜的宗师"。

城市是什么

城市是文明。原始的人类只有旷野和荒原而没有城市。在人类学家的著作中，城市的出现普遍被认作文明社会的象征。所谓文明，即过往人类在混沌的自然上刻下的纹痕，是先民心智与手艺的结晶。都市，是现代人类文明发展的顶峰。

城市是历史。城市是在历史中生成的，都市是人类进入文明社会后历史结下的最硕大的一颗果实。如果从巴比伦的城邦算起，都市浓缩了人类五千年轰轰烈烈的历史。

城市是现实。无论是纽约、伦敦、巴黎、柏林，还是北京、东京、孟买、悉尼，都不是传说、不是幻梦、不是想象、不是虚构，统统都是铁一般的实在，是现下界定固置着的一个存在。甚至对于罗门、对于蓉子也是一个不容置疑的现实存在。

罗门的敌手不只是"都市"。隐匿在都市后面的真正敌手是"文明""历史"和"现实"，包括纠缠困扰着诗人自身的现实。

问题是严峻的：如果不是人类的文明进程出了毛病，那就是诗人罗门的神经出了毛病。

历史可能犯了错误

人类最初迈向文明社会时，可能走错了一步，至少是走偏了一步。

人类走出混沌的第一个岔路口上,一条道路指向心灵、情感、精神、艺术,另一条道路通往物质理念、科学、技术。人类中的绝大多数选择了后者。中国人作出选择的时间晚了一些,在犹豫彷徨了几个世纪后,终于还是匆匆忙忙慌慌张张踏上了后一条路。

在后一条路上,人们已经得到了许多,得到了许多金钱、财富、舒适、方便以及虚荣和权势。后一条路渐渐被荒秽湮没,人类对自然的无度掠夺,对自然人性的肆意侵蚀,到头来又无可回避地受到自然的报复。生态危机愈来愈凄厉地环绕着地球奔号,人的异化或物化更使得精神生态中的危机像沙漠一般蔓延开来。商品经济的发展使人的脑袋变成了广告气球,科学技术的进步使人的意义又化作计算机上的一串数字。上帝的子民就要变成了"单面""跛脚"的空洞体,难道还不该对人类的来路做一番认真的审视和检讨吗?

黑格尔曾经说过,在人类的童年时期,诗歌、艺术、情感和心灵的自由创造,曾经是人类的绝对需要。但黑格尔毕竟是圣哲,他又太过清醒地洞穿了人类社会发展的轨迹,于是他又预告了艺术的消亡,预告了真正的艺术精神将在科学的光芒照射下成为陈迹。

我想,黑格尔说这话时是充满悲伤的。

然而,20世纪里发生的一系列事实,处处在印证着黑格尔的预告:在艺术与都市的交战中,艺术全线崩溃,都市大获全胜。艺术成了摩登女郎的外包装,成了摩天大楼的内装潢,凡·高成了银行保险柜里的一大堆金币,贝多芬成了豪华宴会上的一听易拉罐,李白、杜甫也成了广告海报上献媚的脸。艺术,在都市里依然大量存在,但那只是艺术的残骸、艺术的垃圾。

艺术尚且有救吗?

艺术的生机在哪里?

或者,借用蓉子的话说:即使"家园"已成了"可望不可即的云朵",那么在人类的生命进程中"难免再无别的晨曦"?

诗人的超越

罗门对都市的怨毒之心,植根于他对现代文明进程的不满。"一手硬一手软",并非只是中国大陆社会改革中的景观,而是现代人类社会的顽症。物欲文明在突飞猛进地过剩增殖,而精神的生育力已到了乖张紊乱的更年期。罗门无论如何都不相信用钢筋水泥塑料化纤加上电子激光就可以构筑起新世纪的伊甸园。他宣告,世界上最美的人群社会是由诗与艺术创建的。

罗门在拼力与历史、与现实、与过往的人类物欲文明抗争,而他所拥有的武器不过是他的诗篇和诗论,或者竟只是他那饱满柔韧、丰盈充实的生命主体。30多年来,在与都市文明的搏斗中多少勇猛的战将败下阵来,而罗门始终没有懈怠他的斗志。与众不同的是,罗门有他独到的"斗争哲学"和"战略思想"。

在罗门的"三自然"论中,第一自然属宇宙间原生的存在,是天地造化,是生命与万物的本真状态,是人类生存的最基本的依托。就像种子之于土地、婴儿之于母亲、游鱼之于大海、飞鸟之于蓝天一样,罗门对第一自然有着诉说不尽的亲切感、信赖感、温馨感。第一自然,是人类历史的先在的舞台,是人类文明进程设下的出发点,即使它存在这样那样一些不足,诗人又怎能责怪它呢?第二自然是"人的日渐复杂的现实生活环境与社会形态,它构成人生存的范围和终点"。第二自然是人伦的自然,是经过人心投射、人手改造的自然,是人类心智的物化形态。对照罗门的理论,第二自然并不只是冒着黑烟的烟囱、发出噪音的马达,人化的自然中也还有龙门的石窟、苏州的园林、巴黎的埃菲尔铁塔、米兰的斯卡拉大剧院。但在诗中,罗门却始终掩饰不住对"第二自然"的厌恶。在罗门的诗歌表现中,第二自然的典型代表是现代都市,是都市中的"玻璃大厦""有电器设备的巨厦""广告牌""红绿灯""电梯""轿车""咖啡厅"

"摩登女郎",这些正是物欲心态的畸形表现、物欲文明的发展极端。而这股滚滚浊流正被作为人类社会发展的唯一方向,向世界各地全方位推进着,并且阻塞了其他一切可能尝试的通道。

如果仅仅以"占有"为人的生存的唯一方式,人在本质上就和其他动物没有什么不同,所不同的只是人类较之动物会更贪婪更奸诈地占有。人之所以不同于动物,就是因为人有着自由的选择,有着精神的创造,有着对终极意义的追寻,有着对至高无上的敬仰。如今,这些曾经作为人类生存支柱的心灵法则,全被科学、技术、商品、金钱挤出都市之外,流放到穷乡僻壤,在科技与物欲的专制下,现代人再度沦为奴隶,而且是自以为是、自得其乐的奴隶。

正是面对现代人类的这一困境,罗门提出了他的"第三自然",这是由诗人与艺术家创造的一个横亘于人类社会上空的"自然",一个由心灵架构、由精神陶冶、由信仰磨炼、由生气浇灌、由理想呵护的"自然",这是一个自由、充实、时时创新、时时流变、臻于完美、趋于完善的"自然"。罗门坚信,在摩天大楼遮掩的上空,在喧嚣市声弥漫的上空,在工业烟尘覆盖的上空,再往上飞升6 000英尺(这是尼采标定的高度),有一个祥云缭绕、仙乐袅袅、神光朗照的处所,那便是诗与艺术的国度。

这便是罗门式的超越,心灵与精神对物质与现实的超越。

如果我没有理解得太偏颇,罗门的三个自然,按照通常的用语,该是"自然、社会、精神"这样三个世界。长期以来,人们在对世界和自身做出解释时往往采取"三分法":萨满教的"下界、中界、上界",佛教的"欲界、色界、空界",基督教的"地狱、净界、天堂",弗洛伊德的"本我、自我、超我"。波普尔(Karl Popper)也曾把人类面对的世界分为三个:物理世界、心理世界、知识世界。波普尔是科学主义者,他的最高世界是科学,在这个世界最高层中并没有情感与想象的位置。罗门与波普尔不同,罗门的最高价值是心灵、情感、精神。在罗门看来,只有诗人和艺术家,才能够"将那纯然的光辉带到人的天国去同上帝的天堂争光"。

胜负如何

这场罗门对都市、诗人对现代化社会的战争,力量悬殊如此之大,以至理解与不理解的人们似乎又看到一位推石上山的西绪弗斯,一位与风车搏斗的堂吉诃德。

在看得到的日子里,诗人不会是赢家。都市,尤其是华人文化圈中正在疾步追赶现代化的都市,将以更为傲岸的胜利者姿态睨视着诗人罗门。摩天大楼会更加豪华,摩登女郎更加时髦,广告牌会更加琳琅缤纷,咖啡馆会更加热闹红火,霓虹灯在市民的眼睛里会比罗门的诗行更加明亮。罗门,还有他亲爱的夫人蓉子,妄图以他们的诗篇超度现代都市人走出龌龊的物欲之海,不但比说服异教徒皈依上帝要难,而且比说服鱼儿上树还难。

然而,都市也不要高兴得太早,都市的胜利不会是永远的。也许,在最后的日子里,当都市已经泯灭的时候,心灵仍不会泯灭,精神仍不会泯灭。我曾经在意大利古罗马斗兽场的废墟前想过这个问题:一切金粉豪华,一切细软温柔都会化为灰烬,万古长存的只有那凝在地上的石头与飘扬在空中的精神。诗和艺术有可能将在都市的遗迹上奏起凯旋的歌。

据新近出版的一部由两个美国人合著的未来学著作预告,世界上的都市将在经历一系列持久不思的反城市化行动之后,于 25 世纪中叶最终解体。最后的一位反城市化的英雄,最后战胜都市的一位英雄,是一位"来自亚特兰大市的黑人浸礼会牧师",他用来摧毁城市的武器是"现代生态玄学"与"人民的宗教传统"。这个预言在我看来需要做一些补充或修正:这位英雄也许应该是一位黄皮肤黑眼睛的诗人,一位留着一撇小胡子的艺术家。

附记:

初读罗门的诗,写下了以上这些文字。

解读，总是难以回避主体心理定势的介入，有时解读竟而至于成了误解或误读。

我读罗门，带有很强烈的主观性。我没有料到，海峡那边的这位诗人，在对待社会、人生、艺术的态度上与我如此的贴近。

罗门也一再表示，我们在许多地方的共识，"使我们在海南的初遇获得了永远的沟通"。

但是，我们之间仍然存在着"误解"，或者确切地说，我的这篇解读罗门诗歌的文章中仍然存在着对罗门的误解。

罗门读了"我读罗门"之后，在三亚阳光灿烂的沙滩上，在文昌海风猎猎的快艇上，在通什林木蓊郁的山路上反复给我讲，他仇恨都市中过分糜烂的物欲文明，并不一概反对现代都市文化。而我的文章却没有给都市留下任何宽恕的余地。其实，罗门的这一立意，在他的一些论文中表达得十分明白："我相信人类要活得完善，必须拥有两个美丽的花园：一个是外在的花园，主要是靠科学带来的物质文明的力量所促成，一个是更美丽更卓越的内在花园，它是靠从文化中升华到极致的美与卓越的诗心来建造"。

罗门的这一立意，在现实生活中每个人都不难做出响应。比如，住在三亚四星级的国际大饭店时，突然停了电，空调机失了灵，不到半个小时，与会的代表不管是大陆人、台湾人，不管是香港人、新加坡人，也不管是衣冠楚楚的先生或浓妆淡抹的女士，顿时都热出一身臭汗，都感到不可忍受的痛苦，似乎饭店老板犯下了莫大罪行。其实，只不过是我们置身的那个"外在花园"偶尔出了点小故障，即使如此强烈地抨击着现代工业文明的诗人、教授，也已经须臾离不开现代工业文明了。

然而，"都市之战"就这样偃旗息鼓了吗？

罗门不会，我也不会。

罗门的战略是，希望剔除都市文明中腐败、糜烂、散发出恶臭的一面，而促成其清新、舒适、安逸的一面。他的战术是对都市文明进行360度的环视，用诗心诗眼洞察其隐蔽的盲点，以诗歌烛照之。他希望得到的是内外两个"花园",只不过在他看来,那个艺术的精神的"花园"是一个更好的花园。

而我感到困惑的是,那个外在的花园,总是以它无比的诱惑力居高临下地压抑着、荼毒着、专制着这个内在的花园。"精神的花园"随着现代科技的进步和现代工业的发展,不但没有"更好"起来,却纷纷濒临枯萎和凋零。在发达国家已形成第三次浪潮的科技文明,给精神上带来的是"后现代主义",人几乎成了平面,空洞的消费机器,"内在花园"成了一片沙漠。我时时在想,人类最初的设计或者选择也许是错误的,能否改弦更张,以精神价值为准则,让人的物欲服从人的精神,去重建人类的伊甸园?人类社会的发展策略是否应当改变?我们需要的也许并不是工业和科技的高速度发展,而是工业与文化、科技与情感,物质与精神的高度协同与整合。世界上两全其美的事总不是很多,如果鱼与熊掌二者不可得兼,我宁可取后者而舍前者。

作为一个大陆腹地的批评者,我对现代化工业文明也许还缺乏一种深切的感受体验,正如罗门开导我的:在电影上看杀人与在战场上看杀人不一样,从正面穿过都市文明与从反面看都市文明也不一样。罗门是从战场上看过杀人,又从现代都市文明的八卦阵中冲杀出来的,对于现代化工业科技造成的恶果,他有着更切肤的体验,这从他的诗歌中不难看出。

但罗门的诗歌并不等同于罗门的宣言。在罗门的论说中我看到更多的是理智的周到与全面,在罗门的诗歌中我看到的更多是灵悟的闪电与情感的霹雳。论说中的他处处为科技文明留下宽容的空间,而诗歌中只留下了他的愤懑怨毒,留下了他的谴责与进击。

我这里解读的只是作为诗人的罗门,何况也许只不过是误解,或者是多种误解中的一种。

1994 年 6 月,海南大学荷花池

强人与情人

　　一所大学的女生部曾经对在校的 250 名女大学生进行了一次民意测验，其中 204 人渴望当"女强人"，而愿意为爱情奉献出一切的仅 8 人，不足 4%。当事者赞曰：当代女大学生的思想主流是奋发向上的。

　　这里摆放下一个两难的选择：

　　要做"强人"，就难做"情人"，鱼与熊掌二者不可得兼，舍"情人"而做"强人"也。这或许已不仅是这所大学里女学生们的思想主流，恐怕还是一个时代的大趋势。

　　平心而论，女人们争做"强人"是有它的历史合理性的。自从母系社会结束后，全是男人们为人类社会指航掌舵，女人们越来越成为男人的附庸。"娶来的媳妇买来的马"，自然只能算是下等附件；"金屋藏娇"，也只是个漂亮的笼中鸟；所谓"夫显妻荣"，至多不过是锦上添花，仍不过是男人排场的陪衬。现在可好了，女人们的主体意识在沉睡了几千年后，突然萌发进而亢奋起来。且不说大红大紫的歌星、影星、体星、文宿星们多半是女人在闪光；女经理、女老板、女企业家、女科学家也在处处走俏，女宇航员们飞上天去比男人显得还自豪；撒切尔、阿基诺、甘地夫人等几位女人在国际政治中差不多能转动半个地球,而银幕上、荧屏上日渐增多的女侠客、女特警、女别动队、女敢死队总是把男人们打个屁滚尿流。于是,"女强人"成了广大青年女性崇拜的偶像。女人的羞涩、女人的柔顺、女人的温良、女人的娇弱、女人的妩媚、女人的挚爱、女人的痴情似乎都成了明日黄花。相形之下,男人们日益显得孱弱委顿起来。

按理说,这也是活该。男人们已经"欺负"了女人几千年,即使宽大一些说,女人们在纷纷变成"强人""超人""英模"之后,将男人们"欺压"上一千年,也并不算过分,或许现在仅仅是个开始。

但是,这笔账也许不该这样算。

出大名,挣大钱,轰轰烈烈干一番事业,固然是一种价值;保持自己性别的优美,保守自己情感的执着,保留自己爱的温馨,也该是一种价值,一种内在的价值。

一位天真、洒脱的女性被医生怀疑患上了乳腺癌,她给远方的友人写信说:如果失去了她那对可爱的性征,她情愿去死。我很感动她对女性本位的坚守,但还是希望她珍惜生命,包括自己的生命。

至于男女间的情爱,马克思或者恩格斯曾经说过,有情人如果不能结为伉俪,差不多就是两个人的最大不幸。仅仅为了能彼此结合,双方不惜以生命作孤注。

马克思在给燕妮的信中就曾写道:"你的爱情的终结。同时也是我生命的尽头,我的整个心灵、全部生命都系于此,只有在这个爱情里,才有我继续生存的信心。"对于马克思自己来说,他生命的价值,不仅仅是《资本论》,不仅仅是无产阶级世界革命,也还有爱情。献身革命与献身爱情似乎并不矛盾,当他在与外部世界浴血奋战时,并不妨碍他同时与一个女人爱得如火如荼。马克思既是"强人",又是"情人"。

叱咤风云的毛泽东,也是一位多情的人,看《白蛇传》断桥上一对恋人的生离死别,竟感动得热泪盈眶。庐山会议上,"路线斗争"炮声隆隆,仍不忘邀他离异的前妻上山,重叙旧情。

鲁迅曾被毛泽东誉为"骨头最硬"的中国人。但他在与自己钟爱的女人相处时，却柔情似水，心细如发，"荒原狼"遂变身成为一头温驯可爱的"小象"。

古人西楚霸王项羽是个失败的"强人"，力拔山兮气盖世，一柄长剑横扫千军如卷席，最后却被困乌江，一败涂地。然而临死前却演出一幕"霸王别姬"，英雄末路，依旧儿女情长，一幕生离死别，数声长吁短叹，教世人哀婉怜惜到如今。

而那个为保住江山亲自下令杀死了自己挚爱的女人的唐玄宗李隆基，政权危机虽然度过，"情场"上却输了个精光。"堂堂天子贵，不及莫愁家"，"算将来无计解军哗"，马嵬坡前显得十分狼狈。他自己终归心内不安，"天长地久有时尽，此恨绵绵无绝期"。到如今，这位大唐皇帝的文功武治老百姓们早已不太清楚，能够记下来的，倒是《长恨歌》中流传下来的那段爱情悲剧。

南唐后主李煜是个比楚霸王或唐明皇更窝囊的角色。不爱江山爱美人，让一双大小周后把他搅和得神不守舍。终于丧失家国沦为囚徒，只落个"小楼昨夜又东风"。前年夏天登庐山时我曾困惑过，这么一统富庶秀丽的江山换取一个女人的爱情是否值得？如果不是这样，如果李后主不是个风流皇帝，而只是圣武君王，即使与赵匡胤再厮杀上二十年，又会给历史留下些什么？这个李后主军事上确是个怂包帝王，爱情上却谱写出千古绝唱，是值得还是不值得？

上面说到的这些有情人或无情人，都是男性。而女性则不必说，历来都是被看作情与爱的象征。现在，倒是女人们一反往常，不约而同地表示不做"情人"做"强人"，怎不叫男人们提心吊胆？而我们这些当代的女大学生们，在尚且没有恋爱的时候，就已经盘算着为了别的什么而捐弃爱情，"情人"可以不当，"强人"不能不做，这难道就是时代的进步？

有人提出大量实例论证过，男女间纯正的爱情在本世纪初就开始一再贬值了。先是输给了商品经济，后来又输给了科学技术。"英雄难过美人关"的佳句后面又添加了一句"美人难过金钱关"，"女强人"之上，还有更坚挺的玩意儿，那就是金钱和技术。于是，在文学艺术领域中，在人的精神生态领域中，

"罗密欧与朱丽叶""梁山伯与祝英台""维特与夏绿蒂""宝二爷与林妹妹"，全都已经时过境迁。

如今，文明社会里的"阴盛阳衰"已成定局。"女汉子"成为女子的美称，男人们不但服装、发式向女性看齐，性格、气质、姿容、举止也已经开始女性化。我想来想去，过去的几千年里，男人压制了女人，固然不对，未来的社会里，来个"天翻地覆"，颠倒过来闹出一个"女强男弱"的局面，怕也不是人类理想的社会构图。

然而，"强人"与"情人"、男人与女人之间理想的关系和完美的构图谁能说得出？

1993 年 5 月，古城东北一隅

征婚的意向

照录两则"征婚启事"：

王生,26岁,身高1.68米,貌端体健。本人为养猪专业户。年收入4 000元,有瓦房5间,不嗜烟酒,酷爱文学,现在文学创作函授班习读。愿觅一位志趣相投的女性为配偶。

亚女,23岁,身高1.57米,苗条俊美,家庭经济条件良好,本人待业经商,喜读书,能诗文,欲寻一位国营单位的未婚男性为伴。

两则启事,文辞虽然尚且有欠清通,但却直抒胸臆,情真意切,是两篇社会心理考察的好材料,两篇"内省式"的"言语报告"。

这两则征婚启事中,一个突出的特点是,"喜爱文学"竟然被醒目地列入求婚者的价值表格中。

按照弗洛伊德的说法,文学是性欲的升华,弄文学的人心底都潜藏着超出常人的性欲。这两位年轻人在求偶时强调自己对于文学的热爱,我想并不是借此自诩性力的充盈,恐怕潜意识里也没有这种想法。

至于在征婚的时候比试诗文。倒是自古有之,戏曲中亦不乏见到,不过都是才子佳人,文人骚客干的风流韵事。这里的王生与亚女则是目前中国最最普通的老百姓,他们并不那么浪漫,而是实际得很。启事的文字虽然不多,条件却是清楚得很:一体格、容貌;二金钱、房屋;三文学、诗文。

三个方面,"经济的""生理的""精神的",一个不缺。文学,和"金钱""体格"一样获得了自己独立的价值。前两点如果说仍然是"物质性价值"的体现。后一点则是"精神性价值"的体现。与人本主义心理学家马斯洛的"人生需求层次的金字塔"相对照,"文学"属于"审美"或"自我实现"方面的需要,已经接近金字塔的顶端,"热爱文学"成了"完善的人""美好的人"的标志。当下许多"征婚启事"中都不约而同地写上了"热爱文学""喜欢诗歌","非物质性的价值标准"如此自然地在青年一代中得到认可,短短的征婚广告中也在演示着物质向精神的提升,这让我们从事文学教育的"教书匠"们暗暗感到欣喜。

依我等旁观者看,这王生和亚女生该是天生地造的一对了。然而,通婚的道路并不平坦,亚姑娘认为自己的"经商"不算职业,偏偏要选一位"国营单位"的男士作夫君,那么这位酷爱文学的养猪郎无疑将名落孙山了。

亚姑娘大概不会没有读过"王冕的故事"。放牛娃最终不是成了"大艺术家"吗?谁敢说养猪的王生就不能成为新时期的王冕?

然而,王生一定要成为王冕吗?王冕又上哪里每年挣 4 000 块钱呢?不能有一位既"养猪"又"酷爱文学"的新型王冕吗?

马克思和恩格斯在《共产党宣言》中讲,"物质的富有"和"精神的富有",是实现共产主义的两个重要条件。看来,我们距离"实现"的那一天还真的有些渺茫,中国人注定还将在"物质"和"精神"之间做漫长曲折的跋涉。

1985 年春,郑州幸福路

"掷"的消费

文化工业的每一个产品,都是经济上巨大机器的一个标本。文化工业的每一个运动,都不可避免地把人们再现为整个社会所需要塑造出来的那种样子。但是精神的简单再生产过程,在这方面不会进一步发展……

——霍克海默

马路边有一家豪华保龄球馆,叫"大满贯"。"大满贯"大约为了招揽顾客,靠马路一边全都是落地玻璃窗。夜幕降临的时候,球馆里灯火交辉,富丽堂皇,总有一些春风满面的公子、小姐、先生、太太在里面玩球,玩了一局又一局,记分牌上数字滚滚。我常常和那些下了班的打工仔一起,贴着玻璃伸长脖子站在外边看。隔着这道玻璃,我真切体会到什么叫"外边",什么叫"局外人"。

里边人看着外边人会觉得很可怜,外边人看着里边人又感到其实很可笑。一个个衣冠楚楚的人,手中拎着一只笨笨的球,扭动着腰肢,向摆放整齐的一簇瓶形棒棒掷去,有的人动作潇洒妩媚,显得优美动人;有的人竭力想做得优美动人却终于没有做好,反倒像一个蹩脚的演员。棒棒或多或少总能被掷出的球击中,稀里哗啦声中,掷球的人或兴高采烈,或悔愧不已,又把希望寄托在下边一掷上。作为游戏,这玩意儿并不复杂,每个人都做得煞有介事,互不相让,像一位冲锋陷阵的猛士。

掷球的人站在球道一端,看到的只是灯光照耀下光滑洁丽的球道和严阵以待的瓶棒;局外人站在窗外,作为旁观者,却可以看到许多局里人看不到的东西:幕墙后边庞大复杂的机器,数不清的杠杆、齿轮、螺栓、管道、线路、机械手、传送带、升降机,一刻不停地运转,执行着"扫瓶""送瓶""夹瓶""竖瓶""升球""回球""盯场""记分"的功能。玩的人什么都不要做,机器为你把靶子摆好,机器把球送到你的手中,你只需抬手一掷,球便在设计好的轨道上运行。掷累了,风度翩翩的服务小姐把冷饮、毛巾送到你的面前,毛巾上还洒着香喷喷的香水。我忽然觉得,这保龄球馆实际上就是一个自动化的生产流水线。至于生产什么,一下子说不清。我想了又想,也许,它生产的便是"掷的欲望","消费的欲望"。

投掷,可能是一种近乎本能的欲望,尤其是目标明确的投掷,会给人带来强烈的愉悦,这也许有着更深层的原因。

按照分析心理学大师荣格(Carl Gustav Jung)的说法,这类投掷可能是我们的祖先原始人或类人猿在猎捕食物时,最初学会把石块、木棒投向麋鹿或猛犸的心理积淀,一种古老的、潜存的集体意象。

按照结构主义人类学大师列维–斯特劳斯(Claude Lévi–Strauss)的理论,这类投掷则是由"主体——投掷物对象"构成的一个功能系统,一种人类行为的先验模式。

我曾在一本什么书中看到过,假日的时候,贫穷的马克思常常与他那美丽的妻子、聪慧的女儿一道,也许还有恩格斯,到郊外一个荒埠上野餐,野餐后的一个引人入胜的游戏,便是用土块去投掷树上残留的野果,为了高高树枝上的一只山梨,一家人投得大汗淋漓,忘记了贫困,忘记了烦恼,全身心地沉浸在欢愉的时光中。

我又想起小时候在开封老家玩过的那种叫作"投囤"的游戏：在一片开阔的场地上，画一个二尺见方的框子，伙伴们每人拿出五枚杏核儿，堆放在框子的中央，算是赌注。然后在距框子五六丈远的地方划一道横线，大家站在线外，用块石片或瓦片向着前边的"囤"投去，被投出"囤"外的杏核儿就归投掷者所有。技术高超的孩子，既有力度又有准头，一下子常常能把几十枚杏核儿进出"囤"外。当然，这和所用石片、瓦片的大小、厚薄、轻重、硬度、光洁度也有很大的关系。我记得我曾拥有一方瓷片，是从同院周奶奶腌咸菜的瓷缸底部敲下来的，三寸见方，稳实滑溜。那是我童年时代拥有的宝物之一，晚上睡觉也总压在枕头底下，珍惜的程度并不亚于现代人在"大满贯"打了大满贯后赢得的德国 ACSCO 公司制造的由氯丁纤维胶高分子合成的保龄球。

开封的这种"投囤"，在豫西、豫东都有它的变种。在豫西的巩县农村，这类游戏叫作"打野柴"，"囤"里边堆放的不再是杏核，而是孩子们从山上捡的干柴，投掷的动作难度增大了，必须背对着"囤"，高高地撅起屁股，两眼从裤裆中间望着柴堆，然后把手中拿的一根干柴投掷出去，投出"囤"外的干柴便归投掷者所有。这游戏多少带点赌博性质，手脚笨拙的孩子便在游戏中把一天打下的干柴输得精光，回到家后还要挨大人一顿训斥。孩子夜晚躺在炕上回味起山野游戏的兴致，倒不觉得后悔。

在豫东的兰考县一带，大概由于贫穷，投掷所需的资源更匮乏，杏核自然是不好寻到，像样的干柴也没有，有的只是干草，那是不好用来投掷的。但穷乡僻壤的孩子们也有自己的聪明，"囤"里边的堆放物变成了孩子们自己脚上脱下来的鞋子，三只五只架在一起，像军队野营时架在一起的枪支。投掷所用的器具是脚上穿的另一只鞋，仍然是站在五六丈开外，把"囤"里边的鞋子击出"囤"外为优胜。只是优胜者并不占取劣败者的鞋子，惩罚的办法变作令输家服劳役，跑去整理散落的鞋子，然后重新开局。这游戏不但得不到家长们的鼓励，更是常常遭到呵责，原因自然是鞋子磨损得快，本来缝缝补补可以穿半年的鞋子，如此玩下去，穿不到四个月就报废了。家长的禁忌反而助长了孩子们的逆反心理，孩子们总能找到一个僻静的角落，在鞋臭与汗臭中把饥饿中的苦日子打发得欢天喜地。

作为局外人，我实在想象不出投掷"保龄球"与投掷"杏核""野柴""臭鞋子"在情绪体验上有什么不同，或者，在"行为模式""结构功能"上有什么不同。据广告宣传，说"保龄球"具有高度的娱乐性、趣味性、竞争性、技巧性。这种种性能，其实在"投杏核""打野柴""扔臭鞋"的游戏中全都具备。比如"打野柴"，要背过身去，从裤裆里伸出两道目光，反手把一根木柴扔出三五丈远，还要能把目标击出"圈"外，其技巧性恐怕要比在油光滑亮的松木轨道上滚动一个球难得多，这"保龄球"究竟有什么可以吹嘘的！唯一可以解释的理由：这保龄球馆是一种极富策略性的商业行径。商人们以巨额投资诱导人的欲望、强化人的欲望，建造起规模庞大的欲望消费市场，然后垄断这个市场。

据有关资料披露，目前一条进口球道的造价约为5万美元，12条球道下来是66万美元，折合人民币550万元；一座面积为1200平方米的球馆从建造到装修下来，需460万人民币，开1年后，管理人员的工资、空调、置瓶机、回球机的维修费用加水电费、营业税等，每月支出为20万元。如此粗算下来，为现代中国人提供一个"掷着玩儿"的场所，先要付出上千万元的代价。

投资者当然不会把自己辛苦积累下的金钱白白撒向社会，其目的是使成本与利润达到最有利于他的比例，最好能在16个月到20个月之间收回这上千万元的成本，在此后的十年中，再净赚回五个1000万、十个1000万。在商业社会中，这是经济生产的规律与法则，具有法定的合理性。不过，也不要硬说这是为了社会进步、造福人类，甚至还被誉为新的审美文化。法国的一位叫利奥塔的读书人看透了其中的奥妙，称其为现代文化产业中的"非文化原则"。

我的一位研究生，毕业后当了报社记者，曾约几个朋友去保龄球馆，个把小时便花去600元，等于她一个月的工资。事后恍然大悟，在一篇文章中无奈地表白："保龄球，想说爱你不容易。"

我认识的一位外企公司的总经理，我曾问过他，花那么多钱来来回回扔那么个笨球究竟有什么意思。他笑着说："要的就是这么一掷千金的感觉。"

花钱本身竟然成了获得兴奋的直接来源，诱导花钱、诱导消费，成了商业社会有效运转的杠杆，成了投资商谋取高回报的手段，保龄球馆塑造出的不是保龄球运动健将，而是这个时代需要的一种新的人格。

我时时感觉有一只隐蔽的手，专门去搔现代人大脑中的某个欲望的兴奋点，就像生理、心理学家在实验室中用微电极刺激小白鼠的某处神经脉冲一样，小白鼠不惜以自己的生命为代价，不停地换取这种兴奋。说是自我选择，不如说是社会强迫。

虽然不置一文，现代人仍然不愿再去玩"掷杏核""掷干柴"的游戏；虽然一掷千金，现代人仍然乐意钻到保龄球馆去掷那个笨球。没有钱的人掷不起保龄球，如今又不能在马路上"掷臭鞋"，怕引来交通警察的干预。或许，首先自己心理上已经没有了扔鞋子的勇气，掷的市场就这样无形中被垄断了。穷人被剥夺了"投掷"的自由和"投掷"的愉悦，穷人要想满足自己的"投掷"欲趣，就必须多挣钱，把自己变成有钱人，把自己整合进商业社会运行的轨道。如果他不愿随波逐流，那么他只有像我现在这样，站在保龄球馆的落地玻璃窗外做一个"局外人"。

信息网络加上商业运转，使世界一体化奔上了高速公路。今年夏天我由海口到郑州的时候，郑州已经拥有 20 家保龄球馆，近 400 条球道，总投资计 3 亿，郑州人玩保龄球的劲头一下子跨入全国先进行列，这对家底并不富裕的这座内陆古城来说，可不是一笔小钱。

"一掷千金浑是胆，家无四壁不知贫。"这本是唐代人写赌博的诗句，价值千金的保龄球馆首先成了投资商掷下的赌注。他一心希望以此诱导消费者络绎不绝地掷出千金万金，不料由于市场发育不成熟，内部引发恶性竞争，一条球道每天上不去三五个人，有几位商家已经输得"家徒四壁"，而且全无了古时候赌客们的豪情，整日里垂头丧气，萎靡不振。我倒是愿意提醒泄了气的保龄球商们，不妨看得远一些，因为如果以美国现代社会的保龄球道人均拥有率为样板，中国的保龄球业低迷一阵过后，到下个世纪的某个时期，说不定还会繁荣昌盛起来的。到那时候，社会上已经没有了穷人，像郑州这样的城市，每个居民委员会都需要建一座保龄球馆！

然而，我仍然担心我们的这个"小小寰球"能否负担起这么多以钢铁木材构架起的场馆、器械，担心人世间能否容纳下这么多富有而奢侈的人群。

"保龄球游戏"出于英语"Bowling games"的音译，含有"保你寿龄"的意思，译得不错。溯及"保龄球"的起源，中国的传媒界几乎是众口一辞，认定它是域外的洋种，不同的是有人说它发源于古代埃及，有人说它首创于德国、荷兰，还有人说它属于太平洋中波里尼西亚群岛的专利。没有人说它可能是中国的土特产。

令众人扫兴的是，中国早在一千多年前就已经有了这种游戏，只不过名称不叫"保龄球"，而叫"十五柱戏球"，又名"木射"，唐代人陆秉绘制的《木射图》中有着生动的记载：将 15 根"瓶状"（或曰"笋状"）的木柱序列井然地摆放在长廊的一端，然后用一木球掷击木柱，胜负由撞击倒的瓶状木柱的多少来定，所谓德国、荷兰后来的发明亦不过如此。中国古人更胜一筹，将其中十根木柱涂成红色，柱边分别书写"仁、义、礼、智、信、温、良、恭、俭、让"十个大字；五根木柱涂成黑色，分别写上"傲、慢、佞、贪、滥"五个大字，中仁者成仁，触贪者为贪，为游戏增添一层伦理色彩，较之现代的"保龄球"游艺，多了几分精神文明再生产的能力，我们的古代人并不像现代人这样一味地疯玩。

"十五柱戏球"比起"打野柴""掷臭鞋"的山野游戏自然要规范儒雅得多，比起现代的"保龄球"游艺要省去许多钱财，造一条这样的"唐式保龄球道"，所需不过几钱散碎银子，况且这样的消费还会增进道德上的清洁。然而，现代人仍然不愿意去玩它，还是要到德国人凭借高新科技制造的 ACSCO 球道上千金一掷。

理性社会的极致竟是如此的不理智。

"掷杏核"没有了,"掷干柴"没有了,"掷臭鞋"没有了,"掷红黑十五柱"也没有了。有的就只是这"保龄球",这"掷的消费"。掷与不掷已经由不得你,我看到"大满贯"玻璃窗外的打工仔们也全都表现出跃跃欲试的情绪。

　　所谓选择的自由,在现代都市里其实很小,只在这一览无余的窗里窗外。

(《天涯》杂志 1997 年第 6 期)

跪式服务

世道在变,人心也在变,人心随着世道变。比如汉字中"豪"和"绅"两个字,在以前的一个时期里,曾经是很凶险的,如果两字并用组成一个词:"豪绅",那就等于差不多给一个人判了死刑,而且将株连子弟打入另册。如今可好,"豪绅"两个"臭"字大为吃香,饭店、宾馆、夜总会争着拿来做牌匾:"豪客""绅士""富豪""富绅""豪绅""绅豪"认领完毕,又发明些"都豪""帝豪""金绅""华绅"之类的半通不通的名堂,同样金光灿烂地挂在门厅上。似乎中国人一下子都渴望起当"豪绅"来,就像当年大家都想当贫下中农、红卫兵一样。

要做豪绅就要有家丁、有奴婢,于是大款们雇上贴身保镖,富婆们用上私房丫头。次一等的也要不时地在舞厅、酒店、夜总会里吆三喝四、颐指气使过把"豪绅"瘾。

南方特区的生意人感觉灵敏、动作快捷,及时抓住时下消费心理,竞相开展起"跪式服务"来,以招引更多的真假豪绅。一家夜总会在省会的报纸上不惜重金推出了整版的广告:"环境优雅,设施华贵,气氛浪漫,饮食精美,跪式服务,一流品位。"其中引人瞩目的,便是那款"跪式服务"。

"下跪",即以双膝着地、俯首帖耳的人体姿势,在等级森严的封建社会里是幼少对尊长、下属对上峰、奴婢对主子、小民对官绅表示尊奉与屈从的一种行为模式。在中国，直到晚清慈禧太后时代都仍然是祖宗遗制；到了孙中山的中华民国，已经遭官方废除；到了今天，除了僻远农村办丧事大出殡时，孝子贤孙披麻束绖还要行跪拜礼，再就是城镇里枪毙人临到刑场后，在"伏法就戮"的一刹那间，还是要让犯人跪下来，而且我怀疑那还不纯粹出于礼制，也还有安全的考虑。除此之外，在公民的日常生活、政治生活、公共社交、节日庆典中，都已经不再行"跪拜"之礼。所以，南方特区作为社会发展的先锋却又开展起"跪式服务"，实在令人百思不得其解。

跑堂的姑娘小伙们想来是不情愿下跪的，为了几个钱的"红包"，矮下半截身子，在灯红酒绿中扮一次现代社会中的"孝子"或"罪人"，满足一下上等人的猥琐需要，内心该是何等的苦痛。假设他们天长日久可以渐渐习惯下来，即使麻木了那苦痛，而接受别人下跪的玩主和食客们究竟又能从中得到些什么呢？得到的是豪绅的体面？是强者的自尊？但利诱来的体面与购置来的自尊又能算什么体面与自尊呢？花上成把的钱，迫使别人违心地矮下半截身子，从而满足一下自己瞬间的虚荣，如此"豪绅"比起当年的南霸天、黄世仁来，也够寒酸了。而到了20世纪90年代仍在蹂躏"吴琼花""杨白劳"的"豪绅"们，比起当年的"豪绅"又多了几分孱弱的可憎。

所谓"跪式服务"，卖方卖出的是健全的人格与端庄的体态，买方买进的是心灵的扭曲与精神的磨损，如此买卖，可以休矣。

1994年冬，海口

观花天桥下

　　天桥周边是这个滨海城市的闹区，几座大宾馆、夜总会、娱乐中心，灯火彻夜通明。套一句明星葛优的话：聪明的头脑不长毛，热闹的大街不长草，这里的确已经不长什么花草，钢筋水泥已经铺满填平这里的每一寸空间，然而，在这水泥路面上却都盛开着另一种鲜花，那就是女人。

　　这是一个移民城市，能够积极踊跃移将过来的，大多是年轻人，而年轻人中最引人注目的无疑又是年轻的女士。每到夜幕降临、华灯初上，随着白天蒸蒸溽暑消散，习习凉风从不远的海面上吹来，天桥下便聚集起成群结队的美女，或浓艳如牡丹，或淡雅如兰花，或飘若杨花柳絮，或翘若月季玫瑰，或含羞而带露，或浅笑而披雾，或一枝独放，或花团锦簇，魏紫姚黄、国色天香，给这天桥下的钢筋水泥丛林装点出一片明媚的风景。

　　我不知道，哪来的这么多的女人。

　　能够分辨得出的：有在公司、工厂上班下班的白领丽人、打工妹，她们多半穿着随意、行色匆匆、方向明确，聚精会神地赶路；有内陆甚至海外来的观光客，或小姐、淑女或夫人、太太，穿着华贵，进出商店，面带倦色，步履蹒跚，身旁或身后多半跟着一位拎包的男士或先生；还有一类"花"，却令人琢磨不透，祖胸裸臂、猩唇黛眉、衣带飘拂、香风缭绕，盛妆巧扮若赴华宴却又逡巡街头彷徨四顾，情眼含笑若黄昏有约却又目光四射似猎手寻捕，偶有男士上前问讯，似搭讪，似调侃，女亦来者不拒，态度和气、应付自如。我恍然明白，此乃"马路天使""巫山神女"。此花非他，即所谓"烟花"。

南下之前，有刻薄者讥讽特区经济"娟（昌）盛而繁荣"，看来事出有因，商业都市，流动人口多，旷男鳏夫，寂寞难耐，腰缠万贯，饱后思淫，于是烟花巷内便有了买方市场。随着"开放搞活"，严厉的道德律令被打破。据报章披露，在广州 1979 年收容的"烟花"女子为 49 人，1985 年升至 2 000 人，1987 年为 11 946 人。今日该有多少，已难计其数。又据传闻，某市开展"大扫除"，放逐"烟花"1 万名，银行存款一天之内抽去 3 亿，唬得银行行长脑袋发懵。经济之花总是喜欢生长开放在腐殖化的土壤里，难道也是一条规律吗？

人性的需求与社会管理矛盾重重。海外有人恶作剧，把"娼妓"比作"公共痰盂"，虽然不洁，却满足了社会的一时之需，解决了"随地吐痰"的公害。岂不知，马路上的痰盂太多了，又与随地吐痰何异。把"娇花"比作"痰盂"，令人哀婉，倒不如先戒了随地吐痰的坏习惯。

"惜花常怕花开早，更何况落红无数"，惜花、护花本是文人习性，面对如此娇花嫩朵竟堕落风尘、委身铜臭，即使放翁、雪芹在世，则又如之奈何？

下得天桥，在桥梯下边突然发现并排坐着一溜女孩儿，约 20 余人，黝黑的面庞不施粉黛，短短的秀发不假雕饰，虽非沉鱼落雁，倒也明目皓齿。她们一个个腰系围裙、手不使闲。这是一群修鞋、补鞋、擦皮鞋的女孩，职业不算高贵，人格并不低下，靠手艺挣钱，凭气力吃饭，则又是一种活法。女孩们红颜如玉，双手似蝶，擦起皮鞋上下翻飞，恍如深山清涧崖畔的杜鹃花迎风摇曳。

"姑娘好像花一样"，花与花又不一样。"山花""烟花"两相向，天桥观花归来，留下的是一半惶惑、一半惆怅。

1993 年 8 月，海口旅次

包　装

　　如果要给人类社会发展找一个外在显著的标志，我可能要选择"包装"。

　　40多年前，在我童年开始记事的时候，在我们那座历史悠久的名城里，商品的包装还是十分简陋的：买一斤红糖，也就是一张黄草纸，一块卤肉，一张蓖麻叶子，一斤油条，用根干柳枝横排串起来，倒也十分方便；最复杂的莫过于年节送礼的点心，是用一种薄术片钉起的匣子，像个小抽屉一般，盖子上粘着红帖，然后一匣两匣用染红的麻线捆扎起来。至于化妆品，我见到的只是同院的大婶自己拿个小瓶子到货郎担上去灌一点"生发油"，更奇怪的是有一种"刨花"，沾一沾水，也被卖作润饰头发的化妆品，那可就更谈不上包装了。那时候，商品少，人们吃的用的简单，包装自然也就简单得多。

　　现在的情况可大不一样了。哪怕随意到一个百货商店，货架上也是光怪陆离、琳琅满目。一块面包，一只塑料袋，一撮榨菜丝，金属薄膜、印花图案；喝几口饮料，报销一只精工巧制的合金易拉罐；一瓶普普通通的大曲酒，则瓶要名瓷，盒要彩绘，锦带金牌，全套披挂。至于泰国进口的话梅果、英国进口的巧克力、法国进口的指甲油，那包装更是精巧豪华，美不胜收。市场上流行的一句行话，叫作"卖包装"，内里的货色倒成为次要的了。

于是，"包装"就成为一种流行的社会心理。

20世纪80年代以来，中国市场上长盛不衰的生意是"时装"，款式、面料、色彩，几乎每个小时都在变，"老板裤""迷你裙""幸子衫""里根服"，不论张三李四，什么时髦穿什么，时装业其实就成了一种包装术。

如果仔细考察，现代人用来包装自己的，远不止时装，化妆当然也是一种包装：玉兰油、夏士莲、海飞丝、梦丹露，从头发染到眼睫毛，从手指甲搽到脚趾甲，全方位覆盖。

现代人的包装，其实还远不止"化妆"与"时装"，这只不过是两个比较贴近人体的层面。乘车也成了一种包装："拉达""上海""伏尔加"，"蓝鸟""皇冠""桑塔纳"，型号不一，身价也不同。住房也可以成为包装："银河大厦"、"天鹅宾馆"、"格陵兰饭店"、"香格里拉"、"奥林匹克"大酒楼，与"工农旅社""人防招待所"恐怕不只是舒服程度不同，那同时也是某种身份、派头的象征，类似于大曲酒的外装潢。

现代人除了这些摸得着的物质性硬包装，还有一层如烟似雾看不清的软包装，如"科级""处级""理事""经理"等，竟可以给人包上一层炫目的光环。名片的泛滥与广告的发达齐头并进。

婴儿刚从母腹中走来，是没有包装的。我们的祖先原始人，最初从树上走下来时，大约也是赤条条的一丝不挂。原始人最初知道用一串树叶、一块兽皮遮住羞部，小孩子最初知道自己给自己穿衣服，这种"包装"意识的萌生，对于种族和个人来说，不能说不是一种进步。然而，包装发展到今天，以至于只看包装不见其人，重蹈古人"买椟还珠"的旧辙，真可谓包装反被包装误。巧于外者而内诈，重于外者而内拙。市场流通过程中，包装至上而伪劣商品横行；个人修养如果外部修饰太过，内心精神便开始枯竭。马尔库塞曾经指出超消费的商品经济已经塑造出一代没心没肺的"空心人"，如此教训，发展中国家应牢牢所记取。

"九方皋相马，遗其玄黄"，中国人自古以来看重的就不是外部的皮毛，而是内在的风骨。老子推崇"被褐怀玉",有点儿和时装商人故意闹别扭;庄子主张"以日月为连璧,星辰为珠玑",似乎在和首饰店赌气。魏晋时代的文人名士"飘如游云,矫若惊龙",以风流倜傥炳于史册,他们都是些格外重视陶冶品性的人,主张以内在的精神气质带动外在的容止和仪态,而不像目下的俏男靓女一味在发型、唇膏、玻尿酸上讨出路。

对于人性的丰富与完善而言,现代的未必都是进步的。发展着的,也并不全是合理的,比如:包装。由此还可以推出:传统的并不都是落后的。

1994 年冬,海大荷花池

回红转绿话井冈

20世纪50年代,我在上小学的时候知道井冈山,一是通过一首歌:"罗霄山脉的中段,有一座雄伟的高山";一是通过一篇课文:《朱德的扁担》,二者全是对于井冈山红色革命经典的解读。按照习惯的说法,中国共产党领导的革命被称作"红色革命",率领的军队称作"红军",开辟的根据地称为"红色革命根据地",建立的政权叫做"红色政权",后来,党的最高领导人又被尊称为"红太阳"。以上这些,全都与井冈山发生过密切联系,因此,井冈山人自己也引以为荣地把自己脚下的这块土地称作"红色的土地"。

但是,这次随联合国教科文组织"人与生物圈"中国国家委员会前来井冈山进行考察,重点却不在"红色",反而是在"绿色"。不是要礼赞它的"红色革命传统",而是要评价它的"绿色生态养护"。

数日考察下来,井冈山果然是一座"绿色宝库",山高林密、云遮雾绕、常年青翠、物种繁多,红色土地上的绿色生态良好,考察组的领导与专家是满意的。

"红"和"绿",原本是自然界的两种颜色,一组"相对色"。但往往被赋予"逆向性"与"对抗性"。"红灯停,绿灯行",就是在交通规则上的实际应用。在社会学意义上,"红"与"绿"的对抗就更突出。"红",是"血"、是"火"的象征，意味着革命、暴力、搏杀、奋斗、毁灭、牺牲，揭竿而起，杀富济贫；而"绿"则是"生命""活力"的象征，意味着生长、繁衍、和谐、平衡，化敌为友，平等博爱。在诗学领域，这种对抗有时却又可以创造出强烈的审美效应，"千里莺啼绿映红""万绿丛中一点红"就是现成的例子。

那么，井冈山的"红"与"绿"有存在着怎样的关联呢？

稍作回顾，人们便不难发现这样一个有趣的现象：中国共产党革命初期开辟的那些"红色根据地"，并不在经济发达地区，全都是在社会经济停滞而自然环境良好的、近乎原生态的地区。井冈山是这样，鄂豫皖交界处的大别山，晋察冀交界处的太行山、吕梁山，延安的清凉山，皖南新四军驻地的云岭，海南的五指山以及江南沙家浜的芦苇荡等，都是这样。

中国现代的"红色革命"原本是被庇护在万绿丛中的。

其中，井冈山尤为突出。

山高林密，古木参天，层峦叠嶂，沟壑纵横，为弱势的红色军队提供了隐身之所及战术上的回旋余地。"黄洋界上炮声隆"，假如没有黄洋界上易守难攻的自然的地形地貌，单凭那一发迫击炮弹，恐怕是制服不了装备优良的敌军的。据说，由于武器欠缺，井冈山上的绿色毛竹还曾被削成竹钉布在阵前，也曾为红色革命立过战功。

井冈山里的农产品"红米饭""南瓜汤""秋茄子"为红色军队提供了基本的口粮；山中的野菜、竹笋、山兔、野猪为贫弱的士兵补充了必需的营养；井冈山的红色领袖毛泽东当年的最佳菜肴就是掺和了野菜的"泉水煮笋片"，直到1965年毛泽东重上井冈山，还惦记着当年吃过的芋头、苦瓜、泥鳅、石鸡。

红军战士的草鞋、土布军装固然来自山乡绿野，即使"中共前敌委员会"机关的"机要室"，也就是一副井冈山毛竹编织的"箩担"，前边的筐子里装书刊，后边的篓子里装文件，下雨天，箩筐上面再蒙一张桐油油过的草纸，那可全都是井冈山山野里的物产。

更可贵的是，井冈山的绿色环境同时使这支军队保持了官兵平等、政府清廉的道德风范。所谓的"薪饷"——零用钱上下平均分配,从军长到马夫,伙食津贴一律 5 分钱,司令部的将军们享受的"特权",只是到了夜晚比一般人的房间里多点一根灯捻。至于参加"义务劳动",也是官兵一致,总司令身先士卒,这才有了"朱德的扁担"的故事。当时,在这座深山老林里,自然生态与人的精神生态是完全一致的。

可以说,正是由于井冈山上一望无际的绿色天地,才守护着革命的红旗在最最危险的关头没有倒下。

遗憾的是,革命在全国取得胜利后,在相当长的一段时间里,红色革命的受益者似乎遗忘了为革命作出巨大奉献的那片"绿色",而是过度地关注于"红",致力于"红"的张扬,"总路线""大跃进""人民公社"高举"三面红旗"一路凯歌高奏,"东方红""红太阳""红宝书""红司令""红卫兵""红海洋""红灯记""红色娘子军""闪闪的红星""祖国山河一片红""让红旗五洲四海齐招展"……那时节,一个读书人如果"只专不红",就可能遭逢灭顶之灾。

只讲"红",不讲"绿",结果让许多事情走向反面。

试想一想,如果 960 万平方公里的国土上真的全部成了"赤红一片",那不就成了传说中大火烧过的"火焰山"了吗? 河湖干了,山岭秃了,物种灭绝了,人也没有了心肝了。十年"文革"给中国大地带来的灾难也正是如此,那注定是一场巨大的生态灾难!

红旗能够打多久,其实与国土上的"绿色"能够维护多久是密不可分的。

应当说,中国共产党领导的革命,原本应是拥有更多的"绿色意味"的,因为与国民党不同,它所依靠的更多是农村、农民,而不是城市与资产者。这使得中国的共产革命与乡土、田园、山林、旷野有着更密切的关系,乃至被蔑称为"土八路"。人们应当珍惜这种关系而不应当丢弃这种关系。在这方面,井冈山有可能树立一个典范。

井冈山人喜欢说自己脚下的这片土地是"革命圣地",这块"圣地"不仅含有"红色的革命精神",还应当守护着那些"大自然的绿色气韵"。在中国,"革命圣地"与"宗教圣地"有着诸多相似的地方,君不见中国那些神圣的古寺名刹全都建在深山密林大自然的怀抱中?这与西方不同,西方的那些著名的大教堂总是建在城市的繁华区里。这种现象应属"中国特色",也许是植根于中国古代精神文化传统之中的,即自然与精神的和谐,亦即"天人合一"。

据说,前辈革命家董必武先生 1960 年访问井冈山时曾留下"红根已深扎,今日正繁荣"的诗句,他建议要把井冈山建成"革命山""文化山""旅游山"。今天看来,还须加上一山:"生态山"。深植的"红根"一定要长出茂密的"青枝绿叶",那才是最后的成功。

说到"旅游山",我们还不能放松警惕,切莫让货币经济的"金色"颠覆了"红根"、扫荡了"绿叶"。在全球市场化的今天,这也许并非杞人之忧。

老子曰:"知其白,守其黑,为天下式。为天下式,恒德不忒。恒德不忒,复归于无极。"老子将"知白守黑"说成是"天下式",即天下的"模则",最终又将其归向"无极",成为"道"的一个标志与象征,那无疑也是道法自然的最高境界。按照通常的解释,白,是"显"、是"有";黑,是"隐"、是"无"。白,是"动",是"进";黑,是"静",是"退"。白,是已敞开的现实;黑,是深藏的秘境。白是"存在之物"、是"器";黑,是"存在"的本源、是"道"。白是"阳刚",黑是"阴柔"。"知白守黑"也是"负阴抱阳",这是中国古典哲学的精华。如果把这一哲学精义套用到关于井冈山的逻辑辩证上,那该就是"知红守绿""负绿抱红",既明了当年红色革命的历史,更要负载、守护这块土地上的绿色生机,那才是天地宇宙间最终的奥秘。

(《人与生物圈》2011 年第 6 期)

卷五　达摩洞下

达摩洞下

由少林寺西边攀山而上，渐渐路险人稀。时值秋深，山树葱茏茂密、色彩斑斓，如入画中，至"初祖庵"，悄然不见一人，惟闻风动檐上铃声。若现若隐。庵门有联，曰："佛堂无灯凭月照，庵门不锁待云封"，更添几分萧索。

石径随山蜿蜒，愈加陡峭，不由走出一身热汗。此时，达摩洞口已赫然现于前方悬崖之上，崖下背风处有一窝棚，一老者于青石板上摆置汽水、糖果若干，静候过往游客。而此处游人无几，求购者更少，老者只顾闭目养神。

问：为何不到山下摆摊设点？

老者：山下太闹，图个清静。

营利几许？

果腹而已。

视其午饭，则大饼一张，青葱半根。

问其身世，老人只说妻子早年病故，爱女中道夭折。他原为"公家的人"，乃某县粮管所工作人员，60 年代初为生计所迫离职返家，如今在任的某副省长当年曾是他的同事。再问，老人则微笑不语，只拿眼睛望着远处一抹蓝莹莹的山岚。

告别老人拾阶而上，心中暗想人生多歧路，40 年岁月，省长与小贩已判若天壤,而轿车、随员、公文、会议、掌声与青石、蓬蒿、白云、山风、黄叶更各相迥异。然究其心境感受,冷暖唯有自知。孰得孰失,孰高孰下,恐怕并不是轻易能够下结论的。

冯友兰先生晚年曾在故居手录李翱诗一首:

> 选得幽居惬野情
> 终年无送亦无迎
> 有时直上孤峰顶
> 月下披云笑一声

这深山摆摊的老人大约不懂唐诗,也不解哲人的襟抱,但这孤峰一笑的心境,想必是与诗人、哲人相通的。

老人摆摊处的上方,就是"达摩洞",是那位印度高僧于一千五百年前苦修苦炼的地方,世事人生如果真是那么容易说得清楚,菩提达摩也就无须九年面壁了。

面壁九年之后是否全都弄清楚了呢?"达摩洞"旁石壁上有一方刻石,其上题诗曰:

> 西来大意谁能穷?
> 五乳峰头九载功。
> 若道真诠尘内了,
> 达摩应自欠圆通。

题诗的人很有些狂妄,竟然在圣地讥讽圣人。无奈的是,他说的也许是实话。

1993 年秋,郑州大学小树林

莲社柳径今安在

在中国,凡林木蓊郁、山水清幽处多建有寺院;而寺院所在处又往往古树参天、嘉木成林。汉班固《西都赋》曰"松柏仆,丛林摧",丛林与寺庙相依相存,乃至"丛林"竟成了禅庭与僧舍的别称。

庐山南麓庆云峰下便有这么一座以林木命名的千年古刹——万杉寺。开山祖师大超广智长老是一位喜欢植树造林的和尚,建寺之初便在寺周种下万株松杉,感动了"今上"仁宗皇帝,遂赐名"万杉寺"。历经浩劫,到了 20 世纪末,"丛林"已荡然无存。后经能行大法师率一应僧徒信众,含辛茹苦、摩顶放踵重建伽蓝,且赓续祖师家法,在寺里寺外种下万株水杉、红豆杉、银杏、楠竹、罗汉松,"万木青杉一手栽,满堂白佛九天来",如今的万杉寺重又恢复了当年苏辙诗句中的恢宏气象!

盛夏,万杉寺方丈能行大法师在庆云峰下举办"万杉论坛",对应时代潮流探讨庐山文化,我有幸受邀并有缘亲近法师。受她的启示,使我对原来思考的生态文化,尤其是陶渊明与佛教关系这一话题有了新的感悟。

万杉寺所在的这一方山水,是一个既出高僧大德,又出文人学士的地方。北宋龙图阁大学士俞献可有一首题为《万杉寺》的诗:

栽培万杉树，延纳五峰云。

莲社松门接，陶居柳径分。

　　诗中写到的"莲社"与"柳径"，代表了两位大人物，一位是净土宗的开山祖师慧远大和尚；一位是"千古一人"的田园诗人陶渊明。不幸的是，如今没有任何信史可以证明这两位生活在同一时期、同一座庐山下的伟大人物有过任何直接的交往。而国内学术界对于这两位杰出人物的关系并不看好，认定陶渊明的生命情调是此岸当下的，与慧远那种寄望于彼岸净土的教义格格不入；陶渊明追求的散放自由的生活态度与佛教中繁密森严的戒律生活也总是难以相容的。

　　与学术界的看法不同，在流传很广的"虎溪三笑"故事中，慧远与陶渊明成了情投意合、难分难舍的好友；在慧远大师邀请陶渊明参加莲社的历史传说中，慧远大和尚成了诗人陶渊明推心置腹的知己。

　　民间传说虽然不能当作信史，但也绝非无稽之谈。它可能具备了更深层的集体心理内涵，表达了一个民族潜在的向往与愿望。陶渊明的人生哲学与佛教的教义之间难道只有分歧与差异，而绝无相通、相容之处吗？如果换一个视角，比如，生态学的视角，是否会得出一些新的答案呢？

　　陶渊明一生崇尚自然，亲近自然，全身心地融入自然，并由此获得最大限度的心灵自由，从而为人们在天地间的生存提供一个素朴、优美的范例。陶渊明一生持守清贫，以清贫维护生命的本真、灵魂的纯洁；他凭靠丰富的内心世界让生命显示出更高的价值。陶渊明崇尚精神自由，以内在生命的充实替代对外部物质世界的滥取；陶渊明的"桃花源"超越现实为人们营造了一个美好的理想国。如今，在方兴未艾的生态运动中，陶渊明已经成了现代人营造新的生存方式的一个楷模。他向世人展现了如何以精神上的洁净高远，去对抗这个日益贪婪、狂躁，日益喧嚣、沉沦的时代。

陶渊明的精神与佛学教义之间的差异肯定是存在的,但是,面对人生与人世存在的种种问题,二者之间又存在有许多相同指向。在万杉寺居留的数日内,我发觉陶渊明的所作所为与佛法指引世人的训谕之间,不难找出共同的语言。比如,我看到能忍法师在他汇集的《智慧语》中把"精神的充沛""精神的健康""精神的养护"视为安身立命的首要之法。能行大法师在对《六祖坛经》的解读中更是再三强调"明心见性"的终极意义,"直指人心,见性成佛","狂心若歇,即是菩提";我还看到仁静法师在她的礼佛心得中写道:"一切顺其自然才是最好的,也是最合理的";我想,能行大法师强调的"真如心"与陶渊明向往的"素心人"的"素心"是一致的;佛经中强调的"自性",与陶渊明诗歌中崇尚的"真性""天性"也是一致的;至于"顺其自然",也正是陶渊明对后世人的启迪。据我所知,古代一些文化人如王维、李白、杜甫、白居易、柳宗元、苏东坡、黄庭坚、辛弃疾、陆游全都是陶渊明的追随者、崇拜者,其中不少人同时又是佛教的忠实信徒。佛学的精义与诗人的浪漫在他们身上完美地融合在了一起。

慧远法师与诗人陶渊明的最大差异,或者说佛学与诗学的最大差异,一是在于"救世""普渡众生";一是在于"救己""救赎个体"。佛法立志"普渡众生",固然广大无边;而伟大诗人在"放弃"与"固守"之间做出的艰苦卓绝的自我救赎,最终也还是为日常生活中的红男绿女贡献一个可资效仿的范例,这不妨视为佛教中的"自度度人"。

据我的理解,当代生态学的核心理念便是将世界看作一个相互联系、密不可分的整体,并在这一前提下处理好人与自然万物、人与人类社会、人与自己内心世界的关系,从而使我们生活其中的这个世界能够平稳、健康地持续下去。陶渊明作为一个个体的人,为如何选择一种"生态型"的生活做出了表率。而佛教,作为对于地球人类影响最为深远的宗教,无疑也将为拯救世界性的生态危机做出巨大贡献。

从浅层次上说,佛教戒律中的"食素"与"不杀生"显然是最有效的"低碳生活";佛教的"勤修戒定慧,息灭贪嗔痴"为根治当下疯狂的"冗余性消费""奢侈性消费"提供一剂良药;佛教以善为本、以慈悲为怀的护生观念与放生行为为当前方兴未艾的动物保护运动提供了道义上的支撑。

"祸福无门,唯人所召。"往深处说,佛教关于"因果报应"的说法也完全可以在当下屡见不鲜的生态灾难中找到旁证。比如,近年来让人闻风丧胆的一些怪病"疯牛病""非典""禽流感"等等,究其原因无不是人类虐杀家禽家畜、滥吃野生动物遭受的恶报,而且全都是《涅槃经》中所说的"现世现报"!

至于"天人感应","在城市道路全部被钢筋水泥硬化的同时,城市人的心肠也变硬、变冷了,老人倒地竟无人来扶,无人敢扶!""在许多大官小官变得贪污腐败的同时,国土上的大河小河同时也都污染了!"这难道不也是一种生态意味上的"天人感应"?

再往深处说,佛教禅宗奉行直指人心、了知自我、见心明性、自得心开,以我的理解,这是在讲"精神生态"。真正要解决现代工业社会面临的全面生态危机,任何生产技术的革新、管理制度的加强,都不过是扬汤止沸,根本的问题在于改变人的生存理念、价值观念,即改变人心,改善人的精神状态。人类的心态变好了,地球的生态状况才会从根本上好转。这或许也就是《楞严经》上讲的"心能转物,即同如来"。

最后,还应牢记的一点,那就是佛学与生态学都不能停留在"坐而论道",它们都要求人们全力践行。正如能行大法师在讲经时强调的:"一切名相上、理论上、技术上种种高深学说都与见性经验毫不相干。"真正改善地球的生态状况,也还是要从每一个人的日常生活实践做起。

8月21日近午,寺内骄阳当空,会场里百余高僧大德、教授学者大汗淋漓。此时只听得一声沉雷从庐山南麓隆隆滚下,霎时便乌云蔽日,一阵豪雨伴随着云隙间的道道阳光飘泼而下,将清凉送给论坛。莫非真的是众人的诚心感动了上苍!

大雨过后,山林更加苍翠,寺院更加辉煌。"莲社"的高僧慧远与"柳径"的诗人陶渊明,如果再现人间,他们也会为佛教与生态的再度结缘发出会心的笑声,就像当年他们在东林虎溪传出的佳话!

2016 年 8 月 22 日,于江西庐山万杉寺

佛境·人境·诗境

祝贺青青继《落红记》之后又写出《访寺记》这本好书!

叶小文先生在序言里给这本书很高的评价,不是一般的客套话,而是发自内心的喜欢,我深有同感。

从这两本书看,青青是一个很有才气、很有慧心、慧根的女作家。我怀疑她天赋"异秉",身怀"灵异"。

去年,她在城市之光书店举办《落红记》的读书会,我和她已经"失联"二十年,却一脚踏进她的会上,像是鬼使神差,祝欣女士可以作证。

后来,她来苏州,我陪她,还有海燕,逛灵岩山,走进山腰一座古亭,我说,照个相吧,她摆好姿势,我端起相机,拍下来一看,亭子上三个隶书大字:"落红亭"! 把我吓了一跳。

这本书的选题是写寺庙。写寺庙的文章很多,如此写的却不多见。

想一想,寺庙(当然是中国的寺庙,不是西方的教堂),本身就是山林自然、人世众生、精神信仰的一个融汇之处,也是自然界、人类精神与诗歌艺术的交合融汇之处。

仅以苏州的寒山寺为例,就足以说明这一点。张继的诗与姑苏城外的风霜、与千年古刹的夜半钟声，浑然交响，成为一曲世代传颂绝唱！和尚寒山子的佛禅精神与寒山寺周遭的山石林木、星月溪流凝聚而成的寒山的诗歌，如今不仅流布日、韩，而且风行欧美，甚至还被美国一代叛逆诗人奉为楷模！

自然、人世、佛国，三个不同的境界，充满了宇宙间的能量与张力，充满了难以言说的神奇与奥秘。

或许可以把它称作诗境、人境、佛境。

这三境之间，有联系，有区别。

东晋时期，在庐山脚下，曾流传过一段关于文学与佛学的史话。

那时节，东林寺的主持慧远是佛界领袖，他精通儒学，旁通老庄，组建白莲佛社，独创佛学新境界，成为净土宗的开山祖，中外僧俗，望风遥拜。

同时代的诗人谢灵运，官位高，名气也大（当时是大过陶渊明的），他找到慧远大和尚，想参加白莲佛社。慧远却说，你看你的头发那么黑，胡子那么硬，还是先去自我修行三年吧。谢灵运是中国古代山水诗的创始人，无疑是具备了某些诗的境界的，在慧远看来，他还达不到佛的境界。

但是，慧远和尚却非常看重陶渊明，主动邀请他加入白莲佛社，但陶渊明说他受不了佛家的清规戒律，首先是戒不了酒，不能参加。慧远说那你喝就喝吧，随你了。但陶渊明也还是没有加入，因为他还留恋着人间的境界。"结庐在人境"，过得很适意。

后来的佛教徒们说，陶渊明毕竟没有修炼到家，比起佛教的最高境界还有一段距离。

捍卫陶渊明的人却说，陶渊明推重"人境"，实际上已经把"佛境""诗境"融汇到"人境"，达到一种更高的"化境"了，有他的诗为证：

> 结庐在人境，而无车马喧。
> 问君何能尔？心远地自偏。
> 采菊东篱下，悠然见南山。

山气日夕佳，飞鸟相与还。

此中有真意，欲辨已忘言。

其中"人境""诗境""佛境"不全都有了？

青青的这本书的过人之处，就在于她凭依着自己的才情与慧心，轻盈、畅快、无迹无痕地游走于三者之间！既能处处结缘，又能自然随性，同时又几乎做到凌空蹈虚。这本身也是一种境界！

请看下边两段文字，一是写济源的大明寺：

下了十几天雨，早晨到院子里散步，看到所有植物都挂满亮晶晶的露珠，好像是神仙在黎明到来时，遗落下的珍珠。我看到露珠里变形的圆的世界，都是青的，白的。好像是佛寂灭的颜色，原来这个世界并无其他颜色，有的，也只是青与白。大明寺门口，一中年妇人带着孙女坐在门槛上，小女孩的眼睛明亮得足可以是一滴清露。一个僧人在厢房边洗衣物，另外一居士模样的人蹲在一边发呆。

一是写贵州弘福寺：

众人都到方丈室喝茶，我独在后山上徘徊，一只猴子突然来拉我的衣襟，我也顺从地跟他过去，穿过一片飒飒竹林，到了一青石崖壁上，那猴子吱地一声攀到树上，把我丢在地下。我抬头看它时，却看到了："睡起有茶饥有饭，行看流水坐看云"两句被刻在石崖上。我不觉想起早晨的梦境，心下一阵怃然，再看那猴子已经不见踪影，只有几朵白云闲闲地挂在树梢。

在这里，青青可以轻易地从人间红尘走进山林自然，进而走进刹影梵呗的佛理与禅机。而这一切又做得那么舒缓自如、妙曼空灵，如她在后记里的一段表述：

> 我和荷花一起，绕着一渠菖蒲和睡莲，又穿过绿箩与竹林，沿着碎石小路攀援而行，才见寺塔凌空，杉竹清阴，突然之间犹如穿越古镜，狂心顿息，一片寂静。待禅室见到师傅，他缓言细声，布茶谈经，在寂寂空门中，我忘记了自己要说的话，好像我从来也没有什么想念的人与事。

我不是说青青已经做到陶渊明了，她的文学语言还不够沉稳，这并不只是有欠推敲或琢磨的技术问题，而是"内修"还须火候。文字的功夫不在字句的"锤炼"，在内心的"修炼"。三十多年前我在少林寺的达摩洞看到壁上有古人题诗，大意是达摩祖师在五乳峰下面壁九年，仍然没有将尘世的真意完全穷尽，仍然有欠圆通。

祖师爷尚且如此，何况我们眼前的这位小女子！

我想，青青还是因为有诗学的慧心、佛学的慧根，这使她有意无意、有心无心地在赓续着中国文学的优良传统。她的《访寺记》，于是也就成了中国优秀文学传统之树上开出的一朵小花，一朵自然而优雅的花。

2016 年 3 月 8 日晨，紫荆山南

素心与清欢

　　置身货品密集的大型超市与汽车拥堵的高速公路,我总是不由得想到这样一些问题:我们真的需要这么多的物质与财富吗? 这么多的物质与财富真的能够给我们带来相应多的欢乐与幸福吗?

　　这两个问题其实都并不深奥,无论是理性的思考或事实的验证,答案都会是否定的。如今,即使作为世界排名榜上国民平均收入仍处低位的中国,在它的许多经济发达地区,产值、产品也已积压过剩,冗余消费、奢侈消费蔓延成风。而与此同时并行的是自然环境的进一步恶化,民众心态的进一步恶化。常年身陷雾霾、终日心怀焦虑的人们,究竟还有多少真正的欢乐与幸福呢?

　　另一个显而易见的道理是:内心的欢乐与幸福并不决定于大量物质财富的拥有,真正有品味的生活也并不决定于大量物质财富的消费。附带出的"定律"还有:一、对于一般人来说,要想拥有大量物质财富,那就首先要将有限的生命付诸艰苦、繁重的工作与劳动,而且并不会都是自己喜爱的工作与劳动。二、"重于外者而内拙",对于外物的过度依赖,又必然会淤塞了自己心灵内在的悟性与灵性。

　　常识归常识,如今世界上大多数人选择的仍然是那种外在的、物化的生存观念与生活模式。这对于人类自己的福祉、对于地球生物圈的生态平衡,都是不明智的。然而,人们至今仍然在这条危险的坡道上一路下滑。

许多年前,在我刚刚开始关注生态问题时,就曾经提出这样一条建议:我们能否营造一种"低物质损耗的高品位生活方式"?

后来,我找到一个楷模,那就是中国古代伟大的自然主义诗哲陶渊明。在中国文学史、思想史上,陶渊明作为一个杰出的个体,在消耗很少物质财富的同时,却使自己的生存境界与生活品味达到至今人们依然难以企及的高度——诗意地栖居在大地上。

这位伟大的田园诗人的生活中,固然不乏生活的劳苦与艰辛,但更多的是洋溢着生命的诗意与欢乐。只不过,这种欢乐远非万丈红尘中的肌肤之欢、口腹之乐。

"今日天气佳,清吹与鸣弹。"
"清歌散新声,绿酒开芳颜。"
"佳人美清夜,达曙酣且歌。"
"清谣结心曲,人乖运见疏。"
"原生纳决屦,清歌畅商音。"

陶诗中频频出现的"清"字,寓意着"洁净""清澈""明晰""淡雅""舒缓""宁静",陶渊明的"超级粉丝"、自命陶渊明"转世灵童"的宋代大诗人苏东坡把这种以"清"为格调的生活品味概括为"清欢"。斜风细雨,淡烟疏柳,蓼茸蒿笋,清吹清歌,"人间有味是清欢",人间真味是渗透了自然精神的清新、清醇世界,并不"浓妆艳抹""披金挂银""灯红酒绿""满汉全席"。按照以往的成见,或曰这"清欢"只是文人高士的"雅兴",我倒认为,从生态批评的意义上说,这显然是一种既能够满足基本物质生活需求,又获得超越物质享受之上的精神愉悦,这是一种高品位的生活情调,一种"低物质损耗的高品位生活"。相对于豪车、华宅、名包、名表、名牌服装、名牌化妆品铺天盖地的疯狂营销,此类"清欢"即便说是"文人"的"雅兴",也还是应该向广大民众推广的。

清欢,作为一种生活的品位,实际上是由另一种生存境界所支撑的,那就是"素心",首先要做一个"素心人"。陶诗有言:

> 昔欲居南村,
> 非为卜其宅。
> 闻多素心人,
> 乐与数晨夕。

陶渊明是一位"素心人",他引为同道、视为知己的也是"素心人"。何为素心?"素"者,原意为未曾染色的白色生绢,引申为"天然""纯朴""率真""简约""节俭""清廉"。素心人即具备上述品格的人。对于此类素心人来说,"弊庐何必广,取足蔽床席","耕织称其用,过此奚所须","营己良有极,过足非所钦"。"既轩冕之非荣,岂缊袍之为耻?""拥孤襟以毕岁,谢良价于朝市。"翻译成白话,即:住房不须太宽大,能够遮风避雨就行;耕田织布、衣食无忧也就心满意足了;高官厚禄不足引以为荣,清贫自守也绝非什么丢人的事;一生怀抱着自己的清白,绝不会拿自己的品德做交易,到官场商场换个好价钱!

如果说在物质生活极端匮乏的时代,这种素心人的清欢只是少数"真人""高士"罕见的操行与举止,一般民众难以仿效,也不必仿效。但如今在这个商品泛滥成灾、消费丧失理性的社会,健康的、淳朴的生活方式正在逐步被极端的消费主义文化所取代,难道还不该让陶渊明的幽灵吹进一丝清风,为发烧、发昏的当代人降降温吗?

什么是个人生活中真正的欢乐与幸福?这一问题也早已成为西方发达国家学界研究的课题。美国当代生态批评家杜宁便得出以下结论:"消费与个人幸福之间的关系是微乎其微的","生活在90年代的人们比生活在上一个世纪之交的他们的祖父们平均富裕四倍半,但是他们并没有比祖父们幸福四倍半"。幸福生活的三个源泉是"适当的劳作""融洽的人际关系""属于自己的闲暇",而这些条件的满足并不绝对地依赖大量金钱。

请看陶渊明的《移居》一诗,"幸福生活"的三个源泉,原本就在陶渊明这里:

> 春秋多佳日,登高赋新诗。
> 过门更相呼,有酒斟酌之。
> 农务各自归,闲暇辄相思。
> 相思则披衣,言笑无厌时。
> 此理将不胜,无为忽去兹。
> 衣食当须纪,力耕不吾欺。

这首诗既写到邻里间亲密无间的和谐融洽,又写到生活中必不可少的农业劳动,更写到春秋佳日、登高赋诗的闲暇时光。陶诗中其实还又多出一点,即亲近自然。这样的生活是清廉的、淳朴的,也是健康的,因而也是幸福的。

在中国现代史上,人们曾被一波一波的运动改造为"阶级人""政治人""经济人""货币人",政治与经济或许仍然是一个社会的大舞台,但首先是做一个"素心人",这是每一个国民最要紧的底色。忽略了这一点,不但政治要变调、经济也会变味!

法国学者博德里亚(Jean Baudrillard,又译波德里亚)在他的《消费社会》一书的结语曾发出强烈呼吁:"重要的是要给消费社会额外附加一个灵魂以把握它。"那么,这里我们就推荐一个东方的、古老的、诗界的"灵魂"——陶渊明,他曾经以他的"素心",在清贫生活中获取精神上最高品味的欢愉,在最低"消费"的前提下,为人类的生态文化作出了最大贡献。

奢侈消费：流毒世界的鸦片

中国文学史上最伟大的诗人之一陶渊明，一生从没有大富大贵过，早年为了家人的生计，"投耒去学仕"，曾经到官府谋过几次差事，由于受不了官场规矩的约束，就又毅然回家种地去了。

庄子曰："鹪鹩巢于深林，不过一枝；偃鼠饮河，不过满腹。"（《庄子·逍遥游》）返乡归田后的陶渊明，始终恪守道家信条，只愿过一种自食其力、且有余闲、温饱无虞、宁静平和的俭朴日子："弊庐何必广，取足蔽床席"，"耕织称其用，过此奚所须"，"园蔬有余滋，旧谷犹储今。营己良有极，过足非所钦。"尽管如此，在遇到天灾人祸时，基本的温饱仍然难以保障，一家人往往陷于饥寒交迫之中："环堵萧然，不蔽风日。短褐穿结，箪瓢屡空。""夏日长抱饥，寒夜无被眠"，"弊襟不掩肘，藜羹常乏斟"，"倾壶绝余沥，窥灶不见烟"，"弱年逢家乏，老至更长饥。菽麦实所羡，孰敢慕甘肥。怒如亚九饭，当暑厌寒衣。岁月将欲暮，如何辛苦悲"。有时甚至不得不出门乞讨，"饥来驱我去，不知竟何之。行行至斯里，叩门拙言辞"，求亲告友的尴尬浮于纸上。以今天的生活标准看，陶渊明晚年这种忍饥挨饿、朝不虑夕的日子已远在"贫困线"之下了。

尽管如此，他仍不改初衷，"宁固穷以济意，不委曲而累己。既轩冕之非荣,岂缊袍之为耻？诚谬会以取拙,且欣然而归止。拥孤襟以毕岁,谢良价于朝市。"对于《论语》中颂扬的"固穷"精神,陶渊明始终念兹在兹:"斯滥岂彼志,固穷夙所归","竟抱固穷节,饥寒饱所更","谁云固穷难,邈哉此前修","不赖固穷节,百世当谁传"。陶渊明身罹贫苦困厄,仍能心安理得,并通过亲近自然、通过与乡曲邻里的融洽相处,甚至通过身体力行的陇亩劳作,在物质生活贫困的条件下营造出一种充满诗意的高品位生活。从陶渊明诗文集中我们可以发现,生活尽管贫苦,却不乏优美清雅的讴歌:"今日天气佳,清吹与鸣弹。""清歌散新声,绿酒开芳颜。""日暮天无云,春风扇微和。佳人美清夜,达曙酣且歌。""清谣结心曲,人乖运见疏。拥怀累代下,言尽意不舒。""荣叟老带索,欣然方弹琴。原生纳决屦,清歌畅商音。"诗中讲述的荣叟与原生,即春秋时代的荣启期、原子思,都是乱世中的隐居之士,是陶渊明引为知音的"素心人"。在他们看来,贫苦并非病患,只不过是"无财"而已;真正的病患在于"学道而不行"。"古之得道者,穷亦乐,通亦乐。所乐非穷通也,道德于此,则穷通为寒暑风雨之序矣。"(《庄子·让王》)对于这些得道的素心人来说,苦日子是完全可以唱着过的,这就叫做"安贫乐道"。

"先师有遗训,忧道不忧贫。瞻望邈难逮,转欲志长勤。"这里援引的是孔夫子《论语·卫灵公》中的话。孔子曰:"君子谋道不谋食。耕也,馁在其中矣;学也,禄在其中矣。君子忧道不忧贫。"在孔子看来,道与禄本来是可以双得的,但不能以禄害道,卫道第一,为了守道不惜择贫。在"忧道不忧贫"这一点上,道家与儒家是交叉汇流的。但是,孔子之道与老庄之道毕竟存有差异。孔子倾心于"王道",不无功利之心,总期待着当政者的赏识与录用;老庄寄情于"天道",旨在"弗有""弗恃""弗居",一切随顺自然。故孔子一生周游列国,不得不与权贵豪门苦苦周旋;庄子则终生厮守园林,种漆树、打草鞋清净度日。晚年的老子甚至连图书馆的馆长也不做了,独自骑着头青牛,消失在茫茫天地间。陶渊明的《咏贫士十首》之三中就曾批评做了卫国之相的子贡:"赐也徒能辩,乃不见吾心。"他的心思更多地寄予黔娄、壤父、长沮、桀溺、荷蓧丈人等隐逸者的身上。

儒家能够做到的，只是穷困之际"不忧贫"，不以困厄失去操守；道家却主张只有主动放弃、不持不有、散放恬淡、甘守贫穷才能得道。"贫"与"穷"反而成了"得道"的前提。"无不忘也，无不有也，澹然无极而众美从之。此天地之道，圣人之德也。""夫恬淡寂漠虚无无为，此天地之本而道德之质也。"（《庄子·刻意》）在庄子看来，"平为福，有余为害者，物莫不然，而财其甚者也。"（《庄子·盗跖》）富贵之于人反而害多于利，富人更与天道无缘。道家的"贫"，是放弃，是舍得，是尽量减少对于外物的"占有"；道家的"清"，是胸襟的坦荡真率，是怀抱的澄明洁净。陶渊明诗曰："不觉知有我，安知物为贵"，"若不委穷达，素抱深可惜"，其中的"深惜素抱"与"不以物贵"，即可看做"清贫"的释义。

在古汉语词典中，"清贫"差不多总是一个褒义词，不仅用于形容物质生活的匮乏，更经常彰显文人学士的品格与操守。"清"者，洁净、明晰、单纯、虚静也，固然为褒义；"贫"，乃空缺、匮乏、亏欠、稀少、不足，在老庄哲学的原典中也绝不是贬义。"保此道者不欲盈，夫唯不盈，故能蔽而新成"，"大成若缺，大盈若冲"，"无欲而民自朴"。老庄哲学中尚虚、尚无、尚静、尚俭、尚朴、忌得、忌盈、忌奢的精神无不与"清贫"二字通。陶渊明清贫自守的节操是他自觉的选择，是老庄哲学中少私寡欲、见素抱朴精神的体现。对于"清贫"的自守，也是对于"素朴"之道的坚守。素者，不染之丝也；朴者，不雕之木也，皆为"自然而然"者。道法自然，因此"见素抱朴"即得"道"。不染不雕即物之本色与初心，素朴于是又具备了原初、本真之义。老子曰："常德不离，复归于婴儿"，"常德乃足，复归于朴"，返朴归真便成了道家修成正果的至高境界。从这一意义上来说，陶渊明的"返乡归田"就是"返朴归真"。而清贫于此不再是困顿难捱，反而成为回归本真、回归自然的不可缺少的"元素"。金岳霖先生推重的"素朴人生观"，讲的也是这种回归型的、单纯的、尚未完全分化的生存观念，几近于"孩子气"，这与老子讲的"复归于婴儿"也是一致的。

人类社会却并没有遵照老子等人的意图退回那个"婴儿"状态,而是一天天发展、强大,成为一个无所不能、无所不包的巨人。遗憾的是,这个强大的巨人距离自己扎根其中的本源、本性却越来越远了。陶渊明活着的时候,那个社会就已经"真风告逝,大伪斯兴",他所指的不外乎是"闾阎懈廉退之节,市朝驱易进之心",即社会上已松懈了廉洁谦让的品节,官场上勃起投机钻营的心态。看看当下的现实,如今官场、市场中人们的贪欲及污行不知比那时又"壮大"了几多倍。

现代人无不视贫困为洪水猛兽,避之唯恐不远,于是竞相争富。富者富可敌国,穷则穷到无法活命,于是社会各阶层、世界各国家之间的矛盾冲突日益激烈。世事纷争,清静、清洁、清平的日子不再有;人欲横流,贪污腐恶随社会富裕的程度日益攀升。如果说陶渊明时代就已经"真风告逝",如今已"逝"得更远。内心的自然与真诚还有多少姑且不论,人们对自己的身体甚至也已完全失去诚意。近年来,各种媒体极力宣扬的"人造美女"成了现代社会一道炫目的风景,据称改造这样一个美女要实施高密集的外科手术:隆鼻、隆胸、割眼、吸脂、截皮、拉皮、锉骨、延骨,其酷烈程度无异于旧时刑罚中顶级的"凌迟"。尽管"千刀万剐",无数的青年男女仍趋之若鹜。当年,庄子对于人们给马上了笼头、给牛穿了鼻绳就已经大为伤感,以为破坏了牛马的本性与天真,如果庄子再世,遇上这样一位暴殄天物的"人造美女",不知将作何感想!

由此观之,陶渊明的清贫操守无疑是更接近道家精神的。"清",则有益于精神生态的陶冶,"贫"则有助于自然生态的养护。如果判定一千六百年前的中国古代诗人陶渊明同时也是一位"生态文学家"的楷模,并不为过。

王先霈教授曾著文指出:"在中国古代卓越的诗人中间,陶渊明的生态思想和他的行为实践,最富有启迪意义。""他看重的是个人精神的自由,是不以心为形役,不让精神需求服从于物质需求,看重的是人在与自然的和谐相处中得到的宁静、恬适。"就其人生价值的取向而言,"他尊奉的'道'并不是孔孟之道，而是自然之道……孔子所忧的'道'离他太远，他是'乐道忘其贫'，他所欣乐的是田野上春景体现的自然之道。"文中还指出："把他的思想归结为知足常乐不很准确，甚至很不准确。这不是量'足'或'过'的问题，而是人要不要有精神追求的问题，是生活哲学的方向问题，是个人精神境界以至于社会精神生态的高下、雅俗、清浊的问题。"①王教授还接过美国当代生态批评家杜宁的话说：陶渊明的生态思想应是人类文化中弥足珍贵的"古老的教诲"。

令人痛心的是，这一"古老的教诲"，在诗人陶渊明自己的国度被彻底遗弃了，近年来更是以最快的速度被遗忘的。

近年来中国社会最大的变化之一，表现在消费观念上，最引人瞩目的是"奢侈消费"，说出来几乎就是一个难以置信的天方夜谭。

在全球深深陷入经济衰退之际，据世界奢侈品协会的最新报告称，中国内地去年的奢侈品市场消费总额已经达到107亿美元，占全球份额的1/4，已经超过美国，预计中国将在2012年超过日本，成为全球第一大奢侈品消费国。消费的内容从名包、名表、名车、名牌服装、古巴雪茄、瑞士烟斗，到游艇、别墅、海湾度假酒店、高尔夫俱乐部、贵族学校、绅士名媛培训班等。奢侈消费的趋势是消费者的年龄越来越年轻，提升速度越来越快，消费规模正由一线城市波及二线、三线城市，消费的欲望大大超过消费的能力，内地的奢侈消费已远远超过香港、台湾。更可怕的是，在一些地方政府甚至国家级别的大型活动中，对于超级奢华的追求似乎也成了向外界显示"软实力""硬实力"的表演技艺。

《环球时报》海外记者近日著文称，有关中国奢侈消费的报告正"扎堆"涌现。"亚洲国际豪华旅游博览"与"胡润百富"共同发布报告称，2010年中国旅游者的购物花费首次成为全球第一，占全球跨国消费的17%。英国《卫报》引

---

① 王先霈：《陶渊明的人文生态观》，《文艺研究》2002年第5期。

述某研究机构的预测称,到 2020 年,中国的名牌时装购买能力预计将占到世界的 44%。美国全球厨卫设备公司瞄准中国消费者口味推出天价高智能超感坐便器及边洗澡边打电子游戏的浴缸、浴盆。英国"市场观察"网站称,中国内地消费者已经成为世界奢侈品销售增长的主要驱动力。德国财经网称,德国经济直接获益于中国人的奢侈品热情。2010 年,中国的消费者平均在德国采购金额为 454 欧元,而欧洲最富有的瑞士人仅有 127 欧元。[①] 同时还有文章披露,中国人均 GDP 只相当于发达国家的 1/10。

上述报道使人顿时升起这样一个幻觉:在一个市声喧哗的十字街头,各色人等都在围观一个涂脂抹粉、披金挂银、浑身名牌、搔首弄姿的"傻妞",难道这就是富裕起来的中国人!奢侈消费或许已经成了 21 世纪流毒于中国大地上的"新的鸦片"。中国有一句古老的格言:"玩物丧志",当代中国人却"玩物上瘾",玩到最后,"物"越来越尊贵、强劲、美好、伟大,"人"却注定越来越卑微、脆弱、空洞、渺小。令人费解的是,一个拥有勤俭传统、不久前还在高唱"勤俭是我们的传家宝"(其中"俭"为老子的"三宝"之一)的当代中国,为什么会如此轻而易举、变本加厉地接受了资本运营体系中如此粗鄙的消费观念。

中国古汉语词典中并没有"消费"一词,人作为自然界的生物,在生物圈内总是要消耗一定的物质和能量以维持生命的延续,如果把"生计日用"的开支也叫做"消费",那么在此意义上建立的生产与消费的关系乃属天经地义。

进入现代社会之后,"消费"(consumption)的性质发生了根本的变化。牵制人们日常生活行为的不再是自然生态的戒律,更不是精神上的道德感召,而是资本运营的价值规律。资本市场借助高科技的力量,全力刺激人们的消费欲望,以获取高额回报。消费纯粹成了为资本开发市场、赚取利润的工具。人

---

① 李珍等:《中国奢侈品消费"称王"令西方兴奋》,《环球时报》2011 年 6 月 17 日。

们不是为了需要而消费,而是为了消费而消费;不是为了消费而生产,而是为了生产而消费,整个社会成了一架制造消费欲、消费品的机器。现代中国缺少资本主义的传统,也欠缺资本主义的免疫基因,因此,中国当代消费者就更容易被市场俘获、被固定在这台机器上,完全丧失了自我。

法国著名思想家博德里亚一生与消费主义作对,人称"消费文化解码专家",他深刻地揭示了西方现代"大型技术统治组织"如何通过消费建立起资本对社会的严密控制,挥霍钱财的程度,成了一个人事业成功、一个国家国力强大的标志,消费主义已经成为资本主义经济学中最邪恶的逻辑。现代社会变成了"消费社会"(consumer society),消费异化为无益的"消耗"与"浪费",而铺天盖地的广告,仍在日夜不停地为现代消费演奏胜利的凯歌。现代文明已经变成"垃圾箱文明",现代社会秩序、生产秩序已沦落到"厚颜无耻"的地步。① 消费社会成为现代人的一个"白色的神话",一个除了自身之外再没有其他神话的社会,一个近于猥琐却又恶魔般掌控着人类的社会,它"正在摧毁人类的基础","时时威胁着我们每一位"。②

博德里亚是否在故作惊人之语呢?

只要看一看处于消费社会中的自然的生态状况与人类的道德精神状况,就不难看出博德里亚批判的现实性与急迫性。

据世界自然基金会发布的公告称,1961 年至 2003 年之间,地球上的生态足迹③增长了 3 倍多,到 2050 年,地球人类将消耗掉相当于 2 个地球的自然资源,地球已经被人类的消费行为大大透支了。在当代社会以 8% 的速度发展国民经济的同时,自然界的淡水生态系统却以 8 倍于以往的速度减少;当人们获

---

① [法]让·波德里亚:《消费社会》,南京大学出版社 2000 年版,第 24 页。

② 同上书,前言。

③ "生态足迹"也称"生态占用",20 世纪 90 年代初由生态学教授里斯(William E. Rees)提出,通过测定人类为了维持自身生存而利用自然的量来评估人类对生态系统的影响。如同一只负载着人类的巨脚,在地球上留下的脚印越大,对生态的破坏就越严重。该指标的提出可以在全球尺度上比较人类对自然资源的消费状况。

得了五花八门的享乐方式时,作为生命基本需要的空气与水源却成为"卡脖子"的要命问题。更不要说为了争夺石油,中东地区已经成为国家之间血火交织的战场!据统计,中国国民经济增长率的75%是依靠自然资源与环境的超额投入为代价的。中国环境与发展国际合作委员会2010年会公布的《中国生态足迹报告》称,2007年中国的生态足迹增加速度远高于生物承载力的增长速度,生态足迹已是生物承载力的2倍,生态赤字还在逐年扩大。① 如此"寅吃卯粮",对于我们这个家底并不丰厚而人口众多的国家来说,后发的劣势与潜伏的危机无益是十分险恶的。

至于伴随消费主义风行在精神领域引发的病变,在当下中国,似乎已经不必多加举证。各级党政部门的贪腐行为屡禁不止,严重的贪腐之风已成为国家安全的最大威胁。"上梁不正下梁歪",在神州大地横行肆虐的"毒奶粉""瘦肉精""地沟油""吊白块""苏丹红""黑哨""假球""假烟""假酒""假文凭""假刊物""假疫苗""医疗陷阱""旅游陷阱"等等见怪不怪的种种劣迹,便可以印证国家总理温家宝最近发出的感叹:"国民的道德滑坡已经到了何等严重的地步!"

自然生态的恶化,精神生态的沦丧,已经让经济飞升的意义大打折扣。至于个人的日常生活领域,英国伯明翰学派文化研究的代表人物霍加特(Richard Hoggart)曾指出:"一种健康的、淳朴的生活方式正在逐步被堕落的消费主义文化所取代。"②那位美国生态批评家杜宁更是得出这样的研究结果:"消费与个人幸福之间的关系是微乎其微的","生活在90年代的人们比生活在上一个世纪之交的他们的祖父们平均富裕四倍半,但是他们并没有比祖父们幸福四倍半。"③他还引用牛津大学心理学家的判断:幸福生活的真正条件"是那些被三个源泉覆盖了的东西——社会关系、工作和闲暇。并且在这些领域中,一种

---

① 章轲等:《中国生态足迹报告:生态赤字正逐年扩大》,东方网,2010年11月10日。
② 转引自莫少群:《20世纪西方消费社会理论研究》,社会科学文献出版社2006年版,第19页。
③ [美]艾伦·杜宁:《多少算够》,吉林人民出版社1997年版,第6页。

满足的实现并不绝对或相对地依赖富有"。①

对照这些当代西方学者批判消费主义社会的话语,我们不能不再度回望我们的古代诗人陶渊明。"幸福生活"的"源泉",原本在陶渊明这里,请看他的这首题为《移居·之二》的诗:

> 春秋多佳日,登高赋新诗。
> 过门更相呼,有酒斟酌之。
> 农务各自归,闲暇辄相思。
> 相思则披衣,言笑无厌时。
> 此理将不胜,无为忽去兹。
> 衣食当须纪,力耕不吾欺。

公元 408 年,陶渊明在柴桑郊外的故居蒙受火灾,后来移居到更为偏僻的南村,这里虽然偏远,却住着与他声气相投的诸多"素心人"。陶渊明在这首诗中既写到邻里间亲密无间的和谐融洽,又写到生活中必不可少的农务,更写到春秋佳日、登高赋诗的闲暇时光。杜宁书中罗列的幸福生活三要素,全都具备了(在陶渊明这里还应多出一点,即亲近自然)。这样的生活是清贫的,也是健康的、淳朴的,因而也是幸福的。"清贫""寒素"一类的字眼,在古代汉语中从来就不只是一个经济学的概念,而总是散发着浓郁的道德芬芳,闪烁着晶莹的精神光芒。

最初的启蒙主义者大约也没有料到,理性主义的极致竟把人完全变成"经纪人",进而变成"货币人"。博德里亚在他的《消费社会》一书的结语中发出强烈呼吁,要人们面对"消费社会之弊端及其无法避免的整个文明悲剧"务必

---

① 〔美〕艾伦·杜宁:《多少算够》,吉林人民出版社 1997 年版,第 22 页。

保持批判的"反话语","重要的是要给消费社会额外附加一个灵魂以把握它。"①那么,这里我们就推荐一个东方的、古老的、诗界的"灵魂"——陶渊明,他曾经在贫苦生活中获取精神上的最高愉悦,在最低"消费"的前提下,为人类文化作出最大贡献。

2010 年,苏州新加花园

---

① ［法］让·波德里亚:《消费社会》,南京大学出版社 2000 年版,第 230 页。

舒适的囹圄

把安逸和享受看作生活目的本身——这种伦理基础，我叫它猪栏的
理想。

——爱因斯坦

童年时代的开封，城市里头不知怎么有那么多的湖水坑塘，除了"杨家湖"
"潘家湖""包府坑"这些带有历史传奇色彩的有名字的水面外，城的四角也全
是水。我家住在东北隅的一条小街，后边便是一片烟波浩渺的大泽。记忆中
的儿时的冬天，确乎又特别的冷，每逢三九时节，湖里的水面便全部封冻起来，
湖水变得像青白晶莹的玉石一般。这时候，街上的一些穷汉们便开始了"打冰
凌"的营生。

"打冰凌"，要先在临近湖岸不远的土坡上挖数个深深的地窖，准备贮藏冰
块。等到三九天最寒冷的日子，十几个壮汉便扛了榔头、铁锹，迎着凛冽的西
北风来到湖面上，砰砰嗵嗵一阵好砸，半尺厚，桌面大小、磨盘大小的冰块便浮
起在水面上。从水中捞起冰块，就势在冰冻的湖面上推滑到岸边，然后装上独
轮小车推到地窖里，一块挨一块码起来，装满一窖后，垫一层麦秸，铺一层土，

厚厚实实地封起来，窖上再搭一个茅草棚，以便遮阳防晒。这种劳动很苦、很累，也很危险，一不小心便会有人掉进冰窖里，拉出来后已冻得嘴唇乌青，但人们干得仍然很快活。

到了炎热的三伏天，冰窖启封了，藏了一冬天的冰块在灼灼阳光下被卖到餐馆、医院以及能在酷暑中享受冰凉的有钱人家。

那个年代，人们在夏天获得的"超级享受"，就是靠冬天里的"打冰凌"创造的。现在可好了，几乎每一个家庭，都可以在自己的冰箱中轻而易举地制造出冰块来。何止冰块，冰水、冰糕、冰激凌、刨冰、炒冰、油炸冰，什么花样不能搞出来？三伏盛夏，现代人坐在空调开放的客厅里，听着唱碟播放的美妙音乐，手持一听冷冻的椰子汁，喝一口，凉彻心肺。这一切，都只需按一按电钮，比起数九严寒"打冰凌"的穷汉们，舒服得简直像神仙。然而，又有几人在享受这一切时会想到南极、北极的天空因臭氧浓度的提升而出现的空洞呢？又有谁会想到地球上的温室效应将使沿海的一座座城市沉入海水呢？

其实，穷人们在朔风凛冽、雪花飘舞的湖面上"打冰凌"也是件很有意思的事，冰上人来人往如梭，欢声笑语如歌，冰块在冰结的湖面上如流星般滑过，孩子们跑前跑后捡拾着蹿上冰面的小鱼，拾一块青白坚硬的冰像吃冰糖一样大嚼起来，那情景简直就像在冰上过节一般。

然而，人们仍然愿意守着冰箱喝冷饮，而不愿到湖上打冰凌；"打冰凌"的穷汉们一旦有可能成为制冷电气设备厂的股东，大概也不愿再做"打冰凌"的营生。

在不到半个世纪的时间里，技术工业发展得如此迅速，普及得如此广泛，给人带来如此多的"福祉"，火车取代了先前的牛车，汽车取代了先前的毛驴，轮船取代了先前的帆船，电扇取代了先前的葵扇，电话取代了先前的书信，电视取代了先前的戏剧，电脑取代了先前的算盘、毛笔，电冰箱取代了"打冰凌"，电动缆车取代了盘山小道，电子合成音乐取代了黄土高坡上的"信天游""走西口"，电子游戏取代了四合院里的"投囤""藏猫猫""老鹰捉小鸡"，山野的狮子老虎被关进笼子,奇花异卉被圈进栅栏,全都是为了舒适、方便。"方便""舒适""省力""节时"高效""实惠"成了支配人们行动的杠杆,成了人们的生活准则,成了人们权衡价值的唯一尺度。

现代人在物质生活方面所享受到的舒服,是古人做梦也难以想象到的。故宫里历代皇帝的龙椅不如一套真皮沙发舒适,慈禧太后的凤辇不如一辆桑塔纳轿车便捷,当年唐明皇的爱妃吃上一口新鲜的荔枝,竟受到长达千年的谴责,如今北京的一个打工妹只要肯多花几块钱就可以随时在超级市场里吃到柬埔寨的芒果、马来西亚的榴莲。

然而,就像坐上火车的现代人就不能像骑着毛驴的古代人那样随意溜达一样,现代科技给人类带来的"舒服",同时也就成了一种"束缚"。许多都市里的现代人已经到了没有电灯就无法照明,没有煤气就不能开饭,没有汽车就无法走路的地步。一群青年筹划到山里野营,一位小姐马上开始为抽水马桶发愁,小姐的屁股一定要坐抽水马桶,抽水马桶这一现代技术产物无形中成了人们自由行动的"束缚"。

不管人们的意愿如何,自觉不自觉,现代科学技术给人们制造出来的一切方便舒适,现代科学技术制造出的这个功能化的世界,实际上也成为凌驾于人之上的束缚人的网罗和囹圄。海德格尔把它叫作"框架"或"坐架",在高度发达的现代社会中,世界已不是那个世界,人间已不是那个人间,人的存在被概括,然后集约到技术制造的钢筋水泥的"框架"或"坐架"上,失去了自然的生机,失去了神圣的灵性。

美国人说,汽车使他们国家的青年一代失去了双腿,电视使他们的孩子变成白痴,信用卡在给家庭主妇带来购物方便的同时使她们负债累累,计算器则使中小学生丧失了基本的心理运算能力。现代化高科技的产品在施惠于人的同时也剥夺着人。

失去的恐怕还不只是这些。

乘坐火车上北京与骑毛驴上北京不同,失去的是生命行走的过程,失去的是"鸡声茅店月，人迹板桥霜"的诗意；打电话与写信不同，失去的是永远阐释不尽的文本，和蕴藏在字里行间的寓意；打电子游戏机与捉迷藏不同，失去的是人体和人体接触时的喜悦以及由此激发出的心灵与心灵之间的抚慰；在歌舞厅里唱"卡拉OK"与在黄土高坡上唱"信天游"不同，歌喉被"框定"在镭碟上，情绪被"绑架"在荧屏里，失去的是情感的自由律动与生命的即兴创造；乘坐电动缆车逛泰山与攀登悬崖峭壁爬泰山不同，失去的是人与自然的亲近，失去的是探索中对于自然美的发现。

维特根斯坦曾经说过，与18世纪相比，我们的生活方式已经有了很大的变化，变化的特征之一是艺术精神在人类生活中的衰落。他把这叫做"生活风格的退化"。

艺术精神的衰落也就是人的自由创造精神的衰落。有一种叫做"繁花规"的小玩具使我深受启迪，它构造不复杂，一个牙齿向内的大齿轮中放置一个小齿轮，小齿轮上面有几个不规则的孔洞，用一支圆珠笔插在任一个孔上，驱使小齿轮在大齿轮内转动，齿轮下面的白纸上就会留下细密流畅、繁复对称的花纹，简直就像电脑制作的一般。我试了试，画不成形，而一个学龄前的儿童却玩得很好，我发现原因在于我的"主体性"太强。要想画好，前提竟然是我必须放弃掉我自己，我只能把自己的手臂当作"繁花规"小齿轮上的一个杠杆，不加个人心思地机械运转。不是我在操作"繁花规"，是"繁花规"在控制我，"繁花规"反倒成了自在的"主体"。

"繁花规"这个小玩意启示了现代技术世界的一个铁定的逻辑，在技术面前，你必须放弃你自己。在自动化技术与人工智能技术突飞猛进的今天，人们放弃自我的日程也在迅速翻页。

大约是4年前的美国《商业时报》上发表了一篇署名史蒂夫·多伊格的文章，文章许诺十年之后微电子技术将为人提供这样一个舒适省力的生存空间：电子钟模仿女儿的声音喊你起来，电脑开始按你的爱好为你选读今天的新闻，计算机帮你设计出一周的食谱并通知菜场食品店送货上门，自动控制的汽车送你上班,机器人帮你看家,代你收拾房间,晚上机器手帮你洗澡搓背按摩,夜间电子音乐模拟着轻轻的大海涛声和风吹棕榈树的沙沙声,伴你和你的老婆进入睡眠。

读了史蒂夫的文章,我觉得人似乎变成了一头被豢养在现代化猪舍里的动物,令人厌恶。同时也令人害怕,因为时间仅仅过去不到四年,史蒂夫文章中的许多设计已经开始实现。看来,大多数人还是乐于选择那个舒适的圈圈。

爱因斯坦把这种"幸福生活"嘲弄为"猪栏"的理想,那么就让我们来回顾一下猪圈里的猪的命运。

山林里的野猪,在众兽的王国里,以其突出的獠牙,刚劲的鬃毛,坚厚的皮肤,矫健的四蹄,虽然有些丑陋,倒也不失凶猛剽悍的大将风范。被人类"框定"在现代化圈舍中的猪,有主人提供的现成的饮食,有足够的睡眠,事事不用自己操心、操办,在安逸舒适的生活中养成了肥胖的身躯,薄嫩的肉皮,柔弱的蹄爪,驯顺的脾性,结果只能成为肉食加工生产流程中的一堆原料,成为人类餐桌上的一道佳肴。如果用海德格尔的玄奥的哲学话语来表达,"野猪"是一株自己为自己开花的树,"家猪"如果也是树木,则已经变作造纸厂纸浆车间预留的"储备物";"野猪"的生存是"亲在"在自然中的诗意栖居,"家猪"则是生命在技术统治下的可怕的沉沦。爱因斯坦曾经在《我的世界观》一文中讲:"简单淳朴的生活,无论在身体还是精神上,对每个人都是有益的","我从来不把安逸和享受看作生活目的的本身——这种伦理基础,我叫它猪栏的理想"。"猪栏",当然是舒适的"猪栏",如今已成了人类的理想了吗?高傲的人类啊,自命为"万物之灵"的人类啊,难道甘心去步自己所不耻的猪猡们的后尘?

1996 年春,郑州绿云·平湖苑

高处不胜寒

有人曾经统计过，1935 年出版的《不列颠百科全书》中，"爱情"这一条目占据了 11 页，而"原子"只占 3 页。三十年过后行市大变，"原子"升格，在这部权威的百科全书中写满了 13 页；而"爱情"只剩下 1 页。统计者的意图显而易见，不外乎说，在现代人类生活中，"爱情"失落了、贬值了。

在现代人类的生活中，爱情确实有一百条一千条的理由贬值。比如，现代人很忙，要上班下班、赶车赶点、参加会议、学习文件，要炒股票、买奖券、换煤气、交电费，不能像宝二爷和林妹妹那样，吃饱了饭就斗嘴磨牙、使性斗气；又如，现代人可玩的东西很多，商场超市、电影电视、跑马赛狗、时装表演、选美大赛、卡拉 OK、电子游戏，而不像梁山伯与祝英台那样，除了念书，不谈恋爱就无事可干。

但是，如果对现代生活稍做一些切实的考察，便会发觉问题并非如此简单。"爱情"现象在现代人的生活里非但没有减少，比起先前的时代倒是更加汹涌澎湃了。上海外滩、杭州西湖，一到黄昏，更全被情侣们挤得水泄不通；舞厅歌厅、酒店咖啡店，越办越多越开越大，赚的多半是情侣们的钱；大学校园里勾肩搭背已司空见惯，小学教室里"私定终身"也已经见怪不怪。较之王实甫或曹雪芹的时代,现代人的婚恋无论从时间上还是空间上都大大放宽了。究其原因,一方面和性知识的普及、性成熟的提前有关;同时也和"老夫人""老法海"们越来越稀少、越来越失去权威有关。男女之间的接触和交往,机会增多了,也更加宽松自由了。

在中国,固然并没有闹到像西方的"性解放"的地步,但青年男女之间婚前的性生活已得到更多人的默许,甚至成年男女婚外的亲密关系也得到了社会大尺度容忍和理解。社会、集体、首长、家长对于男女关系的压抑大大减弱了,青年男女们因婚姻故障而"举身赴清池""自挂东南枝"的越来越罕见。这也许不能说不是社会的一大进步。

人的解放常常伴随着人的失落,生命的重负解脱后,有时竟会带给生命不能承受之轻。人的命运,真是古怪。君不见现代人的恋爱生活中,发痴发狂、投井上吊的少了,而生死不渝、海枯石烂的也少了,倒是离婚率随着恋爱的紧锣密鼓在直线上升。

靠统计百科全书上的页码来评价爱情在现代人生活中的比重,似乎简单了些。但略加分析大约仍可以得出这样的结论:量多质差,是现代社会爱情的特点,这倒是应该引人深思的。

弗洛伊德的某些说法,可能还是有一定道理的。比如,性是人体内部一种强劲的能量和动力。这在生物学上是早已找到证明的,例如,正在性交的青蛙,即使将它们的头颅剁去。它们的躯体还不忍分开。人作为生物圈中的一员,原本恐怕也是这样。旧时有恋人们殉情的悲剧,也说明人类为了两性间这种永恒的爱,是不惜牺牲掉个体生命的。联结两性的,是一条铁打钢铸的锁链。

不过,人与动物不同,人类在两性关系中并不直奔目的,而在起因与目的之间有一个必不可缺的过程。正如现代人贪图方便乘着缆车游黄山一样,直奔目的,方便倒方便,却少看了许多深谷曲径、幽花野瀑,少了许多心灵与精神的体验。况且,就生男育女繁衍后代而言,在这个以人口为大患的当今世界上,男女交往的实用性目的已经暗淡无光,"过程"差不多已变成"目的",那么,取消过程,直奔目的的现代人,在男女关系中最终还将剩下什么呢?

在以往的时代,性的冲动时常受到外在社会力量的压抑,性的实现不得不跋涉在一条艰难崎岖的荆棘路上。正是家族的横暴、家长的专断、社会舆论的风刀霜剑、纲常伦理的威逼重压,促成了罗密欧与朱丽叶、焦仲卿与刘兰芝们情爱关系的升华。当这些外在性的压抑削弱或者消失之后,男女关系还有可能攀上性爱的精神峰巅吗?

美国精神分析学家梅在他的著作《爱与意志》中,严格地区别了"性"与"爱"的不同。在他看来,"性"是生命活动下层的推动力,"爱"是生命向上飞升的牵引力。性是无意识的冲动,爱是充满理性光芒的追求。这种规划界定也许不无漏洞,但梅渴望把性爱导向人类精神高境界的努力,却是令人肃然起敬的。

有友人从澳大利亚归来,说起大洋洲的男女关系现状,曰:50岁以上的人,大多仍恪守传统,即使在家庭之外有了情人,也多半是支支吾吾、掩掩遮遮,而且仍然躲不过社会舆论的嘲讪。新生一代则完全开拓出一片新的景观,非婚同居、婚前同居相当普遍,甚至受到国家税收制度有意无意的鼓励和纵容。尽管如此,现代青年中仍然存在着不同的婚恋价值观。友人曰,先前之房东有二女,其行为方式大相径庭。二小姐是超现代派,在性爱方面放荡不羁、随心所欲、恣行无忌,几乎是一天换一个男朋友,姓名没闹清便上了床。谁知这情欲真是无底洞,情人虽然有过无数个,却还说不曾拥有过爱情,情感的空洞无法填补,于是到海洛因、大麻叶里追寻更大的刺激。而大小姐却走了另一个极端。三年前,她热恋上了英国本土兰卡斯特的一位翩翩男士,两人也曾海滨林下、海誓山盟,谁知这小子一回欧洲便再无音讯,大小姐空闺独守,拒绝了一切男士的殷勤,终日以泪水洗面。后来,她在旅游印度时皈依了某位天神,并遵奉神的旨意到旁遮普山区的乡村医院里为病人拆被褥、洗绷带,用一颗纯净虔诚的爱心,去救渡受苦受难的贫民。

大小姐的爱情,也许只能说是不成功的,但是她在对于爱情的执着追求中,经历了如此艰难的过程。如果考核一下精神上的得分,传统型的大小姐显然比超现代型的二小姐还要多一些。

在大小姐这里,男女关系由异性吸引的基底,经历爱情的坎坷崎岖,最终上升到宗教的高度,这是何等的壮观!只是对于一个青年女子来说,这样未免太惨烈了。人的天性里也许都有着避难就易、拈轻怕重、求欢拒悲、贪生怕死的一面,作为供人效法的榜样,二小姐具有相当的号召力,大小姐注定是"其和者寡"。人们宁可要没多少爱情的享乐,而不愿接受充满精神爱恋的苦痛。在人生的盘山路上,下边是温暖的腐朽,上边是缥缈的皎洁。"高处不胜寒",月宫虽好,远不如沙发地毯来得实际,琼楼玉宇早成了可望不可即的梦幻云烟。随着社会的进步,随着男女关系的开化,男女之间精神的羽翼却委顿了,这是令人悲哀的。

消解了社会对于个人幸福的压抑,应当说是社会的进步;但个人行为也可能在社会宽容下失控失重。拯救人类最终还只能靠人类自身。在人类社会的男女关系方面,能否建立起新的价值观念和行为准则呢?这应当是迫在眉睫的问题。

在旧有的社会性压抑解除后,性爱中心灵的丰富性与精神的高蹈性,应当成为人在自身内部对于价值的单一性、现实的功利性的对抗。有了这种对抗,人才不至于失重、不至于堕落。在这种新的对抗中,男女之间的性关系才有可能在新的历史条件下进一步提升。

虽说是"高处不胜寒",但情人的爱心终归会给月中广寒嘘进一股暖意、一股温馨。"金风玉露一相逢,便胜却人间无数。"被爱心嘘暖的琼楼玉宇才是人类异性间理应达到的精神归宿。

1988 年 8 月

逃向洞穴

从王群的许多绘画作品中,我看到艺术与生活有时竟是背道而驰的,这使我多少有些惶恐。

王群画过"音乐",画过"生命",如今又画起远古洪荒来。他似乎总是背对着现实,甚至背对着画坛,迈着滞重的脚步,向着一片未知的境域走去。

七八年过去了,画坛上一些熟悉他的人都说:王群已不知去向。

从他这堆作品留下的深浅不一的足迹看,他似乎在一步步走向深邃幽微、走向苍茫旷远,走向一个吉凶难卜的黝黑洞穴。

如今世上假货太多。除了假酒、假烟、假药、假币,还有名不副实的教授、博士,以及科学家伪造的科研成果、艺术家在公众视野下表演的假面。

王群是落寞的,然而却是真实的。

王群的逃遁,则出自生活的煎熬与逼迫,那是无奈中的突围、失败中的悲怆。你只消看一看他笔下那些洞穴山崖的原始先民,看一看他们那倔强而扭曲、凶猛而真率的身姿面容,你就会看到一个真实的王群。那里面支撑着王群自己的骨骼、流淌着王群自己生命的汁液。

在现实生活中,王群似乎是个弱者,甚至是个"低能儿"。为了躲避伤害寻求自我保护,潜意识中他总想使自己返身玄牝之门,穿越初生之路,重温母腹子宫的温馨。他惧怕生活,又贪恋生命,于是他只有在他的画面上倾泻着他对"人祖"或"夏娃"的膜拜、对生殖与女人肉体的虔敬。他惧怕现实,但不肯就此涅槃,他不得不从流失的亘古洪荒中寻求幻想中的和谐,残忍与挚爱,愚昧与质朴,贫困与清纯。与其说这是王群对于往古的追慕,不如说这是一位艺术家对当下现实的悖逆。

至此,我多少理解了王群画面上经常出现的黑色。那是乌云、乌鸦、乌龟壳,是黑陶、石斧、青铜器,是殷墟里的甲骨文,是伏羲陵前的"泥咕咕",是熊罴的脚爪,是妹妹的眼睛,是黔首黎民的服饰与门楣,是萨满教巫师手中祭起的法器。黑,既是王群在画面上晕染的笔墨,更是他绘画时的心境与心迹,是他的洞穴,他的地狱,他的地外空间,他的史前年代,他的漫漫长夜。

在古代汉语中,黑,也是玄,是有限也是无极。玄之又玄,黑之又黑,那也是王群将他的艺术导入众妙之门的凭依。

背对现实、背对画坛,王群在他的地狱中越走越远,在他的洞穴中越陷越深。

这是一条"冥冥之路"。

到了这时,我们已不难看出,现实中的退隐与逃避全都化作了艺术上的奋斗与进取。艺术与心灵的光辉在幽冥与昏暗中熠熠闪烁,就像地狱内点燃起的圣火,长夜里浮现出的春梦,洞穴中透递进的晨曦。

在昏暗中漫游于冥思,不计成败,不计得失,一条道走到黑,这是需要勇气的。我希望更多的人理解王群,这位跋涉于绘画艺术领域的独行者、夜行者。

1991 年,郑州大学小树林

大梦不归

　　天,蓝得那么宁静、饱满,蓝得那么纯粹、悠远。从那蓝天深处,一团一团白雪纷纷飘落。天上倒垂下一棵大树,青翠的枝叶迎面扑来。透过雪光,于眉睫间看得见绿叶边缘光灿的茸毛,以及茸毛上映出的蓝天。

　　褐色的山梁横卧在银子一样的溪水畔,白云飘过山梁,坡地里冒出一根根木棒,每一根木棒的顶端都长出一条鱼来,鱼儿眯缝着妩媚的黑眼睛,欢快地摆动着青灰色的尾巴。

　　布达拉宫红色的后门,门上是金色的、凝重的门钉门环,环上系着五彩的丝带。门后洞穴般的黝暗中,膀子、乳房、长发、佛珠,自然、生命与宇宙精神的交响。

　　铁铸的枣树,鲜嫩的胴体,成熟的柿子,枯败的枫叶,白森森的牛头骨,紫薇薇的野菊花……

　　有些是王慧侠的梦幻,有些是她的绘画;她的绘画也是她的梦幻,她的梦幻也是她的绘画。在王慧侠的笔下,梦幻与绘画、绘画与梦幻总是交织在一起的。哪怕是在白日朗朗的现实中写生,她写下的多半还是她的梦幻;而在漠漠黑夜里梦见的,或许就是她在艺术构思中的碎片,变了形的碎片。知觉、情绪、冲动、欲望、想象、憧憬,这是梦幻的内涵,也是艺术的内涵。

王慧侠是一个做梦的高手,也是一位画梦的能手。

我初次见到王慧侠时,她还非常年轻,住在一个叫做"革命窟窿"的什么鬼地方,在"窟窿"里画画,经常弄得手指上、袖口上,甚至额头上都是颜料。那时,她给我的印象是:憨直、真率、爽快。从那时到现在,已过去20多年,她的绘画技术已日趋成熟、老练,人也已经不算年轻,但却依然憨直、真率、爽快。她活得很本色。

王慧侠的画也很本色。她喜欢用本色或曰"纯色"来表现她的激情。她的激情属于高更的那类激情,我相信如果有可能,她也会跑到"塔希提岛",与那些结实、硕健的土著女人厮混在一起。她的对于"纯色"的运用,则有点像她的老师罗尔纯,于单纯的组合中见出热烈与丰富来。因此,也有人说她的绘画带有某些"装饰性"的意味。在我看来,良好的"装饰性"是一种真正的艺术抽象、艺术变形,那是一种经过了艺术处理的梦。

"大梦初醒"是一种境界,"大梦不归"也是一种境界。我断定,王慧侠在她的艺术生涯中已走上不归路,今生今世怕也难有十分清醒的时候。走在梦中,也不错,徐悲鸿在画室里挂的一件用以自勉的条幅是:一意孤行。

1985 年夏日,郑州幸福路

迷　路

　　我不知道自己大脑中的哪根神经出了问题，辨识、记忆方位的能力极差，生活中经常迷路，而且越来越迷得一塌糊涂，迷得不可救药。

　　年轻的时候，放暑假回乡下的姥姥家，我在月光下把村后的麦场误认为池塘，问路问到老舅家门口，挨了一顿骂，才知道已经到了家。

　　后来分配到郑州工作，也许是由于少年时代由开封坐火车进郑州，火车在二里岗拐了一个 90 度的弯，而我的那根神经却没有跟随着转过这个弯，从此，就把南当作了东，把西当作了北。工作几年后，在大学校园里总算找到了东南西北，但一到火车站一带马上又乱了套。前不久，我大着胆子抄一条近路，满以为穿过一条胡同就可以走到管城区委。不料，穿过胡同后是一片正在拆迁的居民废墟，走出废墟后来到一个完全陌生的地方：一边是绿树掩映、藤萝覆盖的古城墙，一边是新辟的柏油大马路，路边一座座青瓦粉壁的仿古建筑，郑州哪有这么清秀绮丽的地方？问问路吧，毕竟是二十多年的老郑州了，不好意思。凭着自己的感觉走下去，正如一句外国格言所说的：越是迷路，脚步越快。自行车蹬得飞转，终于走上一条似曾相识的街道，商店、牌匾恍如梦中，走近路口查到路标，才明白原来竟是东明大道，是自己来过不下数十次的东明大道。离开自己要去的管城区委,已经错过好几公里。

不过,通过这次迷路,我对"迷路"又有了新的感悟:迷路可以将熟悉化为陌生、将陈旧化为新鲜、将平常化为神奇、将现实化为梦幻。"跟着感觉走,拉着梦的手",如果没有现实的、确定的、功利的目的,那真是一种高峰体验、一种超级享受。

迷路有时也可能迷出一个新的境界。那年在意大利的威尼斯,我在雨中迷了路,迷失在暮色与雨雾交织的小巷,脚下是流水潺潺的河道,高处是淅沥有声的檐水,湿漉漉的石桥,水晶晶的花木,我恍如沉入地中海的海底,返身变成一条鳗鱼或一头海豹,而那幢幢楼房窗口闪现的灯火,不就是海底森林发出的磷光?迷路,使我的大脑与日常思维发生了断裂,迷路使我的五脏六腑都调移了位置,迷路使我陷入恐怖的美丽、神奇的疑惑,迷路将我抛入力求不得、不期而遇的生命境况。"忘路之远近,遂迷,不复得路",陶渊明笔下那个"芳草鲜美、落英缤纷"的"桃花源",不也就是迷路"迷"出来的吗?武陵渔人的那次误入迷途,竟然迷出一阕万人传诵的千古绝唱!可惜的是武陵人"迷途知返",终于又回到自己熟悉的三亩二分地,终于又回到"老婆孩子热炕头"。如果他执迷不悟,一直迷失下去,那么"桃花仙境"也就"他乡"变"故乡","人间"变"天堂"了。

可惜世人都怕迷路。

西方基督徒害怕迷路,把迷路的人唤作"迷途羔羊",哭天抢地,孤苦无助,可怜兮兮的,非靠上帝伸出援助的手不可。

中国人害怕迷路,鼓励"迷途知返",苦海无边,回头是岸。岸在哪里,路在何方?中国人就总是依靠天才和舵手为自己"指路线""领航向",总希望永远走在笔直平坦的大路上。

但也有不怕迷路、渴望迷路的。

老托尔斯泰暮年弃家出走,便是放弃安乐舒适自讨苦吃,终于迷失在俄罗斯广袤无际的原野上,终于在迷途上给自己的生命画上一个"破折号"而不是一个句号,弥留之际,还喃喃着"逃跑,逃跑……"。老作家寿终而不正寝,留给后世的不是盖棺定论,而是生命的谜团。

晋代文学家阮籍,是我们河南老乡,放着司马氏指给他的光明大道不走,要么闭户看书,要么嗜酒放荡,有时也登山临水,但出门便意欲忘归、不知所往,每至路断途穷,便恸哭不已,这是一个渴望迷路而又无路可迷的例子,阮籍的悲观已濒于绝望;唐代大诗人李贺,也是我们河南老乡,力避世人的轻车熟路,写诗与做人全都独辟蹊径,更以"迷路"引为自豪,"我有迷魂招不得,雄鸡一唱天下白",在迷途上一意孤行,痴心不改,一迷再迷,决心走出个"物极必反",迷出个雄鸡高唱、天下大白,要算是"迷路人"的最高境界了。

对于目的实在、路线明确的走路来说,迷失方向、走错路线就意味着无能与谬误。比如美国总统清早上班忽然摸不到白宫的大门,那总统也就要卷铺盖了。然而,卸了任的美国总统卡特那年携夫人一道中国游桂林山水,登上阳朔码头后竟在一家小店租了辆自行车。两口子不问路在何方,不问景在哪里,便随心所欲地游逛起来。同是卡特行路,使用目的让位于审美体验,政客生涯转移到诗人情怀,整个地换了一种活法。

美的奥秘,诗的魅力,也许只有在痴迷的行旅中才能够被发现。确定无疑、平坦直捷的道路永远与艺术无缘。

莫谓人生路漫漫,何不潇洒迷一回? 向着那梦中的地方去,错了我也不悔过!

1990 年夏,郑州大学小树林

梦断蛇年

《致虚阁杂俎》:"梦神曰趾离,呼之而寝,梦清而吉。"是年秋深,余于寝前虽连呼"趾离",而得梦皆浊而凶。

梦境一

口干已极,几近于枯。舌头似已松脱,如一干果在口内"活络"不定。大骇而醒。

梦境二

大雪,道路皆白。一火车于冰雪中行驶,勉力攀缘而上,车厢内空荡凄冷,没有座位。

梦境三

遇同事圣一于狭长过厅中。圣一面带微笑抬手相招:"到那边去。"余知圣一新近亡故,然亦竟随之去。

未几。来至北郊一荒埠,天色昏暗,人群熙攘,似候车远行。间或有三五人由外边踉跄栽进人群,面目呆狠如凶犯。

前似有闻,北郊有阴城,乃新鬼集结之地,遂悔不该随圣一前来。余问圣一"那边"是否常听训示?圣一曰:"否。"回首,却见一公差模样人物正手持一册训斥众人。余怪圣一欺我,遂抽身而返。

梦境四

天井内,余欲落坐一旧式木交椅上,有蚊虻二三,嗡嗡嘤嘤,缭绕扑面。

天井上方环廊内一女娃呼叫:"小心!"余曰:"不怕,尚可对付。"遂以掌拍蚊虻,皆应声而中。回视交椅,已血污其上矣。

梦境五

满室噩梦。

小女梦父亲犯事,家被查抄,惊叫而醒。

余则梦家中被盗,丢失一梅花玉镯。已而,寻得一方正纸盒,启之,内又一方正纸盒,再启之,内有一鸡雏,通体黑色,脚爪处皆为黑毛覆盖,宛似齐白石画中小鸡由宣纸上走下。

梦境六

室内大立柜上置一口袋,袋中有物蠕动。转目,一物从袋中跃出迎面扑来,乃一大眼镜蛇,细加审视,非为大蛇,乃一鸭嘴兽,举喙示威,其状咻咻逼人。

一少女持一竹筐来,筐中满盛花生大枣,兽埋头食之,遂相安无事。

梦境七

穿行于荒郊。

有山,不高,而形势险要。山石若大火焚过,松脆若火葬场倾出之炉渣,白中泛黄。山中有泉,若硫磺汁液,水质浓稠,黑黄相间。梦醒,深恶之。

梦境八

携亡父迷失于火车站中,上天桥,钻地道,翻越铁轨,绕行站台,焦急万分,终寻不见第 10 次列车。站内道路坎坷,碎石如刀,父亲所穿之鞋为钉板刺穿,鞋内血水汪汪。

余想,当速去上海为父亲购买一双解放鞋。

梦境九

一女孩，楚楚可怜，似为女儿，为某一会考事与校方签订合同：及格则有奖，不及格则一律斩首。

小女未能及格，次日将赴刑场就戮。余与妻至校长处苦苦求情，以乞赦免。校长瘦且干，声色俱厉，曰：汝等自签合同，尚复何言？

夫妇返家，忧心如焚，一筹莫展。无奈，转嘱小女曰：爹已贿赂刽子手，彼答应下手利索些，可少受苦痛。又抚女背曰：咬咬牙，不过就是一刀。言此，已泪如雨下，泣不成声。

小女就戮。

余狂奔校内，扯定校长，曰：此规定太严酷，请取缔之，为今后天下女儿不再受此荼毒，求您了，让我向您跪下！直至声嘶力竭。

梦境十

一女孩，性情倔强为世人所弃，孤苦伶仃无所依靠。车站内，道轨交错，列车游走，女孩躲闪其中，张皇失措。已而，天摇地动，四下高楼摇摇欲坠，女孩已无路可走。

一长者告余：欲救女孩，须有立功表现，前方驿站有二魔障，汝可除之。

余遂携徒二三人，持火把，执刀仗，疾奔数里，见一蜂窝大如磨盘，群蜂扑面而来。另有枯木朽洞内有大昆虫，若巨蝎，身披黑甲，毒针翘然。余率众挥舞火把，除蜂、蝎殆尽，力衰而醒。

时方凌晨三点。

梦境十一

云天雾海。

一高楼,状若古城堡。余于楼内左盘右绕始登临最高处。

天风浩荡,云水浩淼。楼顶平台边沿有一榻可憩,侧身榻上,看云开云合、明灭氤氲,日光斜照、橙黄蓝靛,甚是壮观。雾稍散去,远处天幕上现数座高顶建筑,朦朦胧胧若西洋教堂之尖塔钟楼。榻前近处,则层峦迭翠、飞湍流瀑,颇类中国画之重彩山水。

景色虽绝美,然余置身险处,小有动作即可坠入万丈深渊,望景唯有兴叹而已。

梦境十二

天地如铁铸。荒漠、冈峦一片灰褐,光秃秃寸草不生。余料定那丑陋的土地下埋藏有罕见的矿砂。

终于掘到了:沙糁糁、沉甸甸、紫晶晶、金灿灿。

天色依然惨淡,厚重如铅,污浊如泥潭。余手捧矿砂仰天长啸,风过处紫金般的矿砂轻扬飘散,化作一片片娇艳柔嫩的花瓣。

天色依然暗淡。铁色天幕上花瓣漫天飞舞,闪闪烁烁,恰似燃烧着、流动着的一团火焰。

1989 年除夕于郑州金水河畔

绿色的云

夏季到海南来看云。

我常常惊讶于海南岛的云。白天,那排山倒海似的云朵在蓝天绿树的映衬下显摆出来的热带气派自不必说;夜晚,哪怕是没有月光的夜晚,天空仍然依稀可以感觉到蓝蓝的意味,云彩竟如白白的棉絮,低低地飘浮在树梢上边。海南岛给人的印象是天特别低,云特别白,天空特别蓝。

更令人不解的是,我竟然看到了"绿色的云",我有生第一次见到"绿色的云",那是在"白沙门"。

白沙门在海甸的最北边,而海甸又在海南岛的最北端,白沙门也可以说是海南岛的北大门,海南岛的"岛门"。这里与大陆隔海相望,古时候是一个繁华的港口,后来却只剩下一片白茫茫的沙滩,现在又被辟为海滨浴场。

日落时分,潮水上涨,海风渐劲,风助水势,潮头比往昔又高出许多。白沙门的沙滩不像亚龙湾的一马平川,而是岗丘起伏。海浪冲上滩来,在岗丘间回流跌宕,激起更多的浪花,发出更大的声响,若论游泳,这里算不上一个好的浴场。然而,由于离城市近,天色虽晚,前来游泳或乘凉的人们还迟迟不肯离去。

当太阳渐渐西沉时,天空渐渐被晚霞染红,由于空中的乌云多,那晚霞变成了暗紫色,显得很忧郁,很沉重。海风仍在一阵强似一阵地吹,就在太阳浸入大海一半的时候,东边天空突然显露出明亮的蓝天,蓝天里自北而南迤逦而去一条絮状的云带竟发出柔和的绿色的光彩,像长长的一畦春芽,像漫漫的一泓春水,像软软的一匹青绢。而西边的半空,却更炽旺地燃烧起来,火焰从空中直扑向海面,海水也像起了火。一边是火烧大海,一边是碧云连天,这神奇的景象莫非在彰示着宇宙间的什么奥秘?

我想起了苏东坡。九百多年前,东坡贬官琼崖、乘槎浮于海,就是从白沙门上的岸。一袭青衫、一张瑶琴、一壶醇酒、一篓黄卷,遂给这荒蛮的海岛带来了天朝的历史与文化,带来了诗人的潇洒与旷达。海岛上有了这位诗人,海岛也就有了文化的蕴藉与诗意的葱茏。遗憾的是诗人心爱的一位名叫"朝云"的女人却为他操劳过度英年早逝,埋葬在隔海相望的惠州。"黄菊篱边无怅望,白云乡里有温柔",曾经给他带来无限温馨的朝云姑娘云一样地消失了。"云聚云散终有时",莫非海南岛上奇幻多变的云就意味着朝云姑娘对于海岛和诗人的眷恋。也许,此时横陈海上的这片绿云就是那位朝云姑娘魂灵的显现。

太阳已完全沉入大海,天空依然明亮,而海水却变得乌蓝乌蓝。一位刚从海水中爬上岸来的女孩,比基尼紧紧贴在身上,白皙的肌肤上沾着亮晶晶的水珠,向我身边的几个男孩走来。

"喂,借个火!"

"要抽烟吗?先叫我一声哥哥。"一位嘴里叼着烟的男孩子学着王朔小说中人物的腔调说。

"哥哥,哥哥。"那女孩毫不示弱。

对着了烟,女孩深深吸上一口,鱼儿一般跃去。

男孩恋恋不舍地喊:"你叫什么名字?"

"我叫吴琼,无情!"边说边跑。

男孩站起身来追随女孩跑去,边跑边喊:

"我叫魏璧,未必!"

人与声音全都消失在喧嚣幽晦的海滩上。

仰首再看那温柔淑静的绿色的云,已消散得无踪无影。

1994 年夏,海口白沙门

桥上月光

老子曰:"道之为物,惟恍惟惚。惚兮恍兮,其中有象;恍兮惚兮,其中有物。窈兮冥兮,其中有精;其精甚真,其中有信。"多年前,我随中国作家代表团出访意大利时,曾求老友许挺将老子的这段"语录"写在一把折扇上,作为礼物送给威尼斯大学的汉学家玛格达教授。其中,除了我对这段话莫名其妙的喜欢,也还有一层用意,那就是要显摆一下中国的国粹——既包括老子的哲学,也包含许挺的书法艺术。不曾料许挺竟也十分喜欢老子的这段话,回来后他又给我重写了这段语录并装裱成条幅,至今仍挂在我苏州的书房里。

最近,偶读《书法生态论》,看到作者卢辅圣先生开章明义时也提到老子的这段话,并说:如果将这段话中的"道"字易换成"书",那么,这段话似乎就是专为书法写下的。我实在佩服辅圣先生的真知灼见:"书"也就是"道",就是一个窈兮冥兮的"恍惚"。许挺兄的书法长卷积年而成,如今朗然面世,命我为之撰写序言,我虽然感到老友信任的温馨,然而,面对这样一个"恍惚",我又能够说些什么呢。

读虞世南的《笔髓论》,对于中国的书法艺术我似乎有了一些感悟:"字虽有质,迹本无为",书法的精义是"无"。这当然又是老子、庄子一派的哲学。

"大音希声"为静,"大象无形"为虚,虚静也是"无"。然而这个"无"并不是"没有",而是"无限",是现有的一切存在物之前的那个存在,因而又是从中化生出万事万物的"本源"。说到这里,似乎就又走进海德格尔的存在论现象学哲学了。与海德格尔的"虚无"相似,老子的"无"也是一种"沉寂的钟声",一道"幽冥的深渊",一团"模糊的星云",一个不可以迹求、不可以名状、不可以用分的"缊缊"。此理贯彻于书道、书法,张怀瓘谓之"幽深之理,伏于杳冥之间,岂常情之所能言"。

看来,书法艺术的真义与本源还应在书法艺术的下边,那就是书法家这个人。人者,天地之心,五行之端。书者,散也,欲书先散怀抱。而"写字",乃"写志",写的是自己的胸襟旨趣、气质情愫。笔性墨情,皆以其人之性情为本。要想写好字,关键在于人格的修炼,炼神、炼气又炼形。因此,刘熙载于《书概》中说:"学书通于学仙"。

许挺兄在熟人圈里有一个颇为上口的绰号:许仙。这个"许仙"并非《白蛇传》里那个在西湖边、断桥头哭哭啼啼的许仙,而是因为他迷恋书道近痴、嗜酒成瘾近狂,已非凡人可思、几得半仙之体的缘故。

依我看,许挺当然仍旧不过是一个"凡人",但他是一个在入世与出世、劳碌与逍遥、进取与归隐、现实与虚幻之间,即尘世与仙境之间游荡、求索的人。官拜省政协常委,他有时也会在隆重会议的主席台前正襟危坐;有时则又会独自跑到海南黎寨的茅棚里啃上半月的番薯,跑到景德镇的土窑上弄得灰头灰脸,亲手烧两件瓷器。作为大学教授,他也一本正经地著书立说、教书育人;但一旦三两白酒下肚,似乎又天地玄黄、浮云苍狗、岁月如烟、万事皆空。对于所谓"书法艺术",他其实也是充满矛盾的,有时他说书法就是写字,如油盐酱醋、米面菜蔬,不过是日常的活计,所谓"书法家"不过就是字写得比常人好一点的人;有时他却又把书法看作参造化、定人伦、鬼出神入、至微至妙的中华民族瑰宝。真正的书法家则又"千有余年,数人而已"。

他说的可能都对,都是他的真心话,而这些便又融化到他的"写字生涯"或

"书法艺术"中,成为他自己的一体一格。在许挺的书法作品中,也往往充满了阴阳、刚柔两种不同气质、不同力量的感应摩荡,外耀锋芒而内敛风骨,似婀娜而趋刚健,望飘逸而得沉着,貌朴拙而纳晶莹。说到这里,我其实又犯了"道可道,非常道"的忌讳。有许挺的这部书法长卷在,还用得着我来饶舌吗?

宋代雪窦寺和尚重显诗曰:"月在石桥更无月,不知谁是月边人。"中国的书法艺术,就是那石桥上的月光,永远拥有那广漠无际、诉说不尽的美。而老友许挺,或许就是伫立桥头、守护着漫天月光的那个人。

甲申年菊月中浣,姑苏城外

姮娥与女魃

南阳汉画馆收藏的汉代画像石中,有两位青年女性的形象,一位是被称作旱鬼的女魃,一位是被传为天仙的姮娥。说来她们都是民间传说中广为流传的人物。

儿时,家乡久旱不雨,乡人传言某地现出"旱魃",且有人亲见:这旱魃乃一枯瘦老妪,白发参差而通体乌黑,手执一扇,蹲踞古墓上,将天上的云彩尽行扇去。于是,乡里聚众而起,执刀持杖去打杀"旱魃"。虽说是传闻,那"旱魃"阴森可怖的形象却深深地留在我的记忆中。现在想来,这"旱魃"既是女性,当属女魃无疑,而"魃"当为"魃"之误读。"旱魃"者,实为"旱魃"者也。

细观南阳汉代画像石中"旱魃"的石刻,"旱魃"却是一位绫衣纨裳、高髻纤腰、楚楚动人的少女,只是已被两只如狼似虎的怪兽扑倒在地、摁在利爪下,其状颇为令人同情。画的中间被称作"方相氏"的熊样神祇,是这场搏斗的指挥者。汉画石中的女魃与民间传说中的旱魃虽然同属恶鬼,而形象却大相径庭,不能不让人感到疑惑。

后来读《山海经》,在《大荒北经》中发现关于女魃的身世来历有着非常详尽的记述：

> 大荒之中，有山名曰不句，海水北入焉。有系昆之山者，有共工之台，
> 射者不敢北乡。有人衣青衣，名曰黄帝女魃。蚩尤作兵伐黄帝，黄帝乃令
> 应龙攻之冀州之野。应龙畜水，蚩尤请风伯雨师，纵大风雨。黄帝乃下天
> 女曰魃，雨止，遂杀蚩尤。魃不得复上，所居不雨。

由是观之，被视作恶鬼的"女魃"原是黄帝膝下的爱女。为黄帝战胜凶残
的蚩尤立下了赫赫战功，只是由于耗神太过，法力殆尽，不能再上天庭，所到之
处，雨露皆无，便自然地被人们视为灾星。这实在是一场悲剧，一场关于功臣
的悲剧。功臣蒙难，虎落平川，不但无人伸出救援之手，反而墙倒众人推，好端
端、娇滴滴一个天女成了旱鳖恶煞，角色的转换实在令人心寒，直教英雄泪
满襟。

至于姮娥，却又是另一种情形。

姮娥，后因避汉文帝刘恒的名讳改作嫦娥，在中国古代文人骚客的诗卷墨
宝中是一个"真、善、美"的化身。明代的大画家唐伯虎是画嫦娥的高手，他笔
下的这位月中女仙，俨然一副名门仕女派头。到了清代，在任伯年等一流画家
的册页中，嫦娥则完全变成了《红楼梦》中"林妹妹"的模样。

待到见了南阳汉代画像石中的姮娥，其尊容却使我大吃一惊，女神原来是
一个半人半兽的怪物：上身人形，正掬起肥大的袖子向一只蟾蜍作揖致敬，腰
下是两条类乎羊蹄又酷似狗爪的后肢，拖着一条粗壮的蟒蛇般的尾巴，尾巴上
还长着许多蜈蚣脚。按道理说，这位出自汉代艺术家之手的姮娥应当更接近
姮娥的真身。看来，所谓"真、善、美"的女神，只是后代文人骚客们一厢情愿的
编排与附会。遵照福柯（Michel Foucault）倡导的"话语考古学"，符号的意义并
不在符号内涵的真伪，而在于这一符号在那一时代的文化结构中的关系。由
是观之，所谓"阐释的错误"自然也有着它的历史意义，因为它毕竟还是展现了

不同时代的人们的文化心态。而人本主义的研究者总是对事件内部的伦理内涵赋予更多的褒贬,这使他们的研究充满了诗意,然而也差不多总是把阐释的主观性误解延续下去。或许,这是人本主义研究思路的悲哀,这或许就是阐释和理解不可回避的宿命。

前不久,又有学者得出了新的研究成果,认为"女魃"和"姮娥"实则不过是一个人,即主生亦主死的"太阴之神""地母之神""月华之神"。言之凿凿自可成一家之说,只是那理论框架中过多地暴露了古希腊神祇系列的印痕,因此,我怀疑其中仍然掺杂有研究者的一厢情愿。

有关"女魃"和"姮娥"的误解也许还要在民间的传说和严肃的著作中维系下去。我不知道"正解"在何处。我所能奉上的,还只是一颗"同情"与"惶惑"的心。

1989 年夏,郑州大学小树林

夜探关帝庙

周末,朋友说要回乡下的老家办事,问我有无兴趣跟着跑一趟,说那里的风景比城市公园里的还要好。

我们骑着自行车出了市区,先是在"国道"上猛蹬一阵,随后便岔上一条绿杨夹道的地方公路,走进一条还算热闹的村街,公路却不知怎么就消逝了。朋友说前边的路可就不好走了。黄土小道坎坷不平,只好推着车子往前走。下了一道陡坡,转过一个急弯后,眼前豁然开朗:一片浩淼的大水横陈在面前,水面上雾气迷蒙,河对岸是巍巍峨峨的一处山村,落日的余晖把山野映照得犹如仙境一般,一群白色的水鸟扑棱飞过,才叫人真正相信那不是幻觉,而是真实的所在。

晚餐是煮山芋、老玉米、豇豆角、荆芥拌黄瓜,全都是刚从地里摘下的,说是让城里人尝个新鲜。还有一碟油炸的状如泥鳅的小鱼,是晌午从村子下边的水泽里捕捞的,叫"鲤末瓯",很怪的一个名字,其肉细嫩软香,味道极佳。吃饭的时候,老人们又谈论起村子里要重修"关帝庙"的事,神色十分严肃。

现在的村子,是五六年前新建起来的,在塬的高处,全是瓦房。先前的村子在东沟,是黄土崖壁上挖出的一孔孔窑洞,老村的东北角有一座关帝庙,已颓圮多年。富裕起来的村民们感恩于神灵，便想起来要重修关帝庙。然而，是在原址重修还是在新村另建，村民们争执不下。忽一日，村子里年岁最大的德顺爷说关帝夜间托梦给他：新村里太闹吵，关帝圣君受不了，坚持还是要住在老地方，不搬家。于是庙址的争议就拍板定下。

我觉得很离奇，便约了朋友并由朋友的小弟带路去拜谒这座关帝庙。

半轮新月挂在清冷的天幕上，脚下的沟沟坎坎依稀可辨。东山沟里静悄悄的，一口口废弃的窑洞大张着黑黝黝的洞口，像是在回忆往昔的温馨，又像是在叹息现下的凄凉。忽然，一孔窑洞的黑影里闪出一点红光，飘乎若鬼火，小弟说那是村里的一个哑巴，神经不太正常，搬进了新村还总想着老宅的破窑，每到有月亮的夜晚，便常常一人钻在老窑里闷闷地抽烟。

古诗云：飞鸟恋旧林，池鱼思故渊。只有哑巴的心还这样紧贴着自然，好可怜见。

沟底的尽头，是一片小小的水潭，水潭之畔的峭壁上突出一块平地，约两丈见方，关帝庙就在上面。拾阶而上，但见古木森森、枯藤倒挂、荒草埋径、寒露沾衣，不禁令人肃然起敬。庙宇早已荡然无存，只剩下几个青石柱基，一块石碑被置放在先前庙祝蜗居的一孔破窑里，没有塑像，一把木柄的"青龙偃月刀"锈迹斑斑地靠在窑壁上，案上还插着尚未燃尽的残香。

小弟讲，这里的关帝老爷很灵验，奖善惩恶，明察秋毫。今年夏天，村里头铁柱小两口吵架，媳妇盛怒之中跑到庙前，从几丈高的崖上一气跳下，铁柱追到崖上后悔不迭，大叫一声也随着滚落崖下。隔一会儿，崖下传来两人的哭声，又过一会小两口竟手挽着手回到村上，除了胳膊擦破点皮，哪儿也没伤着。村里人都说那是关老爷派他的赤兔马驮了他们小两口一把。而去年冬天村民王老五偷砍了庙前的一棵柏树，不出三天，他家的柴房失了火。小弟的一番话，说得大家脊梁上凉飕飕的。

月亮已升至中天，青石柱基发出蓝幽幽的光。这荒野月下的残庙里果真有神灵吗？也许，神只在人的心里。烧上几炷香，就向神索取升官发财子孙满堂,无疑诱发了人的贪欲;但由于对神的敬畏、对神的崇仰,人们也可能会自觉地抑制自己的恶念而向着善良靠拢,有神比无神还是要好一些。

许多日子过去了,我仍然忘不了那座关帝庙前的山崖潭水、月色树影,比起我曾经去过的许多旅游胜地来,它更多一层神秘的、野旷的美。由此看来,旅游并不一定非到名山大川,旅游更是一种心游、神游。

1991 年夏,郑州大学小树林

知识者能拥有什么

　　有人说"商品经济"发展起来之后，官僚主义会自然逊位。其实不然，在经济开放的沿海，我看到"官职"里的含金量更高，人们求官的热情也更高，一些人的名片上除了某某经理的头衔之外，还要特地印上"股级待遇"之类的官衔，"股级"虽然不高，毕竟是官厅标定的品秩。

　　有人说，随着"商品经济"的搞活，知识分子必定会渐渐富起来，对此，我也甚表怀疑。当下学校里的教授，如果不去下海经商，硬是守着自己的学问讨生活，恐怕仍然难以"脱贫"。教书写书的人，现在已经逛不起书店了。人文学科的知识分子尤其如此。

　　海南大学的党委书记是一位专职的政工老人，他无意间的一句话让我感动到如今：知识太不值钱了，一本书的定价还赶不上一盒烟！

　　官员拥有权力，商人拥有金钱，这都是些很实在、很实用、很实惠的东西。知识者还能拥有什么呢？所谓人格、道义、良知、精神，大多都是些很虚飘、很游移、很遥远的东西，很难让一般人相信它，人们一般总都是"从实中求是"的。以前讲"先务虚，后务实"，虚的讲过了头，饿坏了肚子，"虚"的名声倒了。而现在落下了"一手硬，一手软"的顽症，硬的愈加强硬，软的一软再软，早已成为痼疾,即使华佗再世,也是回天乏力。

有人说,都要走进市场。可惜的是,有些东西走不进市场,或者硬是走进市场后就变得"不是东西"。比如,广告词可以一字千金,诗歌却很难走进商场,即使书市也难。诗人们总不能都去写广告吧？何况马克思早年就已经说过,作家绝不能把自己的作品作为手段,必要时可以为了作品而牺牲个人的生存。如此说来,知识分子自己真正能够拥有的,其实不过就是他们自己,自己的独立人格,自己的超越精神,这些东西,不但不能给知识者带来财富和舒适,反而总是带来痛苦和贫困。马克思自己撰写《资本论》就是一个例子。

一位大老板说,知识者也要学会养活自己,不能养活自己是一种耻辱。遗憾的是目前这个社会还是有分工的,知识者创造他的精神产品时还需要社会提供相应的物质条件,即使在经济发达的西方,那些纯粹的学术文化团体,无一不是靠了种种"基金会"来支撑的。曹雪芹没有这类支撑,一部《红楼梦》没能写完,终于冻饿而死,你可以说是文人"无能",同时不更是一种社会、一个政权的耻辱吗？

现在流行一种话语:宏观调控,只是多半限于金融界、经济界,宏观还不够恢宏。在物质与精神这个大框架上,是否也可以宏观上调控一下呢？政权的力量是巨大的,价值导向是强有力的,如何挽回"精神"的一再贬值,这不是单靠文化人、知识者所能奏效的。人们很有必要回顾一下以往的经验教训,重新探索社会发展中经济运转和精神运作的平衡。

(《跨世纪》1994 年第 6 期)

谁能聆听那树叶的哭叫

生命的存在是一条坎坷不平的路,生命的拥有者就像一位在冥冥中被支使着的行人,艰难地向前挣扎着。生活是一条路,一条生命就是一位跋涉者。在萌萌的著述中,生存之谜却又被揭开十层新的帷幕:一边是生存的闷闷的锣声,一边是死亡的咚咚的鼓点,在这晨钟暮鼓的轰鸣中是庄严、肃静、如醉如痴舞动着的生命。

这是 16 年前,我为萌萌撰写的书评中的一段话,16 年过去,萌萌的生命的晨钟暮鼓已经歇息了声音,她那庄严、肃静、如醉如痴的生命之舞也已经静止下来。她已经重归天地宇宙的大化中,开始了生命的又一轮演进。

我最后一次见到萌萌,是去年 11 月 27 日,在海口海甸岛她的家中。我是为了筹备生态文艺学的田野考察活动回到海南的,听张平说萌萌这段时间身体状况很不好,颈椎病似乎越来越严重了,她曾经陪她找过按摩医生,效果不知如何。于是,我在回苏州前,便去看望了萌萌,还捧上一束雪白的康乃馨。

萌萌果然有些憔悴,但笑起来眸子里依然晶莹闪光。她说我是梳洗打扮了才见你的。我知道,萌萌从来都是这样,她不愿意让朋友看到她病痛的样子。我向她详细介绍了我们这次活动的设想,她还是一如既往地劝我快一点调回海南。我答应退休之后就回来,她说,回来后我们几家人就全都搬到乡下住,过田园生活。接着就兴致勃勃地计划盖什么样的房子,扎什么样的篱笆,种些什么样的瓜果蔬菜,养什么样的家禽家畜。这时,已经完全看不出她是个病人。

等我回到苏州不到半个月,海南那边就传来噩耗,萌萌得的是肺癌,而且到了晚期,已经严重扩散。后来,又说在广州进行化疗、放射治疗,效果不错,病情得到有效控制。大约是今年 7 月初,萌萌在广州的病榻上还托欧阳洁捎话来,说她要参加我们在海南举办的生态文艺学田野考察。

暑假期间我偕张平到俄罗斯看朋友,偶尔打开电脑,竟看到萌萌已经于 8 月 12 日去世的消息。我对于萌萌的病原本就近乎绝望,但无论如何也没有料到她走得竟如此匆忙,一个端庄美丽的生命就这样消失了。

我没有来得及为她送行。但就在她去世前的一周里边,我曾经两次梦见她,憔悴,依然美丽、端庄,似乎在收拾行装,往一个什么地方去。那也许就是在向我告别。也许只是由于我心里一直在为她的病情担忧。

我认识萌萌,是在上个世纪 80 年代,先是由于和她父亲曾卓先生通信。曾卓先生在写给我的信中,几乎每封都要提到他的这个宝贝女儿,言语间总是流露出掩饰不住的赞赏与骄傲。后来,遵照曾卓先生信中的指示,我给萌萌寄去了我的书。接下来便有了我与萌萌的通信。一年后,她和肖帆到郑州,我们见了面,还有我在郑州的朋友王鸿生、耿占春、艾云,在我看来,他们都是些雪莱、济慈、普希金一类的人,精神上可能更为投契。果然,萌萌要回武汉,在火车站送行的时候,三个人与萌萌握手相对,竟无语凝咽,一一为萌萌唱起歌来,唱得萌萌泪流满面,全不顾广场上熙熙攘攘的人群。

最近,我清点了一下萌萌写给我的信,不多,共 16 封。每封信中谈论的主要内容,无外乎两个方面:一是她和她的朋友们(志扬、道坚、祖慰、世南、尚扬、友渔、家琪、小枫、晓芒、有伯、雁瑾……)在忙着张罗什么事,她似乎是个专为朋友活着的人;二是她正在撰写一部题为《在逻辑和想象的背后》的专著,写得很苦,时时写不下去。而那时,我正在写我的《超越语言》,希望借助杜夫海纳的现象学美学的理论,深入探讨一下"语言"上边与下边的存在,初稿已经完成,交中国社会科学出版社编辑出版。萌萌真诚地希望在这方面能够和我进行一些切磋与交流,并在写给我的一封长信中,详细地指出《超越语言》中存在的一些不足。

大约是 1988 年的深秋,我到武汉为华中师范大学的研究生讲课,讲文学语言问题,萌萌执意来听。霜降过后,天气已经很冷,桂子山上的树木已开始凋零。她衣服单薄,穿了我的一件破毛衣坐在教室后边,一连几天,听得很专注。结果,我感到,她听得也很失望。甚至,课下的交流也很难进行。在《超越语言》正式出版时,我曾在书中记述了那时的情景:

> 武昌东湖畔。湖水湛蓝、湛蓝,落叶杉凝重得绛紫一片。路很平坦,
> 上坡。M 女士正在写一本题为《在逻辑和想象的背后》的书,构思得很
> 苦。"你说的那个情感我以为不应是这样的,情感算什么算得了什么有多
> 少哲学意义有什么很了不起……我说的是情绪,最要紧的是情绪,最抽象
> 最具体最游移最漫无边际的是情绪,也直观,也感性。谁说不是现象学的
> 直观?你的情感是笼统,没有分析就不具备意义。本体论性质。是利科
> 尔还是斯托曼?展现于时间中的在世结构……你这个人你这个人你这个
> 人你这个你这你这么糟糕……"看来我实在不是一个谈哲学的对手,尤其
> 是和一位女士谈哲学。M 女士气得杏眼圆睁,我更加无所适从。阳光始
> 终铺在石子路上,有些耀眼。沉默大约三百五十米,话题终于转换……

萌萌对我在《超越语言》一书中的哲学蒙昧表现出掩饰不住的烦恼,我自己也深感内疚。使我聊以自慰的是,当她读到我书中征引的一段文字时,她哭

了。这是法国作家雨果的一段话：

> 孩子的咿呀声，既是语言，又不是语言；不是音符，却是诗歌；不是字母，却是话语；这种喃喃学语是在天上开始的，到了人世间也不会终结；那是诞生以前就开始的，现在还在继续，是连续不断的。这种含糊的话语包括孩子过去做天使时所说过的话，和他成年以后所要说的话，摇篮有"昨天"，正如坟墓也有"明天"；这个明天和这个昨天的双重神秘在这种不可解的孩子歌声里混合起来了……

萌萌揉揉眼睛说：真好。

看来，萌萌坚持去做的，是从文学与诗歌现象中开掘哲学的精义，而我所从事的往往只是采摘现成的哲学观念为我的文学命题证明。况且，我的哲学基础一直没能达到与萌萌进行哲学对话的水平。后来我们都到了海南，虽然同在一个社会科学研究中心，我和萌萌也从未能在学理上进行过深入的探讨。

但是，这并没有影响我们之间的友情。

我曾经对王鸿生提起过，在海南，有的人与我学术观念接近，但情感上很难贴得更近；有的人与我声气相投，而治学却不在一条路上，这是我在岛上的一大苦恼。当我决意离开海南时，在朋友们为我饯行的哪个晚上，萌萌难过得再次流下眼泪。以后，每次见到我，她的第一句话总是：枢元，回来吧！萌萌的这份情谊当然不只对我，她总希望她看重的、热爱的朋友都聚集到海南来，为此她呕心沥血、不遗余力。然而，这些朋友调来了，却又调离了，一个一个又都远走高飞，对萌萌来说无疑是一次又一次的打击。

20世纪80年代过去，中国知识分子的一个时代也就结束了。

当年，萌萌在主编《1999独白》的时候，对即将到来的这个新世纪未必没有些许期待。然而，在严酷的现实面前，些许的期待也已经落空。

新世纪开始，我不知道萌萌在思考些什么，我只是感到她的情绪越来越坏，身体状况也越来越糟。萌萌最看重的是个人的生存状态，而她自己却已陷入无可调解的生存矛盾中。萌萌曾经对我说过："我并不是一个甘于寂寞的人，甚至，我比许多人有更强的虚荣，只不过我有企求更高的心……如果这一辈子我有什么值得自诩的，仅仅可以说我有一定的反省能力，我几乎是不断地在审视着自己，我因此生活得很累，很沉重。我付出的多，收获的少，我不能说我伤心，然而却真的常常有一种说不出的沮丧。"萌萌天性里执着地追求清洁与完美，从写书、交友，到选购一双鞋子、一只发夹，然而新世纪的空气里却日益弥漫起污浊、恶俗和油滑。对于别人可能是一分的失望、一重的打击，对于敏感而又脆弱的萌萌来说可能是十分百分的失望、千重万重的打击。在这生命的晨钟暮鼓的催逼下，她已经挣扎得筋疲力尽。后来，当她想到退居林野、闲散度日的时候，已经迟了！质本洁来还洁去，癌症，只不过是最后终结她的生命的一种方式。萌萌的死，或许还提示我们：那纯真的、高贵的生存本来就是一场悲剧。

先前，萌萌在给我的信中曾不止一次地提起这样一个诗的意象："树叶的哭叫"。她说："在幻想的贫乏中，再没有比这更悲惨的，它存在于自身之中，翻滚着、喧哗着，却又不为任何人聆听。""不为任何人所聆听的哭叫是最悲惨的了，问题还在于，它是否为别人聆听，而在于它只是在自我沉溺里萦绕在自己耳际，从来没有变成过真实的声音。"

如今，树叶已经枯萎，从树上飘落到泥土中。我深深地遗憾，直到那树叶枯萎，我终未能完全听出树叶哭叫的深意。

也许，心灵的树叶才刚刚开始在泥土中萌芽——那将是一个再生的萌萌。让我们学会聆听，学会聆听那无声的声音，尤其学会聆听那无声的哭叫。

（《山花》2006 年第 11 期）

关于石头的梦幻和呓语

石头肯定比人类的存在更久远,哪怕是这些苍青的石头。

但只是在人类出现以后,石头才被赋予历史,真正意义上的历史。

人类在一个悠远漫长的岁月里,与石头建立了如此亲善的关系。人类栖居在石洞里,以石头做工具、做武器,用一些别致的石头做发饰、做服饰,用另一些石头做法器、做祭器、做葬器、做礼器。在石壁上用石头磨制的粉末画画,甚至还把石头做成乐器,让石头里流出节拍与旋律。那是一些数以万计的年头,那时的人们除了石头几乎一无所有。在那数不清的日日夜夜里,人与石头朝夕共处,生死相依。

石头,作为一种原始混沌的知觉和体验、意象和情绪、关系和模式已经深深积储在人类的记忆里,而石头,在人的躯体的温暖、体贴、交感、孕育中则获得了生机和生气。

顽石变成了灵石。

这里列陈的一些石头,已经不是人类童年时代那种浑然若璞的石头,而是公元之初汉代南阳先民们关于石头的梦幻和呓语。

这是一些被人们心灵刻意点化过的石头,这是一些歌唱着的石头,一些舞蹈着的石头,一些咿呀着、呜咽着、祈祷着、疑问着、呼喊着、咆哮着的石头。然而,这又是一些沉默着、静寂着、凝结着的石头,期待着能够与它们对话的人。

果然,从那漫漫人生路上走来一位疾疾前驱着的"行者",并且,他真实地"遭遇"到这些石头。

"遭遇",也是撞击,是石之精灵与人之慧心的撞击。在电火的辉耀下,神话在现代生存的空间中上演,神曲在当下人生的时间里涌流。日月星辰虹霓,凤凰朱雀鹭鸶,虎豹熊罴麋鹿,后羿蚩尤伏羲;同时,还有一位在现代街景市声中徜徉着的"行者";也许,还有激光电脑桑拿浴,卡拉OK迪斯科,三菱嘉陵冰激凌,崔健王朔刘晓庆,梁三江姐李铜钟……总之,这是一场现代人与古老石头的对话。

身居南阳盆地的行者,是一位才华横溢的年轻作家,他的这本《灵石不言》,于是成为一首为静默的石头们发声的交响曲。为灵石代言,是一位文化人责无旁贷的使命。

所谓文化史,所谓心态史,正是这样行走、衍化过来的。

(行者(王遂河)著《灵石不言》序言,中州古籍出版社1992年版)

卷六　说鱼上树

说鱼上树

池塘严重污染。

池塘里的鱼全都病了，困惑地翻动着无望的眼睛，却依然在讨论着如何改善池塘水质，如何控制鱼口数量，如何科学利用三废。

然而，它们始终也没有想到是否也可以更动改变一下它们自己。

池塘既然已经变得如此糟糕，鱼们难道不能搬到树上去吗？树梢上面就是天空，是比池塘广阔得多的天空。

比起"缘木求鱼"来，这显然是一个更为荒谬的提议。

不过，按照达尔文的说法，鸟类的始祖，也是由鱼再经由爬虫进化而来的，如果不是曾经有那么一条鱼想到要从内部改变一下自身，从而爬上陆地、飞到树上，那么所有的"鸟"也许至今仍旧曳尾在池塘里，困死在池塘里。

人类的"池塘"也早已污染，自然生态的红灯在焦急地闪烁。人们面对前景所能提出的对策，仍不过是面向外部世界的"环境保护"与"环境治理"，其手段则是以科学技术对付科学技术一手造成的危机。

人类难道不能从内部调整或改变一下自己的生活方式、生存状态、价值取向、发展战略吗？

对于人类来说，除了那个外在的工业物质文明的"池塘"，也还存在着一个内在于每一个人的精神文化系统，现代人类有意无意地冷落乃至遗弃了这个内在的空间。随着社会的现代化进程加快，物质世界日益丰饶肥厚，精神领域日趋贫弱枯萎。恶果还不止于此，在自然蒙受工业污染的同时，精神还遭遇到物质的污染，精神的物化、类化，精神的滑坡、精神的颓败进一步催化了人们物欲的恶性膨胀，于是，商业社会无可遏止的超高消费便把脆弱的自然生态推向崩溃的边缘。

解救自然生态的危机光靠发展科技与加强管理不行，还必须引进一个与人类自身内在价值系统密切相关的概念：精神生态。

我暂不对概念进行解释。举几个例子：

在少林寺的二祖庵，禅僧们在嵩山深处的一座山崖上结草为庐，东边种一片苞谷，西边种数畦青菜，"古寺无灯凭月照，山门不锁伴云眠"，活得差不多像个神仙。禅僧的精神生态无疑也保护了周边的自然生态。

陆游，"细雨骑驴入剑门"没有乘小汽车，没有排放一路的二氧化硫或二氧化碳，反倒留下一路优美诗篇。

丹麦的那位克尔凯郭尔（Soren Kierkegaard），没有上过高速公路，没有住过豪华宾馆，一辈子孤独地静观着自己的内心，却为"存在主义哲学"开挖了先河。

这些精神的拥有者、守护者、创造者，无疑又都是模范的自然生态保护者。

我不是要让现代人都一定去做"苦行僧"，也不是要一概否定工业社会生产出的物质文明，我只是想说，在人类社会中，除了外在的物质生活，还有内在的精神生活。人不但是生物性的存在、社会性的存在，同时也是精神性的存在。

"精神"是一个很难下定义的概念，然而它显然存在着。精神，可以是弗洛伊德"力比多"的升华，可以是荣格的"原始意象"，可以是乔伊斯"意识流"。可以是马斯洛的"高峰体验"，可以是老子的"道"、孔子的"仁"、墨子的"爱"、达摩的"禅"、海德格尔的"思",可以是绘画中明灭不定的"意境",诗歌中无法言传的"神韵",也可以是"结构主义"的筛眼下遗漏的"天使的微尘"……

"精神"还可以是别的许多许多。但统而言之,宗教、艺术、哲学注定是精神领域的主要表现形态,也是文化的最高涵义。所谓"文化问题",说到底仍不过是一个精神价值问题。"信仰""憧憬""心境""意向""情感""想象""直觉""颖悟""沉思""良知"或许算不得"物质"、算不得"生产力",然而对于每一个人的实际生存来说,它们又绝对是一种"能量",一种"动力",一种运转着、生发着的体系。

这大致就是我所说的"精神生态"。

由鱼到鸟的生物进化可能需要千万年,而由物质的池塘飞往精神的云天则可能只需要一瞬间。这一瞬间,即我们平时说的"转念"。

人类社会自英国的工业革命算起,以物质、经济、商品为核心的社会运作也已经持续了二三百年,中国的起步晚一些,目前也正在急起直追。工业文明、科技文明在带给人们如此多的福祉的同时,又带来几乎同样多的祸害,除了自然生态的危机,还有精神生态的恶化。难道人们还要一条道走到黑吗?

也许到了该转弯的时候了。八年前,当议论到中国当代文学的走向时,我曾概括过一句"向内转"的话,竟引起一场轩然大波。眼下,在虑及当代文化的走向时,我似乎有些"死不悔改",又想起了"向内转"。为什么不能让心灵的清纯来抑制一下物欲的骚乱?为什么不能以精神的升腾来唤起世事的沉沦?为什么不能以情感的丰盈来填补技术的空洞与单一?为什么不能以创造的光辉来改变一下生活中的确定性与重复性?

当代文化应当更多地关注人的心灵世界、人的内宇宙,开发人的精神资源,调集人的精神能量,高扬人的精神价值,促进人类健康良好的精神循环,说服困顿于池塘中的鱼儿插上精神的翅膀,帮助身处世纪末的人类完成划时代的转换。"转换"也是"超越"。超越,是否定,是创造,也是飞升,包括从水面飞向树梢、飞上天空。

中国的传统文化,是一种精神气息十分浓郁的文化。中国的传统文化在世界工业化的进程中曾屡吃败仗,但在人类社会已初露端倪的时代转型中,完全有可能重放异彩,为人类在精神领域的展翅高飞奉献东方型的羽翼。

(《光明日报》1994 年 12 月 21 日)

青葱的苦闷

古语云："文人相轻。"岂不知文人也相亲,人们凭着文学,无端便可亲近起来,尤其在陌生的异地更是这样。

冬天里的一个炎热的上午,宾馆的窗外是影影幢幢的椰子树,海南的叶蔚林、深圳的李兰妮,还有从中原腹地郑州过来的我,谈起对特区生活的感受,竟是一个诉之不尽的"陌生",乃至甚于"陌生"的"恐惧"。

在我的最初印象中,当了省作协主席的老叶,该是满足的、自得的。然而老叶却说:"来海南五年,至今仍进入不了海南社会。"我怀疑这话有些故做姿态;老叶却一脸诚恳的苦相,继而又补充说:"不是身体不适应,不是工作不适应,也不是人际关系不适应,是整个一种说不清楚的不适应。"

从四季分明的长沙来到终年是夏的海南,气候会有不适;从相对传统封闭的内地来到全方位改革开放的大特区,观念也会不适应;从湘楚文化的摇篮来到黎苗文化的故土,文化上会感到生疏。但地理的差异、社会的差异、文化的差异似乎并没有怎么影响从政者为官的兴致,没有影响经商者赚钱的豪情,为何唯独对文化人的情绪产生了如此重大的影响?

我们的文艺理论中经常指示作家:深入生活。

作为省作协主席的老叶却说：来了五年，终也没有深入进去，不是不愿深入，而是难以深入进去。

　　不只老叶，由内地赶海来的作家们，未见有谁成功地表现了海南的、特区的生活。就在我下海南之前，只因看过蒋子丹的一篇题为《乡愁》的散文，那柔肠百结的愁绪几乎涣散了我的军心。

　　所谓"适应"，在皮亚杰的心理学中，应该是叫作"同化"和"顺应"的那套东西。也就是说将外界事物吸纳入内心并由此改变自己的心理结构，或改变自己的心理结构以迎合外界环境的变更。老叶和老叶们的困境大约就在于他们有一个太过强大的自我心理结构，同时又不乏一股坚守自我精神家园的"拗相公"的蛮劲，于是，众人习以为常的"同化"或"顺应"，在"大腕""大款"那里简直如鱼得水、如虎归山，在这拨文坛爷们儿身上就很难奏效。于是，"五年了仍进入不了"，于是，老叶真实地陷入了"进不去"的苦恼。

　　老叶的苦恼，是作为一个文化人的苦恼。老叶如若放弃了自己的那些《没有航标的河流》，放弃了那些《蓝蓝的木兰溪》，放弃了那些记忆中的楚山湘水，放弃了那些古典或半古典的兴致和情调，老叶也许会比较容易地"走进去"，走进大特区的"物业""商行""金融""股市"，但是，一旦捐弃了老叶苦苦守护的那些东西之后，老叶还是老叶吗？

　　看着满脸苦涩的老叶，我忽然觉得老叶像一棵树，一棵从北方移栽到海南来的树，一棵孤零零伫立在椰风海韵中的老榆树。

　　或者，这只是我自己的感觉，或者那榆树其实就是我自己。

　　作为大特区文人，如果说老叶的心态是苦恼，那么兰妮的心中更多的则是恐惧了。

　　兰妮气质很好，在众多的女作家中已经是很美丽的了。她住在广州，工作单位是深圳作协。按说，广州与深圳，地理气候与文化传统差异不大，然而她说她也进入不了深圳。每次行走在深圳闹市，都有一种说不出的惧怕。惧怕那高耸入云的高楼大厦，惧怕那超级豪华的宾馆饭店，惧怕那摩登的人流与车流,惧怕那光怪陆离的标牌与广告。兰妮惧怕的,或许就是由于商业化高速催生出的繁华、急剧鼓胀起的物欲。

然而,尽管隔膜、恐惧乃至厌恶,作为一个外来的深圳人,一个借特区一块宝地落脚谋生的文化人,她同时又受益于它,不得不依附于它、委身于它。社会的现代化在无情地撕裂着一切传统的价值观念,生活的商品化又在骄横地收购着它所需求的一切,包括你的文笔、你的才华、你的情感、你的自尊。于是,恐惧与厌恶之外又多了几分屈辱。早年的兰妮也许曾在海上、在云端编织过她清纯妙曼的文学梦幻,而此时此地的作家兰妮对于特区深圳的惧怕,也是"诗意"对于"资本"的惧怕,"精神"对于"物欲"的惧怕。

十多年前,我曾写过一篇《文学需要童贞》的随笔,其实那也不过是拣起了老托尔斯泰的一种说法,当时却受到来自政治方面的批评,因为政治不希望文学这个小女孩永远守护着自己的童贞;现在,批评者的角色发生了转换,经济,或者说商品,或者干脆说吧,就是金钱,更不能容忍文学这个小女孩去守护她的天真与清纯。

实际上,时至今日,又有几多文学仍在守护着自己的童贞呢?当年,年迈的老托尔斯泰为了守护文学的童贞,拄着拐杖、须发飘然地走出家庭、走进林野;如今可好,更多的年轻女郎却打点起自己的青春和美貌,走进商埠、走进闹市。

一位心理学家曾经说过:对于个人来说,"适应"并不总是一种健康良好的心理品格;一位文艺学家说过:真正的文学艺术常常对生活的现状保持对峙的审视。如果他们说得对,那么,叶蔚林的苦恼与李兰妮的恐惧都应该是具有真正的审美意味与精神创造力的。也许,一种富有生机、拥有实力的文学或文化,正有待于从这种深沉的苦恼与由衷的恐惧中孕育出来。而所谓"特区",所谓"商品经济",所谓"现代""后现代",也只有在认可并接纳了这种独立支持乃至顽强对峙的文化艺术之后,才能成为一个完善的社会,一个真正具备了进步和发展涵义的社会。

蔚林与兰妮的苦闷正如他们的名字一样,是青翠的、葱茏的。

青草就是青草,青草如若都变成了金条,这世界不也很乏味吗？特区,不能只是"经济"的,也还应当是"文化"的。特区不只需要黄金铺地,特区也需要芳草萋萋、青草如茵。

1994 年冬,海南岛

九月里的寓言

——致张炜

"人们说你就要离开村庄,要离开热爱你的姑娘。"读《九月寓言》,我心中泛起这首加拿大民歌的旋律,不只是歌中唱出的寂寞和痛苦,还有弥漫于文字间的迷茫和郁闷。这是一种凄厉的美妙,一种燃烧着的感伤。

多年以前,我在一家宾馆的豪华房间里,曾听你哼唱起这首民歌。你说:多么好的音乐。我看你时,你的眼睛湿润了。

你终于把那村庄和姑娘写进了这部长篇小说中:一个古老的"鲹鲅人"世代居住的小村庄,一群"青玉米""红马驹"般清新蓬勃的姑娘。

古老的村庄最后毁灭了,是那个机器隆隆、轨道纵横、象征着现代工业文明的地下城掏空了村庄的根基,使它轰然坍塌、陷落了。就是在那个时候,那个日现老态、已经秃了顶的工程师诱惑了鲹鲅村最美丽、最健康的姑娘。矿区工人吃的肉馅饼虽然是黑面的,毕竟比小村庄里的地瓜干糊糊好吃一百倍,热气腾腾的公共浴池、黑漆闪亮的长筒胶靴也足以令年轻的鲹鲅人心旌摇曳。

两军对峙,村庄一败涂地。

村庄的泯灭,其实也还是因为村庄自己。那骇人的饥饿与愚昧,那残酷的血统与宗法,那血腥的野蛮与暴虐,太沉重了,太窒息了。在那些年长的男人们手里,村庄已经千疮百孔。只有在夜幕后面的田野深处,在青年男女的欢乐嬉戏中,大地才焕发出生机。姑娘们苗条、丰满、鼓胀着情欲、放射出火力的躯体,是村庄的原始精灵。正是她们,才维护了村庄的繁衍与昌盛。当姑娘们夭折的夭折,出走的出走时,村庄还能够不衰微破败吗?村庄在现代的陷落是必然的,机器、矿井、长筒胶靴、黑面肉饼只不过起到了加速催化的作用。

艇鲅人的这个古老封闭的村庄积淤了太多的贫困、愚昧、暴虐,它的陷落是必然的。只是同时陷落的,还有那温馨的碾盘和锅台、那神秘的秋雨和月光,那玛瑙碧玉般的酸枣、浆果、玉米、高粱,还有那自由自在的野兔、刺猬、草獾、鼹鼠、萤火虫、青花蛇,同时陷落的还有那质朴、村野、执着、热烈、清新、矫健的姑娘。

九月已经来临,在这个收获的季节里,人们希望收获些什么,人们又能够收获些什么呢?满地的瓜儿没有来得及刨,那位工人阶级的儿子带上艇鲅人的姑娘背朝着村庄出走了,这个瘦削羸弱的男孩将把这位肥硕憨厚的农村姑娘带往何处呢?他们吻下了脸上的泪水,说是时代变了,他们要去寻找自己的生活。与祖先们不同的是,他们已经不再蓬头跣足,不再栉风沐雨,他们将乘上火车去寻找属于自己的生活。火车在轨道上行驶,前边不会再有蓝瓦瓦的海和白绒绒的海滩。

离别了村庄、离别了姑娘、离别了田野,离别了自然、离别了爱情、离别了诗意。古老的封闭已经打破,沉重的羁绊已经被挣脱,森严的界限已经被超越,心头却冉冉升起更多的思念:"不要离别得这样匆忙。要记住艇鲅村你的故乡。还有那热爱你的姑娘。"

如同鱼告别了江河,树断离了大地,要去追求新的生活,前途一片渺茫。

作为你的这部作品的第一批读者,我只能这样谈一谈我的直觉感受,按照北京的几位筹划"文艺批评学"的朋友们的说法,这算不上批评或者评论,至多不过是"一般的鉴赏"。

《九月寓言》较之《古船》，主体经验的投入也许有所不及，在广袤浑厚上也许赶不上《古船》，但在写法上却提升到一个新的台阶。鲅鲅村浓重的魔幻氛围，"地上""地下"的复调结构，富有感性魅力的言语操作，人物形象的强烈象征意味，全都隐含了一个时代的难题与困惑。

《九月》大约不会像《古船》那样在文坛引发"轰动效应"了。但对于评论界来说，《九月》可能是一个更难以解析的寓言，更难以捕捉的精灵，我担心的是，眼下过于忙碌的人们有没有读你的小说特别需要的耐力和耐心。

（《作家报》1992 年 10 月 31 日）

扎根与拔根

国学大师牟宗三对于现代人的生命状况可谓痛心疾首：

> 人类的生命发展到今日，实在是肢解了、僵化了，到了极端胶固枯燥的境地；现代人没有文化只有狡猾，没有理性只有理智，阴险狠愎的变态心理淹没了一切；时下中国人不成格局，心胸器量窄小，对人处处防范，学者也只看眼前、只重实利、冒充内行、妄自尊大。

这可能会引起不少人的质疑：你看活在当下的人不是整天吃香喝辣、猛玩高乐，一个个白白胖胖，想减肥都减不下来，这样的"生命状况"难道还不好吗？这或许就是现代社会倡导的生活理想，但在传统的中国文化人看来，这样的生命活在世上无疑行尸走肉！

那么什么是"生命"？什么是生命的"真义"？

牟宗三认定中国的传统哲学就是"生命哲学"，这里的生命固然也包含了人的生物性生命，诸如人的"身体"；同时更包含了人的文化生命，又叫"慧命"。这种"文化性的生命"，具有情感的、伦理的、道义的、智慧的价值与功能,"慧命"也是生来与俱、先天既有的。与显示于外部的生理性的生命相比,这是一种内在的精神性生命、精神实体,一种"内在自然"。这种文化性的、精神性的"慧命",原本就存在于人的生物体内,被视为一个人的"根器"与"心源",属于一个人立身处世的"根源"。

这有点像黑格尔的"绝对精神",不过它同时强调个人的修养,"吾善养吾浩然之气",人类社会史的健康发展凭借的就是这一精神生命的演进与呈现。这种"唯心主义"的学说很难为深受唯物主义哲学教育的现代人理解,但也许可以借助荣格的精神分析心理学得到某种程度的证验。

荣格对于人类认识史的进程有着一种坚定不移的看法。他认为,欧洲自进入现代工业社会以来,随着人们向外部空间的拓展,随着人们对于客观世界知识的激增,人对于自己心灵的关照停滞了。人们为自己成功地建立了一个易于被意识和技术控制的世界,却剥夺去人的全部心理潜能。人们在智力方面收获过剩,而在心灵方面则沦丧殆尽。第二次世界大战的爆发,证实了荣格的预感。于是,荣格给自己树立了一个终生为之奋斗的目标:寻回现代人类失落已久的心灵。

荣格相信,人类生活中存在一种"实体性"的心灵,就像中国古典小说《红楼梦》中贾宝玉脖子上挂的那块石头一样,是一个实体的存在。这种精神性的实体,就是他所说的一个种族的"集体无意识"。

在荣格看来,"集体无意识"对于人类个体来说,是一种独立的存在。它先于个体而存在,作为一种预定的"构图"与个体一道降生于人世。这种说法已经十分接近中国儒家经典中讲的"慧命",亦即当代新儒家讲的"理性生命""道德生命""文化生命""精神生命"。

这种"天性"或曰"集体无意识",应该是有"种族性"的。种族不同,其内涵也会存有差异。就我们中华民族而言,作为人之所以为人的"根器"与"心源",是以"仁"为核心的"恻隐之心"、以"义"为核心的"羞恶之心"、以"礼"为核心的"辞让之心"、以"智"为核心的"是非之心"。这些"文化的生命""精神的生命"就相当于人的内在的自然,是原本存在于人的心灵之中的。

按照牟宗三的说法:人之所以为人的"道德性主体"(Moral subjectivity)就是在这些"心性"的根基上树立起来的。这样的人,顶天立地,内透精神价值之源,外现通达万象之流,在此根基之上的生命活动才是生命的理想境界!

现代人的生命活动中为什么弥漫着如此浓烈的贪腐奢靡、暴戾残忍、鲜廉寡耻、丧心病狂的气息,或许就是因为已经在不知不觉中捐弃了自己种族原本的"根器"与"心源",就如同丢失了贾宝玉系在脖子上的那块"通灵宝玉",注定是要痴呆、癫狂的。

上世纪,法国杰出思想家薇依(Simone Weil)写过一本题为《扎根》的书。书中指出:扎根(enracinement)也许是人类灵魂最重要也是最容易被人忽视的需求。一个人通过真实、活跃且自然地参与某一集体的生存而拥有一个根,这个集体活生生地守护着一些过去的宝藏和对未来的预感。每个人都需要以他作为自然成员的环境为中介,接受其道德、理智、灵性生命的几乎全部内容。

扎根的根属于精神文明,只有纯粹的善才能在人类活动中产生真正的伟大。拔根状态是各种人类社会疾病中最危险的一种,它会自我增殖。

伟大强盛之类的虚假概念、空洞的大话金句、正义感的贬损、军事征服的妄想、信仰真理的缺席以及一个国家的内部社会关系的紊乱都是引起拔根状态的因素。金钱是一种不可小觑的拔根力量,金钱渗透到哪里,赢利的欲望就会替换掉所有的动机,就会腐蚀掉哪里的根。

薇依指出,真正被拔根的人有两种表现,一种是自暴自弃"躺平",落入无异死亡的灵魂惰性状态;一种是"内卷",沉浸于拔除别人生命之根的暴戾活动。

从第一次世界大战开始,一个多世纪过去,现代人的"拔根"举止不但没有消停,反而日渐病入膏肓,已经到了不治、无解的地步。

2011 年 10 月,姑苏城外

凝望河之南

——一种视觉化写作的尝试

千年回首

　　这是一块古老的土地,《诗经》中的十五国"国风",多半来自这块土地上的先民的歌唱。

　　"关关雎鸠,在河之洲","坎坎伐檀兮,置之河之干兮"。

　　"河",古时候专指黄河;"洲"和"干",就是河水流过的土地。

　　这块依山傍河的土地,就是"河南"。

　　在这块古老土地上生息繁衍着的人类,就叫"河南人"。

　　已经过世的、土生土长的河南作家乔典运,在回答外省同行"究竟啥叫'河南人'"的追问时,曾慢悠悠地说道:"河南人就是咱中国人的妈。"

　　他其实是在说:这块黄河流过的山川,是曾经哺育了中华民族的摇篮。

　　旷远、深邃、湛蓝、近乎神秘的天空;肃穆、浑朴、厚重的荒原;在旷远、肃穆中静静涌流的黄河水。

汝州张湾村东山考古遗址。灰层中猿人留下的动物化石：肿骨鹿、剑齿象。

南召小空山。旧石器洞穴遗存：砾石、石核、石片。

新郑裴李岗。新石器时代造型优美的石刀、石镰、石斧、石铲、石碾。

从石块到石器，生活在河南的先民们，在与这些"石头"的消磨中，度过了人类早期的一百多万年！

郑州北郊贾鲁河畔大河村"仰韶文化"的部落遗址：残存的墙垣、依稀的居室、残缺的陶器、骨器。

安阳西北小屯村殷墟，经过复原的"王宫"，土夯的墙壁、草苫的屋顶，奇异怪诞的石雕和青铜器。

古城开封，巍然雄踞的大梁门。

宋、元、明、清时代的古建筑：铁塔、繁塔、龙亭、大相国寺、延庆观、山陕甘会馆。

开封老城旧时民居，民国时代青砖灰瓦的四合院，送檐翘脊的门楼，已经风雨飘摇，日暮黄昏。

从三皇五帝、唐尧虞舜到秦汉隋唐、宋元明清，河南人在这块土地上筑居、栖居，辛苦营造了五千年！

历史上，开封曾经拥有过无可比拟的辉煌，时间也就在刚刚告别我们而去的那个一千年的开端。

整整一千年前的那个 1001 年。北宋开国 40 周年。宋真宗赵恒作为大宋王朝"第三代领导人"登上皇位的第三年，史称"咸平三年"。

开封南郊，北宋"玉津园"遗址。

这一年的农历五月，真宗皇帝曾在这里"观刈麦"，表现他对农事、民情的关怀体贴。

开封西郊经济技术开发区，北宋"金明池"遗址。

这一年的六月，真宗皇帝曾在这里"观水嬉"，除龙舟竞赛、水军操练外，还有盛大的水上歌舞、杂技表演，一派升平气象。

开封西南郊,北宋"琼林苑"遗址。

这一年的八月,真宗皇帝曾在这里大摆宴席,款待本年度科场高中进士的读书人——黄梅戏《女驸马》里那句脍炙人口的唱段:"我也曾赴过琼林宴,我也曾打马御街前",并非只是虚应故事。

开封市中山路北端的"御街":崇楼峻阁、雕梁画栋。

御街南口,背驮武士的石塑大象。

这座精美的雕塑艺术,并非完全出自当代艺术家们的凭空想象。

那时东京开封的玉津园中,就曾驯养着46头由印度、泰国引进的大象,春夏时节赶往商丘地区宁陵县的汴水北陂放牧,秋后回到园内过冬。闲时供游人参观,每逢节庆大典,便走进游行的队列中充当"仪仗"。

46头大象,由此也可看出当时开封的实力。

当年的"御街",又叫"天街",其规模、繁华远过于此。十里长街,店铺林立、商贾云集;酒楼灯火彻夜长明,歌馆丝竹经久不息。过往的有日本、朝鲜、泰国、缅甸、越南、印度、马来西亚、阿拉伯甚至苏丹、索马里的商人,经销的货物则有:广州的荔枝、福建的龙眼、新疆的玉石、宁夏的地毯、杭州的丝绸、海南的珍珠,以及大食、月支的香料、药材,高丽的金器、银器、盔甲、刀剑。

据保守一些的统计,此时开封的城市人口是150万,大中型工商店铺6400多家,小商小贩上万余人。在北宋画家张择端的绘画杰作《清明上河图》中有着真实生动的描绘,在北宋遗民幽兰居士孟元老的《东京梦华录》中有着丰富细致的记载。

工商业的繁荣,使一些人成为巨富。真宗的当朝宰相王旦曾说:"京城资产百万者至多,十万而上,比比皆是。"其富有程度,远远超过了"腰缠十万贯,骑鹤下扬州"的唐代商人,也远远超过了莎士比亚笔下的那些威尼斯商人。

开封,作为当时世界上独一无二的世界性大都市,该是当之无愧的。

晚霞似火、乱云飞渡,午朝门前雄浑的宋代石狮。

包公祠、天波府的飞檐翘脊终也挂不住渐渐西沉的一轮夕阳。

夜幕降临、华灯初上的开封市中山路,繁华的柏油马路当中,古代"州桥"遗址。

州桥,又名"天汉桥"。原是正对北宋皇宫大门的一座著名的石桥,坐落于御街与汴水的交会处,桥堍石壁上雕着龙马精神,是当年京都的商贸中心。《水浒传》中讲述的"杨志卖刀"的故事,就发生在这里。王安石、梅尧臣、范成大都曾留下咏叹州桥的诗歌。

随着北方异族的入侵、北宋王朝的南迁,这座著名的桥梁早已淤埋在厚厚的黄土之下;明代在此旧址建造的州桥,也由于遭逢崇祯末年的特大洪水,被黄河泥沙再度抹平。

现代的考古技术已经探明,就在我们脚下的这块路面上:八米以下是宋;五米以下是明;三米以下是清。这里,掩埋着的不仅是一座州桥,同时也是河南古代的文明历史,是河南人曾经拥有过的荣光与苦难。

曾经为整个中华民族输送了生命汁液的中原文化,在攀上历史的顶峰之后,开始衰落下来。到了清末民初,所谓春秋雄图、魏晋风度、汉唐气象、东京繁华,全都成了先朝遗梦。而在江、浙、闽、粤率先登陆的现代文明,却又迟迟难以深入这块中国内陆的腹地。在近代中国社会发展的格局中,河南,与周围省份相比,显然成了一块低洼的盆地。或许,这就是造成"河南落后"的历史根源。

由杨家湖西南岸眺望龙亭公园:红墙碧瓦、蓝天绿树、波光粼粼、错落有致的殿阁台榭——恍若千年犹存的帝王气象。

龙亭东侧的僻静小巷,三两位遛鸟之后闲坐品茶的老人。

听老人们讲述赵匡胤、包青天、杨家将、李师师、岳飞大破朱仙镇以及"南蛮子"盗宝的故事。

这也是一个"皇城根儿"。

与北京的皇城根儿不同的是,历经千年贫困、苦难和屈辱的伤害消磨,人们在内心已经长久地失去了原初的自信、自爱和自尊。

所谓"地居中土,物禀正气",所谓"中华老字号,天下第一家",所谓"琪树明霞五凤楼,夷门自古帝王州",几乎已经成了掩饰内心虚弱的梦话。就像阿Q惯常爱说的那句:"先前,我们比你们阔气得多!"

而那些"南蛮子盗宝"的荒诞故事,则又在无意间流露出质朴憨厚而又封闭保守的中原人对于精明乖巧的南方人的恐惧和戒备。那实际上是封建时代的农业文明对于现代商业文明的恐惧和戒备。

在苦难中长期浸泡的河南人,既失落了原初古典文明的真义,又拒斥了现代文明的洗礼。

河南人,就是这样被无情的历史扭曲了。

古时的臣民称皇帝为"今上",惟命是从。至今,河南百姓还常常盼望"上头"多出几位"八贤王""包青天",还常常会把"领袖"当"皇帝"。

乡土的诉说

高远莫测的天穹下,浑厚平实的大平原。

村头农家的晒场上,一男一女两个光屁股小孩儿,在兴致勃勃地玩泥巴。揉搓、摔打,不一会,竟捏出一片幼稚、朴拙而有充满灵性的"作品"来:泥人、泥狗、泥马、泥猴、泥斑鸠……

在中华民族最为古老的典籍中,就曾记载着这样的传说:伏羲和女娲,最初就是这样把人创造出来的。

在伏羲和女娲的故居,河南省中部的淮阳县,在太昊陵前的庙会上,至今还遍布着这类原始的泥土的艺术、泥巴的作品——品类繁多的"泥咕咕"。

其中有一种叫作"人祖猴"的,黝黑的身躯上画出斑斓的花纹,精神分析心理学的专家们说,那是变形的"女阴",典型的生殖文化的象征。

所谓"皇天后土",土地就是人类的伟大的母亲。

其中还有一种叫做"娃娃头"的泥塑,"头"上开了几个类乎口、鼻的孔洞,运气一吹,便传送出美妙动人的音乐来,那是泥土与生命发出的声音。考古学家解释说,那就是"埙",世界上最古老的一种乐器。

泥土、生命,再加上艺术,这就是中原文化的精神和灵魂。

一位著名的社会学家指出:近代中国的问题,基本上是一个人口膨胀而资源短缺的农民国家追求现代化发展的问题。

至于河南面临的问题,更是如此。

往日的河南农民把自己的生涯叫做"土里刨食儿",土地就是他们的生命赖以存活的根基。

河南老诗人苏金伞,曾经在一首题为《三黑和土地》的诗歌中,描绘了河南农民对于土地的深厚感情:

> 农民一有了土地,
> 就把整个生命投入了土地;
> 活像旱天的鹅,
> 一见了水就连头带尾钻进水里。

> 恨不得把每一块土,
> 都送到舌头上,
> 是咸是甜,
> 自己先来尝一尝。

> 恨不得自己变成一粒种子,
> 躺在土里先试一试……

仅仅拥有土地,是远远不够的。

在由传统的农业社会向现代社会的过渡中,农业土地的经营管理、农村社会结构的改革重建、农民人格和心态的调整与改造,都需要一个漫长的过程。

50 年代,上至最高领袖,下至普通百姓,对于这一点似乎全都没有一个清醒的认识。大跃进、人民公社、公共食堂运动,已经被历史判定为是一次失败的"乌托邦"实验,损失是极其惨重的。

令人遗憾的是:经济基础薄弱、现代观念滞后的河南人,在这场近乎疯狂的"乌托邦"实验中,却放射出一颗又一颗的"卫星",推出一个又一个的样板,始终占据着全国政治运动的制高点,在全国出尽了风头。

河南省遂平县,拔地而起的嵖岈山,山高峰险,尽露峥嵘。

1958 年的夏季,嵖岈山人接连干下几件惊天动地的大事情:从 6 月 8 日到 12 日,不到 5 天的时间里,嵖岈山人连放两个小麦高产大卫星,一个亩产 2 105 斤,一个亩产 3 530.75 斤,由此拉开了全国大放卫星的序幕。《人民日报》当即发表社论说:"这是河南人民的伟大胜利,也给全国人民做出了好榜样。"连一向傲视河南人的上海人也在《解放日报》上发表评论员文章,赞扬"河南人民的伟大胜利,也是全世界热爱和平的人民的伟大胜利",上海人民要向"英雄的河南人民致敬"!

4 月,嵖岈山的 27 个农业生产合作社合并成一个大社,6 月 16 日正式挂牌,就叫"嵖岈山卫星人民公社",由此掀起了席卷全国的"人民公社化"的滔天巨澜。

这年秋天,嵖岈山人民公社又办起中国第一个"共产主义大食堂",吃饭已经不要钱,光是红薯就有 20 多种吃法。

在嵖岈山积年贫弱的农民们看来,"共产主义"就是天天吃白馍、顿顿喝羊肉汤。从夏天到秋天,不到 3 个月的时间,嵖岈山人似乎就要跑步进入共产主义了!

红火的好景不长,"寒流"便滚滚而来。饿死人的事情发生了,从 1959 年冬天到 1960 年春天,在短短三个月的时间里,仅仅 4 万人口的嵖岈山人民公社就饿死了 4 千人。

极目远眺，在天地相接的迷蒙之处，依稀显现出"人民公社万岁"一行如烟似雾的字迹——那是1968年，当"文革"已经取得"决定性胜利"的时候，遂平县无产阶级革命派的群众用黄色炸药将一座绵延20余里的山坡炸开，用一棵棵松树苗种下了这6个大字。

青山依旧在，几度夕阳红。

当年的树苗如今已经长成大树，人民公社却没有能够"万岁"，在遂平县的土地上更多留下的却是荒唐和痛苦的一页。

"人民公社万岁"的松树林中，一位胡子已经全白了的打柴老人，靠了大树歇息。

当记者向他询问起当年"大跃进""放卫星"时的疯狂时，憨厚的老人却淡淡地一笑，说："驴年马月的事了，提它干啥！"

城市的诱惑

豫东平原上的商丘县城。

这是一座基本上保留了旧时面貌和格局的古城：四壁合围的城墙，广挖深掘的护城河，狭窄深邃的城门洞，棋盘式纵横有序的东西南北大街，大街上鳞次栉比的商店、店内琳琅满目的货物。在这座古城的一隅，甚至还保留着明代文人学士侯方域与江淮名妓李香君住过的老宅。孔尚任的名作《桃花扇》讲述的就是他们二人的凄凉的爱情故事。

南阳盆地的内乡县"古县衙"。

这是至今仍近乎完好地保留着的一座古代县衙：狰狞的石狮、威武的门厅、森严的大堂。它始建于元代大德八年，由元到明，由明到清，再到中华民国，直到中华人民共和国成立后的一段时间里，内乡县的最高政权都设置在这里。后面庭院里的这棵桂花树，已经花开花落了600多个春秋。

这些，或许就是人们关于"城市"的最原始的意象：城市是经济的中心、文化的胜地、军事的堡垒、权力的象征。

城市，是森严壁垒的，是以邻为壑的，是高高在上的，是盛气凌人的。

多少年来，正是这样的一些建筑，严格地隔开了城市和乡村，把"城""乡"划分为截然不同的两个天地。喧闹、繁华、舒适、富有的城市和悠闲、简朴、艰辛、清贫的乡村，俨然成了两个不同的世界。城里人郊游下一次乡，就像到了世外桃源；乡下人偶尔进一次城，就像过一回盛大节日。

"城里人"与"乡下人"，似乎也成了两个完全不同的族类。

在乡下人看来，城市，是过好日子的地方；在城里人的眼光里，乡下人成了低于自己的下等人。

西方的一位有远见的社会学家曾经说过：几十亿农民站在工业文明的入口处，这将是 21 世纪初当今世界向社会科学提出的主要问题。

对于河南这个人口过剩、积弱甚久的农业大省来说，更是如此。

从梁启超、孙中山到陈独秀、毛泽东、鲁迅、胡适，再到梁漱溟、林语堂、潘光旦、费孝通，都曾对中国的农民作出过深刻的分析、评价：中国的传统型农民是勤劳的、节俭的、知足的、忠厚的、平和的、守法的、善良的、坚忍的、安命不争的；中国的传统型农民则又是闭塞的、狭隘的、散漫的、守旧的、愚昧的、麻木的、缺公德重小利的。

城市化在一个社会现代化的进程中担负的更为重要的任务是：促进这个社会的成员们由传统文化心态向现代文化心态的嬗变。

目前的河南人仍然处于这个漫长而又痛苦的转变之中，河南人在外部世界遇到的许多困窘和尴尬，其深层原因正在这里。

西方工业化时代设计的城市，果真就是幸福美满的人间天堂吗？

这一问题看来要复杂得多。

现代都市，是技术的王国，是资本的擂台，是权力的集结处，是商品的聚散地，是人才竞争的战场，是能源消耗的熔炉，又是制造污染、制造垃圾、制造犯罪的庞大机器。现代的大都市是开放的、辐射的、务实的、讲求效益的、高速运转的;同时又是骚动不安的、人欲横流的、享乐奢侈的、藏污纳垢的,甚至是危机四伏的。

在人们大步迈向城市化的同时,空气污染、水源紧缺、交通事故、强盗打劫以及一起又一起的"火焚大楼"的恶性事件的连续发生,似乎在向人们提醒:城市化带给人们的并非全是"福音"。

进城打工,竟然成为农民走进城市的唯一渠道。走进城市的农民无论如何努力,依然被称作"农民工",挣不脱他们的农民身份。

那些早些年进入城市的乡下人突然发现,他们的孩子——也就是农民工的后代,已经戏剧性地发生了"突变":他们还没有学到在城市中谋生的手段,却率先学会了城市的"消费";没有学到发达国家钻研、创新的精神,却学会了电子游戏、摇滚乐、可口可乐、麦当劳的消费习惯。对于父辈从乡村带来的优良传统,如吃苦耐劳、忠厚老实、淳朴节俭,却弃之如破履。他们的根在农村的泥土,却成了城市柏油马路上漂浮的谷草。

失根的城市人又开始怀念故乡的青葱的山林、澄澈的溪水,怀念起老家的绿豆面条、玉米糁糊涂,怀念起童年时代魂牵梦绕的曲子戏、梆子腔。然而,梦幻中的"返乡"之路其实已经断绝。

历史上多灾多难的河南人,如今在通往现代化的道路上,仍然面临着万水千山。

河洛情思

朝霞满天。

坐落在郑州市北区的"河南博物院",其宏伟的建筑就像康定斯基所说的那个伟大的"精神三角形",耸入云霄。它在外观上又有些像尼罗河畔的那些金字塔,不过,里边珍藏的却是河南人在历史上留下的足迹、华夏文明的精华。

有人说,看中国的历史,二十年看深圳,二百年看上海,五百年看北京,五千年看河南。

洛阳王城公园西门。

"龙马负图,神龟负书"的巨石雕塑,气势磅礴、奇诡幻妙。

"河图洛书"大约是关于中国文化的最早的传说。

黄河南岸孟津县的"负图寺",这里据说就是黄河"出图"的地方;

洛宁县长水镇的洛水之滨,至今尚留下一通残碑,碑文中记载说:"洛书"就是从这里出水的。

中国最早的古籍《易经》中就已经写下了"河出图,洛出书,圣人则之"的话。"河图洛书"被看作中国古代圣人的精神准则。

"图、书",在中国人的话语中,已习惯性地被用作文明传承的象征。

洛阳王城公园内,由海外华侨树起的一块石碑,镌刻着四个大字:"根在河洛"。

曾经哺育了整个中华民族的"河洛文化",至今仍旧让海外赤子依恋不舍的"河洛文化",对于它扎根的这块土地,难道仅只是一种因袭的负担、前进的障碍了吗?

嵩山少林寺。

沿途车水马龙,宾馆林立。

洛阳龙门,最近已经被联合国列为全人类重点保护的"世界文化遗产",顿时身价百倍。整修一新的大门前,排起了买票参观的长队。

洛阳市,一年一度的"牡丹花会"。

获得良好效益的"文化搭台,经济唱戏"。

偃师县缑氏乡陈河村,唐代著名高僧玄奘的故里。

村民们集资建造的"西游记宫",光怪陆离。宫门前的大红横幅以热情的商业用语招徕游人。

以经济为中心的改革开放,已经给当代河南人灌输进浓厚的市场经济意识,河洛一带质朴浑厚的山里人也已经意识到,家乡丰富的文化古迹是一大笔价值不菲的旅游资源,祖宗留下的老古董,也是可以赚大钱的。开发旅游经济,是促进河南经济发展的行之有效的途径。但是,作为中华民族之根、华夏文明精华的"河洛文化",仅仅只能用作为经济"搭台"的工具、用作"发家致富"的本钱吗?

灵宝县北坡头乡王垛村前。

函谷关古道:西据高原,东临绝涧,北倚黄河,南接秦岭,是我国建置最早的雄关要塞,古时为由开封、洛阳去长安、咸阳的交通要道。

两千五百年前,在这条黄土漫漫的古道上,自东往西,走来一位白发飘拂、骑在青牛背上的老汉。

他就是至今享有国际声誉的中国古代哲学家——老子。

在函谷关,他住了一段时间,撰写下他一生哲学思考的结晶:《道德经》,然后便骑牛西去,从此渺无音讯。而《道德经》中对于宇宙起源、社会伦理、生命养护所作的阐发,始终被人们看作华夏文化的渊源,甚至成为现代西方哲学家、科学家顶礼膜拜的对象。

函谷关一带的乡民们怀念这位伟大的哲学家,每年农历正月二十三,传说中的老子过函谷关的日子,百姓们都要用黄表纸剪牛,贴在门前。

一首童谣不知传唱了多少年:"正月二十三,老君过函关。门上贴金牛,四季保平安。"

钟声悠扬,洛阳白马寺。

山门前,左右两侧分立着两匹石刻的白马,长鬃短耳,神态昂扬。

白马寺,是东汉永平十年佛教传入中国后,正式营建的第一座寺院,距今已有将近两千年的历史,被公认为中国佛教的祖庭。

清凉台上古木参天,绿荫铺地,院子里的凌霄藤开满了一树橘红色的细碎小花,斑斓、鲜艳。

据说,最初来到华夏的两位印度僧人竺法兰和摄摩腾,就是在这个小院里,翻译出第一部汉文佛经。

六百年后,到了唐太宗的贞观年间,还是这片土地上,又出现了一位高僧,他独自一人,历时 16 年、跋涉 5 万里,克服了千难万险,到"西天"印度研讨佛法,并取回 657 部佛教经典。

玄奘故里陈河村。这是一个河南人、洛阳偃师县陈河村人,他就是被中国佛教史称作"最伟大的人物"的玄奘和尚,俗称"唐三藏"。

后人把他的事迹演绎成家喻户晓的《西游记》,"西天取经"的故事,也就成了"忠于理想,坚忍不拔"的象征。

坐落于巍巍嵩山南麓的嵩阳书院。

院内,举世罕见的"将军柏",已阅尽人间三千年的春花秋月,依然枝干苍古、生机蓬勃。古人曾有诗云:"翠盖摩天迥,盘根拔地雄。皮沁千年雪,叶留万古风。"

树下,是整齐、洁净的廊庑堂舍。

大厅内程颢、程颐的画像。

九百年前,这里曾是当时中国最有名望的"大学",相当于现在的北京大学。而出生于洛阳伊川县的程氏兄弟,就是这所"大学"的首席教授兼校长。国内学子不远千里前来求学者,"日夕盈门"。

由"二程"创立的儒家学派,人称"理学",又称"程学"或"洛学",代表着儒学在封建社会鼎盛时期发展的高峰,在中国的哲学史上占据着极为重要的地位。

河南的风土人情,曾经孕育、滋养了儒、道、释三大精神源流,为中国传统文化的生成做出了巨大贡献。如今的河南人,又该如何运用先哲们总结出的生存大智慧、如何发扬先贤们"踏平坎坷成大道"的拼搏精神,来建构自己的文化人格、来塑造自己的当代形象、来创造自己的理想生活呢?

高天流云。

黄河之水由遥远的天际漫漫而来，在我们的脚下奔流而去。

激浪湍流，无情地拍打着岸上的土石。

在这个已经拉开帷幕的新世纪里，整个人类面临的问题将是：现代与传统的断裂，经济对文化的压抑，发展与生态的冲突，物质与精神的失衡，以及世界一体化对民族人格、心态的消释。面对这一严峻的现实，基础薄弱、起点落后的河南人必须做好充分的心理准备，并尽快地作出明智的应对。

道在途中

道路，常常被人们用来比喻人类历史的进程。

道路，无疑又是从人们自己的脚下走出来的。

也许，正是因为人们行走方式的不同，人世上才形成了各种不同的道路。

少室山上瘦驴岭，崎岖险恶的山道。一位赤膊樵夫肩挑着沉重的柴草，在艰难地攀登；邙山头黄土高坡上的蜿蜒曲折小路，一位农家汉子推着独轮车，吱吱扭扭地爬过一道山坡；豫东平原，泥泞的乡村土路上，一挂满载麦秸的"太平车"，像一座小山包一般，挣扎着缓缓前行；地方公路，小轿车、大卡车、马车、拖拉机、三轮车、自行车，甚至还有成群结队的牛羊在狭窄的路面上挤挤挨挨，热闹而嘈杂。

这里展现的是一幅关于道路的历史长卷。

汽车在开洛高速公路上飞速行驶。穿越羲皇岭上"兴洛仓""含嘉仓"隧洞。洞内橘黄色的灯光使人感到恍若进入了"时光隧道"。

人类历史并非像高速公路那样直线发展的。

以"知识经济"为主导的所谓"后现代社会"的到来，其实又已经使"工业社会"成为"传统"。

人类社会也许正在"转弯"。

这个所谓的"后现代",与作为"前现代"的农业文明反倒会有更多一些的"共同语言"。

河南人应当探索一条新的道路:将对于单纯经济指标的"赶超"与整体社会生活综合的、可持续的发展结合起来,将物质文明的生产与科学技术的更新、与生态环境的治理、与精神文化氛围的营造、与国民道德水准的提高、与人们心灵世界的丰富美好结合起来,从而绘制一幅既渗透着古代文明,又融会了现代文明,既不同于传统农业文明,又不同于传统工业文明的新的生存图景。

20世纪末,世界诺贝尔奖获得者在巴黎集会的宣言中呼吁:人类要在21世纪生存下去,还必须从两千五百年前的中国哲学中去寻找生存的大智慧。

函谷关古道,风烟弥漫。

骑在青牛背上的中国古代首席哲学家老子,其背影愈去愈远,渐渐消失在天低云暗处。

道在途中。

道,就是道理,观念,准则;

道,就是道路,方向,历程;

道,就是道白,言讲,诉说。

老子说:"道可道,非常道。"但他还是一口气说了一篇五千字的《道德经》:"道生一,一生二,二生三,三生万物","道生之,德畜之,物形之,势成之。是以万物莫不尊道而贵德"。

道在途中,就是路在脚下。

2001.10.26,刘增杰先生为《精神中原》约写之稿

浅说黄河生态文化

　　什么是"文化"？在学术界这是一个众说纷纭的、莫衷一是的老大难问题，据有人统计，中西方关于"文化"的定义就有 200 多个！我有一个简单的看法："文化"，就是"人化"，是人类通过自身活动将自然打上自己印记、化为自身所有的产物，这也就是马克思在《1844 年经济学哲学手稿》中所讲的"自然的人化"。

　　举例来说：石头，是自然，原始人类最初将一块石头打磨成"石器"，石头就成了文化。泥巴，是自然，原始人类将泥巴捏成一定的形状放在火上来烧，泥巴成了"陶器"，也就成了文化。我们历史书上讲到的"元谋文化""仰韶文化""龙山文化"，其实就是被打上人类印记的石头与泥巴。

　　人类的祖先原本与其他动物一样，正是由于文化活动的出现，才使人成为人。文化是人类的象征，是人类属性的集中体现，对于人类来说，文化的意义与价值就是人类的意义与价值。在我们的日常语汇中，常常把"政治""经济""文化"并列，文化总是被排在最后，我倒是相信：文化虽然被排在最后，但最后起作用的一定是文化！

　　有一种说法是：生态危机归根结底是人类的文化危机，而人类文化与自然生态从一开始就处于"敌对"状态。这种说法有一定道理,但并不确切。从整体看,人类长期积累的文化,不但有与自然对立、冲突的一面,还有力求与自然认同、协调、融会、有机整合、良性互动的一面,这在黄河文化中表现得最为突出。

正是自然与人的依恋与纠葛、亲近与冲突,造就了一部悲哀与壮阔相混融的黄河史。黄河在漫长的岁月中哺育了一代又一代的黄河人,而黄河人同样在漫长的岁月中为黄河贯注了精气与灵魂。黄河既是一条自然的河又是一条文化的河。

我出生在河南开封,黄河就在离我们家门口9公里的北郊。黄河的河床高出开封地平面近10米,滔滔黄河水是从我们头顶上东流而去的。尽管身处风险,我对黄河仍然怀有深厚的感情。

中国人称黄河为母亲河,黄河用博大的胸怀孕育出灿烂的中华文明。对于我个人来说,"没有黄河就没有现在的我"并不是比喻,而是实话:1938年夏天,黄河在郑州花园口决堤,水淹三省四十县,通许县乡下的一位少女跟着母亲逃荒到开封,嫁给开封市一位贫苦市民,她就是我的生身母亲!我祖母的娘家在隔河相望的封丘县,家里人每年走亲戚都要过黄河。早年黄河没有桥,过河的方式多种多样:常见的是坐船,艄公撑的木船;再是踩冰凌过河,那时气温低,冬天冰冻封河,人们冒着生命危险踩着河冰走到对岸;日据时期黄河河床干涸,人们可以花几文小钱租个毛驴骑上过河,头上冻云滞重,脚下黄沙漫漫。

往昔的开封一年到头风沙大,多半从西北方向的黄河上空刮来,像我这样的老一辈开封人不但喝的是黄河水,谁的肚子里没有四两黄河土!我对黄河的感情不但在血脉里,还在遗传基因里。我与黄河的因缘不是一篇文章可以说清楚的。

二十年前,我受命主编过一部《黄河史》,由沿黄河八个省份的出版社联合出版,如今旧书网上的价格已经翻了六倍。

去年9月，我有缘与"人与生物圈国家委员会"的专家一道，对黄河中下游段进行考察，从豫西小秦岭自然保护区到渑池县仰韶文化发源地；从黄河三门峡大坝，到山西平陆县锁阳关虞坂古盐道；从登封县大禹治水的远古遗存启母阙，从开封北郊柳园口，再到兰考县黄河险工地段东坝头，沿黄河两岸行走近10天，于古稀之年再度亲近黄河。

黄河何由诞生？往远古洪荒追寻，黄河从华北古陆地的沉浮中来，早在两千四百多万年前的喜马拉雅造山运动，已经为黄河的孕育吹响了前奏曲：在新第三纪的中新世，喜马拉雅运动所反映出来的全球大变动——亚欧板块、印度洋板块、太平洋板块的相互挤压，使得太行山以西的断块地域发生剧烈的地壳升降，伴随着断陷、裂谷，银川地堑、河套地堑、晋中盆地、豫鲁凹陷等一系列湖盆相继形成；亚欧大陆气候变得干燥，东亚季风渐成气候，印度洋暖湿气流进入华西华北受阻，华夏西北地区的沙漠、戈壁渐渐蔚为壮观，也为黄土高原的诞生埋下伏笔。黄河是在气候与地质激烈动荡中孕育的，也许从一开始大自然就赋予了黄河一种特定的遗传基因：坚韧执着、桀骜不驯。

几乎与黄河由湖盆水系跨向一条连贯的入海大河的同时，人类也开始由攀援的古猿进化为直立的人，从此人作为一个具有独立意识的主体，被从大自然中剥离出来，并且从此开始了人与黄河的纠葛。

《太平御览》记载："天地开辟，未有人民。女娲抟黄土作人。"河南淮阳县属于黄泛区，城北有一座太昊陵，俗称"人祖庙"，传说就是当年女娲抟土造人的地方。当地流传一种泥巴捏成的玩具"人祖猴"，其上的"女阴"图案呈现出母性旺盛的生殖力。

在中国远古神话中，人是在黄水与黄土的混融中诞生的。于是，在中华民族的文化精神里，就不能不始终透射出黄河的气息。

中国的传统文化把"自然"叫做"天"，中国人对"自然"的态度大约经过了这样几个阶段：畏天，敬天，制天，役天。"黄河之水天上来"，在中国古代人的心目中，黄河也是天河，中国人对"天"的立场和态度，鲜明地投射在对黄河的立场与态度上。

畏天：最初傍河而生的华夏先民，在河畔取水，在河岸穴居，在河中捕捞，在河滩采集，黄河就是他们的衣食父母。然而这位尊者又是如此的喜怒无常，不停地挟带着洪水泥沙四下乱闯。仅有几件石斧、彩陶的先民们，除了在黄水袭来时离家出走、东躲西藏之外，没有任何办法。然而就是这样的迁徙和流动，也促进了不同部落的交流。最初的工艺和文化，比如石器的打磨、穿孔、装柄，陶器的制坯、焙烧、装饰，住室的设计、构建、维修，以及丧葬的礼节、习俗、仪式，艺术与宗教活动中的歌唱、舞蹈、绘画，就是在这种迁徙过程中交流、丰富起来的。

敬天：敬天与畏天的心理是一致的，只不过增添了更多的主动意识。在安阳殷墟的甲骨文卜辞中，就有了祭祀河神的记载。历代王朝，一旦黄河决口、国家蒙难，即使贵为"天子"的皇帝往往也要下诏罪己，恭恭敬敬向黄河检讨自己的错误。有的皇帝还像讨好自己的列祖列宗一样，反复给"河神"加封爵位和称号，增修庙宇和神像，以保国泰民安。

制天：这里的"制"是管制、节制、控制的意思。观之历代的"制天"史实，大体可以分为两类。一类是思想上的，体现为一套观念系统，如古人把阴阳五行学说运用到治河实践中。所谓"镇河铁犀"就是一个典型的例子。明清之际，在黄河易决难堵的险工地段，常常置放一座铁铸的犀牛，名曰"神牛"。按照"五行"之说，铁属金，金生水，金为水母，是水的长辈；牛属坤，坤为土，土能制水，因而"铁牛"便具备了镇压河患的双重威力。另一类"制天"体现为一系列科学的或准科学的治河理论与治河技术，这是历代许多治河专家、能工巧匠在与黄河泛滥作斗争的艰苦实践中渐渐积累下来的，也是人们对于黄河自然规律的逐渐把握。如"筑堤修坝""束水攻沙""分流杀势""蓄洪减水""上拦下排""两岸分滞"以及"人工改道"等。

役天：即天为我所用，让大自然满足人类无休无止的需求和欲望。我上中学的时候曾经看到报纸上刊登一首诗歌："天上没有玉皇，地上没有龙王。

我就是玉皇,我就是龙王,喝令三山五岭开道,我来了!"同时还配有一幅漫画:倒霉的河神龙王像牛一样被人牵着鼻子来到田头,套在水车上提水浇地。随着科学技术的发展与工业社会进程的加快,人类向自然作战的能力大大加强,一道道大坝拦河建起,一座座发电站投入运行,一座座水库映照蓝天,一条条水渠引流而下,更有许多工厂、交通设施建立在黄河两岸:打石场、石灰厂、水泥厂、化工厂、炼焦厂、炼油厂、汽车站、火车站,黄河流域的人口在迅速膨胀,黄河一度曾显得大病在身、疲惫不堪,河水污染、河道堵塞,一年之中竟至断流200多天!

在人与自然的生物圈里,黄河是一种自然的存在,又是一种文化的存在。百万年来,偎依着这条大河的流域形成了诸多民族融合的人类社会。"西侯度人""蓝田人""丁村人""大荔人""河套人""山顶洞人","水洞沟文化""丁村文化""仰韶文化""龙山文化""裴李岗文化""大汶口文化",我们的先民们就是沿着这一进化的阶梯,一步步走入文明社会。火的利用、野兽的驯养、谷物的种植、陶器的发明、纺织的推广、文字的出现、铁器的普及、水利的兴修、城池的修筑、印刷的盛行……这一系列人类文明的累积,无不由黄水黄土赋予着生机。而尧、舜、禹、夏、商、周、汉、唐、宋、元、明、清无一不是在黄河水系辐射的扇面上化入化出、兴衰枯荣。安邑、阳翟、曲阜、朝歌、咸阳、长安、兰州、银川、洛阳、安阳、开封、商丘、济南、徐州,这些历史名城无一不是连缀在黄河或其支流之上的颗颗明珠。"孔孟儒教""老庄道家""佛门禅宗""李杜文章",这些东方人类的精神之花无一不是开放在黄水浸漫过的黄土地上。宽泛地说来,这些又构成了黄河政治史、经济史、文化史、科技史、心态史的丰富内涵。

从历史上看,黄河的表现则又是喜怒无常、动荡不安的。在世界的所有河流中,黄河以它的"善淤、善决、善徙"著称。

"善徙",有文字记载以来黄河大的改道就有 26 次,平均百年一次。这条桀骜不驯的黄龙经常摆动它那巨大的尾巴,轻轻一扫,北至天津以北,南到淮南以南,纵横上千里,东部中国25万平方公里的沃野,几乎随处都可以成为它翻来滚去的河道。

"善决",据不完全统计,自汉文帝年间至民国二十七年总计2 106年间,黄河决口1 590次,平均三年两决,清末以降尤为厉害,几乎是一年数决。

至于"善淤",是指黄河含泥沙量大,俗称"斗水泥七升",黄水流到哪里,就把泥沙携带、弃置在哪里。这当然有好的一面,河口冲积扇每年在大海里造出大片陆地,如果从春秋战国算起,三千年来差不多凭空造出一个欧洲国家的国土。然而淤积又无时无刻不在抬高着河床,过了桃花峪,在黄河下游的开封、兰考一带,黄河的河道已高出城市地面,成了举世闻名的"悬河",如若一旦决口,黄河灌入这些城市简直就像灌"老鼠洞"一般。史书中曾记载崇祯十五年(1642)河决开封的情景:黄河破开封北门而入,水深数丈,浮尸如鱼,30余万生灵葬身水底,得以逃生者仅数千人。

"江河横流,方显出英雄本色",有泛滥为害的河水,就有治河理水的英雄,从共工、大禹、郑国、王景,到王安石、郭守敬、贾鲁、潘季驯、靳辅,他们以自己的身体力行,为治理黄河创建下不朽的业绩。

黄河,既是一条大地上的河流,又是一串流逝的岁月,同时具备了地理的空间性与历史的时序性。从古黄河的孕育阶段起,黄河就与同时出现的人类发生了相互感应、相互作用,黄河与黄河人就已经把各自的命运交融在一起,黄河文化也就从那时开始萌生。当然,这是一种独特的文化,是一种既不同于地中海文化,又不同于恒河、尼罗河或其他河流文化的文化。

黄河文化的内涵是多方面的,但核心总也离不开"黄":黄水、黄土、黄种人、黄帝、黄钟、黄帝陵、黄山、黄牛、黄粱梦、黄豆、黄瓜、黄滕酒、黄连、黄芪、黄泉路……东西南北中,金木水火土,青红黑白黄,黄土位于中央,协调着生物圈内的平衡运转。

黄河在中华民族心灵与精神中留下的印痕永是一笔数不清的历史遗产。黄河的善决,形成了黄河人的"封堵"意识。"兵来将挡,水来土掩",万里长城与黄河大堤一样，用意都在"封堵"。"拒敌于国门之外"与"拒水于家门之外"的行为模式是一致的。而黄河的"善徙"，动荡离乱的生活反而促进了黄河人对"安定"的向往，对家园的眷恋，"宁为太平犬，莫作乱离人"，"河来盼河去，地冲人不走"，"树高千丈，叶落归根"。黄河的专横与神秘莫测，又造成了黄河人对天命的敬畏，对专制者的服从，"天命不可违"，"犯上作乱罪莫大焉"，听天由命的"顺民"品格被一再称颂。黄河带来的层出不穷的灾害与苦难没有能够摧毁黄河流域人民的生存意志，反而更增加了他们之间的凝聚力，由此生发出的孔子的"仁爱"，墨子的"兼爱"，长期以来被作为中华民族人际交往的理想尺度。此外，贫困促成了黄河人的勤劳；饥荒养成了黄河人的节俭；苦难酿成了黄河人的善良；动乱结晶出黄河人的和谐；治河理水、灌溉航运造就一批古代水利科技的能工巧匠；悲欢离合、喜怒哀乐化育出一群文学艺术创造的大师巨擘。

这就是黄河的文化历史，黄河的文化传统。

那么，现代的黄河人应当如何从黄河文化传统中取得裨益呢？面对这一问题，存在着两种截然对立的意见。

一种意见是怀着强烈的民族情绪，认定黄河文化作为中华民族的核心文化是人类最优秀的文化，世界天翻地覆、国家改朝换代，中国的文化传统不能变，否则就是不肖子孙，就是数典忘祖。这种"国粹主义"的论调曾受到"五四"新文化运动的猛烈抨击。但在新的历史阶段，由于现代化进程中出现了许多令人忧虑的事情，复兴中国传统文化的呼声遂又在海内外日益高涨起来，一些充满忧虑的文化人认为只有重新发扬光大中国传统文化，把中国传统文化作为中国乃至世界现代文化系统的基础和核心，才能使世道免于崩溃，使人心免于沉沦，人类才能获得拯救。对于这一派意见，我们不妨名之为"传统至上论"。

另一种意见则表现出浓重的民族虚无主义情绪，认为中华文化或作为中华文化核心的黄河文化早已经衰落了，而且不仅如此，世界上所有的大河流域文化都已经无可挽回地衰落了。有人大声慨叹：龙的传人啊，黄河能给予我们的，早就给了我们的祖先，我们的祖先已经创造的文明，黄河不能再孕育一次。新的文化不可能再从黄河水中流淌出来。旧的文明的沉渣，作为一种传统，像淤积在黄河故道里的泥沙一样，积淀在我们民族的血管里。它需要一场大洪峰的冲刷，而这一洪峰，不是黄河水的洪峰，而是来自地中海沿岸由古希腊文明转化的现代工业文明。在这一部分人看来，黄河文化传统已经失去了生育能力，现代中国人必须凭借外来文化奶母的乳汁，才能获得新生。这种意见我们不妨把它叫做"传统取消论"。

前一种论点是企图使过去的经验固置下来，后一种论点则是试图以外部的经验取代我们自己固有的一切，这在现实生活中都是难以行得通的。

为了澄清这些片面或偏激的看法，我们有必要弄明白"传统"与"现代"的关系。

"传统"中的东西并不都是过时的、陈腐的、僵死的、无用的。如在黄河文化的传统中，无论是它在农业科学技术方面呈现出的高度智慧，还是在颠沛流离中形成的亲善的人际关系，还是在战胜灾难时培育出的意志和胆识，还是在艺术创造中闪现出的真诚与美好，都仍然是现代中国人的一笔宝贵的精神遗产。最古老的东方文明往往会给最现代的西方思想提供某种启迪，不难看到，像莱布尼茨、梭罗、怀特海、海德格尔、玻尔这些为西方现代社会做出巨大贡献的哲学家、科学家都曾从中国古代文化中汲取过创新的灵感。

另一方面，"现代"的东西也并不都是美好的、完善的，甚至也并不都是有益的。自然环境的恶化、生态平衡的破坏、人际关系的冷漠、物欲的恶性膨胀、理想信念的破灭、生存意义的丧失，全都是伴随着人类社会现代化的进程衍生出来的。为世人所推崇的"现代化"社会远非人类的"理想国"或"伊甸园"。即使西方"现代化"的有益的经验要移植到东方的这块国土上，也还要经过诸多艰难的探索与实践。

传统在实际上也是割不断的，尤其像黄河文化这样历史悠久、内涵丰富、生机旺盛的文化传统,更不是谁轻而易举地宣布一下"死亡"就可以忽略不计的。假如说过去那些曾经繁盛过的大河流域文化都已经死去,也不能视为黄河文化注定消亡的依据。黄河文化的存续,只应看作人类文化现象中的一个奇迹。已经流淌了百万年的黄河还将在地球的东方流淌下去,我们期待在新的时代,中华民族与黄河一道用更加协调的笔调谱写出后续的篇章。

2021 年秋,黄河科技学院生态文化研究中心

文学与生物圈的和谐

从文学理论来说，"文学是人学"；从生态学常识讲，"生物圈是生物体与其生存环境的整体关系"。照此推论：人是生物体，作为人学的文学注定与生物圈有着密不可分的关系。

但要具体说清楚文学与生物圈的关系，并不简单。

生物圈（biosphere）：地球上生命活动所依赖的物质及其生成物集中存在的空间。包括整个水圈、大气圈、土壤圈、岩石圈的上层（风化层）。"上穷碧落下黄泉"，其范围包括地表以上 23 公里的高空，地表以下 12 公里的地层。

生物圈即地球生态系统，最初由奥地利地质学家修斯于 1875 年提出，长期以来一直被局限于自然生态研究的范围内。随着人类的生产和社会活动对地球物理与生化状况的影响愈来愈大，人们渐渐意识到，地球上除了由大气、水源、岩石、土壤以及其他生物构成的"自然生态系统"之外，还存在着一个由人类的政治、军事、经济、科技、法制、教育等活动构成的"社会生态系统"，有人将其称作"社会圈"，正是这个以人类活动为核心的社会圈，对地球的生物圈带来日益严重的损害与威胁。

如果进一步追究，人的经济活动、政治行为终归是由人的思想、观念、心态、爱好决定的,这就是说在人的政治经济活动之上,还有人的情感、道德、信仰、理想、审美、幻想的存在,这是一个心灵性的、精神性的存在,悬浮在地球生物圈的上空,更不容易把握,有人把它称作地球的"精神圈",属于地球生物圈内的精神生态系统。

文学艺术就属于这一领域。

比起地球上其他生物,人类生态序位的构成要复杂得多,它融合了地球生物圈中自然、社会、精神三个层面,贯通了自然生态、社会生态、精神生态三个相互区别又相互联系的系统。

生态学家曾将地球生物圈中的生物按照营养级位顺序排列了一个"金字塔"(ecological pyramid),位于这座金字塔顶端的是人类。而人类的文学艺术活动又漂浮在人的经济政治活动之上,像一片白云、一缕清风。这也就是恩格斯在《路德维希·费尔巴哈和德国古典哲学的终结》一书中所说的"更高地悬浮于空中的意识形态领域"。

这不能理解为诗歌、音乐、绘画就一定比食物、饮料、空气更为高贵,就像不能说狮子、老虎、人类比泥土、森林、昆虫更为高贵一样。恰恰相反,文学艺术更接近人的最早的自然本能,人类在还不会说话的时候就已经会唱歌,在还不熟练直立行走时就已经会跳舞,在还没有文字的时候就已经会画画。诗歌、音乐、美术,既是人类生命进化史中的一个"原点",又由于这个"原点"拥有的精神属性而与反思、信仰一样,成为人类活动史中的制高点。

由于我是作为一个文艺学学者介入当代生态学领域与环保运动的,所以,我关注的重点始终是"人类的精神"在"地球生物圈"中的地位、影响和价值。

2015—2025"人与生物圈"计划提出以下愿景:人类认识到彼此共同的未来及自身与地球之间的相互作用,以负责任的方式投身于建设与生物圈和谐共处的繁荣社会。为了实现这一愿景,战略规划倡导尊重各种文化价值观,通过参与式对话、知识共享及环境教育,完善人类福祉、达到人与自然的和谐统一。

对照这一战略规划,文学能够为人与地球生物圈的和谐共存、健康发展做些什么呢?

文学作为更高地悬浮在社会物质生活之上的精神领域,它不可能像垃圾分类、废品回收、污水治理、绿化植树、大气监测、能源更新那样,对改善生态状况产生立竿见影的效应。文学是要通过审美的渠道,用质朴的天性、纯真的情怀、超前的意识、浓郁的爱心、坚韧的责任感祛除社会成见、健全人的心灵,进而帮助人们树立一种与自然和谐相处的生存方式。

鉴于此,文学对于改善人与地球生物圈的关系可能会在以下三个层面发挥作用:

发挥文学的社会批判作用,及时揭示由于人类的失误对生物圈造成的严重损伤。在这方面美国女作家卡森(Rachel Carson)的《寂静的春天》一书是一个典型的例子。上世纪 50 年代,卡森突破重重阻力,用生动的文笔、大量的事实揭露了美国的化肥与农药生产对生物链的破坏、对人类生存环境毒化,从而引发全社会的关注。该书被誉为"世界环境保护运动的里程碑"。美国政府环境保护署就是在这本书感召下成立的。还有人说:美国的环保运动是和这位女作家的书一起到来的。2010 年,中国摄影艺术家王久良拍摄、制作的环保电视纪录片《垃圾围城》,以醒目的影像、警策的话语向人们呈现了垃圾包围北京的严重态势,揭示了物质主义、消费主义如何糟践了地球生物圈,不但让广大百姓接受一堂生动的环保教育课,同时还引起国家领导人的重视,促使政府垃圾处理政策的密集出台。

发挥文学的讴歌属性,为大自然仗义执言、为维护地球生物圈稳定、为点赞蓬勃开展的环保运动歌功颂德。这方面的代表人物我们可以举出被称作"大地伦理学之父"的美国生态作家利奥波德,他在 1948 年出版的随笔集《沙乡年鉴》,被誉为"绿色圣经"。在这本书中,他第一次用文学的优美的笔法宣扬了"生命整体主义":"土地不光是土壤,它还包括了气候、水、动物和植物。人则是这个共同体的平等一员"。学界对他的评论是:那些往往被普通人忽略的事物,通过作家那深邃、敏感的眼睛与耳朵,立时变得绚丽多彩、栩栩如生。利奥波德正是运用这种想象力提出了一种用以衡量人与自然关系的新尺度。在我国,著名女作家黄宗英为当代生态学家、西藏高原生态研究所创建人徐凤翔扎根林海、拓荒高原的光辉事迹撰写的报告文学《小木屋》,曾一度风靡全国,感动了亿万读者。台湾作家刘克襄被人称作"自然观察解说员",他一生体贴自然、深入旷野、探访山林,围绕鸟类与野狗创作 20 余部脍炙人口的生态文学作品,在民众中有效地普及了生态精神。

运用文学的方式,展现一种人与自然"天人合一"的生存境界,召唤在社会发展进步道路上迷失已久的人类重新回归本源、和谐地融入地球生物圈。 文学艺术可以让诗歌、审美也成为人的生存方式,即"诗意地栖居在大地上"。如果说前边两点是文学"外向性"的宣传教育功能,这一点则是文学对人类自我心灵世界的滋润和养育。对此,中国古代思想家、文学家庄周有过精妙的论说,中国古代伟大诗人陶渊明、美国当代诗人斯奈德都有着完美的实践。梭罗(H. D. Thoreau)的长篇生态散文《瓦尔登湖》如今在中国已经发行了 45 种不同的版本,其影响之广泛超过任何一种当代文学作品。

这里我特别想说一说美国当代女作家威廉斯(Terry Tempest Williams)的被誉为美国自然文学"经典之作"的《心灵的慰藉》,作者将自己家族的经历与美国西部大盐湖水系的起落以及湖畔各种鸟类的命运有机地联系在一起,用一种独特的写作方式将人与自然之间生死与共的处境展示在人们面前。威廉斯说她写这本书"是为了给自己铺一条回家的路"。这本书多年前由生态文学研究专家程虹教授翻译成中文出版,在国内读者中产生强烈的反响。2017 年威廉斯夫妇到中国来,我们曾有过一次愉快的聚会。威廉斯的丈夫布鲁克(Brooke)是生态诗人,我开玩笑给他起了个中国名字"鲁布柯",他非常高兴,说:"那我们就是兄弟了!"

多年来我一直在寻求一种人类在地球生物圈中"低物质能量的高品味的生活"。这种生活不仅是"低碳"的,还应该是"高尚"的。因为低碳,所以能够维护地球生物圈的稳定与平衡；因为高尚，所以符合人性的丰富与优美。这样的生活有益于人类与生物圈的友好共处。我想来想去，这样的生活应当是文学的、艺术的、审美的、诗意的，像中国伟大诗人陶渊明那样：诗意地栖居在大地上。

纪念《人与生物圈》杂志创刊 25 周年　2019.9.13

千年桃源梦

——关于创建国家公园的一点感想

在中国，创建国家公园的序幕已经拉开。

看到预定的宗旨有这样一些条文：全民共享、世代传承，突出生态保护优先，以自然修复为主，将自然生态系统和文化自然遗产保护放在首位，促进人与自然的和谐共生，维护绿色永续发展，扩大中华文化的持续影响。于是我又想起中华民族伟大诗人陶渊明的不朽篇章《桃花源记》。陶渊明笔下的桃花源里，"草荣识节和，木衰知风厉。虽无纪历志，四时自成岁。怡然有余乐，于何劳智慧。"在中华民族的这块梦幻的国土上，风光绮丽，生态良好，人心古朴，社会稳定，人与自然和谐共生，全体村民共治共享，并且世世代代传承下来。然而，这样的乐园，事实证明只能是一个梦想，一个美丽却难以实现的梦。

尽管是一个不能实现的梦想，千年来却始终潜伏在中华民族的心灵深处，并时时涌动到现实生活中来。直到今天，一些有识之士仍然念兹在兹地重温这一千年美梦，希望在当下的社会生活中能够落实下来。中国当代著名景观设计师俞孔坚博士在明尼阿波利斯国际学术会议上呼吁，要把"重归桃花源"视为当代景观设计学的战略使命，视为重建天、地、人、神和谐共处的楷模。农民间问题专家贺雪峰教授则希望借助陶渊明的"桃源憧憬"引导中国当代农村走出险象环生的困境，避开消费主义的陷阱，重建田园牧歌的生活，让温饱有余的农民能够享受青山绿水和蓝天白云，享受陶渊明式的"采菊东篱下，悠然见南山"的休闲与情趣。

那么，创建国家公园时，我们又能从"桃花源"里汲取些什么呢？

在"人与自然永续的和谐相处"这一核心宗旨上，二者是一致的。桃花源实现这一宗旨的途径，一是保护优先，在桃花源里绝没有大规模的生产建设与市场开发；二是空间封闭，进入桃花源只有一条隐秘的水路，"一朝敞神界"，"旋复还幽闭"，桃花源人不希望任何外界人士介入。桃花源由此维护了自己的生态的清净与环境的稳定，也因此保障了这块土地上人与其他自然生物的和谐共处，取得了高不可攀的"幸福指数"。

不过，在陶渊明的桃花源梦幻中，"保护优先"与"空间封闭"，全都做到了极致。桃源梦中的"保护优先"成了"保护唯一"，"俎豆犹古法，衣裳无新制"，拒绝了任何发展进步；"空间封闭"成了"绝对封闭"，"往迹浸复湮，来径遂芜废"，切断了与外部世界的所有联系，这都是创建国家公园无法效仿的。国家公园要求的是在严格保护的前提下，顺应生态规律适度的发展；在高度封闭的前提下，尽量减少生态足迹的有限开放。可以说，桃花源只能是一个虚拟的梦幻，而国家公园则是一个真切的现实存在！

"桃花源"与"国家公园"尽管有着以上明显的区别，桃花源作为中华民族精神文化的精华，对于当下创建国家公园，仍然有着不可小觑的价值和意义。其意义于价值在于它倾慕天人合一、向往整体和谐的炎黄气质与华夏精神。

当我们粗粗浏览了国内建设国家公园几个试点的议案后，有些为其前景暗自担忧，益发感到重温一下桃源梦还是很有必要的。

桃花源的绝对封闭不可取，但在我们国家建设中"大跃进"式的群众运动却是屡见不鲜的，造成的损失也往往是不可弥补的。我看到有的地区的负责人在动员大会上宣讲：要节奏快捷、行动迅速、落实有力地投入国家公园的试点建设，"发令枪已经鸣响"，各个部门要接过"接力棒"，把"首战之役打漂亮"！这像是体育运动竞赛场里的动员。亲身经历过1958年"大跃进"的人，对于这样的豪言壮语并不陌生，对于"大跃进"之后给社会、给自然造成的严重创伤仍记忆犹新。说实话，对于建设国家公园时这样的"战斗动员"，我们不但担心，还有些恐惧！

桃花源的绝对静止，在现实生活中也是行不通的。但追求"立竿见影"式的发展，追求任职期限内的"政绩"，也是我国当前开发建设中最常见的弊病。况且，再加上种种利益的诱惑与驱使，致使有些地区与部门的负责人一开始就把"国家公园"建设当作一块"大蛋糕"或"香饽饽"，诸多"公公""婆婆"已经开始拨动自己的小算盘，扎好架势要从中切取一块。当然，打出的旗号都是冠冕堂皇的，或"旅游开发"，或"多种经营"，或"生态补偿"，或"精准扶贫"，美其名曰"让当地百姓过上好日子"。如果听任这些地方保护主义者积极行动、快速发展起来，后果将是不堪设想的。好在高层领导一开始就注意到这些不良倾向，提出严肃警告。令人欣慰的是也有好的实例，比如吉林黑龙江跨省合作的"东北虎豹国家公园"试点，为了有效保护东北野生虎豹的生存环境，吉林省不惜将规划中的高铁路线改道，将即将施工的高速公路取消，为了虎豹牺牲了当地的经济利益与社会发展。这使人想起佛教《金光明经》中小王子摩诃萨青"舍身饲虎"的故事，可以说吉林省的做法也是一种现代生态学意义上的大慈大悲，最终必将结出善果！

中华传统文化博大精深，是我们建设未来社会生活的精神宝库。如何继承发扬传统文化，以陶渊明的《桃花源记》为例，我们认为有以下两点可以参照。

其一，生态文明属于工业文明之后的一种新的文明样态，生态时代属于工业时代之后的一个新的时代。对于这一意义上的"后现代"来说，前现代的文化资源有许多可以借鉴之处。我们以往的教科书往往指责陶渊明"逃避现实"、"与世无求"、"屈服命运"、"放弃斗争"、一味"遂顺自然"，更多强调《桃花源记》"绝圣弃智"、"安贫乐道"、不能"与时俱进"、所谓消极落后的一面。这实际上是以现代工业社会的理念要求古人,实际上现代工业社会那些"擅理智""役自然",无限制地追求"高效益""高速度",无底线地强调"竞争"与"发展"的种种看似真理的观念,已经给人类社会及地球生态酿下太多的困境于危机。如今,宁可舍弃带来严重污染的高速发展,也要养护山清水秀、芳草绿树的良好生态,已经成为人们的共识。

其二,当前一提倡"国学",一提倡传统文化,许多人就视之为迅速推进现代化的灵丹妙药,这就把问题简单化了。在我们看来,对于由启蒙理性开启的世界现代化进程,我们中华传统文化既可能产生某些积极推进作用,但更多情况下则是发现现代化进程中的偏颇,矫正现代化建设中的失误,对现代人的行为起到检讨、反思、矫正、平衡的作用。事实已经证明,世界性的现代化过程是一柄"双刃剑",它在推动人类社会高速发展的同时,已经带来太多太多的问题,乃至灾难,尤其是生态灾难。而在发挥这方面的价值与作用时,以往被认作"消极避世""退隐回归"的老庄哲学恰恰如一剂疗救热病的凉药。将发展速度慢下来,将心灵静下来,陶渊明的生态思想也应该在"中国梦和美丽中国"的大叙事背景下得到新的解读。对于"国家公园"的创建来说,千年一梦"桃花源"的价值或许也正在这里!

(《人与生物圈》杂志 2017 年第 4 期;张晓兵教授对此文有所贡献)

猞猁言说

我见到了那只猞猁

1987 年 9 月 16 日,意大利罗马,晨光明丽。

林琴科学院秀木森森,芳草萋萋,在月桂、冬青、丝柏、云杉的绿荫中,坐落着一幢幢古色古香的楼房。身材高大、面色红润、满头银发的院长、生物学家加布里埃利热情洋溢地向我们介绍科学院的历史:这是世界上最古老的研究院,建于 1603 年。创建人之一的法伯尔曾于明朝晚期的泰昌年间(1620)访问过中国。伟大的天文物理学家伽利略就是在这里继布鲁诺之后代表科学向至高无上的罗马教皇提出挑战,却被戴上刑具幽禁在监牢中。三百多年后,教皇代表上帝不太情愿地平反了这场冤案。

1968 年 4 月,以佩切伊为首的 30 多位欧洲知名人士在这里的一幢爬满青藤的小楼里成立了"罗马俱乐部",开始了拯救地球的壮举。从那时起,一系列震撼人心的报告:《深渊在前》《增长的极限》《前途如何》《人类处在转折点》《行星现状》《人类的目标》《重建国际秩序》……像一道道划破长空的闪电,揭示了现代人类面临的生存困境,拉开了通往生态学时代的大幕。

在我看来,佩切伊算得上一位先知,一位圣哲。

佩切伊是意大利最大的汽车制造商菲亚特公司的总经理,是一位科技工程界的专家,是一位世界经济的骄子。然而,恰恰是他揭示了科技对自然的损害,工业对环境的污染,消费对人的素质的剥蚀,全球问题框架给人类生存带来的危机。这使我想起了那位古印度迦毗罗卫国的王子,那位告别帝王家、托钵走天下的释迦牟尼。

佩切伊以天下为己任,摩顶放踵,奔走呼号于莫斯科、华盛顿、日内瓦、渥太华、东京、柏林、伦敦、堪培拉、维也纳,组织会议,发表演讲,求见政府首脑,拜访学者教授,希望引起人们对全球生态危机的关注,在开始的时候常常受到人们的拒绝和漠视。这又使我想起那位周游列国,处处受困,知其不可而为之的孔老夫子。

当佩切伊向现代工业社会发出警告的时候,正是西方发达国家经济高速增长、市场空前繁荣的"黄金时代",从上到下欢天喜地。佩切伊关于"人类困境""生存危机"的预报,被讥为"危言耸听""杞人忧天",这也正是一切先知先觉者常常蒙受的委屈。

在学院庄严肃穆的大厅里,我看到正当中的几案上,即中国人供奉祖先和神灵的位置上,摆放着一只奇特的动物标本。那动物模样像鹿,比鹿瘦小;像猫,比猫更加敏捷,两耳尖尖,目光炯炯,披一身淡金色的皮毛,带着若有所思的神气。院长加布里埃利笑着上前解释说:"这是我们学院的'图腾',它的名字叫'猞猁'。"院长说:"在意大利语中,林琴(Lincei)的字源就是'猞猁'(Lynx)。猞猁,一种富有灵性的动物,有着锐利的目光,敏捷的四肢,既善于觉察到环境中细微的变化,又能够迅速地付诸行动,这正是我们学院治学的宗旨。"

佩切伊就是率先跨进生态学时代的一只猞猁,一只令人肃然起敬的猞猁,遗憾的是,在3年以前,他已经与世长辞。我们没有能见到佩切伊,也未能见到他的继任者金，院长先生告诉我说：他不在意大利。但我们毕竟在学院的会客厅里，见到了那只猞猁，那只机警矫健的猞猁。

我们在林琴科学院与历史学教授贝多罗、社会学教授彼塔埃进行了交谈。在罗马俱乐部成立之后将近二十年的今天，佩切伊最先提出的人口爆炸，资源枯竭，环境污染，人的素质下降等问题至今没有解决，某些方面的情况甚至越来越糟。社会的工业化、现代化未能解决好人类自身的生存问题，人类开发外部世界的能力很强大，人类协调自身的能力很低下，人文学科与工业技术的发展成反比，这就加深了人类世界的生存危机。甚至出现了这样的局面，人类的生存危机随着科学技术的飞速发展与日俱增，人类在走向峰巅的同时也步入深渊。

从那次对林琴科学院的访问到现在，又过去整整 8 年，生态危机的红灯在更加焦急地闪烁，而人类社会的列车却越开越快。最近几天内两起噩耗接着传来：一是北极上空继南极之后又出现了一个特大的臭氧空洞，地球的"盾牌"被人为的灾难挫损掉一大块；二是南极洲的一座近 3 000 平方公里的冰山崩离大陆，向暖水海域漂去，如此下去，将导致全球气温上升以及海平面上升。然而，这真真切切发生的"天塌地陷"竟丝毫没有引起繁华街头、股票市场中人们的不安，电视里的"空调大战"仍在制造更多的氟利昂，马路上的小轿车仍在排放更多的二氧化碳。据澳大利亚一项被定为 IGBP 的研究计划测定，环境的严重污染将使地球受到"宇宙震动"，后果不堪设想。然而，"天的震怒"又与我何关？人们一心关注的只是眼前的利润和现下的舒适，罗马的那只"猞猁"哪里去了？

中国现代化起步晚，国民的生态意识觉悟得也晚。

70 年代，当世界上的有识之士试图控制二氧化碳进入大气层时，中国的诗人们还在对着烟囱唱赞歌，说那是一支支高耸入云的大笔，而烟囱里冒出的滚滚浓烟则是写在蓝天上的诗句。

如今，无论是西方发达国家还是发展中国家，面对环境污染、生态危机都已经采取了许多对策，然而，地球的整体状况仍在一天天急剧恶化，关于生态恶化的"告急文书"正如雪花般漫天飞舞，这里不准备花许多篇幅去罗列那些事实。

现状是如此险恶，后果是如此明确，人类却无论如何驾驭不住自己疯涨的欲望。国际性公约一个接一个签订，国际大会一场连一场地召开，国际性的决议一个接一个通过，日益恶化的生态环境仍然不见根本性的转机。当年，佩切伊着意宣传"世界末日悲惨的情景"，曾被许多人讥为虚妄之谈，他自己也说那只是为了以此作为"教育"人们引起警觉的"工具"，无奈的是"昔日戏言身后事，今朝都到眼前来"，今天人们面对的现实在许多方面都比佩切伊当年预估的还要严重，更有一些新的问题则是佩切伊和他的反对者都不曾预料的。

头上的乌云，心中的阴影都在昭示着种种不祥之兆，地球的生机何在，人类的出路何在，人类思想原野上的那只"猞猁"，如今你在哪里？

猞猁并未远去。在奥林匹斯山顶的洞穴中，在昆仑山的雪窟里，在泰山山谷的青松林下，又传递来它的言语。

混沌之死与启蒙之过

在中国古代哲学中，"混沌"被看作一种自然本真的统一状态，若"大璞未凿"，若"婴儿未孩"。然而，"混沌"已经死去。

"混沌"作为宇宙间的"中央大帝"，在庄子的那则寓言中已经死去，是在一个偶然的历史时间被"倏忽"以某种善良愿望致死的。混沌死于对其混沌状态的开凿，亦即死于"启蒙"。

到了两千多年后的今天，当人们在总结"启蒙运动"给人类带来的经验教训时，人们突然发现，庄子的那个离奇的寓言是一个可怕的"预言"。

发轫于两百多年前的英国、作为人类社会现代化的动力源的"启蒙运动"，曾经给人类的存在"开凿智慧"，人类社会曾经因此而奋发图强、一日千里，经济的发展，物质的积累，这两百年超过了前边的两万年，包括曾经是相互敌对的两大阵营几乎都认为自己差不多就快要进入"人间天堂"了。

"启蒙"给人类带来如此多的好处，甚至从来没有哪一个现代国家的治理者曾对"启蒙"做些斟酌与反省。庄子的"寓言"或"预言"被讥为"愚民之策"，最后，当现代人类为世界性的生态危机开始感到震惊时，人们重新对"启蒙"进行审视，才发现"启蒙"的悲剧终不幸被庄子言中。在持续两百年的"启蒙"运动中，人与自然的这一仗打得很奇特，很宏伟，也很壮烈：人类在向大自然进军的节节胜利中，突然面临全军崩溃的失败；人类在对大自然包括对自身的物质性存在取得了至高无上的权力时，人类反倒在一片庆功声中面临灭顶之灾；当人类毫无愧色地宣布已经树立起人类发展史上的最伟大的里程碑时，人类又颓然无奈地惊叹自己已给自己挖好了墓穴。生态危机已经给这两百年的世界舞台拉上大幕，正如乔伊斯形象的说法：现代人征服了空间，征服了大地、征服了疾病、征服了愚昧，但是所有这些伟大的胜利，都只不过是在精神的熔炉中化成的一滴泪水！①

诗人之泪是否在为死去的混沌哭泣呢？

"启蒙"如何开凿了"混沌"呢？依照美国汉学家、文化史学家艾恺（Guy S. Alitto）的说法，"启蒙"有两把"凿子"，一曰"擅理智"（rationalization），一曰"役自然"（world mastery）。②擅理智，即高张理性大旗，树立科学的绝对权威；役自然，即以技术为手段，竭其所能地开发利用自然。

在科学之光的照射下，地球不再是上帝居住的宇宙中心，而是银河系中一颗小小行星；大地也不再是上帝的血肉之躯，而不过是可供工农业开发利

---

① ［爱尔兰］詹姆斯·乔伊斯：《文艺复兴运动文学的普遍意义》，见《外国文学导报》，1985年第6期。
② ［美］艾恺：《世界范围内的反现代化思潮》，贵州人民出版社1991年版，第6页。

用的资源；人类与其说是上帝的孩子不如说是猿猴的孩子，实不过是动物行列中的一员；按照弗洛伊德的学说，人类甚至只是一只生了病的动物；上帝本人已被科学实证剥夺去神圣的光环，上帝由神圣殿堂逃往哲学，而哲学也以科学化、实证化为荣耀，上帝已被逼得无处藏身。往常，人们在危难中总是向上帝呼救，现在上帝遭遇危难，那么谁能救救上帝呢？神经兮兮的尼采最后喊出一句实话：上帝死了。上帝死了，那些手握科技最高成果氢弹、原子弹的掌权者却坐到了上帝的位置上，而每个地球公民的屁股下面正平均堆放着相当于 10 吨梯恩梯炸药的原子弹，天堂更加渺茫，地狱迫在眼前。上帝死了，对上帝的信仰、虔敬、畏惧也随之死去，上帝在人间播种下的道德情操也随之死去。

"为最大多数人谋最大的利益"成了科学操纵人类的强大有力的杠杆，被效益、利润吹胀的功利心取代了为理想信仰而牺牲的献身精神，被电脑技术装备起来的算计心取代了赤子般的率直与忠诚，被科学传播渠道齐一化的思维活动，取代了精神领域独立支持的个人创造性。总之，科学取代了信仰，理智取代了感情，实证取代了想象，机械取代了生命，就连精神现象也被当作物理学操作控制的对象物。人失去灵性，更失去神性，仅仅成了物质，成了"被降格为单纯的，本身无本质的可塑造的某种东西"，当人的机体中配置的全是人造的器官，流动的全都是"科学的血液"时，人的本质、本性、本真的存在便被毁坏了，抽空了。在海德格尔看来，"与之相比较，氢弹的爆炸也算不了什么"，因为这就等于在氢弹爆炸之前，人就已经完了。

在科技文明的统治下，人被束缚于因果的链条上，被捆扎进逻辑的网络中，被控制在体制的框架中，人变得更容易被操纵，被他人操纵，被机器操纵，被官僚体制操纵，被社会一体化操纵，在 20 世纪的后期，福柯终于痛苦地喊出：人类死了。弗洛姆则从心理学的角度指出："19 世纪的问题是上帝死了，20 世纪的问题是人类死了。过去的危险是担心人成为奴隶，未来的危险是人可能成为机器人。"也许结果比弗洛姆估计的还要糟糕，那就是人将"成为机器人的奴隶"。"起来,饥寒交迫的奴隶!""起来,不愿意做奴隶的人们!"从《国际歌》唱到《中华人民共和国国歌》,多少志士仁人昂首高歌,流血牺牲,前赴后继,英勇奋斗,革命终于为后代子孙驱走了"饥寒交迫",赢得了"饱暖舒适",到头来如果仍然不能改变其"做奴隶"的命运,那么下一步我们该"革"谁的命呢?

"启蒙"之被"启",就如开启啤酒瓶子一样,总需要一个工具。"倏忽"开启"混沌"用的大约只是一把"凿子","启蒙运动"使用的则是一步步向着高精尖飞速发展的"现代科技"。从蒸汽机、内燃机、电动机到核动机,从汽车、火车、卷扬机、推土机、联合收割机到战斗机、轰炸机、航天飞机,从晶体管、半导体、电冰箱、电视机、雷达、电脑、全息照相、激光电缆、月球登陆、海底采油到遗传工程、人机对话,知识就是力量,科技就是力量。人类从启蒙运动之后,就是凭借着科学技术的巨大力量,取得了对自然的支配权力,取得了牢固严密的统治地位。人类凭借科学技术,而不是凭借文学艺术,运用钢筋水泥而不是小说诗歌建造出目前这个人类社会,即所谓"第二自然"。如果说这是无量功德,则功在科技。与此同时,原先那个人类匍匐栖息于其怀抱中的大地,那个混沌一体的生机勃勃的自然已经默默死去。弄死大地和自然的,当然也不是文学、艺术、诗歌、音乐。

在庄子讲述的那个神话中,"倏""忽"两位大帝对于"混沌"的启蒙本是一片好心,而且相信得到的结果一定是幸福的,然而"混沌"却在启蒙达到预期目的之后悲惨地死去。在近代社会中,启蒙运动的一批先驱及其追随者,无疑也是抱着一颗拯民救世之心,期望以科技、民主、自由为手段凿开一个开明进步幸福美满的新时代。他们的目的不能说没有达到,只是在走向这一目的的同时由于破坏了人与自然的有机统一而酿造出如此浩大的生态劫难,却是始料不及的。技术的发达使大地失去生机,社会的进步使人类更容易被控制,科学的节节胜利,使诸神无处藏身,物质的极度挥霍使天空黯淡无光。混沌之被开凿,那个浑然抱一的原始生存状态之被破坏,不仅意味着天、地、神、人的分裂,而且意味着天、地、神、人在分裂中死去。

问题在于,只要人类存在,地球上那个混沌的有机完整的"一"能够不被破坏吗?已经支离破碎的"混沌"能够返璞归真、重新化一吗?或者当这些都已经成为不能够的时候,那么我们能够允许天、地、神、人在继往开来的不断"启蒙"中继续分崩离析,蹈入死地吗?

这是人类面临的一个生存大道理,也是一个生存的大难题。

兽性潴留还是圣贤误导

人类怎么会落到这步田地,究竟是哪里出了毛病?

据科学研究的结果报告:地球在宇宙中生成之后的漫长岁月里并没有任何生物,只是由于很偶然的机会,由于一道撕裂长空的闪电,由于一声震撼大地的炸雷,在地球之表的"原始汤"内孕育出了第一个有生命的细胞,这个细胞便是生物界芸芸众生的始祖,小如苔藓、荇藻、三叶虫、草履虫、细菌、微生物,大如猛犸、恐龙、犀牛、狮子、老虎,都是这个单细胞的子孙,人也不例外。人在这众多子孙中既是一个灵性的奇迹,又是一个苦涩的恶果,既是一位出类拔萃的天才,又是一匹罪愆难书的害群之马!

原始的地球上,曾经有过一个草木繁盛,生机盎然,自然万物和谐相处,天地众生周而复始的井然有序的时代。在那个时候,庞然大物的恐龙,也多半只是吃草。再晚一些时候或许由于天象、气候的变异,生存的竞争加剧,优胜劣败,自然淘汰,生物由低向高进化。表面上看,弱者之肉,强者之食,够"惨无人道"了,然而这一切又都是在一个近乎完美完善的"生物链环"中演进的,狮虎吃豺狼,豺狼吃鹿羊,鹿羊吃草木,草木则从阳光、空气、土壤中的腐殖质、矿物质中找到自己的食物,而看似强大的狮虎豺狼,在其命丧黄泉之后又化为腐殖质、成为弱不禁风的草木们的养料。一是生物群落,一是生存环境,生物与生物之间序列齐整,生物与环境之间自调平衡,一切都不过是群落的自然代谢,何恶之有?何善之有?"夫物芸芸,各归其根。归根曰静,静曰复命。复命曰常,知常曰明。"①老子的聪明也许正是无意中领悟了这层意思,这也就是"道"的立身之所。

麻烦的是,"道生一,一生二,二生三,三生万物",最后竟至生出"人"来。据生物学界、考古学界传来的消息,人类差不多是地球上最晚出现的生物了,不但比大象老虎晚,比牛羊鸡鸭晚,比蚊蝇草虫更晚。以地质年代论,人类大约出现在最后一个地质年代"新生代"的末期,"新生代"延续了5 900万年,善良的靠产卵方式繁殖后代的恐龙们已经绝迹,以胎生方式繁殖后代的哺乳动物繁盛起来,生存竞争活动同时也变得凶猛险恶起来。在新生代的最后几百万年里产生了人类,一种据说由某种会直立起身子,会用前肢操持棍棒石块的大猿猴,渐渐成了地球上生态系统里的强者。

先是工具的出现,后是语言的出现,接着是社会机构的出现和科学技术的出现,这只从森林中走出的"大猿猴",终于后来者居上,脱颖而出,赫然踞坐在地球的一切生物群落之上为所欲为起来。

当黑森林中的类人猿很快地(以地质年代论)演进为工业都市中的现代绅士之后,生灵万物便都成了这位饕餮者的一道道小菜、大菜。在地球有史以来的所有生物群落中,还没有哪一种生物像人类这般贪婪。目前这种如此贪婪的生物又如此迅猛地繁衍,而地球上的不少物种在人类的狂捕滥杀中正趋于灭绝。

有人考证,现代人类的这种利己性、贪婪性、攻掠性、征服性的主导行为范式,仍然只不过是"新生纪"动物界里"兽性"的潜留,人在本性的深处还有着"羊狠狼贪"的遗传基因。德国的一位怀疑主义美学家曼纽什便持此种观点,他到中国访问时我曾经接待过他。

---

① 老子:《道德经》第十六章。

这类说法或许有一定的道理,但仔细考究下去,便可以发现人性的许多恶劣处比兽性犹有过之而无不及。比如,狼吃小羊,出于它的生物本能,而几内亚草原上的偷猎者一下子杀死那么多的大象却并不是为了填饱肚子。绝大多数动物在满足基本的生理需求后,便不再伤害其生灵,而人类却不然,在充分满足基本需要之后,他还要近乎疯狂地追逐那些"冗余消费":昂贵的衣服不再为了保暖,华丽的厅堂不再为了遮蔽风雨,丰盛的餐饭不再是为了果腹,奢侈的灯饰也不再是为了照明,豪华的轿车也不再是代步行走。其他动物的性交活动只发生在一年中的某些时期,人类的性生活却成了不分昼夜的享乐游戏。其他许多动物或者吃草,或者吃肉,而人则几乎无所不吃,除了五谷杂粮、蔬菜、瓜果,还吃鸡、吃鱼、吃猪、吃牛、吃狗、吃蛇、吃鳖、吃熊、吃猴、吃蝗虫、吃蝎子、吃蛆虫、吃蚂蚁、吃丹砂、吃黄金,乃至偶尔地吃人类自己(从吃人血馒头到吃婴儿的胎盘)。况且动物与动物之间如果发生战争更不会像人类那样玩弄连环计、苦肉计、美人计、空城计,更不会摆弄机关枪、轰炸机、原子弹、核武器。照此看来,如果把现代人的基因视为那只森林中的老猴的遗传,老猴知道了肯定会提出抗议的。

人性沉沦至此,既不能完全看作"新生纪"兽性的潴留,似乎亦并非人类本意。除去商纣王、秦始皇、隋炀帝、路易十四、希特勒、东条英机这些历史上全人类共同确认的一批败类,在绝大多数的历史时期,英雄、圣人、明君、贤臣都还是一心要引人向善、引人向上的。"致君尧舜上,再使风俗淳","苟利国家生死以,岂因祸福避趋之",崇高而且伟大。社会最终还是依照人民自己的选择向前发展了,而没有听任希特勒们的倒行逆施。然而,时至今日人们最终仍然落到这步田地。

或许,差错出在圣贤们的误导?出在人类自己的选择?

远古的且不去说它了。韦伯以及后来的贝尔(Daniel Bell)都曾在他们的著作里分析了美国资本主义社会生成的社会心理原因,这些原因不是原始生物属性的潴留,而是"上帝"使者的指引,其中最为杰出的有两位,一是

"清教"精神的代表爱德华兹（Jonathan Edwards），一是"新教伦理"的代表富兰克林（Benjamin Franklin）。前者告诉美国人民要禁欲苦行、遵纪守法、敬畏神明；后者则教导美国人民要实事求是、节约勤奋、机敏智慧、发奋上进。他们都说自己秉承的是"神"的旨意。于是"内心压抑"与"自我扩张"，"禁欲苦行"与"贪婪攫取"，"宗教冲动力"与"经济冲动力"就这样巧妙地结合起来。宗教的伦理造就了英美式的资本主义精神，尤其是美国，在短短的两百年里爬升到世界独一无二的霸权地位，同时美国也成了危害自然生态的最大的罪人。

事情的发展还不止于此，美国的社会发展模式还成了世界各国争相效仿的样板。就连大清帝国道光年间的钦点翰林院大学士、状元公徐继畬也衷心地将美国式的政治经济奉为"导师"与"典范"。① 在美国社会发展史上，林肯、爱默生、惠特曼、格兰特、爱迪生、洛克菲勒等一代代的英雄和圣贤，无不承袭了爱德华兹和富兰克林宣扬的宗教精神，"清教神权统治毫无疑问在美国思想史上产生了巨大的影响。18 世纪中叶，美国知识分子领袖人物都是牧师，他们的思想也同神学有关。"②

如此说来，将人类社会最终引上危途的该是那些被视作"大救星"的圣贤了。

或许，人在地球生物圈内注定就是一个半神半兽的怪物，或许，人类在发展史中始终在神与兽之间犹豫盘桓？尼采对此曾发出感叹："人是一种不明确的动物，人既是猛兽，又是神兽。"而且十分可悲的是，"人每往高处长一分，就愈是跌入深渊"，"无论发展得多高，最终还是比开始时站得更低"。③

在 19 世纪末，尼采就已经悲惨地看到，世界已到了一个严重"危机关头"，而且，车轮在错误的轨道上越跑越快。回顾时代的积弊，他既痛心于"群氓"的

---

① 《纽约时报》，1868 年 3 月 29 日，第 10 版。
② ［美］丹尼尔·贝尔：《资本主义文化矛盾》，生活·读书·新知三联书店 1989 年版，第 103 页。
③ 转引自《人与自然》，第 115 页，第 103 页。

随波逐流，更仇恨"圣贤"们的虚伪狡诈。他曾把他的满腔怒火喷吐到以"救世"为宗旨的基督教身上，他宣布：基督教是蛊惑一切思想家的"瑟西"（狐狸精），牧师们是打着道德幌子的寄生虫。但尼采也有着自己的救世思想，他认为自己的使命是在一片精神的废墟上重估一切价值，为"意识到自身危机的民族造就天才"，这"天才"应当是"地球的主人""人类的主人"，是一位"超人"。一位不同于以往一切人的"至高卓绝之人"，这种人当然决不同于富兰克林式的"能人""强人""慈悲人"。尼采自视甚高，他认为自己就是这样一位"超人"。令人感伤的是，这位身体力行的"超人"不久便成了一位病理学意义上确切不疑的"病人"，一位精神失常的人。他只能在这样的意义上最终"超越"常人。而在尼采死后，高举"超人"旗帜、高唱"超人"赞歌的竟是世界上最可怕的一个"坏人"。尼采生前曾经说过，在善良的人和正义的人看来，超人也许被看作魔鬼。

遗憾的是，真正的魔鬼竟然出现了。当尼采刚刚心醉神迷地唱出"超人的美，作为影子向我走来"时，①走来的却是坐在坦克车上头戴钢盔的纳粹领袖。当年尼采曾踌躇满志地宣布："让我们放眼一个世纪，你们就会看到，我要消灭违逆自然亵渎人类的壮举定会成功"，"地球上重建生命的繁荣"的时刻就会到来，②"一个世纪"就要过去了，我们看到的先是第二次世界大战的尸横遍野，继而看到的是生态的危机与生命的凋敝，尤其是精神的衰败。莫非真的应验了尼采咒语般的论断："无论人类发展得多高，最终还是比开始站得更低！"尼采也是矛盾重重的，就在他猛烈抨击那个基督徒们顶礼膜拜的"上帝"的同时，他又迫不及待地祈盼着一位"新的上帝"。

人类，难道永远走不出这个宿命吗？

---

① ［德］弗里德里希·尼采：《权力意志》，商务印书馆1991年版，第85页。
② 同上书，第53页。

未来学： 路在何方

在生态保护者的宣传话语中有一个响亮的口号：爱地球,因为我们只有一个地球。人似乎成了地球的保护神。实则地球是不可能被毁掉的,即使地球上没有了人类,地球照样转动。所谓"保护自然"也是如此,如果没有人,"自然"可能"活"得更好。在朝鲜半岛上就有这么一个例子,由于南北政治争端,半岛的中部留下一条长 243 里、宽 4 公里的无人区"三八线"。"三八线"上由于撤去了人迹,森林、草地、沼泽全显得生机盎然,飞禽走兽怡然自乐,甚至连全世界只剩下寥寥数只的朱鹮,也终于寻觅到这块福地定居。看来,人其实又是很虚弱的,在毁掉地球、毁掉自然前,人毁掉的首先还是自己。伤痕累累的自然在与人类搏斗中将打出最后的一拳,在人类消亡之后自然将得到复苏。所谓保护地球、保护自然、保护环境,说到底仍不过是为了保护人类自己。

事到如今,人类的处境已经如此艰难：身后是历史的鸿沟,回身已经断了后路;面前是燃烧着的烈焰,每前进一步都面临更大的危险。人类向何处去?在一片迷茫中,"未来学"便成了一门风行的学问。

在众多的"未来学家"中,许多人仍然把人类的未来托付给科学技术。

物理学家出身的卡恩(Herman Kahn),是这类科学未来学的代表人物,由他创建的"赫德森研究所"关注的同样是人类社会发展问题,却与佩切伊的"罗马俱乐部"恰恰成了两个对立的营垒。在卡恩看来,科学技术是人类手中一个强大有力的武器,人类面临的一切问题,包括心理和精神方面的问题,都将随着科技的发展迎刃而解,人们将充分利用自己的财富和技术,设计出称心如意的生活方式,一个"机器加乐园"的理想社会一定会实现。①

---

① 参见陆象淦：《走向二十二世纪》,辽宁人民出版社 1986 年版,第 75 页。

这样的乐园,大约很像是一个"迪斯尼乐园"。卡恩在 1967 年写下的《2000 年》一书中,依然充满了美国式的自信与乐观,到了 20 世纪 70 年代初,随着世界能源危机的日益严重,他的口气已开始变软,认为"如若管理不善,将会出现灾难性的演变"。同时,他把自己对未来的预言推迟到两百年之后,因为最稳妥的预言总是时限更长一些的预言。

众多的科学主义的未来学家们曾就人类走出困境设计种种出路:比如粮食危机,能否改变人的饮食结构,改造人的消化器官,在未来的餐桌上摆设起草类、藻类炮制的午宴? 或者,用现代化的技术进行粪便再处理,使食物由嘴巴到肛门进行高效益的多层次循环。或者,能否采取某种高超的生物技术工程改变人的遗传基因,缩小现代人体的尺寸? 最少要缩短二分之一,使未来人变成袖珍人,从而减少对食物的需求。或者把人的皮肤改造为树叶一类的物质,只要晒晒太阳,就可以通过叶绿素生出蛋白质来。他们总是相信科学技术可以解决人类的一切问题,有人宣称会有一种可以漂白皮肤的化学药剂,可以把黑人、黄人、红种人全都漂白而使"种族歧视问题"成为历史的误会。

不少未来学家都在策划着,一旦陆地上生态全盘恶化,能否给人类安装一副电子鳃,把人类整个迁徙到海洋中生活? 还有些自命不凡的科技界精英已经做出新的大胆设计,策划着当地球上的污染无法忍受时,便将地球扔掉,像扔一只破鞋子一样,继而凭借技术的力量把人类搬迁到月球、火星或别的什么星球,他们已经开始考虑在太空建立行星站,在月球在火星开辟新的生活空间,一些设想中的"宇宙村""太空城"已经有了一套一套的方案。

还有人别出心裁地提出,可以用某种藻类改造金星的大气,使其气温下降;可以用核动力水解装置开发火星内部的固态水,创造出可以供人呼吸的空气。总之,他们的策略仍然不过是加减乘除,即把对待地球的一套办法搬到其他星球上去。且不说整个人类离开地球搬一次家将是多么困难,即使这一设计成功了,月球、火星、整个太空能够逃脱人类对它的污染吗? 人类的宇航事业才刚刚起步,人们就已经不无忧虑地发现,人类制造的垃圾已飞上外部空间,几千个人造天体的碎块,几万个人造天体的碎片已经给日益繁忙的太空试验埋下意想不到的危险。

"科学未来学家"们的"科学",也在随着科学技术的发展不断变更着理论上的阐述,更为精明自信的是那位新闻记者出身的畅销书作者托夫勒(Alvin Toffler),他既嘲弄卢梭式的对往日田园诗情的渴慕,又讥讽马克思对未来理想社会的憧憬,既鄙视荣格一类心理学家对人类精神未知领域进行的探讨,更厌恶佛教禅宗基督教神学对圣灵世界的求证。存在主义哲学的沉思,在他看来也不过是一股无望的前科学时代的恋情。他相信技术始终是推动人类社会向前发展的力量,他相信人对技术具有至高无上的支配力量,目前的一切问题只是因为技术还不够先进,管理还不够科学。在破了产的"技术救世主义"之后,他又热情豪迈地鼓吹一种新的"技术救世主义",即以社会情报系统为依据,以科学管理为核心的后技术治国主义,他坚信,凭借一系列的对于"信息"的"收集""整理""设计""编织""输入""操作""控制""调节",人类光明远大的未来即将在他们这一类"未来学家"手中诞生。托夫勒设计的这一网络控制世界的宏图似乎已经开始落到实处,但已经看得见,收获的并不全是美味的浆果,一多半可能是带毒的棘刺。

堂而皇之的预言当然可以做到两百年、两千年之后,可惜的是地球上的热带雨林也许只能存活两百年,地壳内储存的石油大约也只能开采七十五年。不久前,一份包括99位健在的诺贝尔奖获得者在内的1 575位科学家的联合声明向全体人类再次发出警告:挽回错误,争取未来的时间"不会超过十年或几十年"。未来学家们尽管导演出连台好戏,现实的人类困境却日益加剧。不用仔细考察,只需翻一翻每天的报纸就不难看出:面对地球上人类正在蒙受的生存危机,无论是自然界的天塌地陷、林毁兽灭、山穷水尽、宇宙震怒,还是社会上的极权政治、霸权主义、战争威胁、高智商犯罪,还是精神领域里的意义缺失、信仰危机、感情淡漠、诗意消亡,似乎"技术理性""技术意志"作为主要"案犯",都逃脱不了干系。

在文艺复兴以来的数百年中,科学凭借技术的操作与实施渐渐取代了艺术、取代了宗教、取代了血统、取代了法权,从而在人类社会生活中攫取了统治地位。"科学—技术—消费—货币"成了支配现代社会运转的唯一杠杆。当这根"杠杆"的破坏性在日益濒危的生态境遇面前暴露出来的时候,对于"科学技术"的反思将成为一个新时代的先声。

要么,人们将推翻传统中的封闭自守、故步自封的"科学"概念;要么,"科学"作为一个继续沿用下来的概念向新时代的人类社会生活,向一个更加完整的人类世界,敞开自己的外延和内涵。

其实,从20世纪初以来,地球人类中,一些最卓越的科学家正是在对于传统"科学观念"的质疑中,为人类面对的科学图景绘制出新时代的画面。

相对论的创始人爱因斯坦首先从严酷的社会现实中看到了科学的局限、科学的负面。他说:

> 透彻的研究和锐利的科学工作,对人类往往具有悲剧的含意。一方面,它们所产生的发明把人从筋疲力竭的体力劳动中解放出来,使生活更加舒适而富裕;另一方面,给人的生活带来严重的不安,使人成为技术环境的奴隶,而最大的灾难是为自己创造了大规模毁灭的手段,这实在是难以忍受的令人心碎的悲剧。①

在爱因斯坦看来,"科学"不是人类社会中合乎逻辑的惟一存在,"科学是为科学而存在的,就像艺术是为艺术而存一样","艺术与科学"都是我们"以自由人的身份对这个世界进行探索和观察"的领域,"物理学和心理学只是试图用系通思维把我们的经验贯穿起来的不同尝试而已"。在爱因斯坦看来,人类社会生活这棵大树,并不是由"科学技术"这条惟一的树干独自支撑的,"一

---

① 《爱因斯坦文集》(第三卷),商务印书馆1979年版,第259—260页。

切宗教、艺术和科学都是同一株树的"分枝。所有这些志向都是为着使人类的生活趋于高尚,把从单纯的生理上的生存的境界提高,并且把个人导向自由。"量子物理学家玻尔(Niels Henrik David Bohr)作为一位杰出的物理学家,他强调的并不是物理世界的客观性、封闭性、精确性、纯粹性,他的物理学更富有哲理性、整合性、审美性,他从量子物理的角度更多地看到了人类知识的统一。在他看来,时代的发展绝不意味着"人文科学与物理科学的分裂",而是为"知的统一性这一古老问题提供了新的远景",要弥补现代社会中的文化裂痕,"不但需要知识","这也还需要某种幽默"。玻尔把他在量子物理学中发现的"互补"原理运用到人类社会生活中,人们务必注意到"科学技术"有待于"互补"的另一域,注意到人类精神领域中发生的事情,"不论在科学中,哲学中还是在艺术中,一切可能对人类有帮助的经验,必能够用人类的表达方式来加以传达,而且只是在这种基础上:我们将处理知识统一性问题"。① 在玻尔看来,"人类知识的统一性"与"自然界的谐调性""社会的稳定性"都是一致的。作为一位杰出的物理学家,他再三告诫人们:

> 只有意识到这种谐调性或统一性,才能帮助我们对我们的地位保持一种均衡的态度,并避免科学和技术的突飞猛进在几乎每一人类兴趣领域中可能如此容易地引起的那种混乱。②

后来,英国的学者戴维斯(Paul Davis)在他的《上帝与新物理学》一书中高度地评价了"相对论"与"量子论"在人类思想史中产生的巨大革命意义,并很快地波及人类社会生活的文化领域。他宣告:"新物理学已经成年。"牛顿式的传统科学法则几乎被"新物理学"从根基上动摇,在什么是生命,什么是精神,

---

① ［丹麦］玻尔:《原子物理学和人类知识论文续编》,商务印书馆 1978 年版,第 19 页。
② 同上书,第 26—27 页。

什么是心灵,什么是上帝这些人类普遍关注的虚而又玄的问题上,"新物理学"一反科学之常态,开始诚恳地与古老的宗教、艺术、哲学问题打通对话的渠道。物理学开始摆脱"物"的束缚,在更广阔的空间里为人类的存在和发展寻求谐调一致的合作,"模糊""混沌""偶然""命运""测不准""非逻辑""无中生有""不可言传""上帝圣经""幽默梦幻",这些历来为美学、神学津津乐道的词汇突然成了"新物理学"的常用话语。戴维斯断言:物理学已经发生了巨大转变,新物理似乎并不是如常人推想的那样更加"科学",反倒"更接近神秘主义"。使他深以为憾的是:

> 一直走在各种学科之前的物理学现在正对精神越来越倾向于肯定;而生命科学则仍旧走在上一个世纪的物理学的路上,现在正试图完全取消精神。[1]

那位当代物理学界的畸人与天才霍金(Stephen William Hawking)运用他的"时间理论"阐释"生命的起源"时倾向于认为宇宙间出现了地球、出现了人类,实在是一个无法重复印证的"偶然"和"例外",就像一大群猴子在茫然无知地乱敲乱打打字机,纯粹出于偶然,竟碰巧打出了一首莎士比亚的短诗!在"人类存在"这个最基本的出发点上,问题已经逸出"科学"之外。那么不管你高兴与否,在"科学"之外就必然会给"上帝"留下位置。比起哥白尼与伽利略的时代,爱因斯坦、玻尔、戴维斯、霍金们似乎更容易和宗教精神找到共同的话语。

从人类生态学的意义上看,物理学在新的历史时期的转向是与一个"生态学时代"的到来相呼应的。科学的转向,将有利于"物理学"与"生态学"的和解。物质与精神的调适,技术与心灵的调适,也许有可能给险象环生的人类生存开辟一个可以期待的未来。

---

[1] [英]保罗·戴维斯:《上帝与新物理学》,湖南科学技术出版社1995年版,第9页。

沿袭陈旧的"科学技术"老路上的"未来学家",貌似神通广大,其盲目的自尊与乐观则是浅薄的。而对"科学技术"一概排斥的"抱瓮老人"们,其深刻的批判与拒斥则失之于一种心绪落寞的偏激。卡恩的"机器加乐园"的未来理想固然面目可憎,而克尔凯郭尔以及某些存在主义哲学家妄图说服人们永远"抱瓮式"生存,也只能是一个消逝不再的童年梦幻。

人类社会的发展轨迹也许与宇宙中其他天体的运行一样,是曲线而不是直线,是球面而不是平面,传统的科学思维把曲线当直线、把球面当平面,在超过了一定的域限后,走得愈快,错得愈远。

时至今日,走投无路的人类,是否已经到了应该"转弯"的时刻了呢?

道在途中

1976 年的那个星光灿烂的仲夏之夜,几个能干的美国人首次登上月球,终于从外部空间活生生地观看到人类生存的那个地球:那是一只辉煌壮丽的大球,一个蓝莹莹、亮晶晶、白云缭绕、看上去比月亮大十几倍、亮几十倍的"圆球",一个生机四溢、柔情无限,在茫茫宇宙中缓缓漂浮着的"活物"!

这就是老子在《道德经》中陈述的那个"独立不改、周行不殆"的万物之母吗?

这就是《楞严经》中讲解的那个"六根互用、周遍圆融"、圆明而又圆通的常转法轮吗?

这就是为道教所尊崇、为宋儒所定型、为那位哥本哈根量子物理学家玻尔所倾心乐道的融"阴阳五行"为一体的"太极图"吗?

这就是海德格尔活学活用老子著作,臆想出的那个融"天、地、神、人"于其内的中空而浑沦的"壶"吗?

或许就是。

但有一点是肯定无疑的：它就是宇宙间至今发现的惟一有着生命存在的天体，在漫无边际的宇宙之中，在灿若恒河沙数的星空里，这是一个神奇的例外。也许正是由于这个蔚蓝色天体的存在，尤其是这个天体上由于有了人类的存在，才给宇宙灌注了如许生机和灵性。

现下，正是宇宙间这个惟一富有灵性的天体，在它的内部却发生了危机：人口爆炸、资源枯竭、温室效应、臭氧空洞、酸雨成灾、物种丧失、森林锐减、草场退化、空气污染、水体污染，每天净增20万人口，每天排放1 500万吨废气，每天制造2 700万吨垃圾，每小时消灭4个物种，每分钟砍去20公顷森林、流失300万吨土壤……灾难接踵而至，并以自由落体的加速度与日俱增。像一只伊甸园里的苹果，这个美丽无比的大球将要被从内部蛀空，而这蛀虫不是别的，恰恰正是人类。自然生态的困境也是人类生存的困境。早年，康德曾说，能够令他永久赞叹和敬畏的只有两种东西，那就是"头上的星空和内心的道德法则"。① 事到如今，外宇宙的星空与内宇宙的道德竟同时暗淡下来，万物之灵沦为万物的蛀虫，这不仅是地球的不幸，也是人类的不幸。

在即将到来的生态学时代，大地、天空、人类、万物、精神、艺术，将被重新收拾进一个和谐有致的运行轨道中，茫茫宇宙间这个惟一笼罩着蓝色云雾的美丽的大球才有可能成为一个充满幸福之感的天体。人世间的事千头万绪，还能有什么事比这件事至高至大呢？

生态者，大道也。

向生态学时代迈进，即"大道之行"。

东方圣人老子曰："道大，天大，地大，人亦大，域中有四大，而人居其一焉"，"人法地，地法天，天法道，道法自然。"②

德国哲人海德格尔说：世界有四方，天（Himmel）、地（Erde）、神（Göttliche）、

---

① ［德］康德：《实践理性批判》，商务印书馆1960年版，第164页。
② 老子：《道德经》，第二十五章。

必死者(Sterbliche),诗意般地居住,是四方全部在场合为一体的协奏曲。①

海德格尔的"必死者",即包括了"人",从西方文化传统出发,他把老子的"道"置换成为"神"。当代德国哲人与古代东方圣人走的乃是一条路,一条倾斜的路。老子顺着下坡往前走,常常把自己陷进"忳忳""闷闷""若昏""若晦""窈兮""冥兮"之中,显得很有些消极悲观;而海德格尔则似乎已经看到了拯救的希望,正沿着上坡艰难地跋涉,有时显得兴致勃勃。共产主义学说的创建者之一恩格斯则在19世纪就宣告:"我们这个世纪面临的大变革,即人类同自然的和解以及人类自身的和解。"②

我们仍然不能无视恩格斯对"和解"的渴望。且不说规律是否必然,因为那是"人间的正道""天地间的正道"。

"渴望和解",也许只是一种理想,"大道之行"也许只是一种"乌托邦式的冲动"。然而,不正是在乌托邦的幻想中才充分展现了人类可贵的超越精神吗?乌托邦也是人拥有世界的方式,是在预设中对未来世界的精神性的拥有,这种拥有比起现实的政治的拥有、经济的拥有、技术的拥有、体制的拥有更富有诗意。一种富有灵性、富有诗意的乌托邦思想,是一个接近艺术的梦幻,也许正是这种乌托邦的冲动在抗拒着现实法则与技术理性对人和自然的固置与框定。因此,当我们听到那位美国右翼政治思想家亨廷顿(Samuel P. Huntington)在他的《变化社会中的政治秩序》一书中板着面孔告诫人们"抛弃乌托邦"时,我们非常欣慰地又听到另一种声音,那就是哈贝马斯面带人类特有的忧虑讲出的话语:

> 如果乌托邦这块绿洲枯干,展现出的就是一片平庸不堪和绝望无计的荒漠。③

---

① 参见[日]今道友信:《存在主义美学》,辽宁人民出版社1987年版,第120页。
② 《马克思恩格斯全集》(第一卷),人民出版社1958年版,第603页。
③ [德]哈贝马斯:《新的非了然性——福利国家的危机与乌托邦力量的穷竭》,《哲学译丛》1986年第4期。

在过去的岁月里,人们一代一代构画设计的形形色色的乌托邦也许因其幼稚、因其简陋、因其偏执、因其世俗、因其陈旧、因其荒唐纷纷变成一堆精神的废墟,尽管如此,我们也仍然没有理由抛弃乌托邦这块梦幻中的乡土。我们的职责只是"重建",哪怕是抱着一种近乎梦幻、近乎绝望的心情,也要努力地、庄严地着手乌托邦的重建,重建那伤痕累累的大地,千疮百孔的天空,还有我们自己的那已经板结、贫瘠的心灵。

大道,在虚无中奋然前行。

（原载《猞猁言说》,社会科学文献出版社 2000 年版）

新版后记

　　《心中的旷野》原本是上海学林出版社约写的一部书稿,是颇有影响的"新视觉书坊"丛书的一种,于 2007 年出版面世,距今已经十六年过去。旧版《心中的旷野》不到 20 万字,眼前的这一版已经扩容近乎一倍,文章有抽换,有增补,差不多就是一本新著了。

　　我出生在开封古城东北一隅,属于"城里人",心灵深处却与生俱来潜藏着荒野情结。黄河中下游那块古老浑厚的土地,那片清澈晶莹的蓝天,那条宁静流淌的小河,那道偏僻穷困的小街,以及残破的明代城墙,城墙外那片沙丘、白茅、柳林,是我成长发育的摇篮,是一个少年心中最初的旷野意象。

　　有人说我是一个"游牧型的学者",我喜欢这个"封号"。在生命深处我大概算是一个不太安分的人,从河南到海南再到江南,先后挪动三个风物迥异的省份教书谋生。被联合国"人与生物圈"计划中国委员会接纳为成员后,得到更多亲近自然的机会,为这本书的写作获取不少素材。

　　写作,对我来说首先源于自己内心的需要,消融自己胸中的块垒,纾解自己内心的疑虑,同时也是为了寻归渐行渐远的荒野。

古人云：知己为恩。读者若肯花费时间翻阅一下此书，就是对我的相识、相知，就是对我的厚爱或错爱，我一并感激。

鲁枢元　2023 年雪夜·紫荆山南

一本书打开一个世界

欢迎订购、合作

订购电话：0571-85153371

服务热线：0571-85152727

KEY- 可以文化　　浙江文艺出版社　　京东自营店

关注 KEY- 可以文化、浙江文艺出版社公众号，
及浙江文艺出版社京东自营店，随时获取最新图书资讯，
享受最优购书福利以及意想不到的作家惊喜